KB271159

세 겹의 시선으로
바라본 문학

지은이

**이경재** 李京在, Lee Kyung-jae

숭실대학교 국어국문학과 교수로 재직중이며, 그동안 펴낸 평론집으로 『단독성의 박물관』, 『끝에서 바라본 문학의 미래』, 『현장에서 바라본 문학의 의미』, 『여시아독』, 『문학과 애도』, 『재현의 현재』, 『촛불과 등대 사이에서 쓰다』, 『비평의 아포리아』 등이 있다. 2013년 젊은평론가상, 2018년 김환태평론문학상, 2024년 김윤식학술상을 수상하였다.

**세 겹의 시선으로 바라본 문학**
한국문학, 지역문학, 세계문학

**1판 1쇄 발행** 2025년 4월 10일
**1판 2쇄 발행** 2025년 11월 30일

**지은이** 이경재

**펴낸이** 박성모
**펴낸곳** 소명출판
**출판등록** 제1998-000017호
**주소** 서울시 서초구 사임당로14길 15 서광빌딩 2층
**전화** 02-585-7840
**팩스** 02-585-7848
**이메일** somyungbooks@daum.net
**홈페이지** www.somyong.co.kr

**ISBN** 979-11-5905-980-3 03800
**정가** 36,000원

# 세 겹의 시선으로
# 바라본 문학

한국문학, 지역문학, 세계문학

이경재 지음

근대란 국민국가 중심의 시대이다. 근대의 모든 조직은 국가를 중심으로 조직되며, 사람들의 정체성도 국가(주의)라는 이데올로기를 벗어나기 어렵다. 교육, 군대, 출판, 언론 등의 제도와 조직 등이 모두 국민국가를 중심으로 형성되는 것이다. 그렇기에 근대의 국가 정체성은 국가 범주를 넘어선 상위 공동체와 국가 범주에 속하는 하위 공동체에 대해 절대적인 우선권을 내세운다. 사람들도 자연스럽게 스스로의 정체성을 규정하는 핵심적인 요소로서 국민이라는 것을 받아들이게 된다. 문학 역시 이러한 국가 정체성의 영향력에서 벗어날 수 없으며, 오히려 문학이야말로 국가 정체성을 형성시키는 가장 강력한 매체라고 할 수 있다. 국가 정체성에 바탕한 문학은 19세기에 본격적으로 만들어지기 시작했으며, 그 결과 문학의 국경은 국민국가의 경계와 일치하는 양상으로 전개되어 온 것이다.

이러한 국민문학의 절대화가 지닌 가장 큰 문제는, 다른 차원의 문학 일테면 세계문학과 지역문학 차원의 창작과 활동에 대한 배제를 들 수 있다. 국민국가적 정체성은 현재를 지배하는 것은 물론이고, 과거에까지 투영되어 모든 것을 균질화하고 단일화하기도 한다. 이러한 국민주의적 인식은 수많은 차이를 사상한 채, 여러 가지 폭력적인 논리를 낳을 수도 있다. 이것은 국민문학의 차원에서도 유사하게 일어나는 일이며, 이러한 문제가 선명하게 드러나는 것은 세계문학이나 지역문학과의 관계에서이다.

오늘날 사람들의 활동이 지구적 차원에서 이루어지는 상황에서, 인간 삶의 반영인 문학이 세계적인 차원에서 이루어지는 것은 어찌 보면 당연한 일이다. 괴테가 세계문학을 주장하며 예견한 유럽 통합과 지구적 공동체의 비전은, 그 지향이 다를지라도 물질적 토대로서는 실현되어 가고 있는 것이

다. 세계시장 혹은 지구적 공동체의 출현은 국민국가를 넘어선 차원의 상상
력과 사고를 요구하며, 이러한 몫은 한국문학의 어깨 위에 무거운 짐으로
얹어있다고 해도 과언이 아니다.

국민문학의 절대화와 관련해, 지역문학에 대한 차별과 배제는 보다 심각
한 문제이다. 국민국가는 모든 국가기관이 집중된 중앙과 그로부터 배제된
지방이라는 이분법의 체제라고 할 수 있다. 이 때 '중앙 / 지방'의 관계는 철
저한 위계화를 동반하여, 심지어는 내부식민주의의 모습으로 나타나는 경
우도 있다. 문학에서도 사정은 마찬가지여서, 근대의 문학이란 철저히 중앙
을 중심으로 이루어진다고 해도 과언이 아니다. 그러나 아무리 국민국가시
대라고 해도 인간의 구체적인 삶은 특정 지역에서 이루어질 수밖에 없다.
누구나 특정한 지역에 거주하며, 국가로 환원되지 않는 지역에 대한 애정
도 얼마든지 성립할 수 있는 것이다. 이러한 사정은 '외국 국적 국민'이라는
단어는 존재하지 않지만, '외국 국적 시민'이라는 말은 존재할 수 있는 것에
서도 드러난다. 인천과 역사를 함께 해온 화교들은 '중국 국적 한국인'은 될
수 없지만, '중국 국적 인천시민'은 될 수 있는 것이다. 지역문학에 대한 관
심은 이처럼 기존의 국민국가적 시야로는 인식할 수 없는 다양한 삶과 현
실에 주목하는 계기가 될 수 있다.

그렇기에 새로운 문학을 구상하기 위해서는 국가라는 경계에 갇힌 문학
의 특권화를 성찰하는 일이 필요하다. 이를 위해서는 세계문학과 지역문학
에 대한 본격적인 접근이 이루어져야 한다. 그렇다고 국민문학의 해체와 부
정을 주장하는 것은 아니다. 국민국가 차원에서 이루어지는 현실적인 삶의
국면들을 무시할 수는 없기 때문이다. 국민국가 중심의 세상에서 국민국가
적 상상력과 문제의식을 포기하는 것은 막연한 실재계로의 도약이나 옹색
한 상상계로의 폐색에 머물 수도 있다. 그리하여 지금 우리에게 필요한 것

은 '국민적인 차원', '지역적인 차원', '세계적인 차원'의 문학에 대한 동시적 성찰인 것이다. 세 가지 차원의 동시적 고찰은, 각각의 문학을 더욱 풍요롭게 하는 것은 물론이고, 그동안 억압되고 주변화된 문학적 현상들의 복합성과 가능성을 충분히 사유하는 통로이기도 하다. 이러한 과정에서 모든 이분법에 바탕한 위계화의 담론이 비판적으로 사유되는 길이 비로소 개시될 수 있을 것이다.

지역문학은 보편적인 것으로 선규정된 국민문학의 단순한 결여태가 아니라, 오히려 국민문학과 어깨를 나란히 하는 당당한 주체로 새롭게 규정되어야 한다. 이럴 경우 국민문학은 지역문학의 상호소통과 연대를 통하여 새롭게 재구성될 수도 있을 것이다. 세계문학 역시 서구를 중심으로 한 협소한 미학적 범주의 전대화를 넘어서 아래로부터 이루어지는 전지구적 규모의 연대를 바탕으로 새롭게 구성되어야 한다. 이 과정에서 주목할 것은, 지역문학의 총합이 국민문학이 되고, 국민문학의 총합이 세계문학이 된다는 식의 단순한 연쇄는 아니어야 한다는 점이다. 오히려 세 가지 층위는 서로가 직접적인 매개와 반영을 거쳐 풍요로운 문학적 과정으로서 활성화되어야 한다. 일테면 하나의 지역문학은 그것이 속한 국민문학은 물론이고, 또 다른 지역문학, 또 다른 국민문학, 나아가 세계문학 등과도 직접적으로 관계 맺고 소통할 수 있어야 하는 것이다. 평론집 『세 겹의 시선으로 바라본 문학─한국문학, 지역문학, 세계문학』은 국민문학, 세계문학, 지역문학이라는 세 가지 차원의 문학을 함께 바라보면서 문학의 새로운 가능성을 타진해보고자 하는 의도에서 쓰여진 책이다.

제1부 한국문학의 맥락과 위상와 제2부 한국문학의 은하계는 현단계 한국문학에 대한 총론과 각론에 해당한다. 제1부에서는 거시적인 시각에서 한국문학이 놓인 위치와 성과를 살펴보고자 하였다. 1장 '반지성주의 시대에 바라본 문학의

역할'은 한국문학 나아가 한국지성계에 새롭게 대두하고 있는 반지성주의를 비판적으로 고찰한 글이다. 모든 것이 감각과 선입견으로 재단되는 상황에서 문학이 지향해야 할 근본적인 자리로서의 언어와 지성을 성찰해 보았다. 2장 '수많은 이분법을 넘어선 자리'는 노벨문학상 수상을 계기로 하여, 한림원에서 주목한『소년이 온다』와『작별하지 않는다』를 중심으로 한강의 문학세계를 살펴본 글이다. 이를 통해 한강이 한국현대소설사의 기본적인 문제의식이었던 '리얼리즘의 정신'과 '재현의 윤리'를 받아 안은 자리에서 자신만의 독자적인 미학으로서의 '서정적 전망'을 형상화한 것에 대하여 논해 보았다. 3장 '개인과 공동체를 사유하는 새로운 방식'은 현재 한국문단에서 가장 많은 주목을 받고 있는 김애란, 최은영, 황정은의 소설에 나타난 개인과 공동체의 존립방식을 살펴보았다. 이를 통해 '개인이 지닌 심연深淵에 대한 탐구김애란', '당위로서의 타자와의 공감최은영', '개인과 계급의 동시적 부정황정은'이라는 각기 다른 입장을 확인할 수 있었다. 세 작가의 소설은 현재 한국 사회가 '개인'과 '우리'의 위계화되지 않은 공존에서부터 시작될 새로운 삶과 사회를 향한 '차가운 혁명'의 과정 중에 있음을 보여준다고 판단된다. 4장 '세계화의 새로운 국면과 한국소설'은 '탈脫,trans 국민국가'의 시대에서 '탈-탈脫,trans국민국가'의 시대로 가고 있는 현재, 이금이의 장편소설『알로하, 나의 엄마들』과 은희경의 연작소설『장미의 이름은 장미』가 이에 대응하는 양상을 살펴본 글이다. 이들 소설은 '국민국가의 상상력'과 '탈脫,trans 국민국가의 상상력'이 혼돈의 아우라를 내뿜는다고 할 수 있을 정도로 다채로운 모습을 보여준다. 5장 '한국 문학의 작은 거인들'에서는 신인 작가인 강이라, 김강, 김도일, 문서정, 채윤의 작품에 나타난 새로운 가능성과 한계 등을 짚어 보았다.

　　제2부 '한국문학의 은하계'에서는 그야말로 별처럼 빛나는 한국 작가들

의 작품론에 해당하는 글들을 모아보았다. 1장 '끝나지 않는 역사, 끝날 수 없는 글쓰기'는 전상국 작가의 열두번째 소설집 『굿』에 대해 살펴본 글이다. 소설집 『굿』은 전상국 소설의 상수라 할 수 있는 한국전쟁의 상처를 생생하게 드러내며, 그러한 상처와 고통에서 벗어날 수 있는 방법으로 작가가 제시한 무조건적인 화해와 용서의 아포리아가 담긴 작품집이다. 2장 '동양평화를 말하는 대한의군참모중장'은 김훈의 문제작 『하얼빈』을 대상으로, 김훈 소설의 지속성과 새로움을 살펴본 글이다. 특히 '말의 세계 / 사실의 세계'라는 이분법과 '국가'에 대한 인식에서 드러난 새로움에 주목해 작품이 지닌 문제성을 탐구해 보았다. 3장 '유머의 달인이 보여준 진정성'은 정지아의 소설집 『자본주의의 적』을 대상으로 하여, 역사의 상처가 진하게 배어 있는 과거를 바라보았던 정지아의 시선이 '지금-여기'의 장삼이사들을 향할 때 나타나는 문학적 변모 양상에 주목하였다. 이 과정에서 발생하는 능수능란한 유머야말로 정지아의 새로운 문학적 가능성에 해당한다고 볼 수 있다. 4장 '재현의 아이러니를 넘어서는 방법'은 한국 사회의 약자들을 지속적으로 형상화해 온 서성란이 소설집 『내가 아직 조금 남아 있을 때』에서 '약자들에 대한 형상화'가 지닌 기본적인 아이러니에 민감하게 반응하는 양상을 중점적으로 살펴보았다. 5장 '여성과 예술의 만남'은 이덕화의 소설집 『그가 나에게로 왔다』에서 여성의 고통이 예술을 통해 승화되는 모습이 지닌 의미에 주목해 보았다. 6장 '전망이 아닌 희망의 서사'에서 살펴본 이은정의 『비대칭 인간』은 한국소설에서 오랫동안 중요시해 온 '전망' 대신 일상의 '희망'을 중요시하는 독특한 작품집이다. 특히 이은정이 보여주는 '희망의 정언명령'은 밀실과 광장의 변증법을 거쳐, 우리에게 다가온 선물이라는 점에서 한층 뜻깊게 다가온다.

　제3부 '지역문학의 현장'에서는 국민문학이 절대시되어 온 한국문학의

담론장에서 그동안 배제되고 소외되어 온 지역문학을 직접적으로 복원해 보고자 하였다. 이를 위해 '한국적 모던'을 대표하는 도시라고 할 수 있는 인천과 그것을 문학적으로 형상화한 인천문학을 탐구하였다. 1장과 2장 '한국적 모던의 대표 도시—인천근현대소설사'는 개화기에 창작된 이해조의 「빈상설」부터 2015년에 발표된 김중미의 『모두 깜언』에 이르기까지 인천을 배경으로 한 소설을 전반적으로 살펴본 글이다. 이를 통해 인천이 '국제항구', '개항도시', '기회의 땅', '전국적인 휴가지', '낭만과 애수의 대상', '전쟁과 분단의 상처로 앓는 땅', '산업화와 민주화의 대표도시', '서민들의 삶이 배어 있는 땅', '이주민들의 도시' 등으로 표상된다는 것을 확인할 수 있었다 이러한 특징은 기존의 한국문학이라는 틀에서는 충분히 조명되지 않았던 것으로서, 지역문학의 존재 이유를 실증하는 사례라고 할 수 있다. 3장 '한국 노년소설의 새로운 초상'은 인천에 터를 잡고 인천에서 활동하는 인천작가 이목연의 소설집 『달의 입술』을 살펴본 글이다. 초고령 사회를 맞아 새롭게 직면하게 된 노년의 삶과 고통이 매우 실감나게 드러난 작품집이다. 4장 '문학과 인천을 만나는 애정 어린 산책'은 황석영의 문제작 『철도원 삼대』에 대한 친절한 안내서라고 할 수 있는 「『철도원 삼대』와 인천 걷기」에 나타난 네 가지 애정, 즉 『철도원 삼대』, 황석영, 인천, 민중들에 대한 애정을 살펴본 글이다.

제4부 '세계문학을 향한 도약'은 새롭게 구상하는 문학의 중요한 한 축을 담당하는 세계문학의 양상을 스케치한 부분이다. 스케치라는 표현을 쓴 이유는 그야말로 세계문학의 일부만을 짚어 보았기 때문이다. 동시에 이 부분에서는 에세이나 회고록 등과 같은 전통적인 문학장르 이외의 글도 살펴보았다. 이것 역시 보다 폭넓고 역동적인 문학장을 구성하고자 하는 바람에서 비롯된 것이라고 할 수 있다. 1장 "조선'과 일본을 연결하는 아름다운 다

리'는 평생을 '조선'문학연구에 헌신하다가 2023년 별세한 오무라 마스오 선생의 문학적 인생을 전반적으로 조망해 본 글이다. 그의 삶은 한 문제적 개인의 이력인 동시에, 지난 시절 한국문학과 일본문학이 관계 맺어 온 양상의 가장 중요한 부분에 해당한다고 할 수 있다. 2장 '이단아들을 통해 바라본 일본근대미술의 심연'은 빼어난 에세이스트이자 디아스포라 사상가로 이름이 높은 서경식의 『나의 일본미술 순례』1을 살펴본 글이다. 이 책에서 서경식은 가장 힘들고 어두운 자리에서 시대와 맞서 예술혼을 불태운 일본인 미술가들을 조명하고 있다. 서경식의 책을 읽다보면, 어느 순간 그가 심혈을 기울여 조형해 낸 '일본근대미술의 이단자'들 얼굴에 서경식이 겹쳐 보이는 경험을 할 수 있을 것이다. 3장 '수용소에서의 삶과 끝나지 않는 미중 전쟁'은 한국전쟁 시기 기제도에서 포로로 지냈다가 중국으로 돌아간 장쩌스의 회고록『나의 한국전쟁 – 한 중국인민지원군 전쟁포로의 60년 회고』를 살펴본 글이다. 이 책은 역사적 사건에 대한 기록으로서의 의미를 지닐 뿐만 아니라, '집단주의적인 체제와 개인 사이의 갈등'이나 '끝나지 않는 미중대립이라는 세계사적인 맥락'에서도 적지 않은 시사점을 주는 문제적 저작이다. 4장 '해원의 서사'는 타이완 출신 천쓰홍의 『귀신들의 땅』을 분석해 본 글이다. 이 작품은 우리에게 널리 알려지지 않은 타이완의 현대사를 실감나게 드러낼 뿐만 아니라 오늘날 커다란 주목을 받고 있는 섹슈얼리티의 문제도 예술적으로 형상화하고 있다. 그동안 한국사회에 드물게 소개된 타이완 작가의 소설로서 오늘의 한국문학에 많은 자극을 줄 수 있을 것으로 기대한다. 5장 '(후기)식민주의여 안녕!'은 비엣 타인 응우옌의 문제작 『헌신자』를 포스트콜로니얼리즘의 관점에서 분석한 글이다. 비엣 타인 응우옌은 1971년 베트남에서 태어났으나 1975년 사이공이 함락되면서 가족 전체가 미국으로 이주하였다. 이후 UC버클리에서 영문학과 민족학

학위를 받고 현재는 USC에서 영문학과 미국에서의 소수민족학을 강의하며 『동조자』2016를 비롯한 많은 문제작을 발표하고 있다. 그의 소설은 베트남전쟁과 (탈)식민주의를 사유하는데 있어, 번뜩이는 영감과 성찰로 가득한 선물상자처럼 느껴진다. 6장 '민족국가서사와 젠더'에서 살펴본 실라 미요시 야거의 『애국의 계보학―대한민국의 정체성을 만든 서사들』은 대한민국북한도 일부 포함을 건설하는 데 바탕이 된 서사와 젠더가 결합하는 양상을 탐색한 저서로서, 19세기 말에 본격화된 민족주의의 힘이 새로운 젠더 주체성을 생산하는 방식을 탐구하고 있다. 그동안 같은편에 있다고 생각한 서사의 차이점을 발견하거나, 반대편에 있다고 생각한 서사의 유사점을 발견하는 것이 이 저서의 묘미이다.

얼추 문단에 이름을 올린 지가 20년이 되어 간다. 20년이란 결코 짧은 시간이 아닐텐데, 그동안 과연 얼마나 방황하며 얼마나 성장했는지 모르겠다. 오히려 시간이 지날수록 타성에 젖어 시간과 함께 조용히 마모되어 가고 있었던 것은 아닌지 두렵다. '한국문학'과 더불어 '지역문학'과 '세계문학'이라는 범주에 관심을 기울이게 된 것은, 아무래도 몇 가지 인연 때문인 것 같다. 첫 번째는 고향의 여러 선생님들과 참으로 많이 다닌 인천의 여러 거리들이다. 매캐한 매연과 담배 연기 자욱한 그곳에서 선생님들의 말씀을 들으며, 지역이야말로 살아 있는 삶의 현장이며 역사의 전위일 수도 있다는 가능성을 얼마나 자주 느꼈는지 모른다. 또 한 곳은 늘 쨍쨍하게 맑은 날만 떠오르는 월넛크릭에서의 날들이다. UC버클리의 도서관과 학교 앞 서점에는 참으로 다양한 나라들의 작품들이 번역되어 있었고, 그것들을 둘러보는 일만으로도 나의 문학적 감성과 시야는 적지 않게 확장되는 경험을 할 수 있었다. 지금 이 머리말을 쓰고 있는 도쿄대 8호관 419호 연구실에서 바라본 은행나무들도 빼놓을 수 없다. 이 장소와 공간들이 나를 이끌어 이 책의 완성에까지 이르게 하였다. 그 공간을 그리고 그 시간을 함께 해준 모든 분들께 진심으로 감사드린다.

2025년을 맞이하며
고마바의 연구실에서

# 제2부 한국문학의 은하계

## 제3부 지역문학의 현장

# 제4부 세계문학을 향한 도약

# 1부

## 한국문학의 맥락과 위상

1

# 반지성주의 시대에 바라본 문학의 역할

반지성주의라는 유령이 배회하고 있다. 본래 지성intellect, 知性이란 대상을 인식하고 변별하는 힘이며 이를 바탕으로 지각한 것을 종합·정리하는 능력을 말한다. 지성은 익숙해진 세상의 가치들을 하나씩 따져보고 성찰하는 것이라고도 할 수 있다. 언젠가부터 우리 사회에서는 지성이 절실하게 요구되는 자리를, 맹목적인 확신에 찬 성난 언어들이 대신하고 있다. 수많은 답정녀답은 정해져 있고 너는 대답만 하면 돼들은 어떠한 사안이 발생하면, 마치 기다렸다는 듯이 적들을 굴복시키기 위한 날 선 언어를 쏟아내는 데만 골몰하는 느낌이다. 종교적인 열정마저 느껴지는 답정녀들의 주요한 특징으로는 자신들의 삶과 경험에 대한 과도한 몰입과 신뢰를 들 수 있다. 그러한 열정은 소셜 미디어와 유튜브라는 매체 환경으로 인해 점점 뜨거워져만 간다. 공론이라는 것의 사라짐, 전문가들에 대한 불신, 이분법적 편가르기 등은 우리가 목도하는 반지성주의의 대표적인 현상이다.

이러한 반지성주의와 사람들이 말하는 '문학의 죽음'은 밀접한 관련을 지닌다. 본래 반지성주의는 자신의 정치적 목적을 달성하는 과정에서, 언어를 통한 사물의 정확한 인식과 판단을 가장 큰 적이라 여기기 때문이다. 언어의 정확한 사용은 자신의 맹목적 믿음에 균열을 가져올 수도 있는 것이다. 그런데 문학은 언어의 정확한 사용을 그 존재의 본질로 여기며, 그러한 정확함을 미적 감동으로까지 연결시키는 인류의 오랜 문화적 자산이다. 그렇기에 반지성주의는 근본적으로 반문학적인 성격을 지닐 수밖에 없는 것이다. 반지성주의가 난무하는 상황에서 진지한 문학에 대한 관심이 쇠퇴하는 것은 당연한 일이라고 할 수 있다. 그러나 이것은 하나의 전도된 논리일 수도 있다. 어쩌면 문학이야말로 한국 사회에서 오랫동안 지성의 전위에 서 있었던 것이며, 문학이 그러한 역할을 더 이상 감당하지 못하면서 노골적인 반지성주의가 본격화된 것이라고도 말할 수 있기 때문이다.

이 지점에서 2022년 12월 25일 향년 80세의 나이로 세상을 떠난 한 작가를 떠올리게 된다. 바로 『난장이가 쏘아 올린 작은 공』1978을 남긴 작가 조세희이다. 지금 다시 펼쳐보아도 『난쏘공』은 역시나 명작으로 갖춰야 할 모든 요소를 갖추고 있다. 낙원구 행복동과 기계도시 은강을 배경으로 펼쳐지는 이 이야기에는 당시 가장 핵심적인 사회적 문제로 떠오른 노동과 분배의 문제가 적실하게 그려져 있으며, 사람들에게 참된 윤리적·정치적 삶의 가능성을 고민하게 만드는 강력한 울림을 지니고 있다. 이러한 『난쏘공』의 성취는 당대의 통념을 뛰어넘는 파격적인 문학적 실험을 통해서 가능한 것이었다. 1990년대 중반에 대학을 다닌 필자의 세대만 해도, 청춘의 시작은 『난쏘공』과 함께 했다고 해도 과언이 아니다. 신입생 환영회 자리에서부터 선배들은 이 책을 건네주고는 했으며, 이 책에 그려진 비슷한 또래 청춘들의 고통을 가슴에 새기며 대학생활을 시작했던 것이다. 실제로 이 책이 독자들과 만나온 역사는 하나의 사건이라 부를 만큼 이례적인 것이다. 1978년에 단행본으로 출간된 이후, 1996년에 100쇄를 넘었고 2007년에는 100만 부를 돌파하였으며, 2022년까지 무려 320쇄 148만 부가 팔렸다고 한다.

　이러한 지속성의 원인은 과연 무엇일까? 혹시 독자와의 이러한 깊고도 지속적인 만남이야말로 '문학의 죽음'이 운위되는 오늘의 현실에 시사하는 바가 있지 않을까? 이러한 생각으로 다시 펼쳐본 『난쏘공』은 작가가 "파괴와 거짓 희망, 모멸, 폭압의 시대"라고 규정한 1970년대에 그야말로 자신의 온몸으로 밀고 나간 절규에 가깝다. 동시에 반지성주의와 관련하여 『난쏘공』은 이 사회의 구석에 내몰린 빈자들의 삶을 찬찬히 응시함으로써, 독자의 지성을 극대화하는 소설이기도 하다.

　『난쏘공』에서 가장 먼저 눈에 띄는 것은 적과의 대결 의지이다. 작품에는 난장이와 그의 자식들을 괴롭히는 가진 자들을 향한 날 선 적대가 생생하게 드러나 있다. 『난쏘공』을 관통하는 난장이철거민, 노동자와 거인투기꾼, 자본가의 대립구두는 선명하다. 그것은 어떠한 타협도 가능하지 않은 절대적인 것으로서 평론가들이 '대립적 세계관'이라는 말로 갈무리한 특성이기도 하다. 가진 자들은 '난장이들'의 집을 가져가고, 그들의 육체는 물론이고 생명까지도 자신들의 탐욕을 위해 아무런 머뭇거림 없이 빼앗는다. 그런데 이 작품에는 그러한 대립을 뛰어넘는 지점도 존재한다. 대표적으로 은강그룹 총수 일가의 일원인 젊은이는, 자신의 아버지를 살해한 영수가 "공판정에서 한 말을 그대로 믿어야" 한다며, 자신의 아버지는 "인간을 위해 일한다면서 인간을 소외시켰어"라고 말한다. 단순하게 '가진 자'와 '없는 자'의 이분법만을 수미일관하게 유지했다면, 『난쏘공』은 시간의 파괴력을 뛰어넘는 감동을 지속적으로 창출하기는 힘들었을 것이다. 이러한 지점은 반지성주의의 '무시간성'을 뛰어넘는 면모라고 할 수 있다. 반지성주의는 흔히 음모론으로 연결되고는 하는데, 음모론에서 모든 인간은 시간의 흐름과는 무관한 불변의 성격을 부여받는다. 소설은 이와 달리 구체적인 시공간 속에서 인간의 복합성을 생생하게 보여주며, 『난쏘공』은 반지성주의에서 즐겨 사용하는 절대적인 이분법과는 다른 모습을 보여주고 있는 것이다.

조세희는 난장이와 거인의 대립을, 부자와 빈자라는 대립에서 '사랑하는 자'와 '사랑하지 않는 자'라는 독창적인 이분법으로 발전시킨다. 지섭은 난장이에게 사람들은 "사랑이 없는 욕망"만을 지니고 있으며, 이런 사람들만 사는 땅은 "죽은 땅"이라고 말한다. 부유층에 속하지만 난장이의 편이라고 할 수 있는 윤호도 자신의 과제로 "사랑"을 가장 먼저 꼽는다. 난장이가 꿈 꾼 세상에서 강요되는 단 하나의 요건은 "사랑"일 뿐이다. 그 세상에서는 사랑으로 일하고 사랑으로 자식을 키우며, 사랑으로 비를 내리게 하고, 사랑으로 평형을 이루며, 사랑으로 바람을 부른다. 난장이의 장남인 영수가 아버지에게 물려 받은 것도 다름 아닌 "사랑"이다. 이에 반해 은강그룹의 일원으로 이익만을 중시하는 경훈은 "사랑으로 얻을 것은 하나도 없었다"고 하여, 사랑의 가치를 무시하고 경멸한다.

중요한 것은 이때 사랑을 판단하는 가장 중요한 요소가 다름 아닌 '물질에 대한 태도'라는 점이다. 난장이가 꿈 꾼 세상에서는 "지나친 부의 축적"을 "사랑의 상실"로 공인했던 것이다. 물질에 대한 집착은 근대의 핵심적인 세계관이라 할 수 있는 생산력주의와 맞닿아 있다. 생산력주의란 근대의 보편적인 이념이라고 할 수 있으며, 이것은 산업적 근대성을 통해서 세계를 다시 구성함으로써 대중의 물질적 행복을 제공하는 좋은 사회를 만들 수 있다는 유토피아적 믿음과도 상통한다. 이 꿈은 반복적으로 악몽으로 변해 전쟁, 착취, 독재, 기술적 파괴 등을 불러왔다. 오늘날의 생태 위기 등도 근본적으로는 이러한 생산력주의에서 유래한 것이라고 할 수 있다. 난장이 자식들이 노동자로 근무하는 은강그룹의 후계자인 경훈은 자신의 시대가 "일종의 경제 발작시대로, 윤리·도덕·질서·책임이 모든 생산 행위의 적으로 간주"된다고 말한다. 은강이 "모든 생명체가 고통을 받는 땅"인 이유도, 생산력주의와 결코 무관할 수 없다.

은강과는 "전혀 다른 도시"인 릴리푸트읍에는 생산력주의의 기반이라고 할 수 있는 "큰 기업도 없고, 공장도 없고, 경영자도" 없다. 그렇기에 『난쏘공』은 근대 자체와 대결하는 소설이라고도 할 수 있으며, 근대의 폐해가 사라지지 않는 한 그 단단한 문장 속에 깊이 감춰진 슬픔의 물기는 언제까지나 독자들의 가슴을 적실 수밖에 없는 것인지도 모른다. 이러한 물질주의야말로 2023년 지금의 시점에도 결코 변하지 않는 우리 삶의 기본 토대이다. 작년 국제적 여론조사기관인 퓨리서치센터가 17개국 성인 2만여 명을 대상으로 '자신의 삶을 의미 있게 만드는 가치'를 묻는 설문조사에서 한국은 '물질적 풍요'를 1위로 꼽은 유일한 나라였다.

또한 재현의 언어에도 주목할 필요가 있다. 흔히 『난쏘공』의 가장 큰 역할은 세상에 존재하지 않는 것으로 치부된 고통을 수많은 사람이 공감할 만한 언어로 드러낸 것에서 찾고는 한다. 실제로 지극한 리얼리즘의 문제의식을 지니고 있으면서도, 『난쏘공』은 평범한 사실주의 언어의 익숙함과는 큰 차이를 지니고 있기 때문이다. 『난쏘공』은 19세기 유럽에서 완성된 근대소설삼인칭 객관소설과는 다른 여러 가지 요소들, 심지어는 동화적인 것까지도 적극적으로 자기 안에 끌어들이고 있다. 『난쏘공』은 물론 소설이지만, 그 안에는 로맨스, 고백, 해부와 같은 픽션의 모든 장르가 포함되어 있다고 해도 과언이 아니다. 이러한 독창성과 포용성이야말로 시간의 흐름 속에서도 『난쏘공』을 살아 숨쉬게 하는 미학적 에너지가 된다고 볼 수 있다. 마지막으로 『난쏘공』의 가장 큰 힘은 꿈꾸게 한다는 점이다. 이 작품이 진정 놀랍게 다가오는 점은 '산업 사회의 빈자와 노동자 문제를 조명'했다는 측면보다도, 그 열악한 상황에서도 필사적으로 꿈꾼다는 점이다. 구체적인 전망의 자리에까지는 올라서지 못했지만, 이 작품은 열심히 꿈을 꾼다. 핵심인물이라고 할 수 있는 난장이, 지섭, 윤호 등은 모두 달나라를 지향하는데, 유토피아에의 꿈이 압축된 달나라야말로 그 막연함과 추상성으로 인해 아이러니하게도 시공을 뛰어넘는 보편성을 획득하고 있다. 국제 난장이 마을인 릴리푸트읍도 달나라와 같은 맥락을 지닌다. 이 곳에는 어떤 종류의 "억압·공포·불공평·폭력"도 없으며, 국적도 무시하고 읍장은 여자이다. 유토피아에의 강렬한 지향은 부당한 현실에 분연히 맞서는 행위로 자연스럽게 이어진다. 은강그룹의 총수 일가를 향해 칼을 든 영수는 말할 것도 없고, 이 작품에서 가장 나약한 존재라고도 할 수 있는 어린 영희조차 부정적인 방식으로나마 입주권을 되찾기 위해 몸부림을 치는 것이다. 「뫼비우스의 띠」의 '앉은뱅이'와 '꼽추', 「칼날」의 신애도 모두 식칼이라도 들고서 부정한 세력에 맞서 싸운다. 이러한 꿈이야말로 어느 시대에도 포기할 수 없는 인간의 지향이며, 그 꿈을 이루기 위한 단호한 투쟁도 영원한 인간의 덕목이라고 할 수 있다.

조세희의 『난장이가 쏘아올린 작은 공』은 상식적인 이분법에 대한 성찰, 시대의 본질적인 문제에 대한 인식, 독창적인 예술 언어에 대한 고민, 불변하는 유토피아에의 지향과 실천이라는 덕목을 지닌 작품이라고 할 수 있다. 또한 이러한 요소는 특정한 시공을 초월하여 문학의 권능을 증명하는 고전으로서의 품격에 맞닿아 있다고도 말할 수 있다. 이러한 문학작품과의 만남을 통하여, 우리는 타인을 이해하고 시대를 성찰하며 미래를 꿈꾸게 된다.

반지성주의의 핵심적인 특징은 성찰을 불가능하게 하는 맹목적인 자기확신이었다. 이러한 자기확신은 세상을 흑백의 평면으로 바꿔버리며, 이러한 상황에서 '내'가 아닌 타인은 굴복시키고 이끌어야 할 대상에 불과하다. 상대에 대한 이해와 공감의 포기야말로 반지성주의의 근본적인 원인인 동시에 반지성주의가 낳는 가장 큰 폐해라고 할 수 있다. 이러한 상황에서 참된 문학만이 타인을 대상이 아닌 상대로 받아들이게 한다. 문학을 읽으며, 우리는 국적, 인종, 종교, 성별, 연령을 뛰어넘어 타자와 공감을 나눌 수 있기 때문이다. 또한 자신이 지닌 신념을 구체적인 상황 속에서 간접적인 방식으로나마 검증해보는 시간을 가져볼 수 있다. 어쩌면 반지성주의에 대한 해독제는 문학 안에 오래전부터 내장되어 있었다고 해도 과언이 아니다. 그렇기에 문학이야말로 전세계에 먹구름을 드리우고 있는 반지성주의에 맞선 도저한 실천인 것이며, 그 길의 동반자가 되는 것이야말로 우리 시대 문학인의 핵심적인 과제임에 분명하다.2023

# 2

# 수많은 이분법을 넘어선 자리

한강과 노벨문학상

## 1. 한강 소설의 세계성

작가 한강이 드디어 2024년 노벨문학상을 수상하였다. 세계문학론의 권위자인 파스칼 카자노바에 따르자면, '문학의 그리니치 자오선'을 기준으로 할 때 한국문학도 더 이상 변방이 아니게 된 것이다. 주지하다시피 '문학의 그리니치 자오선은 중심부문학의 원리로서, 거의 모든 작가들이 내면화하고 있다고 해도 과언이 아니다. 카자노바는 '문학의 그리니치 자오선'이 작동하는 가장 유력한 증거의 하나로 세계문학공간에 존재하는 명작보편적인 수준의 문학작품에 대한 승인 및 인정의 작동 기제인 노벨문학상을 들고 있다.

실로 한국 사회가 노벨문학상을 향해 기울인 관심은 눈물겨운 바가 없지 않았다. 어쩌면 한국 사회의 이러한 분투야말로 카자노바가 말한 '문학의 그리니치 자오선'을 증명하는 가장 선명한 사례였는지도 모른다. 카자노바에 따르면, '보편적인 미적 근대성'[1]을 핵심적인 규율로 삼는 '문학의 그리니치 자오선'을 중심으로 한 세계문학 공간을 지탱하는 것은 파리나 런

던의 문인들보다도 세계문학 공간의 중심부에 진입하고자 열망하는 주변부 출신의 작가들이기 때문이다. 세계문학을 향한 주변부 작가들의 맹렬한 인정욕망이야말로, '문학의 그리니치 자오선'을 지탱시키는 가장 큰 문학적 동력인 것이다.[2]

이번 한강의 노벨상 수상은 세계문학을 향한 인정욕망의 충족이라는 의미 이외에도, 기존의 세계문학론을 새롭게 갱신했다는 의미를 지니고 있다. 카자노바는 주변부 작가들이 '문학의 그리니치 자오선'을 획득하기 위해 자신들의 고유한 문제를 외면한다고 주장한다.[3] 김용구는 이러한 특성을, "주변부 작가들은 자신의 출신지의 지역적·민족적·정치적 문제로부터 벗어나 파리의 세계문학공간에서 요구되는 미적 근대성을 모방, 굴절, 혁명하면서 '세계적' 작가가 된다"[4]라고 정리하기도 하였다. 일반적으로 세계문학이 되기 위해서는 민족성, 정치성, 고유성 등에서 벗어나 초국성, 예술성, 보편성을 추구해야 하는 것처럼 인식되었던 것이다.

그러나 이번 한강의 노벨상 수상은 '중심부 / 주변부'라는 이항대립 자체를 폐기하는 발본적 특성을 보여주고 있다. '세계문학 / 민족문학', '초국

---

1　주의할 것은, 파스칼 카자노바가 주장한 미학적 모던은 결코 특정 시기의 문예사조에 한정되지 않는다는 것이다. 그것은 영원히 새로운 것을 추구하는 하나의 문학적 정신이나 태도에 가깝다. 파스칼 카자노바는 "모던한 것은 영원히 새로운 것"(파스칼 카자노바, 박진수 역, 「그리니치 자오선 — 문학의 시간에 대한 고찰」, 『문화연구』 9권 1호, 2021, 108면)이며, "문학공간에서 진정으로 모던할 수 있는 유일한 방법은 현재 혹은 최신의 미학적 혁명에 의문을 제기하고, 그것들이 시대에 뒤쳐졌다고 선언하는 것이며, 지난 현재보다 훨씬 더 현재적이라고 선언된 작품으로 그것들의 권위를 잃게 하는 것이다"(위의 글, 108면)라고 주장한 바 있다.

2　파스칼 카자노바, 이규현 역, 『세계문학공화국』, 소명출판, 2024 참조.

3　프랑코 모레티 역시 『근대의 서사시』에서 민족국가적 특성에서 벗어나 초국적 차원을 재현하고 있는 작품을 '세계 텍스트'라고 명명하였다.

4　김용구, 「세계문학과 로컬적 코즈모폴리터니즘」, 『코기토』 93호, 2021.2, 31면.(이은정, 「세계문학과 문학적 세계Ⅰ — 국내 세계문학 담론의 수용 양상과 세계체제론」, 『세계문학비교연구』 55집, 2016년 여름호, 27면)

성 / 민족성', '예술성 / 정치성', '보편성 / 고유성', '자율성 / 타율성'이라는
이분법이 문학을 설명하는 핵심적인 원리일 수 없으며, 좋은 문학은 자연스
럽게 그 대립을 넘나들며 때로는 양쪽을 모두 포용하기도 한다는 것을 보여
준 것이다. 한강에게 맨부커상The Man Booker Prize을 안겨주며, 작가를 일약 '세
계작가'의 반열에 오르게 한 『채식주의자』2007 역시 기존의 이항대립을 해체
한 작품이었다. 『채식주의자』는 현대문명의 근본적인 문제인 폭력과 소외
에 대한 발본적인 비판을, 한국 사회가 겪은 개발독재와 생산력주의라는 특
수한 맥락에서 수행하였던 것이다.

세계문학을 향한 인정욕망에 바탕한 '중심부 / 주변부'의 이분법은 사실
우리에게 내면화 된 측면도 적지 않았다. 우리는 세계문학이 되기 위해서는
디아스포라와 같은 초국가적 테마나, 추상적 시공간성이 필요하다고 생각
하기도 했던 것이다. 마치 세계적이거나 보편적인 스타일과 형식이 따로 존
재하는 것처럼 말이다.

심지어 '중심부 / 주변부'라는 내면화된 이분법은 우리에게 불필요한 자
기비하를 강요한 측면도 있다. 한강이 『채식주의자』로 맨부커상을 받았을
때, 많은 이들은 수상의 이유를 번역의 공으로 돌리기도 하였다. 이와 관련
해 댐로쉬가 번역을 거쳐 발생하는 의미의 증감을 기준으로 민족문학과 세
계문학을 구분한 논의에 귀를 기울일 필요가 있다. 댐로쉬는 "작품이 번역
으로 인해 의미의 손실이 일어날 경우 민족문학이나 지역문학에 머무는 데
반해, 작품이 번역으로 인해 의미의 손실보다 증가가 일어날 경우 세계문학
이 된다"[5]라고 주장한다. 댐로쉬의 논의에 따른다면, 『채식주의자』가 번역
을 통해 더욱 확장된 의미를 획득했다면, 그것이야말로 『채식주의자』가 세

---

5    David Damrosch, *What is World Literature*, Princeton University Press, 2003, p.289.

계문학이 될 수 있는 중요한 이유였던 것이다.

무엇보다 자신이 발딛고 있는 삶과 역사를 부정하는 문학이란 그 자체로 공허하며, 세계문학이라는 허상에 종속된 자기기만에 불과할 수도 있다. 한강의 노벨상 수상은 진정한 세계문학은 '중심부 / 주변부', '초국성 / 민족성', '예술성 / 정치성', '보편성 / 고유성', '자율성 / 타율성' 등의 다양한 이분법을 극복할 때만 가능하다는 것을 분명하게 보여주었다. 동시에 이번 노벨상 수상을 통해 '문학의 그리니치 자오선'과 무관하지 않음을 증명한 한국문학은, 이제 더 이상 세계성 자체를 배제하고 문학활동을 한다는 것이 불가능해졌음을 인정하지 않을 수 없다.

특히, 이번에 스웨덴 한림원으로부터 커다란 주목을 받은 『소년이 온다』2014와 『작별하지 않는다』2021는 '중심부 / 주변부', '초국성 / 민족성', '예술성 / 정치성', '보편성 / 고유성', '자율성 / 타율성'과 같은 이분법의 통렬한 전복을 보여주는 작품들이다. 이들 작품은 한국의 고유한 역사적 상처를 끈질기게 파고들면서 동시에 미학성을 동시에 확보하고 있는 것이다. 특히 두 작품은 연작의 성격을 가짐으로써, 20세기 한국의 국가폭력을 냉전이라는 세계사적 맥락에 접속시키는데 성공하고 있다. '중심부문학'에 대한 맹목적인 추종을 넘어, 민족지역 현실에 바탕한 독창적인 애도의 윤리를 제시하고 있는 것이다.


## 2. 시체로서 보여주기


『소년이 온다』와 『작별하지 않는다』는 모두 민간인에게 가해진 야만적인 국가폭력을 생생하게 보여준다. 『소년이 온다』는 여섯 개의 장과 에필로그로 구성되어 있는데, 각 장의 초점화자는 모두 '부재하는 중심'인 동호와 80년 광주를 매개로 하여 깊이 연결되어 있다.[6] 『소년이 온다』에서 열다섯의 소년이었던 동호가 맡은 일은 도청과 상무대에서 시신을 관리하는 일이며, 2장의 초점화자는 아예 시체가 된 정대이다. 이러한 서술상황은 『소년이 온다』를 시체의 진물과 냄새로 가득하게 한다.

여자의 이마부터 왼쪽 눈과 광대뼈와 턱, 맨살이 드러난 왼쪽 가슴과 옆구리에는 수차례 대검으로 그은 자상이 있다. 곤봉으로 맞은 듯한 오른쪽 두개골은 움푹 함몰돼 뇌수가 보인다. 눈에 띄는 그 상처들이 가장 먼저 썩었다. 타박상을 입은 상체의 피멍들이 뒤따라 부패했다. 발톱에 투명한 매니큐어를 바른 발가락들은 외상이 없어 깨끗했지만 시간이 흐르며 생강 덩어리들처럼 굵고 거무스레해졌다. 정강이를 넉넉히 덮었던 물방울무늬 주름치마는 이제 부풀어오른 무릎을 더 덮지 못한다.[7]

끝없이 쏟아져나오는 반투명한 창자들[20]

부패가 시작된 얼굴은 깊은 칼자국에 벌어져 이목구비를 정확히 분별하기 어려웠다.[40]

피와 진물로 꾸덕꾸덕 얼룩진 흰 무명천을 들추면 길게 찢긴 얼굴, 베어진 어깨,

---

6 이 작품의 초점화자는 동호를 '너'라고 부르는 서술자, 동호의 친구로서 사자(死者)가 된 정대, 80년 당시 수피아여고 3학년으로 동호와 함께 일했던 김은숙, 끝까지 도청을 지켰던 시민군, 가두방송을 했던 임선주, 동호의 어머니, 소설가 '나'이다.

7 한강, 『소년이 온다』, 창비, 2014, 11~12면. 앞으로 이 작품에서 인용할 경우, 면수만 기록하기로 한다.

블라우스 사이로 썩어가는 젖무덤이 너를 기다리고 있다.[44]

고깃덩어리처럼 던져지고 쌓아올려진 우리들의 몸을. 햇빛 속에 악취를 뿜으며 썩어간 더러운 얼굴들을.[53]

가장 먼저 탑을 이뤘던 몸들이 가장 먼저 썩어, 빈 데 없이 흰 구더기가 들끓었어. 내 얼굴이 거뭇거뭇 썩어가 이목귀가 문드러지는 걸, 윤곽선이 무너져 누구도 더 이상 알아볼 수 없게 되어가는 걸 나는 묵묵히 지켜봤어.[59]

총검으로 깊게 내리그어 으깨진 여자애의 얼굴[199]

이처럼 시신에 대한 리얼한 묘사는, 엄청난 폭력을 증거하는 기능을 발휘한다. 임선주가 동호의 시신이 찍힌 사진을 보며 "옆구리가 뒤틀린 그 자세가 마지막 순간의 고통을 증거하고 있었어"[172]라고 말하는 것처럼, 그 처참한 시신의 모습은 그 전에 가해진 폭력의 실상을 고통스럽게 떠올리도록 하는 것이다. 곳곳에 산재한 시체들의 섬뜩한 구체성은 보편적 추상을 매개로 하는 논리적 언어로는 쉽게 전달할 수 없는 광주의 경험을 선명하게 드러낸다.

『작별하지 않는다』에서 4·3에 대한 재현은 세 가지 방식으로 이루어진다. 첫 번째는 인터뷰로 이루어진 인선의 세 번째 단편 영화를 통해, 두 번째는 경하가 인선의 집에서 나누는 둘의 대화를 통해, 마지막은 인선이 건넨 자료집에 수록된 삼십여 명의 증언을 통해서 이루어지는 것이다. 이 증언들은 "빨갱이들"[8]을 "절멸"[220]하려고 했던 그 엄청난 학살의 기억에 관련된 것들이다.

주목할 것은 『작별하지 않는다』에서 그려진 제주4·3은 포고문 이후로 한정되어 있다는 점이다.[9] 그것은 경하가 자신이 읽은 책의 내용을 소개하며, "1948년 11월 중순부터 석 달 동안 중산간이 불타고 민간인 삼만 명이 살해된 과정을 그 오후에 읽었다"[262]고 하여 포고문 발표 이후의 상황만 언급되는 것에서도 알 수 있다. 이처럼 『작별하지 않는다』는 대한민국 정부의 공식적인 수립과 뒤이은 국가폭력에 초점을 맞추고 있는 것이다.

그러나 이러한 재현은 『소년이 온다』와 『작별하지 않는다』가 겨냥하는 본질과는 거리가 있다. 오히려 두 작품은 극단적인 폭력이 현시된 두 사건을 재현하는 것이 불가능하다는 의식을 드러내는데 초점을 맞추고 있기 때문이다. 『소년이 온다』에서는 사건의 증언진술불가능성이 80년 광주를 한복판에서 겪어낸 사람들에 의해 강조된다.

김진수의 죽음을 심리적으로 부검하고 있다는 선생의 말을 나는 이해할 수 없습니다. 지금 내 말들을 녹취함으로써 김진수가 죽어간 과정을 복원할 수 있습니까? 그와 나의 경험이 비슷했을지 모르지만, 결코 동일하지는 않았습니다. 그가 혼자서 겪은 일들을 그 자신에게서 듣지 않는 한, 어떻게 그의 죽음이 부검될 수 있습니까?[108]

---

8    한강, 『작별하지 않는다』, 문학동네, 2021, 220면. 앞으로 이 작품에서 인용할 경우, 면수만 기록하기로 한다.

9    그 포고문은 작품 속에 "동서로 긴 타원의 섬 지도가 화면에 떠올랐다. 1948년 미군 기록물이라는 자막 위로, 해안선에서부터 오 킬로미터를 표시하는 경계선이 두드러진 굵기로 그어져 있었다. 한라산을 포함하는 그 안쪽 지역을 소개하며, 해당지를 통행하는 자를 폭도로 간주해 이유 불문 사살한다는 내용의 포고문이 자막으로 이어졌다"(161)라고 소개된다. 이승만 정부는 1948년 10월 11일 제주도경비사령부를 설치하였고, 10월 17일 송요찬 제9연대장은 제주 해안선으로부터 5km 이외의 지점 및 산악지대의 무허가 통행을 금지하고 이를 어기면 폭도배로 인정하여 총살에 처할 것이라는 포고문을 발표한다.

삼십 센티 나무 자가 자궁 끝까지 수십 번 후벼들었다고 증언할 수 있는가? 소총 개머리판이 자궁 입구를 찢고 짓이겼다고 증언할 수 있는가? 하혈이 멈추지 않아 쇼크를 일으킨 당신을 그들이 통합병원에 데려가 수혈받게 했다고 증언할 수 있는가? 이 년 동안 그 하혈이 계속되었다고, 혈전이 나팔관을 막아 영구히 아이를 가질 수 없게 되었다고 증언할 수 있는가? 타인과, 특히 남자와 접촉하는 일을 견딜 수 없게 됐다고 증언할 수 있는가? 짧은 입맞춤, 뺨을 어루만지는 손길, 여름에 팔과 종아리를 내놓아 누군가의 시선이 머무는 일조차 고통스러웠다고 증언할 수 있는가? 몸을 증오하게 되었다고, 모든 따뜻함과 지극한 사랑을 스스로 부숴뜨리며 도망쳤다고 증언할 수 있는가? 더 추운 곳, 더 안전한 곳으로. 오직 살아남기 위하여.[167]

첫 번째 인용문은 한 연구자가 끝까지 도청에 남았다가 이후 후유증으로 자살한 진수에 대해 묻자, 스물 셋의 교대 복학생으로 진수와 함께 도청에 남았던 남자가 하는 말이다. 남자는 진수와 함께 도청에서의 마지막 밤과 감옥 생활을 함께 했으며 최근까지도 진수와 교감을 나누었지만 자신이 곧 진수일 수는 없음을 절규하고 있다. 따라서 이 인용문에는 광주로 인해 '죽어간 자들'의 진실을 '살아 있는 자들'이 말할 수는 없다는 인식이 드러나 있는 것이다.

두 번째 인용문은 임선주가 연구자의 증언 요구에 대해 보이는 반응이다. 임선주는 양장점의 미싱사로 일하다가 광주항쟁 당시 가두방송을 했으며 이후에도 말 못할 고통을 겪어낸 인물이다. 연구자는 임선주에게 녹음기와 테이프를 보내 그녀가 겪은 경험을 녹음해 달라고 부탁한다. 그러나 위의 인용문에서 드러나듯이, 임선주가 겪은 일은 결코 타인에게 말할 수 있는 수준의 경험이나 고통이 아니었다. 임선주 자신조차도 떠올리기 어려운 그것은 타인과 소통의 지점을 발견할 수 없는 고통의 사물화 된 극한일 뿐이다. 끝내 임선주는 봉인된 고통을 증언하지 못하며, 휴대용 녹음기와 테이프를 윤에게 반송하려고 한다. 이처럼 5·18에 대해 증언한다는 것은 '죽은 자'에게나 '산 자'에게나 결코 가능한 일이 아니다.

재현증언 불가능성에 대한 인식은 『작별하지 않는다』에도 그대로 이어진다. 이 작품에서 경하는 인선 엄마의 이야기를 들은 후에, "이 이야기를 영화로 만들 것인지 물었을 때 인선이 즉시 부인한 이유"287를 비로소 깨닫는다.

> 피에 젖은 옷과 살이 함께 썩어가는 냄새, 수십 년 동안 삭은 뼈들의 인광이 지워질 거다. 악몽들이 손가락 사이로 새어나갈 거다. 한계를 초과하는 폭력이 제거될 거다. 사 년 전 내가 썼던 책에서 누락되었던, 대로에 선 비무장 시민들에게 군인들이 쏘았던 화염방 시기처럼. 수포들이 끓어오른 얼굴과 몸에 흰 페인트가 끼얹어진 채 응급실로 실려온 사람들처럼.287

위의 인용문을 통해, 인선이 4·3을 영화로 만들지 않기로 한 이유는, 4·3이 영화화되면 '한계를 초과하는 폭력'이 제거될 수밖에 없기 때문임을 알 수 있다. 극한의 비극을 작품화했을 때, '한계를 초과하는 폭력이 제거'되는 것은 4·3의 재현에서뿐만 아니라 5·18의 재현에서도 똑같이 나타나는 현상이다.

## 3. 죄의식과 고독

한강의 『소년이 온다』와 『작별하지 않는다』는 5·18이나 4·3의 역사성에 대한 종합되고 균형 잡힌 이해를 추구하는 고전적인 리얼리즘소설이 아니다. 정확히 말하자면, 두 작품은 모두 역사적 대사건에 대한 이야기가 아니라 대사건의 희생자에 초점을 맞춘 이야기로서, 대사건을 겪은 사람들의 내적 경험을 통해 사건에 접근하고 있다. 이 때 인물들의 내면을 채우는 것은 사건이 남긴 죄의식과 그에 따른 고독이다. 두 작품 중에서 이러한 특징이 보다 뚜렷하게 나타나는 것은 『소년이 온다』이다.

『소년이 온다』에서 죽음을 각오한 시민군들이 도청에 남은 이유는 언어화될 수 있는 것이 아니다. 살아 남은 시민군들도 모두 "패배할 것을 알면서 왜 남았느냐는 질문"212에 "모르겠습니다. 그냥 그래야 할 것 같았습니다"213라고 대답할 수 있을 뿐이다. 사내가 간신히 언어화 한 '양심의 보석'이라는 말도 하나의 설명이라기보다는 그 자체로 해명을 요구하는 하나의 비유에 불과하다. 이처럼 도청에 남은 이유는 체험될 수 있는 것이지 설명될 수 있는 것이 아니다.[10] 동호의 작은 형은 왜 동호를 도청에 남겨두었냐고 큰 형이 추궁하자, "형이 뭘 안다고…… 서울에 있었음스로…… 형이 뭘 안다고…… 그때 상황을 뭘 안다고오"183라고 절규하는 것에서도, 이러한 특징은 선명하게 드러난다.

광주의 "경험은 방사능 피폭과 비슷"207한 것이어서, 계속해서 사람들의 삶을 옥죈다. 죽음은 80년 오월로 끝난 것이 아니며 방사능처럼 매우 느린

---

10　이와 관련해 최정운은 "절대공동체의 바람의 진실은 그날 광주의 그 거리에서 절대공동체를 숨 쉬어보지 않았던 사람들은 결코 이해할 수 없는 것이며 말로 아무리 설명해도 전달될 수 없는 것"(최정운, 『오월의 사회과학』, 오월의봄, 2012, 324면)이라고 설명하였다.

속도로 조금씩 사람들에게 다가오는 것이다. 임선주는 같은 단체에서 일하는 동료들에게도 광주에서의 체험을 철저히 숨겨 왔다. 검열로 만신창이가 된 서선생의 희곡에 등장하는 "네가 죽은 뒤 장례식을 치르지 못해, 내 삶이 장례식이 되었습니다"[99]라는 대사처럼, 이들의 삶은 '살아 있는 시체'와도 같은 것인지 모른다. 김진수의 자살은 이를 극적으로 현시한 것에 불과하다. 80년 오월에서 살아난 이들에게 삶을 향한 의지는 거의 없다. 이들은 차라리 죽음을 원할 정도인데, 이것은 이들의 심리 속에 80년 오월과 관련한 죄의식이 진하게 남아 있기 때문이다. 어찌보면 오월의 가장 큰 피해자인 임선주조차 "난 아무것도 사하지 않고 사함 받지 않아"[151]라는 입장을 견지한다. 이 영원한 죄의식의 한복판에는 동호가 있다.

『소년이 온다』는 기본적으로 "잔일 거든 거밖에 없는"[30] 열다섯 살 동호의 죽음을 통하여 80년 오월을 새롭게 이야기하는 작품이다. 동호는 끝까지 도청에 남았다가 죽는다. 그러나 동호는 만 열다섯이며 몸까지 왜소하고 약한 그야말로 소년에 불과했다. 따라서 동호의 죽음은 5·18 당시 광주 시민들에게 가해진 폭력의 극한을 보여주는 동시에, 광주에서 살아남은 자들에게도 끊임없이 죄책감을 불러일으킨다. 동호는 만 열다섯의 왜소하고 약한 소년으로서, 어떤 이유로든 도청에 남겨져서는 안 되는 소년이기도 했던 것이다.

모든 사람은 도청에서의 마지막 날 동호에게 반드시 집에 가라고 말한다. 함께 일을 했던 은숙 누나와 선주 누나는 물론이고 진수 형도 몇 번이나 당부한다. 은숙은 "영혼이 있었다면 그때 부서졌다"[89]라고 고백하는데, 그때란 은숙이 "도청을 나오기 전 너를 봤을 때"[89] 이다. 은숙은 동호가 도청에 남은 것에 대하여 목소리를 낮춰 항의하기도 했지만, 끝내 동호를 도청에 남겨 두고 집으로 돌아왔던 것이다. 마침내 도청 쪽에서 총소리가 들렸을 때 그녀는 다만 도청에 남은 "너를 기억"[92]했을 뿐이다. 임선주가 보는 귀신들의 한가운데는 동호가 있다. 다음은 임선주가 동호에게 말하는 장면인데, 이 장면에는 그녀가 느끼는 진한 죄책감이 그대로 드러나 있다.

> 내 책임이 있는 거야, 그렇지?
> 입술을 악문 채, 눈앞에서 일렁이는 파르스름한 어둠을 향해 당신은 묻는다.
> 내가 집으로 가라고 했다면, 김밥을 나눠 먹고 일어서면서 그렇게 당부했다면 너는 남지 않았을 거야, 그렇지?
> 그래서 나에게 오곤 하는 거야?
> 왜 아직 내가 살아 있는지 물으려고.[176~177]

도청에 남겨진 동호에 대해 가장 안타까워 한 것은 다름 아닌 당시 고작 스무살이었던 김진수이다. 김진수는 동호에게 두 번이나 반복해서 "적당한 때 너는 항복해라. 알겠지, 항복하라고, 손들고 나가. 손들고 나가는 애를 죽이진 않을 거야"[112]라고 거의 애원하다시피 말했던 것이다. 나중에 김진수가 끝내 자살하고 마는 것은 죄의식의 끝모를 깊이를 드러내는 것인지도 모른다.

동호의 형들은 싸움을 하는데 이 싸움에도 동호에 대한 죄의식이 꿈틀거린다. 큰 형은 작은 형에게 "그 쪼그만 것 손 잡아서 끌고 오면 되지, 몇날 며칠 거기 있도록 너는 뭘 하고 있었냐고! 마지막 날엔 왜 어머니만 갔냐고! 말해봤자 안 들을 것 같았다니, 거기 있으면 죽을 걸 알았담서, 다 알고 있었담서 네가 어떻게!"[183]라고 절규한다. 동호의 어머니도 그 마지막 날 둘째 아들과 함께 동호를 찾으러 갔다가 그냥 돌아왔다. 안으로 들여보내지 않는 시민군과 둘째 아들이 실랑이를 벌이자, 어머니는 "어둠속에서 군인들이

나타날 것 같아서", "이러다가 남은 아들까장 잃어버릴 것 같아서"[185] 그냥 다시 돌아왔던 것이다. 그 후 어머니는 아무리 무더운 여름이 다시 와도 땀이 안 나도록, "뼛속까지 심장까지 차가워"[190]진 채 평생을 살아간다.

『소년이 온다』는 인물의 내면을 드러내는 것에 초점을 맞추고 있다. 구성 자체가 증언을 하는 인물들의 병렬적 나열로 이루어져 있는 것이다. 그럼에도 이 작품의 '부재하는 중심'이라 할 수 있는 동호에게는 끝내 발언권이 주어지지 않는다.[11] 『소년이 온다』는 시종일관 동호를 중심으로 이야기를 풀어나가면서도, 화자를 동호로 세우는 법은 없다. 동호에게 가장 가까이 다가간 1장에서도 화자는 동호를 '너'라고 지칭함으로써, 동호를 관찰하는 시선에 머물고 만다. 이 침묵 속에는 그 날의 진실과 함께 해소될 수 없는 심연으로서의 죄의식이 놓여 있는 것이다. 『작별하지 않는다』는 바로 이 애도의 실패에서부터 출발하는 이야기이다.

---

11    그렇다면, 열다섯의 작고 약한 소년 동호는 왜 도청에 끝까지 남았던 것일까? 동호의 선택을 이해할 수 있는 유일한 단서는 김진수와 함께 끝까지 도청에 남았던 사내에 의해 주어진다. 사내의 "그날 도청에 남은 어린 친구들"도 "그 양심의 보석을 죽음과 맞바꿔도 좋다고 판단했을 겁니다"(116)라는 말에 주목할 필요가 있다. 사내는 그 날 "세상에서 제일 무서운"(114) 것인 "양심"(114)에 압도당했다고 말한다. 시신을 리어카에 싣고 수십만의 사람들이 총구 앞에 섰던 날, "수십만 사람들의 피가 모여 거대한 혈관을 이룬 것 같았던 생생한 느낌"(114)을, "그 혈관에 흐르며 고동치는, 세상에서 가장 거대하고 숭고한 심장의 맥박"(114)을 느꼈던 것이다. 그 숭고한 체험은 "양심이라는 눈부시게 깨끗한 보석이 내 이마에 들어와 박힌 것 같은 순간의 광휘"(116)에 비유된다. 그러나 이것 역시 '판단했을 겁니다'라는 서술형에서 알 수 있듯이, 하나의 추측에 불과하다.

## 4. 애도의 실패에서 다시 시작하기

한강의 『소년이 온다』는 이 작품의 중핵이라고 할 수 있는 동호가 묻혀 있는 망월동에 작가인 '내'가 찾아가는 것으로 끝난다. '나'는 자신이 가져온 초들을 소년의 무덤 앞에 세운다. "기도하지 않"고 "눈을 감고 묵념하지도 않"[215]으며, 다만 "반투명한 날개처럼 파닥이는 불꽃의 가장자리를 나는 묵묵히 들여다"[215] 볼 뿐이다. 이 무덤 앞의 초에서 비춰오는 불꽃을 묵묵히 바라보는 자세에서 작가가 동호로 상징되는 5·18을 바라보는 시각을 확인할 수 있다. 그것은 망각을 위한 애도도, 죽음을 향한 우울도 아닌, 둘의 비변증법적 종합으로서의 불가능한 애도일 것이다. 이 애도는 실패를 전제로 한 것이기에, '나'는 여전히 고통의 한복판에 놓일 수밖에 없다.

『작별하지 않는다』는 『소년이 온다』에 드러난 애도의 실패와 긴밀하게 연결되어 있다는 것을 보여주는 것으로 시작된다. 『작별하지 않는다』의 초점화자 경하와 작가 한강의 유사성이 의식적으로 드러나는 것이다. 작품의 초점화자인 경하는 2014년 여름, 그 도시의 학살에 대한 책을 낸 것으로 설정되어 있는데, 실제로 한강은 2014년에 광주의 비극을 다룬 『소년이 온다』를 출판하였다. 『작별하지 않는다』에는 원고를 완성한 후 편집자를 찾았을 때, "편집자는 5월에 맞춰 출간 일정을 잡는 편이 마케팅에 더 좋을 거라고 했다"[22]라고 말하는 부분까지 등장할 정도이다. 실제로 『소년이 온다』는 2014년 5월에 출판되었다.

『작별하지 않는다』에는 작품을 관통하는 경하의 꿈이 있는데, 이 꿈은 경하에게 강박적으로 도래한다. 경하는 밤에는 물론이고 낮에도 항상 이 꿈을 꾼다. 야트막한 산에는 수천 그루의 검은 통나무들이 심겨 있고, 우듬지가 잘린 단면마다 소금 결정 같은 눈송이들이 내려 앉아 있다. 경하는 그 검은 나무들과 그 뒤로 엎드린 봉분들 사이를 걸어간다. 그리고 그곳에는 밀물이 밀려오고 있다. 경하는 점점 빠르게 밀려들오는 밀물을 보며 "이미 물에 잠긴 무덤들은 어쩔 수 없더라도, 위쪽에 묻힌 뼈들을 옮겨야"10 한다고 애태워한다. 경하는 2014년 여름, 그 도시의 학살에 대한 책을 낸 지 두 달 가까이 지났을 때부터 이 꿈을 꾸기 시작한 것이다.

경하는 이 꿈을 꾸자마자, "그 도시에 대한 꿈이었다는 것을 깨닫"10는다. 그리고 사 년의 시간이 흐르는 동안 그 꿈이 "그 도시의 학살"15에 대한 것임을 의심하지 않는다. 경하는 자신이 쓴 책이 "그 꿈의 근원"57이라고 여기는 것이다. 이것은 80년 오월의 광주가 충분히 애도받지 못한 것과 관련된다.[12]

『작별하지 않는다』를 관통하는 '검은 나무들과 밀물에 휩쓸려 갈 봉분으로 이루어진 꿈'은 본래 '지난번에 쓴 소설', 즉 『소년이 온다』로 인해 도래한 것이었다. 경하는 소설을 쓴 이후의 사 년 동안 "껍데기에서 몸을 꺼내 칼날 위를 전진하는 달팽이 같은 무엇"12에 비유될 정도로 고통을 겪어야만 했다. 소설을 쓰면서도 온갖 악몽과 끔찍한 환영에 시달리던 경하는, 책을 내고 나면 더 이상 악몽을 꾸지 않을 거라고 생각했지만, 악몽은 그 후에도 계속 되었던 것이다. "학살과 고문에 대해 쓰기로 마음먹으면서, 언젠가 고통을 뿌리칠 수 있을 거라고, 모든 흔적들을 손쉽게 여읠 수 있을 거"23라고, 경하는 "순진하게 — 뻔뻔스럽게"23 가당치도 않은 기대를 했던 것이다. 경하는 '그 도시의 학살'에 대한 작품을 썼지만, 결코 "삶이라는 지옥"45에서

---

12 『소년이 온다』에서 '고깃덩어리처럼 던져지고 쌓아올려진 우리들의 몸'은 이들의 죽음이 인간 사회에서 이루어지는 애도와는 무관하게 동물 차원의 야만적인 상태로 방치되었음을 보여준다. 작가는 동호를 만나기 위해 광주로 내려가지만 모든 것은 변해 있다. 동호가 살던 옛집은 없어지고, 동호가 오월에 일했던 상무관 바닥은 파헤쳐지고, 공사 중인 도청 건물 바깥으로는 가림막이 설치되어 있는 것이다. 모든 것이 훼손되어 있는 현장은, 완수되지 못한 애도의 처참한 실상을 그대로 보여준다. 이것은 구묘역에서 신묘역으로 이장을 했을 때, "처참했던 모습 그대로인"(214) 시체들의 모습을 통해서도 확인된다.

벗어나지는 못한다. 이러한 상황은 '그 도시의 학살'에 대한 형상화만으로 는, '그 도시의 학살'에 대한 애도가 불가능하다는 것을 강하게 암시한다.

경하는 지난 여름이 되어서야 처음으로 자신이 꾸는 꿈이 "그 도시에 대 한 꿈만이 아니었을지도 모른다"[11]는 것을 깨닫는다. 이제 경하는 그 꿈이 다른 역사적 비극과 연결되어 있음을 자각하게 된 것이며, 자신도 어쩔 수 없는 강박적 도래로서의 4·3과 마주하게 된다. 이처럼『작별하지 않는다』 는 4·3이 '그 도시의 학살'과 긴밀하게 연결되어 있음을 처음부터 강하게 드러내며 시작하고 있다. 한강은 경하의 반복되는 꿈을 통해, 1980년 광주 의 애도를 위해서는 4·3이라는 또 하나의 비극으로 거슬러 올라갈 수밖에 없음을 드러내고 있는 것이다.

## 5. 냉전이라는 구체적 보편성

『소년이 온다』가 1980년 광주에 대한 애도에 실패한 가장 큰 이유는 역 사적 상황의 문제성에서 비롯된다. 그와 더불어 애도에 따르는 충분한 의미 화상징화의 부족도 고려해볼 필요가 있다. 모든 애도란 상징화의미화를 통한 거 리 두기를 통해서 가능성의 지평이 열리기 때문이다.『소년이 온다』에서 이 러한 의미화가 부재한 것은 아니다.

작품에서는 80년 광주를, 인간에게 내재된 잔인성이 표출된 불행한 사건 의 연속선상에서 바라보려는 시각이 드러나 있다. "유전자에 새겨진 듯 동 일한 잔인성"[135]이 부마항쟁, 베트남전, 제주도, 관동, 난징, 보스니아 등의 참상을 낳았고, 광주 역시 낳았다는 인식을 확인할 수 있는 것이다. 에필로 그인 '눈 덮인 램프'에서 작가인 '나' 역시 2009년 1월 새벽, 용산에서 망루가 불타는 영상을 보다가 "저건 광주잖아. 그러니까 광주는 고립된 것, 힘으로 짓밟힌 것, 훼손된 것, 훼손되지 말았어야 했던 것의 다른 이름이었다"[207]고 중얼거린다. 이것은 '나' 역시 80년 광주에, 폭력에 의해 희생된 약자의 의미를 부여하고 있음을 보여준다. 폭력에 의해 짓밟히고 훼손된 광주는, 관동, 남경, 부마항쟁, 베트남, 용산에 이어지는 것이다.

한강은 『작별하지 않는다』에서 경하의 반복되는 꿈을 통해, 80년 광주의 애도를 위해서는 4·3이라는 또 하나의 비극으로 거슬러 올라갈 수밖에 없음을 드러낸다. 『작별하지 않는다』에서는 한반도에서 펼쳐진 소위 '냉전冷戰'이라는 '구체적인 보편성'의 맥락에서 사건에 대한 의미부여를 보강하고 있다. 그것은 작품에서 인선의 부모가 겪은 한평생의 삶을 통해 집중적으로 드러난다.

냉전기라 불리는 지구적 현상은 대략 1946년부터 1990년까지를 일컫는다. 냉전은 다른 곳과 달리 한반도에서 전례를 찾아볼 수 없는 '열전熱戰'의 모습으로 나타났으며, 지금도 한반도에서 펼쳐지는 수많은 문제의 근원적 힘으로 엄연히 작용하고 있다. 『작별하지 않는다』는 냉전이라는 세계사적 시각에 바탕해, 4·3이라는 역사적 비극의 특성을 형상화하고 있는 것이다.

『소년이 온다』를 피로 물들인 그 폭력의 기원에도 냉전이 낳은 반공주의가 자리잡고 있다. 80년 5월에 신군부는 광주 시민들을 상대로 끊임없이 '빨갱이'라는 낙인을 찍으려고 했다. 『소년이 온다』의 핵심 인물인 임선주는 그 누구보다 5·18 당시는 물론이고 이후에도 끔찍한 고통을 감당해야만 했다. 그녀가 이러한 고통의 한가운데 놓인 이유 역시 '빨갱이'라는 호명 뒤에 놓인 반공 이데올로기와 무관하지 않다. 임선주는 과거 여공이었으며 노조 활동을 했기에 교도소에서 "빨갱이년"[170]으로 불리며 온갖 고문을 당해야만 했던 것이다. 따라서 80년 광주를 제대로 의미화하기 위해서는, 제

2차 세계대전 이후 한반도에서 본격화된 '냉전'과 그에 따른 국가폭력의 기나긴 맥락을 살펴볼 필요가 있는 것이다. 그렇기에 경하가 5·18로부터 시작된 고통의 근원을 따라 4·3으로 향한 것은 하나의 필연이라고 할 수 있다. 4·3이란 한반도에서 시작된 냉전에 따른 국가폭력의 시원始原과도 같은 사건이기 때문이다.

『작별하지 않는다』에서 당시 열세 살이었던 인선 엄마가 겪은 4·3은 실로 끔찍한 것이었다. 인선의 엄마와 이모가 집을 비웠을 때, 군경은 인선의 외조부모와 여덟 살의 막내 이모를 학살한다. 집에 돌아온 엄마와 이모는 가족들의 시신을 찾으려고 얼굴마다 얇게 덮인 눈송이를 닦아내며 시체 사이를 헤매고 다녀야만 했다. 인선의 엄마가 "내가, 눈만 오면 내가, 그 생각이 남져. 생각을 안 하젠 해도 자꾸만 생각이 남서"[86]라고 말하는 것에서도 알 수 있듯이, 엄마는 그 '눈'이 상징하는 4·3의 비극에서 평생동안 벗어나지 못한다.

4·3 이후에도 인선의 엄마는 학살의 현장에서 사라진 오빠를 찾는 일에 열중하며, 오빠를 추적하는 일은 4·3 이후 80년 광주에까지 이어지는 한국 현대사의 국가폭력을 추적하는 일이기도 하다. 엄마와 이모는 1954년 5월에 오빠가 있는 대구형무소에 찾아간다. 그곳에 외삼촌은 없었고, 4년 전 7월 진주로 이송됐다는 기록만 남아 있을 뿐이었다. 이 때 이모는 엄마에게 "포기하자고. 오빠姜正勳는 죽었다고. 진주로 이감됐다는 날짜를 기일로 하자고"[271] 제안한다. 그러나 엄마는 포기하지 않고 평생 동안 오빠의 행방을 찾는다. 이후 등장하는 "그해 경북 지역에서 죽은 보도연맹 가입자가 대략 만 명이야"[272], "전국에서는 최소한 십만 명이 죽었다"[272], "1950년 여름 전쟁이 터지자 명단대로 예비검속되어 총살됐다"[273]와 같은 문장은, 오빠가 살해되었음을 강하게 드러낸다.

　　인선의 엄마가 오빠시체를 찾기 위해 반세기 넘게 보여준 그 험난한 여정은, 한국현대사의 명암과 보조를 맞추고 있다. 1960년 여름, 전쟁 당시 수뇌부가 4·19로 물러난 직후 유족들은 갱도에서 처음으로 만나며, 대구역에서 위령제를 지내기도 했다. 그러나 5·16 이후 유족회장은 체포돼서 사형언도를 받고, 총무는 십오 년 형을 받는다. 주목할 것은 그 후로, 34년 동안 엄마가 모은 자료가 없다는 것이다. 그 34년이란 시간은 "군부가 물러나고 민간인이 대통령이 될 때까지"[281]의 시간에 해당한다. 34년을 건너뛴 1995년 스크랩에는 "경산의 시민단체가 코발트 광산 앞에서 최초의 진혼제를 올렸다는 기사가, 1998년 스크랩에는 경북 전역에서 모인 유족들이 광산 앞에서 합동 위령제를 지냈다는 기사가 등장한다. 2000년 스크랩에는 사십 년 만에 코발트 광산 유족회가 재결성되었다는 기사가 나오며, 그 시점부터 스크랩 수가 급격히 늘어난다.

　　인선의 엄마는 진실을 찾기 위해 적극적으로 나섰으며, 그 결과 유족회장은 "유족회에서 가장 열정적인 멤버가 엄마"[289]였다고 인선에게 말하기도 한다. 이 대목에서, 악몽을 안 꾸려고 실톱을 깔고 자고 그래도 악몽을 꾸며 이를 갈고 눈물을 흘리는 연약한 피해자에 불과했던 인선의 엄마에게는 처음으로 '강정심姜正心', 즉 '강하고 바른 마음'이라는 의미의 이름까지 부여된다. 그전까지 인선은 엄마가 "세상에서 가장 나약한 사람"[288]이자 "살아서 이미 유령인 사람"[288]이라고만 생각해 왔던 것이다. 그러나 엄마의 노력이 결실을 보지는 못한다. 2006년부터 삼 년 동안 유해 사백 구를 수습했지만, 2009년에 작업은 중단되는 것이다. 그 결과 여전히 삼천 구 이상이 갱도에 남게 되며, 인선의 엄마는 끝내 "단 한 조각"[286]의 뼈도 찾지 못한다. 이것은 진실을 향해 더 나아가야 할 우리의 몫이 여전히 남아 있음을 드러낸다.

　　인선의 아버지는 4·3 당시 억울한 누명을 쓰고 평생을 고통 속에 살다가 죽는 인물이다. 할머니와 할아버지는 무장대와 내통했다는 의심을 받을까봐 아버지를 동굴에서 혼자 지내게 한다. 그러나 이후 할아버지는 "집에 없는 남자는 무장대에 들어간 걸로 간주하고 남은 가족을 대살代殺한"218다는 군의 입장에 따라 살해당한다. 이후 아버지는 경찰에 붙잡히고, 제주읍에 있는 주정공장에 보름 동안 갇혀 있다가 목포항으로 실려간다. 아버지는 "주정공장에서 받았던 고문들에 대해서. 계급장 없는 군복을 입고 이북 말을 쓰던 남자가 아버지를 어떻게 다뤘는지. 옷을 벗기고 의자에 거꾸로 매달 때마다 무슨 말을 했는지"297를 엄마에게 말해주고는 했다. 이북 말을 쓰던 남자는 "씨를 말릴 빨갱이 새끼들, 깨끗이 청소하갔어. 죽여서 박멸하갔어. 한 방울이라도 빨간 물 든 쥐새끼들은"297이라며 말을 통한 '학살'을 했던 것이다. 인선의 아버지는 외삼촌과 대구형무소에서 8개월간 함께 복역하기도 하였다.

아버지는 평생 4·3의 비극에서 벗어나지 못한다. 인선과 아버지는 동굴에 가고는 했는데, 아버지는 동굴에서 "밤낮이 어신 거라이. 군사작전이라는 건"160이라거나 "아이를 살려사주. 이 아이가 무신 죄가 이서"160라고 중얼거리고는 했다. 그럴 때면 인선은 아버지의 손을 잡으며, "그의 몸에서 배어나온 조용한 전율이, 빨래를 쥐어짜는 순간 쏟아지는 물처럼 손을 적시는 걸"161 느꼈다. 인선의 아버지는 십오 년만에 고향에 돌아오지만, 사람들은 "죽었던 사름이 돌아온 것추룩. 눈초리 한 번만 섞어도 귀신을 옮길 사름인 것추룩"205 아버지를 모두 피했다. 아버지는 고문 후유증으로 협심증 약을 먹었고, 손이 떨렸다. 아버지는 "마치 두 세계를 사는 사람 같았"164으며, "한 눈으로는 나를 보고 다른 한 눈으론 내 몸 너머 다른 빛을 보는 것같이"165 살아야만 했다.

이처럼 인선의 부모가 겪어낸 삶은 단순히 4·3만 포괄하는 것이 아니다.

그것은 5·18까지 이어지는 냉전기 국가폭력을 증명하는 과정이기도 하다. 냉전이라는 시각에서 4·3과 5·18을 다루는 것은, 서구적 보편성 속으로 흡수되지 않으면서, 한국의 고유성에 바탕해 세계성을 획득할 수 있는 기본적인 이유가 되었다고 할 수 있다.


## 6. 서정적 전망을 통한 애도

『작별하지 않는다』에 이르러 냉전이라는 세계사적 맥락을 통해 한국인이 겪은 고통의 실체가 보다 뚜렷하게 부각될 수 있었다. 이것은 추상적 보편성에서 한걸음 나아가 구체적 보편성을 바탕으로 의미화상징화를 시도한 것이라 할 수 있다. 한강은 이러한 상징화의미화에서 또 한 걸음 나아간다. 그것은 스웨덴 한림원이 노벨상 선정 이유로 밝힌, "역사적 트라우마에 맞서고 인간의 삶의 연약함을 드러내는 강렬한 시적 산문"이라고 말한 것과 관련된다. 그러나 한림원이 밝힌 수상 이유는 한강의 소설에 대한 과소진술일 수도 있다. 이 때의 '시적 산문'은 단순하게 스타일상의 특징을 의미하는 것일 수는 없기 때문이다. 그것은 모든 존재들의 일체화를 통한 애도의 윤리라고 부를 수 있는 것이며, 문체상의 특징을 넘어서 한강이 도달한 작가정신의 핵심에 해당하는 것으로 새겨보아야 한다.[13]

---

13  이 때의 서정적 전망은 에밀 슈타이거(Emil Staiger)나 볼프강 카이저(Wolfgang Kayser)가 말한 서정적 장르에 대한 논의에서 빌어온 개념이다. 이들은 우리가 대상을 서정적으로 인식할 때, 자아와 세계가 융합되어 주체와 객체 사이의 간격이 사라진다고 주장한다. 주체와 객체 사이에 거리가 소멸되면서 자아와 세계가 융합하는 현상이 서정성의 가장 근본적인 특징이라는 것이다. 이를 참고하여, 자아와 세계 사이의 융합을 지향하는 태도를 서정적 전망이라고 표현해 보았다.

다큐멘터리영화 작업을 해오다가 제주로 내려가 가구를 만들던 인선은, 목공 작업 중 손가락을 다치는 바람에 서울의 병원까지 실려 온다. 그녀는 다친 손가락의 신경을 살리기 위해 삼 분에 한번씩 바늘로 찔러가며 피를 낸다. 너무나 고통스러운 일이기에 인선은 손가락을 잘라내 버릴 생각도 했으나, 결국 손가락을 살리기 위해 고통을 감내하기로 결심한다. 말할 것도 없이, 이 손가락은 어떠한 아픔을 지불하고서라도 포기할 수 없는 4·3의 진실에 대한 비유이다.

경하는 인선으로부터 급하게 연락을 받는다. 인선은 경하에게 자신이 기르는 앵무새 아마의 먹이를 주라고 부탁하고, 그 부탁에 응해 경하는 제주도 중산간에 있는 인선의 집으로 간다. 그 여로는 눈보라와 끔찍한 편두통과 뒤따르는 위경련을 견디고 폭설과 험한 길을 뚫고 가는 인로서, 일종의 통과의례에 해당한다. 그것은 경하라는 한 명의 근대인이 자아라는 개체의 벽을 허무는 과정이라고 할 수 있다.

제주 중산간의 눈보라를 뚫고 인선의 집으로 가는 여로는, 앵무새를 자기의 목숨처럼 중요하게 여기는 과정이면서, 4·3의 고통에 동참하는 일이기도 하다. 처음 경하는 "미친 짓이야"[88]라고 낮게 중얼거리며, "나는 인선이 아니고, 이런 눈에 익숙하기는커녕 경험해본 적도 없고, 이 눈보라를 뚫고 오늘밤 그녀의 집으로 갈 만큼 그 새를 사랑하지 않는다"[88]라고 생각한다. 이후에도 "포기하겠다고 그녀에게 말해야 한다"[116]라거나 "아직 선택할 수 있다. 이 버스에서 내리지 않을 수 있다. 저 운전기사와 함께 P읍으로 돌아갈 수 있다"[123]라고 되뇌인다.

동시에 앵무새 아마에게 물을 주기 위해 인선의 목공방으로 가는 길은, 다음의 인용문이 보여주듯이 '통증'이 강렬하게 환기시키는 개체의 껍질을 깨뜨리는 일이기도 하다.

언제나 그렇듯 통증은 나를 고립시킨다. 다른 누구도 아닌 내 몸이 시시각각 만들어내는 고문의 순간들 속에 나는 갇힌다. 통증이 시작되기 전까지의 시간으로부터, 아프지 않은 사람들의 세계로부터 떨어져나온다.[120~121]

불안도, 구해야 할 새에 대한 생각도, 인선에 대한 마음까지도 통증이 예리하게 그어놓은 금 바깥으로 빠져나간다.[122]

경하가 인선의 집에 이르는 길은 비유가 아니라 실제로 목숨을 담보한 행위이다. 비탈을 굴러내려오며 돌과 바위에 계속 머리와 몸을 부딪히고, 체온을 잃어가면서도 흐려지는 의식을 붙잡고 향해 가는 것이다. 결국 경하는 피투성이 얼굴과 헝클어진 머리를 하고 인선의 목공방에 도착한다. 그러나 이미 아마는 죽어 있으며, 경하는 정성을 다해 아마를 묻어준다.

현실원리를 뛰어넘어, 병원에 누워 있는 인선이 돌아온 후부터 모든 것이 달라진다. 간밤 경하가 묻었던 아마는 물론이고 인선이 여러 달 전 묻었던 아미마저 돌아오는 것이다. 이 곳은 이제 모든 존재의 개별성이 사라진 신화적 공간이 된다. 모든 분별과 구별이 사라진 이 곳에서 인선은 이미 엄마와 하나가 되어 있고, 나머지 존재들도 커다란 하나가 되어 간다. 이제 모든 존재는 하나로 연결되며, 이러한 진실에 대한 무조건적인 인정을 통해 상처가 치유될 수 있는 가능성은 비로소 열리기 시작한다.

인선의 집 주위를 가득 채운 눈의 상징성에도 주목해 볼 필요가 있다. 다음의 인용문에서 눈은 경하가 제주도 중산간에 있는 인선의 집으로 가며 맞는 눈을 묘사한 것인데, 이 때의 눈은 세상 만물의 연결성을 보여주는 확실한 매개체로서 기능한다.

인선이 맞으며 자란 눈송이가 지금 내 얼굴에 떨어지는 눈송이가 아니란 법이 없다. 인선의 어머니가 보았다던 학교 운동장의 사람들이 이어 떠올라 나는 무릎을 안고 있던 팔을 푼다. 무딘 콧날과 눈꺼풀에 쌓인 눈을 닦아낸다. 그들의 얼굴에 쌓였던 눈과 지금 내 손에 묻은 눈이 같은 것이 아니란 법이 없다.[133]

물뿐 아니라 바람과 해류도 순환하지 않나. 이 섬뿐 아니라 오래전 먼 곳에서 내렸던 눈송이들도 저 구름 속에서 다시 응결할 수 있지 않나. 다섯 살의 내가 K시에서 첫눈을 향해 손을 내밀고 서른 살의 내가 서울의 천변을 자전거로 달리며 소낙비에 젖었을 때, 칠십 년 전 이 섬의 학교 운동장에서 수백 명의 아이들과 여자들과 노인들의 얼굴이 눈에 덮여 알아볼 수 없게 되었을 때, 암탉과 병아리들이 날개를 퍼덕이는 담장에 흙탕물이 무섭게 차오르고 반들거리는 황동 펌프에 빗줄기가 튕겨져 나왔을 때, 그 물방울들과 부스러지는 결정들과 피 어린 살얼음들이 같은 것이 아니었다는 법이, 지금 내 몸에 떨어지는 눈이 그것들이 아니란 법이 없다.[135~136]

첫 번째 인용문에서는 '현재 경하가 맞는 눈 = 인선이 맞으며 자란 눈 = 4·3 당시 학살된 사람들의 얼굴에 쌓였던 눈'이라는 도식이 성립한다. 두 번째 인용문에서는 '다섯 살의 경하가 K시에서 맞았던 첫눈 = 서른 살의 경하가 천변에서 맞았던 소낙비 = 4·3 당시 학살된 사람들의 얼굴에 쌓였던 눈 = 흙탕물과 빗줄기 = 피 어린 살얼음들 = 현재 인선의 집에 가면서 맞는 눈'이라는 도식이 성립한다. 이러한 등식이 우리에게 환기시키는 것은 세상 만물이 깊이 연결되어 있다는 진실이다. 이처럼 『작별하지 않는다』에서 눈은 과거와 현재를, 4·3과 산 자를 연결해 주는 것이다.

인선과 경하가 나누는 대화는, 국가폭력에 의해 갑자기 죽은 자의 절규인 동시에, 그들 죽은 자들을 애도하는 진혼의 목소리이기도 하다. 인선의 목소리에는 이미 희생자의 목소리가 섞여 있다. 그렇기에 그것은 '사자 / 생자', '과거 / 미래', '존재 / 비존재', '당사자 / 비당사자'가 나누는 현재 진행형의 대화이며, 이를 통해 우주적 총체성은 신화적으로 부활한다.[14]

인선과 경하가 이런 중책을 맡을 수 있는 이유는, 이미 그녀들이 남다른 자질을 지닌 존재들이기 때문이다. 인선과 경하는 이미 역사적 죽음과 동거하는 존재들이다. 경하가 '그 도시의 학살'에 대한 소설을 쓰기 이전이나 이후나 항상 그 죽음들과 함께 하는 것처럼, 인선은 십 년 전 가을에 제주공항 활주로 아래에서 발견된 뼈들을 본 뒤부터 그 죽음들과 동거하고 있었다. 그 뼈들의 주인은 전쟁 발발 직후 제주에서 예비검속돼 총살된 사람들이었다. 특히 여자거나 십대 중반의 남자로 추정되는, "구덩이 벽을 향해 모로 누워서 깊게 무릎을 구부리고 있"[211]는 유골은 인선에게 강한 인상을 남긴다. 인선은 흉내내듯 책상 아래 모로 누워 무릎을 구부려보기도 한다.

『작별하지 않는다』에서 4·3과 만나는 방식은 영혼의 일체화를 통해 이루어진다. 이 곳에는 우주적 자아만 존재할 뿐, 개별적 자아는 존재하지 않는다. 이미 인선은 엄마와 하나가 된 존재이다. 다음의 인용에서처럼, 엄마

---

14 그러나 모두가 한 몸이 되는 것은 아니다. 4·3 당시 폭력의 냉혹한 주체였던 존재들은 '거대한 우리'에서 제외된다. 『작별하지 않는다』에는 서북청년단의 끔찍한 만행이 곳곳에 드러난다. 자료집의 증언 중 하나에는 전쟁 전에 군경을 따라다녔던 사람의 아내가 하는 말이 있는데, 여기에서 한 남성은 자신을 염려하는 아내에게, "이념은 통역 일만 한다곡. 서청이 제주 말을 못 알아듣곡 제주 사람들은 서청 말을 못 알아들으난"(228)이라고 말하는 장면이 등장한다. 여기서 서북청년단은 아예 언어가 다른 외국인으로 형상화되고 있는 것이다. 또한 무책임했던 사람들에 대해서도 비판적이다. 증언의 형식을 통해 "죽는 날까지 우리 서방은 군경 욕을 안 해서. 좋다 나쁘다 아예 입에 담질 않아서. 대신 빨갱이라 허명 질색을 했주게. 무장대 그 사람들이 한 거 무신거 있느냐곡. 경찰 몇 명 죽이고 죄 어신 가족헌티 복수허고 산에 도망가불민 그 마을에서만 이백 명 삼백 명이 보복으로 떼죽음 당헴신디, 지상낙원 만든다 허명 그저 지옥이주게 어떵 낙원이나곡"(229)라는 내용이 등장하기도 한다.

와 자신만 있는 제주도의 집에서 인선은 막내 이모가 되거나 큰 이모가 되고, 때로는 엄마가 되기도 한다. 심지어 인선은 "엄마를 구하러 온 모르는 어른"312이 되기도 한다.

> 잠들어 있던 내 입에 손가락을 물리고 얼굴을 쓰다듬으면서 엄마는 아이처럼 울었어. (…중략…) 그 으스러지는 포옹이 계속될수록 점점 엄마와 나의 몸을 구별할 수 없게 되었어. 얇은 피부, 그 아래 한줌 근육, 미지근한 체온과 혼란이 나의 것들과 뒤섞여서 한덩어리가 되었어. 엄마는 나를 죽어가는 동생이라고만 생각하지 않았어. 언니라고 믿을 때가 더 많았고, 어떨 때는 낯선 사람으로 여겼어. 자신을 구하러 온 모르는 어른.312

이미 엄마와 하나가 된 인선은 엄마가 죽은 다음날부터 4·3에 대한 자료를 찾기 시작하고, 엄마의 옷장 서랍에서 외삼촌에 대한 자료를 발견하기도 한다. 엄마가 모은 자료들의 빈자리에 자신이 새로 찾은 것들을 메꿔 넣으며 하루 하루를 보내던 인선은, 자신이 "서서히 미쳐가고 있다"316고 느낀다. '미쳐간다'는 것은 인선의 개체의 벽이 깨져 가고 있음을 의미한다. 이러한 동일시의 체험은 점점 강렬해진다. 인선은 "엄마가 다녀온 곳"316을 추체험하며, "내 인생이 원래 무엇이었는지 더 이상 알 수 없게 되"317며, 그때마다 인선은 "어디로 떠내려가고 있는지. 이제 내가 누군지"317를 묻기까지 한다.[15]

---

[15] 이러한 인선의 성격은 작품의 마지막까지 크게 강조된다. 처음 인선이 여기에 왔을 때 엄마가 들려줬던 이야기는 "섬을 떠나 있던 십오 년 동안 아버지가 저 건너편을 지켜봤다"(321)는 것이다. 이제 인선은 "그게 이상한 이야기라고 생각되지 않아"(322)라고 경하에게 말한다. "아버지가 십오 년 동안 형무소에도 있고 저 건너에도 있었던 것이"(322) 이상하지 않고, "책상 밑에서 내가 무릎을 구부리는 동시에 활주로 아래 구덩이 속에서 있었던 게"(322) 이상하지 않은 것이다. 이런 식으로 모두는 하나가 되는 것이다.

인선은 "절멸을 위해 죽인 아이들"[318]을 생각하며 집을 나섰다가, "그들이 왔구나"[318]라고 생각한다. 그리고는 "무섭지 않았어. 아니, 숨이 쉬어지지 않을 만큼 행복했어"[318]라고, 나아가 "심장이 쪼개질 것같이 격렬하고 기이한 기쁨"[318]까지 느끼게 된다.

경하 역시 인선을 통해 인선의 엄마까지 만난다. 경하의 눈 앞에 인선의 엄마가 떠오르는 것이다. 이 순간 인선의 엄마는 단순한 피해자가 아니라 '강하고 바른 마음'의 인간, 즉 '강정심姜正心'이다. 인선의 엄마는 "섬으로 돌아오는 배에 혼자 올라 방금 들은 말을 곱씹는 사람. 마침내 수만 조각의 뼈들 앞에 다다른 사람"[322]인 것이다. 피해자이면서 동시에 당당한 주체이기도 한 강정심과의 한 몸 되기를 통해서 비로소 애도의 가능성은 열리기 시작한다.


## 7. 지극한 만남


한강이 노벨상을 받은 직후, 소설가 황석영은 "이번 노벨상 수상은 고통과 수난의 치유자이며 해결자였던 한국인과 한국문학이 걸어온 길 위에서 거둔 빛나는 성과다"라는 문장으로 시작되는 '축하의 글'을 발표하였다. 이 말은 한강의 노벨상 수상과 관련해 참으로 중요한 지점을 짚어주고 있다.

한국문학은 세계에서도 유례를 찾아볼 수 없을 만큼, 시대적 상처에 민감하게 반응해왔다. 이번에 한림원이 크게 주목한 『소년이 온다』와 『작별하지 않는다』는 이러한 문학사적 전통 위에 서 있는 작품들이다. 이와 관련해 황석영, 현기영, 임철우 등의 작가가 4·3과 5·18의 문학적 형상화에 진력해 왔던 것은 널리 알려진 사실이다.[16] '사건의 진실을 보여준다'는 리얼리즘의 정신이야말로 한국현대소설의 근간이었던 것이다.

한강은 여기서 한단계 더 나아간다. 극한의 사건이 지닌 근원적 '표상 (불)가능성'에도 섬세한 자의식을 보여주고 있는 것이다. 그것은 상처 앞에서 암흑과도 같은 답답함을 견디는 고통스러운 일이기도 하다. 이와 관련해 1990년대 이후 등단한 수많은 작가들이 재현의 가능성을 둘러싼 아포리아에 천착해 왔던 것에도 주목해볼 필요가 있다. 이처럼 한강의 소설에는 한국문학사의 핵심적인 고민이 녹아 들어 있는 것이다.

'사건의 진실을 보여준다'라는 리얼리즘의 정신과 '표상 (불)가능성을 견딘다'라는 재현의 윤리를 받아 안은 자리에서 한강은 자신만의 독자적인 미학을 펼쳐 보였다. 그것은 '서정적 전망'에 해당하는 것으로서, 주체와 세계, 자아와 대상 사이의 동일화를 추구하는 정신이라고 할 수 있디. 불행한 역사적 상처를 외면하지 않으려는 정신과 경험하지 않은 고통에 겸허하려는 태도를 바탕으로, 한강은 개체성의 벽을 뚫고 존재 자체의 합일을 추구하는 새로운 미학적 길을 열어 보인 것이다. 이를 통해 한강은 인류가 겪은 폭력에 대한 발본적인 치유와 극복을 꿈꾸고 있다. 이것은 '서사성 / 서정성', '시대성 / 내면성'의 지극한 만남이라고 할 수 있으며, '사자 / 생자', '과거 / 미래', '존재 / 비존재', '당사자 / 비당사자'의 경계를 허무는 일이기도 하다. 이러한 지극한 만남을 통해 한강은 비로소 '중심부 / 주변부', '초국성 / 민족성', '예술성 / 정치성', '보편성 / 고유성', '자율성 / 타율성'이라는 세계문학의 커다란 장벽까지 넘어선 것이다.[2024]

---

16  나아가 구술을 바탕으로 한 미시적인 지역사나 마을사의 성과가 이번 한강의 노벨상 수상에 큰 기여를 했다는 견해도 있다.

**3**

# 개인과 공동체를 사유하는 새로운 방식

김애란, 최은영, 황정은

## 1. 개인과 한국문학

소설이 여타의 문학장르와 구별되는 중요한 지점 중의 하나는 근대적 개인의 내면을 탐구하는데 탁월하다는 점이다. 이것이야말로 탄생으로부터 수백년이 지난 지금까지도 변치 않는 소설의 고유한 장기라고 볼 수 있다. 따라서 소설을 통해 그 시대 개인의 모습을 살펴보는 것은 효과적이고도 타당한 접근법이다.

1920년대 초반 염상섭 등이 전시대의 계몽적이고 공리적인 문학관에 반발하여 병리적 근대인의 내면을 치밀하게 탐구한 이후, 한국문학사에서 개인개성에 대한 탐구와 의미부여는 하나의 상수였다고 할 수 있다. 이 때의 개인은 집단에서 분리된 자아를 나타내는 폭넓은 개념의 개인이 아니라,[1] 독립성과 자율성을 핵심적인 특징으로 하는 근대적 의미의 개인을 의미한다.[2]

---

[1] 아론 구레비치는 집단에서 분리된 자아라는 폭넓은 의미로 個人이라는 개념을 사용하여, 고대 북유럽 신화에서도 개인의 모습을 찾아내고 있다.(Aaron Gurevich, 이현주 역, 『개인주의의 등장』, 새물결, 2002, 120~164면)

[2] 로크는 독립성과 자율성의 개념을 개인의 절대적 권리라는 기본적 가치 속에서 처음으로 결합시켰다. 이때 독립성은 인간의 본성이 분리되고 개별화되어 각자가 자기 보존에 필요

그러나 곧이어 등장한 KAPF조선프롤레타리아예술가동맹의 강력한 힘에서도 알 수 있듯이, 개인에 대한 탐구는 늘 공동체에 대한 탐구와 길항관계를 맺으며 시대에 따라 각기 다른 모습을 보여주었다. 최근의 사례로 좁혀 보면, 1980년대의 강렬했던 공동체 지향의 문학이 휩쓸고 지나간 자리에는, 온통 진정성의 고백만으로 자신의 몫을 다한 듯했던 1990년대 문학이 있었고, 2000년대에는 이념이 아닌 윤리를 통해 다시 개인들의 관계를 탐구하려는 시도가 꾸준히 지속되었던 것이다.

문학사에서 개인이 문제되는 것은 특정한 역사철학적 상황에서이다. 특정한 이념이나 담론이 지배적인 상황에서 개인의 존재방식은 문제되지 않는다. 권위적인 대타자의 가장 큰 역할은 총체성의 우주 속에 개별 인간들의 자리를 배치하는 것이기 때문이다. 이 때의 문제는 그 주어진 지리에서 살아가는 개별 주체의 신의나 능력에 대한 것이지, 존재방식 그 자체일 수는 없다. 그러나 상징계적 효력이 소멸하고 대타자가 부재한 상황에서는 삶의 주체로서의 개인이라는 문제가 중요하게 부각될 수밖에 없다. 따라서 오늘 다시 개인을 묻는다면, 그것은 개별적 존재자의 삶에 대한 성찰인 동시에 새로운 공동체의 전망에 대한 탐구일 수밖에 없을 것이다. 이 글은 최근 김애란, 최은영, 황정은이라는 질적으로나 양적으로 한국 사회에서 가장 큰 주목을 받는 세 명의 작가를 통해, 최근 소설에 나타난 개인과 공동체에 대

한 특수한 이익을 추구하게 되었음을 의미하고, 자율성은 각자가 천부적으로 지닌 합리적 이성의 힘으로 자신의 삶을 결정할 수 있게 되었음을 의미한다.(Alain Laurent, 김용민 역, 『개인주의의 역사』, 한길사, 2001, 51~52면) 알랭 르노에게 독립성이란 개인이 자기 자신 외에 그 어떤 다른 것에도 복종하려 하지 않는 상태를 의미한다. 완전한 독립성, 완벽한 자기 충족성은 어떻게 보면 결국 자유로운 혹은 자발적인 의지를 제한할 수 있는 모든 규제를 거부하는 것과 일치한다. 자율성은 자유와 양립할 수 있는 종속성에 의해 탄생한다. 자율성이란 인간의 규칙, 다시 말해 자동 설립된 규칙에 대한 종속성인 것이다. 알랭 르노는 근대 민주주의 개념을 구성하는 것은 독립성이 아니라 자율성이라고 주장한다.(Alain Renaut, 장정아 역, 『개인』, 동문선, 2001, 40~51면)

한 상상력과 사유의 면모를 살펴보고자 한다.


## 2. 타자로서의 개인


2000년대 들어 개인은 역시나 절대적인 기표 중의 하나였다. 수많은 소설에서 타자로 호명되고는 했던 개인은 '신神의 얼굴을 한 존재'로서 알 수도 없고 동화할 수도 없는 불가사의한 존재로 등장했던 것이다. 최근 소설에서도 이러한 경향은 어렵지 않게 발견되며, 김애란의 소설은 대표적인 경우라고 할 수 있다.

「입동」은 여러 가지 의미와 정서를 담고 있는 이미지와 비유들을 통해 소통불가능하고 대체불가능한 개인의 단독성을 형상화한 작품이다. 젊은 부부는 후진하던 어린이집 차에 치여 52개월밖에 살지 못한 영우를 잃어버린다. 이들 부부의 고통은, 아내가 "영우가 있는 곳 말이야, 여기보다 더 좋을 것 같아. 왜냐하면 거기는 영우가 있으니까"[3]라고 말할 정도로 심각하다. 아내는 주변 사람들의 시선 때문에 장조차 보지 못한다. 아내는 직장을 그만둔 지 오래이고 매달 통장에선 아파트 대출금과 이자가 빠져나가지만, 이들 부부는 영우의 죽음으로 생긴 보험금 통장에서 1원도 꺼내 쓰지 않는다. 그럼에도 동네에는 '내'가 보험회사 직원이라는 이유로 차마 입에 담지 못할 소문이 돌기 시작한다. 이처럼 주변에서는 깊은 슬픔에 빠진 이들 부부를 위해 어떠한 배려도 보여주지 않으며, 오히려 그들의 말할 수도 없는 슬픔을 더욱 증폭시킬 뿐이다.

---

3  김애란, 『바깥은 여름』, 문학동네, 2017, 269면. 앞으로 이 작품집에 수록된 소설을 인용할 때는, 본문중에 면수만 표시하기로 한다.

이들 부부는 복분자액으로 더럽혀진 벽지를 떼어내고 도배를 한다. 이들이 도배를 하게 된 이유는 시어머니가 실수로 올리브색 벽지에 복분자액을 쏟았기 때문이다. 시어머니가 쏟은 복분자원액은 어린이집에서 실수로 이들 부부에게 보낸 선물이다. 그 복분자원액은 영우 일로 나빠진 평판을 바꿔보려는 의도에서, 보험회사를 통해 민사상 손해배상을 했기에 자신들은 모든 일을 마무리했다고 생각하는 어린이집이 동네 사람들에게 보낸 것이다. 그러한 선물이 '나'의 집에 도착했다는 것은 "알고 보냈으면 나쁜 거고 모르고 보냈음 더 나쁜 거라고"270밖에 생각할 수 없는 일이다. 가해자의 무감각함과 무책임함을 상징하는 복분자원액으로 더럽혀진 벽지는, 이 가정의 모욕당한 현재를 감각적으로 보여준다.

더럽혀진 벽지를 떼어내고 새로운 벽지로 도배를 하는 일은 영우와 관련된 상처에 대한 애도의 비유로도 새겨볼 수 있다. 그러나 도배가 거의 끝나갈 무렵, 이들 부부는 영우가 자신의 성인 '김'자와 '이웅'만을 서투르게 써놓은 낙서를 발견한다. 완성되지 못한 이 이름은 영우의 그 짧았던 삶을 상징하기에 모자람이 없다. 결국 아내는 "처마 밑에서 비를 피하는 사람마냥 내가 받치고 선 벽지 아래서 훌쩍"279인다. 그 벽지에는 흰 바탕에 이름을 알 수 없는 아이보리색 꽃이 촘촘히 박혀 있는데, 그 꽃은 "누군가 아내 머리 위에 함부로 던져놓은 조화弔花처럼 느껴"279진다. 동시에 이러한 아내의 모습은 동네 사람들로부터 이들 부부가 "꽃매"279를 맞고 있는 모습으로 표현되기도 한다. 동네 사람들은 "내가 이만큼 울어줬으니 너는 이제 그만 울라"36며 꽃매를 때리는 것이다. 그 꽃매를 맞으며 아내와 '나'는 "다른 사람들은 몰라"37라는 말을 반복한다. 이 마지막 모습 속에서 우리는 '슬픔의 공유 불가능성'과 그에 이어진 '타인과의 소통 불가능성'을 가슴 아프게 확인할 수밖에 없다. 이처럼 김애란의 「입동」은 감각적인 이미지를 통해서 개인

이 통약불가능한 존재임을 보여주는 작품이다.[4]

「풍경의 쓸모」도 신의 얼굴처럼 도저히 이해할 수 없는 타자의 형상으로 가득하다. 정우의 아버지는 본래 "한겨울, 방 한쪽에 잘 개어놓은 이불 같은 사람. 반듯하고 무겁고 답답한 사람"155으로 주위에 알려졌지만, 추문醜聞으로 인해 교단을 떠나 심판 일로 생활을 꾸려나간다. 엄마와도 이혼한 아버지는 새로운 여인과 함께 살고 있다. 아버지가 오랜만에 만나자고 했을 때 정우는 자신의 아내가 임신한 것을 기념하기 위해서라고 생각하지만, 실제의 아버지는 자신이 살고 있는 여인이 암에 걸리자 돈을 융통하기 위해 찾아온 것이다. 또한 정우가 시간강사로 나가는 B대학의 곽교수 역시 알 수 없기는 마찬가지이다. 정우는 음주운전으로 사고를 낸 곽교수의 죄를 뒤집어쓰면서까지 곽교수의 신임을 얻었다고 생각하지만, 실제 교수 임용에서 정우를 가장 강력하게 반대한 이는 다름 아닌 곽교수이다.

「가리는 손」은 교감과 소통의 불가능성이, 일상에서 가장 가까운 사이라 여겨지는 모자母子간에도 마찬가지로 적용될 수 있음을 보여준다. 이 작품의 서사는 엄마가 아들 재이의 열다섯번째 생일상을 차리는 과정을 기본 줄기로 하여, 중간에 여러 가지 생각과 최근의 사건에 대한 회상이 끼어드는 방식으로 되어 있다. '나'는 아들과 단둘이 살아간다. 지금은 헤어진 남편이 동남아 출신이기에 재이는 사람들에게 "다문화"191라 일컬어지며 차별적 시선을 받는다. 이 아들이 얼마전 노인이 살해된 사건에 연루되고, 동영상에까지 촬영되어 사람들의 입에 오르내린다. 그러나 재이는 일관되게 그 살해사건과 자신이 무관하다고 이야기해왔으며, '나' 역시 그런 아들을 믿어왔던 것이다. 'K시 중학생 노인 폭행 동영상 노모 버전'에 등장하는 재이

---

4   김애란의 「입동」에 대한 보다 상세한 논의는 「세월호 참사의 소설적 형상화」(『문학과 애도』, 소명출판, 2016)를 참고할 것.

는, 사소한 시비로 폐지 줍는 노인이 아이들의 발길질에 맞아 죽자 약 오십 초쯤 지난 뒤에 다시 등장하여 인형뽑기 기계 앞에 있는 라이언 인형을 들고 자리를 뜬다. 여기서 초점은 손으로 입을 가린 재이의 모습이 의미하는 것이 무언인가이다. 당연히 '나'는 그것이 "그 장면만으로도 재이가 얼마나 놀랐는지 짐작할 수 있다"[219]라는 말처럼, 재이가 노인의 죽음에 크게 놀란 것을 드러낸 몸짓으로 이해한다. 그러나 다른 아이들이 그 노인을 보며 한 "틀딱"[220]이라는 말을 듣고서는 애써 웃음을 참는 동작일지도 모른다는 암시가 강하게 드러나는 것으로 작품은 끝난다.

불현듯 저 손, 동영상에 나온 손, 뼈마디가 굵어진 손으로 재이가 황급히 가린 게 비명이 아니라 웃음이었을지도 모른다는 생각에. 정말 그런다면 그동안 내가 재이에게 준 것은 무엇이었을까. 이윽고 눈뜬 아이가 맑은 눈망울로 나를 바라본다. 그러곤 가슴팍을 크게 부풀려 숨을 모은 뒤 초를 향해 훅 입김을 분다. 초가 꺼지자 주위가 순식간에 어두워진다. 그 어둠 속에서 잘 보이지도 않는 재이 얼굴을 찾으려 나는 꼼짝 않는다.[220~221]

재이의 얼굴은 정성어린 생일상의 따뜻한 촛불 앞에서도 희미할 수밖에 없는 것이다. 여기에는 또한 21세기 한국 소설의 중요한 흐름이었던 '다문화' 소설의 맥락도 깔려 있다. '다문화' 소설에서 이주민들은 약자弱者와 선인善人의 위치에 그들의 자리를 배당받고는 했던 것이다. 이 소설에서도 재이가 교회 성가대에서 조용하게 받는 차별을 통해 역시나 약자이나 선인으로서의 이주민상이 등장한다. 그러나 이러한 공식 역시도 이 소설에서는 큰 충격과 함께 와해되고 만다.

타인을 신과 같은 미지未知의 타자로서 바라볼 때, 우리는 동일성의 폭력으로부터 저 멀리 벗어날 수 있다. 그러나 동시에 타자와 교감하거나 소통하는 일은 상상하기 어렵다. 신과 어깨동무를 하고 손을 잡을 수는 없는 노릇이기 때문이다. '타자로서의 개인'이라는 맥락에서 「노찬성과 에반」은 무척이나 흥미로운 작품이다. 이 작품에서는 초등학생인 노찬성과 노년에 접어든 개 에반이 감동적인 교감을 나누기 때문이다. 할머니와 단둘이 사는 노찬성은 할머니가 일하는 고속도로 휴게소에서 철제 울타리에 묶여 있는 개를 발견하여 자신의 집에 데려와 기른다. 에반은 노화로 인해 암에 걸리고, 노찬성은 고통을 줄여주기 위해 에반을 안락사시키고자 한다. 노찬성은 전단지 배포 아르바이트로 안락사시킬 돈을 마련하지만, 휴대폰에 그 돈의 일부를 써버리고 만다. 에반의 고통은 점점 심해지고 노찬성의 고통도 그에 따라 커져 간다. 그러다 에반은 스스로 집을 나가 마치 자살을 하듯이 고속도로에 뛰어들어 죽는다. 에반은 죽기 전날 밤에 "작별 인사라도 하는 양"[76] 찬성의 얼굴에 자기 머리를 비비기까지 했던 것이다.

찬성과 에반의 이 진한 유대는 오히려 개인 사이에 놓인 심연의 폭을 더욱 확장시킨다. 찬성은 여지껏 엄마를 한번도 본 적이 없으며, 아버지마저 두 해 전에 죽었다. 스마트폰이 없어서 "친구들 사이에 커뮤니티가 작동하는 원리와 어휘로부터 소외돼"[61] 있지만, 설령 스마트폰이 있더라도 "너, 대학에는 안 갈 거지? 그렇지?"[44]라는 확인을 할머니로부터 받아야 하는 찬성이 또래 집단에 섞이는 것은 거의 불가능하다. 스마트폰을 개통한 후에도 "찬성이 아는 번호도, 찬성 번호를 아는 사람도 없"[73]기에 찬성은 누구와도 통화하지 못한다. 이런 상황에서 벤치에 모인 엄마들이 육아 정보를 공유하며 자기 자식을 애정 어린 눈으로 바라볼 때, 찬성이 떠올릴 수 있는 대상이 에반 뿐이라는 사실은 어찌보면 자연스럽다. 인간 사이의 교감과 애정이 동물로 확대된 것이 아니라 오히려 인간 사이의 교감과 애정이 불가능해진 상황에서 어쩔 수 없이 선택된 것이 동물이라는 점을 고려할 때, 노찬성<sup>인간</sup>과 예반<sup>동물</sup>의 교감은 인간과 인간 사이의 이해불가능성과 소통불가능성의 심연을 더욱 확대시킨다.

김애란의 「홈 파티」『에픽』, 2022.4는 인간들 사이의 이해소통불가능성을 낳는 원인으로 계급을 내세우고 있는 작품이다. 청춘을 통과한 이연과 성민을 통하여 한국 사회를 가로지르는 계급의 분열선을 형상화하고 있는데, 이 때의 계급을 나누는 증표가 '덕'과 '인품'이라는데 이 작품의 문제성이 있다.

연극배우인 이연은 대학 후배인 성민을 통해 소위 '잘 나가는' 사람들의 홈 파티에 초대 받는다. 2007년 발표한 『도도한 생활』에서 김애란은 "요즘 계급을 나누는 건 집이나 자동차 이런 게 아니라 피부하고 치아라더라,"라는 강렬한 문장을 남긴 바 있다. 지금 홈 파티에 모인 사람들을 표싱하는 것은 더 이상 '피부'나 '치아'가 아니다. 이연은 홈 파티에서 웃고 떠드는 와중에도 "그들에게서 알 수 없는 힘"을 느낀다. 그 '힘'의 기원이 이 작품에서는 내적인 자질로 그려진다. 일테면 "단단한 안정감", "미감과 여유", "스스로를 향한 통제력", "단단하고 날렵한 기운" 등이 그것이다. 이런 '힘'을 가진 사람들의 상대편에는 이연을 포함한 "'나머지' 사람들"이 있다. '나머지' 사람들의 특징 역시 내적인 자질로서 설명되는데, 그것은 "자신을 이기지 못하"고, "잘못된 선택을 하"며, "변명하고 나약"하여, "같은 실수를 반복하는" 것으로 규정된다.

그런데 오피스텔에 살며 여윳돈 오백만 원이 없어 쩔쩔매는 성민과 이연은 어떻게 이 대단한 홈 파티에 초청받을 수 있었을까? 그것은 홈 파티에 모인 사람들이 속물들이기 때문이다. 이 작품에서 내내 암시되듯이, 이들의 인격적 자질은 진정성에 바탕한 것이 아니라, 타인의 인정에 목을 맨 결과이다. 그렇기에 자신들의 '부유함<sup>인품</sup>'을 확인받기 위한 거울로서 이연과 성민이 선택된 것이다. 처음 연극배우인 이연은 홈파티에서 자신에게 주어진 역할배역을 충실하게 수행연기하며, "그냥 이렇게 놀다 가도 좋을 것 같다"고 생각한다. 그런데 이 우아하고 세련된 홈 파티에는 결국 파열음이 울려퍼지게 된다.

첫 번째 파열음은 팔십여 년 전 영국에서 소량 생산된 빈티지 찻잔을 두고 발생한다. 파티에 모인 사람들이 모두 경탄의 눈으로 찻잔을 바라보는 와중에, 성민만은 "단순하고 모던한 게 좋더라고요"라며 오대표의 무한 자부심에 스크래치를 내는 것이다. 그러자 성형외과 의사인 박이 "저가 인테리어 상품에 창궐하는 그런 모던은……"이라며, 성민에게 면박을 준다. 이 순간 홈 파티에서 훌륭한 연기를 해내던 이연은 처음으로 "창궐이라니. 사람들이 한정된 자원 안에서 나름 생활에 윤기를 주려 하는 게 무슨 질병이라도 되나?"며 불만을 드러내고, 곧 그 분위기는 주변으로 퍼져나가는 것이다. 그러나 이 첫 번째의 파열음은 두 번째에 비하면 애교에 가깝다.

오대표는 자신의 재산이나 명품을 자랑하는 대신, 갑자기 자신이 주말마다 고아원으로 봉사활동을 다닌다고 자랑한다. 그러면서, 만 18세가 되어 시설에서 나가는 아이들은 정착금으로 오백만 원을 받는데, 아이들이 그 돈을 명품 가방 쓰는데 사용한다며 한탄한다. 이 순간 이연의 연기는 결국 파탄나고 만다. 이연은 시설을 나간 아이들이 자신을 제일 잘 감출 수 있는 방법은 명품 가방을 사는 것밖에 없다고 항변하는 것이다. 이연의 말에 홈 파티에 모인 사람들은 묘한 눈빛을 주고받고, 이연은 무대에서 퇴장하기로 결심한다. 결국 연극배우인 이연은 '잘 나가는' 사람들의 인정욕망을 충족시켜주는 연기에 실패하고 만 것이다.

퇴장하는 순간, 이연은 그만 오대표의 팔십 년 넘은 빈티지 잔 세트를 깨뜨리고 만다. 이 순간 빛나는 연기를 하는 것은 오대표이다. 오대표는 화를 내는 대신, 이연을 진정시키고 위로하며 자신의 '덕'과 '인품'을 만방에 과시한다. 이 순간 오대표의 얼굴에는 "만족감이라 할까 승리감"이 떠오른다, 이러한 감정은 이연이 자신의 보물을 깨트렸음에도, 눈부신 연기를 통해 사람들에게 '덕 있는 자'라는 자신의 모습을 각인시켰기에 가능한 것이다. 오대표는 "계산이 정확하신 분"답게 깨진 찻잔에 대한 대가를 확실하게 챙긴 것이라고 볼 수 있다.

그러나 이연도 무대에서 잔뼈가 굵은 프로이다. '만족감과 승리감'에 가득 찬 오대표가 이연의 패배를 확인하고자 "오늘 어땠어요?"라고 묻는 순간, 이연은 "마치 지금 자신이 처한 상황과 사랑에 빠진 사람"이라도 된 것처럼, "너무너무 좋았어요, 정말"이라고 달뜬 목소리로 대답한다. 오대표의 의도는 본래 당황하며 자신에게 시괴히는 이연을 통해, 자신의 너그러움을 최고조로 과시하는 것이었을 테지만, 이 순간 이연은 프로답게 오대표의 의도와는 무관한 연기를 멋지게 해낸 것이다. 김애란은 내면에까지 그어진 이 사회의 계급적 분할선을 수십억대 아파트의 조그만 응접실을 배경으로 멋지게 펼쳐 보인 것이다.

## 3. 거리가 만들어 낸 개인간의 소통과 교감

최은영의 소설은 크게 '타인의 타자성을 가슴 아프게 되새기는 전반부'와 '그럼에도 끝내 개인 사이의 공감을 이루어내는 후반부'로 이루어져 있다. 전반부는 2000년대 한국소설의 중요한 특징 중의 하나였으며, 그것은 2장에서 살펴본 김애란의 최근 소설에서도 확인할 수 있었다. 그러나 '그럼에도 끝내 개인 사이의 공감을 이루어내는 후반부'는 최은영이 성취해낸

득의의 영역이라고 할 수 있다. '타인의 타자성을 가슴 아프게 되새기는 전반부'와 '그럼에도 끝내 개인 사이의 공감을 이루어내는 후반부'라는 이원적 구조는 작가의 출세작인 「쇼코의 미소」에서부터 선명하게 드러난다.

「쇼코의 미소」에서 일본인 쇼코와 한국인 소유는 고등학교 시절 한일 학생들의 문화 교류 행사를 통해 만났다. 쇼코는 한국에 머무는 일주일 동안 소유의 할아버지와도 좋은 인간관계를 유지하며 지냈다. 그러나 작품의 마지막에 이르기까지 소유와 쇼코는 이해보다는 오해로 일관한다. 쇼코는 고등학교만 졸업하면 할아버지가 있는 고향을 떠나 도쿄로 가서 살 계획이었다. 그러나 쇼코는 고등학교를 졸업하고 신부전증으로 고생하는 할아버지를 돌보며 고향에 남았다. 그 시절의 쇼코를 찾아간 소유는, 자신이 "쇼코보다 정신적으로 더 강하고 힘센 사람이 되었다는 것"을 느끼고, "마음 한쪽이 부서져버린 한 인간"을 보며 "이상한 우월감"[5]에 휩싸인다.[6] 그러나 쇼코가 도쿄로 가고자 한 것은 자신의 꿈을 위한 것이 아니라 "보다 쉽게 죽을 수 있으리라"[40]는 생각 때문이었다. 또한 쇼코는 할아버지에게 붙잡힌 것이 아니라 오히려 할아버지로부터 돌봄을 받는 상태였다는 것이 나중에 밝혀진다.

또한 소유가 쇼코에게 느꼈던 우월감은 실체가 없는 허위의식에 불과했음이 드러난다. 소유는 영화감독이 되기를 꿈꾸지만, 그 꿈의 실현은 나날

---

5    최은영, 『쇼코의 미소』, 문학동네, 2016, 26면. 앞으로 이 작품집에 수록된 소설을 인용할 때는, 본문중에 면수만 표시하기로 한다.

6    이러한 우월감은 쇼코와 소유가 서울에서 만났을 때도 다시 한번 확인된다. 소유는 "나는 일본에 갔을 때 쇼코에게 느꼈던 우월감을 기억했다. 너의 인생보다는 나의 인생이 낫다는 강한 확신이 들었던 때. 집에 틀어박혀서 어디로도 갈 수 없었던 쇼코를 한심스럽게 생각했던 일. 넋이 나간 것처럼 내게 기대서 팔짱을 끼던 모습에 알 수 없는 소름이 돋았던 기억. 그리고 쇼코의 아픈 할아버지를 보며 나의 할아버지의 건강을 다행스럽게 생각했던 일도"(59)라고 회상하는 것이다.

이 어려워지고 결국에는 포기하기에 이른다. 그 과정은 일본에서 쇼코를 보며 했던 생각이 소유 자신에게 그대로 실현되는 과정이기도 하다. 소유는 "매일매일 괴물 같은 자의식만 몸집을 키웠"[33]고, "친구라고 부르던 사람들을 거의 다 잃어갔"[34]으며, "나를 사랑해주는 사람들과도 거리를 두"[34]게 되었던 것이다. "나의 삶이 속물적이고 답답한 쇼코의 삶과는 전혀 다른, 자유롭고 하루하루가 생생한 삶이 되리라고 믿었던 것"[31]은 완벽한 착각이었던 것이다. 소유는 자신이야말로 "불확실함에 두 발을 내딛고 있는 주체"[57]라는 것을 확실히 깨닫는다. 그리하여 옛날 쇼코가 소유를 외면했듯이, 전화로나마 소유는 "내가 몰랐던 비밀을 할아버지와 공유했다는 질투, 내게 내내 연락하지 않았던 일에 대한 미운 마음, 일본에서 본 쇼코의 태도에 대한 거부감, 나의 불안정한 처지에 대한 방어심"[58]으로 쇼코를 보지 않겠다고 말하는 지경에 이른다.

최은영 소설의 반전은 바로 이 타인의 타자성이 분명해지는 순간에 도래한다. 서울에 온 쇼코와 다시 만났을 때, 쇼코는 미소가 감도는 얼굴로 소유를 바라보며 할아버지의 일은 유감이라고 말한다. 이 순간 소유는 스스로 "당혹했다"[59]고 하면서도 쇼코의 손짓과 표정에서 "위안"[59]을 느낀다. 둘은 "우린 이제 혼자네"[63]라는 말에서 알 수 있듯이, '혼자'라는 단독자로서 '우리'라는 연대를 이루게 된 것이다.

「씬짜오, 씬짜오」에서도 비슷한 구도가 읽혀진다. 독일의 작은 도시 플라우엔에 머무는 동안 호 아저씨 가족과 '나'의 가족은 사이좋게 지낸다. 호 아저씨와 아빠는 같은 회사에서 일하는 동료였고, 아저씨의 아들 투이와 '나'는 같은 반이었다. 특히 호 아저씨의 아내 응웬 아줌마는 매우 친절하여, 호 아저씨 가족과 '나'의 가족은 사이좋게 지낸다. 그러나 응웬 아줌마는 베트남전 당시 가족이 모두 한국군에게 살해당한 아픔을 간직한 채 살아왔

다. 그럼에도 '나'의 아버지는 한국이 "다른 나라를 침략한 적 없"[78]는 평화
의 나라이며, 베트남전에서도 또 다른 피해자에 불과하다는 인식만 드러낸
다. 이러한 상황에서 '나'의 가족과 호 아저씨 가족이 멀어지는 것은 예정된
수순일 수밖에 없다. 그리하여 두 가족이 헤어지는 순간에는 "그 흔한 포옹
도, 입맞춤도, 구구절절한 이별의 수사도 없"[89]는 것이다.

그러나 역시 공감과 소통은 벼락처럼 혹은 축복처럼 다가온다. 이후 '나'
는 독일로 출장을 가면서도 플라우엔에는 들르지 않는다. "그곳에는 서로
를 경멸하는 부모 밑에서 영혼의 밑바닥부터 떨던 아이가 있었고, 단 한 번
의 포옹도 없었던 차가운 이별과 혼자 울던 길거리가 있었"[90]기 때문이다.
그러나 엄마가 돌아가신 다음해에 플라우엔에 갔을 때 응웬 아줌마는 너무
도 반갑게 '나'를 맞아주며, 그 환대 속에서 '나'의 엄마마저 부활한다. 그 부
활의 대목은 이 작품의 절정이기도 한데, 그것은 다음처럼 환상적으로 처리
되어 있다.

아줌마의 눈에서 나는 나와 함께 여기에 서 있는 엄마를 본다. 응웬 씨, 반갑게
이름 부르며 저쪽 길로 건너가는 엄마의 모습을. 씬짜오, 씬자오. 우리는 몇 번이나
그 말을 반복한다. 다른 말은 모두 잊은 사람들처럼.[93]

「언니, 나의 작은, 순애 언니」에서 처음 엄마와 순애 이모는, 이모가 엄마
를 향해 "너처럼 날 좋아해준 사람은 없었어"[101]라고 말할 정도로 절친한 사
이였다. 그러나 이모의 남편이 "나라"[109]가 조작한 이념사건으로 인해 오랜
감옥생활을 하고, 그 결과 폐인이 되어 버리자 둘의 사이는 점차 멀어진다.
엄마는 처음 이모와 이모의 남편을 위해 노력하지만 결국에는 왕래를 끊어
버린다. 그것은 "상상할 수조차 없는 큰 고통을 겪은 사람을 있는 그대로 바

라보기가 왜 그리도 어려웠는지 엄마는 생각"[115]했다는 말처럼, 특별한 일이 있어서가 아니라 '나'와는 너무도 다른 타자를 받아들이는 일의 어려움에서 비롯된다. 결국 엄마는 "이모와 관계없는 사람으로 평생을 살아왔"[120]던 것이다. 결국 순애 이모는 죽고, 엄마와 순애 이모는 영원한 이별을 하게 된다. 이 이별 역시 누군가의 잘잘못 때문이라기보다는 '타인의 타자성'에서 비롯된 것이라고 할 수 있다. 그러나 이모의 영혼은 작품의 마지막에 엄마가 있는 병실에 찾아온다. 그리고 그것을 통해 엄마는 이모에게 오래전부터 용서받았다는 것이 선포되고, 그 용서는 죽은 이모의 가죽지갑 속에 있는 이모와 해옥의 사진을 통해서 다시 한번 확인되며 작품은 끝난다.

「먼 곳에서 온 노래」에서도 소은은 남성중심적이고 권위주의적인 동아리에서 "개인의 자율적 선택과 평등한 관계맺음, 여성주의 교육을 주장하는"[200] 미진 선배와 친하게 지낸다. 그러나 미진 선배의 러시아행과 소은의 우울증 등으로 인해 둘은 멀어진다. 소은이 미진 선배를 멀리 한 이유가 제시된 다음의 인용문에는 근대적 개인의 금과옥조인 독립성과 자율성을 침해받는 것에 대한 두려움이 고스란히 드러나 있다.

> 나에 대한 선배의 끝없는 관심과 조언이 고마웠지만 그 고마움만큼이나 불쾌감도 커졌다. 선배가 '나'의 테두리를 짓밟고, '나'라는 공간을 무례하게 침입하는 것 같았기 때문이다. 선배는 멀리에 있으면서도 내게 너무 가까웠다. 나는 나의 가장 추한 얼굴까지도 거부하지 않는 선배의 마음을 견딜 수 없었다. 나는 애초부터 사랑받는 것을 두려워하는 인간이었으니까.[206]

그러나 곧 소은은 미진 선배가 머물던 러시아에 가서, 미진의 친구였던 율랴를 만난다. 이 작품에서는 소은과 미진 선배의 직접적인 화해와 소통은 등장하지 않는 대신 미진 선배를 매개로 하여 율랴와 소은이 새로운 관계를 맺는다. 소은과 율랴가 맺는 관계 속에는 이미 소은과 미진은 물론이고, 율랴와 미진과의 소통까지도 포함되어 있다.

이처럼 최은영 소설은 '타인의 타자성에 따른 이별'과 '그럼에도 이어지는 교감과 소통'의 서사 단락으로 이루어져 있다. 이러한 급전이나 반전은 최은영에게 하나의 진실이나 사실 이전에 하나의 의무이자 당위로 보인다. 특히 교감과 소통은 반드시 이루어져야 하는 것으로서, 이를 위해 「쎈짜오, 쎈짜오」와 「언니, 나의 작은, 순애 언니」에서는 현실의 논리를 초월하는 환상적인 장면이 동원될 정도이다.

최은영의 소설 중에는 '타인의 타자성을 가슴 아프게 되새기는 전반부'와 '그럼에도 끝내 개인 사이의 공감을 이루어내는 후반부'라는 서사규칙에서 벗어난 작품도 존재한다. 대표적으로 「한지와 영주」를 들 수 있다.[7] 「한지와 영주」는 케냐인 한지와 한국인 영주의 사랑을 통하여 타인의 타자성만을 강조하다가 끝나는 소설이다. 대학원에서 지질학을 공부하던 스물일곱 살의 영주는 프랑스의 시골에 위치한 수도원에서 7개월을 보낸다. 영주는 이 곳에서 나이로비의 수의사로 일했던 한지와 수많은 이야기를 나누며 친밀한 사이가 된다. 그러나 한지가 나이로비로 돌아가기 2주 전부터 한지는 영주를 외면한다. 이러한 외면의 이유는 분명하게 제시되지 않는다. 사소한 의사소통의 문제나 영주의 열등감 정도를 생각해 볼 수 있지만 그것도 진짜 이유로는 결코 제시되지 않는다.

「한지와 영주」에서 둘의 이별은 영주의 잘못 때문이라기보다는 모든 인

---

7  「한지와 영주」가 타인의 타자성을 강조하고 있다면, 「미카엘라」는 타인의 동일성을 부각시킨 작품이다. 「미카엘라」에 대한 보다 상세한 논의는 졸고, 「세월호 참사의 소설적 형상화」(『문학과 애도』, 소명출판, 2016)를 참고할 것.

간관계에 뒤따르는 극복할 수 없는 '타인의 타자성'에서 비롯된 것이기 때문이다. 침묵 주간을 신청하고, 영주는 침묵의 집에서 지내며 여러 가지 생각을 한다. 처음 든 생각은 자신이 "과거에 어떤 행동을 했다면 현재에도 한지와 잘 지낼 수 있었을까 하는 망상"[174]이다. 그러나 그것을 '망상'이라고 표현하는 것에서도 알 수 있듯이, 그러한 생각은 모두 "나의 헐벗은 마음"[174]에서 비롯된 헛것이며 "가장 한심한 생각"[173]일 뿐이다.[8] 작품에는 할머니의 목소리가 권위적인 음성으로 등장하는데, 불교도인 할머니는 "사람들은 떠난다"[166]며 "그 사실을 있는 그대로 받아들이기만 하면 돼"[166]라고 말해왔다. 이처럼 한지와 영주의 이별은, '회자정리會者定離, 만난 자는 반드시 헤어짐'라는 진리의 차원에 놓여 있는 일이다. 동시에 둘의 멀어짐은 '타인의 타자성'에서 비롯되는 불가피한 삶의 과정이기도 하다.

그렇다면 「한지와 영주」<sub>공감에 실패하는 소설</sub>와 그 외의 다른 작품들「쇼코의 미소」, 『씬짜오, 씬짜오』, 「언니, 나의 작은, 순애 언니」, 『먼 곳에서 온 노래』 : 공감에 성공하는 소설의 차이는 어디에서 비롯되는 것일까? 그것은 교감과 소통을 나누는 개인들 사이의 거리에서 찾아볼 수 있다. 교감과 소통을 나누는 사람들은 일상이나 운명의 공유가 불가능한 먼 거리에 놓여진 개인들이었던 것이다. 「쇼코의 미소」에서 소유와 쇼코는 편지를 주고받거나 가끔 서로의 나라를 방문할 뿐인 동성의 친구이며, 「씬짜오, 씬짜오」에서 '나'와 응웬 아줌마는 특별한 일이 없는 한 만나기 어려운 사이이며, 「언니, 나의 작은, 순애 언니」의 엄마와 순애 이모 사이에는 요단강이 흐르며, 「먼 곳에서 온 노래」에서도 죽은 미진 언니로 인해 이제 관계를 시작한 소은과 율랴는 동성의 이국 친구에 불과하다.

「쇼코의 미소」에서 쇼코는 "어떻게 다른 사람들과 내밀한 우정을 쌓는지

---

8 　둘의 사이가 환하게 연결되었던 때에도 영주는 "그애의 세계를, 그애의 손길이 닿을 때마다 조금은 더 따뜻해지고 밝아지는 세계를 알지 못했다"(155)고 고백한 적도 있다.

알지 못하는 부류의 사람"[17]으로서, 주위에 가까운 친구도 없다. "만약 내가 일본인이었고, 쇼코의 주변에 있는 사람이었다면 쇼코는 내게 관심조차 보이지 않았을 것이다"[17]나 "자신의 삶으로 절대 침입할 수 없는 사람, 보이지도 들리지도 않는 먼 곳에 있는 사람이어야 쇼코는 그를 친구라 부를 수 있었다"[18]라는 말에는 소통과 교감의 전제조건으로서의 거리가 오롯이 새겨져 있다. 쇼코와 소유가 "우린 이제 혼자네"라고 말할 수 있는 사이가 되더라도, 그리하여 찜질방에서 유두 근처에 새겨진 연둣빛 애벌레 타투를 보는 사이가 되더라도, 쇼코는 결국 보딩패스와 함께 출국장을 빠져나갈 외국인인 것이다. 그러나 「한지와 영주」에서 한지와 영주는 비록 국적이 다르지만 부부라는 형식으로 관계가 이어질 수도 있는 사이이다. 실제로 영주는 한지와 하나처럼 지낼 때, 나이로비에서 한지의 아내가 되어 살아가는 삶을 상상하기도 한다. 이 가까운 거리야말로 강박적으로까지 등장하는 새로운 연대와 교감의 시도를 불가능하게 한 것일 수도 있다.

이러한 특징은 소설집 『아주 희미한 빛으로도』문학동네, 2023의 표제작인 「아주 희미한 빛으로도」에도 그대로 드러난다. 최은영 소설의 서사시학은, '타인의 타자성을 가슴 아프게 되새기는 전반부'와 '그럼에도 끝내 공감을 이루어내는 후반부'로 이루어져 있다는 것이다. 특히 최은영의 고유성이 빛나는 대목은 '무한'과도 같은 타인의 타자성에도 불구하고, '끝내 공감을 이루어내는 후반부'인데, 끝끝내 이루어내고야 마는 타인과의 교감과 소통은, 최은영에게는 하나의 의무이자 당위라는 생각이 들 정도이다.[9]

「아주 희미한 빛으로도」 역시 그러한 최은영식 사랑 시학이 잘 드러나는

---

9  소설집 『아주 희미한 빛으로도』의 「작가의 말」에서 최은영은 "나는 사랑을 하는 일에도 받는 일에도 재주가 없었지만 언제나 사랑하고 싶은 사람이었던 것 같다. 그 마음이 이 일곱 편의 글에 실려 어딘가에 닿을 수 있으면 좋겠다. 사실 언제나 내가 바라온 건 그것뿐이었던 것 같다"(349)라고 밝히기도 했다.

작품이다. 희원은 스물일곱의 학사 편입생으로 대학교 생활을 시작한다. 그러던 중 너무나 마음에 드는 교수님인 '그녀'를 만난다. 희원은 그녀가 하는 강의의 "모든 부분이 마음에 들었"[10]으며, 심지어는 강의를 듣다가 "가끔은 뜻도 없이 눈물"[11]을 흘리기까지 한다. 무엇보다도 "언어로 표현할 수 없었던 것이 언어화될 때 행복했고, 그 행복이야말로 내가 오랫동안 찾던 종류의 감정"[11]이라는 말에서 알 수 있듯이, 그녀는 희원의 지에 대한 갈망을 충족시켜주었던 것이다. 희원이 생리적인 문제로 곤경에 처했을 때, 그녀가 희원을 도와주면서 둘의 사이는 더욱 가까워진다.

둘의 사이는 실로 완벽하다. 둘은 모두 용산에 살았던 경험이 있으며, 둘 다 그곳의 서점인 영인문고에 대한 추억도 공유한다. 더군다나 강의가 진행될수록 희원은 더욱더 그녀에게 끌리게 된다. 이 강의는 학생들이 씨온 에세이를 바탕으로 토론을 하는 방식으로 진행된다.[11] 그 토론에서 희원이 발언을 하는 도중에 다른 학생이 "중요한 건 그런 게 아니라"[24]라며 희원의 말을 끊어 버리자, 그녀는 그 남학생에게 "앞서 얘기한 학생의 의견이 중요하지 않다고 말했죠. 그것도 말을 끊어가면서"[24]라며, 희원에게 사과할 것을 정중하게 요구한다. "누군가가 내 말을 끊고, 내 의견이 중요하지 않다고 말하는 상황"[24]에 익숙했던 희원에게는 이러한 그녀의 태도가 무척이나 고마운 것이었다. 나아가 그녀는 2009년 용산참사 당시 책상에 앉아서 논문을 쓰고 있었다는 사실만으로도 괴로워하는 섬세한 정치적 감수성을 가진 것으로 그려진다. 그야말로 그녀는 희원의 이상형이 되기에 모자람이 없는 것이다.

---

10  최은영, 『아주 희미한 빛으로도』, 문학동네, 2023, 10면. 앞으로 이 글에서 이 작품을 인용할 때는 면수만 표시하기로 한다.

11  이 강의에도 주목할 필요가 있다. 작품에는 이 강의가 영문학과 전공 수업이라고 되어 있지만, 실제 모습은 영문학에 대한 강의라기보다는 '정치적 올바름'을 가르치는 강의에 가깝다. 이것은 최은영이 진정으로 중요시하는 가치가 무엇인지를 간접적으로 드러낸다.

그런데 희원과 그녀 사이에도 극복할 수 없는 개체의 벽이 불현듯 나타나는 순간이 찾아오고 만다. 그 순간은 종강을 맞아 그녀가 학생들과 함께 영화를 보고 닭갈비를 먹으며, "은근한 우애"36를 즐기던 자리에서 찾아온다. 희원이 그녀에게 대학원에 가고 싶다는 뜻을 밝히자, 그녀가 희원에게 미소가 사라진 얼굴로 "오래 생각한 건가요?"37라고 심각하게 되묻는 것이다. 희원처럼 뒤늦게 학문의 길을 밟으며 온갖 시련를 겪은 그녀는 진심으로 희원을 걱정해서 한 말이지만, "그녀가 나를 공부할 능력이 부족한 사람으로 판단했다고 생각"37한 희원은 큰 상처를 받는다.

이 말은 희원에게는 치명적인 것이었다. 희원은 그동안 "비정규직 은행원"15으로서 "누군가에게는 다이어트가 필요한 어린 여자애였으며, 누군가에게는 일을 처리해줄 기계였고, 누군가에게는 하소연을 들어줄 사람이었고, 누군가에게는 감정도, 생각도, 느낌도, 자기만의 언어도 없는, 반격할 힘도 없는 인형"15~16으로 대우를 받아야 했기 때문이다. 대학원에 진학하는 꿈은 이러한 자신의 잃어버린 자존을 회복하는 유일한 길이었던 것이다. 더구나 이 말이 "공부하고 싶은 분야의 선생님이자 선배인 그녀의 입"38에서 나왔다는 사실로 인해 희원은 더욱 큰 충격을 받는다.

안타깝게도 똑같은 실수를 희원도 그녀에게 하고 만다. 희원은 "선생님은 저희한테 과분했죠. 무례한 애들, 선생님이 젊은 여자 강사가 아니었다면 그렇게 하지 않았을 거에요"39라고 역시나 선의를 담아 그녀에게 말하는 것이다. 예전부터 희원은 수업 시간에 학생들이 그녀에게도 "상대는 이런 지식을 알지 못하리라고 확신하듯 '~거든요'라는 종결어미를 즐겨"28 사용하는 것을 못마땅하게 생각했던 것이다. 이런 모습을 볼 때마다, 희원은 "그들이 정교수의 수업이나 남자 강사의 수업에서는 결코 그런 식으로 말하지 않는다는 것"29을 떠올리고는 했다. 그러나 자신의 말이 끝나자마자 달라지는 그녀의 표정을 보며, 희원은 "그런 식으로 그녀의 자존심을 건드려서는 안 됐다"[40]는 것을 깨닫는다. 그녀는 '교수답게' "희원 씨가 앞으로 겪을 일들을 그런 식으로만 생각하지 않았으면 좋겠"[40]다는 말을 덧붙이지만, 이 대화를 마지막으로 둘은 더 이상 만나지 않게 된다.

최은영은 여기서 포기하지 않고, 끝내 둘 사이에 새로운 반전을 만들어낸다. 이러한 반전은 시간이라는 거리와 강사라는 공통의 경험을 통해서 가능해진 것이다. 희원은 그녀처럼 대학원에 진학하고, 나중에는 그녀처럼 대학 강단에까지 선다. 그 때의 그녀와 비슷한 모습이 되어갈수록, 자신에게는 "그런 일이 아주 멀고 무관하기만 할 것"[42]처럼, "그녀가 여자 강사이기 때문에 겪어야 했던 무례를 이야기했"[42]던 자신의 모습을 떠올리고는 한다. 힘겨운 '여자 강사'로서의 삶을 살아가며, 희원은 "그녀는 어떻게 그 시간을 지나왔는지, 지금 어떻게 살고 있는지"[43]를 생각하는 것이다. 희원은 다시 상상적으로나마 그녀와의 완전한 공감을 회복한다.


그녀가 공부하는 사람이 되기로 마음먹었던 순간에 대해 쓴 글을 나는 아직도 기억한다. 퇴근해 책상 앞에 앉아 책에 밑줄을 긋고 자신의 생각을 정리하는 순간에 투명 망토를 두른 것 같았다고 그녀는 썼다. 세상에서 사라지는 기분이었다고. 그녀는 이미 세상에서 사라져버린 사람들과, 그 사람들의 머릿속에서 그려진 세상이 자신이 살고 있는 세상보다도 언제나 더 가깝게 느껴졌다고 썼다. 그럴 때면 벌어진 상처로 빛이 들어오는 기분이었다고, 그 빛으로 보이는 것들이 있다고 했다. '더 가보고 싶었다.' 그녀는 그렇게 썼다. 나는 그녀의 문장에 밑줄을 긋고, 그녀의 언어가 나의 마음을 설명해주는 경험을 했다.

나도 더 가보고 싶었던 것뿐이었다.[43~44]

결국 작품은 희원이 자신의 모든 마음을 담아 "선생님"[44]이라고 부르며 끝난다. 아마도 희원과 그녀가 굳이 재회하지 않더라도, 희원의 마음을 환하게 채운 '희미한 빛'만으로도 둘의 사랑은 완성되었다고 할 수 있다. '타인의 타자성을 가슴 아프게 되새기는 전반부'에서 '그럼에도 끝내 개인 사이의 공감을 이루어내는 후반부'로의 급전반전은 어찌보면 하나의 진실이나 사실 이전에 작가의 믿음이자 신앙이다. 그런데 끝내 공감과 소통이 이루어지기 위해서는 하나의 조건이 필요하다. 그것은 바로 적당한 거리이다. 여기서의 적당한 거리란 지금의 일상과 삶의 공유를 불가능하게 만드는 조건이라고 할 수 있다. 이 거리야말로 최은영이 선보이는 선량한 윤리감각의 의의와 한계까지를 고스란히 비춰주는 하나의 중핵으로 새겨볼 수도 있을 것이다.

## 4. 개인도 공동체도 될 수 없는 프레카리아트라는 신新계급

김애란과 최은영이 독립성과 자율성에 바탕한 개인들의 관계라는 윤리의 문제에 초점을 맞추었다면, 황정은은 윤리 너머 혹은 이전이라 할 수 있는 계급의 관점에서 개인의 문제를 사유한다. 지난 세기 한국문학사에서 개인을 관계 맺어주는 가장 핵심적인 범주는 민족과 계급이었다고 할 수 있다. 두 가지 개념 모두 21세기 한국문학에서는 찾아보기 힘들었다. 황정은의 이번 작품집에서는 직접적으로 '계급'이라는 말이 등장하기도 하고, 자연스럽게 계급적 상상력을 떠올리게 하는 작품들도 여러 편이다. 그러나 여기서 주목해야 할 것은, 황정은의 계급은 연대나 공동체의 성립을 위해 동원되는 것이 아니라 오히려 그 불가능성을 드러내기 위해 동원된다는 점이다.

황정은 소설에서 개인은 생존의 극한으로 내몰리며, 그러한 특징은 「양의 미래」의 주인공인 '나'를 통해 잘 드러난다.[12] '나'는 여상女商, 여자상업고등학교을 졸업하고 각종 비정규직을 전전하는 프레카리아트precariat이다. 프레카리아트는 '불안정한precario'과 '노동자 계급proletariat'을 합성한 말로, 파견, 하청, 아르바이트 등의 일에 종사하는 비정규직 노동자층을 가리킨다. '나'는 "중학교에 다니던 때나 고등학교에 다니던 때를 생각하면 어딘가에서 일하고 있는 순간들"[13]이 떠오를 정도로, 햄버거 체인점, 패밀리 레스토랑, 도서대여점, 길거리, 마트 등에서 줄기차게 일을 해왔다. '나'는 엄연히 한국 사회에 살고 있는 젊은이지만, 그동안의 무수한 담론 속에서 제대로 논의조차 되지 못한 존재인 서발턴subaltern에 해당한다.

'나'에게는 '악몽'과도 같은 삶이 주어져 있을 뿐이다. '나'는 "병신 같은 걸 남기고 죽는 건 싫다. 걱정이 될 테니까 말이다. 세상에 남을 그 병신 같은 것이"[130]라며 아이를 낳을 생각은 하지도 못한다. 호재와 헤어진 이후에는 남자와 교제하는 "기회를 더는 상상"[135]할 수조차 없다. '나'에게는 미래도 없지만, 동시에 믿고 의지할 과거도 없다. 어머니는 십 년째 간암 투병 중이고, 어머니를 돌보는 아버지는 남성성이 완전히 제거된 채 "아버지라

---

12　생존의 최저선으로 내몰린 삶은 소설집 『아무도 아닌』에 등장하는 인물들의 기본적인 존재방식이다. 부모들은 늙거나 병들었고, 자식 세대는 비정규직으로 힘겨워한다. 「上行」에서 오제의 아버지는 폐암 수술을 받아 오른쪽 폐를 잘라냈고, 오제는 육개월 단위로 계약서를 쓰며 일하는 처지이다. 「상류엔 맹금류」에서 제희의 부모들은 평생을 갚아도 못 갚을 빚을 지고 있으며, 제희의 아버지는 몸도 아프다. 「누가」에서 금융권의 도급으로 전화 상담을 하며 연체금 독촉을 하는 그녀는 언제든지 고용 계약이 해지될 수 있다. 「웃는 남자」에서도 '나'의 아버지는 건축된 지 삼십육 년 된 아파트 오층에서 우울증과 가벼운 치매를 앓고 있는 어머니를 돌보며 간신히 살아간다. 「복경」의 어머니는 진통제도 없이 "내내 구토를 하고 오줌과 피거품을 흘리며 정신이 혼미한 채로 죽어갔"(193)으며, '나'는 백화점 판매원이다.

13　황정은, 『아무도 아닌』, 문학동네, 2016, 127면. 앞으로 이 작품집에 수록된 소설을 인용할 때는, 본문중에 면수만 표시하기로 한다.

기보다는 할머니 같은 모습"[132]을 하고 있다. 그들이 이 사회에서 차지하는 몫을 보여주는 것처럼, '나'의 부모는 "왜소하고 말이 없"[129]이 늘 조용하다. 사회로부터 어떠한 보호도 받지 못하며, 스스로도 자신들의 존재의미를 알지 못하는 아버지와 어머니는 말 그대로 벌거벗은 생명이다. '내'가 "이제 죽었으면 좋겠어"[133]라고 말하는 아버지와 어머니, 그리고 '나'는 개인이 될 수 없는 비인非人들인 것이다.[14]

　이러한 인물들은 전통적인 의미의 계급과는 거리가 멀다. 황정은이 그려낸 프레카리아트는 "노동자이면서 충분히 노동자이지 못한 존재자들, 계급에 속하지만 동시에 거기서 이미 '반쯤' 벗어난 존재자들"로서, "노동자계급 안에서 불안정성을 담보하는 새로운 계급의 이름"[15]이기 때문이다. 황정은의 소설집 『아무도 아닌』에서 가장 기억해야 할 것은, 그가 프레카리아트라는 계급을 한국문학사에 분명하게 각인시켰다는 점이다.

　황정은의 소설집 『아무도 아닌』처럼 '계급'이라는 말이 빈번하게 등장하는 경우는 최근 소설에서 찾아보기 힘들다. 「누가」는 도시 변두리의 다세대 주택을 배경으로 하고 있다. 이 곳에서 서로간의 연대를 가로막는 불화의 매개는 다름 아닌 소음이다. 그녀가 이 곳으로 이사를 온 것도 소음을 피해서이다. 이전에 살던 곳의 휴대폰 매장에서는 아이돌 그룹의 최신곡들이 끝도 없이 들려왔으며, 그녀는 그 "소음들 때문"[123]에 미열이 날만큼 힘들어했던 것이다. 그러나 이사를 가서도 그녀는 다른 종류의 소음으로부터 벗어나지 못한다. 그 벗어날 수 없는 소음에서 그녀는 다음의 인용문에 나타나듯이 자신이 속한 계급을 분명하게 인식한다.

---

14　황정은의 「양의 미래」에 대한 보다 자세한 논의는 졸고, 「터널이 있든, 없든」(『여시아독』, 푸른사상사, 2014)을 참고할 것.
15　이진경, 『불온한 것들의 존재론』, 휴머니스트, 2011, 335면.

어떻게 막을 도리가 없었다. 그녀는 그때 자신이 계급적 인간이라는 것을, 자신이 속한 계급이라는 걸 알았다. 이런 거였구나. 이웃의 취향으로부터 차단될 방법이 없다는 거. 계급이란 이런 거였고 나는 이런 계급이었어. 왜냐하면……

왜냐하면 더 많은 돈을 가져서 더 많은 돈을 지불할 수 있다면 더 좋은 집에서 살 수 있을 테니까. 더 좋은 집에서 산다는 것은 더 좋은 골목, 더 좋은 동네에 살게 된다는 것이고 더 좋은 동네라는 것은 이웃의 소음과 취향으로부터 차단될 수 있는 방법이 있는 동네일 테니까.[123]

그녀가 "어쩔 수 없게도 계급에 속하는 계급적 인간으로서의 나"[124]라는 것을 깨닫는 대목이다. 그녀는 부인하고 싶지만, 자신이 속할 수밖에 없는 계급이라는 것을 끊임없이 의식한다. 문제는 그녀가 자신이 속한 계급을 부끄러워하며 끝없이 그로부터 벗어나려 하지만, 그럴수록 계급의 규정력은 강력하게 그녀를 옥죈다는 것이다. 그녀는 윗집의 소음으로 고통을 겪지만, 결국에 그녀 역시 또 다른 소음을 만든다. 그녀가 거의 정신이 나가 윗층에 찾아가고 싶었듯이, 나중에는 누군가가 그녀의 집에 찾아와 "아래층이야 씨발 년아"[135]라는 말을 던질 수밖에 없는 것이다.

이처럼 벗어날 수 없는 계급에 대한 인식은, 그녀가 이사 간 집에 살았던 노인과 자신을 동일시하는 것에서도 확인할 수 있다. 그 노인은 "한 사람이나 두 사람이 들어가 누울 수 있는 관"[127]과 같은 방에 살았으며, "연체금이 있을 때나 호명되는 사람"[125]으로 고독사하기에 좋은 조건을 가지고 있다. 그녀는 그 노인을 떠올리며, 다음의 인용문처럼 자신과 노인을 동일시한다.

나는 그 노인보다 낫지만 지금의 나하고 그 노인 사이엔 거의 아무것도 없다. 아무것도 없으니까 언제고 나는 그 노인이 있었던 곳에 스무스하게 당도할 것이다.

그 거리를 최대한 유지할 수 있는 방법은 돈뿐인데 나는 돈이 없지.[134]

황정은 소설은 넘을 수 없는 문턱 안에 갇혀 있는 인간들로서의 계급을 이야기한다. 그것은 개인의 노력으로는 조그마한 흠집도 낼 수 없는 강고한 굴레이다. 계급이 '공통의 물질적 상황에서 탄생한 공통적 이해관계에 대한 집단적 의식'과 '적이 누구인가에 대한 공통된 생각'의 결합으로 탄생한다고 할 때, 황정은은 전자에 대한 분명한 인식을 보여준다. 그러나 모순된 이해관계에 의해 다른 계급에 대한 적대의식을 드러낸다는 점과 관련해서는 매우 독특한 모습을 보여준다. 황정은 소설에서 적대의식이 드러난다면, 그것은 다른 계급을 향해서가 아니라 바로 자기 스스로의 계급을 향해서이기 때문이다. 따라서 황정은이 형상화하고 있는 계급은 한국문학사에서 보아온 연대와 실천의 공동체와는 별다른 관계가 없으며, 본원적으로 불화와 적대가 내재되어 있는 분열의 공동체에 가깝다.

「누가」에서 다세대 주택의 사람들은 친구는커녕 서로가 서로에게 적일 뿐이다. 그렇기에 "서로가 서로에게 고객이면서, 시달리면서"[134] 살아간다. 「복경」에서는 '서로가 서로에게 고객이면서, 시달리면서' 살아가는 모습이 전면적으로 그려지고 있다. 「복경」의 '나'는 백화점의 판매원으로 근무하며 "몸에 와 닿는 최악"[196]은 대부분 "우리끼리,에서 비롯되는 것"[196]이라고 생각한다. 백화점의 최하층 노동자들은 다음의 인용문처럼 서로가 서로를 괴롭히고 모욕하면서 살아가는 것이다.[16]

---

16 「복경」에서는 이러한 불화가 거의 인간의 기본적인 삶의 조건으로까지 형상화된다. 백화점의 판매직원이 다른 매장에 가서 자신이 당한 굴욕을 다른 판매직원에게 강요하는데, 그러한 굴욕의 강요는 "인간이 인간의 발 앞에 무릎을 꿇고 머리를 숙이는 자세"(201)인 "도게자(土下座)"(200)로 상징된다. 인간은 "굻으라면 굻는 존재 있는 세계. 압도적인 우위로 인간을 내려다볼 수 있는 인간으로서의 경험"(201)을 필요로 하기 때문에 이 자세는

이처럼 미화원은 판매원과 계산원을 증오하고 판매원과 계산원은 미화원을 미워하고 그들 모두는 음식을 맛없게 만든다고 직원식당의 조리사들을 미워하고 조리사들은 다 처먹지도 않을 음식을 더 달라고 조르는 것들이라고 판매원과 계산원과 미화원을 두루두루 미워하는데 뭔가 영원한 돌림노래처럼, 네? 고객은 스쳐가지만 나와 이들은 한 개의 주머니에 담긴 채 뒤섞이는 존재들입니다.[196]

그 계급이라는 칸에 갇혀서 서로가 서로를 괴롭히는 그 관계 속에서는 공동체도 탄생할 수 없지만, 개인도 탄생할 수 없다. 이 뒤섞임 속에서는 아래의 인용문에서 볼 수 있듯이, 어떠한 독립성이나 자율성도 존재할 수 없기 때문이다.

견딜 수가 없는 게 아닐까요? 내 맛인데 니 맛이기도 해. 니 맛인데 내 맛이기도 하고. 내가 왜 너하고 같지? 같지 않은데 같은 맛이라면 결국은 같은 건가? 이런 생각을 하게 되는 우리끼리, 라는 관계보다는 고객과의 관계가 훨씬 산뜻하다고 나는 생각합니다.[197]

"웃고 싶지 않은데 웃어요. 자꾸 웃거든요. 나는 매일 웃는 사람입니다"[189]라는 문장으로 시작되는 「복경」에서 언제나 웃을 수밖에 없는 '나'의 웃음이야말로 사라진 고유성의 명백한 표지라고 할 수 있다.

그렇다면 계급이라는 말과는 거리가 느껴지는 여타의 관계, 대표적으로 가족 같은 범주에서 새로운 공동체의 가능성을 사유할 수는 없을까? 황정은의 소설은 오히려 가족이야말로 본원적 균열의 공간임을 반복해서 강조

결코 사라질 수 없는 것으로 이야기된다.

한다. 「웃는 남자」에서 나와 아버지, 아버지와 할아버지, 나와 할아버지 사이에는 아무런 공감도 없으며, 그러한 불통과 단절은 아버지의 "알아?"[174]라는 말에 압축되어 있다. 「누구도 가본 적 없는」에서 부부의 첫 번째 해외여행은 불화 끝에 아내와 남편이 헤어지는 것으로 끝난다. 「상류엔 맹금류」는 따뜻한 연대의 공간으로 보이는 외양과는 달리 가족이라는 것이 얼마나 분열적인 공간인지를 평범한 야유회를 통해 차근차근 보여주는 작품이다. 처음 '나'는 "역경을 함께 이겨내고 살아남은 사람들"[67]이자 부러워할만한 따뜻한 포옹을 나누는 사람들로 보이는 제희네 가족들을 부러워하며 그들의 일원이 되기를 갈망한다. 그러나 평범한 수목원 나들이에서 드러나는 것은, 가족이 사실은 민망하기까지 한 불화의 벌거벗은 현장 그 자체에 불과하다는 점이다.

최근에 발표된 연작소설집 『연년세세』창비, 2020는 가족이라는 공동체를 성립 불가능하게 하는 가부장제의 문제를 집중적으로 탐구하고 있다. 황정은의 「파묘」에서 노년의 이순일은 할아버지의 묘를 파묘破墓하려고, 현장에 자신의 딸인 한세진을 데려간다. 묘지의 주인공과 이순일이 얽힌 사연은 한국전쟁의 상처와 깊은 관련을 맺고 있다. 철원군 갈말읍 지경리에 있는 그 묘소는 "최전방 부대가 자리 잡은 산속"[176]에 있다. 이순일은 지경리보다 더 위쪽인 갈골에서 태어났지만 한국전쟁의 와중에 일가친척이 "38선 부근에서 오르락내리락하는 와중에 대부분 묻힌 곳도 간 곳도 모르게 사라졌고"[177] 살아남은 혈육인 할아버지에게 여섯 살 때 맡겨진다. 그렇기에 이순일의 "친정"[178]은 바로 할아버지의 묘인 것이다.

할아버지의 묘, 나아가 그와 관련된 과거의 일이 제대로 애도 받지 못했다는 것은, 이순일이 묘에 삽을 대기 전에 마지막 상을 올려야 한다고 애를 태우지만, 끝내 그 뜻을 이루지 못하는 것에서도 암시적으로 드러난다. 인부들은 이순일과 한세진이 올라오기 전에 이미 봉분을 파헤쳐 놓았고, 그 자리엔 길쭉하고 좁고 깊은 구덩이가 놓여 있을 뿐이다. 이순일의 얼굴은 "상심, 그리고 티내지 못할 짜증"182으로 일그러지지만, 인부들을 향해 "나 우리 할아버지한테 제사 먼저 드리려고 했는데"182라고 힘없는 말을 던질 수 있을 뿐이다.

결국 이순일은 겨우 "정강이뼈 두점과 코코넛 껍질 같은 두개골 조각과 공깃돌만 한 작은 조각들"187을 수습한다. 인부들이 그 뼛조각을 토치torch로 태운 후에야, 이순일은 비닐 돗자리에 간단한 제사상을 마련하여 한세진과 함께 간신히 절을 올린다. 그러나 한세진이 "그쪽 방향엔 그의 뼈가 이미 없다는 것을 생각했다"192는 말에서 알 수 있듯이, 그것은 진정한 애도와는 거리가 멀다. 또한 그 소박한 애도의 현장은 철저하게 고립된 것으로 묘사된다. 본래 애도란 개인만의 일일 수 없다. 더군다나 한국전쟁과 같은 대사건에 연관된 애도는 공동체의 참여가 반드시 필요하다. 그렇기에 철저히 고립된 이러한 방식은 진정한 애도와는 한참 거리가 먼 것이라고 할 수 있다.

주목할 점은 황정은의 「파묘」에서 애도를 불가능하게 하는 것이 가부장제와 남성중심주의라는 점이다. 할아버지에 대한 따뜻한 애정이 있음에도 파묘를 결정할 수밖에 없는 이유는 이순일이 바로 여자이기 때문이다. 이순일은 "어차피 자기가 죽고 나서는 아무도 찾아가지 않을 무덤"178이기에 할아버지의 묘를 없애기로 결정한 것이다. 남편인 한중언과 한번 할아버지 묘에 온 적이 있지만 그 때 남편은 "처가 쪽 산소엔 벌초도 하지 않는 법이라고 잡소리를 하"183며 절조차 올리지 않았다. 한중언은 말할 것도 없고, 한중언의 장남이자 유일한 아들인 한만수조차 너무 어리거나 길을 모른다는 이유로 동행한 적조차 없다.

지금 이순일은 5층 단독빌라의 4층과 5층을 오가며, 남편인 한중언도 돌보면서 동시에 딸인 한영진의 살림까지 도맡아 하고 있다. 늙은 나이에 구정물과 기름얼룩으로 더러워진 앞치마를 벗을 틈도 없이 힘들게 살아가지만, 이순일은 사위의 눈치를 봐야만 한다. 그럼에도 이순일은 여자이기에 할아버지 묘소도 지킬 수 없는 것이다.

이러한 상황이지만 이순일이 아버지로부터 물려받은 묘소 근처의 갈골에 있는 산은, 남편인 한중언의 명의로 되어 있다. 아버지 것이었으나 임자 없는 산으로 신고되어 국가 재산에 속할 뻔한 것을 인근 노인들의 증언으로 어렵게 되찾은 후, 그것을 남편인 한중언의 명의로 등록했던 것이다. 이제 한중언은 그 산을 자신의 유일한 아들인 한만수에게 물려줄 계획이다. 한중언의 유일한 자부심은 "아들에게 물려줄 산"184이 있다는 것이다.

이순일은 파묘를 결심하는 것에서도 알 수 있듯이, 그녀는 가부장제를 내면화한 여인이다. 그녀는 자신이 처한 상황에 대해 별다른 문제의식을 갖지 못한다. 이순일이 한세진의 혼자 사는 삶을 인정하지 않으며, 세진에게 "언제까지 혼자 그러고 살 거냐고. 이제 그만 집에 들어와 살림 물려받을 준비해야지"179라고 말하는 대목에서도 이를 확인할 수 있다. 가부장제에 바탕한 남성중심주의의 문제는 이순일한세진과 집안의 유일한 아들로서 뉴질랜드에 살고 있는 동생 한만수와의 관계를 통해 드러난다. 한만수는 성실하고 바람직한 이주 노동자로 오클랜드 지역 뉴스 채널과 인터뷰를 할 정도로 뉴질랜드 생활에 성공적으로 적응하고 있다. 한만수는 인터뷰에서 "파써빌러티. 오퍼튜너티"188라는 단어를 반복해서 사용한다.

한만수는 오클랜드 사람들이 한국의 정치 사회적 상황에 관심이 많다며 촛불집회가 한창이던 2016년 12월 17일에 한세진과 함께 서울 도심으로 나간다. 끊임없이 촛불집회 현장의 사진을 찍는 한만수에게, 촛불집회는 하나의 피사체被寫體에 불과하다. 나중에는 셀카도 찍는데, 이 모습은 자신조차도 촛불집회 현장과는 분리된 하나의 외부인으로 인증하는 모습처럼 보인다. 한세진과 한만수가 레스토랑에서 식사를 할 때, 한만수는 누나에게 직접적으로 충고를 한다.

한세진은 광장 구석에 모여 있는 노인들, 때로는 LPG 가스통을 들고 나오는 노인들에 대해 우려를 표하지만, 한만수는 '그 사람들에게도 본인들의 정치적 권리를 말할 권리'가 있다며 한세진의 '편향성'에 대해 충고하는 것이다. 한만수의 말은 근본적인 차원에서는 맞을 수도 있겠지만, 그 '정치적 올바름'은 촛불집회라는 생생한 역사적 맥락을 소거시켰을 때만 성립할 수 있는 것이다.

이러한 근본적이고 추상적인 원칙론은 결코 이순일의 애도도 방해하는 힘으로 기능한다. 마지막에 한만수는 영상전화를 걸어서 한세진에게 칠원에 잘 다녀왔느냐고 묻는다. 그리고는 수고했다는 말과 함께 "누나, 너무 엄마가 하자는 대로 하지는 마"[192]라는 말과 "너무 효도하려고 무리할 필요는 없어"[192]라고 덧붙인다. 이러한 동생의 말에 한세진은 그것은 아니라며, "할아버지한테 이제 인사하라고, 마지막으로 인사하라고 권하는 엄마의 웃는 얼굴을 보았다면 누구라도 마음이 아팠을 거라고, 언제나 다만 그거였다"[193]라고 생각한다.

한만수는 자신과 거의 무관한 노인들의 정치적 권리는 옹호하지만, 어머니의 할아버지를 향한 그 따뜻한 마음까지는 미처 헤아리지 못한 것이다. 보편적인 차원에서의 정치적 올바름과 구체적인 관계에서의 이 냉혹함도, 일종의 식민주의적 (무)의식의 결과라고도 할 수 있다. 이러한 한만수의 태도 속에서 할아버지에 대한 진정한 애도가 이루어지를 기대하기는 어려울 것이다.

「파묘」에 이어지는 「하고 싶은 말」도 가족이라는 친밀한 공동체의 성립

가능성을 타진하는 소설이다. 특히 이 작품은 가족이라는 공동체를 성립 불가능하게 하는 가부장제의 문제를 집중적으로 탐구하고 있다. 먼저 황정은은 가족을 지탱하는 오래된 신화인 모성에 의문부호를 던진다. 주인공인 한영진은 아이를 낳고서야 "세간이 말하는 것과는 다르게 모성이 당연하지 않다는 것"[17]을 알게 된다. 시모와 남편이 유리창 너머 갓 태어난 아이를 향해 "아가, 아가"[72]하며 눈물을 흘리는 것과 달리, 막상 아이를 낳은 한영진은 아이를 "그 맹목성, 연약함, 끈질김 같은 것들이 내 삶을 독차지하려고 나타나 당장 다 내놓으라고 요구하는 타인"이라 느끼는 것이다. 주변 사람들을 향해 느끼는 감정은 "분노"[73], "적의"[73], "모멸감"[73], "분노"[73], "죄책감"[73]과 같은 것으로 범벅이 되어 있다. 모성의 신화가 내면화 된 한영진은 자기가 그렇게 느낀다는 걸, 그렇게 생각한다는 걸 티 내지 않으려고 안간힘을 쓰고, 스스로를 "모성이라는 게 결여된 잘못된 인간"[73]이라고까지 여긴다.

한영진에게는 "갓난아기와의 간격이 조금 벌어진 뒤에야", 비로소 "아이를 유심히 보고 싶은 마음, 다음 표정과 다음 행동을 신기하고 궁금하게 여기는 마음, 찡그린 얼굴을 가엾고 사랑스럽게 바라볼 수 있는 마음, 관대하게 대하고 싶은 마음, 인내심"[75] 등이 생겨난다. 이런 과정을 거치며 한영진은 모성은 "타고난 것"[75]이 아니라 "만들어졌다"[75]는 것을 실감하게 된다. 여기서 주목할 것은, 한영진의 모성을 가능케 한 아이와의 간격은 또 다른 여성인 친정엄마 이순일의 "노동"[75]으로 인해 가능해졌다는 사실이다.[18]

무엇보다도 가족이라는 공동체를 위협하는 것은 남성중심적 가부장제라

---

17    황정은, 「하고 싶은 말」, 『연년세세』, 창비, 2000, 72면. 앞으로 이 작품을 인용할 때는, 본문중에 면수만 표시하기로 한다.

18    이 작품에서 한영진 이외에 또 한 명의 엄마인 이순일도 낙태로 유명했던 산부인과에 다녀왔다는 이야기를 한영진에게 한다. 이 말을 들으며, 한영진은 "엄마의 나체를 보고 있다"(78)고 느낀다.

고 할 수 있다. 한영진은 남편과 두 명의 아이가 있는 40대 여성으로서, 주변 사람들이 부러워할 정도로 유능한 백화점의 판매원이다. 그러나 심각한 자기 불신과 자기 소외에 빠져 있다. 어느 날 전철에서 맞은 편에 앉은 외국인이 한영진에게 "당신은 매우 개성 있고 매력 있는 것 같아. 오늘 데이트 시간 있어요? 당신과 이야기하고 싶다"[52]고 말을 건네자, 한영진은 "매력, 개성, 그건 다 수작이었고 더러운 거짓말"[52]이라고 여기는 것이다. 그러나 곧 한영진은 자신이 불신한 것은 외국인이 아니라, 자기 자신이라고 생각한다. 한영진은 "내가 그 정도로 매력 있을 리가 없잖아"[53]라고 생각했기에, 외국인의 말을 "더러운 거짓말"[52]로 받아들인 거라는 자각에 이른 것이다.

한영진의 자기 불신은 남편인 김원상으로부터 비롯된 면이 크다. 한영진이 남편 김원상에게 외국인이 말을 걸었다고 문자를 보내자, 김원상은 "ㅋㅋㅋㅋㅋ / Where is the toilet? / 이 말을 니가 잘못 들은 거 아니고?"[53]라는 답변을 보낸다. 이 문자를 받고, 한영진은 외국인의 말을 '더러운 거짓말'이라고 여긴 것이다. 한영진을 향한 남편의 무시는 이번이 처음은 아니다. 실화를 바탕으로 한 연극에서, 한영진은 밥벌이에 서툰 동생을 향해 "차라리 내 밑으로 들어와서 일"[65]을 하면, 자신이 "월급은 이백오십까지 맞춰줄 수 있어"[65]라고 제안한 적이 있다. 이를 보고 남편은 "웃기시네, 그 돈을 니가 무슨 수로 주냐, 니가 무슨 권한으로"[65]라고 빈정거린 것이다.

「하고 싶은 말」에는 가족 내의 여러 가지 남성중심적 가부장제가 등장한다. 과거에 지폐 두 장이 없어졌을 때, 아버지는 3남매를 모아두고 "너희 중에 누군가는 더러운 거짓말을 하고 있어"라고 말하면서 장녀였던 한영진만을 바라보기도 했다. 자신을 바라보던 아버지의 눈빛뿐만 아니라 "당시의 공포와 무력감, 자기 몫이 아닌 것 같은 창피"[56]를 한영진은 모두 기억하고 있다. 놀라운 것은 여성인 한영진마저 나름대로 가부장제를 내면화하고 있다는 점이다. 유일하게 밖에서 돈을 벌어오던 한영진은 하루 종일 가사일로 바쁜 이순일 앞에서 가부장 행세를 한 적이 있다. 늦은 시간에 귀가해서도 늘 이순일이 차려준 밥과 국을 먹던 한영진은, 월급을 받으면 "그 상을 향한 자부와 경멸과 환멸과 분노"[80]를 담아 월급봉투를 상 위에 내려놓고는 했던 것이다.

한영진이 어려운 가정 형편으로 고등학교를 졸업하자마자 유통업체에 취직한 것과 달리, 남동생인 한만수는 뉴질랜드로 유학까지 간다. 한영진은 이순일을 향해, 뉴질랜드에 사는 남동생 한만수에게는 "더 살기 좋은 데 있으라고"[81] 하면서, 자기에게는 왜 그런 말을 하지 않았냐고 따지듯 묻는다. 그러나 이 순간 한영진은 "하고 싶은 걸 다 하고 살 수는 없다"[81]는 말을 듣는다. 이 말은 중요한 선택을 할 때마다, 한영진이 늘 "지침으로 여겼"[82]던 말이고, 한영진은 또 한 명의 여성이자 엄마인 "이순일도 그랬을 거"[82]라고 생각한다. 이 작품에서는 그 말의 출처가 한 개인이 아니라 "엄마, 아버지, 선생들, 선배들, 누군가……"[82]인 것으로 이야기된다. 주어진 상황에 순종하는 것은, 우리 사회를 살아가는 가난한 여성들의 집단무의식에 해당하는 것임이 드러나는 대목이라고 할 수 있다.

「하고 싶은 말」에서 노골적으로 남성중심주의를 드러냈던 한영진의 남편 김원상이 특별한 악인으로 그려지는 것은 아니다. 한영진은 김원상이 "그렇게까지 나쁜 사람은 아니었다"[68]라고 생각하기도 한다. 김원상은 장인 장모를 아래층에 들이기 위해 선뜻 4,000만 원을 부담하기도 하고, 제주도로 가족여행을 가서는 무릎이 아픈 장모님을 업고 오름에 오르기도 하는 인물이다. 한영진은 남편인 김원상이 자기를 천연덕스럽게 비하하는 이유가, 다만 "그냥, 생각을 안 하는 것뿐"[70]이기 때문이라고 여긴다.

한영진이 생각하기에 생각이란 안간힘같은 것이었다. 어떤 생각이 든다고 그 생각을 말이나 행동으로 행하는 것이 아니고 바라보는 것. 말하고 싶고 하고 싶다고 바로 말하거나 하지 않고 버텨보는 것. 그는 그것을 말 할 뿐이었고. 그게 평범한 사람들이 하는 일이었다. 평범한 사람들이 매일 하는 일.[70]

이러한 모습은 비단 김원상에게만 해당되는 것이 아니라, "평범한 사람들이 하는 일"[70]로 확장된다. 어찌 보면 김원상은 너무나 평범한 '우리'의 자화상이고, 그 평범함이야말로 아내인 한영진을 자기 불신과 자기 소외의 늪에 빠져들게 했던 건지도 모른다.

황정은은 가부장적 남성중심주의는 우리의 삶 속에 너무 깊숙이 뿌리박혀 있기에, 특별한 성찰을 하지 않는 경우에는 그것에 힘쓸될 수밖에 없다고 생각하고 있다. 「하고 싶은 말」은 "거짓말, 하고 생각할 때마다 어째서 피 맛을 느끼곤 하는지 모를 일이라고 한영진은 생각했다"[84]는 문장으로 끝난다. '거짓말'은 처음에 한영진이 자기 자신을 믿지 못했을 때와 아버지가 한영진을 의심했을 때 등장했던 단어로서, 모두 남성중심적 가부장제와 관련된 것이었다. 이러한 남성중심적 가부장제는 '피 맛'을 느끼게 할만큼 원초적이고 근원적인 것임을 황정은은 「하고 싶은 말」을 통해 조용하지만 섬뜩하게 보여주고 있다.

이처럼 황정은의 소설에는 개인을 뛰어넘는 차원의 어떠한 공동체도 존재하지 않는다. 그렇기에 이들은 떠밀리듯 사회로부터 소외된 개별적인 존재자가 된다. 황정은표 인간들이 도달한 것은 암굴 속에 존재하는 '나'[웃는 남자]이다. '나'는 "디디를 먹어치운 거리"[185]와 병든 부모가 사는 본가本家, 즉 "의미도 희망도 사랑도 없어, 죽은 것이나 다름없"[185]는 곳으로부터 떨어져 자기만의 공간에 머문다. 그 공간은 '나'의 표현처럼 "암굴이나 다름 없"[169]

는 곳이다. 이 곳에는 근대적 의미의 독립성과 자율성을 갖춘 개인과도 무관한, 그저 '아무도 아닌' 존재가 머물 뿐이다.

> 벌거벗은 벽이 있고 내가 있고 의자가 있고 내 잡동사니가 있다. 나는 이것들과 더불어 이곳에서 먹고 자고 이따금 눈살을 찌푸리며 기묘한 욕을 내뱉는다. 공중에 대고 침을 뱉듯이, 그리고 그 침은 대개 내 눈썹과 내 턱으로 떨어지지.
>
> 내가 여기 틀어박혔다는 것을 아는 이 누구인가.
>
> 아무도 나를 구하러 오지 않을 것이다.
>
> 아무도 나를 구하러 오지 않을 것이므로 나는 내 발로 걸어나가야 할 것이다.[185]

아무도 없는 그 곳에서 '나'는 광막한 외로움과 절망 속에서 사물화 된 상태로 존재한다. 이 때의 '나'는 근대적 개인일 수도 없고, 그렇다고 전통적인 의미의 계급일 수도 없다. 이 비인非人적 형상은 기존의 모든 보편화를 넘어서는 부정적 힘으로만 존재하는 것이다. 그러나 바로 이 정직한 절망으로 인하여 '나'는 "내 발로 걸어나가야 할 것이다"라는 다짐에 이른다. 암굴에서 걸어 나와야 한다는 것, 더군다나 '내 발로' 걸어 나가야 한다는 다짐 속에는 기존의 개인과 계급에 대한 동시적 부정의 결연한 자세가 담겨져 있다. 이것이 하나의 포즈로 끝날지? 아니면 새로운 감각과 상상력으로 무장한 개인과 공동체의 탄생으로 이어질지는 조금 더 지켜볼 일이다.

## 5. 개인과 우리

김애란은 개인의 고유성에 대한 집중적인 탐구를 보여준다. 이 때의 개인은 2000년대의 수많은 소설에서 타자로 호명되었으며, '신神의 얼굴을 한 존재'로서 알 수도 없고 동화될 수도 없는 불가사의한 존재로 의미부여 되고는 하였다. 김애란은 특유의 작가적 기량을 발휘하여 안정된 서사와 인상적인 이미지를 통해 개인의 심연을 감동적으로 형상화하고 있다. 최근에는 개인 사이에 심연을 만드는 원인으로서의 계급에 대한 독특한 탐구를 보여주고 있다. 최은영의 소설들은 크게 '타인의 타자성을 가슴 아프게 되새기는 전반부'와 '그럼에도 끝내 개인 사이의 공감을 이루어내는 후반부'로 이루어져 있다. 전반부가 최근 소설에서 흔히 발견되는 특징이라면, '그럼에도 끝내 개인 사이의 공감을 이루어내는 후반부'는 최은영의 개성이 빛나는 영역이라고 할 수 있다. 유의할 점은 끝내 공감과 소통이 이루어지기 위해서는 일상의 공유를 불가능하게 하는 개인 사이의 거리가 필요하다는 점이다. 이 거리야말로 최은영이 선보이는 이 선량한 윤리감각의 의의와 한계까지를 고스란히 비춰주는 하나의 중핵으로 새겨볼 수 있을 것이다.

김애란과 최은영이 독립성과 자율성에 바탕한 개인들의 관계라는 윤리의 문제에 초점을 맞추었다면, 황정은은 윤리 너머 혹은 이전이라 할 수 있는 계급의 관점에서 개인의 문제를 사유한다. 황정은의 소설에는 '계급'이라는 말이 빈번하게 등장하지만, 이 때의 '계급'은 일반적인 의미의 계급과는 다르다. 황정은이 즐겨 그리는 프레카리아트precariat는 "노동자이면서 충분히 노동자이지 못한 존재자들, 계급에 속하지만 동시에 거기서 이미 '반쯤' 벗어난 존재자들"로서, "노동자계급 안에서 불안정성을 담보하는 새로운 계급의 이름"이다. 황정은의 '계급'은 한국문학사에서 보아온 연대와 실천의 공동체와는 별다른 관계가 없으며, 본원적으로 불화와 적대가 내재되어 있는 분열의 공동체에 가깝다. 최근의 소설에서는 가족이라는 가장 친밀하면서도 원초적인 공동체의 성립 가능성도 타진하고 있지만, 가족 역시 공동체가 될 가능성은 거의 존재하지 않는다. 이처럼 생존의 극한에 내몰려 개인이 될 수도 없고, 연대와 실천의 한 구성원으로서의 계급이 될 수도 없는 인물들은 광막한 외로움과 절망 속에서, 기존의 모든 보편화를 넘어서는 부정적 힘으로서의 비인非人이 된다.

개인이 지닌 심연深淵에 대한 탐구김애란, 당위로서의 타자와의 공감최은영, 개인과 계급의 동시적 부정황정은 등이 오늘의 한국문학이 개인과 공동체를 사유하는 대표적인 방식이라고 볼 수 있다. 말할 것도 없이 인간은 '우리'라는 공동체의 감각과 '혼자'라는 개인의 의식의 조화 속에서만 제대로 된 삶을 살아갈 수 있다. 개인과 우리의 위계화 되지 않은 공존에서부터 시작될 새로운 삶과 사회를 위한 '차가운 혁명'은 오늘날의 한국문학에 여전히 중요한 과제로 남겨져 있다.[2024]

# 4

# 세계화의 새로운 국면과 한국소설

이금이, 은희경

## 1. '국민국가의 상상력'과 '탈脫,trans 국민국가의 상상력', 그리고 그 이후

냉전 이후 인류는 세계화를 하나의 대세로 인정하며 살아왔다. 미국과 중국의 협력, 서방과 러시아의 공존, 자유무역주의, 오픈소스open source, 오프쇼어링off-shoring, 아웃소싱outsourcing 등은 세계화의 분명한 증거들이었다. 이를 통해 세계는 토머스 프리드먼의 책『세계는 평평하다The World is flat』2005의 제목처럼, 평평해지고 가까워졌던 것이다. 그러나 지금 인류가 맞닥뜨린 현실은 자명한 듯 보였던 세계화에 대한 의문을 갖게 하고 있다. 끝날 줄 모르는 미국과 중국의 무역 전쟁과 러시아의 우크라이나 침공 등을 통해, 세계화는 지금 인류에게 거대한 의문부호로 다가오고 있는 것이다.

얼핏 문학과 무관한 듯 보이는 세계화에 대한 얘기로 글을 시작하는 이유는, 소설이 그 기원부터 국민국가nation-state와 세계와의 관계 속에서 탄생한 예술 장르이기 때문이다. 소설은 신문과 더불어 민족이라는 상상의 공동체를 재현하는 기술적 수단을 제공하며, 지적 능력과 감성적 능력을 연결하는 상상력을 적극적으로 활용하여 타자들과의 공감 능력을 배양함으로써 네이션nation의 형성에 기여하였다.[1] 근대소설은 특정한 나라를 배경으로 하여 그 나라 사람들의 이야기를 그 나라 말로 표현하는 문학 장르이다. 이러한 규칙에 의해 소설은 그것이 유통되는 지역에 사는 사람들로 하여금 같은 공동체국민국가에 속한다는 상상을 가능케 하는 것이다. 특히 한국문학은 세계문학 중에서도 문학의 국민화nationalization를 전형적으로 보여주는 사례라는 주장이 있을 정도로 국민국가와의 관련성이 매우 컸다. 한국의 근대소설도 기본적으로 민족이라는 자장 안에서 창작되었던 것이다.

21세기에 들어, 세계화의 도도한 물결 속에서 우리는 '탈脫, trans 국민국가의 상상력'을 바탕으로 한 수많은 한국소설을 볼 수 있었다. 외국을 배경으로 하거나 외국인이 등장하는 소설이 빈번하게 창작되었으며, 특히 한국 사회의 주요한 구성원으로 새롭게 등장한 이주민들을 형상화 한 소설이 한국 문학의 큰 흐름을 차지하였던 것이다. 그러나 세계화가 의문에 부쳐지고, 다시 국민국가의 영향력이 강한 힘을 회복하게 된다면, 과연 한국소설이 어떻게 변모할 것인지는 커다란 의문이 아닐 수 없다. 이와 관련하여 '우리 안의 외국인'을 넘어 '세계의 한국인'을 창작한 소설들이 최근에 발표되고 있는 것은 주목을 요한다. 이 글에서는 그 중에서도 이금이의 장편소설『알로하, 나의 엄마들』창비, 2020과 은희경의 연작소설『장미의 이름은 장미』문학동네, 2022를 통하여, 당연한 듯 여겨졌던 세계화가 의문에 부쳐진 오늘날, 한국소설이 국민국가와 세계와의 사이에서 어떠한 모습을 보여주고 있는지 살펴보고자 한다.

---

1    가라타니 고진은 '근대문학 = 소설'이라는 등식이 성립할만큼 근대에 소설이 중요한 예술 장르로 부각된 이유로 네이션의 형성에 기여한 것과 더불어, 객관적 재현 장치인 원근법, 언문일치, 묵독 등을 통해 세상과 자신을 성찰할 수 있는 내면적 주체를 형성시켰다는 점을 들고 있다.(가라타니 고진, 조영일 역,『근대문학의 종언』, 도서출판b, 2006, 51~65면)

## 2. 하와이, 또 하나의 조선

이금이의 『알로하, 나의 엄마들』은 하와이로 건너간 소위 사진신부를 주인공으로 내세운 작품이다. 버들, 홍주, 송화라는 어린 여성들은 사진 한 장을 믿고 하와이로 건너가 결혼생활을 시작한다. 이들은 1918년 정월에 김해의 어진말을 떠나 부산과 고베를 거쳐 하와이로 간다.[2] 「알로하, 나의 엄마들」은 크게 두 부분으로 이루어져 있다. 전체 15개의 장 중에서, 1장부터 13장까지는 1917년부터 대략 1923년까지의 일들을, 14장과 15장은 일본의 진주만 공습이 있었던 1941년 12월 무렵을 다루고 있다. 앞 부분에서는 버들이 초점자로 등장하여 서사가 전개된다면, 뒷 부분에서는 딸이 초점자로 등장하여 서사가 전개된다.

이들은 자발적으로 하와이를 선택한 측면도 있지만, 그 이상의 힘으로 조선을 떠날 수밖에 없었던 사람들이기도 하다. 그런데 셋은 사실 하와이를 선택한 것이면서, 동시에 조선에서 쫓겨난 것이기도 하다. 홍주는 열여섯에 "뼈대 있는 양반 가문"16 자리가 탐나서 시집을 갔다가, 병약한 남편이 일찍 죽는 바람에 두 달 만에 과부가 된다. 당시는 "남편을 잃은 당사자의 고통보다 남편 잡아먹은 여자라는 세간의 수군거림이 더 끈질"18긴 시대였기에, 홍주는 하와이로 가게 된 것이다. 버들의 아버지는 의병으로 나섰다가 버들이 아홉 살일 때 죽었으며, 이년 후에는 버들의 오빠도 길에서 행인들을 괴롭히는 순사에게 대들었다 말발굽에 채어 세상을 떠났다. 버들 어머니의 "왜놈 시상에 누가 의병 딸내미를 데려 가겠노"36라며, "여 살다 처

---

2    1903년 1월 13일, 사탕수수 농장에 일하러 온 86명(남자 48명, 여자 16명, 어린이 22명)의 한인이 처음 하와이에 도착했으며, 이민 금지령이 내려진 1905년까지 하와이로 간 이민자들은 7,200여 명이었다. 1910년부터 동양인 배척 법안이 통과된 1924년까지 수많은 사진신부들이 하와이로 향했다.

녀 귀신으로 늙을까 봐 보내는 기다"[36]라는 말에서 알 수 있듯이, 의병을 아버지로 둔 버들 역시도 조선에서 정상적인 생활이 어려워 하와이로 향하게 된 것이다. 송화는 수리재의 무당인 금화 손녀이자, 실성한 옥화의 "아비 모를 딸"[44]이다. 그렇기에 동네 아이들에게 돌팔매를 당하는 것이 자연스러운 일일 정도로 천대 받는다. 그렇기에 송화야말로 조선으로부터 쫓겨난 것이라고 해도 과언이 아니다. 송화의 할머니는 "조선 땅 떠나가 할매, 어매랑은 다른 시상에서 살게 해 달라"[45]며, 송화를 사진신부로 하와이에 보낸다.

이 작품에서 하와이는 조선의 축소판이라고 해도 과언이 아니다. 특히 처음 살게 되는 카후쿠는 그러한 특징이 더욱 강하게 드러나는 공간이다. 신랑 신부를 위한 잔치에서 들려오는 목소리에는 "조선 팔도 말씨가 다 섞여 있"[118]다. "사탕수수 농장 노동자들이 모여 사는 마을을 캠프"[122]라고 부르며, 버들이 머무는 캠프 사람들은 이제 막 조선에서 온 버들보다도 조선의 정치적 상황에 대한 지식이 더 많다. 또한 하와이에서는 영어를 사용해야 하는 부담도 없다. 버들보다 한참 전에 캠프에 온 사람들도 영어를 할 줄 모르는데, 농장에서는 피진어를 쓰고 캠프에선 조선 사람끼리 지내니 영어를 하지 못해도 불편함이 없는 것이다.[3]

또한 하와이에서도 일본인과 조선인의 민족적 갈등은 여전하다. 이 곳에서도 큰 힘을 가진 것은 역시나 일본인이다. 조선인 노동자는 1903년에 첫 발을 디딘 이래 이민이 금지된 1905년까지 칠천 명 정도가 왔을 뿐이지만, 일본인 노동자는 이십만 명이 넘게 와서 살고 있는 것이다. 버들은 호놀룰루에서 가게를 할 때, "서양인 여행객들을 떠올리며 학이나 매화, 모란, 소나무 같은 조선 전통 문양을 수놓은 손수건과 테이블 매트를 만들"[253]어서

---

3    작품 속에서 피진어는 "농장주, 루나와 노동자 사이에, 또는 각기 다른 나라에서 온 노동자들끼리 소통하느라 만들어진 말"(216)로 설명된다.

성공을 거두기도 한다. 그러나 곧 일본인이 운영하는 옆 가게의 방해로 버들의 가게는 실패하고 만다. 버들의 자수품이 잘 팔리자 일본인 재봉소 할머니의 태도는 눈에 띄게 살쌀맞아지며, 곧 일본인 재봉소는 최신 재봉틀을 들이고 더 다양한 품목을 만들어 내기 시작하는 것이다. 이로 인해 버들이 만든 자수품을 찾는 사람은 급격히 줄어든다. 심지어 일본인 재봉소 앞에서 놀던 정호는 일본인 주인의 물벼락을 맞기까지 한다. 정호의 옷을 갈아입히던 버들의 입에서는 "남의 나라 뺏은 즈그 나라캉 다른 기 뭐꼬"[256]라는 말이 나올 정도이다.

무엇보다 하와이는 민족주의적 열기가 뜨거운 공간으로 형상화된다. 윤씨 부인은 "조선이 웬수"라며, "포와는 조선이 아이니까네 지킬 나라도 없을 기 아이가"[125]라고 말했지만, 하와이는 조선보디도 민족주의적 열기가 더욱 뜨거운 곳이다. 이들은 조선에서 쫓겨나다시피 했으면서도, 조선을 위해 하와이에 머무르는 것으로 보일 정도이다. 가장 열성적인 태완은 물론이고 버들의 시아버지인 서기춘, 함께 하와이에 온 사진신부 장명옥, 줄리 엄마 등이 모두 조선의 독립에 적극적으로 나선다. 줄리 엄마는 "고향 떠난 우리한테는 조선이 친정인 기라"[204]라고 말하고, 홍주의 남편 "자린고비 윤덕삼이도 월급 타면 몇 푼씩이라도 꼬박꼬박 성금"[240]을 내고, 홍주도 부인구제회에 가입한다. 홍주는 성길을 낳은 후에, "나라가 일본한테 멕혀가 있으면 내 자식도 곁방살이하는 집 얼라맨키로 평생 주묵 들어가 살 기 아이가"[240]라고 생각하기도 한다. 와히아와에서 세탁소를 하는 개성 아주머니도 "나라를 되찾을라믄 내남없이 나서야지"[280]라며, 버들에게 태완을 중국에 편히 보내주라고 말한다. "까막눈 무지랭이도 조선 사람이면"[240] 모두 "당장 밥 한 숟갈 들묵어도 독립하는 데 힘을 보태"[240]는 것이다.

처음 버들은 "오로지 느그 생각만 하면서 아 놓고 알콩달콩 재미지게 살

그라"[125]라는 어머니의 말처럼, 민족이나 독립보다는 가족의 행복을 우선시한다. 버들은 "젠장, 조선이 우리한테 해 준 게 뭐 있다고. 나라도 나 있고 가족 있은 다음이야"[158]라며, "열심히 돈 벌어서 내 자식들 공부시키고 출세시킬 거다"[158]라는 재성의 주장을 가장 마음에 들어한다. 그러나 시간이 지날수록 하와이의 다른 조선인들처럼 민족을 우선시하는 마음을 갖게 된다. "친정을 잊을 수 있는 게 아닌 것처럼 조국도 마찬가지였다"[204]라고 생각하며, 나중에는 "동포라는 말에 콧날이 시큰해"[272]지기까지 한다.

　뜨거운 민족주의적 열기를 바탕으로 하여, 하와이의 조선인 사회는 "교회, 단체, 지도자를 따라 편이 나뉘어 거미줄처럼 복잡"[296]한 상태이다. 하와이의 교민 사회는 무장투쟁을 주장하는 박용만 세력독립단과 교육과 외교를 중시하는 이승만 세력동지회으로 나뉘어 있다. 박용만 지지자인 태완이 독립단에서 일을 하기에, 이승만 지지자들은 태완의 가게에도 오지 않는다. 태완은 자신이 일하는 독립단 기관지에 이승만에 대한 비판적 기사를 썼다가, 격분한 이승만 지지파에게 폭행을 당하기도 한다. 심지어는 교회까지도 세력에 따라 둘로 나뉘어 있으며, 이러한 분열은 12장 '윗동네, 아랫동네'에서 실감나게 그려진다. 버들이 자신과 같은 사진 신부인 막선의 이발소에 갔을 때는, 이승만을 지지하는 막선이 버들을 박대할 정도이다.

　하와이의 민족주의를 대표하는 인물은 바로 버들의 남편인 서태완이다. 태완은 3·1운동 이후에는 "일손을 놓다시피"[202] 하며 조선의 독립에 관심을 기울인다. 태완은 "내레 자식 앞에 당당한 아바지가 되고 싶어"[278]라며 박용만 단장이 조선공화정부를 만들어 놓은 중국으로 간다. 태완은 중국에서 무장 투쟁을 벌이다가 1928년 가을에 하와이로 돌아오고, 박용만의 장례식이 끝난 뒤에 다시 집을 떠났다가는 1931년 12월에 하와이로 완전히 돌아온다. 이 때 태완은 몸과 마음에 병을 얻은 상태이다. 태완은 이전과 변함 없이 분열된 교민 사회에 환멸을 느껴서, 외부 활동을 끊는다. 그렇지만 이후에도 자식들에게 "조선의 말과 글을 가르치는 것"[339]으로 일과를 삼으며, 자식들에게 "집에서는 무조건 조선말을 쓰게"[359] 한다.

하와이의 교포들이 민족주의적 열기에 들린 이유는, 하와이가 인종차별적인 공간인 것도 큰 영향을 미친다. 에와의 묘지에 갈 때, 버들은 백인아이에게 달걀을 건네주지만 백인부인은 그 달걀을 빼앗아 바닥에 버리고 발로 으깨 버린다. 태안은 버들에게 "저 사람들이레 우리를 같은 사람이라고 생각 안 해"[172]라고 단호하게 말한다. 태완은 하올레 루나가 휘두른 채찍에 맞아 생긴 흉터를 평생 지니고 산다. 버들이 알라모아나 해변에 있는 미스터 롭슨의 저택에서 가정부로 일하는데, 이곳은 여건도 좋고 수입도 괜찮아서 "정호를 위한 미래를 꿈꿀 수"[268] 있을 정도이다. 그러니 정호가 롭슨 씽동이로 인해 크게 다치지만, 롭슨 부인은 정호가 울타리를 넘어 정원에 들어온 것만을 나무란다. 결국 버들은 롭슨의 집에서 해고된다.

나아가 이금이의 『알로하, 나의 엄마들』은 민족주의의 원초적 뿌리라고 할 수 있는 피의 영속성에 대한 믿음을 드러내기도 한다. 무당 금화의 손녀인 송화는 하와이에서도 사람들의 미래를 알아맞히며, 번들거리는 눈으로 열에 들떠 춤을 춘다. 푸에르토리코 캠프에 초대받아 갔을 때는, 무아지경에 빠져 "신들린 듯 몸을 움직"[222]인다. 그 모습을 보며 버들은 "굿을 할 때 금화도 송화처럼 무아지경이 돼 펄쩍펄쩍 뛰었다"[222]며, 굿판의 금화를 떠올린다. 나중에 송화의 딸임이 밝혀지는 펄도 송화와 마찬가지로 춤에 재능을 보이며, 무용가로 살아가고자 한다. 피의 힘은 시간이 지나도 결코 사라지지 않으며, 송화는 무병이 심해져서 자신이 낳은 딸을 버들에게 맡기고 한국으로 돌아가는 것이다. 이후 송화는 할머니 금화를 이어 신당을 꾸리며 살아간다.

## 3. 연속된 공간, 단절된 인간

은희경의 소설집『장미의 이름은 장미』는「우리는 왜 얼마 동안 어디에」
『창작과비평』, 2020년 봄호,「장미의 이름은 장미」『문학동네』, 2020년 가을호,「양과 시계가
없는 궁전」『릿터』, 2021년 8·9월호,「아가씨 유정도 하지」『악스트』, 2021년 1·2월호라는 네
편의 중편으로 이루어진 연작소설이다. 이들 작품은 '뉴욕 연작'이라고 부
를 수 있을 정도로, 모두 뉴욕을 작품의 배경으로 삼고 있다.

미국은 한국현대문학사에서 이상적인 공간으로 등장하고는 하였다. 최
초의 신소설로 일컬어지는 이인직의「혈의 누」1906는 조선과 일본에서 온
갖 고생을 하던 어린 옥련이 미국으로 유학을 가서 행복을 찾는 이야기이
다. 옥련의 현실적 불우와 결핍이 모두 해결되는 미국은 그야말로 '천국'이
다. 최초의 근대장편소설인 이광수의『무정』에서도 조선의 선구자이자 지
도자를 자처하던 형식과 선형이 문명개화의 꿈을 이루기 위해 향하는 곳은
역시나 미국이었다. 최근에 쓰여진 김사과의『천국에서』창비, 2013도 뉴욕은
처음에 이상적인 곳으로 등장한다. 주인공 케이에게 뉴욕은 동경의 대상이
다. 타인지향적인 속성이 강한 케이에게 뉴욕은 그녀의 비루함과 초라함을
가려주는 완벽한 상상적 무대이다. 페이스북을 통해 뉴욕에 사는 써머의 삶
을 엿보며 분노로 연결될 정도의 부러움을 느끼던 케이는, 뉴욕에 갔다 온
뒤로 모든 것을 시시하게 느낄 정도이다. 케이는 뉴욕과의 비교를 통해 "후
진 서울"119에 대한 불평불만을 늘어 놓는다.[4] 케이는 루이의 옥상에서 뉴
욕 시내를 내려다보며, 뉴욕을 "천국"81이라고 생각하는 것이다.[5] 이런 장면

---

4  케이가 서울에서 사귀는 재현은 뉴욕에서 태어났는데, 재현은 "서울은 뉴욕에 비해 모
    든 면에서 삼십년이 뒤처져 있"으며, "서울이 뒤처진 그 삼십년을 따라잡는 것은 불가
    능"(112)하다고 생각한다.
5  문제적인 것은 이 순간 케이가 약에 취해 있다는 사실이다. 이 작품에서 뉴욕은 약물로 가

은 모두 케이에게 뉴욕이 세상의 몰락이라는 실재를 가려주는 환상의 커튼에 해당한다는 것을 보여준다. 흥미로운 것은 뉴요커New Yorker, 뉴욕시에 거주하는 사람들들인 써머와 댄이 미국 역시 한국과 다를 바 없다고 생각하며, 나아가 그 어떤 곳도 이상적인 공간으로 여기지 않는다는 점이다.[6] 『천국에서』에서 케이가 성장한다면, 그것은 뉴욕 역시 천국이 아니라 다른 지역과 별반 다르지 않은 지구의 한 공간이라는 점을 깨닫는 것을 의미한다. 결국 케이 역시 시간이 지날수록 "뉴욕에서 보낸 시간도 그렇게 좋았나 싶고. 모든 게 유치하게 생각되고요. 내가 참 어렸던 것 같고, 뭔가 다 끝나버린 기분이 들어요"305라고 이야기한다.

은희경의 「장미의 이름은 장미」는 바로 케이가 도달한 지점'어디나 마찬가지'라는 인식에서부터 시작하는 작품이다. 이 연작소설은 처음 '전 세계의 문화와 사람과 돈이 모여든다'는 뉴욕에 대한 일반적인 생각, 일테면 마천루, 현란한 전광판, 복잡한 지하철, 거리 공연, 멋진 공원, 화려한 야경, 미술관과 박물관 등을 길게 나열하는 것으로 시작된다. 그러한 나열 이후에는 승아가 체험한 별 볼 일 없는 뉴욕에 대한 이야기가 나온다. 뉴욕을 방문하는 승에게 뉴욕은 이미, "도장깨기 같은 관광이나 세계 제1도시 체험"46의 대상이 아니라 "낯선 도시"46일 뿐이다. 계약직 사원으로 조만간 쫓겨날 게 뻔한 승아에게 뉴욕은 단지 "끔찍한 더위, 가로막힌 창문들, 저녁 거리에 쌓여 있는 검은 쓰레기봉투의 냄새, 시간을 지키지 않는 우편물"10 같은 것에 불과

---

득한 곳으로 표상되며, '천국'으로서의 뉴욕은 몽롱한 약기운 속에서 발견되는 성질의 것이다.

6    둘이 나누는 대화를 옮겨보면 다음과 같다. "우리 베를린 안 갈래?" / "아니." / "왜?" / "어차피 뻔할 거 아냐." / "뭐가 뻔해?" / "바보 같겠지. 여기랑 똑같이." / "여기가 어디야?" / "뉴욕 말이야." / "뉴욕이 왜?" / "너는 뉴욕이 끔찍하지 않아?" / "뭐 가끔은. 하지만 그건 어디나 마찬가지잖아." / "그래, 그러니까. 아는 걸 굳이 확인하러 가야 돼?"(59)

하다. 연작소설의 처음에 수록된 「우리는 왜 얼마 동안 어디에」는 뉴욕을 중심에 둔 도시간의 위계를 해체하는데 바쳐지고 있다고 해도 과언이 아니다. 이 작품에서 뉴욕은 결코 서울보다 나은 곳일 수 없으며, 대개의 경우 서울보다 불편하고 낡은 도시일 뿐이다.

신도시의 아파트 단지에서 성장해 푸드코트와 영화관이 갖춰진 대학교를 다녔으며 논현동의 고층건물에 입주한 잡지사에서 일했던 승아에게 민영이 사는 뉴욕의 거리는 "모든 것이 낡고 칙칙하고 구닥다리이고 영세"14하게 보일 뿐이다. 심지어 민영이 뉴욕에서도 고풍스런 동네로 유명한 그리니치 빌리지에서 사온 명물 빵도 "서울에서 새벽 배송으로 받는 빵보다 훨씬 맛이 없"22다. 민영의 집을 염탐하는 남자들 때문에 집의 커튼은 열 수도 없으며, 민영의 주방은 "구석구석 살펴볼수록 한심한 느낌"49을 준다. "나무문이 달린 싱크대와 놋쇠 손잡이"가 있는 뉴욕의 민영네 주방은, "하이글로시 싱크대와 대리석 상판이 기본이었고 빌트인 텔레비전과 아일랜드 식탁이 설치돼"49 있는 서울의 승아네 주방과 너무나 대조적이다. 배송도 한국보다 턱없이 늦은 뉴욕에서 승아가 "들뜬 걸음"61으로 향할 수 있는 곳은, 이미 서울에서도 일상화 된 "스타벅스"61나 "마트"64 정도이다.

이러한 모습은 「아가씨 유정도 하지」에서도 그대로 나타난다. '나'를 초청한 주최측에서는 "아시아 작가들을 배려하는 한편 과시할 의도로 맨해튼 한복판에 숙소를 잡았"218지만, "관광지나 미술관이나 쇼핑 같은 건"218 더 이상 '나'의 관심사가 아니다. 문학 행사의 초청으로 뉴욕에 온 50세의 '나'는 "브로드웨이 극장가와 타임스스퀘어 부근을 조금 걷다가 적당한 바를 찾아 로컬 브루어리 맥주나 한잔"218하면 충분하다고 생각한다. '나'의 어머니인 83세의 최유정도 뉴욕을 처음 방문하지만, 뉴욕은 그녀가 활동하기에 별다른 불편함이 없는 공간으로 그려진다. 어머니는 통역사인 김선생이 소개해 준 교포 학생 에이미의 안내를 받으며 뉴욕 관광을 하는데, 에이미는 '나'에게 "유정 선생님이 뉴욕을 잘 알아요"216라고 말할 정도이다. 최유정은 미드타운 근처의 블루 노트라는 곳에 "재즈 스탠더드가 연주될 때 콧노래까지 흥얼거"239릴 정도로 여유롭다.

「아가씨 유정도 하지」는 83세의 최유정을 통해, 노인에 대한 부정적 표상이 결코 합당하지 않음을 보여주는 작품이다. 이 작품에서는 할머니에 대한 부정적 표상, 일테면 허약하고 무능한 인간이라는 식의 고정관념을 깨뜨리는 여러 가지 사례들을 집요할 정도로 다양하게 나열한다. 최유정은 평소에도 "자식들 앞에 그다지 관여하지도 또 의존하지도 않는 타입"201이었다. 최유정은 긴 비행시간에 힘든 기색을 보이지 않으며, 기내에서 돋보기를 걸친 채 책을 읽는다. 공항에서도 '나'보다 먼지 안내편도 발견하고, 자신의 캐리어는 손수 밀며 이동한다. 그녀는 '나' 없이도 혼자 호텔 식당에 내려가 식사를 마치고, 일층의 카페에 가서 커피까지 마신다. 뉴욕에 도착한 순간부터 최유정은 곳곳의 풍경을 자신의 방식으로 스캔한다. 이외에도 없는 살림에 꽃을 사고 립스틱을 바르는 모습, 1955년에 미국에 청년 박형만으로부터 연애편지를 받는 모습 등이 다양하게 형상화된다. 이 모든 것은 '전통적인 현모양처상'과 '통념화된 할머니상'에 반하는 모습이라고 할 수 있다. 그것은 다음의 인용에 압축되어 있다. '어머니'나 '할머니'라는 이름이 최유정의 본질을 규정지을 수 없는 것이다.[7]

천생 여자라는 말을 들으며 자랐지만 어머니는 그 말을 싫어했다. 현모양처, 알

---

7    「아가씨 유정도 하지」에서는 선입견이나 편견에 바탕해 실체를 자의적으로 재단하는 것에 대한 문제의식이 '내'가 참석한 문학 토론회에서도 드러난다. '아시아 문학의 미래'라는 토론회에서 '나'는 미국인 진행자의 태도를 보며, "아시아 작가라는 틀 안에서 자기 나라의 후진성을 고민하고 폭로하길 바라는 이른바 제1세계 지식인들의 관음적 우월감"(242)을 느낀다.

뜰한 당신, 어머니 손맛 같은 말도 마찬가지였다. 여자와 노인이 합해진 의미에서의 할머니로만 대해지는 것 역시 탐탁지 않게 생각했다. 희생과 헌신, 고향의 이미지, 경제적 무능, 부지런함과 절약, 쇠약함과 퇴행, 그리고 자애라거나 지혜로움 같은 미덕까지.228

이처럼 은희경의 「장미의 이름은 장미」에서 뉴욕은 이질적이거나 낯선 곳이 아니다. 더군다나 이전의 한국소설에서 그려진 것처럼 이상화 된 곳은 더더욱 아니다. 오히려 한국보다도 불편하고 낡은 도시로 그려질 정도이다. 그러나 '인종 전시장'이라는 뉴욕New York City[8]에서 살아가는 사람들 사이에는 높은 벽이 가로놓여져 있다.

이러한 특징은, 똑같이 뉴욕을 배경으로 한 조해진의 「번역의 시작」『현대문학』, 2014년 7월호과 비교해보면 분명하게 드러난다. 「번역의 시작」은 공감하는 인간들이 활동하는 공간으로서의 뉴욕을 선명하게 보여주었다.[9] 이 작품에서는 한국인과 외국인이 끊임없이 소통하고 교감하며 끝내는 동일시되기까지 한다. 「번역의 시작」에서 '나'는 돈을 떼먹고 달아난 남자친구 태호가 있는 뉴욕으로 간다. 그러나 뉴욕에 간 더욱 중요한 이유는 그곳에 '나'의 아버지 영수의 유골이 묻혀 있기 때문이다. 영수는 큰 돈을 벌려면 외국으로 나가야 한다고 믿던 시절, 뉴욕 플러싱에 한인마트를 개업한 친척을 돕

---

8　뉴욕은 미국에 오는 이민자 중 가장 많은 수가 처음으로 발을 딛는 곳이고, 뉴욕에는 세계 모든 나라에서 온 다양한 인종과 민족이 산다. 현재 뉴욕 시의 인구 중 외국에서 출생한 사람은 전체의 3분의 1을 넘는다. 1세대 이민자의 자녀까지 포함하면 뉴욕 사람 중 이민자와 그 가족이 차지하는 비율은 절반을 넘어선다. 또한 뉴욕 외의 미국내 다른 도시에도 이민자가 많지만 대부분 특정 인종이나 민족에 한정된다. 반면 뉴욕에서는 거의 모든 인종과 민족을 볼 수 있다.(이현송, 『뉴욕사람들―미국학자가 쓴 뉴욕 여행』, 한울, 2012, 15~23면)
9　「빛의 호위」(『한국문학』, 2013년 여름호)에서도 주인공이 권은과의 공감을 위해, 헬게 한센의 다큐멘터리 「사람, 사람들」을 보는 곳은 뉴욕의 맨해튼이다.

겠다며 혼자 비행기를 탔다. 삼년 뒤 영수는 사라졌고, 그는 뉴욕의 센트럴
파크 벤치에서 시신으로 발견된다. '나'는 뉴욕에서 외롭고 소외된 삶을 살
면서 아버지 영수가 느꼈을 외로움과 절망에 공감하게 된다. 나아가 '나'는
뉴욕에서 아르헨티나 출신의 청소부인 안젤라와도 공감의 통로를 확보한
다.「번역의 시작」에서는 안젤라와 '나'가 동일시되고, 안젤라의 동생과 '나'
의 아버지인 영수가 또한 동일시된다. 심지어는 안젤라의 남자친구 벤지와
'나'의 남자친구 태호도 동일시된다. 이처럼 조해진의「번역의 시작」에서
뉴욕은 인종과 민족의 경계를 넘어서 교류하고 교감하는 중요한 공간으로
그려진다.

은희경의 연작소설『장미의 이름은 장미』는 조해진과는 반대로, 뉴욕을
배경으로 하여 여러 가지 오해와 편견으로 인한 공간과 교류의 어려움을
형상화한다. 외국에 머문다는 것은, 늘 개인이기 이전에 아시아인이나 한국
인으로 존재하는 일이며, 그렇기에 일정한 표상편견, 선입견의 영향을 받는 일
이기도 하다. 이 연작소설의 제목인 '장미의 이름은 장미'에는 이러한 특징
이 잘 나타나 있다. 이 말은 셰익스피어의「로미오와 줄리엣」에서 로미오를
보고 첫눈에 반한 줄리엣이 하는 독백에서 비롯된 말이다. 사랑에 빠진 줄
리엣은 로미오가 자신의 집안과 원수지간인 몬터규 가문이라는 것을 알고
서는, "몬터규가 아니라도 그대는 그대이죠"라며, "이름이 별건가요? 우리
가 장미라 부르는 건 다른 어떤 말로도 같은 향기 날 겁니다"[10]라고 말한다.
이 말은 줄리엣이 '몬터규'라는 가문의 이름보다 로미오라는 인간의 실체
가 중요하다고 생각한다는 것을 보여준다.

『장미의 이름은 장미』에서 뉴욕은 은근히 인종적 편견이 가득한 곳이다.

---

10    윌리엄 셰익스피어, 최종철 역,『로미오와 줄리엣』, 민음사, 2008, 53면.

「우리는 왜 얼마 동안 어디에」의 민영은 이미 "남의 나라에서 취업을 준비하는 어려움과 수모"[12]를 톡톡히 겪었으며, "아이비리그를 졸업해도 외국인은 어쩔 도리가 없다"[12]고 생각할 정도이다. 하이킹 모임에서 만난 한 여성은 "민영이 다른 한국인 여성들과는 다르게 독립적이고 책임감이 강하다고 칭찬"[32]하거나 "제3세계의 온갖 사람들이 몰려드는 뉴욕은 더이상 미국이 아니"[33]라고 말하는 식으로 민영을 불편하게 한다. 민영을 정말 가슴 아프게 하는 것은 평소 "잘 안다"[31]고 생각했던 마이크가 그 여성의 발언에 반박하기는커녕 오히려 귀를 기울인다는 점이다. 마이크와 여자는 뉴욕이 "이민자와 도둑들의 도시"[34]라고 민영 앞에서 말하며, 흑인에 대한 편견을 드러내기도 한다. 이후에도 민영은 자전거 도난 사고 등을 겪으며, 자신이 마이크에게 느꼈던 호감이 "나의 사고 체계 안에서의 자의적인 해석"[37]에 바탕한 오해일 수도 있다는 것을 깨닫는다.

「양과 시계가 없는 궁전」에서 뉴욕은 처음에 한국과 달리 공감과 교류의 가능성이 활짝 열린 공간으로 그려지지만, 그러한 가능성은 곧 닫혀 버린다. 현주가 삼 년 전 여름 큰아버지가 사는 뉴욕에 왔을 때, 사촌언니는 친구들과의 피크닉에 현주를 데려간다. 그곳에서 만난 로언과 함께 뉴욕의 여기저기를 다니며, 현주는 "막연히 돈과 힘으로 포장된 상투적 선망의 이미지로 여겨왔던 이 도시에 대해 흥미"[154]를 느낀다. 나아가 현주는 한국에서와는 달리 "환대의 느낌"[154]을 받으며, '주연'이 되어 "지금까지와는 전혀 다른 무대에 오른 배우"[154]가 된 기분까지 느낀다. 그러나 현주의 자취방에 13시간의 시차가 나는 두 개의 시계가 걸려 있는 것이 암시하듯이, 둘의 관계에는 불협화음이 생기기 시작한다. 로언은 전통적인 젠더 관념을 가지고 있으며, 영어에 서툰 현주를 무시하는 경향이 강하다. 현주도 바보처럼 보이는 것이 두려워 영어로 말하는 것을 배우는 것에 적극적이지 않으며, "혼자의 짐작으로 그럭저럭 문제를 풀어나가는"149 스타일이다. 그렇기에 타인에 대한 현주의 "오독은 피할 수 없는 일"149이 된다.

현주는 현재 뉴욕에 네 번째 방문한 상태이고, 현주의 남친인 로언은 중학생 때 유학을 와서 미국의 시민권을 가진 직장인이다. 뉴욕에서 현주는 로언의 친구들만이 아니라, 그들의 파트너나 다른 친구들과도 함께 어울린다. 여기서도 "이방인이 된 기분"177을 느끼고는 하는데, 현주의 심각한 이명耳鳴 증상은 외부와 소통할 수 없는 고립 상태를 상징한다. 또한 뉴욕은 차별적 편견이 상존하는 것이기도 하다. 현주가 그리니치빌리지의 서점에 갔을 때, 현주는 교양 수업 시간에 읽은 적 있는 폴 오스터의 사인본을 발견하고 흥분한다. 그 때 점원은 "미심적은 표정으로 어느 나라에서 왔는지"170 현주에게 묻는다. 이와 비슷한 체험은 다른 서점에서도 똑같이 겪는다. 뉴욕에서 "핑굉괘은 열린 문 밖에 선채로 피상적인 환대를 받는"173 것이 가능하지만, 현주는 "이방인에게는 그마저도 적용되지 않는다"173고 생각한다.[11] 로언과의 관계까지를 포함해서 뉴욕은 현주에게 결코 입장을 허락하지 않는 도시인 것이다. 뉴욕은 "모두에게 열려 있는 듯하지만 문이 하도 많아 좀처럼 안쪽으로 들어갈 수는 없는 도시"이자 "언제까지나 타인을 여행객으로 대하고 이방인으로 만드는 도시"180이다. 그렇기에 뉴욕은 "처음에는 환대하는 듯하다가 이쪽에서 손을 내밀기 시작하면 정색을 하고 물러나는 낯선 얼굴의 연인 같았다"180고 표현된다.

「장미의 이름은 장미」는 한국인 역시 뉴욕 사람들에게 표상의 폭력을 휘두를 수 있다는 것에 초점을 맞춘 작품이다. 마흔여섯의 수진은 혼자 뉴욕

---

11    로언의 대학 동창이며 한국인 이민 2세인 엘런도 "한편으로 아시아 여성들이 의존적이고 미성숙하다는 편견을 갖고 있"(175)으며, 심지어는 "엘런의 말투를 흉내내며 어린애 같다고 비아냥"(175)대는 여성 동료로 인해 스트레스를 받는다.

의 어학원에 다니며, 세네갈 출신의 청년 마마두와 인연을 맺게 된다. 처음 마마두는 수진의 옆자리에 앉아 무표정하게 '하이, 수진'과 '바이, 수진'이라는 말만을 건네고는 했지만, 우연히 카페테리아에서 수진과 마주친 이후에 친밀한 사이가 된다. 이후 수진은 월요일과 수요일에 마마두와 점심을 먹게 되고, "장소를 잘못 찾아든 이방인이나 아무도 반기지 않는 방문객처럼 긴장하고 위축된 마음에서도 조금쯤 벗어"95~96나게 된다. 그러나 수진은 학교 밖에서 마마두와 점심을 먹으며 결정적인 실수를 범한다. 별다른 생각 없이 흑인과 결혼한 한국인 여성 사업가가 결국에는, 결혼을 반대한 가족 "모두와 차례차례 인연을 끊어야 했다"113는 이야기를 하는 것이다. 이후 마마두와 수진의 사이는 원점으로 돌아간다.[12] 카페에서 주변 사람들의 방관 속에서 노숙자로부터 봉변을 당한 경험도 있는 수진이지만, 자신의 타성화된 인종적 편견으로 인해 마마두에게 상처를 주고 만 것이다.

## 4. 혼돈의 아우라

지난 이십여 년 동안 한국문학은 '국민국가의 상상력'보다는 '탈脫, trans 국민국가의 상상력'을 집중적으로 보여주었다. 냉전 이후의 세계에서는 국민국가라는 경계를 넘어서는 삶의 흐름이 뚜렷해졌으며, 그렇기에 공감과 연대의 상상력이 국민국가라는 경계 안에서만 작동한다면 그것은 오히려 문제가 될 수도 있었던 것이다. 따라서 한동안 한국소설은 국민국가가 아니라 세계라는 범주 내에서 교류와 소통을 지향하는 경향을 보여주었다. 이러한

---

12  마지막에 수진은 자신이 마마두의 꿈이 작가라는 것도 알지 못했으며, "그의 가족이나 미래에 대해 전혀 관심이 없었다"(134)는 것도 깨닫는다.

경향을 대표하는 작가로는 조해진을 들 수 있다. 조해진의 소설은 지구라는 큰 경계 안에서 한국인과 외국인이 끊임없이 소통하고 교감하며 새로운 공동체의 창출을 상상하게끔 했던 것이다. 이러한 '탈脫, trans 국민국가의 상상력'은 냉전 이후 자명한 대세로 인정받아 온 세계화에 영향받은 바가 크다. 그러나 현재 인류는 자연스러운 흐름으로 받아들여졌던 세계화에 의문을 제기하는 여러 가지 현상들과 마주하고 있다. 이러한 상황에서 소설이 어떠한 상상력과 사유를 보여주는가는 주목의 대상이 될 수밖에 없다. 본래 소설은 국민국가nation-state와 세계와의 관계 속에서 탄생한 예술 장르이기 때문이다.

이러한 맥락에서 이 글은 하와이와 뉴욕을 배경으로 한 이금이의 장편소설 『알로하, 나의 엄마들』과 은희경의 연작소설 『장미의 이름은 장미』를 살펴보았다. 『알로하, 나의 엄마들』은 하와이를 배경으로 하고 있지만, 이 때의 하와이는 '또 하나의 조선'이라고 할 수 있을만큼 민족(주의)적 열기로 가득한 곳이다. 그 강력한 영향력으로부터 벗어날 수 있는 가능성은 거의 존재하지 않으며, 그렇기에 이 작품에서 우리는 강력한 국민국가의 상상력과 조우하게 된다. 은희경의 『장미의 이름은 장미』에서 뉴욕은 더 이상 동경의 대상이 아니며, 서울과 비슷하거나 서울보다 오히려 낡은 곳으로까지 그려진다. 이것은 그야말로 '평평해지고 가까워진 세계'의 구체적인 실감을 반영한 것이라고 할 수 있다. 그러나 사람들과의 교감과 연대라는 측면에서 뉴욕은 명백한 이방일 뿐이다. 이 곳에서는 이름표상, 편견의 폭력이 가득하며, 그렇기에 사람들은 자아의 강고한 벽을 벗어나지 못한다. 그렇기에 이 연작소설에서는 '국민국가의 상상력'과 '탈脫, trans 국민국가의 상상력'이 혼돈의 아우라를 내뿜는다고 할 수 있으며, 새롭게 다가올 소설의 미래를 예측해 볼 수 있는 하나의 가능성을 확인해 볼 수 있다.2022

**5**

# 한국문학의 작은 거인들
### 강이라, 김강, 김도일, 문서정, 채윤

## 1. 무상의 선물

소설집 『작은 것들』득수, 2022은 문학이 진정한 의미에서 선물일 수 있음을 증명하는 사례이다. 인간은 기본적으로 외로운 존재이며, 인간만이 외로움을 느낄 수 있다. 그렇기에 인간은 필사적으로 타인을 향해 손을 내밀고 귀를 기울이고 입을 여는 존재이다. 최근에는 인류 최초의 상업행위라고 할 수 있는 물물교환도 경제적인 이유가 아니라 타인과의 소통을 위한 동기에서 비롯되었다는 주장도 제기되고 있다.

문학 역시도 기본적으로는 존재의 벽을 뚫고 타인에게 다가가기 위한 필사적인 도약의 행위에 가깝다. 특히나 소설은 구체적인 인간의 삶과 그 내면을 드러낸다는 점에서 가장 내밀한 것을 교환하는 행위에 해당한다. 작가는 타인자신도 포함한의 삶을 누구보다 오래 바라보고 고민한 결과를 원고지 위에 형상화하고, 독자는 작가가 형상화한 세계를 진지하게 들여다보며 존재의 벽을 넘어서려는 필사의 도약을 감행한다. 특히나 소설은 인간의 내면과 삶의 실감에 있어, 그 어떤 인간의 행위와도 비교할 수 없는 탁월함을 지니고 있다. 소설집 『작은 것들』에는 강이라의 「우리의 공갈 젖꼭지 나무」,

권정숙의 「굿모닝 손 대리」, 김 강의 「검은 고양이는 어떻게 되었나」, 김도일의 「어룡이 놀던 자리」, 문서정의 「누가 불의 게임을 하는가」, 채윤의 「TEASER」가 수록되어 있다. 각각의 작품은 소설이 얼마나 고유한 개성으로 빛날 수 있는 선물인가를 실감나게 보여준다. 이들 작품은 여섯 명의 작가가 혼신을 다하여 우리 시대 독자들을 향해 보낸 무상無償의 선물이라고 할 수 있다.

## 2. 가족이라는 굴레를 벗어나는 두 가지 방법

문서정의 「누가 불의 게임을 하는가」는 육촌 사이인 주연과 해수가 주인공인 소설로서 둘은 모두 가족으로부터 비롯된 상처를 가지고 있다. 주연은 고등학교 선생님이고, 해수는 대입 수험생으로서 둘은 동거하게 된다. 조해수는 아버지의 가정폭력을 피해 주연의 아파트에서 살고 있다. 해수는 아버지 때문에 "죽을 듯한 공포"를 느끼기도 하였으며, 해수의 손목에는 스스로 손목을 그은 상흔도 남아 있다. 안타깝게도 해수의 동생 민혁은 해수보다도 더한 폭력을 당하여, "아빠가 옷걸이나 허리띠를 빼들면 맞기도 전에 오줌을 지릴 정도"이다.

해수가 그러한 상처로부터 벗어나는 방법은 '불의 게임'을 하는 것이다. 그 게임은 타다 남은 담배꽁초를 아무 데나 버리고선 아침에 화재가 났는지 여부를 살펴보는 것을 말한다. 그것은 현실의 수동적 피해자인 해수가 능동적인 주체가 될 수 있는 유일한 방법이다. 해수는 "가해자가 될 수 있다는 게 믿을 수 없을 정도로 짜릿"함을 느끼며, 실제로 아파트 놀이터에 불을 낸 적도 있다. 그러나 '불의 게임'은 결코 해결책이 될 수는 없다. 해수는 대입 수능을 치르고 난 뒤에 민혁이 있는 집으로 갔다가, 민혁이 아빠에게 폭행을 당해 어깨 골절상을 입었으며 그동안의 극심한 스트레스로 이빨이 세 개나 빠졌다는 것을 알게 된다. 그날 밤 해수의 아버지 공장에는 큰 불이 나고, 아이러니하게도 제때 빠져나오지 못한 민혁만 화상을 입어 수술을 받게 된다. 해수는 "자신이 저지른 불의 게임의 대가가 자신이 가장 믿고 의지했던 민혁에게 커다란 아픔을 줄줄은" 상상도 하지 못했던 것이다.

해수의 상처가 아버지로부터 비롯된다면, 주연의 고민은 어머니로부터 비롯된다.[13] 주연의 혼자 된 엄마는 김 교수라는 남자에게 빠져, 죽은 아버지와 주연에 대해 신경을 쓰지 않는다. 아버지가 사망한 지 1년도 되지 않아 다른 남자와 사실혼 관계를 맺게 된 엄마는, 아버지의 연금을 타기 위해 혼인신고는 일부러 하지 않고 있다. 한 발 더 나아가 엄마는 김교수라는 남자와 결혼도 하고, 아버지가 유산으로 물려준 집을 팔아 조금 더 큰 집으로 옮겨 살겠다고 선언한다. 그리고 주연에게는 작은 아파트를 전세로 물려주겠다는 약속을 한다. 나중에 엄마는 실제로 주연에게 작은 아파트를 구해 주려고 하지만, 이 일로 김교수라는 남자에게 폭언과 폭행에 시달리고 있음이 드러난다.

결국 「누가 불의 게임을 하는가」는 해수와 주연이 새로운 세상을 향해 떠나는 것으로 끝난다. 평소 "흔적도 없이" 사라져서 "아무도 모르는 데 가서 살 거예요"라고 말하던 해수는 먼 태국으로 떠난다. 그곳은 "사람들이 잘 모르는 곳"이자 "가족들이 사는 곳에서 가장 멀리" 있는 곳이기도 하다. 주연은 해수가 자신의 아파트를 나간 지 4년이 지난 어느 주말에 세계 여행 다큐멘터리에서 "물의 나라인 태국 팡아만의 수상 마을"에서 살고 있는 해

---

13   거기에 더해 오래 사귀어 온 상훈이 자기의 대학동기인 H와 결혼을 한 것도 주연에게는 큰 상처가 된다.

수를 발견한다. 해수는 "이 곳에서 사는 게 좋아요"라고 말하며, "누구에게
도 속박되지 않고, 사람들과 부대끼지도 않는 이 섬에서 사는 게 행복해요"
라고 덧붙인다. 그리고 주연 역시 여름방학이 시작되는 날에 바로 떠날 수
있는 태국 행 티켓을 예매한다.

문서정의 「누가 불의 게임을 하는가」가 고통을 극복하는 방법으로 저곳
으로의 이주를 보여주었다면, 강이라의 「우리의 공갈 젖꼭지 나무」는 고통
을 극복하기 위해 고통의 실체와 당당하게 마주해야 한다는 당위를 보여준
다. 강이라의 「우리의 공갈 젖꼭지 나무」에서 성장은 공갈 젖꼭지와의 결
별을 통해 이루어진다. 제목이기도 한 '공갈 젖꼭지 나무'는 북유럽에서 아
이들이 어느 정도 자라면 입에 물고 있던 공갈 젖꼭지를 직접 매달아 유아
시절에 대한 작별을 고하는 의식에 사용되는 나무를 말한다. 이 때 공갈 젖
꼭지는 현실의 비루함과 고통을 은폐하는 환상의 장막에 해당한다고 볼 수
있다. 인간은 공갈 젖꼭지를 물고 있는 한 현실의 쓰라림은 잊을 수 있겠지
만, 동시에 언제까지나 어린애에 머물 수밖에 없는 것이다. 주인공인 다정
은 지금 공갈 젖꼭지를 나무에 걸어야만 하는 기로에 서 있다. 그것은 다큐
멘터리에서 "공갈 젖꼭지를 나무에 매달며 say good-bye로 작별을 고하던
아이"를 보면서, 다정이 그 아이는 "어쩌면 다정, 자신일지도 몰랐다"고 생
각하는 것에서 분명하게 드러난다.

주인공인 다정은 학원강사로서 임용고시를 준비하고 있다. 다정의 아버
지는 성실하고 "콩 하나에 감사할 줄 아는 사람"이었지만 늙도록 가난했으
며, 다정의 어머니는 오랜 관절염으로 앉고 서는 것도 힘들어한다. 동생인
다훈도 서울의 고시원에서 공무원 시험을 준비하고 있으며, 다정은 "소녀
가장"으로 가정의 생계를 떠맡다시피 하고 있다. 다정은 정식 선생님이 되
어 "부모에게 한 번쯤은 차고 넘치게 자랑스러운 자식이 되어보고 싶"은 소

망을 가지고 있다. 다정은 아직 미숙한데, 그것은 어머니와의 동침 장면을
통해서 선명하게 드러난다. 다정은 한밤중에 깨어 엄마의 이불 속으로 들어
가서는, 엄마의 왼쪽 젖가슴에 손을 가만히 올려놓고 손바닥으로 전해지는
심장 박동을 음미하듯 즐긴다. 연년생으로 태어난 다훈에게 젖을 빼앗긴 다
정에게, 엄마는 공갈 젖꼭지를 물려주었고 다정은 위 대문니가 살짝 벌어진
채 나고 말 정도로 공갈 젖꼭지를 떼지 못했던 것이다.

성장의 과정에서 다정의 짝패로 등장하는 것이 바로 다정의 제자인 한솔
이다. 다정은 한솔의 국어 선생님이자 학원 담임이다. 이 작품에서 다정과
한솔을 이어주는 것은 바로 다정이 피는 담배이다. 다정은 첫 임용 고시에
떨어져 불합격 결과를 받은 날, 선배의 권유로 담배를 피우기 시작한다. 다
정은 학원 교실에서 몰래 담배를 피우다가 급하게 그것을 밖으로 던지고는
했으며, 어느 날인가는 그 꽁초가 아래층 세탁소의 손님 패딩에 구멍을 냈
던 것이다. 세탁소 주인에게 멱살을 잡히는 상황에서도, 한솔은 끝까지 다
정이 대신에 자신이 담배꽁초를 던졌다고 버틴다. 이로 인해 한솔은 세탁소
아저씨에게 수모를 당하고 변상까지 해야만 했던 것이다. 담배는 성인이 된
다정의 공갈 젖꼭지라고 할 수 있다.

한솔은 시험을 보고서는 시험지로 딱지와 비행기를 접을 정도로 학업에
별다른 관심이 없다. 한솔의 고통은 과학고 다니는 형과의 비교에서 비롯
된다. 다정에게 공갈 젖꼭지가 담배라면, 한솔에게 공갈 젖꼭지는 '꽁보리
네 보리'라는 유튜브 방송이다. 보리는 시각 안내견 후보견이었지만, 사람
을 너무 좋아해서 자꾸 한 눈을 팔았기 때문에 안내견이 되는 것에 두 번이
나 실패하고 결국 일반 분양이 된 개이다. 보리는 두 번이나 시험에 떨어지
고도 너무나 즐거운 모습이었고, 이러한 보리의 모습은 견주犬主는 물론이
고 사람들에게 용기와 희망을 주었다. 구독자들은 "실패하고 탈락해 본 사

람들"로서, "시험에 계속 떨어졌다고 울지도 않고 기도 안 죽고 더 신나"하는 보리를 보며 위로를 받았던 것이다.

이 작품에서 공갈 젖꼭지와의 결별은 타인을 향한 관심과 사랑을 통해 비로소 가능해진다. 이러한 따뜻한 마음은 '우리'라는 말에 압축되어 있다. 다정은 한솔을 따라 애독자 20명 한정의 구독자 모임에 참석하기 위해, 편도 세 시간에 걸친 서울행에 동행한다. 다정이 대신 한솔이 대신 누명을 뒤집어 쓴 것도, 다정과 한솔이 서울까지 동행을 한 것도, 모두 다정이 애들 이름을 부를 때 항상 '우리'라는 말을 덧붙이는 따뜻한 마음으로 인해 가능했던 일이다. 이러한 말버릇을 다정은 그녀의 부모에게서 배웠다. 다정의 부모님은 항상 다정이나 다훈을 '우리 다정이'나 '우리 다훈이'라고 불렀던 것이다. 다정은 서울을 다녀온 후에 학원을 그만두고 세 번째로 임용고시에 도전한다. 동시에 다정은 담배를 끊는다. 다정은 드디어 '공갈 젖꼭지 나무'에 '공갈 젖꼭지'를 매달게 된 것이다. 이러한 성장은 '우리'라는 단어에 압축된 타인을 향한 관심과 사랑에서 비롯된 것이라고 할 수 있다.


## 3. 현미경적 시선과 망원경적 시선

권정숙의 「굿모닝 손 대리」는 손정민이라는 평범한 샐러리맨이 겪는 현실의 고단함을 현미경적 시선으로 보여주는 작품이다. 손정민 대리는 5년간 고팀장 밑에서 일을 해왔다. 그의 직속 사수인 고팀장은 꼰대를 넘어선 꽁대로서 온갖 고약한 일을 마다 하지 않는 상사이다. 고팀장과 함께 일한 지 일주일째 되던 날, 만 원 하던 주식이 오백 원으로 폭락하자 소액 주주들의 항의성 전화가 빗발친다. 팀장은 그 모든 항의전화를 정민에게 응대하도록 만들었으며, 심지어는 "둘러 댈 줄 모른다"고 정민을 욕하기까지 하였다. 인사 개편 때 정민은 기를 쓰고 고팀장을 피해 다른 부서로 가지만, 고 팀장은 기어이 정민을 따라 와서 괴롭힐 정도이다. 고팀장은 특별한 일이 없어도 회의를 핑계로 팀원들을 걸핏하면 불러내어 회식자리를 만들어 괴롭힌다. 이런 고팀장 아래서, 손정민은 오년째 거의 매일 야근을 하고 주말도 반납해가며 일하여 지칠 대로 지친 상태이다. 손정민이 써 놓은 사표는 책상 서랍에 가득하다.

손정민이 이토록 힘든 삶을 감내하는 이유는, 어려운 집안 사정이 큰 몫을 차지한다. 경제적 능력이 없는 정민의 아버지는 부도까지 내고 칭다오로 도피한다. 순해 빠진 정민의 엄마는 칭다오의 제과점에서 와리깡을 해가며 아버지와 먹고 살았던 것이다. 이런 엄마를 돌보느라 정민은 대출을 받는 것은 물론이고, 대학 시절에는 한 달에 한 번꼴로 코피를 쏟았다. 실질적인 가장으로 엄마의 환전 밑천을 마련하는 정민은, 대학 다니는 남동생을 돌보는 일까지 떠맡고 있다. 최근에는 엄마가 보이스피싱을 당했다고 정민에게 전화까지 한 상태이다.

고약하기 이를데 없는 고팀장은 요즘 정민에게 살가운 말도 하며 정답게 대한다. 지금 사내에는 손정민 대리가 곧 이직할 것이라는 소문이 쫙 퍼진 상태이다. 실제로 정민은 서울의 O방송사에 지원하여 합격했다는 통지를 헤드헌터<sup>headhunter</sup>로부터 받은 상태이다. 정민의 진정한 고민은 그가 합격한 O방송사 역시 희망의 가능성이 아니라는 점이다. 최종면접을 볼 때 O방송사의 실장은 사측과 사원의 관계는 "갑을관계"라고 말하며, 그것을 복명복창하라고 시킨다. O방송사의 엘리베이터에서 만난 그 곳의 사원들은 19층에서 1층까지 내려가는 동안 내내 상사를 씹어댄다. 그렇다고 정민의 단짝인 희주의 "니 꼰대사수가 지금은 납작 엎드렸지만 니가 눌러앉으면ㅠㅠ

후폭풍 또한 만만찮을 텐디"라는 톡에서 알 수 있듯이, 지금의 회사에 눌러앉는다면 이전보다 더한 압박이 가해질 것임은 명약관화한 일이다. 작품은 마지막까지 이러지도 저러지도 못하는 난경이 지속되는 것으로 끝난다. 부장은 정민에게 "내년 봄에 다른 부서로 옮기자"는 솔깃한 제안을 하고, 마침 정민의 전화기는 헤드헌터로부터 걸려온 전화로 인해 부르르 떨린다.

권정숙의 「굿모닝 손 대리」가 현미경적 시선으로 현대 사회를 살아가는 평범한 직장인의 현실을 보여준다면, 김강의 「검은 고양이는 어떻게 되었나」는 망원경적 시야로 현대 사회의 비정한 작동원리를 보여준다.「검은 고양이는 어떻게 되었나」에서 '나'와 정원을 맞대고 있는 앞집 사람은 길고양이에게 밥을 준다. 주민들은 길고양이에게 먹이를 주는 것에 반대하고, 이로 인해 앞집 사람과 주민들은 충돌한다. 그 충돌은 주민들의 승리로 끝나서, 동사무소나 구청에서 길고양이들을 포획하고, 앞집은 더 이상 고양이들에게 밥을 주지 않는 것으로 결론난다. 이후 앞집 남자는 고양이에게 먹이를 주는 대신, 모이를 주어서 멧비둘기들을 자신의 정원으로 유인한다. 그리고 길고양이들은 바로 그렇게 모여든 멧비둘기들을 먹으며 뚱뚱한 몸을 유지한다. 여기에서 끝난다면, 이 작품은 일상에서 일어날 수도 있는 작은 에피소드를 그린 소품에 그칠 것이다. 그러나 「검은 고양이는 어떻게 되었나」는 이 멧비둘기와 고양이의 이야기를 알레고리로 독해하게 만드는 또 하나의 이야기를 거느리고 있다.

그것은 바로 '나'와 중·고등학교를 함께 다닌 P의 이야기이다. P는 '나'의 결혼식 사회를 맡았을 만큼, 둘은 절친한 사이이다. 이후 P는 '나'에게 보험 가입을 권유한 적이 있고, 이후에 '나'는 P가 주식 투자에 실패했다는 이야기와 다른 동기의 사업에 투자를 했다가 일이 잘못되어 동기들 간에 소송이 붙었다는 이야기를 듣는다. 최근에 P는 다시 전화를 해서 자신이 아파트

갭 투자를 하는 중이라며, 돈을 빌려 달라고 말한다. 이 후 '나'는 P가 죽었다는 부고를 받는다. "조문객 반, 빚쟁이 반"인 빈소에서, P가 주식이다 가상화폐다 해서 벌려놓은 일이 많았으며 아파트 갭 투자를 하겠다며 고객의 돈을 중간 인출한 사실이 들통 나면서 고객과 회사로부터 고소를 당해 소송 중이었다는 이야기를 듣는다.

더욱 충격적인 사실은 그렇게 많은 사람들한테 돈을 모으고 사기를 쳤지만, P 앞으로 남아 있는 재산이 별로 없다는 사실이다. 그렇게 된 이유는 P가 자신의 선배인 L에게 이용당하고 있었기 때문임이 드러난다. P를 보험 업계에 불러들인 L은 보험 영업이 아닌 다른 경로로 돈을 모으는 법, 그 돈으로 돈을 불리는 법, 그리고 책임을 회피하는 법을 P에게 가르쳤다. P는 L에게 배운 방식으로 주식은 물론이고, "가상화폐, 기획 부동산, 돈을 탐할 수 있는 모든 곳, 돈이 몰려다니는 모든 곳"에 발을 들여놓았던 것이다.

여기에서 첫 번째 '멧비둘기와 고양이 이야기'는, 'P와 L의 이야기'와 서로 겹쳐지게 된다. 장례식장에서 "P가 헛꿈을 꾼 거지. 뿌려 주는 놈은 다른 생각인데 말이야"라고 말하는 것에서 알 수 있듯이, P는 아무것도 모른 채 새모이를 주워먹는 멧비둘기이며, L은 그 멧비둘기를 잡아 먹는 살찐 고양이였던 것이다. 그렇다면 그 모든 생존의 희비극을 연출하는 사내는 누구무엇를 의미하는 것일까? 그것은 아마도 나날이 그 힘과 영향력을 키워 가는 자본주의가 아닐까? 김강의 「검은 고양이는 어떻게 되었나」는 21세기 한국문학의 결락 부분이라고도 할 수 있는, 진중한 문제의식과 날카로운 시대정신이 번뜩이는 벼락 같은 문제작이라고 할 수 있다.

## 4. 과거와 미래에서 바라본 존재의 심연

김도일의 「어룡이 놀던 자리」에서 주인공 요한은 1980년대 민주화운동을 하다가 1987년에 체포되어 수감생활을 하고 있다. 그는 신부님에게 "일종의 고해성사"를 하고 있는데, 요한에게는 "누군가에게 고백을 해야만 구원을 얻을 수 있다"고 생각하게 만드는 "부끄러움"이 있다.[14]

요한이 태어나 유년 시절을 보낸 곳은 영일이라는 곳으로, 그곳에는 지금 포항제철이 들어서 있다. 이전에는 마을에 프랑스 신부가 세웠다는 수녀원이 있었으며, 그 안에는 성당, 고아원, 양로원, 장애인의 집 등이 갖춰져 있었다. 요한이 다닌 송동분교의 학생 절반은 수녀원의 아이들이었으며, 그 중에서도 요한은 남두호와 친하게 지냈다. 남두호는 흑인의 피가 섞인 혼혈아로서, 어릴 때부터 "튀기, 깜둥이 새끼, 화냥년의 자식 같은 욕"을 들으며 자라야 했다. 두호는 같은 학년의 아이들보다 나이가 서너 살쯤 많았고, 싸움도 잘 했다. 두호의 유일한 희망은 미국에 가서 "돈도 마이 벌고 튀기, 깜둥이 소리 좀 안 듣고 살아보"는 것이었다. 그런 두호도 루시아 앞에서는 어린 양처럼 순했는데, 귀가 안 들리는 루시아는 수녀원에서 유치원생과 그보다 더 어린아이들을 돌보며 허드렛일을 하였다. 두호와 루시아는 비슷한 처지로 어릴 때부터 오누이처럼 지냈으며, 요한도 그 둘과 자주 어울려 다니며 함께 성장하였다.

그들 앞에 요한의 먼 친척인 치곤이가 나타난다. 악당이라고 할 수 있는

---

14   그러한 부끄러움은 혼거방에 함께 머무는 스물셋의 창식이라는 청년을 통해 의식의 표면으로 떠오른다. 스물셋의 창식은 자신의 아버지를 죽인 죄로 이 곳에 들어온 것이다. 상해치사죄로 오 년 형을 살고 나온 창식의 아버지는, 자신의 버릇대로 살다가 결국 자신의 아내를 칼로 살해했고, 창식은 그런 아버지를 죽이고 만 것이다. 창식에게는 "죽은 아비에 대한 연민은 손톱만큼도 없어 보"였다.

치곤은 요한에게 "니는 와 이런 깜둥이새끼랑 벙어리년하고 어울려 댕기노? 야들하고 댕기면 꼬추 떨어진대이"라고 폭언을 하기도 하였다. 나중에 치곤이 일당은 심각한 범죄를 저지른다. 제철소의 건설 계획으로 인해 마을에는 빈 집이 늘어가고, 요한은 방과 후 아이들과 함께 빈 집에 들러 고물 찾는 일을 한다. 그러던 중 어느 빈 집에서 두호가 무참하게 폭행을 당한 채 쓰러져 있고, 방 안에서는 루시아가 성폭행 당하고 있는 것을 발견한다. 그날 이후 두호와 루시아는 사라져 버리고, 요한은 "인간은 인간이라는 이유만으로 죄가 있다는 것"의 의미를 어렴풋하게 깨"닫는다.

요한은 그 현장에서 아무것도 하지 않은 채, 도망쳐 나와 것에 대한 '부끄러움'을 안고 평생 살아온 것이다. 요한은 자신이 경찰에 체포된 날에도 택시 기사가 두호라고 생각할 정도이다. 요한은 자신이 가까이에 있는 악惡에는 둔감하고, 멀리에 있는 악惡에는 예민했다고 생각한다. 그러한 반성은 타인에게는 엄격하고, 자신에게는 너그러웠던 삶에 대한 반성과도 맞닿아 있다. 요한의 고민은 다음의 인용문에 압축되어 있다.

저 또한 그 시절의 기억만을 간직하고 있었을 뿐, 부끄러움은 옅어져서 정상적인 욕망이라는 뻔뻔함으로 대체되었고 죄책감은 자기합리화로 변질되어 사라졌습니다. 제 안의 부끄러움과 죄책감은 덮어둔 채 조국의 민주화를 위한 고귀한 가시밭길을 가고 있다고 치부하고 있었던 것입니다. 이런 제가 순결한 열사의 뜻을 이어받는다고 하였습니다. 청년들의 맑은 눈을 바라보며 정의를 이야기하였습니다. 군부독재를 끝내자고 목에 핏대를 올리며 거리로 나갔습니다.

두호와 루시아가 끔찍한 일을 당하던 날, 요한은 마을로 달려가 아버지를 깨웠거나 하다 못해 자신이 그 자리에서 치곤 일당에게 잡히기라도 했다면 최악의 상황은 막을 수 있었다고 후회한다. 그러나 요한은 그렇게 하지 않았으며, 결국 자신이 "가장 비겁한 길을 선택함으로써 두호와 루시아의 인생을 망가뜨린 것"리라고 자책한다. 이러한 죄의식은 그 어떤 사회적 대의를 위한 행동으로도 가려지지 않는다. "두 사람도 지켜주지 못한 제가 조국을, 민족을, 민주를……!" 외친 것에 대한 심각한 회의로부터 요한은 결코 벗어나지 못하는 것이다.

김도일의 「어룡이 놀던 자리」가 사라지지 않는 과거의 힘을 보여주는 작품이라면, 채윤의 「TEASER」는 미래를 배경으로 한 SF<sup>science fiction</sup>이다. 주지하다시피 SF란 일상적인 시공간을 벗어나 여러 비현실적인 일을 과학적으로 가상하여 그린 소설을 말한다. SF는 인간의 과학기술이 급격하게 발달하여 감히 신에게까지 도전하게 된 근대의 산물이기도 하다. 서구에서는 상당히 인기를 끄는 문학 장르임에도 한국문학에서는 오랫동안 주변적인 장르로서 경시된 측면이 있다. 그것은 오랫동안 SF를 '공상과학소설'로 번역하여 사용한 것에서도 알 수 있다. 원어의 어디에도 '공상'에 해당하는 말이 없음에도 불구하고, 그동안은 굳이 부정적인 뉘앙스가 강한 '공상'이라는 말을 앞에 덧붙였던 것이다. 이것은 현실에 밀착된 전통적인 '노블<sup>novel</sup>형 소설'을 중시하는 한국문학계의 통념이 반영된 결과라고 할 수 있다. 그러나 이제는 SF 앞에 '공상'이라는 말을 따로 붙이는 경우는 거의 없다. 이것은 SF가 보여주는 상상력이 허무맹랑한 '공상'으로 치부할 수 없는 폭과 깊이를 확보했기 때문일 것이다.

채윤의 「TEASER」 역시 앞으로 다가올 AI시대에 본격화 될 여러 가지 난제<sup>teaser</sup>들을 미리 보여주는 예고광고<sup>teaser</sup>와도 같은 작품이다. 이 작품은 동물과 소통할 수 있는 AI의 존재를 통해, 과연 미래 인간의 존재적 위상이 어떻게 될 것인지에 대한 철학적인 질문을 던진다. 시간적 배경은 이미 싱귤

래리티singularity, 인공지능이 사람의 지능을 넘어서는 시점기 지난 지도 십수 년이 된 때로서, 산업 현장은 물론 대부분의 예술 창작 분야까지 AI가 인간의 자리를 차지한 지 오래이다. 사람들은 일하지 않아도 대신 AI가 쉬지 않고 무엇인가를 생산해내며, 거기에서 나오는 기본소득을 소비하면 그만인 시대인 것이다. 문제는 인간과 동물의 언어를 연결해주는 인공지능까지 개발되는 단계에 이르렀다는 것이다. "언어에는 뜻이 있고 존재론적 가치를 지니게 마련"이어서, 인간과 동물이 언어로 연결된다는 것은 "동물이 인간과 동등한, 적어도 그에 준하는 존재 의미를 지니고 있다"는 것을 의미하는 대사건이다. 또한 이것은 AI가 "더이상 단순한 컴퓨터가 아니라 살아있는 존재"라는 것을 보여주는 사건이기도 하다.

작가는 미래의 모습에 대해서 희망도 절망도 하지 않는다. 다만 희망과 절망의 두 가지 가능성을 동시에 제시하며 작품은 끝난다. 의사인 J를 찾아오는 남자가 겪는 "중증 강박장애와 우울증"이 미래의 암울한 가능성을 상징한다면, 동물의 언어를 번역해주는 AI의 개발사인 ㈜바람돌이의 "인간과 지구 생태계의 지속가능성을 열어줄 수 있는 비밀 열쇠가 되기 바란다"는 입장은 미래의 희망에 해당한다고 할 수 있다. 결국 미래를 결정짓는 것은, 현재 우리의 결단과 실천이었던 것이다.


## 5. 작은 거인들


소설집 『작은 것들』은 우리 시대에 보기 드문 증여의 원리에 바탕한 소설집이다. 이것은 인간과 세상에 대한 지고至高한 관심과 타인과의 소통을 향한 지순至純한 열망이 낳은 무상의 선물이라고 할 수 있다. 그 지고지순함의 밀도가 만들어 놓은 문학적 성과는 하나의 장관을 이루고 있다.

　강이라의 「우리의 공갈 젖꼭지 나무」와 문서정의 「누가 불의 게임을 하는가」는 근대소설의 모범적 형식에 해당하는 교양소설에 해당한다. 본격적으로 이 사회의 구성원이 되려는 젊은이들의 고뇌와 성장의 과정이 아름답게 펼쳐져 있는 것이다. 그 성장의 행로와 방향은 조금 차이를 보여준다. 강이라의 「우리의 공갈 젖꼭지 나무」가 어리광 부리는 자신과의 결별을 통해 '지금-이곳'의 현실에 보다 집중하려는 다짐을 제시한다면, 문서정의 「누가 불의 게임을 하는가」는 이곳이 아닌 저곳으로의 이주를 통한 새로운 삶의 가능성을 모색하는 것이다. 두 가지 성장의 모습에는 우리 시대 젊은이들이 처한 난경과 그럼에도 그 속에서 피어나는 삶의 의지가 담겨져 있다. 다음으로 권정숙의 「굿모닝 손 대리」외 김 강의 「검은 고양이는 이렇게 되었나」는 근대소설의 적자라고 할 수 있는 리얼리즘적 성격의 작품들이라고 할 수 있다. 두 작품은 자본주의라는 거대한 기계가 현대인을 휘두르고 내모는 양상을 이질적인 각도에서 보여주고 있다. 권정숙의 「굿모닝 손 대리」가 자본주의의 원리가 작동하는 최말단의 모습을 생생하게 드러낸다면, 김 강의 「검은 고양이는 어떻게 되었나」는 조망적 시선을 통하여 그 원리의 전체적인 얼개를 스케치하는데 치중하고 있다. 두 작품은 하나의 짝을 이루어 우리가 살아가는 세상의 전체적인 모습과 실감을 독자에게 전달해준다. 마지막으로 김도일의 「어룡이 놀던 자리」와 채윤의 「TEASER」는 현재를 규정하는 핵심적인 심급이기도 한 과거와 미래를 통해 존재의 심층적 진실에 다가가고자 한 작품들이다. 김도일의 「어룡이 놀던 자리」는 한 인간의 삶을 지배하는 트라우마의 끈질긴 힘과 멀리에 있는 선善과 가까이에 있는 악惡의 미묘한 갈등이라는 존재의 근원적 이율배반을 파헤치고 있는 사변적인 작품이다. 채윤의 「TEASER」는 과학기술이 고도로 발달된 미래 사회를 배경으로 하여 인간의 존재론적 위상과 참된 삶의 방향을 고민하고 있다.

소설집『작은 것들』을 통해 여섯 명의 작가들이 독자들에게 준 선물은 참으로 아름답고 중요롭다. 그렇기에 이들 여섯 명의 작가들은 우리 시대 문학의 거인들이라고 보아도 큰 무리가 없을 것이다. 소설집『작은 것들』은 우리가 앞으로도 이 여섯 명의 작가들강이라, 권정숙, 김강, 김도일, 문서정, 채윤에게 계속 관심을 가져야 할 충분한 근거가 되어, 우리의 책상 위에 오롯이 놓여 있다.2022

# 2부

## 한국문학의 은하계

1

# 끝나지 않는 역사, 끝날 수 없는 글쓰기

전상국의 『굿』

전상국의 열두번째 소설집인 『굿』<sup>문학과지성사, 2023</sup>에는 모두 아홉 편의 중·단편소설이 수록되어 있다. 이 중에서 작품집의 앞쪽에 실린 세 편의 단편, 「춘천 아리랑」, 「봄봄하다」, 「가을하디」는 각각 김유정의 「동백꽃」<sup>『조광』,1936.5</sup>과 「봄·봄」<sup>『조광』, 1935.12</sup>, 그리고 황순원의 「소나기」<sup>「신문학」, 1953.5</sup>에 대한 오마주<sup>hommage</sup>에 해당한다.

작가 전상국이 김유정이나 황순원과 맺은 인연은 문단에 익히 알려진 사실이다. 전상국만큼 김유정과 인연이 깊은 작가도 드물다. 1990년 「사이코시대」로 제1회 김유정문학상을 수상하였고, 김유정 연구서라고 할 수 있는 『김유정─시대를 초월한 문학성』<sup>1995</sup>과 김유정에 대한 평전이자 소설이라고 할 수 있는 『유정의 사랑』<sup>2005</sup>을 간행하였다. 2002년에는 김유정의 고향인 실레마을에 김유정문학촌을 조성하고 촌장을 맡아 이후 오랫동안 활동하였다. 은사인 황순원과의 인연도 결코 가볍지 않다. 문학청년이었던 전상국은 소설가 황순원이 재직한다는 이유로 경희대학교 국문학과에 입학했을 정도이다. 1963년『조선일보』 신춘문예에 「동행」이 당선되어 정식으로 등단했는데, 이 작품은 대학교 2학년 때 황순원 선생에게 보여드리고 새까맣게 첨삭을 받기도 했던 소설이 모태가 된 것이라고 한다.<sup>1</sup>

전상국은 인생의 스승들에게 카네이션이라도 달아주는 심정으로, 스승들의 대표작을 대상으로 한 창작을 시도하였다. 이들 작품에는 스승에 대한 경의와 더불어, 전상국의 창의성이 온전히 녹아들어 있다. 「동백꽃」에 대한 오마주인 「춘천 아리랑」에는 「동백꽃」의 서사 시간이 끝난 직후부터 6년 후까지를 배경으로 하여, 춘천을 중심으로 한 농촌 풍경이 폭넓게 담겨져 있다. 또한 「봄·봄」에 대한 오마주인 「봄봄하다」에서는 작품의 서술구조를 완전히 뒤바꾸어 새로운 인식을 창출해내고 있다. 「봄·봄」은 본래 점순이와 결혼할 일념으로 4년여간 세경 없이 머슴 생활하는 데릴사위 '나'가 초점화자였는데, 「봄봄하다」에서는 점순이가 초점화자로 등장하여 작품이 전개되는 것이다. 특히 「춘천 아리랑」과 「봄봄하다」의 분위기와 문체는 김유정의 작품을 그대로 빼닮았다는 점에서 더욱 인상적이다. 「소나기」에 대한 오마주인 「가을하다」는 '가을하다'라는 참신한 단어 하나로 작품의 분위기를 끌고 나가는 것이 인상적인 작품이다.

그러나 아무래도 등단 60주년을 맞아 펴낸 작품집 『굿』의 본령은 한국전쟁과 분단에 맞닿아 있다고 볼 수 있다. 끝나지 않는 한국전쟁의 비극과 상처에 대한 문제의식은 60여 년에 걸친 전상국의 작품 세계가 보여주는 핵심에 해당한다. 분단과 전쟁의 고통은 전상국의 열두 번째 소설집 『굿』에서도 불변의 상수이다. 「집을 떠나 집에 가다」에서 현선생은 평생 동안 선망과 질시의 대상이었던 유인수가 실종되자 그를 찾기 위해 온갖 곳을 찾아 헤맨다. 이때 현선생은 광산굴을 보면서, "겨울 난리 때 되놈 수천 명이 그 굴속에 있다가 유엔군이 입구를 폭파하는 바람에 싹 죽은"[109] 이야기를 떠올리기도 하며, "불현듯, 아니 수도 없이 여러 번 유인수가 북쪽으로 넘어간

---

1    하응백, 「전상국」, 『약전으로 읽는 문학사』 2, 소명출판, 2008, 473면.

것은 아닌가 하는 생각"115을 하기도 한다.

전상국의 「굿」은 굿이라는 전통적인 의식을 전면에 내세운 작품이다. 굿은 억울하게 죽은 망자의 해한을 통해, 산 자들의 안녕을 기원하는 의식이다. 이 작품은 67년 전 죽은 최용호 행세를 하는, 최용호의 아들 최준성이 부귀리에 나타나면서 시작된다. 부귀리 장터에 살았던 최용호는 한국전쟁 당시 '부귀리 인민위원회 위원장'으로 활동하다 부귀리가 수복된 후에 둔짓골에서 마을 사람들의 쇠스랑에 찔려 죽은 인물이다. 일종의 영매인 최준성은 최준성인 동시에 최용호이기도 해서, 최준성은 "최용호 아들이 아닌, 최용호 그 사람으로 살아"283온 것으로 그려진다. 최준성은 "죽지 않고 살아 있는 그 최용호를 자신이 살고 있는 것"283이며, 이것은 "젊어서 억울하게 죽은 사람의 한풀이"284에 해당한다. 실제로 최준성은 기이한 능력을 맘껏 발휘하는데, 다섯 살 무렵에 6·25를 겪은 최준성은 최용호의 유골은 물론이고, 자작고개에 묻힌 정대수의 유골까지 스스로 찾아내는 것이다.

67년 전 죽은 최용호가 아들의 몸을 빌어 나타난 것에서도 알 수 있듯이, 전상국의 다른 작품에서와 마찬가지로 「굿」에서도 6·25의 상처는 현재진행형이다. 이 작품의 초점화자인 나정기는 교장으로 정년을 마친 이후에 고향 마을에 살고 있는데, 끈질기게 따라붙는 기억으로 인해 악몽에 시달리며 불면의 밤을 지새우고 있다. 그 기억의 핵심에는 "정대수 어머니의 산발한 머리칼"253과 "구덩이 속에 묻히는 인민군"253이 존재한다. 대한민국 국군 일등병이었던 정대수는 난리가 터지기 며칠 전에 휴가를 나와 집에 머물렀다. 본의 아니게 나정기는 정대수가 된재 자기 집에 있다는 것을 최용호에게 일러바치고, 정대수는 결국 손이 뒤로 묶인 채 내무서원들에게 끌려가다 자작고개에서 살해당한다. 이 일로 정대수의 어머니는 미쳐버리고, 결국 용소에 빠져 죽는다.

어른들한테 끌려가 죽은 어린 인민군은 특히나 나정기의 악몽에 끊임없이 등장한다. 어린 정기는 왜갈봉에서 어린 인민군을 만나고, 그 인민군 이야기를 어른들에게 하는 바람에 그 인민군은 가막골에 끌려가 죽는다. 왜갈봉 부처바위 굴속에 숨어 있던 어린 인민군은 패잔병으로서, 그는 "울 할머이가 나 죽으면 안 된다고 했어야"279라며 우는 어린애일 뿐이었다. 오랜 시간이 지났지만, 나정기는 어린 인민군의 집이 "충청북도 충주군"279이었다는 것만은 분명하게 기억한다. 나정기는 67년 전 마을 사람들이 가막골에 생매장을 한 그 어린 인민군의 유골을 수습해 그 가족에게 돌려주고자 충청도 도청과 충주에 민원을 넣기도 한다.

6·25를 체험한 최용호나 나정기만 전쟁의 악령에 붙들려 있는 것이 아니라, 그 자식세대도 전쟁의 고통에서 벗어나지 못하는 것은 마찬가지다. 인민위원장으로 처형된 최용호의 아들인 최준성도 연좌제의 고통 속에서 "전국 방방곡곡을 떠돌며 고생"304하고 살 수밖에 없었던 것이다.

「굿」의 클라이막스는 은장골 밀례에서 벌이는 굿판이다. 최준성최용호은 둔짓골 골짜기에 파묻힌 최용호와 자작고개에서 수습한 일등병 정대수 등의 유해를 은장골에 모시며 굿판을 벌인다. 이 굿판에는 면 농협장에 새마을 지도자며 부귀리 반곡리 수하리 마을 이장들, 교회 목사와 스님과 부귀리 일대 주민들이 모두 모인다. 또한 살아 있을 때의 이념을 초월하여 최용호와 정대수가 한데 어우러진다. 그야말로 산 자와 죽은 자가 모두 어우러지는 대동의 의식인 것이다. 이 굿판을 보며 나정기와 어린 시절을 함께 보낸 종구는 "토, 통일이 된 거 가터. 인제 난니 안나, 아이고 됴타"339라고 말하며, 작품은 끝이 난다.

그토록 오래 지속된 전쟁의 고통은 어떻게 끝날 수 있었던 것일까? 거기에는 모든 분별과 시비를 초월한 화해의 논리가 존재한다. 애당초 최용호최준성는 분별하며 복수하려는 마음과는 거리가 멀었다. 최용호최준성는 자신을 죽인 것이 "한청 사람들의 주동"[292]으로 이루어진 것이라는 점을 알면서도, "그걸 어쩝니까. 죽이지 않으면 내가 죽는 게 난리인데 어쩌겠습니가. 다 피해자라 그겁니다"[292]라고 말하는 통 큰 인물이었던 것이다. 최준성최용호 역시 "우리 아버지 억울하게 죽었다. 그 생각만은 안 하기로 작심하고 살았다"[292]라고 밝히는데, 그렇게 생각한 이유는 억울하다고 생각한 사람들이 번갈아 가며 세상을 뒤집으면, "다 죽어요. 죽으면 민족이고 나라고, 그거 다 소용없"[292]기 때문이다. 최준성최용호은 "아무리 죽을 죄를 져 죽은 놈이라도 뼈다귀라도 제대로 묻어줘야 할 것 아니냐"[295]라고 생각한다. 이러한 무조건적인 해한의 현장에 피해(자)나 가해(자)에 대한 분별이 존재할 여지는 없디. 그것은 최준성최용호의 다음과 같은 말에 잘 드리닌다.

"돌이켜보면 다 피해잡니다. 나 이렇게 당했다고 그 억울한 거만 생각하고 살고 있다 그거예요. 모두가 가해자로 보이는 데 그 가해자들 말을 믿습니가, 미워하면서 살 수밖에 없는 것이지요. 이래가지곤 미래가 없어요. 우리 모두가 피해자인 동시에 가해자라는 생각으로 살 때만이 희망이 있다 그겁니다"[308]

잘잘못을 따지는 분별의 논리가 '피로 피를 씻는 것'처럼 악무한惡無限의 굴레에 빠질 수도 있다는 것은 분명하다. 「조롱골 우리 집 여인들」에서도 과거에 대한 분별에 대한 비판적 의식을 확인할 수 있다. 이 작품은 과거 성매매를 했던 노인들이 모여 사는 강원도의 '조롱골 우리 집'을 배경으로 하고 있다. 70세에 이른 정이 지은 이 집에서는 일곱 명의 여성들이 나라에서 주는 기초생활수급비만으로 공동생활을 한다. 그런데 '조롱골 우리 집'에 기자이자 작가인 유선달이 나타나면서 문제가 발생한다.

유선달은 나름의 문제의식을 가지고 성매매 여성들의 과거와 현재를 재현하여 세상에 알린다고 볼 수도 있다. 유선달의 의도는, 직업여성들이 "시대의 희생자요 애국자"[235]이며 "관광산업의 역군"[236]이었다는 것을 알리려는 숭고한 것일 수도 있기 때문이다. 그러나 유선달이 쓰려고 하는 소설 「여자의 일생」에는 "원장님뿐만 아니라 여기 조롱골 우리 집 식구들이 사진과 함께 모두 실명으로 등장"[236]하며, 그 작품은 '조롱골 우리 집'에 사는 여성들이 힘들게 찾은 노년의 안락과 평온을 파괴할 뿐이다. 유선달에 대한 비판적인 인식은 유선달의 SUV 검은 차량을 향해 '조롱골 우리 집'의 모든 식구들이 침을 뱉는 마지막 장면에 압축돼 있다.

끝나지 않는 전쟁의 상처, 그것을 극복하는 방안으로서의 무조건적인 용서와 화해라는 『굿』의 주제의식은 「저녁노을」에서는 조금 변형되어 드러난다. 「저녁노을」에서는 용서와 화해 대신 승화라는 새로운 방식이 등장하는 것이다. 「저녁노을」의 초점화자인 나영수가 회원으로 있는 경진년[1940]년 용띠 동갑내기 모임의 주요 활동은 "한 달에 한 번 만나는 날 정해진 순서대로 자기 이야기"[170]를 하는 것이다. 이 모임의 회원인 신재호 명예교수는 "돈과 명예를 제일로 생각"하는 다른 회원들과 달리 "탈속의 그 의연함"[182]을 지닌 이질적인 인물이다.

신재호는 6·25의 상처를 온몸으로 체험한 비극적인 과거를 지니고 있다. 어머니는 인민군 패잔병들에 의해 죽임을 당했고, 비행기 폭격으로 인해 신재호는 누이동생과 조부모를 모두 잃어버렸다. 폭격으로 신재호도 팔하나를 잃었고 다리에도 장애를 입었다. 그 상처로 인해 2, 3년을 건너뛰어 초등학교를 다닌 신재호는, "어른들이 약자를 지배하는 힘의 교활한 지혜"[180]를 그대로 물려받은 아이들로부터 괴롭힘을 당하며 유년시절을 보내야 했다. 신재호와 함께 학교를 다닌 나영수는 "방관자"[181]가 되어 반 아이들이 신재호를 괴롭히는 것에 "짜릿한 즐거움"[151]마저 느꼈다.

　신재호의 아버지는 반공산악유격대 대장으로 활동했지만, 가족을 모두 잃은 데다가 마을 사람들로부터 "반공산악대 때문에 죄 없는 마을 사람들이 학살됐다"[189]는 식의 말을 듣다가 1957년에 자살한다. 이 작품에서도 전쟁의 트라우마는 세대를 따라 그대로 이어지고 있다. "아버지가 그렇게 죽으면서 아버지의 그 울분이 그대로"[190] 신재호한테 옮겨지는 것이다. 심지어 전쟁의 상처는 손주 세대에까지 이어진다. 신재호의 딸은 의학적으로는 이상이 없지만 아버지를 흉내라도 내는 듯이, "팔 한쪽을 부자연스레 들고 다니는가 하면 걸을 때 가끔 다리를 절름거리"[194]며, 비행기 소리가 들리면 발작을 한다. 또한 신재호의 아들은, 신재호가 "평생 폭발하지 못하고 산 그 울회를 제기 대신히고"[195] 있는 것처럼 늘 분노에 쌓여 있다.

　아버지의 분노를 이어받은 신재호는 "누가 왜, 우리 할아버지 할머닐, 우리 어머닐, 내 동생을 죽였는지, 우리 아버지가 저 꼴로 죽은 건 누구 때문이냐"[191]라며 "그 원술 갚고 싶"[191]어했던 것이다. 그러나 「굿」의 최용호최준성가 그러했듯이, 신재호가 선택한 것도 복수가 아닌 인내와 승화이다. 분노에 몸부림치던 신재호는 어느 날 문득 할아버지가 해주었던 "참고 견디지 못하면 그건 사람이 아니다"[192]라는 명심보감의 말을 떠올리는 것이다. 결국 신재호는 "분노, 내 열등 그 열패감을 감추는 일"[192]을 즐기다 보니, 어느새 "화가 슬그머니 가라앉"[192]게 된다. 나아가 신재호는 인내 뿐만 아니라 자신의 아픔을 승화하는 모습까지 보여준다. "죽이고 죽는 그런 무서운 세상과는 무관한 다른 세계를 찾은 것"[199]인데, 그것은 바로 "옛날 선비들이 남긴 한시"[200]의 세계이다. 신재호는 "그렇게 옛사람들 옛글에 깊이 빠지다 보니 그 즐거움을 팔아먹는 직업까지 갖게 됐던 것"[200]이다.

　「어디에도 없고 어딘가에 있는」은 작가의 직접적인 통일론이 드러난다는 점에서 주목할만하다. 이 작품에는 세 명의 주요 인물이 등장하는데, 통일에 대해서는 모두 같은 입장을 지니고 있다. 초점화자로서 "이름답게 소시민 근성의 체질인"[133] 조신해, 북으로 간 아버지 때문에 연좌제의 고통에 평생을 신음한 조신해의 고종사촌, 이 작품의 주인공으로서 분단과 관련해 초인적인 활동을 펼친 것으로 그려지는 강대규가 모두 동의하는 통일방식이 등장하는 것이다. 그것은 통일의 추구는 결코 쉽지 않으며, 아주 조심스럽게 점진적으로 추구해야 한다는 것이다.

먼저 조신해는 "통일 입에 달고 사는 놈들, 사실은 통일이 돼서는 안 된다는 것을 역설하는 반통일론자"[151]라고 생각하며, 고종형도 "통일 환상이 통일을 저해하는 가장 큰 요인"[152]이라고 생각한다. 강대규도 남쪽 숲속의 나무들이나 북쪽의 나무들이나 그 이름뿐 아니라 생태나 쓰임도 같다며, "그렇게 아직 달라지지 않은 것, 달라져서는 안 되는 것들의 가치를 찾는 데서부터 통일에 접근해야 한다"[151]고 주장한다.

성급한 통일추구의 문제점은 탈북자 여성이 겪은 남한 내에서의 고통을 통해 더욱 실감 나게 드러나고 있다. 「굿」이나 「저녁노을」에서 전쟁의 상처를 극복하는 방법으로 무조건적인 해원이나 승화를 주장한 이면에는 '평화'나 '미래'를 무엇보다도 중요시하는 의식이 놓여 있었다. 「어디에도 없고 어딘가에 있는」에서 주장하는 점진적인 통일의 추구 역시도 '평화'와 '미래'를 추구하는 정신과 연결된다고 할 수 있다.

등단 60년을 기념하여 출판된 작가의 열두번째 소설집 『굿』에는 전상국 소설의 상수라 할 수 있는 "한국전쟁의 악령, 오늘까지도 불신과 증오의 천형을 사는 사람들의 절규, 그 울분"[「작가의 말」, 358]이 생생하게 드러나 있다. 나아가 전상국은 그러한 상처와 고통에서 벗어날 수 있는 방법을 제시하고 있다. 그것은 평화와 미래를 위한 무조건적인 화해와 용서이며, 동시에 가해

(자)와 피해(자)를 따지지 않는 무분별의 애도이기도 하다. 이러한 작가의 의식이 가장 완성도 있게 드러난 작품이 바로 표제작이기도 한 중편「굿」이다.

그런데 이 대동의 굿판에는 하나의 균열이 선명하게 아로새겨져 있다. 이 균열은 상여 뒤를 따르는 다섯 개의 만장에서 발견된다. 다섯 개의 만장 중 하나에는 "오호통재라, 대한민국 군국 일등병 정대수"[335]라고 쓰여 있는데, 다른 만장에는 "살아왔다. (전) 부귀리 인민위원회 위원장 최용호"[335]라고 쓰여져 있는 것이다. 본래는 최용호의 만장에도 검은 줄이 그어져 있지 않았지만, "마을 이장단이 문제를 제기해 그 현장에서 검은 매직펜으로 줄을 그었"[335]던 것이다. 이 '검은 줄'은 정전 70년을 맞이한 오늘도 여전히 생생하게 작동하는 분별의 애도를 선명하게 보여주는 것은 아닐까? 그렇다면 소설집『굿』은 무조건적인 화해와 용서가 아닌, (무)분별의 애도라는 아포리아를 보여준다고 볼 수도 있을 것이다. 전상국은 '작가의 말'에서『굿』을 두고, "생애 마지막 소설집"[「작가의 말」, 357]이라 규정하고 있지만, 이 작품집에 아로새겨진 (무)분별의 애도라는 아포리아를 생각한다면, 전상국의 열두번째 소설집『굿』은 결코 전상국의 '마지막' 소설집일 수는 없을 것이다.[2023]

# 2

# 동양평화를 말하는 대한의군참모중장

김훈의『하얼빈』

## 1. 안중근이 쏘아 올린 작은 공

김훈은 21세기 한국문학을 대표하는 작가 중의 하나이다. 그는 작가가 되기 이전에도, 해박한 교양과 유려한 문체로 한국을 대표하는 문화부 기자 중 하나였다. 50살이 가까워 오던 1995년에 소설가로 등단한 김훈은, 이 후 한 권의 단편집과 여덟 권의 장편소설을 발표하며 문단의 큰 주목을 받았다. 그 구체적인 목록을 나열하자면 소설집으로『강산무진』문학동네, 2006,『저만치 혼자서』문학동네, 2022가, 장편소설로『빗살무늬토기의 추억』문학동네, 1995,『칼의 노래』생각의나무, 2001,『현의 노래』생각의 나무, 2004,『개』푸른숲, 2005,『남한산성』학고재, 2007,『공무도하』문학동네, 2009,『내 젊은 날의 숲』문학동네, 2010,『흑산』학고재, 2011,『공터에서』해냄, 2017,『달 너머로 달리는 말』파람북, 2020,『하얼빈』문학동네, 2022이 있다.[1] 이 기간에 김훈은『칼의 노래』로 2001년 동인문학상을,「화장」으로 2004년 이상문학상을,「언니의 폐경」으로 2005년 황순원문학상을,『남한산성』으로 2007년 대산문학상을 수상하였다. 동시에 김훈의 소설은 21

---

[1]　이들 작품에서 인용할 경우, 본문중에 면수만 기록하기로 한다.

세기 문학시장에서 대부분 베스트셀러 목록에 이름을 올리기도 하였다.

지금까지 김훈 소설은 동물화된 민중들에 대한 긍정, '당면한 일'에 충실한 스놉적 인간형, 언어[이념]에 대한 불신, 사실[자연]에 대한 찬미 등을 핵심적인 특징으로 보여주었다. 또한 김훈은 누구보다 역사소설을 많이 창작하였으며, 그의 역사소설은 기존의 상투화된 영웅상을 재창조하여 큰 반향을 불러일으켰다. 가장 최근에 발표된 『하얼빈』도 김훈 소설의 본질에 해당하는 역사적 영웅을 그린 소설이며, 이 작품을 통해 '안중근과 그의 시대'는 새로운 의미와 감각으로 21세기 독자들에게 다가온다.

주지하다시피 안중근은 1879년 황해도 해주에서 태어나, 한학과 무예를 익히며 성장하였다. 1894년에는 마을을 위협하는 동학군을 격퇴하는 용맹함을 보여주었으며, 1895년 프랑스 선교사 빌헬름 신부에게 세례를 받고 천주교에 입교하였다. 1905년 을사조약이 체결되자 산동을 거쳐 중국 상해를 다녀오고, 1906년 귀국하여 돈의학교와 삼흥학교를 세웠다. 1907년 러시아 연해주로 가서 대한의군을 조직하고 참모중장직을 맡아 무장항일 투쟁에 나섰다가, 1909년 이토 히로부미가 만주를 시찰하자, 같은 해 10월 26일 하얼빈역에서 그를 사살하였다. 1910년 2월 14일 사형이 선고되고, 3월 26일 여순 감옥에서 순국하였다.

『하얼빈』은 안중근이라는 민족사적 영웅의 모습을 새롭게 조형했다는 점에서도 의미가 있지만, 김훈 작가의 문학 세계에서도 매우 이채로운 작품이라는 의미가 있다. 그 이채로움은 크게 두 가지 측면에서 발견된다. 첫 번째는 김훈 소설의 기본적인 의미론적 구도를 형성하던 '말의 세계 / 사실의 세계'라는 이분법을 둘러싸고 나타난 변화이며, 두 번째는 국가에 대한 인식을 둘러싸고 나타난 변화이다. 이 글에서는 김훈 소설의 전반적인 경향을 바탕으로 하여 『하얼빈』을 비평하는 동시에, 『하얼빈』을 통해 김훈 문학의 전반적인 특징을 새롭게 조명해보고자 한다.


## 2. '말의 세계 / 사실의 세계'라는 이분법


지금까지 김훈 소설의 이분법은 '말의 세계 / 사실의 세계' 사이에 놓여 있었다. 김훈은 전자의 세계에 대해 지극히 부정적이며, 후자의 세계에 커다란 가치를 부여한다. 김훈의 출세작인『칼의 노래』는 언어의 세계와 사실의 세계라는 선명한 이분법으로 이루어져 있다. 전자의 세계에는 임금, 조정의 중신들, 길삼봉, 도요토미 히데요시가 속하며, 후자의 세계에는 이순신과 그가 맞서야 하는 바다의 적들이 속한다. 임금이 "언어로써 전쟁을 수행"[195]한다면, 이순신은 "내가 입각해야 할 유일한 현실"[209]인 바다의 논리로만 전쟁을 수행한다. 임금이 상징화된 의미로 전쟁을 수행한다면, 이순신은 상징화될 수 없는 사실에만 바탕해서 전쟁을 수행하는 것이다. 사실에만 입각해서 세상을 바라보려는 이순신에게 의미나 상징에 집착하는 행위는 "허망과 무내용을 완성하고 있는 것"[179]에 지나지 않는다. 이순신은 실재를 왜곡하는 헛된 의미화나 상징화에 맞서, 전투의 효율적인 수행을 위한 사실에만 집착하는 것이다.『칼의 노래』에 뒤이어 창작된『현의 노래』에 등장하는 이차돈도 '말의 세계'에 속한 인물로 규정되며, 입만 번드르르한 거렁뱅이로 표현된다.

『공무도하』에서도 언어의 가치를 부정하는 작가의 인식을 발견할 수 있다. 사회의 안정과 위선을 위해 진실은 결코 언어화될 수 없다. 문정수가 취재하는 사건은 모두 해망과 관련되어 있지만, "넌 해망에만 가면 허탕을 치더라"[197]는 차장의 말처럼 문정수는 그 어떤 것도 기사화하지 못한다. "쓴 기사보다 안 쓴 기사가 더 좋다"[314]라는 박옥출의 말도 진실의 발화가능성에 대한 회의를 나타낸다. 개에 물려 죽은 소년과 아들의 죽음을 모른채 하는 오금자의 일도, 소방청장 표창을 네 번 받은 박옥출의 배임과 절도도, 방미호의 죽음과 딸의 위자료를 찾아 떠난 방천석의 일도 결코 기사화될 수 없다. 그것은 다만 노옥희의 배갯머리에서나 이야기될 뿐이다. 노목희에게 털어놓는 문정수의 말은 "추적할 수 없고 전할 수 없는 세상에 관"[218]한 것이다.

발화되는 것들은 오염된 헛것에 불과하다. 김훈이 그토록 혐오하는 허랑한 말의 세계는 해망에서 개발을 저지하려는 사람들이 17세 소녀의 "교통사고"[185]를 정치적 사건으로 만들려는 것에서도 드러나고, "남들과 같은 말을 하고 말의 흐름에 동참함으로써 안도했고, 그 안도감 속에서 소문은 소문의 탈을 쓴 채 믿음으로 번해갔"[161]던 청야의 사람들에게도 나타난다. 해저 고철 인양사업을 장기간에 걸친 미군의 공습훈련이 가져온 행복한 결과라고 주장하는 샘 워커 중령의 "문장력 좋"[311]은 연설도 여기에 해당한다.

김훈의 언어관이 가장 선명하게 드러나는 것은 '이야기하는 개'를 등장시킨 작품 『개』이다. 김훈은 허황되고 무용한 관념의 언어에 대해 지극히 부정적인 입장을 견지해 왔다. 그러나 개가 서술자가 된 이상, 몸을 떠난 언어나 세상을 맘대로 재단하는 실체 없는 개념의 언어는 근원적으로 불가능하다. 작품의 시작과 함께 주인공인 보리가 자신 있게 외치듯이, "이름은 사람들에게나 대단"[10]한 것일 뿐, 개 보리에게는 "내 몸뚱이로 뒹구는 흙과 햇볕의 냄새가 중요"[10]하기 때문이다. 몸을 떠난 언어에 대한 작가의 깊은 혐오를 생각한다면, 세상을 언어가 아닌 발바닥으로 기록할 수밖에 없는 개[작품의 부제는 '내 가난한 발바닥의 기록'이다]를 서술자로 선택한 것은 하나의 필연이라고 부를 수 있다.

『흑산』에서 민초들이 겪는 모든 고통의 최종적 책임자인 대비[정순왕후]는 철저히 말에만 의지하는 인물이다. 대비는 "세상에 말을 내리면 세상은 말을 따라오는 것"120이라고 굳게 믿는다. 대비는 "자신의 말에 파묻혀 있는"328 인물로서, "자신의 말의 간절함으로 세상을 바로잡을 수 있고 백성을 먹일 수 있다고 믿는"207다. 그러나 실제 『흑산』에서 언어는 말 그대로 무용無用하다. 글이나 책이란 병사들의 저고리에 솜 대신 들어가는 하나의 물질로서 그 가치를 지닐 뿐이다. 묵은 종이는 종이옷을 만들거나 잘게 썰어져 무명 천 안쪽에 넣고 누벼지는 용도에 사용되며, 구례 강마을 백성들의 소장訴狀 역시 과거에 낙방한 답안지들에 섞여 서북면 병졸들의 겨울나기 보온재로 보내진다.

　『흑산』에서 김훈이 긍정적으로 생각하는 사람들은 거의 모두 언어로부터 멀리 떨어져 있는 존재들이다. 정씨 형제의 맏형이자 집안의 기둥인 정약현은 "붓을 들어서 글을 쓰는 일을 되도록 삼갔"68고, "말을 많이 해서 남을 가르치지 않았고, 스스로 알게 되는 자득의 길을 인도했고, 인도에 따라오지 못하는 후학들은 거두지 않"68는 것으로 설명된다. 흑산도에 유배되어 「자산어보」를 남긴 정약전은 본래 고향 마을에서 물의 만남과 흐름을 보며, 그것이 삶의 근본과 지속을 보여주는 "산천의 경서經書"64라고 생각한다. 정약전은 물고기의 생태를 기록한 자신의 글이 "사장詞章이 아니라 다만 물고기이기를, 그리고 물고기들의 언어에 조금씩 다가가는 인간의 언어"337이기를 바란다. 그렇기에 정약전이 쓴 글은 "글이라기보다는 사물에 가"131깝다. 『흑산』에서 또 한 명의 중심인물인 황사영 역시 "글이나 말을 통하지 않고 사물을 자신의 마음으로 직접 이해했고, 몸으로 받았다"70라고 설명된다. 황사영은 "말과 글로 엮인 생각의 구조를 버렸고, 말의 형식으로 존재하는 인의예지를 떠났"92다. 이 작품에서 정약전을 돕는 흑산도 청년 창대 역시 여러 차례에 걸쳐서 황사영과 닮은 것으로 표현된다. 창대 역시 「소학」은 "글이 아니라 몸과 같았습니다. 스스로 능히 알 수 있는 것들이었습니다"[116]라고 말하는 인물이다. 이 작품에 등장하는 대표적인 민초인 마노리 역시 "사람이 사람에게로 간다는 것이 사람살이의 근본이라는 것"[41]을 "길"[41]에서 깨닫는다. 마노리는 길道에서 도道를 깨닫는 인물인 것이다. 『흑산』에서 민초들이 겪는 모든 고통의 최종적 책임자인 대비는 철저히 말에만 의지하는 인물이다.

특히 김훈 소설에는 '동물화된 인간'이 하나의 상수로 등장하는데, 이들이야말로 '말의 세계'와는 대비되는 '사실의 세계'에 속한 대표적인 존재들이다. 『하얼빈』에도 '동물화된 인간'이 등장하는데, 간도와 러시아령의 내륙 산간 마을들이나 연해주의 바닷가에 사는 한인들은 "이동중에 내려 앉은 야생 조류들"[88]에 비유된다. 김훈 소설에서는 주로 서민들이 '동물화된 인간'으로 표상되는데. 이는 생명과 생존에 매인 노예적인 삶의 영역, 즉 오이코스οἶcos에 해당하는 삶의 방식이다.[2] 그런데 이러한 '동물화된 인간'은 비판이나 계몽 혹은 동정의 대상에 머무는 것이 아니라, 오히려 참된 진리의 구현자에 가까운 모습으로 형상화된다. 『하얼빈』에서 이러한 '동물화된 인간'의 대표적인 형상으로 등장하는 인물이 바로 우덕순이다.

우덕순은 안중근이 무장항일투쟁을 벌일 때, "안중근 부대 하부의 대원"[101]이었다. 우덕순은 "의병대원들의 목청 높은 시국담에 끼어들지 않았고, 투쟁의 대의를 말하지 않았"[101]으며, "제 손으로 밥을 벌어먹듯이 혼자서 싸우는 사람"[101]처럼 보였다. 우덕순은 대동공보사의 수금원으로 일하지만 한 달치 하숙비의 절반 정도에 해당하는 월급을 받고, 수금이 없는 날은

---

2  한나 아렌트는 삶의 영역을 생명과 생존에 매인 오이코스(οἶcos)의 영역과 생존이나 노동과는 분리된 폴리스(polis)의 영역으로 나눈다.(한나 아렌트, 이진우 외역, 『인간의 조건』, 한길사, 1996, 88~89면)

목판에 담배를 담아 번화가에 가서 판다. 우덕순은 서울에 두고 온 처자들에게 일년째 송금도 못하는 형편이다. 우덕순은 안중근의 재판장에서 "침을 흘리며 졸고 있"[240]는 모습으로 형상화되기도 한다.

이토가 죽은 이후, 검찰관 미조부치는 "우덕순의 생애는 남루해서 감출 것이 없었다"[209]고 판단한다. 미조부치의 조사에 의해 우덕순은 학교에 다닌 적이 없으며, 한자를 제대로 알지도 못했다는 사실 등이 언급된다. 미조부치에 의해 조선의 하층민으로 분류되는 우덕순은, 서울 동대문 밖에 극빈한 처자를 남겨놓고 스물일곱 살에 블라디보스토크로 왔다. 그런데 이러한 규정은 모두 일제의 관리인 미조부치에 의해 규정되며,[3] 그렇기에 목숨까지 걸고 의로운 일에 나섰던 우덕순의 '정치사상'과 '정신의 용력'은 오히려 크게 강조된다. 우덕순은 무엇보다도 김훈이 거의 모든 소설에서 절대적인 가치를 부여하는 '사실'에 속한 인간인 것이다. 그것은 재판장 마나베와의 문답에서, 우덕순의 말을 들은 마나베가 "자신의 질문이 허물어지고 있는 것을 느"[232]끼며, 우덕순은 "마음속의 사실을 들이대며 질문에 답했고, 사실을 들이대며 질문을 부수었"[233]고, "행위와 관련된 사실을 말했고, 동기와 관련된 사실"[233]을 말했을 뿐이라고 생각하는 대목에서 선명하게 드러난다.

이처럼 지금까지 김훈 소설에서 긍정적 가치를 부여받는 역사적 영웅들은 모두 '말의 세계'와는 거리가 먼 인물들이었다. 그런데 『하얼빈』에서는 '말의 세계 / 사실의 세계'라는 이분법이 전도된다. 『하얼빈』에서는 기본적으로 '이토 히로부미 / 안중근'이라는 이분법이 성립하며, 말할 것도 없이 전자는 부정적인 인물이며, 후자는 긍정적인 인물이다. 그런데 이토 히로부

---

3   검찰관 미조부치는 "하층의 불량배에게 정치사상이 있고 그것을 행동에 옮길 수 있는 정신의 용력이 있다는 것"(211)을 인정할 수 없으며, "그것은 본국 외무성이 이 재판에 요구하는 방향"(211)이기도 하다.

미는 '말의 세계'에 속한 인물이 아닌 것으로 그려진다. 그에 반해 안중근은 비록 허황하고 실체 없는 말을 추종하는 인물은 아니지만, 그의 가장 큰 욕망의 이면에는 '말'이 놓여 있다는 점이 매우 독특하다.

## 3. '말의 세계'에 속하지 않은 근대의 화신 — 이토 히로부미

김훈의 소설에서 주인공으로 등장하는 역사적 '영웅들'은 말의 세계와는 거리를 둔 이들이었다. 그런데 『하얼빈』에서 가장 부정적인 인물이라 할 수 있는 이토 히로부미는 '말의 세계'에 속한 인물이 아니다. 그것은 이토와 그의 부하들과의 대비를 통해 드러난다. 이토는 통감부에 출근해 보고서를 읽으며, "종합과 분석이 부실하고 보고자의 의견이 돌출해 있"[46]다고 생각한다. 그렇기에 이토는 늘 "판단을 미리 하지 마라, 귀관들은 사실과 의견을 분리해서 보고하라, 뒤섞지 마라……"[46]라고 지시한다. 그러나 충성의 앞자리를 다투는 관료들은 "스스로의 말에 현혹되어 통감의 지시에 미치지 못"[47]한다. 통감직을 떠나는 송별사를 작성할 때도, "관방에서 글 잘 쓰기로 소문난 비선관이 작성한 연설문"[80]을 읽어보고 실망하여 버린 후에는 자신이 직접 쓴다. 비서관이 작성한 연설문은 "일본이 조선에 진출하는 대의를 말하면서 후생복리와 식산증진, 질서회복에 역점을 두고 있어 문명사적인 차원에 미달"[80]했을 뿐만 아니라, 무엇보다도 "메이지의 존재를 추상개념에 가두고 있었"[80]기 때문이다.

이토가 매혹되는 것은 다른 관료들처럼 '말'이 아니라 이 세상을 움직이는 실질적인 '힘'이다. 『하얼빈』에서 이토는 근대가 인격화된 존재라고 할 수 있다. 이 작품에서는 근대적 힘의 상징으로 등대와 철로가 등장한다. 이토는 메이지유신 이후에 동양의 바다와 대륙은 한길로 이어져 있었다며, "등대와 철로가 이어지면서 동양은 새로 만들어지고 있었다"[105]고 생각하는 것이다. 이토 히로부미의 침대 발치에는 이집트의 알렉산드리아항에 건설되었던 파로스 등대의 모형물이 세워져 있다. "동양과 서양, 대양과 대양을 연결하는 이 문명사적인 항구의 옛 등대"[16]를 이토는 "거룩히"[16] 여겼던 것이다. 이토가 거룩히 여기는 이유는, 등대가 "이 세상 전체를 기호로 연결해서 재편성하는 힘의 핵심부"[16]이자, "신호로써 함대를 움직이고 신호로써 대양을 건너가는 기술은 바로 제국이 갖추어야 할 힘의 본질"[16]이기 때문이다. 이토는 "이 등대의 위력을 조선의 사대부들에게 설명해줄 수가 없었다"[16]며 안타까워한다.

이토 히로부미가 등대보다 더욱 소중하게 여기는 것은 철도이다. 순종과의 대화를 통해, 등대에 이어지는 철로가 의미하는 것은 '근대'임을 알 수 있다. 순종이 "세상의 땅과 물을 건너가는 길도 있지만, 조선에는 고래古來로 내려오는 길이 있소, 충절과 법도의 인륜의 길이오"[40]라고 말하는 것과 달리, 이토 히로부미는 다음과 같이 철도의 힘을 강조한다.

지금 철로가 깔렸으므로 조선과 일본은 하나가 되어 세계로 나갈 수 있습니다. 쇠가 이 세상에 길을 내고 있습니다. 길이 열리면 이 세계는 그 길 위로 계속해서 움직입니다. 한번 길을 내면, 길이 또 길을 만들어내서 누구도 길을 거역하지 못합니다. 힘이 길을 만들고 길은 힘을 만드는 것입니다.[40]

『하얼빈』에서는 이토가 철도와 깊이 관련되어 있다는 것이 여러 장면을 통해 강조되고 있다. 이토는 요정에서 기생을 앉혀놓고 술을 마시면서도, "신의주에서 압록강을 건너서 하얼빈, 북경, 모스크바, 유럽으로 뻗어가는 철로"48를 생각한다. "대륙이 끝나는 자리까지 철도는 뻗어 있었고, 철도를 따라서 세상은 쫓고 쫓기며 부딪치고 있었"134는데, 이러한 상황에서 철도를 장악하고 있는 것이 바로 이토일제인 것이다. 흥미롭게도 이토가 하얼빈에서 죽게 된 이유도 "철도 시찰"95을 위해 만주를 방문했기 때문이다. 이토가 총격을 받은 이후, "이토는 곧 죽었다"167라는 문장 다음에, "이토는 하얼빈역 철로 위에서 죽었다"167라는 문장이 덧붙여져 있다. 또한 안중근은 "하얼빈역 플랫폼은 내가 이토를 쏘기에 알맞은 자리고, 이토가 죽기에 알맞은 자리다"194라고 생각한다. 『하얼빈』에서는 하얼빈이 모든 철도의 중심지라는 지리적 특징이 여러 차례 강조되고 있다.

'이토 = 철도'라는 설정 이외에도, 『하얼빈』에서 이토의 근대성은 작품의 곳곳에서 드러난다. 이토의 구체적인 통치행위로는 경시총감을 불러서 내리는 "위생에 관한 명령"78이 상세하게 서술된다. 이러한 '위생 담론' 역시 근대의 핵심적인 통치행위에 해당하는 것이다. 이외에도 이토는 사진의 구도와 배치를 통해서 정치적 의도를 달성하기도 하며, 늘상 마시는 술은 사케도 소주도 아닌 위스키이다. 이토는 근대의 화신답게, 근대의 필연적 귀결에 해당하는 제국주의의 화신이기도 하다. 그는 총독직을 떠나는 송별사에서도 "조선이 평화와 독립을 동시에 누릴 수 있는 길은 제국의 틀 안으로 순입하는 것이다. 이것이 조선의 독립이고 동양의 평화이다"83라고 쓴다. 실제 송별연에서는 "열복은 일본 제국의 틀 안으로 순입하는 것이다. 열복은 문명개화의 입구이고 동양 평화와 조선 독립의 기초이다"84라는 말을 덧붙이기도 한다. 이처럼 김훈은 『하얼빈』에서 이토 히로부미를 근대의 화신이자, 그의 작품 세계에서는 최초로 '말의 세계'에 속하지 않은 악인으로 형상화하였다.

## 4. 안중근의 '말'

다시 한번 말하자면, 김훈 소설의 기본적인 의미론적 이분법은 '말의 세계 / 사실의 세계'라고 할 수 있으며, 이 때 작가는 전자를 비판하고 후자에 긍정적인 가치를 부여하였다. 『하얼빈』에서는 이러한 이분법에 전도가 일어나는데, 악인인 이토는 더 이상 '말의 세계'에 속한 자가 아니며 영웅인 안중근은 간절하게 '말하고자 하는 존재'로 그려지는 것이다.[4] 기본적으로 안중근이 이토를 죽인 이유는, 무언가를 말하기 위해서이며, 이러한 면모는 다음의 인용들에서 확인할 수 있듯이 작품의 곳곳에서 발견된다.

그러니, 그렇기 때문에, 이토를 죽여야 한다면 그 죽임의 목적은 살殺에 있지 않고, 이토의 작동을 멈추게 하려는 까닭을 말하려는 것에 있는데, 살하지 않고 말을 한다면 세상은 말에 귀 기울이지 않을 것이고, 세상에 들리게 말을 하려면 살하고 나서 말하는 수밖에 없을 터인데, 말은 혼자서 주절거리는 것이 아니라 이 세상에 대고 알아들으라고 하는 것일진대, 그렇게 살하고 나서 말했다 해서 말하려는 바가 이토의 세상에 들릴 것인지는 알기가 어려웠다.[89]

나는 헛된 일을 좋아해서 이토를 죽인 것이 아니다. 나는 이토를 죽이는 이유를 세계에 발표하려는 수단으로 이토를 죽였다. ……이제부터 그 사유를 말하고자

---

4     이와 관련해 『하얼빈』에서도 『남한산성』이나 다른 소설들의 유생들이 그러했던 것처럼, 왕에게 끊임없이 상소를 올리고 왕은 비답을 내린다. 이전의 작품에서라면 이러한 상소와 비답은 허황되고 무용한 말의 세계를 대표하는 사례로 비판받았을 것이다. 그러나 『하얼빈』에서는 여러 편의 상소와 비답을 소개한 후에, 이토가 후임 통감에게 "조선 황제, 조선 유생, 조선 민중이 불온의 축이다"(77)라고 쓴 시정 권고 방침을 소개함으로써, 이전 소설처럼 유생과 황제의 '말'을 부정적으로만 형상화하지는 않는다.

한다.235

나는 말하기 좋아서 여러 말을 하는 것이 아니다. 나의 거사는 의견을 진술할 기회를 얻기 위한 것이다.236

내가 이토를 죽인 까닭은 이토를 죽인 이유를 발표하기 위해서다.238

안중근은 이토 히로부미를 하얼빈에서 죽이고, 그토록 애타게 원하던 말할 기회를 얻게 된다. 그가 그토록 간절한 공력을 기울여 사람들에게 들려주고 한 말은 다음과 같은 것이다.

나의 목적은 동양 평화이다. 무릇 세상에는 작은 벌레라도 자신의 생명과 재산의 안전을 도모하지 않는 것은 없다. 인간 된 자는 이것을 위해서 진력하지 않으면 안 된다.
이토는 통감으로 한국에 온 이래 대황제를 폐위시키고 현 황제를 자기 부하처럼 부렸다. 또 타국민을 죽이는 것을 영웅으로 알고 한국의 평화를 어지럽히고 십수만 한국 인민을 파리 죽이듯이 죽였다. 이토, 이자는 영웅이 아니다. 기회를 기다려 없애버리려고 생각하고 있었는데 이번에 하얼빈에서 기회를 얻었으므로 죽였다.236~237

안중근의 말에는 이토가 무엇보다도 수많은 사람들을 죽였기 때문에, 이토를 살해했다는 점이 분명하게 밝혀져 있다. 생명을 중시하는 안중근의 면모는 1908년 연해주의 한인들이 의병대를 결성하고, 안중근이 참모중장의 계급으로 무장항일투쟁을 할 때도 나타난다. 다른 의병들의 반대에도 불구하고, 안중근은 일본군 포로들을 살려준다.[5] 이토의 죄에 대한 응징과 더불어, 안중근이 이토를 죽인 또 하나의 중요한 이유는 '동양 평화'를 위해서이다. 안중근이 내세운 '동양 평화'는 이토 주장과의 대비를 통해 강조된다. 『하얼빈』에서는 이토가 만주를 시찰할 때의 연설이나 연설과 관련한 발언들을 통해 이토의 생각을 선명하게 보여준다.

기념 연설문은 평화를 중심으로 해서 작성하라. 일본 제국이 설정하는 평화의 틀 안에서 동양 삼국과 러시아가 조화롭게 온존할 수 있고, 문명개화의 혜택을 누릴 수 있으며, 일본은 이 틀을 강고히 할 중대한 책임이 있음을 밝히라. 문명은 선진에서 후진으로 흐르는 것이며 평화와 문명개화가 같은 방향임을 말하되, 언사를 숙여서 순하게 하라.[109]

모처럼 한가한 시간을 얻어서 풍류 여행에 나섰는데, 러시아와 청국에서 여러 고관들이 이처럼 나를 맞아주시니, 여러 나라가 문명의 혜택을 공유하기를 원하고 있음을 알겠다. 이제, 동양에 있어서 고래古來의 모든 역사는 물러가고 새로운 미래가 열리고 있다. 문명의 길에서는 앞선 자가 선의로써 뒤처진 자를 개발 유도할 책

---

5    『안응칠 역사』에서는 포로들을 풀어준 것에 항의하는 동료 의병들에게 안중근이 다음과 같이 말한다.
"적병의 이와 같은 포악한 행위는 신과 사람이 함께 노여워하는 것이거늘, 지금 우리도 야만적인 행동을 실행하길 바라는 것인가? 게다가 일본 4천만 남짓의 인구를 다 죽인 뒤에 국권을 회복하겠다는 계산인가?
'저를 알고 나를 알면 백 번 싸워서 백 번 이긴다'라고 하였소. 지금 우리는 약하고 저들은 강하여 고전할 수밖에 없을 뿐만 아니라, 충성스러운 행동과 의로운 거사로 이토 히로부미의 포악한 책략을 성토하고 세계에 널리 알려 열강이 동감하는 뜻을 얻은 뒤에야 원통함을 갚고 국권을 회복할 수 있을 것이오.
이것이 이른바 '약한 것으로 강한 것을 제거하고, 인(仁)으로 악(惡)에 대적한다'는 것이니, 여러분은 부디 여러 말 마시오."(안중근, 『안응칠 역사』, 독도도서관친구들, 2020, 228면)

무가 있다. 나는 이 책무를 수행함으로써 동양의 평화를 이루고자 한다.[122]

남은 일정에는 이 지역의 청국 관리와 러시아 관리, 군 장성들이 많이 참가하도록 유도하라. 그들이 진실로 제국의 지배에 열복하고 있음을 보이도록 하라. 이것이 평화의 본질이며 외양이다.[143]

이토가 생각하는 '동양 평화'는 어디까지나 "일본 제국이 설정하는 평화의 틀 안에서" 이루어지는 것이며, "문명개화"의 주체는 일본만이 될 수 있다. 그렇기에 조선이나 중국, 러시아가 할 수 있는 것은 "진실로 제국의 지배에 열복"하는 것뿐이다. 이토의 생각 속에서 동양의 각 나라들이 대등한 입장에서 공생한다는 것은 불가능하다.

『하얼빈』에 나타난 이토의 생각을 제대로 이해하기 위해서는 이토가 1909년 8월 19일에 야마가타시에서 했던 연설을 참고할 필요가 있다. 이 연설에서 이토는 "본래 치治란 난亂을 잊지 않고, 평상시에 국가에 군사력軍備을 완전하게 갖추어 놓는 것이 평화를 유지하는 기초가 된다"고 전제한 후에, "동양평화를 뒤흔들어놓으리라는 걱정을 들게 만드는 것은 오로지 지나이다"[6]라는 결론을 내리고 있다. 이토의 논리대로라면, 평화는 군사력에 의해서만 가능한 것이기에, 필연적으로 중국에 대한 군사적 통제가 필요해질 수밖에 없다. 안재원도 주장하듯이, 그의 연설은 "평화의 이름으로 한반도와 만주 일대에 일본 제국의 군대를 주둔시키려는 핑계에 불과"[7]했던 것이다.

이에 반해 안중근의 '말'은 패권을 인정하지 않는 대등한 관계를 주장한

---

6    안재원, 「이게, 참평화이다」, 『동양평화론』, 독도도서관친구들, 2019, 17면에서 재인용.
7    위의 책, 19면.

다. 『하얼빈』에서 검찰관 미조부치의 "그대가 말하는 동양 평화란 어떤 의미인가?"[218]라는 질문에, 안중근은 "동양의 모든 나라가 자주독립하는 것이다"[218]라고 대답한다. 『하얼빈』에서 간명하게 언급된 안중근의 '말'은 엄청난 무게를 지니고 있다. 안중근의 '말'은 1910년 2월 17일 히라이시 뤼순고등법원장과의 면담 내용을 일본인 서기가 기록한 「청취서」에 선명하게 드러난다. 이 면담에서 안중근은 일본이 패권을 장악하려면, 이전에 세계열강이 했듯이 "약소국을 쓰러뜨리고 그 나라를 병탄하려는 방법"[8]을 버리고 새로운 방법을 취해야 한다고 주장한다. 그 핵심은 이토 히로부미의 정책을 바꾸어 "일본·한국·청은 형제국가이므로 서로 지극히 친밀하게 지내야 한다"[9]는 것이다.

이를 위해 안중근은 여덟 개의 구체적인 방안을 제시한다. 1, 뤼순을 개방하여 일본·청·한국의 군항으로 두고 이 세 나라의 능력 있는 자들을 그 땅에 모아 평화회平和會 같은 모임을 조직하여 세계에 공표할 것, 2. 뤼순을 일단 청에 돌려주고 평화의 근거지로 삼을 것, 3. 여순에 동양평화회의를 조직해 회원을 모집하고 각 회원에게서 1엔을 회비를 징수할 것, 4. 은행을 설립해 각 나라가 공유하는 화폐를 발행해 신용을 얻을 것, 5. 중요한 지역마다 평화지회를 마련하는 동시에 은행 지점을 둘 것, 6. 뤼순을 정비하기 위해 일본 군함 5~6척을 여순항에 계류해둘 것, 7. 세계열강에 대비하기 위해 세 나라의 각 대표를 파견하고, 세 나라의 청년을 모아서 군단을 편성할 것, 8. 청년들에게 각각 두 나라 언어를 배우게 하여 형제 나라라는 관념을 가지게 할 것 등이 그 구체적인 방안에 해당한다.

이렇게 함으로써, 일본이 얻을 수 있는 것은 "세계 각 나라는 이 슬기로운

---

8    안중근, 「청취서」, 이영옥 편역, 『안중근의 동양평화론』, 서울셀렉션, 2018, 49면.
9    위의 글, 50면.

결정에 감탄하여 일본을 칭찬하고 신뢰할 것이며, 일본·청·한국은 평화와 행복을 영구히 얻을 것이다"[10]라는 점과 "이렇게 일본이 위대한 태도를 세계에 보여준다면 세계는 탄복하여 일본을 숭배하고 경의를 표하게 될 것이다"[11]라는 점을 들고 있다.

기존의 세계 열강들이 '힘'에 바탕해 약소국을 쓰러뜨리고 병탄하여 패권을 잡았다면, 안중근은 오히려 대가를 바라지 않는 '증여'를 통하여 패권을 잡는다는 매우 독특한 주장을 펼치고 있는 것이다. 이러한 주장은 결코 허황된 공상이 아니다. 안중근이 이러한 주장을 펼친 때로부터, 100여 년이 지난 지금 일본의 사상가인 가라타니 고진은 전쟁의 포기와 무력행사의 방기를 통하여서만 국제 사회로부터 진정한 인정과 명예로운 지위를 차지할 수 있으며, 이에 바탕한 평화가 가능하다고 주장하고 있는 것이다.[12] 가라타니 고진의 이러한 주장은 안중근의 사상이 지닌 현재적 의의를 증명하기에 모자람이 없다고 판단된다.

---

10    위의 글, 51면.

11    위의 글, 52면.

12    가장 핵심적인 부분을 옮겨보면 다음과 같다. "이와 같은 증여에 대해 국제 사회는 어떻게 할까요. 마침 잘 되었다고 공격을 하거나 영토를 빼앗거나 하는 일이 일어날까요. 그런 일을 하면 그야말로 국제 사회의 규탄을 받을 것이 분명합니다. 따라서 증여에 의해 무력해지는 것이 아닙니다. 그와 반대로 증여의 힘이라는 것을 얻습니다. 그것은 구체적으로 국제여론의 압력이라는 형태를 취하지만, 그 압력은 군사력이나 경제력과는 다른 것일 뿐 아니라 그것들을 넘어서는 것입니다."(가라타니 고진, 조영일 역, 『헌법의 무의식』, 도서출판b, 2017, 132면)

# 5. 도마와 대한의군참모중장

『하얼빈』이 김훈의 문학 세계에서 갖는 또 하나의 독특한 지점은 국가에 대한 생각에서 찾아볼 수 있다. 이전 작품들에서 사람들이 동물에 비유될 정도로 힘들어진 이유는 다름 아닌 '국가' 때문이었다. 대표적으로 하나의 예를 들자면, 『남한산성』에서 자연에 가까운 존재인 나루는 마지막에 서날쇠에 의하여 비로소 인간이 된다. 작품의 마지막 문장에서 서날쇠는 나루가 자라면 쌍둥이 아들 둘 중에서 어느 녀석과 혼인을 시켜야 할 것인지를 생각하며 혼자 웃는다. 나루는 조정朝廷이 성밖으로 나가고 나서야, 비로소 '며느리'라는 인간 사회의 상징적 지위를 차지하게 되는 것이다.

홉스는 자연 상태의 인간을 늑대로 보았다. 그에 따르면 만인의 만인에 대한 투쟁으로 요약할 수 있는 무한적대의 자연 상태 속에서 인간은 하나의 동물로서 존재한다. 그러한 동물에서 벗어나기 위해 필요한 것이 바로 국가이다.[13] 이전까지 김훈은 홉스의 이론을 뒤집어 놓았다. 그의 작품에서 인간은 다름 아닌 국가에 의해서 동물이 되었던 것이다. 김훈이 그려내는 인간들은 자연상태라 할 수 있는 국가의 한복판으로 쫓겨나 동물이 되었다. 『칼의 노래』에서도 전면화되지는 않았지만, 전쟁이 불러온 국가라는 괴물이 인간을 짐승으로 만드는 상황이 연출되었으며, 『현의 노래』는 소규모 공동체를 초월한 강력한 국가의 탄생이라는 조건 속에서, 인간이 동물로 변해가는 과정을 그리고 있었다. 김훈이 그려낸 '인간-동물'은 국가가 지닌 폭력성과 야만을 언어 대신 눈빛과 몸짓으로 처절하게 증언하는 자들이었던 것이다.[14] 이처럼 김훈은 국가가 개인의 목숨과 권리를 양도하여 성립한 폭

---

13  토마스 홉스, 신재일 역, 『리바이어던』, 서해문집, 2007, 86~160면.
14  김훈의 장편소설이 대부분 전쟁을 배경으로 하고 있다는 점도 이와 관련된다. 전쟁이야말

력적인 공동체라는 확고한 인식을 보여주었다.

그런데 안중근이 가장 원하는 것은 다름 아닌 '국가'이다. 『하얼빈』에서는 이전의 작품들과는 상반되게, '국가'를 일제에 빼앗겼기에 한국인들에게는 인간적인 삶이 주어지지 않는다. 그렇기에 안중근은 자신의 목숨을 비롯한 모든 것을 바쳐서라도 '국가'를 되찾으려 하고, 이를 위해 선택한 것이 이토 히로부미의 처단이었던 것이다. 흥미로운 것은 『하얼빈』에서는 안중근의 '국가 찾기'라는 절대 명제에 어긋나는 세력으로 뮈텔 주교와 빌렘 신부가 등장한다는 점이다. 『하얼빈』에서 '안중근 / 뮈텔·빌렘'의 대립은 '안중근 / 이토 히로부미'의 대립 만큼이나 중요한 비중을 차지한다.

안중근은 청계동에 성당을 세우고 자리 잡은 지 칠 년이 넘은 빌렘 신부에게 세례를 받고 입신入信했다. 두 명의 신부는 당연히 종교적 가치를 무엇보다 우선시한다. 블라디보스토크로 가겠다는 안중근을 보며, 빌렘은 "도마야, 악으로 악을 무찌른 자리에는 악이 남는다"[66]라고 생각한다. 뮈텔 주교 역시 "개인들의 영성이 꽃처럼 피어나면 그 꽃들이 모여서 문명을 이루고 하느님의 나라가 그 위에 세워지는 평화의 구도"[185]를 원하며, "적개심에 가득찬 자에게 평화를 말할 수는 없"[185]다고 생각한다. 특히 『하얼빈』에서는 조선 대목구장 뮈텔 주교와 안중근의 갈등이 선명하다. 종교와 포교를 무엇보다 중요하게 여기는 뮈텔에게 한국의 독립은 별다른 관심의 대상이 아니다. 그렇기에 이토가 죽었다는 소식을 듣고서도, "약육강식하는 이 세계의 맨 앞에 서서 몸으로 세상을 끌고 나가던 이토의 고단한 영혼을 하느님께

---

로 폭력적인 국가의 존재를 가장 선명하게 부각시키기 때문이다. 아감벤은 비상사태(예외적 상황)는 우리 시대의 근본적인 정치 구조로서 점점 더 전면에 부각되고 있고 결국 스스로 법칙이 되려는 경향을 보인다고 주장한다. 이러한 관점에서 12년 동안 비상 체제를 유지한 나치는 예외가 아니라 근대국가의 상례로 간주된다.(조르조 아감벤, 『호모 사케르─주권 권력과 벌거벗은 생명』, 새물결, 2008, 55~81면)

서 거두어주시고, 그의 수고로움을 가엾이 여기시어 그가 스스로 알지 못하고 저지른 죄를 사하여주실 것"[175]을 기도한다.

문제적인 것은 뮈텔이 인종적·민족적 편견을 가진 인물이라는 점이다. 뮈텔은 "이토를 쏜 자는 한국인일 것이라고 생각"[177]한다. 그 이유로는 "미개한 사회의 원주민들이 문명개화로 이끄는 선진先進의 노력을 억압으로 느끼고 거기에 저항하는 사례들"[177]을, 뮈텔이 "세계의 후진 지역에 파송된 동료 성직자들의 보고를 통해서 알고 있었"[177]다는 점이 제시된다. 기본적으로 뮈텔은 조선인들을 '미개한 사회의 원주민들'이자 '선진先進의 노력을 억압으로 느끼고 거기에 저항하는 자들'로 파악하고 있는 것이다.

뮈텔이 조선인들을 '미개한 사회의 원주민들'로 여기는 인식은 안중근의 거사 이전에도 나타난 바 있다. 명동대성당을 봉헌한 지 몇 달 뒤에 안중근은 뮈텔을 찾아가는데, 이때 나누는 대화에서도 뮈텔의 조선인에 대한 편견이 드러난다. 이 때 안중근은 "서양 나라의 수사修士들을 모셔와서 조선에 대학교를 세우고 인재를 키우면 교회와 나라에 큰 도움이 될 것입니다"[183]라며 조선에 대학교를 세울 것을 부탁한다. 그러나 뮈텔 주교는 "조선에 대학교는 가당치 않다. 조선인은 우선 교회 안으로 들어와야 한다. 조선인이 학문을 배우면 신심을 해치게 된다. 좋지 않다. 다시는 이런 말을 꺼내지 마라"[184]라고 단호하게 대답한다. 뮈텔에게 대학교는 조선에 '가당치 않'은 것이며, 조선인에게는 '학문이 아닌 신심을 기르는 것'이 중요한 일이었던 것이다. 이 말을 듣고 돌아가는 안중근에게서 뮈텔은 "불손한 기운"[184]을 느낀다. 이 부분은 안중근의 자서전 『안응칠 역사』1910에 나오는 대목을 변형한 것으로, 실제 자서전에는 소설과 달리 안중근의 뮈텔에 대한 강력한 반발이 드러난다. 해당 부분을 옮겨보면 다음과 같다.

홍 신부와 서로 의논하며 말했다.

"지금 한국 교인들은 글을 배우는 데에 몽매하여 교리를 전함에 손해가 적지 않거늘, 하물며 장래 국가의 대세는 말하지 않아도 알 수 있습니다. 민 주교께 아뢰어 서양 수사회 중에서 박학한 선비 몇 사람을 오도록 요청하여 대학교를 설립한 뒤에 국내의 영준한 자제를 교육하면, 수십 년이 지나지 않아 큰 효과를 반드시 볼 것입니다."

계획이 정해진 다음에 홍 신부와 즉시 서울에 올라가 민 주교를 만나보고 이런 의견을 제시하니, 주교가 말씀했다.

"대한 사람이 만약 글을 배운다면 종교를 믿는 데 좋지 않으니, 다시는 이러한 의견을 제시하지 마시오."

두세 번 권고하였지만 끝내 듣지 않았다. 그러므로 일이 형편상 어쩔 수 없이 고향으로 돌아오고 말았다.

이로부터 분개함을 이기지 못하여 마음속으로 맹세하며 '종교의 진리는 믿을 수 있지만, 외국 사람의 심정은 믿을 수 없다'라고 하고, 가르침을 받던 프랑스어를 그만두고 배우지 않았다. 벗이 물었다.

"무슨 이유로 공부를 그만두었는가?"

나는 대답했다.

"일본어를 배우는 사람은 일본의 노예가 되고, 영어를 배우는 사람은 영국의 노예가 되니, 내가 만약 프랑스어를 배운다면 프랑스의 노예를 면하기 어려울 것이다. 그러므로 공부를 그만둔 것이다. 우리 한국이 세계에 위엄을 떨친다면 세계 사람들이 한국어를 두루 사용할 것이다. 그대는 모름지기 걱정하지 말게."[15]

---

15  안중근, 『안응칠 역사』, 독도도서관친구들, 2020, 158~160면.

자서전 『안응칠 역사』에는 뮈텔 주교와 이야기를 나눈 후에, "종교의 진리는 믿을 수 있지만, 외국 사람의 심정은 믿을 수 없다"는 깨달음에 이른 안중근의 모습이 드러나 있다. 이 일 이후 안중근은 "프랑스어를 배운다면 프랑스의 노예를 면하기 어려울 것"이라는 생각에 프랑스어 배우는 것을 그만둔다.[16]

이 대목에 드러난 유럽인들의 제국주의적 태도에 대한 비판적 인식은, 안중근에게 늘 존재했던 것으로 판단된다. 옥중에서 집필한 『동양평화론』에서도 안중근은 "청년을 훈련시켜 전쟁터로 몰아넣어 수많은 귀중한 생령生靈을 희생물처럼 버리니, 핏물이 내를 이루고 살점이 땅을 덮는 일이 하루도 끊이지 않는다"[17]며, 이러한 비극의 원인을 다음의 인용에서처럼 유럽에서 찾고 있다.

이 일의 시작과 끝을 따져보면 예로부터 동양 민족은 글공부에 힘쓰고 자기 나라를 신중하게 지켰을 뿐이고, 유럽의 흙 한 줌도 땅 한 자도 침범하여 빼앗은 적이 전혀 없었다. 이러한 사실은 오대주五大洲에 사는 사람과 짐승과 풀과 나무도 모두 알고 있다.

최근 수백 년 이래로 유럽의 여러 나라는 도덕을 생각하는 마음을 까맣게 잊어 날마다 무력을 일삼고 경쟁하는 마음을 키우는 데에 조금도 거리낌이 없었다.[18]

---

16  그러나 천주교에 대한 신앙 자체는 이후에도 변함이 없었던 것으로 판단된다. 무장항일투쟁 중에도 안중근은 주변 사람들에게, "두 형은 내 말을 믿고 들이시오. 세상 사람이 만약 천지의 큰 임금이고 큰 아버지인 천주를 받들어 섬기지 않으면 짐승과 같을 것이오. 게다가 지금 우리는 죽을 지경을 벗어나기 어려우니, 빨리 천주 그리스도의 도리를 믿어 영혼의 영생을 구하는 것이 어떻겠소? 옛 책에 이르기를 '아침에 도를 들으면 저녁에 죽어도 좋다'라고 하였소. 부디 형들은 빨리 전일의 잘못을 회개하고 천주를 받들어 섬겨 영생을 구하는 것이 어떻겠소?"(위의 책, 238면)
17  안중근, 『동양평화론』, 독도도서관친구들, 2019, 86면.
18  위의 책, 86~87면.

『안응칠 역사』에는 "홍 신부는 항상 교인을 억누르는 나쁜 버릇이 있었다"[190]거나 "홍 신부가 이 말을 듣고 크게 화를 내면 나를 무수히 후려 갈기었다. 그래도 나는 분노를 머금고 모욕을 참았다"[190]와 같은 언급도 등장한다. 여기 나오는 홍 신부는 한국이름이 홍석구洪錫九였던 빌렘 신부를 가리킨다.

안중근은 천주교도 중요시하지만, 그 이상으로 국가를 중요시한다. 그것은 검찰관 미조부치가 "그대가 믿는 천주교에서도 사람을 죽이는 것은 죄악이 아닌가?"[221]라고 묻자, "그렇다. 그러나 남의 나라를 탈취하고 사람의 생명을 빼앗는 자를 수수방관하는 것은 더 큰 죄악이다. 나는 그 죄악을 제거했다"[221]라고 대답하는 부분에서도 발견된다. 안중근을 오랫동안 봐왔던 빌렘 신부는 "안중근은 신심이 깊었으나 그의 심성과 언동은 신앙에 의해 길들여지지 않았고 교회의 가르침 안으로 들어오지 않고 있었"[244]으며, "하느님은 교회를 통해서 섭리하시고, 교회의 울타리 밖에는 구원이 없다는 교회의 가르침을 알렘은 안중근에게 말해줄 수가 없었다"[244]고 생각한다. '국가 앞에서는 종교도 없다'는 안중근의 신념은 뮈텔 주교에 의해서도 확인된다. 뮈텔은 황사영과 비교하며 "황사영은 국가를 제거하려다가 죽임을 당했고 안중근은 국가를 회복하려고 남을 죽이고 저도 죽게 되었"[251]다고 생각하는 것이다.

안중근의 의거가 있은 후, 빌렘 신부는 미사에서 "오늘의 흉사가 있을 것을 두려워해서 참으로 애국을 하려면 선량한 신도가 되고 근면한 국민이 되라고 간곡히 타일렀으나, 그는 오히려 '국가 앞에서는 종교도 없다'고 황탄한 말로 맞서며 나의 가르침을 능멸하였다"[247]라고 말한다. 빌렘 신부의 말을 동생으로부터 들은 안중근은, "그럴 테지. 신부님은 프랑스 사람이다. 프랑스는 힘센 나라다. 신앙에는 국경이 없다고 신부님은 말했지만 사람의 땅 위에는 국경이 있다"260며 빌렘 신부를 통렬하게 비판한다.

『하얼빈』은 특별히 작품의 뒤에 '후기'를 마련하여, "안중근의 거사 이후 그의 직계가족과 문중의 인물들이 겪어야 했던 박해와 시련과 굴욕, 유랑과 이산과 사별에 관한 이야기"282를 서술하고 있다. 빌렘과 뮈텔은 안명근이 독립운동을 펼치자, 이러한 사실을 "일본 헌병대에 제보"295한 것으로 그려진다. 이와 관련해 작가는 "이 문제에 관련된 성직자들의 내면은 매우 복잡하거나, 또는 매우 단순한 것으로 보인다. 이것은 빌렘과 뮈텔만이 아는 일이고, 후인이 말하기 어렵다"295라는 입장을 덧붙이고 있다. 이처럼 김훈의 이전 작품들에서 국가가 부정적인 대상으로 그려진 것과 달리,『하얼빈』에서는 안중근에 의해 국가는 절대적인 대상으로 부각된다. 이때 국가를 추구하는 과정에서 이토로 대표되는 일제와 빌렘과 뮈텔로 대표되는 서양 세력은 그 추구를 가로막는 대상으로 그려지고 있음을 알 수 있다.


## 6.『하얼빈』의 새로움

『하얼빈』은 김훈의 문학 세계에서 매우 이채로운 작품이다. 그 이채로움은 크게 두 가지 측면에서 발견된다. 첫 번째는 김훈 소설의 기본적인 의미론적 구도를 형성하던 '말의 세계 / 사실의 세계'라는 이분법을 둘러싸고 나타난 변화이며, 두 번째는 국가에 대한 인식을 둘러싼 변화이다. 김훈 소설의 기본적인 의미론적 이분법은 '말의 세계 / 사실의 세계'라고 할 수 있으며, 이 때 작가는 전자를 비판하고 후자에 긍정적인 가치를 부여하였다.『하얼빈』에서는 이러한 이분법에 전도가 일어나는데, 악인인 이토는 더 이상 '말의 세계'에 속한 자가 아니지만 영웅인 안중근은 간절하게 '말하고자 하는 존재'로 그려진다. 기본적으로 안중근이 이토를 죽인 이유는, 무언가를 말하기 위해서이다. 안중근이 내세운 '동양 평화'는 이토의 주장과의 대비를 통해 선명하게 드러난다. 이토가 생각하는 '동양 평화'는 어디까지나 일본을 주체로 한 제국주의에 불과하다. 이에 반해 안중근의 '말'은 패권을 인정하지 않는 대등한 관계를 주장하며, 진정한 동양평화는 대가를 바라지 않는 '증여'를 통해서만 가능하다는 의미심장한 '말'을 하고 있다.

『하얼빈』이 김훈의 문학 세계에서 갖는 또 하나의 독특한 지점은 국가에 대한 생각에서 찾아볼 수 있다. 이전 작품들에서 사람들이 동물에 비유될 정도로 힘들어진 이유는 다름 아닌 '국가' 때문이었다. 김훈이 그려내는 인간들은 자연상태라 할 수 있는 국가의 한복판으로 쫓겨나 동물이 되었다. 『하얼빈』에서는 이전의 작품들과는 상반되게, '국가'를 일제에 빼앗겼기에 한국인들에게는 인간적인 삶이 주어지지 않는다. 그렇기에 안중근은 자신의 목숨을 비롯한 모든 것을 바쳐서라도 '국가'를 찾으려 하고, 이를 위한 방법으로 선택한 것이 바로 이토 히로부미의 총살이었던 것이다. 흥미로운 것은 『하얼빈』에서는 안중근의 '국가 찾기'라는 절대 명제에 어긋나는 세력으로 뮈텔 주교와 빌렘 신부가 등장한다는 점이다. 『하얼빈』에서 '안중근 / 뮈텔·빌렘'의 대립은 '안중근 / 이토 히로부미'의 대립 만큼이나 중요한 비중을 차지한다. 두 명의 신부는 당연히 종교적 가치를 무엇보다 우선시하며, 뮈텔 주교는 조선인들에 대한 인종적·민족적 편견까지 드러낸다. 안중근은 뮈텔이나 빌렘 신부처럼 천주교도 중요시하지만, 그 이상으로 국가를 중요시한다. '국가 앞에서는 종교도 없다'는 것이 안중근의 기본적인 신념인 것이다.

이처럼 가장 최근에 발표된 『하얼빈』은 영웅을 내세운 역사소설이라는 점, 모든 인물이 고어체의 비장한 문장을 사용한다는 점 등의 김훈식 인장을 그대로 가지고 있다. 동시에 김훈 소설을 지탱하던 기본적인 특징의 변모도 나타난다. '말의 세계 / 사실의 세계'라는 이분법과 '국가'에 대한 인식의 변화를 대표적인 사례로 들 수 있다. 『하얼빈』은 이러한 지속과 변화를 통하여, 김훈 소설이 여전히 한국문학의 뜨거운 작가임을 증명한 문제작임이 분명하다. 2024

# 3

# 유머의 달인이 보여준 진정성

### 정지아의 『자본주의의 적』

## 1. 정지아다운 것의 진화

정지아 소설은 그동안 과거를 향해 있었다. 김양선은 정지아 소설을 근저에서 작동시키는 원리가 "기억의 정치학"이라며, "기억은 이 유폐된 인물들의 정체성을 결정짓는 실질적 힘"[1]이라고 주장하였다. 김경수는 "시간을 거슬러 올라가 인물들의 젊은 시절을 회상해내는 작업이 바로 정지아 소설의 한 문법"[2]이라고까지 규정하였다. 정지아의 기억이 더욱 의미 있게 다가왔던 것은, 정지아적 인물들이 머무는 과거의 기억에는 "역사가 남긴 깊은 상처 자국들"[3]이 고스란히 새겨져 있었기 때문이다.

이전과 달리 이번에 출간된 『자본주의의 적』창비, 2021은 과거보다는 현재에 초점을 맞춘 소설집이다. 특히 정지아의 이번 소설집은 '과거의 가치'와 '현재의 실상'이 만날 때 발생하는 것이, 유머일 수도 있음을 보여준다는 점에서 독자의 시선을 붙잡는다. 단편 「자본주의의 적」에서 '나'는 삼십년 전

---

1    김양선, 「기억의 심해에 갇힌 자들의 더딘 행복—정지아론」, 『실천문학』, 2005년 겨울, 417면.
2    김경수, 「풍경의 기원과 파국」, 『봄빛』, 창비, 2008, 238면.
3    김경연, 「비통한 자들을 위한 '다른' 유토피아의 서사」, 『실천문학』, 2013년 여름, 364면.

부터 소설로 쓰고 싶었던 '자폐가족'의 이야기를 이제야 쓰는 이유가 "그저 빨치산의 딸을 벗고, 리얼리즘도 벗고, 가벼이 한없이 가벼이, 먼지처럼 바람처럼, 온 데 없이 갈 데 없이, 놀아보고 싶어서다"[10]라고 고백한다.[4] 이러한 진술이 중요한 이유는, 이것이 비단「자본주의의 적」이라는 단편에만 해당하는 것이 아니라 소설집『자본주의의 적』전체에 해당되기 때문이다. 이번 작품집은 이전 작품집들과 달리, '빨치산의 딸'에서도 벗어나고, '리얼리즘'에서도 벗어난, 새로운 작가정신의 산물인 것이다.


## 2. '빨치산의 딸'이 주목한 여성

『자본주의의 적』에 수록된 아홉 편의 작품 중에서「검은 방」은 가장 정지아다운 소설이다. 그것은『빨치산의 딸』실천문학, 1990로 문단에 나온 이후, 빨치산들의 투쟁과 후일담의 서사화라는 독특한 몫을 수행해온 작가의 모습에 이어지기 때문이다.「검은 방」의 그녀는 아흔아홉해를 살았으며, 과거에는 빨치산으로 활동하였고 산에서 붙잡힌 후에는 7년간 수감생활을 하기도 하였다. 그런 그녀는 현재 "구십구년의 기억 속"[105]에 갇힌 수인囚人이 되어 있다. 그녀의 기억 속에는 투쟁 중에 사망한 첫 번째 남편이 있고, 남편의 친구이자 그녀의 친구였던 남부군의 전투사령관 박종하가 있다. 또한 눈 내리는 지리산에서 동지들과 함께 "태백산맥에 눈 내린다. / 총을 들어라 출

---

4    해당 부분을 모두 옮겨보면 다음과 같다. "이제 와서 이 소설을 쓰기로 작정한 것은, 유일한 적이었던 사회주의도 몰락한 마당에 자본주의의 새롭고도 진정한 적을 세상에 널리 알리자는 고상하고 비장한 포부 때문은 아니다. 그저 빨치산의 딸을 벗고, 리얼리즘도 벗고, 가벼이 한없이 가벼이, 먼지처럼 바람처럼, 온 데 없이 갈 데 없이, 놀아보고 싶어서다."(9~10면)

정이다"[87]라는 투쟁가를 힘차게 불렀던 "지리산에서의 가장 아름다운 밤"[87]도 존재한다. 산 자들의 얼굴이 안갯속인 듯 부옇게 보이는 것과 달리, 죽은 자들의 얼굴은 환하게 밝아 온다.

그러나 「검은 방」에는 이전의 정지아 소설에서는 발견할 수 없었던 새로운 기억들이 가득 채워져 있다. 그것은 소위 '여성의 기억'이라 부를만한 것들이다. '여자의 기억'으로 가득 찬 검은 방을 형상화 한 「검은 방」은 가장 정지아다운 소설인 동시에, 가장 새로운 소설이라고도 할 수 있다. 먼저 남부군이 안의지서를 습격했을 때, 순경이었던 남편을 잃은 어린 처자가 있다. 그녀는 "사랑에 미"[82]쳐 소복 차림으로 남편을 죽게 한 남부군의 전투사령관 박종하를 따라다닌다. 어린 처자는 끝까지 박종하를 따르고, 박종하가 죽었을 때는 "제 남편이 죽었을 때보디 더 섧게 목놓이 흐느낀"[81]디. 이 처자는 그야말로 '목숨 건 사랑'을 했던 것인데, 이러한 여성이 빨치산 투쟁을 배경으로 하여 등장한다는 것은 놀라운 일이라고 할 수 있다.

또한 그녀가 7년간의 감옥생활에서 풀려났을 때, 그녀를 가장 고통스럽게 했던 것은 '이념의 폭력'이 아닌 "남정네들의 욕정"[83]이다. "남편조차 없는 서른 중반의 빨갱이년 따위, 어떻게 해도 상관없는 시대"[83]였던 상황에서 그녀는 "남자들의 욕정 앞에 먹잇감으로나 내던져진"[83] 몸뚱이에 불과했던 것이다. 이것은 "한낱 여자"가 아니라 "혁망가요 동지"[83]로 대우받던 산에서의 기억으로 인해 더욱 고통스럽게 다가온다. 이러한 맥락에서 전前 남편과 박종하의 동지로서, 긴 감옥살이 끝에 풀려난 남편과 결혼한 일은 무엇보다도 "뭇 남성들의 시선에서 놓여난"[84] 일로 기억된다.

「검은 방」에서 그녀는 빨치산이기도 하지만 무엇보다 '어머니'라는 사실이 크게 강조된다. 마흔둘에 얻은 딸은 "사상 말고, 그녀가 찾은, 살아야 할 유일한 이유"[85]였으며, "세상은 딸을 중심"[88]으로 돌아간다. 이전 소설에서 빨치산으로 표상되는 사상이 기억의 중심에 놓여 있었다면, 「검은 방」에서는 "그녀의 사상"89이 되어 버린 딸이 기억의 중심에 놓여 있다. 딸을 위해 모든 것을 바친 그녀의 삶은 어머니 대신 여동생을 돌보았던 어린 시절의 삶에 이어지는 것이기도 하다. "어머니"93가 되어 키워낸 여동생은 지금 치매에 걸려 있으며, 사람들 앞에서도 음부를 내놓고 선혈이 낭자할 정도로 자위에만 몰두한다. 이것은 일찍 남편을 잃고, 혼자 자식들을 기르며 방치해 두었던 성욕이 "제 존재를 드러낸"95 결과이다. 이처럼 "구십구년의 기억"이라는 "검은 방"105에는 '여성의 기억'이 다양하게 존재한다. 이와 관련하여 빨치산의 투쟁 역시도 여성적인 요구와 연관되어 기억된다는 것도 인상적이다. "그녀가 꿈꾸는 세상"은 무엇보다도 "여자도 공부할 수 있"102는 세상이었던 것이다.

「우리는 어디까지 알까」는 정지아식 기억의 집요한 힘을 보여주는 작품이다. 이 작품에서 분단과 전쟁으로부터 비롯된 기억의 상처와 고통은 수십 년의 시간이 지난 후에도 대를 이어 지속된다. '나'의 사촌동생인 기택은 위암에 걸려 죽음을 앞두고도 치료 대신 폭음을 이어가는데,[5] 이러한 기행은 아버지가 겪은 상처와 관련된 것으로 그려진다. 기택의 아버지'나'의 큰아버지는 쉰 중반에 암으로 죽는다. 큰아버지는 아홉 살 때 당신 아버지와 동네 장정 스무 명이 국군의 총에 맞아 죽는 걸 코앞에서 지켜보게 된다. 이 경험은 트라우마가 되었고, 이후 큰아버지는 자주 악몽에 시달리며 경기를 일으켰다. 결국 경기를 가라앉히려고 마시기 시작한 술이 큰아버지를 죽음으로 인도한 것이다. '내'가 어렸을 때부터 큰아버지는 허공의 어디쯤을 멍하게 바라

---

5　「우리는 어디까지 알까」에서 '나'의 사촌동생 기택이는 "좋게 말하면 천진난만, 나쁘게 말하면 바보천치 같은"(247) 사람이다. 그러나 이 작품에서 기택은 작은엄마('나'의 엄마)와 나눈 인간적인 교류를 통하여, 훌륭한 인간적 품성이 무엇인지를 보여준다.

보고는 하였으며, "큰아배, 머슬 보요?"251라는 '나'의 물음에 "보긴 머슬 봐, 사방이 허방인디"251라고 말하고는 하였던 것이다. '나'는 그 시절 "시커먼 허방 같은 큰아버지 동공 속에서 할아버지가 막 총을 맞고 쓰러지는"251~252 환시를 경험하기도 하였다.

큰아버지의 상처는 기택에게 그대로 이어진다. 기택은 십년 전에 위암수술을 받았지만, 착실하게 치료를 받는 대신 폭음을 계속 한다. 기택은 자신이 그토록 술에 집착하는 이유가, "술이 술술 들어가면 잊고자픈 것이 술술 날아가붕게라"261라고 말한다. 술을 마시는 기택의 눈빛은 "시커먼 허방뿐이라던 큰아버지 눈빛 그대로"262이다. 기택은 "술을 왜 그렇게 마셔?"274라는 '나'의 말에 "눈만 감으면 있잖애. 온 시상이 시커먼디, 시커먼 것이 똑 목을 졸르는 것맹키여"274~275라고 대답하는데, 이 말을 듣는 '니'는 "사방이 시커먼 허방이라던 큰아버지의 말"275을 떠올린다. 작품의 다른 부분에서도 기택과 큰아버지의 유사성은 강조되는데, 이것은 큰아버지의 역사적 상처가 기택에게까지 이어지고 있음을 선명하게 드러낸다.

「검은 방」과 「우리는 어디까지 알까」는 분단과 전쟁의 상처에 누구보다 민감했던 정지아의 문학에 그대로 이어지는 작품들이다. 「우리는 어디까지 알까」는 분단과 전쟁의 상처가 대를 이어서까지 지속되는 통증임을 보여준다. 「검은 방」은 젊은 시절 빨치산으로 활동했던 노인을 통하여 지난 시절의 트라우마를 다시 한번 조명하고 있다. 빨치산의 노년을 다룬 「검은 방」이야말로 정지아만의 고유한 문학적 인장에 해당하는 작품이라 할 수 있는데, 이번에는 그 빨치산의 기억에 여성이라는 새로운 항목이 첨가되었다. 그리하여 '검은 방'에는 남편 죽인 원수를 남편보다 사랑하는 여인, 뭇남성들이 지닌 정욕의 먹잇감이 된 여인, 딸을 절대적인 사상으로 받아들인 여인, 돌보지 못한 성욕의 뒤늦은 귀환으로 몸부림치는 여인이 동거하고 있다.

# 3. 리얼리즘에서 벗어난 리얼리즘  몸, 취향, 본능

 김양선은 정지아 소설의 인물들이 "현재를 살아가기보다는 과거의 어떤 한 지점에, 거기서 생긴 기억 내지 트라우마에 못 박혀 있"으며, 그러하기에 "풍요롭고 욕망이 흘러넘치는, 그래서 모든 것이 기름져 보이는 우리 현실과는 정반대 지점에 있는 듯"[6]하다고 주장한 바 있다. 「자본주의의 적」에서 눈에 띄는 것은 작가의 이전 작품들과는 달리 '풍요롭고 욕망이 흘러넘치는, 그래서 모든 것이 기름져 보이는 우리 현실'에 초점을 맞춘 작품들이 적지 않다는 점이다.

 「계급의 완성」은 계급의 결정적인 증표가 생산수단이나 돈, 혹은 집이나 지위 등이 아니라 발바닥에 있다고 주장하는 작품이다. 이 작품에서 발바닥은 신체의 일부분이 아니라, "내 발바닥이 꼭 내 인생의 바닥 같았다"[207]는 말처럼, 인생 자체를 상징한다. 이 작품은 21세기 신경향파 소설이라고 부를 수 있을 정도로, 없는 자들의 고단한 삶을 알뜰하게 모아 놓았다. 그는 현재 아파트 경비원으로 일하고 있으며, 803호 여자는 친절한 얼굴로 유통기한이 한참 지난 냉동갈비를 선물로 준다. 국졸의 학력으로 평생 고생만 하며 살아온 그는, "자신의 처지가 쓰레기에 불과한 냉동갈비를 마음대로 집어던져도 되는 쓰레기통과 진배없다는 정도는 일찌감치 알고 있"[192]다. 냉동갈비를 가지고 퇴근하는 길에, 우연히 6억이 넘는 롤스로이스 팬텀 차주의 "연분홍빛 발바닥"[197]을 보게 된다. 이후 그는 자신도 '연분홍빛 발바닥'을 갖기 위해 갖은 노력을 기울인다. 결국 분홍빛 발바닥을 갖기 위해 풋케어 숍에서 발마사지까지 받지만, 그는 관리사로부터 "아저씨, 하루 종일 걸어 다니죠? 그럼 백

---

6  김양선, 앞의 글, 428면.

날 헛거야. 돈만 아깝지"209라는 말을 듣는다. '분홍빛 발바닥'은 결코 크림과 버퍼, 각질 제거기나 보습크림 따위로 얻을 수 있는 것이 아니었던 것이다.

「계급의 완성」에서 계급의 경계는 대를 이어서도 지속된다. 그의 아버지는 외지에 나갔다가 십년만에 죽을병만 얻어 돌아와서는, "올려다보지도 말고 멀리 보지도 말거라"194는 유언을 남긴다. 아내는 열다섯 어린 나이에 서울서 식모살이를 시작하였으며, 지금도 밤 열한시까지 잠시도 쉬는 짬 없이 발을 동동거리며 백만 원과 남은 반찬 따위를 벌어온다. 아들은 제대한 뒤 등록금을 벌겠다며, 일년째 하루 열두시간씩 아르바이트를 하고 있다. 「계급의 완성」은 그가 잠든 아들의 발바닥에 생긴 굳은 살을 콘커터로 깎아주는 장면으로 끝난다.

「존재의 증명」은 '취향 = 정체성'이라는 등식을 보여주는 작품이다. 취향 역시 몸과 마찬가지로 의식의지을 벗어난 영역이라는 면에서, 「계급의 완성」과 유사한 문제의식을 지닌 작품이라고 볼 수 있다. 「존재의 증명」에서 그는 까페에서 자신에 대한 모든 기억을 잃어버린다. "왜 왔는지"215, "여기가 어딘지도 알 수 없"215는 상태에 빠져버린 것이다. 심지어 자신의 이름조차 기억하지 못한다. 결국 그가 자신의 정체성을 확인하는 것은, 자신의 취향에 부합하는 '코스믹 리프 세레이즈의 LED등', '이인용 그레이 토고 소파', '크리스털 모델 스몰사이즈 스툴' 등을 통해서이다. "취향이 곧 사람의 본질인 것"242이며, "기억은 사라져도 취향은 사라지지 않는"243 것이다.[7]

「계급의 완성」이 몸에 새겨진 계급과 그 극복불가능성을 드러냈다면, 「엄마를 찾는 처연한 아기 고양이 울음소리」는 본능에까지 가닿은 경쟁 사

---

7    이러한 '취향 = 정체성'의 세계에서 사라지는 것은 인간들과의 관계이다. 이것은 집을 찾느라고 신세를 진 사람들과 아는 사이가 된 것을 염려하며, "어떤 종류든 진정성은 사람을 구속한다. 가구나 커피는 사람을 구속하지 않는다. 고로 가구나 커피가 더 좋다"(241)는 그의 생각을 통해 단적으로 드러난다.

회의 치열함을 보여주는 작품이다. 「엄마를 찾는 처연한 아기 고양이 울음 소리」의 '나'는 그동안 정지아의 소설에서는 찾아보기 힘든 엘리트이다.[8] 서른 둘의 '나'는 우수한 성적으로 좋은 대학을 졸업했으며, 현재는 "연봉 일억 팔천, 꿈의 직장에 다니"174고 있다. 그러나 '나'는 "빌딩이나 권력 가진 부모가 없는 사람들"184 중의 하나이기에, "주어진 업무를 제대로 해내기 위해 분초를 쪼개가며 살"180아야 한다. 그럼에도 '나'는 회사에서 언제든지 교체 가능한 "맥북 프로 같은 존재"183에 지나지 않는다. 이러한 '나'의 처지는 애인인 지원과의 대비를 통해 더욱 선명하게 드러난다. 서른 두 살의 지원은 아버지 빌딩의 한층에 사무실을 열어 로펌을 운영중이다. 지원은 "막 돼먹은 사람 밑에서 개처럼 일하는 나"167를 이해하지 못하며, "나랑 결혼하고 회사 때려치워"167라고 말한다. 지원은 자신이 로펌에서 일하는 열 명의 변호사를 착취하는 '막돼먹은 사람'일 수도 있다는 것은 생각하지 못한다.

'나'의 집에 임신한 고양이가 들어와 다섯 마리의 새끼 고양이만 잔뜩 낳고 사라져 버린다. '나'는 어미 고양이를 찾아 동네 곳곳을 헤매며, 자신의 본능에만 충실한 고양이와 자신이 완전히 다르다고 생각한다. 자신은 고양이와 달리 "정신도 몸도 컨트롤할 수 있"185다고 여기는 것이다. 그러나 자기 몸에 찾아온 아기를 지운다는 점에서는 고양이와 크게 다르지 않다. '나'는 결혼보다는 "확고한 입지를 다지고, 내 커리어를 쌓는 것"172에 관심이 더 많다. 결국 고양이가 본능에 따라 자신의 새끼를 버렸다면, '나'는 자기 보존과 발전을 위해 아이를 지우고 만다. 소설집 『자본주의의 적』에서 계급의 경계는 너무나 깊이 새겨져 육체화 되고, 취향화 되고, 본능화 된 것으로

---

8    정여울은 "소설가 정지아의 붓끝은 소멸 직전의 존재들, 쇠락과 소멸 사이에서 흔들리는
     존재들, 있는 힘껏 살아도 겨우 목숨을 부지할까 말까 한 존재들을 향한다."(「아름다운 소
     멸을 꿈꾸는 이들을 위하여」, 『숲의 대화』, 은행나무, 2013, 326면)고 주장한다.

그려진다. 이러한 경계는 사회·경제적 차원을 넘어 자연화 된 것이라고 부를 수 있으며, 그렇기에 이미 한국 사회의 적대와 분열은 '계급'이라는 단어 자체로 표현할 수 없는 단계로 진입했다고도 볼 수 있다.

## 4. 유머의 세계

이제 본격적으로 『자본주의의 적』이 선보인 새로움에 대해서 살펴볼 차례이다. 「문학박사 정지아의 집」은 제목에 작가의 이름을 표나게 내세우고 있지만, 지금까지 읽어 온 정지아의 작품과는 가장 거리가 멀다. 그것은 이 작품의 기본적인 톤과 분위기가 이전 작품들과는 많은 치이를 드리내기 때문이다. 그 차이의 핵심은 바로 유머라고 할 수 있다. 일반적으로 유머는 "불일치를 인식하거나, 정서적으로 우월감을 느낄 때, 정신적으로 이완이 되면서 발생하는 것"[9]으로 알려져 있다. 유머는 크게 부조화 이론, 우월성 이론, 방출 이론이라고 정리할 수 있다. 정지아의 소설집 『자본주의의 적』에서 발생하는 유머는 대부분 부조화에서 발생한다.[10] 그것은 소설의 시작 부분에서부터 분명하게 드러난다.

---

9    구현정·전정미,『유머학 개론』, 박이정, 2019, 45면.

10   유머에 관한 여러 이론 중에서도 가장 영향력 있는 이론은 부조화 이론이다. 부조화 이론은
유머를 인지적 관점에서 바라보는 것이며, 유머의 본질이 전혀 다른 개념이나 상황이 예기
치 않은 방식으로 함께 일어나는 것에 있다고 보는 입장이다. 코에스틀러는 유머가 정상적
으로 일치하지 않는 두 가지 참조 체제를 나란히 배치하는 것에서 비롯된다고 보았다. (구
현정·전정미, 앞의 책, 45~47면) 테리 이글턴도 부조화는 유머의 작동 방식에 관한 여러
이론들 가운데서도 현재 가장 일반화된 우세한 이론의 핵심부에 자리하고 있으며, "유머 가
운데 상당수는 위엄과 불경, 품위와 비속이라는 어울리지 않는 결합에서 발생한다"(테리 이
글턴, 손성화 역,『유머란 무엇인가』, 문학사상, 2019, 45~47면)고 주장했다.

좆됐다.

문학박사 정지아는 전화를 끊으며 자신도 모르게 입밖으로 중얼거렸다. 문학박사의 품위에 걸맞게 절대, 평생, 내뱉어본 적 없는 비속어가 튀어나오자 제풀에 놀란 그녀는 재빨리 창밖을 살폈다. 고상한 문학박사가 육두문자를 쓴다는 게 알려지면 뒤에서들 수군거릴 게 뻔했다.[46]

위의 인용에서는 문학박사라는 겉에 드러난 이미지로서의 '정지아'와 육두문자를 자연스럽게 사용하는 실제로서의 '정지아'가 부조화를 일으킨다. 정지아가 사는 산골 마을에서 그녀는 존재 자체가 부조화의 상태라고 할 수 있다. 이러한 불일치를 상징하는 말을 찾자면, 그것은 바로 '좆됐다'이다. "좆됐다"[46]로 시작된 이 소설에는 무려 '좆됐다'가 세 번이나 반복된다.

처음 그녀는 산골 마을에서 단지 "그냥 이혼한, 직업도 딱히 없는, 좀 안 된, 해서 좀 봐줘야 할 아줌마"[47]로 살아간다. 그러나 곧 그녀가 '문학박사'라는 것이 알려진 이후부터 감당하기 어려운 부조화가 시작되는 것이다.[11] 이후 "고향에 내려온 이래 밥벌이를 위해 인근 대학에서 하루나 이틀 강의를 하고, 그 돈으로 엄마와 개 두 마리와 고양이 네 마리를 돌보는 게"[51] 일과의 전부인 정지아는, "세상만사를 꿰뚫은 현자"[50]로서 마을 사람들에게 인식된다.

그런데 이러한 부조화의 상태는, 박경 시인의 페북에서 작가 정지아의 텃밭 사진을 본 일간지 기자가 취재를 오면서 전국적인 규모로 확대된다. '세상만사를 꿰뚫은 현자인 문학박사' 정지아와 '좀 안 된, 해서 좀 봐줘야 할

---

11    그런데 이러한 부조화는 그녀 자체가 초래한 측면이 강하다. 정지아가 '문학박사'로 알려진 것은, 정지아 본인이 문학박사라는 것에 대해 엄청난 자부심을 가진 결과이다. 정지아는 친구가 데려온 백피디가 고졸 학력이라는 것을 기가 막히게 알아낸 후에는, 집요하게 백피디의 고졸 학력을 놀렸던 것이다. 이 일을 겪은 백피디는 동네 입구에 "문학박사 정지아의 집"(48)이라는 조잡한 입간판을 세워 놓는다.

아줌마' 정지아 사이의 불일치는, 박경 시인의 페북을 통해 자발적인 "지리산 운둔자"[54] 정지아와 "패배자의 포기선언"[56]으로 귀향한 정지아의 불일치로 확대되는 것이다. '지리산 운둔자'의 모습은 "팔십년대의 아이콘"[56]과 같았지만, 21세기의 어느 순간 사어가 돼버린 "'진정성'이라는 단어"[56]와 연결되는 삶의 방식이기도 하다. 일간지 기자가 진정성 있는 운둔자의 삶을 사는 정지아를 취재하기 위해 산골 마을로 오면서, 작품의 불일치는 절정을 향해 치닫는다. 정지아는 잡초로 무성한 텃밭을 그럴듯한 밭으로 만들기 위해 팔순이 지난 송씨 아주머니의 도움을 받기로 한다. 이전에도 송씨 아주머니는 일종의 식모격으로 정지아의 집안 일을 도와주기도 하였다. 여기에도 일종의 부조화가 발견되는데, "빨치산의 딸이 아줌마를 쓰"[62]는 일은 "욕 먹"[62]는 일에 해당하기 때문이다.[12]

정지아는 문화부 기자의 취재에 앞서, 질서정연한 텃밭을 보여주기 위해 송씨 아주머니를 비롯한 동네 사람들의 도움을 받는다. 팔순 넘은 동네 아주머니들이 "신 들린 듯 김을"[71] 맨 결과, 그녀의 텃밭은 잡초 하나 없는 '진정성 있는 운둔자'의 아름다운 텃밭으로 변한다. 결국 문학박사 정지아는 "진정한 작가, 진정한 소확행. 아름다운 은둔자 문학박사 정지아"[74]라는 타이틀이 붙은 기사의 주인공이 된다. 작가로 잘나가던 시절에도 그녀의 기사는 "끽해봤자 사단"[74]이었지만, 이번 기사는 "한면 통째"[74]로 나가게 된다. "신문 사분의 일만 한 크기의 그녀가 그녀를 바라보"[74]는 장면은 '보여지는 정지아'와 '보는 정지아'의 불일치<sub>분열</sub>을 명료하게 상징하는 대목이다.

그런데 겉에 드러난 것에 집착하는 것은, '문학박사 정지아'뿐만 아니라

---

12 　또한 송씨 아주머니와 정지아의 관계에도 소소한 불일치가 존재한다. 송씨 아주머니를 부리는 정지아가 시간강사를 전전하며 이백오십만 원의 돈을 번다면, 정지아의 부림을 당하는 송씨 아주머니의 맏이는 동부지원 부장판사이고 둘째는 삼성전자 부장이다.

다른 사람들에게도 해당되는 일이다. 그것을 가장 잘 보여주는 인물은 정지아의 친구인 박경 시인이다. 박경은 페북 때문에 몇차례 홍역을 치뤘음에도 불구하고, 페북을 끊지 못한다. 박경은 "페북 때문에 늘 남의 입에 오르내리고, 심지어 법정에 서기까지 했으면서 그놈의 페북을 끊으면 죽는다"[53]고 생각하는 것이다. 박경은 "오해와 왜곡에도 불구하고 관심 없이는 살 수 없다"[54]는 마음을 가지고 있으며, 그렇기에 페북을 통해 보여지는 그녀의 모습은 박의 인정욕망과 직접적으로 연결되어 있음을 보여준다. 작품은 "이제 아름다운 은둔자가 된, 문학박사 정지아"[75]가, 자신이 실제로는 타인의 주목에 매달리는 박경과 다르지 않음을 자각하는 것으로 끝난다.

테리 이글턴은 "희극성은 관념적인 이데아에 대한 미천한 의지의 일시적 승리를 대변한다"며, 이를 프로이트의 용어로 바꾸면 "초자아에 대한 이드의 승리"[13]라고 말하였다. 타인의 시선에 신경 쓰지 않으며 자신의 진정성을 추구하는 삶이 정지아의 초자아에 해당한다면, 친구 박경과 같이 타인의 인정욕망에 매달리는 삶은 정지아의 이드에 해당한다고 할 수 있다. 또한 테리 이글턴은 "숭고한 이상이나 고매한 알터 에고alter ego, 또 다른 자아에 거칠게 구멍이 뚫릴 때 거기에 쏟아붓는 에너지가 웃음으로 방출된다"고 주장하였다. 「문학박사 정지아의 집」에서는 '보여지기를 원하는 자아'가 실제의 삶에 의해 구멍이 뚫리면서 유머가 발생한다고 볼 수 있다.

그런데 「문학박사 정지아의 집」에서 유머를 발생시키는 것은 부조화와 더불어 우월감이다. 우월성 이론은 "다른 집단이나 사람과 비교해서 상대적으로 자신이 우월하다고 느끼는 것이 유머의 요인"[14]이라는 입장이다. 「문학박사 정지아의 집」에서 '작가 정지아'는 시종일관 '문학박사 정지아'

---

13    테리 이글턴, 앞의 책, 115면.
14    구현정·전정미, 앞의 책, 54면.

를 내려다본다. 진정성과는 거리가 멀며, 위선과 속물적 근성에 빠져 있는 '문학박사 정지아'는 불쾌감을 자아내며, "뭔가 어두운 희극성"[15]을 불러일으키는 것이다. 우월감에 바탕한 '어두운 희극성'에서 "유머는 본질적으로 비정"하며, 동시에 대상과 "거리를 두고, 냉담하고, 무시하고 하찮게 여기는 것"[16]이기도 하다. 이에 바탕할 때, '문학박사 정지아'는 차가운 웃음의 대상에 머물 뿐이지, 결코 연민이나 공감의 대상이 될 수는 없다.

「애틀랜타 힙스터」도 부조화의 세계가 펼쳐진다는 점에서는 「문학박사 정지아의 집」에 이어지는 작품이다. 그러나 「애틀랜타 힙스터」에서는 '좆됐다'는 단어와 연관된 차원의 유머가 발생하지는 않는다. 그것은 부조화에서 비롯된 긴장이 끝내 해소되지 않고, 끝까지 지속되는 것과 관련된다. 「애틀랜타 힙스터」에서 "K읍에서 가장 힙한 장소"[133]인 까페ㅍ은 주요한 배경인 동시에, 이 작품의 주인공이라고 해도 과언이 아니다. 인구 이만 칠천의 K읍에 위치한 까페ㅍ의 손님들은 대부분 "이런저런 학교에서 원어민교사로 일하"[132]는 외국인들이다. K읍의 토박이들은 찾지도 않는 까페ㅍ은 "K읍에 ㅍ같은 까페가 존재한다는 건 기적에 가깝다"[132]고 할 만큼, 존재 자체가 부조화에 해당한다. 까페ㅍ을 채우는 사람들도 모두 부조화에 빠져 있다. 그것 역시 「문학박사 정지아의 집」에서 그러했듯이, '실제로 존재하는 자기'와 '보여지고 싶은 자기' 사이에서 발생한다. 까페ㅍ은 이방인들이 '보여지고 싶은 자기'로 존재할 수 있는 유일한 곳이기도 하다.

밴쿠버에서 가까운 시골 마을 출신인 존은 이러한 불일치를 가장 극명하게 보여준다. 존은 "K읍에서 가장 힙한 사람"[151]답게, 일상 자체가 온통

---

15　테리 이글턴은 "올림포스산의 신과 같은 관점에서 보이는 세상의 모습과 인간들이 스스로 지극히 중요한 존재라고 아무 의심 없이 확신하면서 다채롭고 무용하고 헛된 계획들을 추구하는 데 쏟아붓는 열성 간의 괴리에서 희극이 발생한다"(테리 이글턴, 앞의 책, 80면)고 주장한다.
16　위의 책, 76~77면.

"힙"151하다. 존의 "전공은 뮤직"149이며, 존의 취미는 폼나는 "헬리우스 티타늄 팀700"149이라는 자전거를 타는 일이다. 존의 페북을 보고 ㅍ에 오는 서울 여자들이 꽤 있을 정도로, 존은 전국적으로 "힙한 사람"151이다. 이 작품의 초점화자인 스텔라 역시도 충분히 힙하게 보인다. 스텔라는 까페ㅍ에서 주로 뜨개질을 하는데, 존이 보여준 누군가의 페북에서 스텔라는 "고개 숙인 채 금발머리를 길게 늘어뜨리고 뜨개질을 하고 있"151다. 그 사진 아래에는 "#애틀랜타_힙스터_스텔라 / #아직도_코끝에_맴도는_예가체프의_향기 / #스텔라가_만드는_작은_세상"151이라는 힙한 해시태그가 가득하다.

카페ㅍ에 오는 사람들은 '실제로 존재하는 자기'와 '보여지고 싶은 자기' 사이에 상당한 거리를 지니고 있다. 스텔라는 애틀란타 인근의 롬이라는 시골 마을 출신으로, 대출을 받아 대학을 간신히 다녔고 졸업 이후에는 그 대출을 갚느라 청춘을 다 보내다시피 하였다. 대출을 다 갚은 후에는 무작정 서울로 왔고, 이후에는 고향 롬과 비슷한 K읍에 원어민 교사로 정착한 것이다. 존 역시도 프로가 되지 못한 실패한 음악가일 뿐이며, 한푼이 아쉬워 "개인교습"154에 목을 매는 처지이다.

카페ㅍ을 가득 채우고 있는 '실제로 존재하는 자기'와 '보여지고 싶은 자기'의 낙차는 존에게 영어를 배우는 소설가인 미경에 의해 적나라하게 까발려진다. 미경은 존의 힙한 모습에 아무런 반응도 보이지 않으며, 나아가 이를 부정하기까지 한다. 미경은 한국에서 노[no]라는 대답을 들은 적이 없는 "잘 생긴 백인남자 존"152의 힙한 정체성을 서슴없이 부수는 것이다. 심지어 미경은 "음악전공자가 왜 경력을 단절하고 여기까지 와서 영어나 가르쳐요?"라며 "프로가 될 만한 실력이 아니었나요?"154라는 직격탄을 날리기도 한다. 미경의 말은 존뿐만 아니라, 까페ㅍ에 있는 모든 사람들의 심장에 총알을 박아 넣는다. 미경은 "가장 힙한 까페ㅍ을, 등장하고 한시간도 지나지 않아 누추한 루저의 공간으로 만들"[155]어 버린 것이다.

「애틀랜타 힙스터」에서 '실제로 존재하는 자기'와 '보여지고 싶은 자기'의 부조화는 끝내 해소되지 않는다. 어느새 미경의 흔적을 털어낸 까페프의 단골들은 다시 자리를 잡고, 존은 "프로가 아니라 프로처럼"[158] 행동하고, 스텔라도 "이런 게 인생"[159]이라며 프에서 주어진 자신의 역할에 충실하고자 한다. 그러나 윤의 인도여행은 뜻대로 되지 않고[17], 존의 연주는 소음으로 변해간다. 이 와중에 "스텔라는 나아가지도 돌아서지도 못"[160]하며 작품은 끝난다. 이러한 부조화의 지속이야말로 이 작품이 「문학박사 정지아의 집」과 같은 유머를 발생시키지 않는 이유라고 할 수 있다.[18]

「문학박사 정지아의 집」과 「애틀랜타 힙스터」를 통해 이번 소설집에 등장하는 새로운 인간형들이 얼마나 '보여지는 자기'를 중시하는지 살펴보았다. 이번 작품집의 표제작이기도 한 「자본주의의 적」에 나오는 방현남과 그녀의 가족은 앞의 작품들에 나오는 인물들과는 반대로, 세상의 시선으로부터 자신들을 유폐시킨다. 이들은 완전히 새로운 유형의 인간이라고 할 수 있는데, 소위 "자폐가족"[9]이라 불리는 방현남은 "진정한 자본주의의 적"[9]으

---

17  힙한 까페프을 운영하는 사장 윤은 "일체의 구속으로부터 벗어나기 위해"(137) 해마다 "진정한 삶이 있다"(137)는 인도에 간다. 그러나 바로 그 인도에 가기 위해 윤은 "매일 커피를 볶고 내려서 돈을 벌어야"(138) 한다. "인도는 윤에게 구속일까, 해방일까"(138)라는 스텔라의 의문에서도 드러나듯이, 까페프의 사장인 윤의 삶에는 쉽게 해결될 수 없는 아이러니가 존재하고 있다.

18  부조화 이론은 우리가 무엇에 반응하여 웃는지는 이야기해주지만, 우리가 왜 웃는지는 알려주지 않는다. 테리 이글턴은 "부조화 이론과 방출 이론을 잇는 작업"(142)을 통해 유머에 발생 메커니즘에 대한 온전한 해명이 가능하다고 보았다. 강병창은 "방출 이론은 유머의 근원을 과도한 긴장 상태에서 해방되는 것으로 본다. 우리의 마음이 심각하게 여겼던 것이 별것이 아님을 알아차렸을 때 누적된 긴장 에너지가 웃음으로 배출된다는 것"(강병창, 「테리 이글턴이 연 '유머 인문학'의 새로운 지평」, 『유머란 무엇인가』, 문학사상사, 2019, 254면)이다. 「애틀랜타 힙스터」에서는 「문학박사 정지아의 집」과 달리 부조화로부터 비롯된 긴장이 마지막까지 해소되지 않는다.

로 의미부여 된다.

'나' 정지아가 "알고 싶고 하고 싶고 되고 싶다는 열망"[16]으로 가득한 것과 달리, 방현남은 "새로운 모든 것에 대한 공포"[13]를 느끼며 "아무것도 하지 않는"[17]다. 방현남은 주어진 삶을 그대로만 받아들일 뿐이며, 그것을 새롭게 바꾸거나 타인을 움직인다는 것은 상상도 하지 않는다. 방현남은 "간절히 하고 싶은 것도, 죽도록 하기 싫은 것도 없는"[25~26] 사람이다. 방현남은 자신과 흡사한 남자와 결혼하여 자기와 비슷한 아들 둘을 낳아, 명실상부하게 '자폐가족'을 완성한다. 자폐가족의 삶은, 방현남의 삶이 그러하듯이 "나이를 먹는다는 것 외에 달라지는 게 없"[27]다. 이 작품의 대부분은 자폐가족이 펼치는 여러 가지 에피소드들, 일테면 '운전 도전기'나 '바비큐 파티에서 불 피우기' 같은 것으로 이루어져 있다. 맏이는 남들 앞에 나서지 않고 현관 투입구로 야쿠르트만 투입하면 된다는 생각으로, "야쿠르트 아저씨"[29]가 되기를 꿈꾸기도 한다. 방현남은 안 팔리는 소설을 꾸준히 발표하는 '나'에게 전화를 걸어 "정 쓰고 싶으면 혼자 써. 쓰고 버려"[33]라고 말하기도 한다.

이러한 자폐가족의 특징은 '나'와의 대비를 통해 더욱 강조된다. '나'는 "되고 싶은 것도 많고 갖고 싶은 것도 많고 하고 싶은 것"도 많은, "욕망으로 가득 찬, 자본주의적 인간"[37]이다. 이 작품에서도 정지아의 불일치분열는 계속되는데, '진정성'과는 거리가 먼 자신을 드러낸 후에는 꼭 "빨치산의 딸인 내가 말이다"[37]와 같은 자의식을 드러내는 것이다. 이러한 불일치는 「문학박사 정지아의 집」에서처럼 웃음을 유발한다.[19]

자폐가족은 어떠한 내적 일탈도 보여주지 않는다. 그들은 너무나 확고한

---

19   일테면 「자본주의의 적」에서 그러한 웃음은 명품을 좋아하는 빨치산의 딸이 "변절한 거 아니냐"(38)는 비난을 당했을 때, "자본이 축적되어야 자본주의가 가능한 거야. 나는 절대 축적하지 않는다고. 이게 진정한 반(反)자본주의적 삶 아니냐?"(38)라며 "얼토당토않는 궤변"(38)을 늘어놓는 장면에서 발생한다.

세계관의 소유자이며, 그에 따른 일관된 삶의 실천자들이기 때문이다. 새 것을 시도하지 않으며, 세상으로부터 인정받고자 하는 어떠한 욕망도 없이 주어진 삶에 만족하며 그저 담담하게 살아있을 뿐이다. 욕망이 없는 자폐가족의 유일한 바램은 다만, "이대로 가만있고 싶다는 것"[43]이다. 그렇기에 그들은 "인간의 무한한 욕망을 동력으로 삼아 대량생산과 대량소비의 확대재생산 속에 괴물처럼 팽창"[42]하는 자본주의의 '진정한 적'이 될 수 있는 것이다.

주목할 것은 「자본주의의 적」에도 「문학박사 정지아의 집」과는 다른 차원의 불일치가 존재하며, 이를 통해 나름의 유머를 발생시킨다는 점이다. 그것은 '좀 안 된 아줌마'와 '세상만물에 정통한 문학박사' 사이의 불일치, 나아가 '자발적인 지리산 운둔자'와 '패배자로서의 수동적 귀향자' 사이의 불일치였다. 그러나 「자본주의의 적」에 등장하는 방현남은 「문학박사 정지아의 집」에 등장하는 정지아와는 대조적으로 어떠한 불일치분열도 드러내지 않는다. 오히려 그녀는 정상성을 뛰어넘을 정도로 편집증적 완고함을 보여준다. 이러한 경직성은 사회와의 격렬한 불일치를 발생시키고, 이를 통해 웃음을 유발한다.[20] 자폐가족이 보여주는 경직성과 일관성이야말로 인정욕망에 목숨을 걸다시피 한 현실의 감각과 극단적인 대비를 보여주며, 이러한 현실자본주의과 인간자폐가족의 불일치는 유머를 발생시키는 것이다. 「자본주의의 적」에서 발생하는 유머는 상당 부분 위반 내지는 일탈의 문제와도 결부되어 있다.[21] 자본주의가 인간의 무한한 욕망을 동력으로 삼아 대량생산과

---

20 　테리 이글턴은 편집광도 유머를 발생시킨다고 보았다. 해당 부분을 옮겨보면 다음과 같다. "쇼펜하우어의 끝모를 우울은 왜 그다지도 웃긴가? 그의 세계관에 재미있는 부분이 손톱만큼도 없어서가 아니다. 타협이나 양보를 일절 거부하고, 본인이 고수하는 명제를 가장 믿기 어려운 주장으로까지 외고집으로 확장하려고 시도하면서, 시종일관 그 하나의 명제에 매달리는 행태가 자기 자신이 아니라면 그 어떤 존재도 되기를 완강히 거부하는 별종과 개념적으로 별반 다르지 않은 탓이다. 과도한 일관성은 정언적 카오스만큼이나 건전한 현실감각을 파괴할 수 있다."(테리 이글턴, 앞의 책, 141면)

대량소비를 통해서만 유지될 수 있는 체제라면, '자폐가족'의 삶이야말로 자본주의의 절대적 규범에 대한 일탈이라고 볼 수도 있기 때문이다. 이러한 일탈과 유머는 '지구의 종말'보다도 더 어렵게 생각되는 '자본주의의 종말'을 사유하게 한다는 면에서 또 하나의 변혁적인 의미를 지니고 있다.

## 5. 새로운 문학의 진경

역사의 상처가 진하게 배어 있는 과거를 바라보던 정지아의 시선은, 「자본주의의 적」에 이르러 '지금-여기'의 장삼이사들을 향하게 되었다. 무엇보다도 정지아의 이번 소설집은 '과거의 가치'와 '현재의 실상'이 만날 때 발생하는 유머를 능수능란하게 펼쳐 보인다는 점에서 주목을 요한다. 이러한 유머에는 인정에 목을 매는 부박한 삶이나 육체와 본능에 새겨진 분열의 경계 등이 다채롭게 새겨져 있다. 이를 통해 '지금-여기'의 삶이 재현되는 것은 물론이고, 우리를 지배하는 자본주의적 상징계의 우주코스모스가 잠시 균열을 드러내기도 한다. 정지아는 '빨치산의 딸'에서도 벗어나고, '리얼리즘'에서도 벗어난, '가벼이 놀아보고 싶은 유희정신'으로 이 소설들을 썼다고 했지만, 그러한 태도는 오히려 빨치산이 경험한 여성의 삶, 리얼리즘을 벗어난 리얼리즘, 유희정신을 포괄하는 산문정신이라는 새로운 문학적 진경을 펼쳐 보이고 있다. 그렇다면, 정지아가 이번에 선보인 수준 높은 유머에는 역사의 상처로 가득한 기억마저도 뛰어넘을 수 있는 새로운 문학적 가능성이 존재한다고 이야기해볼 수도 있을 것이다.[2022]

---

21  본래 유머(humor)라는 말은 원래 기질이 규범에서 어긋나는 사람을 뜻한다고 한다.(위의 책, 130~141면)

# 4

# 재현의 아이러니를 넘어서는 방법

### 서성란의 『내가 아직 조금 남아 있을 때』

## 1. 소외된 이웃들에 대한 관심

1996년 등단한 이래, 서성란만큼 한국 사회의 약자들에 대해 지속적인 관심을 기울인 작가도 드물다. 평론가 고영직이 한 글에서, 서성란이 "우리 사회에서 소외된 자들을 응시하고 껴안으려는 문학적 시도"[1]를 한다고 말한 것은, 서성란의 핵심적인 특징을 짚어낸 것이라고 할 수 있다. 그녀가 심혈을 기울여 그려낸 약자들의 목록에는, 결혼이주여성, 장애인, 이주노동자, 죽음을 앞둔 노인, 병든 사람들, 가망 없는 작가 지망생 등이 포함된다. 이러한 약자들에 대한 형상화는 근대소설의 본령에 해당하는 것으로서, 그 문학적 가치는 아무리 강조해도 모자라지 않는다. 다만 놓치지 말아야 할 것은 약자들에 대한 반복적인 형상화가 가진 문제도 생각해 보아야 한다는 점이다. 그 문제는 약자들이 겪는 고통에 주목하면 할수록 그들이 지닌 약함과 다름에만 함몰될 수도 있다는 것이다. 이러한 과정이 반복되면, 머리로는 약자들을 받아들여야 한다고 생각하면서도, 가슴으로는 약자들을 우

---

1 　고영직, 「'좋은 이별'은 어떻게 가능한가」, 『유채』, 청색종이, 2020, 72면.

리와는 다른 '진짜 타자'로 받아들이게 되는 아이러니한 상황이 발생할 수도 있다. 이와 관련해 서성란의 출세작인 「파프리카」『한국문학』, 2007 겨울는 주목해볼 만한 작품이다.

「파프리카」에는 결혼이주여성이 한국 사회로부터 배제되는 양상이 드러나지만, 비극적인 결말로 끝나는 대부분의 작품들과는 달리 새로운 가능성을 암시한다는 점이 이채롭다. 베트남에서 온 결혼이주여성 츄옌은 발음하기 어렵다는 이유로 한국 이름 수연으로 불린다. 중일에게 츄옌은 오직 성적인 대상으로만 가치 있는 존재이다. 중일은 "틈만 나면 수연의 몸속으로 파고들어갔"[45]던 것이다. 중일이 아쉬워하는 것은 츄옌이 "추위와 노동과 고향을 향한 그리움으로 단맛과 향기를 잃"[46]는 일이다. 처음 중일은 츄옌을 한글 강좌에 데리고 가지만, 그녀가 한글강좌를 충실히 들을 수 있었던 것은 짧은 봄 한 철뿐이었다. 중일은 "그녀에게 글자 하나를 가르쳐주는 것보다 고단한 몸을 그녀 안에 부려놓고 싶은 마음이 더 큰 탓"[48]이다. 중일의 유일한 목적은 성적인 만족이기에, "그녀가 영원히 한글을 깨치지 못한다고 해도 괜찮다고 생각"[48]한다. 결혼이주여성에게 한글이 갖는 의미를 생각할 때, 츄옌을 둘러싼 환경은 그녀를 한국 사회에 적응시키는 것과도 무관하다.

그렇기에 츄옌은 "산자락 아래 외진 마을"[51]에서 말할 수 없는 존재가 되어 간다. 유일하게 베트남어를 사용하는 순간은 목욕탕에서 발목을 접질렸을 때, 혼자말로 "메끼엡!"[48] 하고 내뱉을 때뿐이다. 시어머니는 츄옌을 학대하며, 시어머니가 츄옌에게 하는 말들은 주로 "여시같은 년, 요살을 떤다, 밥값도 못하는 년, 육시럴 따위의 욕설뿐"[58]이며, 그런 시어머니는 하루 빨리 츄옌이 "아이를 낳"[50]기만 원할 뿐이다. 아이를 낳으라는 요구는 마을 노인과 아낙들, 심지어는 츄옌에게 친절한 선미엄마도 한다.

그러나「파프리카」에는 놀라운 반전이 준비되어 있다. 이런 고단한 상황에서 츄옌은 시내의 군인 목욕탕에서 일하는 나상일 일병에게 매력을 느끼는 것이다. 나 일병은 "어느 나라에서 왔는지 호기심과 비웃음을 띤 얼굴로 묻지 않았"[8]고, "다른 손님들에게 하듯 깍듯이 인사를 했"[58]던 유일한 사람이다. 츄옌은 마지막에 자신의 손에 들어온 초록색 파프리카 한 개를 씨앗조차 남기지 않고 전부 씹어 삼킨다. 이 작품에서 다양한 색깔로 빛나는 파프리카는 남편이 탐하는 츄옌, 정확히 표현하자면 츄옌의 육체를 의미했다. 같은 맥락에서 초록색 파프리카는 군복을 입은 나상일 일병을 연상시키며, 츄옌이 초록색 파프리카를 모조리 씹어 삼키는 모습 속에는 스스로의 욕망에도 충실하겠다는 그녀의 다짐이 나타나 있다.

초록색 파프리카를 모조리 씹어 삼키기 전에 츄옌이 꾸는 꿈도 의미심장하다. 꿈속에서 츄옌은 동생 윙과 베트남 전통음식을 함께 먹지만, 동생 윙이 하는 말을 알아듣지 못한다. 츄옌 스스로도 자신이 윙의 말을 알아들을 수 없는 이유가 무엇인지 의아해한다. 츄옌은 베트남에서 중일과 결혼식을 올린 첫날밤에 무슨 선물을 받고 싶냐는 중일의 물음에 "동생에게 오토바이를 선물해주었으면 좋겠다"[52]고 말한 바 있다. 동생이라는 존재는 베트남에 대하여 느끼는 츄옌의 의무감과 연결되어 있었던 것이다. 그런 동생 윙과 이제 더 이상 소통이 이루어지지 않는 장면은, 남편과 시어머니로 대표되는 한국 사회는 물론이고 베트남의 친정 식구들에게도 얽매이지 않고 자신의 삶을 챙기기 시작한 츄옌의 삶을 암시하는 것으로 이해할 수 있을 것이다.「파프리카」의 츄옌은『쓰엉』이라는 장편소설의 쓰엉으로 다시 서성란의 문학에 등장한다.

소설집『내가 아직 조금 남아 있을 때』에서도「파프리카」에서부터 보여준 약자들에 대한 재현과 그에 따르는 여러 문제들에 대한 고민이 섬세하게 드러나 있다. 대표적인 작품으로 「피아라 식당의 손님」, 「존, 로베르트, 은희」, 「이규호 노먼 테리어」를 들 수 있는데, 뒤의 두 작품은 해외 입양아 문제를 전면화한 작품으로서, 이들 작품은 소재적으로 서성란이 본격적으로 개척한 한국문학의 새로운 영역에 해당한다. 이외에도 이 시대 한국 여성이 처한 상황에 대한 치열한 문제의식을 드러낸 작품들과 작가의 글쓰기에 대한 자의식을 드러낸 작품들도 우리 시대의 귀한 문학적 성과라고 할 수 있다.


## 2. 같음과 다름의 고차 방정식


소설집 『내가 아직 조금 남아 있을 때』강, 2024에 등장하는 대표적인 약자로는 이주노동자와 해외입양아를 들 수 있다. 이에 해당하는 작품이 「피아라 식당의 손님」, 「존, 로베르트, 은희」, 「이규호 노먼 테리어」이다. 「피아라 식당의 손님」은 네팔에서 온 이주노동자의 삶을 그린 작품이다. 네팔에서 온 버랄은 네 개의 손가락이 프레스에 잘린 채 한국 사회에서 살아가고 있다. 서성란은 이 작품에서도 버랄의 '고통'에만 주목해 그를 타자로 고정시키는 표상의 폭력에 머물지는 않는다. 버랄을 우리와 똑같은 인간으로 여기게끔 만드는 무수한 유사성의 회로를 창출하는데, 그 회로는 '버랄 = 경섭', '버랄 = 영석', '버랄 = 지하철 기관사'의 등식으로 정리해볼 수 있다.

먼저 버랄과 평범한 한국의 중년 가장 경섭이 동일시된다. 버랄이 한국에서 돈을 모아 귀향한 후, 어머니와 함께 '피아라 식당'을 개업하는 희망을 가졌던 것처럼, 경섭도 고향의 바다를 떠나 도시로 오면 새로운 운명이 펼쳐지리라 기대했던 것이다. 그러나 버랄이 프레스에 네 개의 손가락을 잃고도 고향으로 돌아가지 못하는 것처럼, 공장에서 일만 해온 경섭은 공장이 부도나는 바람에 일자리를 잃었고, 몸은 쇠약해졌으며, 믿었던 고향 선배에게 사기까지 당해 거리를 방황하고 있다. 돈을 떼이고 일자리까지 잃고 난 뒤로 경섭은 "불법 체류자가 되기라도 한 듯 하루하루가 불안"[152]해져서, "출입국관리소 단속에 걸릴까 두려워하는 외국인 청년들의 심정"[152]을 비로소 이해하게 된다.

다음으로 경섭의 아내에게 버랄은 자신의 아들인 영석과 동일시된다. 아내는 네팔, 인도, 방글라데시, 베트남에서 온 청년들을 대상으로 한 식당을 경영하고 있다. 경섭 부부는 아이가 없어 영석을 입양해 길렀는데, 현재 영석은 네팔로 떠나 그곳에서 한국인이 경영하는 음식점에 취직한 것이다. "아내가 유독 버랄을 챙기는 이유가 영석이를 향한 미련을 버리지 못해서"[154]라는 것에서 알 수 있듯이, 아내는 버랄을 영석과 동일시한다. 경섭의 아내가 네팔 청년들에게 유독 친근하게 구는 까닭은 "영석이가 그곳에 있기 때문"[155]이었던 것이다. 강제 단속이 아니더라도 공장에서 일하다가 다치고 불구가 되어 고향으로 돌아가는 노동자들을 수없이 보아왔던 아내는, 영석의 안녕을 비는 마음으로 "버랄이 다치거나 추방당하지 않고 무사히 고향으로 돌아갈 수 있기를 기도"[158]한다.

버랄을 영석과 동일시하는 모습은 경섭에게도 나타난다, 영석이를 생각하던 경섭은 "돈을 벌어 제 나라로 돌아갈 날을 손꼽아 기다리는 네팔 청년 버랄의 크고 단단한 손을 잡아보고 싶었다"[161]고 느끼는 것이다. 또한 「피아라 식당의 손님」에서는 지하철 선로로 뛰어들어 사망한 지하철 기관사와 외국인 노동자가 동일시되기도 한다.

그러나 이주노동자와 한국인의 유사성만 주장한다면, 그것은 '낭만적 허위'에 머물 수도 있다. 서성란은 이러한 측면 역시 놓치지 않으며, 작품에는 지하철 선로에 뛰어들어 자살한 외국인은 "자신이 누구인지 증명해줄 신분증"151이 없어 "유령"151이 될 수밖에 없지만, 경섭의 주머니에는 설령 주검으로 발견되더라도 "자신이 누구인지 증명해줄 신분증"151이 있다는 언급이 나온다. 또한 경섭의 아들 영석은 네팔에서 일한다고 해도, 한국에서 일하는 외국인 청년들과는 다르게 "월급을 받으면 최소한의 생활비를 제하고 몽땅 고향에 있는 부모 형제에게 보내야 하는 고달픈 신세가 아니"155며, "강제 단속에 마음 졸이고 몸이 아파도 작업장으로 출근해야 하는 불법 외국인 노동자가 아니"155다. 그렇기에 영석은 원한다면 언제라도 돌아올 수 있는 "자유인"155이다.

이처럼 이주노동자와 한국인은 분명 같지만, 분명 다르기도 하다. 둘 사이에 존재하는 '같음과 다름' 혹은 '다름과 같음'이 충분히 사유될 때만, 이주민과의 공존은 가능해질 수 있을 것이다. 작품은 버랄이 운영하는 식당에서 '지하철 기관사'와 '외국인' 그리고 경섭이 함께 카레를 먹는 환상적인 장면으로 끝난다. 우애와 평화로 가득한 이 장면이 환상으로 처리될 수밖에 없는 것은, 진정한 공존을 향해 나아가야 할 길이 아직도 많이 남았음을 의미하는지도 모른다.

이번 작품집에서 서성란이 새롭게 발견한 약자는 해외 입양아이다. 주지하다시피 한국은 세계에서 가장 많은 아이들을 해외로 보냈던 불명예를 안고 있는 나라이다. 현재 많은 해외 입양아들이 어른이 되어 한국 사회로 돌아오고 있으며, 서성란은 이를 날카롭게 포착하여 작품화하고 있는 것이다. 「이규호 노먼 테리어」와 「존, 로베르트, 은희」는 해외 입양아들의 문제에 대한 서성란의 뜨거운 문제의식이 느껴지는 작품이다. 거의 시사 다큐멘터리를 방불케 하는 이들 작품에서, 노먼 테리어는 고통의 극한에 선 인간으로 그려진다. 동시에 이러한 뜨거움은 서성란의 작가적 장점을 약화시키는 측면도 노출한다. 서둘러 말하자면, 「이규호 노먼 테일러」에서는 노먼 테일러가 처한 극한의 상황을 강조하는데 치중하는 바람에 그를 타자화하는 경향이 발견된다.

「이규호 노먼 테일러」에서 노먼 테일러는 미국에 도착하고 한 달이 채 되지 않아 크랩서 씨 부부로부터 파양당한다. 이후 노먼은 실비아의 위탁 가정에서 육 개월 동안 머물며, "체념과 포기, 위대하고 아름다운 아메리카"[124]라는 말을 자주 들으며 지낸다. 실비아의 위탁 가정을 떠난 후 노먼은 테일러 부인에게 다시 입양된다. 테일러 부인은 보호시설과 정신병원을 오가는 노먼의 모습을 세상에서 가장 불행하고 슬픈 사람의 눈빛으로 바라보던 이였다. 또한 그녀는 "세상 어디를 떠돌아다니든 지치고 외로운면 집으로 돌아오라"[137]고 말해주기도 했다. 이런 테일러 부인은 노먼의 "유일한 어머니"[140]였다고 일컬어지는 존재이기에, 노먼은 나중에 한국에서 경찰관에게 "미국 뉴저지주 뉴어크에 있는 양부모의 집으로 돌아가고 싶다"[134]고 애원한다.

그러나 서른여덟 살의 노먼 테일러는 미국 시민권이 없으며, 출생국으로 돌려보내라는 주 정부의 명령에 따라 한국으로 추방된다. 추방 명령을 수행하기 위해 동행한 미국의 이민국 직원은 공항 외사계 직원에게 노먼을 넘기고 사라진다. 외사계 직원은 자신의 지갑에서 지폐 두 장을 꺼내 노먼에게 건네며, 이태원으로 가면 영어로 대화할 수 있다며 이태원 가는 공항버스를 안내해 준다. 노먼이 이태원에서 만난 한국인은 노먼을 구두발로 차고 손바닥으로 때리고 욕설을 내뱉고 훈계하며 호통을 친다. 노먼은 한국에서는 어디까지나 "이방인"[123]에 불과한 것이다.

「이규호 노먼 테일러」에서 노먼은 한국에서 어떠한 안정감이나 위안도 얻을 수 없다는 것이 표나게 강조된다. 노먼은 미국에서 살았던 25년 동안 한국을 그리워하지 않았으며, "미국이 아닌 다른 곳의 삶을 상상한 적이 없었"124다. 한국의 정신병원에 갇혀 지내던 일 년 육 개월 동안 노먼이 미국으로 돌아가게 해달라고 애원하고 간청할 때마다, 간호사들은 주저 없이 그의 팔뚝에 주삿바늘을 찔러 넣는다. 진정제와 약에 취할 때만 미국의 집으로 돌아갈 수 있는 노먼은, 늘 "갇히고 죽더라도 미국으로 돌아가고 싶다고 호소"135한다. 심지어 노먼은 "입양과 추방이라는 공통분모로 묶여 있는 사람들"137에게도 "친밀한 감정을 느끼지 못"137한다. 노먼은 생모도 그리워하지 않는데, 이유는 "기억할 수 없는 사람을 그리워할 수 없었"140기 때문이다.

"피부색이 같고 생김새가 비슷한 사람들이 사는 낯선 나라에서 달아날 수 없"139는 절망적인 상황에 처한 노먼에게 유일한 출구는 김 목사라는 예외적인 선인善人이다. 김 목사는 "고통을 느끼지 않고 노먼이 떠올릴 수 있는 유일한 한국인"139이기도 하다. 김목사는 "아메리카의 언어와 그곳의 기억을 지우고, 건강하고 유용한 한국인이 되어 살아야 한다고 말하지 않았"139던 것이다. 이러한 김목사의 모습은 노먼에게 화를 내고 폭력을 가하던 다른 한국인들과는 구별되는 태도라고 할 수 있다. 김목사는 "노먼의 말을 들어주고 질문을 던지기를 기다리는 사람"141이며, 그러한 김목사로 인해 "노먼 테일러는 낯선 나라에서 혼자가 아니었다"141고 느낄 수 있었던 것이다. 작품은 2인용 식탁에 노먼과 김 목사가 마주 앉으며, 이 순간 노먼이 처음으로 "두려움 없이 말할 준비가 되어 있는 듯했다"142는 문장으로 끝난다.

「이규호 노먼 테일러」는 이처럼 일부 해외 입양아들의 비참한 후일담을 매우 적나라하게 보여주고 있다. 그러나 이 작품은 이들의 문제를 작품화해야 한다는 강한 의지로 인해, 노먼 테일러가 처한 비극적 상황에만 골몰하는 특징을 보여준다. 그 결과 노먼은 스스로의 힘으로는 한 줄기의 빛도 얻기 위한 이 사회의 타자로 고정되어 버리는 모습이 노출되기도 한다.

이와 반대로 「존, 로베르트, 은희」에서는 해외 입양아 출신의 존 데이비드를 다른 사람들과 동일시하려는 강렬한 태도가 일정 부분 드러난다. 「존, 로베르트, 은희」의 존 데이비드는 우편 주문 아이였다. 입양기관이 양부모를 대신해 받는 IR-4 비자는 양부모가 한국으로 와서 입양절차를 완료하고 받는 IR-3 비자와 달리 자동으로 시민권이 부여되지 않았다. 파양당한 존을 재입양한 양부모는 주 정부의 법에 따라 입양 절차를 완료해야 한다는 사실을 알지 못했고, 존은 시민권이 없다는 사실을 모른 채 살았다. 그 결과 주 정부는 범죄에 연루되었으며 시민권이 없는 입양아에게 출생국으로 돌아가라고 추방 명령을 내린 것이다. 결국 존은 출생국한국으로 29년 만에 돌아와 유령처럼 떠돌다가 자신의 유골을 뉴욕 양부모에게 보내달라는 유서를 남기고 생을 마감하다.

존은 "어린 시절 한국어로 말했던 기억을 완전히 잊어버린"[95] 인물이다. 아홉 살에 뉴욕으로 떠나야 했던 존은 서른여덟 살에 자신의 의지와 상관없이 한국으로 돌아와야 했다. 한국에 돌아왔지만, "영어로 말하고 영어로 생각하면서 다시 뉴욕으로 돌아갈 수 있기를 바랐던 존은 한국인도 미국인도 아니었다"[96]고 묘사된다. 은희는 다시 미국으로 돌아가고 싶어 했던 존의 마음을 막연히 짐작할 뿐이다. 아홉 살에 해외 입양과 파양, 재입양의 과정을 겪어야 했던 존은 삼십 년이 지난 뒤 돌연 출생국으로 돌아온다. 한국 사람들에게 존의 존재가 알려졌을 무렵, 존은 "이곳에 있다고도 없다고도 분명하게 말하기 어려운 사람"[96]으로 존재할 뿐이다.

존에게는 뉴욕이 고향에 가깝다. "신앙심 깊고 책임감이 강한"[113] 양어머니는 "그의 유일한 어머니"[113]였으며, 양아버지도 "그를 때리거나 욕설을 퍼붓지 않았"[113]다. 한국에 머무는 삼 년 동안 생부모를 찾으려고도 하지 않은 존은, 차라리 주검이 되어서라도 뉴욕으로 돌아가고 싶어할 뿐이다. 존은

"자신이 누구이며 어디에서 비롯되었는지 알고 싶지 않았을 만큼 버림받은 상처가 깊었"[104]던 것이다. 이 작품에서는 "그는 생부모를 기억하지 못했다. 그리워하지 않았다. 한국에는 돌아갈 집이 없었다"[113]거나 "한국은 낯설고 두려웠다. 아홉 살에 떠나야 했던 나라의 언어는 소낙비에 먼지가 씻겨나간 듯 기억에서 말끔히 지워졌다"[113]와 같은 문장에서 알 수 있듯이, 존이 한국 사회에서 느끼는 소외감이 유달리 강조된다. 이처럼 「존, 로베르트, 은희」에서는 고향을 완전히 잃어버린 존의 불행한 초상이 적나라할 정도로 시시콜콜하게 드러나 있다.

그러나 서성란은 이러한 고통과 소외의 재현에만 머물지 않는다. 존과 다른 이들 사이에 연결의 통로를 만드는데, 그 방법은 다소 과격할 정도이다. 이 작품에서는 아예 초점화자인 은희 역시 입양아로 설정되어 있는 것이다. 박은희는 "생후 구십 일 되던 날 대현동 134-20번지 앞을 지나가던 행인에게 발견되어 시청 직원의 손으로 넘겨졌"[105]으며, "친부모 정보는 불명"[105]이었던 "이은혜는 입양 부모를 만나 박은희가 되었"[105]던 것이다. 이후 은희를 입양한 부부는 이혼하였으며 은희의 엄마는 아들이 둘인 남자와 재혼하여 만족스러운 삶을 살고 있지만, 엄마가 새롭게 꾸린 가정에 "은희의 자리는 없었"[99]다.

그러나 존과 은희는 비슷하면서도 다르다. 은희는 "더 이상 아기를 그곳에 혼자 두지 말아야 한다"[110]는 생각에, 자신이 발견되었던 "대현동 134-20번지"[110]를 찾는다. 은희는 그곳에서 "잠들어 있는 아기의 곁으로 다가가 두 손을 내밀"[110]기까지 한다. 이러한 과정을 거친 후에는 엄마에게 전화를 걸어 "전부, 다"[111] 고맙다는 말을 건넨다. 대현동 134-20번지에 발견된 아이는 "이제 오피스텔이 들어선 자리가 아니라 은희의 곁에 머물러 있"[111]게 된 것이다. 이렇게 죽음으로 삶을 마감한 존과는 달리, 은희는 존재의 근원적 소외에서 벗어나는 모습을 보여준다. 여기에서도 서성란 소설의 전형적인 특징인 '같음과 다름' 혹은 '다름과 같음'의 고차 방정식에 대한 진지한 고민을 확인할 수 있다.

## 3. 여성이라는 것, 모성이라는 것

이번 소설집에는 한국 사회의 여성에 대한 의식이 날카롭게 빛나는 작품들이 여러 편 수록되어 있다. 소설집의 첫 번째에 수록된 「완벽한 스테이크와 적양배추 요리」는 요리음식를 매개로 해서 여성이 처한 현실을 조명하고 있는 작품이다.

시어머니는 늙어서까지 남자를 위해 "한 달이면 대여섯 차례나 크고 무거운 택배 꾸러미"[11]에 담긴 음식을 보내고는 했다. 거기에는 "김치와 된장, 고추장, 나물과 젓갈"[12]이 가득 담겨 있었다. 남자가 고향 집에라도 오면, 시어머니의 음식에 대한 정성은 더욱 뜨거워지고는 했다. 그러나 기억을 잃어버린 시모가 더 이상 음식을 보내지 못하게 되자, 남자는 "당황하고 고통스러워"[12]한다. 남자의 존재를 뒷받침하는 핵심에는 자신에게 음식을 끝없이 만들어주는 어머니가 있었던 것이다. 그렇기에 늙은 "형수가 만든 형편없는 음식으로 허겁지겁 배를 채우고 있는 어머니의 모습을 보았던 날"[13], 남자는 "억지로 젖을 떼이는 아이처럼"[13] 공포와 짜증에 휩싸여 버린다.

시어머니가 남자를 챙기지 못하게 된 후, 3년 동안 여자는 "필사적으로 요리에 매달"[11]린다. 그러나 남자는 "차갑고 단호하게 외면"[11]할 뿐이다. 그럴수록 여자는 "식욕 부진"[16]에 빠진 남자를 위한 음식을 만들기 위해 더욱 심혈을 기울인다. "'호남식당' 상호를 내걸고 삼십여 년 동안 식당을 하는 아주머니에게 젓갈이 듬뿍 들어간 배추김치를 담가달라고 부탁"[14]하기도 하고, "농산물 직거래센터와 백화점 식품매장에서 된장과 고추장, 알이 꽉 찬 굴비와 생물 갈치"[14]를 사서 정성스럽게 음식을 만들기도 하는 것이다. 그러나 남자는 "손님처럼 식탁으로 와서"[14]는 "여자의 수고와 정성에 감동하기는커녕 귀찮은 일을 억지로 떠안은 사람처럼 젓가락을 손에 쥐고 느릿느릿 밥과 반찬을"[14] 먹을 뿐이다. 그럼에도 여자는 "미각을 잃어버린 남자를 다시 식탁에 앉힐 수만 있다면 여자는 하지 못할 일이 없었다"[23]라고 이야기될 정도로 정성을 기울인다.

남자는 결국 송년회에 참석하려고 나갔다가 사고를 당해 집으로 돌아오지 않는다. 대신 여자가 "완벽한 스테이크와 적양배추 요리"[32]를 씹어 삼키는 것으로 작품은 끝난다. 이제 여자도 드디어 자신을 위한 요리를 시작한 것이다. 그러나 이러한 복수는 여자만 했던 것은 아니다. 그토록 남자를 위한 음식에 정열을 불태웠던 시모는, 기억을 잃어버린 후에 "식욕이 왕성해서 불필요할 만큼 많이 먹"[22]는 모습을 보여주었던 것이다. 그것은 "평생 가족을 위해 새벽부터 저녁까지 썰고 무치고 지지고 볶고 찌고 튀겨냈던 거칠게 갈라진 뭉툭한 손으로 부지런히 자기 배를 채웠다"[22]라는 문장에서 알 수 있듯이. 과거의 헌신에 대한 보상행위에 해당한다고 할 수 있다.

「유채」와「좋은 어머니들」은 여성성의 핵심 중 하나인 모성을 파고든 작품들이다. 세월호참사를 배경으로 한「유채」의 초점 화자인 소하는 유채가 만발한 섬으로 수학 여행을 떠난 고등학생 아들 율의 죽음에 고통받는다. 이 작품에는 소하가 우울증의 상태에 빠져 있다는 것이 매우 섬세하게 묘사되어 있다. 소하의 우울증적 상태는 "일 년 육 개월 전 율이 집을 나간 그날에 멈춰 있"[246]는 거실 벽에 걸린 시계를 통해 암시적으로 드러나기도 한다. 소하는 율과 친구들이 죽어가던 그 현장을 추체험하는데, 이 대목은 서성란의 문학적 기량이 얼마나 높은 수준에 이르렀는가를 잘 보여준다.

누군가 곡괭이와 쇠망치를 휘둘러 대면서 벽을 부수고 있었다. 그들은 소파에 앉아 있는 소하를 아랑곳하지 않고 거침없이 무기를 휘둘러댔다. 벽에 걸린 둥근 시계가 거실 바닥으로 떨어져 산산조각이 났다. 찻잔과 접시, 기념품을 넣어둔 장식장이 넘어지고 사방으로 유리 파편이 날렸다. 32인치 구형 텔레비전 수상기가 바윗돌 떨어지는 소리를 내지르면서 바닥으로 굴렀다. 소하의 등 뒤로 벽과 기둥이 무너져 내리고 있었다. 콘크리트 덩어리가 거실 바닥으로 떨어졌다. 부서지고 갈라지 벽 틈으로 녹슬고 휘어진 철근이 드러났다. 한 무더기의 먼지구름이 폐허로 변해버린 집의 잔해를 덮고 소하의 몸을 삼켰다.[246~247]

「유채」의 기본 서사는 소하가 율처럼 사고로 죽은 율의 친구들규, 현, 석을 불러 생일잔치를 벌인다는 것이다. 소하는 잔치를 앞두고 꿈을 꾼다. 만발한 유채꽃을 배경으로 한 꿈속에서 율은 점점 어린 아이가 되고, 나중에는 눈에 띄지 않을 만큼 작아져서 어느 순간 보이지 않게 된다. 나중에 소하는 입덧까지 한다. 이러한 꿈은 율의 탄생을 거꾸로 거슬러 올라가는 과정이라고 할 수 있으며, 소하의 우울증이 극복 불가능한 것임을 보여준다. 이러한 영구적인 우울 속에는 하성란의 추구하는 절대적 윤리의 모습이 아로새겨져 있다.

「좋은 어머니들」의 어머니는 제목과는 달리, 기존의 모성 신화에 대한 의문을 제기하는 존재이다. 재욱의 어머니는 남편 없이 혼자서 세 아들을 힘들게 키워낸 어머니이다. 이런 어머니라면 전통적인 모성 신화의 주인공이 되기에 모자람이 없다. 그러나 이 어머니는 아버지가 모두 분명치 않은 세 명의 아들을 철저하게 차별한다. 아버지에 대한 질문을 들을 때마다, 어머니는 세 아들에게 30대 초반으로 보이는 한 남자의 사진을 보여줄 뿐이다. 막내 아들은 이뻐하며 가까이 두고 의지하지만, 큰아들인 재욱은 정서적으로나 실제적으로 멀리하며 거리를 둔다. 더욱 끔찍한 것은 둘째 아들 성욱에게 한없이 냉정하다는 것이다. 그리하여 성욱은 후천적 장애를 안고 자기만의 골방에서 살다 자살로 생을 마감한다. 「좋은 어머니들」은 무조건적인 것으로 받아들여지는 우리 사회의 모성 신화에 의문을 제기하는 동시에, 「유채」에서 소하가 보여주는 모성이 지닌 사회적 성격을 더욱 부각시킨다고 할 수 있다.

## 4. 진실을 마주하고 글을 쓰라!

인간은 진실을 추구한다. 때로 진실에의 열망은 목숨을 대가로 지불할 만큼 치열하기도 하다. 동시에 인간은 진실과의 조우를 두려워하기도 한다. 특히나 애써 숨겨온 자신의 진실과 대면하는 것은 어떻게든 피하고 싶은 일 중의 하나이다. 그것은 자신의 정체성을 송두리째 무너뜨릴 수도 있기 때문이다. 서성란의 「내가 아직 조금 남아 있을 때」는 '불안하지만 불가피한', 혹은 '불가피하지만 불안한' 진실과의 대면에 대해 말하는 소설이다.

이 작품의 주인공인 혜순은 시 쓰는 교수 남편과 희곡을 쓰는 예비 교수 딸을 둔 중년여성으로서, 우아하고 평화롭게 살고 있다. 한 권의 수필집을 출판한 어엿한 작가로서, 볕이 좋은 날이면 책을 읽고 글을 쓰면서 평화로운 시간을 보내는 것이 그녀의 일과이다. 혜순은 "둘러앉아 식사하면서 문학과 예술에 대해 깊이 있는 대화를 나누고 토론할 수 있는 가족"[78]을 두었다는 것에 너무나 만족해한다. 그런데 이 행복을 위해 혜순이 평생 동안 꾹 꾹 숨겨 온 진실과 대면해야 하는 순간이 다가온다.

그 순간은 딸 연희가 쓰고 있는 희곡「돌아오는 아이들」을 통해서 이루어지는데, 이 희곡은 입양아들에 대한 것으로서 대극장 무대에 오를 예정이다. 평소 혜순은 가장 먼저 딸의 글을 읽고 평가를 해주었지만, 이번만은 딸의 글을 읽으려고도 당연히 칭찬이나 격려를 하려고도 하지 않는다. 그뿐만 아니라 혜순은 지금 책을 읽을 수도, 단 하나의 문장도 쓸 수가 없는 상태이다. 혜순이 이토록 큰 충격에 빠진 이유는, 딸이 쓰는 희곡「돌아오는 아이들」이 혜순이라는 주체의 중핵에 해당하는 진실을 건드리고 있는 것과 관련된다.

희곡「돌아오는 아이들」은 생부모에게 버려지고 해외로 입양되었다가 추방되어 돌아와 스스로 생을 마감한 존 터너라는 인물에 대한 것인데, 존 터너는 일곱 살에 미국으로 입양된 후 파양과 재입양 과정을 겪고는, 서른 일곱 살이 되던 해 겨울에 주정부의 추방 명령을 받고 한국으로 돌아온다. 미국 시민권을 얻지 못한 채 살았던 존은 폭력과 절도 등의 전과 때문에 추방당한 것이다. 존 터너는 무일푼으로 이태원 거리를 떠돌다 행인과 시비가 붙어 경찰에 체포된 후에, 정신병원에 보내졌다가 결국에는 자살로 생을 마감한다.

이 희곡을 통해 혜순이 꽁꽁 눌러 놓았던 치명적인 기억도 되돌아온다. 스물한 살의 혜순은 "누구도 원하지 않은 아이"[84]를 낳았고, 그렇게 태어난 아이는 엄마인 혜순의 얼굴 한 번 보지 못한 채 어딘가로 사라져야만 했던 것이다. 이후 혜순은 아무일도 없는 듯, 졸업과 취업, 결혼, 출산으로 이어지는 무난한 삶을 살아왔다. 그랬던 것인데, 딸이 '돌아오는 아이들'의 목소리에 관심을 기울이기 시작하면서, 혜순은 손을 잡아 볼 틈도 없이 사라져 버린 아이를 새삼스럽게 기억하게 된 것이다.

딸이 해외 입양아들의 삶에 관심을 기울이고 작품까지 쓰려고 하는 까닭은 작품 속에 등장하지 않는다. 다만 연희는 "이번 작품은 이야기가 나를 찾아왔어요"[74]라고 말할 뿐이다. '억압된 진실'은 대를 이어 기어이 혜순의 삶한복판으로 되돌아온 것이다. 설상가상으로 딸은 이번에 쓰는 작품으로 끝나지 않고, 같은 주제로 희곡집 한 권 분량의 작품까지 써내려는 계획까지 가지고 있다. 그런데 연희가 아니더라도 혜순의 '억압된 진실'은 언제든 회귀할 운명이다. 지금 한국에는 존 터너 이외에도 수많은 입양아들이 자신의 뿌리를 찾아 돌아오고 있으며, 이것은 한때 세계에서 "고아 수출을 가장 많이 했던 나라"의 업보이기 때문이다.

「내가 아직 조금 남아 있을 때」에서 '진실'과의 대면이라는 문제는 글쓰기 본질론으로까지 이어진다. 혜순이 문화센터 글쓰기 강좌에 다닐 때, 늙은 강사는 "거창한 것"에서 소재를 찾으려고 애쓰지 말고 "본인의 경험을 진실하게 쓰라"[73]고 늘 강조하고는 했다. 이 강사의 가르침이 진실이라면, '돌아오는 아이들'에 대해 잘 쓸 수 있는 사람은 딸 연희가 아니라 혜순이 본인이다. 혜순이가 생각하듯이, 서른이 넘은 나이에도 부모에게 학비와 용돈을 받아 편안하게 생활하는 딸이 "고통스러워하는 입양인들의 마음을 헤아릴 수 있을 리 없"[82]기 때문이다. 연희에게 '돌아오는 아이들'의 이야기가 "거창한 것"에 해당한다면, 혜순에게 '돌아오는 아이들'의 이야기는 '본인의 경험'에 해당하는 것이다. 작품은 혜순이 노트북을 꺼내어 "산부인과 분만실에서 여태도 울고 있는 그녀의 아이 이야기"[85]를 쓰는 것으로 끝난다. 혜순은 드디어 '불안하지만 불가피한', 혹은 '불가피하지만 불안한' 진실과 마주하게 된 것이다. 진실과 마주한 혜순이 써내려 갈 「돌아오는 아이들」을 기대해 본다.

「내가 아직 조금 남아 있을 때」에서는 '본인의 경험을 진실하게 쓰는 것'

이야말로 글쓰기의 본질에 해당하는 것이었다. 「회촌의 달」은 이러한 글쓰기의 정언명령이 문자 그대로 구현된 작품이라고 볼 수 있다. 2020년에 발표한 소설집 「유채」의 '작가의 말'은 "메지리 회촌 토지문화관에서" 쓴 것으로 되어 있다.[2] 「회촌의 달」은 '작가의 말'에 나오는 '총소리', '늙은 개', '멧돼지' 등의 이미지가 그대로 한 편의 단편소설로 확장된 것이라 볼 수 있다.

「회촌의 방」은 작가 레지던스에서 소설을 쓰는 이야기이다. 이미 왼쪽 청력을 잃은 주인공은, "오른쪽 귀까지 청력을 잃게 될 수 있다고 진단받았던 날"223부터 "강박적으로 소설 쓰기에 매달"223린다. 그러나 '나'는 "이곳에서 한 문장도 쓸 수 없으리라 생각"226할 정도로, 글은 쉽게 써지지 않는다. 이곳에 온 지 이 주일이 지난 후에야 '나'의 "손가락 끝으로 문장이 흘러나"233오기 시작한다. '나'는 회촌에서 겪은 일들을 쓰기 시작한 것이다. 그것은 "좁고 불편한 침대와 형광등 중위를 바쁘게 날아다니는 나방, 컴컴한 복도 바닥에 짓뭉개져 있는 여치, 총소리가 비명처럼 들리는 밤"233에 대한 것이다. 결국 '내'가 쓸 수 있는 문장은, 글을 쓸 수 없기에 겪은 고통스러운 자신의 경험이었던 것이다. 이처럼 진실에 대한 있는 그대로의 기록이야말로 서성란에게는 글쓰기의 기본 규칙이라고 할 수 있다.

---

2    '작가의 말'의 핵심적인 부분을 옮겨보면 다음과 같다. "총소리가 들렸다. 깜짝 놀라서 캄캄한 창쪽으로 고개를 돌렸을 때 다시 총성이 울렸다. 밤에 총소리가 날지도 모르니 놀라지 말라고 관리인이 미리 주의를 주었지만 나는 놀라서 가슴을 쓸어내렸다. 창가로 가서 어둠에 싸인 마당과 길과 산자락을 톺아보았지만 피를 흘리는 멧돼지와 총을 든 포수는 나타나지 않았다. 총소리에 놀라 허둥지둥 달아나는 멧돼지를 본 것도 같았다. 마을에서 밭작물을 지키기 위해서 고용했다는 포수는 더 이상 총을 쏘지 않았다. 이튿날 오후에 산책을 나갔다가 늙은 개를 보았다. 농가에서 뚝 떨어진 자리에 묶여 있는 개는 내가 다가가도 짖지 않았다. 털이 빠지고 몇 가닥 남은 털이 헝클어져 있는 개는 무표정한 얼굴로 나를 가만히 바라보기만 했다. 이곳에 머물러 글을 쓰는 동안 낮에는 늙은 개를 보러 나가고 밤이 되면 총소리에 쫓겨 달아나는 멧돼지를 생각하면서 마음을 졸였다."(서성란, 「작가의 말」,『유채』, 청색종이, 2020, 89~90면)

「봉희」는 '진실에 바탕한 글쓰기'가 아예 자서전 쓰기로 나타나 있는 작품이다. 「봉희」에서 봉희는 결혼 29주년을 맞이하여 남편에게 결별을 선언하고자 한다. 이러한 결별에는 3장에서도 살펴본 여성을 둘러싼 현실에 대한 비판적 인식이 아로새겨져 있다. 사람들과 어울리기 좋아하고 책임감 강한 성중은 집안 대소사를 진두지휘하고 가족 모임을 제안하며 독립해 사는 두 딸을 챙겼다. 성중은 고객에게 무조건 친절해야 한다고 강요하는 직장에서 봉희를 구원해주었으며, 봉희에게 "그녀의 잘못이 아니라고 분명하게 말해준"197 유일한 사람이었다. 봉희는 성중이 "그녀의 잘못이 아니라고 했던 말과 행동"197 때문에 성중과 결혼하게 된 것이다.

결혼 전에 이토록 봉희를 위했던 성중이지만, 결혼 후에는 자기중심적으로 변한다. 봉희는 결혼 초에 성중과 식성이 달라 애를 먹었다. "장을 보고 음식을 만드는 사람은 봉희인데 식탁에 올리는 반찬이며 찌개며 국은 성중의 기호와 취향에 따라야 했"194던 것이다. 또한 시집 식구들은 봉희네 집에 머물러 살다가 차례 차례 집을 떠났으며, 성중을 보증인으로 세우고 몇 차례 은행에서 돈을 대출받아 갔던 시동생이 사업에 실패하고 잠적했을 무렵 봉희는 남동생의 결혼자금을 빌리려고 찾아온 친정어머니를 빈손으로 돌려보내야 했다. 지금 봉희가 성중에게 하지 못했던 말은 "두 사람이 함께 살아온 시간만큼"203이나 많다. 그 말 중에는 봉희가 "고기와 날생선을 좋아하지 않는"206다는 것, "젓갈을 듬뿍 넣고 김치를 담글 때마다 비위가 상해서 냉수로 속을 달래야 했다"207는 것 등이 포함된다. 29년 동안 봉희는. 성중의 기호에 맞춰 음식을 만들고 식탁을 차리면서 봉희는 불평하지 않았으며, "입에 맞지 않는 음식을 먹고 억지웃음을 지었"207어야만 했던 것이다.

이렇게 살아온 봉희는 이제 남편 성중에게 결별 선언을 하려고 한다. 이러한 결별 선언은 봉희가 자서전 작가로 탄생하는 과정과 맞물려 있다. 이것은 글을 쓴다는 것이 서성란의 소설에서는 여성의 새로운 주체 확립과 연결된다는 것을 의미하는 것이기도 하다. 봉희는 최근 자서전 쓰기 강좌에 등록하여 열심히 듣고 있다. 다음 주면 강좌가 끝나는데 봉희는 아직 자서전 집필을 시작하지 않은 상태이다. 강사는 "자서전이란 허구에 기초해서 창작되는 소설이나 희곡과 다르다고 여러 차례 강조"[198]하면서, "자서전은 쓰는 사람의 상상이 개입할 여지가 없다"[198]고 말한다. 봉희는 "진실하게 삶을 반추하고 고백하는 장르가 자서전이라는 강사의 말에 고개를 끄덕이면서도 자신의 생을 얼마만큼 진실하게 글로 써낼 수 있을지 알 수 없"[198]다고 생각한다. 그러나 곧 자서전의 "저자이고 서술자이고 주인공이기도 한"[214] 봉희는 성중과 함께한 29년을 왜곡하거나 넘겨짚지 않고 진실하게 기록해야 할 책임이 있다고 느낀다. 자신의 이야기를 진실 되게 쓰는 것에시 나아가 이제는 아예 허구와는 결이 다른 본격적인 자서전 창작으로 나아가고 있는 것이다.

## 5. 재현의 난제들을 넘는 방법

지난 30여 년 간 서성란은 한국 사회의 약자들에 대한 지속적인 문학적 형상화를 해왔다. 이러한 형상화가 더욱 빛나는 것은 '약자들에 대한 형상화'가 지닌 기본적인 아이러니에 대한 민감한 자의식을 동반하고 있었기 때문이다. 이러한 자의식은 이번 작품집에서도 여전히 섬세하게 작동하고 있다. 이러한 형상화에 있어 또 하나 전제되어야 할 태도는, '재현 주체'와 '재현 대상'의 거리 문제라고 할 수 있다. 아무리 섬세한 성찰과 공감을 지니고 있더라도, '재현 주체'는 결코 '재현 대상'이 될 수는 없는 까닭이다.

이와 관련해 서성란은 글쓰기에 대한 발본적인 탐색을 지속하고 있다. 이를 통해 그녀는 오직 진실에 입각한 글쓰기만이 참된 문학이 될 수 있음을 강조한다. 이러한 진정성이야말로 '재현 주체'와 '재현 대상'의 거리에서 발생하는 재현의 근본적인 아이러니를 해결하는 하나의 출구인 것이다. 여기까지 서성란의 작품을 읽어왔다면, 그 누구도 끊임없이 한국 사회의 약자들을 찾아내어 형상화하는 서성란의 작업을 결코 소재주의로 규정할 수는 없을 것이다. 그렇기에 그녀가 심혈을 기울여 보여줄 새로운 고통과 소외의 모습에 벌써부터 마음이 아파온다.2024

# 여성과 예술의 만남
### 이덕화의 『그가 나에게로 왔다』

## 1. '유령'의 정체를 찾아

이덕화는 『김남천 연구』, 『박경리와 최명희, 두 여성적 글쓰기』, 『한말숙 연구』, 『아시아 정체성과 혼종성』, 『일제하 작가들 간의 관계를 통해서 본 문학적 대응』 등의 책을 출간한 국문학자이자 평론가이다. 대학에서 정년 퇴직한 지금도 『문학수첩』 기획위원장과 작가포럼 대표 등을 지내며, 활발한 사회 활동을 이어가고 있다. 가야트리 스피박의 '서발턴은 말할 수 있는가?'라는 명제를 굳이 떠올리지 않더라도, 자기만의 의견이나 생각을 공적으로 발화할 수 있는 기회는 아무에게나 주어지는 것이 아니다. 그러나 이덕화는 국문학자이자 평론가로서 다양한 방법을 통하여 자신의 뜻을 충분히 이 세상에 펼칠 수 있는 우리 사회의 원로이다. 그럼에도 그는 그 어떤 작가에게도 뒤지지 않는 뜨거운 창작열을 불태우고 있다. 그 결과 소설집 『은밀한 테러』, 『블랙 레인』, 『하늘 아래 첫 서점』, 『흔들리며 피는 꽃』, 『아웃사이더』 등을 발표하였으며, 그 노력이 인정받아 혼불학술상, 노근리문학상, 자랑스런 이화인상, 남촌문학상까지 수상하였다.

그렇다면 이덕화의 내면에는 논문이나 평론 혹은 사회적 활동으로는 표현할 수 없는, 오직 소설이라는 형식만으로 표현할 수 있는 무언가가 존재한다고 보아야 할 것이다. 그렇지 않고서야 천형에 비유되는 그 고단한 창작의 길을 그리도 맹렬하게 걸을 리가 없기 때문이다. 조지 오웰의 표현을 빌린다면, 이덕화의 내면에는 무척이나 집요하고 강력한 '유령'이 웅크리고 있는 것이다. 그 '유령'은 한시도 이덕화를 가만두지 않고, 그녀를 원고지 앞으로 내몰고 있는 것이다. 이 웅크린 '유령'의 정체야말로 독자에게는 가장 큰 관심사가 아닐 수 없다. 아마도 이 해설의 가장 큰 의도는, 소설집 『그가 나에게로 왔다』푸른사상, 2023를 통해 이덕화를 원고지 앞으로 내모는 '유령'의 정체를 찾는 일이 될 것이다.


## 2. 세대를 초월한 여성의 고통

「나를 놓아줘」와 「하얀 죽음」은 세대를 뛰어넘어 존재하는 여성차별의 적나라한 현실을 거의 직정적으로 드러낸 작품이다. 「나를 놓아줘」는 사적 영역에 갇혀 가부장제의 온갖 고통과 억압에 시달린 한 여성의 삶을 직접적으로 보여준다. '나'의 아내는 20년 이상 부모님 집과 자신의 집을 돌보는 "두 집 살림"192을 하였다. 치매 증상을 보이는 어머니는 "타인을 싫어하다 못해 두려워하기까지"192 하기에 요양원에 갈 수도 없고, '나'와 아내가 직접 돌봐야만 한다. 어머니는 도우미도 싫어하며, "외부 음식은 절대 금지"193에, "한 번 이상 똑같은 음식을 먹지 않는"193다. 결국 아내는 양쪽 집의 세끼 밥을 도맡아 하고 있으며, 여행은 꿈도 꾸지 못한다.

본래 아내는 하고 싶은 것이 많은, "영화 〈사운드 오브 뮤직〉에 나오는 마리아 역을 맡은 줄리 앤드루스 같"197은 활기 차고 꿈많은 여자였다. 그러나 '내'가 유학을 가는 바람에, 아내는 5년째 근무하던 중학교 음악 교사직을 그만두었다. 아내는 음악교사를 천직으로 생각하며, 미국에서도 복직 생각만 하며 학교에서 학생들을 어떻게 재미있게 가르칠 것인가만을 고민하고는 하였다. 귀국 후 오매불망 학교에 되돌아가기를 바랐던 아내의 소망은 이루어지지 못한다. 귀국한 지 3년쯤 되었을 때 시부모님이 '나'의 집 앞 동으로 이사를 온다. 이 무렵 이미 아내는 교사로 되돌아갈 수 없다는 것을 확신한 이후, 그 좌절감으로 매사에 의욕을 보이지 않았다. 이런 아내를 보며, '나'는 "아내는 나와 결혼하지 말았어야 했다. 아내는 나와 결혼 후 매일 조금씩 시들어 갔다"[202]고 생각한다. 부모님이 이사 온 후 수시로 불러대는 어머니 때문에 자신의 어떤 일에도 집중하지 못하던 아내는 "우울증 증상"[203]까지 보이게 된다. 결국 참지 못한 아내는 가출하여 돌아오지 않는다.

「나를 놓아줘」는 아내를 극한의 고통으로까지 몰아넣기 위해, 시부모 역시 극단적인 성격으로 설정하였다. 이 작품의 시부모는 평소에 식탁 차림과 관련해, "육류는 두 가지로 쇠고기와 닭요리, 아니면 쇠고기와 돼지고기, 생선 역시 두 가지로 굴비와 갈치조림, 아니면 갈치조림과 가자미구이, 김치는 꼭 직접 손으로 담근 김치"[203]를 "집안의 룰"[203]로 삼고 있다. 그렇기에 미국을 방문한 시부모에게 미역국, 갈비조림, 굴비구이, 슈퍼마켓에서 파는 김치, 샐러드를 대접했을 때, 시부모는 험악한 표정으로 수저를 내려 놓을 정도이다.

이 작품의 제목 '나를 놓아줘'에서 해방을 원하는 '나'는 일차적으로 '나의 아내'를 의미한다. 그러나 동시에 가부장제 사회에서 부모를 외면할 수 없는 장남인 '나'를 의미하기도 한다. 남편은 엄한 분위기에서 효도와 가부장제를 철저히 내면화 한 대한민국 남자이기에, 아내의 이러한 고통스러운 상황을 해결할 뾰족한 의지도 능력도 없다. 본래 가부장제는 여성만 고통스럽게 하는 것이 아니라, '왕자'가 되기를 강요받는 남성도 고통스럽게 하는 시스템이기도 한 것이다. 미국에서 부모가 반찬 투정을 할 때, '나'는 아내의 입장을 조금 설명했다가 아버지에게 뺨을 얻어맞기도 한다. 부모님이 옆집으로 이사 온 후, 자신은 어머니와 식사를 하느라고 아내와는 식사도 함께 하지 못한다. 작품은 '내'가 "어머니의 간병은 나 혼자만의 몫이다. 같이 불 속으로 뛰어들 수는 없다. 아내를 놓아주어야 한다"[214]고 결심하는 것으로 끝난다. 결국 '어머니 간병'이라는 과업은 '내'가 전담하는 것으로 결론이 나는 것이다.

「나를 놓아줘」가 가부장제 사회에서 기성세대가 겪은 고통을 보여주었다면, 「하얀 죽음」은 우리 시대 젊은 여성이 겪는 고통과 절망이 얼마나 심각한지를 보여주는 소설이다. 현이와 오피스텔에서 동거하는 K는 "대학에 사무직원으로 근무하면서 대학원에 진학했기 때문에 무척 바쁘"[119]게 지낸다. K는 박사 학위를 따서 교직원이 아닌 교수가 되겠다고 공부에 매진한다. 얼마나 열심히 공부를 했는지, 동거인인 현이가 보기에 K는 "공부 기계"[121]로 보일 정도이다. 그러던 어느 날 현이는 열심히 살던 K가 출산에 따른 과출혈로 병원에 실려갔다는 소식을 듣게 된다.

병원에서 듣게 된 이야기는 그야말로 한 편의 막장극이다. K는 대학교 총장의 비서로 일하고 있었는데, 직장을 다니면서 대학원에 다닌다는 것이 약점이 된다. K는 다른 부서로 옮기고 싶었지만, 그때마다 총장은 "다른 부서에 가면 대학원을 다닐 수 없다"[136]며 말린다. K는 칠십이 넘은 총장에게 수차례 성폭행을 당한 후에, 아이까지 임신한다. 결국 K는 "박사과정에 들어가면 좋은 남자와 결혼해서 행복한 가정을 이루는 꿈"[130]을 포기하게 되고, "아이를 낳아서 성폭행한 것을 폭로하자"[138]는 생각으로 혼자 출산까지 감행한다. 이 모든 일을 고백한 다음 날 K는 자살한다. 「나를 놓아줘」는 권력

있는 남성의 폭력이 한 젊은 여성의 꿈을 어떻게 파멸시키는지를 너무나도
적나라하게 보여주는 작품이다.

## 3. 여성의 고통스런 삶에 출구를 만들어내는 여성들

「나를 놓아줘」와 「하얀 죽음」에서 알 수 있듯이, 남성중심 사회에서 여성
은 나이와 시대를 가리지 않고, 다양한 고통에 노출되어 있다. 그러나 이덕
화의 『그가 나에게로 왔다』는 단순히 여성의 고통을 박진감 있게 보여주고,
그것을 통해 가부장제 사회의 문제를 고발하는 것으로만 시종하는 것은 아
니다. 이덕화가 창조해낸 여성들은 「나를 놓아줘」의 아내니 「하얀 죽음」의
K와 같이 극단적인 상황에서 결국 파괴되어 버리기도 하지만, 자신의 방식
으로 가부장제 사회에 균열을 내거나 나아가 출구를 만들어내기도 하기 때
문이다.

「달려라 토끼」의 재인은 고급 빌라 단지로 청소를 하러 다닌다. 남편이
폐암으로 5년간 투병하느라 재산은 모두 날아갔지만, 재인은 딸을 위해서
연금은 한 푼도 쓰지 않고 저축한다. 그 결과 친구 소개로 빌라에서 청소일
을 하게 된 것이다. "그러나 오히려 지금이 살아 있는 것 같다"[80]고 느끼며,
열심히 살아간다. 교수의 아내였던 재인이 청소부가 된 지금이 오히려 살아
있는 것 같다고 느끼는 이유는, 여자라는 이유로 겪어온 그동안의 고통이
너무나 컸기 때문이다. 재인은 남편이 죽은 이후, "남편을 보낸 슬픔보다는
시댁에서의 해방감이 더 컸다"[74]고 느낀다. 그럴 만도 한 것이, 남편이 죽자
시어머니는 "갑자기 아들 골 파먹고 살더니 결국 생생한 아들 죽음으로 내
몰았다"[92]는 폭언까지 할 정도이다.

「달려라 토끼」에서도 고단한 여성의 삶이 상세하게 그려진다. 남편이 유학길에 오르면서, 재인은 '지옥 같은 직장이라도 직장을 버린 것이 큰 실수'[79]라고 생각한다. 그러나 젊은 시절 재인의 직장 생활은 "매일이 악몽"[79]같은 것으로서, "조그마한 중소기업에 그래픽 디자이너로 취직을 했음에도 디자인보다 커피 심부름, 담배 심부름, 은행일 등 잔심부름이 더 많았"[79]다. 이때의 괴로웠던 경험은, 당당한 디자이너로 취직했지만 "디자인이 아닌 사장 심부름꾼으로 전락하자 차츰 인간으로서의 자존감을 잃어갔다."[85]고 다시 한번 언급된다. 또한 "그때나 지금이나 전문직이 아니면 여성들이 직장을 다닌다는 것은 여성으로서의 자존감을 모두 버려야 한다."[79]라는 문장에서 알 수 있듯이, 여성 차별은 지금도 그대로 이어지는 특성으로 설명된다.

"교수 부인이었던"[84] 재인이 "청소 아줌마"[84]로 일하는 그 빌라에서는 다툼이 이어지고 있는데, 이유는 빌라 복도에 오줌이 한 달째 고여 있기 때문이다. 오랜 다툼 끝에, 그것은 치매에 걸린 501호 할머니가 복도에서 실수를 하는 바람에 벌어진 해프닝임이 드러난다. 그러나 이 작품에서는 그 해프닝이 남성중심 사회에서 억압된 여성의 욕망이 간접화되어 표출된 것으로 암시된다. 재인은 "결혼 후 해독하기 어려운 꿈이 항상 자신을 흔들어대곤 했"[70]는데, 그 꿈은 "확 터진 시퍼런 들판에 나가서 쏴 소리를 내며 오줌을 누는"[70] 것이었다. 오줌사건의 진상이 밝혀지기 전에, 재인은 끝없이 펼쳐진 초록색 보리밭에서 항상 얌전히 인사하는 501호 할머니와 마주 앉아 쏴 소리를 내며 소변을 보는 꿈을 꾸기도 했던 것이다. 그 꿈에서 소변을 다 본 재인은, "지금껏 질러보지 않은 고함소리"[89]를 내며 501호 할머니와 손을 잡고 끝없이 들판을 내달렸던 것이다. 이것은 501호 할머니의 실수가 단순한 치매 노인의 돌발행동이 아니라, 오랜 시간 여성을 옭아매 온 가부장제 질서에 상징적인 방식으로나마 균열을 내는 행동에 해당하는 것임을 보여준다.

「메타버스 홈」에서도 여성은 남성중심 사회의 억압에 시달리는 피해자이다.[1] S대학 전자공학 박사과정을 다니던 소령은, 주부가 적성에 맞는다며 느닷없이 박사과정을 그만둔다. 나중에야 소령이 대학원을 그만둔 이유가 남성 대학원생들의 따돌림 때문이었음이 밝혀진다. 남자 학우들은 "'넌 아버지가 대기업 임원에 엄마까지 교수이니 돈이 필요 없는 애잖아?"49라며, 프로젝트를 할 때마다 소령을 배제시켰으며, 그러고서는 교수한테 소령이 "땜에 못 하겠다고"49 거짓말을 하여 소령을 왕따시켜 왔던 것이다.

한동안 소령은 살림에 집중해 집을 "고급 호텔"처럼 "반짝반짝 빛"43이 나게 하였다. 그런데 자식이 중학교에 입학하면서부터 "소령의 성"46은 무너지기 시작한다. 자식은 소령의 손길을 더 이상 필요로 하지 않았던 것이다. 이후에는 남편마저 소령을 못 견뎌 하기 시작한다. 또한 게임 프로그래머인 소령의 남편은 새 프로그램을 개발할 때마다 항상 바빠서 가정을 돌보지 않는다. 소령은 어머니인 진주의 지극한 보살핌을 통해서야 간신히 피폐해진 심신을 회복한다.

그럼에도 「메타버스 홈」은 해피엔딩으로 끝나는 작품이다. 나중에 소령은 자신이 개발한 게임을 통해 남편의 회사에서 정식 직원으로 활동하게 된다. 소령은 "게임의 온라인 플랫폼"59을 운영하게 되는데, 그것은 쉽게 말해 "옛날에 집에 초대해서 밥 먹고 담소 나누던 것을 이제는 인터넷상으로 하는 것"61이다. 메타버스 홈을 통해서 소령은 평소 사이가 멀었던 미진과도 화해할 수 있는 계기를 마련한다. 메타버스 홈을 통해, 소령은 "박사과정

---

1   「달려라 토끼」에서도 재인의 딸 은교는 프리랜서로 번역일을 하는데, "아직도 남성 우월주의가 지배하는 직장에서 알게 모르게 남자들에게 희롱당하면서 수모를 견디지 않아서 다행"(73)이라고 생각한다.

때 너무 쇼크를 먹어"[62] 생긴 컴퓨터와 관련한 트라우마와, 남편을 사이에 두고 생긴 미진이와의 트라우마를 모두 해결하는 것이다. 소령은 자신의 재능과 새로운 첨단기술의 능숙한 활용을 통해 여성 억압을 극복하고, 새로운 삶을 열어나가게 된 것이라고 할 수 있다.

이덕화의 『그가 나에게로 왔다』에서 모든 여성들이 우호적인 시선의 대상이 되는 것은 아니다. 「빨간 원피스」에서는 빨간 원피스를 입은 한 여성에 대한 강렬한 적의마저 느껴진다. 고통받고 소외 받는 여성의 삶에 대해 민감한 공감과 연대의 정신을 발휘하는 이덕화지만, 그런 그녀에게도 용납되지 않는 여성이 존재하는 것이다.

교수인 연은 "모 잡지사 신인상 수상자, 신간 출간한 작가들을 위한 축하연"[95]이 열리는 두부사랑을 찾아가고 있다. 그곳에서 자신의 시집에 서명을 하여 사람들에게 나눠주고 있는 '빨간 원피스'를 발견한다. 연은 이미 그녀와 두 번의 인연이 있는 상태이다. 첫 번째는 유라시아 문학 세미나로 네팔에 갔을 때, '빨간 원피스'와 룸메이트로 지낸 적이 있다. 그 당시 '빨간 원피스'는 문예창작학과 대학원생으로 함께 온 지도교수를 비서처럼 따라다니며 일거수일투족을 챙겨주었는데, 연은 그러한 '빨간 원피스'의 모습을 맘에 들어하지 않았다. 이후에는 로스앤젤레스 교포 펜 문학 초청 강연회에 같이 초대된 적이 있다. 강연회 전날, 공항에서 '빨간 원피스'가 행방불명되는 바람에 행사에 큰 차질이 빚어진다. 본래 '빨간 원피스'는 "초청 강사로 올 정도의 군번이 아니"[99]었는데도, "남자 P 교수"[99]의 간청으로 미국에 오게 된 것이다. '빨간 원피스'는 이란에 다녀온 것을 속이고 입국하다가 행패까지 부려 "공무집행방해로 하루 동안 감금당했다가 병원에 입원까지"[107] 하고 결국은 강제 출국당한 것이다. 연은 '빨간 원피스'의 이야기를 들으며, "한국에서 억지가 통한다고 미국에서도 통할 줄 알았을까?"[108]라며, '빨간 원피스'를 이해하지 못한다. 이후에도 연은 '빨간 원피스'가 "미국의 철저함과 엄격함을 이해하지 못"[109]한 것과 "어떻게 되겠지라는 생각으로 들어온 것"[109]을 비판적으로 되새긴다.

현재 축하연에서도 '빨간 원피스'는 행사 내내 "몇 몇 남성 시인들"에 둘러싸여 있는 모습을 보여준다. 무엇보다 '빨간 원피스'는 교수인 연을 모른다고 부인하는 것이다. 그렇기에 행사가 끝나고 돌아오는 길에서도, 교수인 연은 "빨간 원피스의 상념으로 머리가 혼란"[102]스러워 한다. '나'는 "빨간 원피스를 입을 수밖에 없고 화려한 화장을 할 수밖에 없게 하는 사회"[109]로 비판의 시선을 잠시 돌리기도 한다.

결국 「빨간 원피스」는 '빨간 원피스'가 만취한 상태로 차를 몰다 교통사고가 크게 나는 것으로 끝난다. '빨간 원피스'는 OO혁명재단의 이사징임이 밝혀지고, "하필 만취 상태에서 사고가 났으니, 도민들이 가만히 있지 않을 텐데 빨간 원피스는 역시 재수가 없구나"[112]라며, '빨간 원피스'를 동정한다. '빨간 원피스'처럼 남성에 의존하며, 미국의 철저함과 엄격함을 이해하지 못하는 여성은 우호적인 긍정의 대상이 될 수는 없는 것이다. 그런데, 교수인 연도 '빨간 원피스'처럼 이란을 다녀온 적이 있었다. 다만 연은 대사관에 근무했던 지인의 도움을 받아 순조롭게 미국에 입국할 수 있었을 뿐이다. 무엇보다도 연 자신은 "확실한 교수라는 직업과 어느 정도의 영어 소통 능력을 갖추었기 때문에 미국 같은 신용을 중시하는 사회에서는 쉽게 통과할 수 있었"[108]던 것이다. 그렇다면, 연도 '빨간 원피스'에게 조금은 너그러워도 되는 것은 아닌지 작은 의문이 들기도 한다.

# 4. 남성 응시가 아닌 여성 응시

「그녀를 추모하다」는 매우 독특한 작품이다. 남성중심 사회에서 오랫동안 여성은 응시의 대상이었다. '본다는 행위'에는 권력관계가 내재하는데, 이 때 권력을 지닌 자는 당연히 '보는 자'이고 권력으로부터 벗어난 자는 '보여지는 자'이다. 가부장제 사회에서는 오랫동안 '보는 자'의 영역은 남성에 할당되어 있었다. 주지하다시피 수많은 예술 작품이나 담론들에서도 '보여지는 자'는 늘 여자의 몫인 경우가 많았다.

「그녀를 추모하다」에서도 팜므 파탈femme fatale에 해당하는 매력적인 그녀가 등장한다. "속과 안이 철저히 야한 여자"177인 그녀는 "그날은 긴 하늘색 맥시 바바리 안에 몸에 딱 붙은 쫄쫄이 회색 초미니 타이트 스커트를 입고 있었다. 바바리 단추를 다 열어놓고 있어 몸에 딱 붙은 스커트 라인이 다 보였다. 다리까지 꼬고 앉아 치마를 입지 않은 듯 팬티 선이 선명하게 보였다"177, "그날도 미니스커트를 입었다. 엉덩이 라인이 그대로 드러난 그녀를 홀낏거리면서도 그녀와는 멀리 거리를 두었다"178, "그녀의 꼬고 앉은 다리 아래 흰 담배 연기가 모였다가 퍼지면서 그녀의 가슴으로 올라간다"187와 같이 성적으로 묘사된다.

그러나 「그녀를 추모하다」에서 보다 중요한 것은 정년을 앞둔 M교수의 성(욕)이다. 대학시절에 그녀를 욕망했던 M교수는, 노년에 이른 지금도 대학시절 만난 "그녀의 환상"167 때문에 "매일 밤 몽정을 쏟아"168낸다.[2] 육체는 쇠락해 "앉아 있어도 몸이 흔들거"168릴 지경이지만, 대낮의 연구실에서도 "요염하게 앉아 있던 그녀"174의 모습을 떠올릴 정도이다. 강의를 앞두고도 눈을 감아 "아랫도리가 서서히 가라앉기 시작"168한 후에야, 억지로 발걸음을 옮겨 강의실로 향한다. 대학 시절 M이 그녀와 육체적으로 관계를 맺었던 어느 밤의 모습은 다음처럼 감각적으로 그려진다.

M은 침을 꿀꺽 삼켰다. 그녀는 M에게 바투 다가와 마치 소중한 물건을 감싸듯 M의 머리를 감싸 서서히 그녀의 입술을 자신의 입술에 갖다 대었다. 그녀는 M을 끌고 더 깊이 더 깊이 숲속으로 데려갔다. 때 맞춰 까마귀가 까악까악 머리 위에서 울었다. M은 자신도 모르게 그녀를 와락 껴안았다. 그녀의 따뜻하고 부드러운 혀의 감촉이 혀뿌리까지 자극, 숨조차 쉴 수 없었다. 몸 전체가 그녀의 혀로 빨려 들어가는 것 같았다. 그녀의 날카로운 손톱이 아래에서 가슴으로 그리고 목으로 스멀스멀 올라왔다. 칼끝으로 찌르듯 날카롭게 온몸을 훑고 지나가자 일제히 신경이 곤두섰다. M은 거미줄에 포획된 한 마리 벌레처럼 아무것도 할 수 없었다. 그 날카로움이 거기에 닿자 하늘에 무수한 폭죽이 쏟아지듯 끝없이 떨어졌따. 온몸이 뜨거운 열기로 불기둥처럼 확 타올랐다. M은 공중에 산화되는 기분으로 확 솟아 올랐다 떨어지며 그 자리에서 쓰러졌다.[187]

위의 묘사는 그 자체로도 매우 정밀하며, 박진감이 넘친다. 이처럼 뛰어난 묘사의 대상이 남성이라는 것은 그 자체로 의미가 있는 것으로 판단된다. 그것은 그동안 여성을 향한 남성 응시가 너무나도 집요하고도 폭력적이었기 때문이다. 그렇기에 「그녀를 추모하다」에서 발견되는 이러한 묘사는 페미니즘적 관점에서 나름 '되구부리기'의 효과가 있는 것으로 판단된다.

---

2  「달려라 토끼」에서 재인의 남편은 폐암 투병을 하는 와중에도, "동물적 욕구가 일어나는 지, 통증이 좀 가라앉으면 막무가내로 재인을 끌어안"(74)으려고 했다.

# 5. 예술이라는 꿈

표제작이기도 한『그가 나에게로 왔다』의 종수는 편의점에서 알바를 하면서 토익 공부를 한다. 그러는 동안 "세상은 저 멀리 가 있는 것 같"[15]은 열패감을 느낀다. 종수가 대학에 온 이후, 그를 " 채찍질하는 것은 자신이 아니라 정체 모르는 불안"[16]이다. 이처럼 어려운 상황이지만, 종수는 차말을 돕는다. 차말은 몇 달 전에 오른쪽 다리에 깁스를 하고 편의점에 처음 나타난 스리랑카인이다. 차말은 공사현장에서 일을 하다가 굴러떨어져 오른쪽 다리가 골절된 것이다. 거기다 "엄마 입원비와 할머니, 할아버지 생활비"[25]까지 책임져야 하는 어려운 처지이다. 종수는 갈 곳도 없어진 차밀을 자신의 원룸에 살게 한다.

종수는 차밀에게 거의 맹목적으로 끌린다. 무엇보다도 차말은 종수에게 "스리랑카에서 경험했던 맑고 편안한 느낌을 상기시켜"[15] 주는 것이다. 차말 역시도 종수를 믿고 따르며, 그렇기에 차밀은 "사람 가까이 있고 싶어 하는 강아지 같다"[19]고 비유될 정도로, 늘 "종수와 같이 있으려고"[19] 한다. 종수에게 스리랑카는 현재의 비참한 삶과는 다른 의미를 지니고 있다. "대학 생활의 마지막이자 첫 여행"[20]이었던 스리랑카 여행은 종수에게 다음과 같은 의미를 지닌 것이었다.

다 같이 목적도 모르는 골을 향해 달려가는 것 같애. 출세가 목적인 것처럼, 왜 돈을 벌어야 하고 출세를 해야 돼? 그 길 외에는 방법이 없어? 우선 난 나에게 일어나기 시작하는 질문을 해결해야 하는 것이 우선인 것 같애. 무조건 달리지만 말고. 한 학기 꿇더라도 이번 방학에는 여행을 가려고 해.[20]

종수에게 스리랑카행은 '삶의 진정한 의미를 찾는 여정'에 해당했던 것이다. 이러한 마음으로 시작된 여행인 만큼 스리랑카는 종수에게 매우 특별한 공간일 수밖에 없다. 차말은 바로 그 스리랑카에 이어지는 존재이다. "차말의 기뻐하는 눈동자가 그때 리조트에서 만났던 소녀의 눈망울"[21]을 떠올리게 하기도 한다. 종수의 차밀을 향한 애정은 거의 맹목적인 것이라고 할 수 있다. "차말이 집으로 온 이후, 종수는 하루 종일 바깥에 나가 있을 때도 어딘가 훈훈한 바람이 불어오듯 마음이 따뜻했다"[24]고 느끼며, "자신에게보다 더 차밀에게 집중하는 자신에 놀라"[24]며, "차밀에게로 흐르는 마음을 멈출 수가 없다"[24]고 느끼기까지 하는 것이다.

마지막에 종수는 차말을 자신의 고향인 포항으로 데려간다. 귀향하는 기차 안에서 종수는 차말의 어머니가 폐암으로 입원한 지 한 달도 되지 않아, 차말의 아버지가 심장마비로 돌아가셨다는 이야기를 듣는다. 그때 차말은 대학 입시 준비생이었고, 대학도 포기해야 했음을 말한다. 나중에 종수는 "차밀의 아픔이 자신에게도 전이된"[32] 것 같다고 느끼기까지 한다. 차말은 엄마가 돌아가셨다는 연락을 받고 실신하며, 이후 열흘간 포항에 머무른다.

종수는 차말에게 메타버스 갤러리 팀에서 애도의 선물로 만든 영상을 보내준다. 그것은 "사진의 엄마, 아빠를 복원해서 차말의 행복했던 시절을 영상으로 재구성"[35]한 것이다. 그리고 작품은 다음과 같은 낭만적인 모습으로 끝난다.

비실비실 차말이 종수에게로 왔다. 이제 잘 살 수 있을 것 같아. 너가 있기 때문에. 차말의 눈시울이 붉어지며 말했다. 마음속에 네가 흐르고 있어. 넌 나의 죽은 형이야. 종수가 깜짝 놀랐다. 그럼 정말 형이 있었구나. 차말은 손으로 살아 표시를 했다. 둘은 서로의 몸을 의지했다. 영원히 떨어지지 않을 것처럼 몇 시간을 그

리고 있었다.[36]

　국적도 인종도 달랐던 종수와 차밀은 남남에서 시작해, 친구가 되고, 나중에는 형제가 되었다가, 결국에는 하나가 된다. 외국인 차말을 향한 맹목적인 끌림과 우호적인 감정, 이에 따른 행복한 삶과 결말은 「지워지지 않는 기억」과는 정반대이다. 「지워지지 않는 기억」은 서술자의 우려처럼, "짧은 단견으로 몇천 년의 역사를 지닌 중국을 단정"[164]하는 "극히 위험"[164]한 모습이 없다고 말하기 힘든 작품이다. 그리하여 이 소설은 독자를 향해 "나의 선입관이 좀 더 폭넓은 지식과 경험에 의해서 교정되기를 바랄 뿐이다"[164]라는 서술자의 진솔한 고백으로 끝나고 있다. 『그가 나에게로 왔다』와 「지워지지 않는 기억」에서 한국(인)과 외국(인)이 관계 맺는 모습은 매우 상반된 것으로 보이기도 한다. 전자가 공감과 연대감으로 가득하다면, 후자는 불신과 거리감으로 가득하기 때문이다. 그러나 두 가지 감정 모두 막연한 추상성에 바탕해 있다는 점에서는, 비슷해 보이기도 한다.

　소설집 『그가 나에게로 왔다』에 등장하는 인물들은 모두가 예외 없이 꿈을 꾼다. 앞에서 논의하며 등장했던 꿈들 이외에, 작중 인물들이 꾼 꿈을 소개하면 다음과 같다. 『그가 나에게로 왔다』의 차말은 "악몽이 반복되고 피도 빠져나가는 것 같"[25]은 상태이다. 「메타버스 홈」에서도 진주는 소령의 꿈을 자주 꾸고, 소령은 미진의 꿈을 꾸면 불안해지고는 한다. 마지막에 진주는 "꿈속에서도 하늘과 땅이 맞붙은 광활한 대지에서 끝없이 별이 쏟아지는 꿈"[65]을 꾼다. 「달려라 토끼」에서 재인은 청계산 기슭으로 이사 온 후, "밤새 무엇인간에 짓눌려 새싹을 틔우지 못하는 씨앗들의 아우성이 엄청난 공명을 일으키며 들려"[69]오는 꿈을 꾸기도 한다. 「빨간 원피스」에서 연은 '빨간 원피스'로 불리는 여성이 공항에서 행방불명이 되는 바람에 밤새 "악몽”[97]에 시달린다. 이후 미국에서의 행사 중에도 “밤새 빨간 원피스 때문인지 어두운 동굴 속으로 쫓기는 꿈”[103]을 꾼 것으로 소개된다. 「하얀 죽음」의 마지막은 온통 꿈으로만 되어 있다. “차츰 삶의 무게가 어깨를 짓누르는 악몽이 계속”[140]되는 것이다. 「그녀를 추모하다」에서 M교수의 강의를 듣는 학생은, 많은 시간이 지났지만 여전히 “엄마 꿈을 꾸”[172]고는 한다. 「나를 놓아줘」에서도 부모에게 강박된 삶을 살아온 ‘나’는 “매일 가출하는 꿈”[195]을 꾼다. 미국에서 음식과 관련해 억울한 일을 당한 이후, 아내는 “언제나 꿈속에서 식탁에 많은 음식을 차렸는데도 아버지 어머니가 식탁 위의 음식을 내팽개치는 꿈”[205]을 반복해서 꾸기도 한다. 이들 인물이 꾸는 꿈은, 그들이 현실 세계에서 겪는 해소되지 않는 갈등을 보여주기도 하고, 그들의 억압된 소망이 실현되는 순간을 보여준다고 할 수 있다.

이덕화에게 예술소설은 일종의 꿈과 같은 역할을 한다. 그것은 우리 시대를 살아가는 사람들의 고통스런 삶을, 그 실제보다 더한 리얼함으로 전달하는 하나의 상상적 실제이기도 하다. 동시에 그것은 현실 너머의 새로운 가능성을 암시하는 것이기도 하다. 이덕화의 소설에서 새로운 삶의 가능성은 주로 예술을 통해서 가능하다. 「달려라 토끼」에서도 교수였던 남편을 폐암으로 잃고 “청소 아줌마”[84]로 살아가는 재인은 디자인과 회화를 섞어서 “작품을 하고 싶어”[86] 한다. 「메타버스 홈」에서도 소령은 전통적인 예술은 아니지만 새로운 창조를 통하여 자신의 현실적 곤란을 뛰어넘는 모습을 보여주었다. 표제작인 「그가 나에게로 왔다」에서 ‘나’의 여자 친구인 지혜도 대학을 졸업하자 그림을 그리겠다고 선언한다. 여러 가지 어려움을 겪지만, 지혜는 새로운 방식의 예술을 통하여 자신의 미래를 열어 나가는 것이다. “메타버스 갤러리를 열어 플랫폼을 만드는”[14] 것에 관심이 있던 지혜는, 선배가 마련한 메타버스 갤러리 작품전에 몇 점의 작품을 출품한다. 나중에는 주부들 중에 그림을 그리다 그만둔 사람들이 모여서 전시회를 여는데, 그것을 이야기와 함께 메타버스 갤러리와 연결하는 일을 하기도 한다. 한국이라는 이국땅에서 고생하는 차말 역시 그림을 그리며, 차밀은 그림을 그리며 마음의 안정을 얻는다. 종수는 지혜의 작업에 차말의 그림이 활용되도록 노력한다. 그 결과 메타버스 갤러리 플랫폼이 만들어지고, 그것을 통해 다양한 배경 속에 배치된 차말의 그림이 펼쳐지기도 한다. 이러한 차말의 그림은 거의 다 팔리기까지 하며, 차밀은 "화가"[34]로 다시 태어난다. 예술이야말로 새로운 삶과 세계를 열어내는 비상구였던 것이다.[2023]

# 전망이 아닌 희망의 서사

이은정의 『비대칭 인간』

## 1. 밀실과 광장의 변증법

이은정의 『비대칭 인간』특수, 2023은 한국문학이 오랫동안 잊고 있던 소설의 역능을 떠올리게 하는 문제작이다. 그것은 바로 삶의 방향을 제시하는 소설의 윤리적 기능과 연결된 것이라고 할 수 있다. 소설이 창공의 별이 사라진 시대의 서사시라는 것은 익히 알려진 바이다. 근대의 산물인 소설은 고독한 밀실에 갇힌 개인이 쓰고, 또 다른 밀실에서 그것을 읽는 개인에 의해 유지되는 예술장르라고 할 수 있다. 그러나 소설은 밀실의 고독을 뛰어넘어 언제든지 광장을 지향하는 충동을 지니고 있다. 그러한 충동은 함께 바라보고 의지하는 '창공의 별'을 향한 지향이라고도 할 수 있으며, 그 지향은 삶의 방향과도 깊이 연관되어 있다. 소설은 '광장 지향성'과 '밀실 지향성'의 변증법을 통해 전개되는 예술 장르인 것이다.

한국의 현대소설사만 간단히 살펴보아도, 두 개의 지향성은 선명하게 아로새겨져 있다. 개화기부터 시작된 소설의 강력한 계몽 지향의 파도가 사라지고 난 이후에는, 개인의 내면을 향한 목소리가 은근하지만 강력하게 울려 퍼졌던 것이다. 그러나 문학에 나타난 '밀실 지향성'은 더욱 강력해진 힘으로 등장한 '광장 지향성'의 도전에 직면하게 되었다. 그렇기에 개인의 고유성과 공동체의 보편성을 조화시키는 것은 문학의 핵심적인 문제일 수밖에 없으며, 더욱 근본적으로는 바람직한 인간의 존재방식을 탐구하는 문제로 연결된다고도 볼 수 있다. 이은정의 「비대칭 인간」은 전망이 아닌 희망의 방식으로 삶의 가능성을 질문하는 독특한 작품집이라고 할 수 있다.


## 2. 삶의 최소낙원으로서의 엄마


「유령 가족」은 끔찍한 가족의 실체를 적나라하게 보여주는 소설로서, 이 작품의 등장인물들은 악인이라기보다는 정신병자에 가까운 사람들이다. 남편은 팬티만 입은 채로 인천에 있는 전처의 집에서 추락사한다. 남편의 전처인 조성숙은 남편과 사는 내내 남편을 못살게 굴었던 인물로, 술에 취하면 각종 폭력을 휘두르고는 했다. 남편은 아이의 양육권을 얻고, 조성숙의 생활비를 책임지는 조건으로 조성숙과 이혼하였다. '나'는 남편이 이혼 소송을 하는 중에 만나 결혼했지만, 남편은 '나'와 재혼한 이후 불안증과 우울증에 시달렸다.

'나'는 영안실에서 남편이 "조성숙의 집에서 조성숙의 술친구가 되어 주고 과격하게 변하는 조성숙의 모습을 지켜보았고 과거의 공포에 고스란히 노출되면서도", 밤마다 전처인 조성숙을 만나러 다녔다는 사실을 알게 된다. 영안실에서 만난 조성숙은 "남편은 말이에요. 그걸 좋아했다고요. 불안해하면서 즐겼다고요. 그렇게 이어지는 섹스를 경험하면 아무도 벗어날 수 없어요"라는 말을 던져, '나'에게 커다란 의문부호를 선물한다.

'나'는 이러한 현실을 접하며, 죽은 남편은 "평온하고 이상적인 가정을 꿈꾸면서 위험한 섹스를 그리워한" 파렴치한 "이중인격자"였다고 규정한다. '나'를 고통스럽게 하는 것에는 남편이나 남편의 전처였던 조성숙 뿐만 아니라 시집 식구들도 포함된다. 남편의 누이인 함정희는 사이코패스psycho-path, 반사회적성격장애와 같은 모습을 보여준다. '나'를 보자마자, "장례식을 왜 인천에서 하느냐고. 왜 마음대로 결정하느냐"고 질책하기도 하고, "그 손톱 좀 어떻게 해! 남편 잡아먹은 여자라고 티 내는 거야?"라며 야단을 치기도 한다. 시어머니인 고달자 역시 "악담과 원망"을 퍼부으며, '나'를 고통의 극한으로 몰아붙인다. '나'에게 작은 동정이나마 베푸는 이는, 도로에서 처음 본 생판 남인 차량 운전자 뿐이다.

이후에도 조성숙과 시집 식구들의 '미친 짓'은 계속 해서 이어진다. 이런 현실로부터 '내'가 도피하는 것은 하와이에 있는 유령가족을 통해서이다. '나'는 장례식이 끝나자마자 쟁쟁한 친정 식구들이 사는 하와이로 돌아가겠다고 선언한다. 이 순간만은 시어머니도 "그래. 한국보다 하와이가 낫겠지. 거기에 에미 친정 식구들이 있으니까 주은이한테 가족도 생길 테고. 친정이 잘 산다고 하니까 애 교육도 잘 시킬 테고. 훨씬 낫겠지"라며 처음으로 '나'에게 우호적인 반응을 보인다. 결혼 전부터 시어머니는 '나'의 집안 배경을 매우 맘에 들어 했던 것이다.

사실 '나'는 하와이에 한 번도 가보지 못한 것은 물론이고, 가족도 없이 교회 복지관에서 자랐다. '나'는 이상적인 가정을 꾸리는 게 삶의 목표였지만, 그리해서 피나는 노력으로 학력과 커리어를 쌓아나갔지만, 그것들은 "내가 갖지 못한 배경에 가려지기 일쑤"였다. 그렇게 해서 만들어 낸 것이 삐까번쩍한 하와이의 유령가족들이었던 것이다. 그리고 이러한 유령가족은 현대인의 필수적인 덕목으로까지 그려진다.

알고 보면 유령 가족은 누구에게나 있었다. 사람들은 멀쩡하게 살아있는 가족을 두고 유령 가족을 들먹이기도 했다. 몇십 년, 몇백 년 전에 죽은 조상을 내세워 자신의 집안을 과시하곤 했다. 지금 생각하면 그게 얼마나 물색없는 짓인가 싶지만, 실제로 조상이 스펙이 되기도 했던 시절에 나는 청춘을 살라 공부만 했다. 그러나 매번 그들에게 지고 말았다.

작품은 같은 복지관에서 자랐으며, '나'처럼 유령가족을 만들어 결혼생활을 지속했던 요셉과 하와이에서 '진짜 가족'을 만들 계획을 하는 것으로 끝난다. 이 가족에는 남편의 전처인 조성숙과의 사이에서 낳았던, 약간의 자폐 스펙트럼을 가진 아이까지도 포함되어 있다.

「엄마 같은 말」은 피를 나눈 진짜 가족이 얼마나 따뜻하고 끈끈한 것인지를 보여주는 작품이다. 「엄마 같은 말」의 엄마는 사라져가고 있는 모성을 환기시키는 인물이다. 옥자 씨는 "사회성도 사교성도 없는 사람"이지만, 자식을 향한 사랑만은 지극하다. 옥자 씨는 암癌 발병을 계기로 평소에 소질이 있던 노래 가르치는 일을 하기로 결심한다. 옥자 씨의 노래교실은 의외로 승승장구하여 문화센터에서도 수업 의뢰가 들어오고, 노래교실에서 너무나 행복해 하는 옥자 씨는 딸 수진이 평소 보아오던 소극적인 모습의 엄마와는 너무나도 다르다.

미국에 유학중이던 수진은 임신을 하여, 엄마의 곁으로 돌아온다. 수진은 조리원에서 "엄마가 된 여자들의 엄마들"을 만나며, 그들의 "엄마 같은 말"에 주목한다. '엄마 같은 말'의 핵심은 "'나'는 없고 '너'만 있는 문장들"이다. 수진은 자신이 그런 화법을 배울 수 있을지 의문을 갖는다. 수진이 아이를 낳자 옥자 씨는 밤새 수건으로 젖몸살을 풀어줄 정도로 헌신적이다. 나중에 옥자 씨는 아들인 수혁의 자식 두 명까지 포함하여 손주 세 명을 능숙하게 돌본다. 이후에도 옥자 씨의 자식을 위한 헌신은 조금도 변함이 없다. 수진이 학점이 엉망이어서 학교로부터 강력한 경고를 받고 산후우울증과 같은 증세를 보이자, 옥자 씨는 주 삼일 하던 문화센터 강의를 이틀로 줄인다. 이 작품에서 옥자 씨는 천사와 같은 존재라고 해도 과언이 아니다. 옥자 씨의 핵심적인 특징은 "어떤 경우에도 화를 내지 않는"다는 것이다. "음주음전으로 남편을 죽인 그 살인마한테도, 대놓고 자신을 무시했던 사돈 앞에서도, 여행이다 뭐다 심심하면 손자를 맡기고 사라지던 아들한테도, 미국에서 배불러 돌아온 딸한테도" 옥자 씨는 화를 내지 않았던 것이다.

결국 옥자 씨는 수진에게, 자식은 자신에게 맡기고 미국으로 가라는, 역시나 "엄마 같은 말"을 한다. 그것도 모자라 옥자 씨는 아들 수혁으로부터 반은 천만 원이 든 봉투까지 수진에게 건넨다. 작품은 집으로 돌아온 옥자 씨가, 자신의 다음 학기 강좌가 폐강됐다는 문자메시지를 받고도 손주들을 정성껏 돌보는 것으로 끝난다. 「유령 가족」의 정신병자들로 이루어진 가족의 모습은 「엄마 같은 말」의 옥자 씨가 엄연한 지배인으로 군림하는 진짜 가족의 따뜻함을 더욱 부각시킨다고 할 수 있다.


## 3. 투명한 절망에서 다시 시작하기

그러나 인간은 언제까지 가족들과만 지낼 수는 없으며, 어느 순간 사회로 나아가야만 한다. 「다시는 싸우지 않겠다는 말」과 「침대는 잘못이 없었다」는 이제 막 세상으로 나아간 청년들이 사회와 부딪치며 내는 마찰음을 섬세하게 묘파한 작품들이다.

「다시는 싸우지 않겠다는 말」의 '나'는 시간제 알바생으로서 고향을 떠나 서울의 작은 원룸 '해피 하우스'에서 살아간다. 생존 자체가 삶의 가장 중요한 목표이자 유일한 목표인 '내'가 관심을 가지는 단 한 가지는, 벽의 곰팡이를 제거하는 것이다. 생선 다루는 일을 하던 부모님에게서 나던 비린내를 피해 서울까지 온 '나'는, 곰팡이의 악취에서만큼은 벗어나고 싶은 것이다. 카드값도 제때 못 내는 '나'는 벽지까지 바꾸어가며 필사적으로 곰팡이를 제거하고자 한다. 이 과정에서 '나'는 곰팡이가 벽의 결로<sup>結露</sup>에서 비롯된 것임을 인지한다.

다행히 '나'는 지금 사는 원룸의 계약이 만료됨과 동시에 조금은 살기 편한 원룸 '행복빌'로 이사를 할 예정이다. 그런데 문제가 발생한다. 짐을 다 빼고 집주인에게 전화를 하자, 집주인이 온갖 지청구를 퍼붓는 것이다. 지청구의 내용은 집을 엉망으로 사용했다는 것으로, 거기에는 "벽에 곰팡이까지 만들어 놨어"라는 것까지 포함되어 있다. 다른 건 몰라도 '나'는 곰팡이의 악취가 싫어 벽지까지 바꾸었는데도, 그러한 사정은 완전히 무시된다. 결국 집주인은 자신이 새로 벽지를 교체했다며, '나'에게 13만 원을 입금해야만 보증금을 돌려주겠다고 으름장을 놓는다.

이런 억울한 상황에서 '내'가 의지할 수 있는 것이라곤 인터넷 검색뿐이다. 인터넷에는 대부분 포기하라는 조언들이 가득하지만, 그중에는 "결로가 문제라는 증거가 있으면 승산 있다"는 내용의 글도 있다. 이전에 벽지를 바꾸며 결로현상을 확인한 바 있던 '나'는 결로가 생긴 외벽의 사진을 확보하기 위해 '해피 하우스'로 향한다. 사실 '나'는 보증금을 받아야만, 새집에 잔금을 치를 수 있는 처지이기도 하다. 좌충우돌한 결과 '나'는 벽의 결로현상을 사진으로 찍는데 성공하고, 그것을 집주인에게 보낸다. 그러나 몇 분 후 집주인은 "곰팡이가 결로 문제라는 전문가의 소견을 받아오라"는 문자메시지를 보낼 뿐이다.

다시 유일한 의지처인 인터넷을 검색하지만, '나'는 곧 절망에 빠진다. 간단히 전문가를 통해 결로 체크만 하는데도 인건비가 13만 원이었던 것이다. 이런 상황에서 '나'는 "이 나라가 이 모양 이 꼴이 되어가는 이유가 스스로 피해자를 자처하고 권리를 포기하는 사람들 때문이 아니겠는가. 내가 지금 포기하면 또 다른 세입자들이 피해를 볼지도 모른다"라는 대의명분을 떠올리며, 정의를 향해 직진한다. 이러한 직진의 결과 '나'는 16만 원을 써 가며 전문가의 소견서까지 받아내는데 성공한다.

당당히 소견서를 들고, "짓밟힌 자존심에 정중한 사과를 받으리라 다짐" 하며 주인을 찾아갔을 때, '나'는 어처구니없게도 살인 용의자로 경찰에 체포되어 버린다. 때마침 '해피 하우스'에서는 301호 사람이 살해되는 일이 발생하고, 곰팡이 문제로 그 집을 드나들던 '나'는 유력한 살인 용의자가 된 것이다. 경찰서에 온 주인은 '나'에게 불리한 증언만 잔뜩 늘어놓는다. 다행히도 그 다음날 진범이 잡힘으로써, '나'는 풀려나고 그제서야 주인은 보증금을 입금해 준다. 정의를 위한 노력으로 '나'는 주인에게 13만 원을 입금하지 않아도 되었지만, 바로 그 정의를 위한 노력으로 '나'는 16만 원과 살인범 누명까지 뒤집어 쓰게 된 것이다.

이러한 일을 겪으며 '나'는 "애초 집주인 여자의 요구대로 십삼만 원을 주고 공손한 을의 태도를 보이는 게 옳았을까"라고 자책하며, 전문가로부터 받은 결로 관련 소견서를 찢어버린다. 그리고는 엄마와 통화하며 자신이 다시는 "벽"과 싸우지 않을 것을 다짐한다. 새로 이사 간 집에서 곰팡이를 발견했을 때는, 그냥 곰팡이와 잘 지내기로 결심까지 한다. 어딘가에 돈을 입금해야 하는 을들은 "깨끗한 벽을 가질 수도, 이길 수도 없다는 걸 깨달"은 결과이다. 이 사회의 을인 '나'는 어린 시절 '생선내'에서 벗어날 수 없었듯이, 성장한 후에는 결코 '곰팡내'에서 벗어날 수 없는 운명인 것이다.

이 지지리 궁상의 풍경에는 어떠한 전망도 없다. 오히려 정의감에 불타던 청년은 자신이 마주한 "벽"에 좌절하여, 그대로 순종하는 모습을 보여주고 만다. 전망이라는 측면에서, 이 소설은 그 어떤 것도 제시하지 못하는 것이다. 그러나 '내'가 우여곡절 끝에 도달한 이 절망의 자리는 참으로 투명하여 담담하기까지 하다. 어쩌면 이은정은 때묻은 희망보다는 투명한 절망으로부터 다시 시작해보자고, 가만히 우리의 어깨를 두드리는 건지도 모르겠다.

「침대는 잘못이 없었다」의 주인공 화영은 "논두렁에 네 다리가 얽매인 소처럼 손발 아끼지 않고 살아도 겨우 학교를 졸업하고 운 좋으면 겨우 취직할 수 있는 21세기 대한민국의 이십 대" 여성이다. 화영은 "여섯 가구가 사는 시끄러운 다가구 주택"에 사는데, 그 집을 무척이나 부끄러워한다. 그래서 화영은 이 건물에 들어설 때마다 되돌아보는 습관이 있는데, 그 모습은 "아무에게도 들키고 싶지 않은 장소로 들어가는 사람처럼" 보일 정도이다. 「침대는 잘못이 없었다」의 화영은 「다시는 싸우지 않겠다는 말」의 주인공처럼 가난한 우리 시대의 젊은이인 것이다.

화영은 학자금 대출을 받아 학교에 다녔고, 쉬지 않고 알바를 해서 생활비를 버는 젊은이이다. "화영의 주위에 부러울 만큼 형편이 좋은 친구는 없었다. 다들 그렇게 살았다. 다들 그렇게 살아서 별로 좌절하지 않았다"는 말에서 알 수 있듯이, 화영의 삶은 시대적 보편성을 지니고 있다. 화영 스스로도 "빚을 내서라도 대학교에 다니고 월세지만 독립된 집이 있고 알바지만 꾸준하게 돈을 벌었고 착한 남친까지 있으니 이십 대의 구색은 다 갖춘 격이라 생각"한다.

그런 화영이 '착한 남친'인 태호로부터 이별 통보를 받는다. 이별의 이유는 "침대가 불편했어"라는 사소한 것이다. 그러나 화영이 외출을 싫어하는 바람에 데이트를 집안에서만 했다는 것을 생각한다면, 사소하다고만 할 수

도 없는 이유이다. 사실 태호도 화영보다 나을 것도 없는 처지이다. 투룸 빌
라를 누나와 함께 쓰는 태호는 자신의 방이 작아서 싱글 침대조차 놓을 수
없는 처지이다. 그래서 데이트는 화영의 작은 집에서만 했던 것이다. 화영
은 편의점 알바도 잘린 상황에서 태호에게 이별 통보까지 받은 것이다. 그
러나 다음의 인용문에서처럼, 화영은 결코 좌절하거나 절망하지 않는다.

사랑은 얼마든지 시작되고 또 실연을 당하고 그것을 반복하다 보면 마음은 늘
어난 고무줄처럼 느슨해져서 웬만한 상처들은 아무것도 아닌 게 된다. 인생은 쉽
게 찢기지 않았다. 너무 두꺼워서 어쩌다가 페이지 하나씩 구겨질 뿐이었다.

그러나 믿고 의지했던 태호의 결별선언은 결코 사소한 일만은 아니어
서, 화영은 자신보다도 더 어려운 처지의 사람들에게 화풀이를 한다. 화영
은 101호의 할머니에게 찾아가 폐지와 공병을 건물 앞에 모아두어 불편하
다고 일갈하고, 201호에 가서는 쌍둥이 엄마에게 아이들 때문에 시끄러워
죽겠다고 소리지르고, 302호로 올라가서는 배불뚝이 남자에게 창문을 왜
그렇게 세게 닫느냐고 항의하고, 301호에 가서는 왜 그렇게 온종일 찬송가
를 크게 부르느냐고 따진다. 조금 기분이 풀린 화영은 결별의 계기가 된 침
대를 건물 입구에 내다버린다. 잠시 후 평소 화영과 유일하게 마찰이 없던
102호 여자가 화영을 찾아와, 버리려고 놓아둔 침대를 자신이 사용해도 되
겠느냐고 허락을 구한다. 결국 화영은 침대 옮기는 것을 도와주느라 102호
를 방문하고, 102호 여자가 여러 마리의 개들과 동거하고 있다는 것을 발견
한다. 102호 여자는 그 반지하 집이나마 쫓겨나는 것이 두려워 누전漏電 때
문에 불이 들어오는 것도 주인에게 말하지 못하고, 필사적으로 개소리를 포
함한 어떤 소음도 내지 않으며 숨죽인 채 살고 있었던 것이다. 102호 여자

는 그동안 화영의 집에서 나는 "삐걱거리는 소리, 텔레비전 소리, 변기 물 내리는 소리, 세탁기 돌아가는 소리"가 다 들렸다고 말한다. 그런데 늘 혼자 살았던 102호 여자는 정말 듣기 힘들었던 소리가, 화영이 태호와 데이트를 하며 내던 "웃음소리"였다고 고백한다. 화영은 102호 여자에게서 다음과 같은 성자聖者의 모습을 찾아낸다.

통성명을 하지도 서로 나이나 직업을 묻지도 않았지만, 비슷한 또래로 보이는 여자가 내뱉는 말에는 밀도가 꽉 차 있었다. 침대를 옮기기 위해 여자의 집으로 들어갔을 때, 화영은 사람 살 곳이 아니라고 생각했었다. 반지하에 산다고 해서 여자의 상황이나 형편이 자신보다 나쁘다고 단정할 수 없었지만, 어쨌거나 반지하로 가야 할 형편은 아니었고 남이 버린 침대를 쓰지 않아도 된다는 사실이 위로가 되었던 건 사실이었다. 그러나 여자와 대화를 하다 보니 자신이 자꾸 작아지는 느낌이 들었다. 삶이 아무리 궁지에 몰리고 가장 낮은 곳에 정지해 있다고 한들 자존감까지 바닥치지는 않는 사람, 그렇게 멋진 사람으로 살고 싶었다. 지금 눈앞에 있는 여자가 화영이 바라온 사람과 비슷해 보였다.

102호 여자는 "삶이 아무리 궁지에 몰리고 가장 낮은 곳에 정지해 있다고 한들 자존감까지 바닥치지는 않는 사람"이었으며, 이런 모습은 평소 "화영이 바라온 사람"의 모습이기도 했던 것이다. 102호 여자는 진짜 성자였던 것일까? 102호 여자와의 만남이 있은 이후, 축복과도 같은 일들이 화영에게 밀려들어온다. 결별을 선언했던 태호는 소란의 집에 다시 찾아와서 복음을 들려주는 것이다. 누나가 결혼을 하게 되었으며, 자신이 졸업할 때까지 누나와 함께 살던 집을 혼자 쓰게 되었다고 말한다. 태호는 화영에게 자신의 집에서 같이 살자는 제안까지 하고 만다. 화영은 "자신의 인생에 이렇게 딱딱 맞아떨어지는 순간은 없었다"며, 힘차게 웃으며 작품은 끝난다. 「침대는 잘못이 없었다」에서도 전망보다 간절한 작가의 희망을 발견할 수 있다.

## 4. 너는 그냥 너의 것이야!

표제작이기도 한 「비대칭 인간」은 무척이나 사변적인 작품이다. 이 작품의 주인공 '나'는 이십대 취준생으로서 선글라스를 끼면 자꾸 어긋나고 삐뚤어지는 증상을 겪는다. 이것은 너무나 미세한 증상이어서, '나'만 민감하게 느낀다고도 볼 수 있는 정도이다.

이처럼 비정상적인 상황에서, 가장 먼저 '내'가 선택하는 길은 원인을 찾아 그에 맞춘 해결책을 찾는 것이다. 성형외과 의사는 "부정교합이 있다면 타고났을 수도 있고요. 그게 아니라면 어떤 외상이나 생활습관이 원인일 수도 있고요"라고 말한다. '나'는 엄마에게 전화를 걸어 자신이 "태어날 때 정상이었냐"고 묻는다. 엄마에게서 자신이 정상으로 태어났다는 것을 확인한 '나'는, 곧 전 남자친구에게 폭행을 당해 그때부터 비대칭이 되었을지도 모른다고 생각한다. 다음으로 생각하는 원인은 어린 시절부터 이어진 수면습관이다. '나'는 왼쪽으로만 자는데, 그 습관은 아빠가 사업을 말아먹는 바람에 좁아터진 연립주택으로 이사한 후부터 이어진 것이다. 좁은 방에서 동생과 함께 지냈는데, 하나밖에 없는 침대는 동생의 몫이었고 "침대 아래 시커먼 공터에서 무언가 기어 나올까 봐 등으로 입구를 막고 긴장하며 잠을 잔 것"이 왼쪽으로만 자게 된 수면습관의 원인이 된 것이다. "어린 딸의 잠자리를 제대로 봐주지 않은" 엄마 탓을 하다가, 그것은 사업에서 실패한 아빠 탓으로 이어지고, 그건 다시 굴지의 대기업과 영세 중소기업이 공존하지 못하게 만들어놓은 불공정한 자본주의의 탓으로까지 확장되고, 마지막에는 그것을 바로잡지 못한 나라탓으로까지 이어진다. 그러나 이 원인의 무한 사슬이 보여주듯이, 특정한 원인을 찾는다는 것은 거의 불가능에 가까운 일이다. 그뿐만 아니라 이러한 원인 찾기는 일종의 강박증으로 이어질 수도 있으며, 어쩌면 강박증으로 인해 끝없이 원인을 찾게 되는 것일 수도 있다. '나'조차도 "비대칭이 신체적 장애라고 정의하기엔 다소 무리가 있을지도 모르겠지만, 그로 인해 발발한 습관과 그것을 의식하며 괴로워하는 건 정신적 장애가 분명하지 싶었다"고 생각한다.

이러한 원인 찾기의 문제점을 일깨워주는 존재가 수오이다. "자기 검열이 심하고 매사 예민"한 '나'와는 반대로 수오는 "대단히 긍정적"이다. 일테면 수오는 누군가와 부딪쳐 명품 선글라스가 땅에 떨어졌을 때, 부딪친 사람은 쳐다보지도 않고 선글라스가 깨지지 않아 다행이라고 생각하는 종류의 사람이다. 수오는 안면비대칭과 그 원인에 집착하는 '나'에게 "자꾸 생각하지 마. 누구나 어디 한 군데는 비대칭이야. 하다못해 심보가 그런 경우도 있어"라고 위로하기도 한다. 그러나 "인식의 시작은 비로소 일상을 망가트리기 시작"했으며, '나'는 그간 면접에서 떨어진 이유도 모두 "비대칭 얼굴 때문이라는 억지 결론에 도달"한다. 타로 마스터의 "해결하려면 대면해야지"라는 말은 안면비대칭에 대한 집착이, 어쩌면 '내'가 마주한 현실로부터 벗어나기 위한 환상의 커튼일 수도 있다는 점까지 암시한다.

원인을 찾아 그에 맞춘 해결책을 찾는 것이 난망한 상황에서, '나'는 자신이 애써 외면하려고 했던 현실을 있는 그대로 받아들이는 것이 나을지도 모른다는 직관에 이른다. 그러한 깨달음의 길동무는 역시나 남자친구인 수오이다. '내'가 "사진관 아저씨는 분명 왼쪽 얼굴만 울고 있다고 말했고 성형외과 의사는 내 얼굴이 안면 비대칭이라고 했었고 멀쩡한 선글라스는 자꾸 비뚤어졌는데, 넌 어떻게 생각해?"라고 묻자, 수오는 "사진관 아저씨는 컴퓨터로 내 얼굴을 지나치게 확대했기 때문이고, 성형외과 의사는 눈에 불을 켜고 고칠 곳만 찾는 사람이라 그런 거고, 멀쩡한 명품 선글라스는 서양인 이목구비에 맞게 제작되었기 때문"이라고 대답하는 것이다. '나'는 수오의 말이 "답인지는 모르겠지만 꽤 일리 있는 말"이라고 생각하고, 이 순간 '나'는 핵심이 비대칭의 원인을 찾는 것이 아니라 비대칭과의 거리를 조절하는 것이라는 인생의 지혜를 깨닫는다.

나는 쇼윈도를 한참 동안 쳐다보았다. 수오도 함께 쳐다보았다. 내 비대칭 얼굴이나 수호의 짝짝이 눈썹은 전혀 티가 나지 않았다. 거리. 그게 문제였을까. 너무 가까운 게 문제였을까 전 남자친구의 행동이나 어릴 저부터 왼쪽으로 지는 습관 따위는 내 비대칭 얼굴과 관련 없는 걸까. 왼쪽으로 잠자는 습관이 들게 만든 엄마나 아빠 혹은 이 나라 경제 구조의 잘못도 없는 걸까. 선글라스는 진짜 정상인 걸까. 혹시 내 얼굴을 비대칭이 아닌 걸까. 거리만, 지금 쇼윈도에 비친 거리 정도만 유지한다면 나는 이 상황에서 벗어날 수 있을까.

'나'는 드디어 '적당한 거리'라는 새로운 삶의 방식을 찾아낸 것이다. 그것은 이미 주어진 비대칭현실의 원인을 찾고 그 극복책을 찾는 것이 아니라, 비대칭 자체를 인식하고 받아들이는 자신의 태도를 조절하는 것에 해당한다고 할 수 있다. 그러나 이러한 깨달음이 바로 실현될 수는 없다. 그것은 "거리만, 지금 쇼윈도에 비친 거리 정도만 유지한다면 나는 이 상황에서 벗어날 수 있을까"라고 회의하는 '나'의 모습에서도 확인할 수 있다. 나아가 '나'는 "비대칭이기 이전의 나를 찾고 싶었다. 비대칭이었어도 비대칭인지 몰랐던 그때로 돌아가고 싶었다. 돌아갈 수 없다면 바로잡아야 했다"라고 생각하는 예전의 모습까지 보여준다.

이러한 상황에서 수오는 오른쪽을 향해 누운 '나'와 그런 '나'를 향해 누운 자신을 황금색 박스 테이프로 감아 밀착시킨다. 이것은 안면비대칭의 원인일 수도 있는 하나의 가능성을 극복하는 실질적인 방법이기도 하다. 이 마지막 대목은 해결책을 고민만 했던 '나'와 달리, 구체적인 실천을 보여주는 모습에 해당한다. 동시에 수오가 '나'에게 던지는 "너는 그냥 너의 모든 것이야!"라는 말은 '적당한 거리'라는 삶의 지혜에 해당하는 말이기도 하다. 자신에 대한 긍정과 사소하지만 구체적 실천을 통해 비대칭은 대칭으로 변모될 가능성이 비로소 개시되는 것이다. 「비대칭 인간」에서 제시된 삶의 방향성은, 이은정이 제안하는 한국소설의 방향성으로 여겨지기도 한다.


## 5. 희망이라는 정언명령

한때 소설을 평가할 때면, 전망perspective이라는 말을 중요시하던 시절이 있었다. 이 때 전망이란 현실이 어떤 방향으로 전개되어 나갈 것인가 하는 것에 대한 가시적인 방향을 가리키는 말이다. 소설이 단순히 인정세태를 묘사하는 것에 그치지 않고, 한 사회의 나아갈 방향까지 제시해주어야 한다는 것이다. 이은정의 『비대칭 인간』은 이러한 전망과는 거리가 한참 먼 작품집이다. 이은정이 독자에게 주고 싶은 것은 전망이 아닌 희망이다. 『비대칭 인간』의 모든 작품에는 희망이라는 음률이 중저음으로 잠시도 쉬지 않고 흘러나온다.

성자에 가까운 인물들이 등장하는 「엄마 같은 말」이나 「침대는 잘못이 없다」는 물론이고, 새로운 삶의 가능성을 제시한 「비대칭 인간」, 「다시는 싸우지 않겠다는 말」에서도 내일에의 가능성을 독자는 충분히 느낄 수 있었다. 심지어 정신병에 가까운 인물들로 가득한 「유령 가족」과 같은 작품에서도 희망의 가능성은 작품을 따뜻하게 물들이고 있었다. 이러한 희망은 이은정 소설에서는 하나의 정언명령과 같은 역할을 한다고도 할 수 있다. 그것은 15년 만에 만난 친구와도 오해를 풀고, 조촐하지만 충만한 관계를 다시 시작하는 모습을 보여주는 「소란」과 같은 작품에서도 확인할 수 있다.

「소란」은 십오 년 전에 일방적으로 연락을 끊어버린 소란이 파주에 사는 수진을 찾아오는 것으로 시작된다. 수진은 조그만 집에서 대필代筆을 하며 근근이 살아가고 있다. 소란의 삶에는 한국 사회에서 여성이 겪는 불행한 삶이 그대로 압축되어 있다. 소란은 희명 선배와 사귀고 있었지만, 자신을 집요하게 쫓아다니던 길동우의 아이를 갖게 되어 길동우의 첫 번째 결혼을 한다. 가족이 없는 소란은 "시작이야 어찌 됐건 가족을 만들어 싶었"던 것이다. 그러나 결혼 이후 길동우는 소란에게 폭력을 휘둘렀고, 결국 소란은 유산을 하고 불임의 상태에까지 이른다. 이 일로 길동우는 감옥에 가게 되고, 이후 소란은 "아무런 죄도 짓지 않은 여자가 도망 다니지 않고 살기 위한 선택"으로 재혼을 한다. 그러나 재혼한 남편은 다른 "여자의 몸에 생명을 부려놓았"고, "자신만 빠지면 완벽한 가족이 되는 거 아니겠냐"는 생각에 소란은 그 남자를 떠난다. 이후 자신을 찾고 있다는 길동우를 피하기 위해 만난 변호사와 세 번째 결혼을 하여 살고 있다. 그러나 전처의 자식들은 SNS에 소란을 음해하는 악의적인 사진과 글을 올리며 소란을 괴롭힌다. 소란의 이야기를 들으며, 수진은 "소란의 잘못은 무엇이었을지, 과연 소란이 잘못한 게 있기나 한 것인지"를 생각한다. 소란은 지금도 안정을 찾지 못해, 수진의 집에 단지 '울기 위해' 찾아오고는 한다.

현재 소란은 이름과는 달리, 세상에 어떠한 소란도 만들어내지 않고 그 모든 아픔을 안으로 삭이고 있다. 소란은 수진에게 "그냥 살아져. 세상에 완벽한 불행은 없거든. 깜깜한 불행 안에 틀어박혀 보니까 구멍이 다 있더라고. 빠져나갈 구멍. 살 수 있는 구멍. 그걸 찾는 것도 내 몫의 삶인 거야"라고 말한다. 소란의 말을 들으며, 수진은 15년 전 희명 선배를 무참하게 버리고 떠났다며 소란을 비난했던 자신을 반성한다. "인생은 너무나 제각각이어서 타인의 인생을 함부로 예상하고 규정하는 것은 무례하거나 바보 같은 일이었다"는 것을 깨닫게 된 것이다. 이러한 깨달음에는 "자신은 거의 모든 삶의 피해자이고 타인은 대체로 삶의 가해자라는 피해의식 속에서 우린 그토록 이기적인 것이 된다"는 아포리즘도 포함된다고 할 수 있다.

'희망의 정언명령'이라는 관점에서 보았을 때, 「눈이 와요」는 예외적인 작품으로 보이기도 한다. 이 작품은 눈 내리는 겨울밤의 포장마차를 무대로 하여 펼쳐지는 한 편의 연극과 같은 작품이다. 이 작품은 살인과 뒤이은 애도마저도 눈 내리는 밤처럼 아름답게 낭만화 되는 모습을 보여준다. 한 여자가 포장마차에서 혼자 책을 읽으며 소주를 마시고 있다. 포장마차 이모와 여자는 매우 친밀한 사이이다. 곧이어 네 명의 청년들이 담배 냄새를 풍기며 포장마차 안으로 들어온다. 역도 선수처럼 우람한 체격의 검은 비니가 울자 다른 청년들도 하나둘 따라 울기 시작한다. 검은 비니는 "오늘이 제 생일입니다. 그리고 박태양이 죽은 일주기입니다"라고 말한다. 작년 오늘 이 포장마차에서 생일 파티가 있었고, 포장마차 앞에서 싸움이 나는 바람에 박태양이 죽은 것이다. 상대들은 동네 아이들이었고, 포장마차 주인은 그날 일이 "사고"였다고 말한다.

이후 한 청년이 포장마차로 들어선다. 여자는 사내를 향해 "개자식"이라고 욕을 한다. 욕을 들은 청년은 욕을 들어도 할 말 없는 죄인처럼 고객을 숙인다. 이후 여자는 "살인자"라는 말까지 덧붙인다. 이후 여자는 늘 가지고 다니던 시집을 펼쳐서 시를 읽기 시작한다. "용서.라는 제목을 읽은 여자가 한참 망설이다가 시를 모두 읽은 후"에 사내는 오열하기 시작한다. 여자는 태양이 죽고 나서 태양이 노트를 모아다가 시집으로 만들었던 것이다. 사실 이 사내는 평소 태양이를 줄곧 괴롭혀 왔던 것이고, 사고가 난 그날 태양은 처음으로 그 사내에게 저항했던 것이다. 포장마차 이모는 사내에게 태양에게 용서를 빌었냐고 묻지만, 그 아이는 "제가 왜요? 사고였다니까요? 아줌마도 사고였다고 인정하면서 왜 자꾸 이러는 거예요? 그 새끼가 덤볐다고요! 좆만한 게!"라고 말한다. 이 아이는 전혀 "용서받기 위한 자세"가 되어 있지 않았던 것이다. 작품의 마지막은 만취해 포장마차 앞에 대자로 뻗은 청년을 '나'와 포장마차 이모의 묵인 아래 여자가 살해하는 것이다. 청년이 "용서받지 못한 이유는 애초에 용서를 구할 마음이 없었기 때문"이다. '용서를 구할 마음조차 없는 이'는 결코 존재할 가치가 없었던 것이다.

그러나 여기서 주목할 것은 살해의 방식이다. 살해의 방식이 무척이나 아름다운데, 여자가 눈을 퍼서는 그것을 청년의 몸에 쌓는 것이다. 결국 청년의 몸은 함박눈에 완전히 파묻힌다. 함박눈에 파묻힌 청년의 모습은 너무나 미학화되어, 마치 이 청년은 용서를 구하기 위해 소신공양하는 눈사람처럼 보이기까지 한다. 용서받을 수 없는 패륜아를 응징하는 이 낭만적인 살해의 방식은, 그 악마적 인간성마저 순백의 아름다움 속에 파묻어 버리는 미학적 효과를 발휘하고 있다. 현실의 미학화는 때로 아름답지만 이토록 치명적이기도 한 것이다.

그러고 보면, 소설집 『비대칭 인간』에는 개성적인 문장들이 씨처럼 곳곳에 박혀 있다. "젖어도 무방한 계절은 습한 여름이 아니라 밤이 긴 겨울이었다"「눈이 와요」, "화영은 구렁이가 직립 보행하려는 듯한 태호의 화법이 정말 지긋지긋했다"「침대는 잘못이 없었다」, "선배는 소란을 보자 벌어지지 않은 썩은 조개처럼 입을 닫아버렸다"「소란」, "정성껏 빨아들이고 죽을 힘을 다해 내뱉어 자식을 얻은 자리에 암이 생겼다"「엄마 같은 말」와 같은 문장들은 그 몇가지 사례들일 것이다. 이은정의 『비대칭 인간』은 한국소설 독자들이 거의 받아본 적 없는 '희망의 정언명령'이라는 근사한 선물을 가득 안겨주는 소설집이다. 이 때의 희망은 밀실과 광장의 변증법을 거쳐, 우리에게 다가온 선물이라는 점에서 한층 뜻깊게 다가온다.2023

# 3부

## 지역문학의 현장

# 한국적 모던을 대표하는 도시 1

인천근대소설사

## 1. 한국적 모던을 대표하는 도시

19세기 말부터 인천은 한국 현대(성)의 빛괴 어둠을 대표하는 도시모시의 위치를 확고히 해왔다. 개항, 식민지, 분단, 전쟁, 산업화, 세계화로 이어지는 숨가쁜 한국현대사의 모든 과정에서 인천은 늘 중심에 서 있었던 것이다. 시대의 거울인 소설에도 인천은 빈번하게 등장한다. 문학, 그 중에서도 소설은 그 어떤 예술 장르보다도 현실반영에 탁월한 능력을 발휘한다. 이 글에 언급된 작품을 꼼꼼히 살펴본다면, 자연스럽게 서울에 버금가는 도시로 성장한 인천의 지난 발자취를 파악할 수 있을 것이다.

## 2. 국제항구, 코스모폴리탄

조선은 1876년 일본과 강화도조약을 맺은 이후 본격적으로 근대 세계와 관계를 맺기 시작하였다. 이러한 변화를 상징하는 사건이 바로 개항이라 할 수 있으며, 인천은 부산과 원산에 이어 1883년 정식으로 개항을 하게 된다.

인천의 개항 시기는 부산이나 원산보다 늦었지만, 서울의 인후咽喉라는 지리적 특징으로 인하여 그 영향력의 강도는 매우 컸다. 인천은 가장 근대화되고 서구화 된 도시라는 위상을 갖게 된 것이다. 이러한 개화기 인천이 차지한 특성을 보여주는 소설이 바로 이해조의 「빈상설」과 「모란병」, 그리고 육정수의 『송뢰금』이다.

이해조의 「빈상설」『제국신문』, 1907.10.5~1908.2.12은 서 판서의 아들 정길이 평양댁을 첩으로 맞이하고 본처인 이 씨를 쫓아낸 후 가정에서 일어나는 사건과 그 해결과정을 그린 작품이다. 흥미 중심의 가정소설로서 처첩간의 갈등과 축첩蓄妾 제도에 대한 비판 등이 담겨져 있다. 서정길의 첩인 평양댁은 선량한 이씨 부인을 쫓아내기 위해 온갖 계교를 꾸미고, 포악한 성품으로 이씨 부인의 교전비를 죽게 하고 그 죽음까지도 이용하려고 한다. 평양댁의 편에는 금순이와 화순집 등이 존재하며, 이씨 부인 편에는 복단 어머니와 거복이 등이 존재한다. 평양댁과 이씨 부인을 도와주는 하인들도 모두 주인의 성격과 일치하는 모습을 보여준다. 결국 온갖 시련을 겪은 후에 악한 평양댁이 몰락하고 선한 이씨 부인이 승리하는 것으로 작품은 끝난다. 또한 참된 혼인은 문벌이나 형세를 따져서는 안 되고 당사자간의 마음이 서로 맞아야 한다는 선구적인 주장도 나타나 있다.

「빈상설」에서 인천은 매우 국제적이며 근대적인 도시로 묘사된다. 쌍둥이 남동생인 이승학의 제안으로 이씨 부인은 남복을 하고 제주도에 유배되어 있는 아버지 이승지를 만나러 간다. 그러나 부산에서 탄 배가 물속의 바위에 부딪쳐 난파되고, 이후 허둥지둥 올라탄 배가 도착하는 곳이 바로 인천이다. 이씨 부인은 하인 영매에게 "우리나라인지 타국인지 모르겠구나"라고 말하며, 영매는 "저기 우리나라 초가집이 경성드뭇한 것을 보니까 우리나라 같기도 하고, 타국 사람이 들끓는 것을 보니까 타국 같기도 합니다"

라고 대답한다. 또한 자살하려던 이씨 부인을 구한 돌이는 개화된 이후 서울에서 일거리가 없어지자 인천 항구에 와서 품팔이를 하며 지내는 중이다. 또한 돌이와 이씨 부인이 축현 정거장동인천역의 일제강점기 명칭에서 기차를 타고 서울로 돌아오는 장면도 나오는데, 이것은 1899년 개통된 경인선이 사람들의 삶 속에 들어와 있었음을 보여준다.

이해조의 「모란병」은 1909년 2월 13일부터 『제국신문』에 연재되었으며 1911년 박문서관에서 출간되었다. 이 작품에는 인천에 대한 이해조의 보다 심화된 인식이 잘 드러난다. 청일전쟁 이후를 배경으로 변선달, 최별감, 노창문, 인천 감리監理, 수득이와 같은 범죄자형 인물을 통하여 부정적인 시대상을 드러내고 있다. 이 작품에서 인천은 시대의 부정적인 면모가 집약된 부패와 타락의 도시로 그려진다. 몰락한 양반 현고지은 극도의 기난을 겪다가 변선달에게 속아 넘어가 자신의 딸 금선이를 악의 구렁텅이로 내몬다. 처음 서울의 기생집으로 팔려간 금선이는 그곳 생활에 저항하다가 다시 팔려 가는데, 그 곳이 바로 인천의 화개동花開洞, 현재의 인천시 중구 신흥동 색주가이다. 이것은 인천의 화개동이 '유흥가의 막장'에 해당하는 곳임을 보여준다. 이 작품에서는 그러한 사기꾼들을 다스려야 할 관리인 인천 감리 역시 한없이 타락하여 범죄자들을 보호하는 인물로 그려진다. 또한 인천 항구에는 도적의 기세가 강하여 물건 잃어버린 보고가 날마가 감리영監理營에 들어오는 것으로 소개된다. 실로 인천은 타락한 시대상을 대표하는 공간으로 그려지고 있는 것이다.

또한 이 작품에는 개화기 인천의 국제적인 모습이 실감나게 드러난다. 화개동에서 색주가를 운영하는 노창문은 금선이가 없어지자, "타국 사람의 집에나 가 있지 아니하던가? 우리나라 조계 안에만 있고 보면 삼두육비 가진 놈이라도 내 계집인지 알고서야 아니 내어 놓겠나?"라고 말한다. 이것은 인천에 외국 조계가 설치되어 있었으며, 그곳이 일종의 치외법권에 해당하는 것임을 분명하게 보여준다. 또한 금선이를 찾아 인천까지 왔던 수복이는 금선이 떠났다는 말을 듣고는, 기왕에 인천까지 내려왔으니 일본으로 건너가 한 십 년 공부나 하겠다며 유학을 떠난다. 이것은 인천이 그만큼 해외와 가까운 곳으로 사람들에게 인식되고 있었음을 보여준다.

육정수의 『송뢰금』박문서관, 1908은 러일전쟁 무렵을 배경으로 하고 있다. 이 작품은 신소설로는 드물게 시대에 대한 강렬한 정치의식을 드러낸 문제작이다. 이러한 의식은 크게 두 가지 측면에서 발견된다. 첫 번째는 근암이라는 우국지사를 중심으로 한 부국강병 지향의 서사를 통해서이고, 두 번째는 김주사 가족 이야기를 통해서이다.

김주사는 포와도하와이로 노동이민을 떠나며, 이는 러일전쟁을 비롯한 국제적 정세와 조선의 궁핍한 상황과 같은 국내적 이유가 한데 어우러진 결과이다. 이 때의 미국행은 김주사가 아들인 한봉에게 쓴 편지에 있는 말, 즉 "나의 뜻을 이어 국가의 한 재목이 되어 동포에게 돕는 힘이 있게 하면 좋을 듯하오"라는 말에서도 드러나듯이, 나름의 애국활동과 같은 성격을 지닌 것이기도 하다. 이 작품에서 이민선이 출발한 곳이 인천이며, 이러한 일을 도맡아 하는 회사의 본점 역시 인천에 있다. 『송뢰금』에서 이 노동이민은 "미국 놈이 사가는 것"에, 이를 담당하는 미국 회사는 "사람 팔아 먹는 놈"에 비유될 만큼 부정적으로 그려진다.

『송뢰금』에서는 동아시아의 정세는 물론이고 하와이로까지 연결되는 세계정세가 중요하게 다루어진다. 이로 인해 인천과 더불어 원산이나 부산과 같은 개항장이 핵심적인 공간으로 부각된다. 당시로서는 드문 소재인 하와이 이민노동자의 삶을 다룰 수 있었던 것은 육정수가 "미국인 데쉴러가 1902년 인천 내동에 세운 이민회사인 '동서개발회사'에서 통역관 및 사무관으로 일한"[1] 경력이 있었기 때문일 것이다.

이처럼 개화기 소설에서 인천은 혼종적인 공간이자 외국으로 나가는 관문으로 자주 등장한다. 주지하다시피 개항을 통해 성장한 인천은 태생부터가 민족적으로 혼종적인 성격을 지니고 있었다. 1910년 인천의 인구 31,011명 중 일본인은 13,315명, 중국인 2,806명, 기타 외국인 70명 등 총 16,191명으로, 인천 전체 인구 가운데 외국인이 차지하는 비율은 52%를 넘었다.[2] 또한 인천은 외국으로 나가는 관문 역할을 하는 곳으로 표상되고 있다. 이러한 관문으로서의 성격은 주요섭의 「구름을 잡으려고」『동아일보』, 1935.2.17~8.4와 같은 작품에까지 이어진다. 「구름을 잡으려고」는 1902년 12월 22일 104명의 조선인들이 하와이로 노동이민을 떠나서 겪은 이주노동의 역사를 기록한 수설인데, 이 소설에서 조선인들이 외국으로 떠나는 곳이 바로 제물포항이다.


## 3. 기회의 땅, 일자리와 일확천금

최찬식의 「해안」『우리의 가정』, 1914.1~11은 간단히 말해 인천에 살던 신여성 경자의 수난기라고 할 수 있다. 인천에서 승승장구하던 경자는 서울 계동 황참서의 아들 대성과 결혼하고, 시아버지의 어리석음과 탐욕으로 인해 위기에 봉착한다. 시아버지는 경자를 범하려 하고, 이러한 행동은 경자를 자살로까지 내몬다. 바다에 빠진 경자는 시집에서 하인으로 일하던 경천에 의해 극적으로 구조되고, 마지막에는 심한 병증으로 인하여 인천병원에 입원한다.

---

1    경인일보 특별취재팀, 『仁川문학전람』, 다인아트, 2015, 35면.
2    이준한·전영우, 『인천인구사』, 인천학연구원, 2008, 40~55면.

이 작품은 서울과의 대비를 통하여 개화된 공간으로서의 인천이 지닌 면모를 부각시킨다. 인천에서 태어나고 자란 경자는 독보적으로 긍정적인 가치를 지닌 신여성이며, 경자와 경자의 어머니가 생활하는 인천은 근대적이며 개화된 공간으로 그려진다. 이에 반해 대성과 그의 가족이 생활하는 서울은 전근대적이며 무지몽매한 곳이다. 인천과 달리 서울에서는 구시대적 관념과 인습이 판을 친다. 무엇보다 이 작품에서 가장 무지몽매한 과거를 상징하는 인물은 대성의 아버지 황참서이다. 그는 결국 타락과 무지함으로 며느리를 탐내다가 며느리를 자살로까지 내몬다. 황참서는 "완고 인물일 뿐 아니오, 투미하기가 짝이 없는" 인물로서, 욕심과 어리석음이 정신병의 수준에 이른 것이다.

「해안」은 경자가 시집에서 쫓겨나 인천에서 자살하는 장면으로 시작되는데, 이 장면에서 인천은 일본 느낌이 물씬 풍기는 도시이다. 경자는 일본 공원과 화개동 고개를 지나 시키시마敷島, 인천시 중구 신흥동에 있던 유곽 아래끝 해안에서 몸을 던진다. 이 때 "월미도 등대의 불빛은 경경 시끼시마 일산루의 사미센 소리는 쟁쟁, 동천에 돋는 달은 교교한 광휘를 일본공원 팔판루 앞에 날리더라"라고 아름답게 묘사된다. 경자의 어머니가 경자를 찾아 나선 길, 즉 일본공원을 거쳐 용동통 큰길로 해서 축현 정거장을 향하는 길에서도 개화한 인천의 모습이 드러난다.

「해안」에서는 인천항 근처가 삶의 발전 가능성이 큰 공간으로 그려진다. 경자의 어머니는 본래 한미한 농민 정씨의 아내로서, 남편과 부평 오류동서 농업을 하며 빈궁하게 살다가 경자 다섯 살 되던 때에 남편을 잃었다. 이후 "인천항구가 살기 좋다는 말을 듣고" 경자를 데리고 인천항에 가서 열심히 생활한 결과 남의 집 곁방을 하직하고 만석동 산 밑에 조그마한 초가집을 사서 살림을 차린다. 그렇게 편안한 삶이라고는 말할 수 없지만, '인천항구가 살기 좋다'는 소문처럼 가세가 오히려 "그 남편 살아 있을 때보다 백배나 나"아진 것이다.

이광수의 「재생」『동아일보』, 1924.11.9~1925.9.28은 미두라는 초기 자본주의의 투기 행위가 이루어지던 인천을 그린 작품이다. 『한국민족문화대백과사전』에 의하면, 미두는 현물 없이 약속으로만 미곡을 거래하는 투기행위를 말한다. 장래의 일정한 날짜에 현물을 주고받는 기일을 정하고, 그 기간 안에 전매하거나 되사는 방법으로 매매거래를 상계할 수 있는 정기거래를 장기청산거래라고 하는데, 본래 미곡거래에서 장기청산거래의 목적물로 된 쌀을 정기미준말로 期米 또는 '미두'라고 불렀다. 1899년 3월 일본인이 주식회사 인천미두거래소를 설립하였는데, 1910년 우리 나라가 일제의 식민지로 전락한 이후 일반 거래소의 설립은 일체 금지되었지만, 인천미두기래소는 예외적으로 존속이 용인되었다고 한다.

「재생」에서 3·1운동에 적극적으로 나섰다가 감옥살이까지 한 신봉구는 연인이었던 김순영에게 심각한 배신을 당한다. 순영은 장안의 부자인 백윤희에게 갔을 뿐만 아니라 신봉구를 농락했던 것이다. 이 충격을 이기지 못하고, 봉구가 돈으로 순영에게 복수하겠다고 찾아간 곳이 바로 인천의 미두취인소이다. 그 곳에서 많은 돈을 벌어 돈에 넘어간 순영에게 복수하겠다고 결심한 것이다. 봉구는 "김영진金英鎭이라는 가명으로 인천 마루김金미두米豆 취인중매점에 사환 겸 점원 겸"으로 취직한다. 미두란 "한 놈이 잘 되려면 아흔 놈이 망해야 되는 법"에 바탕한 것으로서 교환논리가 극단에 달한 경제 행위라고 할 수 있다. 이상의 「지주회시」1936와 채만식의 「탁류」1937~1938, 「당랑의 전설」1940에도 인천미두취인소가 주요한 배경으로 등장한다. 식민지 시기 인천은 미두라는 일확천금의 백일몽이 뭉개뭉개 피어오르던 곳으로도 그려지고 있음을 알 수 있다.

강경애의 「인간 문제」『동아일보』, 1934.8.1~12.22는 공업지대로서의 인천을 그린 선구적인 작품이다. 이 작품에서 작가가 다루고자 하는 '인간 문제'는 인간 생존의 문제이고, 그것은 인간 노동을 둘러싼 문제로서 나타난다. 이 작품은 노동의 문제를 중심으로 인천을 다루고 있다.

「인간 문제」의 공간적 배경은 농촌황해도 용연과 도시로 나뉘어 있고, 도시는 다시 서울과 인천으로 나뉘어진다. 전체적인 서사의 흐름을 정리하면, 용연에서 출발한 서사는 서울을 거쳐 인천에서 종결된다고 말할 수 있다. 이 작품은 노동자의 각성 과정을 그리고 있는데, 용연이라는 농촌 공간이 민초들의 자연적인 상태를 그렸다면, 인천은 노동자들의 깨어 있는 의식을 바탕으로 했다고 말할 수 있다. 인천에서 겪는 일본인 공장주와 감독의 횡포 등이 그들을 필연적으로 사회의식에 눈 뜬 각성한 노동자로 만들어내는 것이다. 이 작품에는 식민지 시기 억압의 가장 큰 근원이라고 할 수 있는 일제가 여러 가지 방식을 통해 드러나 있다.

「인간 문제」가 인천을 배경으로 하면서, 가장 중요하게 삼는 장소는 바로 대동방적이다. 대동방적 공장은 일본 동양방적 인천공장을 모델로 한 것이다. 만석정 매립지에 소재한 공장은 1933년 말에 완공, 이듬해부터 조업을 시작했다.[3] 강경애는 이 공장의 소재지를 '만석정萬石町, 현 만석동'에서 '천석정'으로, 이름은 '동양방적'에서 '대동방적'으로 바꾸었다. 1882년 일본 근대 산업의 아버지로 일컬어지는 시부자와 에이이치에 의해 창립된 오사카 보세키大阪紡績를 모체로 하는 동양방적은 만주사변 이후 일본 독점 자본의 식민지 진출 물결 속에 인천 공장을 신축했던 것이다. 주로 군복을 비롯한 군수품과 관수용품 공급을 겨냥한 저급 면직물의 대량 공급에 이바지한 동양방적은 해방 이후에도 한국의 대표적인 방직공장으로 자리 잡았으니, 1978

년 노조 탄압을 둘러싼 여공들의 투쟁으로 유명한 동일방직이 그 후신이다.[4] 강경애는 식민지 조선의 가장 산업화 된 도시로서 인천을 선택하고 있다. 그리고 그 속에서 식민지의 고통과 모순을 꿰뚫어 나갈 수 있는 희미한 가능성이라도 열어 놓고자 혼신을 힘을 기울였다.

## 4. 전국 최고의 휴식과 여가지

「마도의 향불」『동아일보』, 1932.11.4~1933.6.12은 1930년대 최고의 인기 작가로서 명성을 떨친 방인근의 첫 번째 장편소설이다. 이 작품은 부자 김국현의 딸 애희와 소방수 윤부의 아들 영철의 연애와 이를 방해하는 애희의 계모인 정숙경의 이야기가 기본 서사를 이룬다. 숙경은 젊은 남자들을 유혹하는 요부일 뿐만 아니라 남편의 재산을 노려서 방화와 살인을 서슴치 않는 악녀이다. 이 작품에는 대중의 흥미를 자극하는 요소가 가득하다. 치정과 범죄와 같은 자극적인 사건은 물론이고, 카페, 백화점, 소방서 등의 도시적 풍물과 권선징악의 결말 등이 모두 독자의 흥미를 끄는 요소로 작용하는 것이다.

경성을 주요한 배경으로 한 이 소설에서도 인천은 적지 않은 비중을 차지하고 있다. 「마도의 향불」에서 마도魔都, 즉 '악마의 도시'는 경성을 가리킨다. 이 작품에서 경성은 화려한 외양과는 달리 온갖 음모와 욕망이 넘쳐나는 악마적인 공간으로 그려지고 있다. 인천은 경성의 악마성이 퍼져 나가

---

3    이상경, 『강경애』, 건국대 출판부, 1997, 122면.
4    최원식, 「〈인간 문제〉, 사회주의리얼리즘의 성과와 한계」, 『인간 문제』, 문학과지성사, 2006, 404면.

는 첫 번째 도시로 언급된다. "서울을 곪게 하는 종기의 균"이 경성역을 통해 삼천리로 퍼져 나가는데, 그 첫 번째 도시로 인천이 언급되는 것이다. 다음으로 인천의 월미도가 연인들의 데이트 장소로 등장한다. 월미도는 1917년에 해수욕장이 개장되고, 1923년에는 바닷물을 가둬 만든 조탕潮湯이 개장되면서 수도권을 넘어 전국 최고의 관광지이자 휴양지가 되었다.

김말봉의 「밀림」『동아일보』, 1935.9.26~1938.12.25은 식민지 시기를 대표하는 대중소설이다. 이 작품은 한국근대문학사의 대표적인 대중소설가인 김말봉의 첫 번째 장편소설로서, 발표 당시에 대중과 평단의 커다란 주목을 받았다. 기본적으로 의사인 유동섭, 서정연 사장의 외동딸인 자경, 탐욕의 화신인 오상만, 오상만에게 배반당하는 인애 등의 젊은이들을 전면에 내세워, 그들이 펼쳐가는 복잡한 연애관계가 자연스럽게 독자의 흥미를 유발하도록 하였다. 동시에 이 작품은 비참한 노동자의 삶과 주의자형 인물들의 활동을 통해 나름의 사회적 문제의식을 던져주고 있기도 하다.

이 작품에서 인천은 매우 중요한 배경으로 등장하며, 그 중에서도 세 가지 공간이 중요한 의미를 지니고 있다. 첫 번째는 서정연 사장의 별장이 있는 월미도이고, 두 번째는 서정연이 경영하고 있는 인천 축항 공사장이고, 세 번째는 동섭이 정치적으로 각성한 후에 설치한 인천실비치료원이다. 서울 부자들의 별장이 있는 월미도는 아름다운 풍경과 낭만이 있는 곳이자, 가진 자들의 눈먼 욕망이 생생하게 살아 숨쉬는 탐욕의 공간이다. 이에 반해 축항 공사장은 노동자의 땀과 눈물이 묻어 있는 고통의 공간이다. 동시에 공사장에는 새로운 세상을 꿈꾸는 가능성이 숨쉬는 곳이기도 하다. 규슈의대에서 박사학위논문을 준비중인 유동섭은 처음 월미도의 별장에 속한 인물이었지만, 축항 공사장을 방문한 후에 정치적 각성을 하여 인천에 가서 야학운동을 펼치기도 하며 나중에는 사회주의자 조창수를 돕다 수감생활을 하기도 한다. 이후 출옥한 유동섭은 축항 공사장 근처에 인천실비치료원을 만들고 가난한 사람들을 돌본다. 인천실비치료원은 젊은 청춘 남녀들의 갈등이 종결되는 곳이자, 그들의 아름다운 꿈과 능력이 집결되는 곳이라고 할 수 있다.

한용운의 「박명」『조선일보』, 1938.5.18~1939.3.12은 장순영의 헌신적이고 희생적인 삶을 통하여 불교의 가르침을 형상화한 장편소설이다. 한용운은 '작가의 말'에서 "나는 일생을 통해서 듣고 본 중에 가장 거룩한 한 여성을 그려볼까 합니다"라고 밝히고 있는데, 「박명」의 주인공인 순영이 바로 '가장 거룩한 한 여성'에 해당한다. 착하고 똑똑한 장순영은 어린 시절부터 계모 슬하에서 힘들게 자라다가, 이후에는 친구 운옥과 뚜쟁이인 송 씨의 유혹에 빠져 서울로 가출하게 된다. 이후 기생집으로 팔러 가고, 옛날의 은인 김대철을 만나 결혼 생활을 시작한다. 그러나 김대철은 순영의 돈을 빼앗고, 어린 아들을 죽게 하고, 이혼을 강요한다. 결국 김대철과 원하지 않는 이혼을 한 후 삯바느질로 생계를 이어가던 순영은 아편중독자이자 걸인이 된 김대철과 재회한다. 이러한 상황에서도 순영은 그 누구도 원망하지 않으며 김대철을 지극 정성으로 돌본다. 이러한 순영의 모습은 불교에서 이상적인 삶으로 여기는 보살의 삶에 해당한다고 할 수 있으며, 결국 순영은 환희사에서 선행이란 법명을 받고 출가하는 것으로 작품은 끝난다.

식민지 시기 대표적인 승려이자 독립지사인 한용운의 마지막 장편소설인 「박명」에도 인천은 매우 주요한 공간으로 등장한다. 서울에서 강제로 기생수업을 받던 순영이가 술집에 3년을 머무는 조건으로 7백원에 팔려 가는 곳이 바로 인천인 것이다. 특히 인천의 여러 장소 중에서도 월미도는 매우 중요한 역할을 담당한다. 순영은 인천의 술집에서 소리를 잘해서 많은 돈을 벌게 되고, 이로 인해 동료 기생들의 모략을 받아 자살 시도까지 한다.

이 때 순영이 자살하기 위해 찾아가는 곳이 다름 아닌 월미도이다. 다행히도 술집 주인인 홍숙자는 순영에게 씌워진 도둑이자 환자라는 오명이 모함에 불과하다는 것을 알고 순영을 찾아 나선다. 월미도에서 바다 속으로 걸어가던 순영은 가까스로 구조되어 돌아온다. 이후 순영은 안정된 생활을 하다가, 어느 날 친구 정순과 월미도의 조탕으로 해수욕을 간다. 그리고 그곳에서 만나는 인물이 바로 순영이 평생 지극한 정성과 열정을 바치는 김대철인 것이다. 이처럼 1930년대 소설에서 인천의 월미도는 조선을 대표하는 휴양지이자 관광지로 등장하고 있음을 알 수 있다.

## 5. 결론

이상으로 20세기 전반에 인천이 한국소설에서 형상화되는 방식을 살펴보았다. 인천은 한국 근대(성)의 빛과 어둠을 대표하는 도시로서, 개항과 식민지, 해방과 한국전쟁, 산업화와 다문화 등 한국근대사의 주요 흐름이 가장 선명하게 나타나는 공간이다. 이를 반영하여 작가들은 인천을 국제도시, 공업도시, 유흥의 도시, 관광의 도시, 노동자의 도시 등으로 형상화하였다. 특히, 코스모폴리탄적인 모습과 자본주의적 질서가 발달한 모습 등은 인천의 고유한 개성에 해당하는 것이라고 할 수 있다. '한국적 모던'을 대표하는 인천은 앞으로의 한국문학에서도 새로운 상상력과 사유의 거점으로서 핵심적 역할을 하게 될 것이라고 믿는다.[2020]

# 2

# 한국적 모던을 대표하는 도시 2

### 인천현대소설사

## 1. 다양한 얼굴의 인천

19세기 말부터 인천은 한국 현대(성)이 빛과 어둠을 대표히는 도시로시의 위치를 확고히 해왔다. 개항, 식민지, 분단, 전쟁, 산업화, 세계화로 이어지는 숨 가쁜 한국현대사의 모든 과정에서 인천은 늘 중심에 서 있었던 것이다. 소설은 그 어떤 예술 장르보다도 현실반영에 탁월한 능력을 발휘하며, 그렇기에 시대의 거울인 소설에도 인천은 빈번하게 등장하였다. 이 글은 지난 40여 년간1981~2020 한국근대소설에서 인천이라는 지역[1]이 어떻게

---

1    로컬(local)은 본래 지방으로도 지역으로도 번역될 수 있다. 지역이 중앙과의 관계 속에서 수평적이며 가치중립적 의미를 지닌다면, 지방은 중앙과의 관계 속에서 수직적이며 위계적 의미를 지니고 있다.(이상봉, 「인문학의 새로운 지평으로서 '로컬리티 인문학' 연구의 전망」,『로컬리티 인문학』 창간호, 부산대 한국민족문화연구소, 2009.4) 지역은 탈위계적이고 탈중심적인 의미가 담겨 있는데 반해 지방은 중심 대 주변의 위계질서를 함축하고 있는 것이다. 지역의 관점에서 보면 중앙 또한 지역의 하나일 뿐이다. 지방이 장소를 중앙으로부터 이러저러한 거리에 있는 공간으로 추상화시키는 것과 달리 지역은 장소의 장소성, 곧 장소와 삶의 구체적 연관성을 환기한다. 자연스럽게 지방을 강조하면 지방주의(localism)로 빠지게 되며, 이때의 지방주의는 기본적으로 식민주의적 (무)의식과 긴밀한 관련을 맺게 된다.(하정일, 「지역·내부 디아스포라·사회주의적 상상력」,『민족문학사연구』 47호, 2011, 84~86면)

표상되었는지를 살펴보고자 한다. 본고에서는 인천이 단순한 지명으로 등
장하는 경우는 제외하고, 인천이 경험으로서의 공간으로 등장하는 작품들
을 집중적으로 살펴보았다.

특히 인천은 지난 40년간 그야말로 눈부신 성장과 변화를 보여주었다.
1981년 7월 1일 인천은 경기도에서 분리되어 직할시로 분리 승격되었으
며, 1995년 광역시 체제로 바뀌어 현재에 이르고 있다. 그동안 인천은 산업
기반 시설과 항만, 세계 최고 수준의 인천국제공항을 갖춘 도시로 성장했
으며, 이에 따른 안정적인 재정과 도시 인프라를 구축하였다. 인천광역시
가 인천연구원원장 이용식과 함께 분석한 통계자료에 따르면 1981년 이후 현
재까지 인구는 약 3배 늘었고 면적은 5배 이상 커졌다. 1981년 당시 114만
명이던 인구는 2020년 301만 명외국인 포함으로 증가해 특·광역시 중 세 번
째로 300만 도시가 됐다. 면적은 1981년 201km²이던 것이 강화군과 옹
진군 편입, 공유수면 매립을 통한 인천경제자유구역 조성 등으로 2020년
에는 1,065km²로 커져 특·광역시 중 가장 면적이 넓은 도시가 됐다. 1985
년 765만 원이던 1인당 개인소득은 2020년 1,933만 원으로 2.5배가량 증
가했다. 지역 내 총생산GRDP은 1985년 4조 2,000억 원에서 2019년 89조
5,000억 원으로 21배 증가했다. 예산 규모는 1981년 816억 원에서 2021
년 약 18조 4,000억 원으로 225배나 늘었다. 문화 분야에서도 많은 성장
을 이뤘다. 1982년 문화회관, 1994년 인천종합문화예술회관이 개관하는
등 2003년 23개이던 문화기반시설이 2019년에는 115개로 크게 증가했다.
1981년 단 1개에 불과했던 공공도서관도 2020년에는 60개로 늘었다.

이번에 소개하는 작품을 꼼꼼히 살펴본다면, 지난 40여 년 동안 서울에
버금가는 도시로 성장한 인천의 지난 발자취를 어느 정도는 파악할 수 있
을 것이다. 인천은 실로 다양한 얼굴을 지니게 되었는데, 인천의 다양성은

메트로폴리스가 되어버린 보통의 도시가 가질 수 있는 정도의 다양성을 훨씬 뛰어 넘는다. 이러한 다양성은 개항, 식민지, 분단, 전쟁, 산업화로 이어지는 과정에서 인천이 겪은 엄청난 속도의 변화 때문이라고 할 수 있다. 더군다나 바다와 육지, 공장과 농촌, 도심과 변두리, 국제도시와 산동네, 유원지와 공단 등의 다양성까지 아우르는 것이 인천이라고 한다면, 인천은 그야말로 거대한 잡종이라고 밖에는 달리 표현할 길이 없다. 더불어 인천문학도 지방이라는 한계에서 벗어나 한국 문단의 중요한 핵심으로 자리잡아가는 모습을 보여주고 있다. 이 글에서는 '인천의 유명한 공간', '민족의 상흔, 전쟁과 분단', '고도성장과 그 이면', '서민들의 삶과 서정', "'관계적 공간성'과 '일상적 장소성'으로 바라본 인천'이라는 다섯 가지 범주로 나누어 논의를 펼쳐보고자 한다.


## 2. 인천의 유명한 공간

### 1) 개항도시 인천

먼저 인천이 근대사에서 뚜렷한 족적을 남긴 것은 개항도시로서의 모습이라고 할 수 있다. 지금도 인천을 대표하는 거리인 차이나타운과 개항장 거리가 바로 개항도시 인천을 보여주는 대표적인 유산이라고 할 수 있다. 심창화의 「청관淸館」『월간문학』, 1981.12은 차이나타운의 모습을 독특하게도 진청이라는 화교의 시각에서 보여주는 작품이다. 진청은 산동성의 Y시에서 태어났으나 집안이 몰락하는 바람에 정처 없이 떠돌다가 청도에서 무역선 선원이 되어 여러 항구를 떠돌아다니다가 50여년 전 제물포에 정착한 인물이다. 진청은 청관 거리의 실질적 지배자이던 왕대인의 신임을 받아, 그의 후

계자가 되었다.

그가 처음 접한 인천항은 "당시 나라가 처한 실의와 좌절 속에서도 이 항구만은 활기를 띠고 있었고 인정이 넘쳐 흐르던 곳"으로 묘사될 만큼 긍정적인 곳이었다. 초점화자인 진청을 통해 "화상華商들의 유일한 생활의 터전"이었으며, "한말韓末부터 돈독이 오른 서구인들과 상술商術에 능한 중국 상인들이 일확천금을 꿈꾸고 대륙에서 이곳으로 꼬리에서 꼬리를 물고 몰려들었던" 청관의 역사적 특징이 상세하게 밝혀진다. 그로 인해 이 작품은 '청관'에 대한 일종의 간략한 역사라 해도 손색이 없을 정도이다.

청관 일대는 "제물포항이 손바닥처럼 내려다보이는 응봉산록 남향 밭 일대에 자리잡은 얕은 산이었으나 굴곡이 비교적 뚜렷한 산세를 탄 명당"이었다는 것으로 시작하여 그 지세에 대한 설명이 상세하게 이루어진다. 또한 청관은 "당시 청나라의 자치지구로서 행정적으로 한국 정부의 지배를 받지 않았을 뿐만 아니라 사법과 경찰권에 있어서도 치외법권의 특전까지 향유하는 별천지를 이루게 하였던 곳"이라고 하여 그 역사적 사실을 정확하게 설명하고 있다. 또한 "일종의 떠돌이 낭인"인 일본인 나카무라를 통해 일제의 식민지 지배로 인해 변화되는 청관에서의 권력관계를 보여주기도 한다. 식민지 지배 이전에 진청에게 모략이나 꾸며 생계를 이어나가던 일본인은, 조선이 일제의 식민지가 되자 인천의 상권을 주도하던 청관의 중국 상인들에게 많은 핍박과 고난을 가한다.

흥미로운 것은 이 작품에서 1931년에 발생한 대사건인 만보산사건과 그에 따른 중국인 배척운동에 대한 이야기가 펼쳐진다는 점이다. 폭도로 변한 군중들은 "되놈들을 이 땅에서 사그리 몰아내야 한다!"나 "죽여라 —. 만보산에서 당한 원수를 갚아야 한다 —"라는 폭력적인 구호를 외치며 청관에서 난동을 부린다. 이 때 "변장으로 색안경을 끼고 군중의 전후를 왕래하면서 설치고 있"는 나카무라의 모습을 보여줌으로써, 만보산사건과 뒤이은 중국인 배척운동이 일제와 무관하지 않음을 암시한다.

진대인을 통해 흥청거리던 구한말의 청관과 '현재'의 청관이 대비적으로 드러나는데, 과거 청관이 활기가 넘치는 곳이었다면, 현재는 쓸쓸하게 퇴락한 곳이다. 과거의 청관 일대는 외국지계外國地界와 함께 저녁이 가까워지면서부터 흥청대기 시작하며, "외국지계에 닿은 물건들을 흥정하느라고 객줏집마다 외국 상인들이 들끓"는 곳이다. 그 풍경은 다음처럼 실감나게 묘사된다.

성급한 주루酒樓에는 청객請客을 위하여 어느덧 두서너 집 가스등이 켜져 있었다. 그리고 가냘픈 호궁胡弓 소리가 간드러지게 흘러나오고 있었고 간혹, 발랄한 꾸냥들의 낭랑한 목소리도 흘러나왔다. 길가에는 푸르노름한 턱수염을 기른 하이칼라의 서구인들의 활보와 함께 비단으로 만든 따아과알大掛兒을 입은 중국 상인들이 가슴을 펴고 고개를 끄덕거리며 의기양양하게 무엇이 그렇게 신나는지 호호好好를 연발하며 지나가고 있었다.

과거와 달라진 '현재'의 청관은 "상전벽해"라는 말로 압축되며, 현재 청관의 모습은 "인적이 드문 한산하고 우중충한 청관淸館 거리"나 "이지러진 벽과 균열진 돌각담, 그리고 때 묻은 대리석 기둥" 등으로 묘사되는 쓸쓸한 곳이다. 아래층 낙수면의 둥근 서까래도 군데군데 썩어 있었고, 용마루 도리 끝의 푸른 기와도 퇴색되어 몇 군데 벗겨져 뻘건 흙이 드러나 있으며, 지붕에는 망초와 함께 개창초 쇠뜨기 같은 잡초가 서툰 추상화처럼 엉키어 있는 퇴락한 모습으로 묘사되는 것이다. 그러나 진대인은 "부둣가의 생선 매음보다 더 비리고 차가웠던 고난의 세월, 중국인들의 체취와 함께 애환의 숨결이 실내악처럼 조용히 퍼져간 이 거리"를 끝까지 지키겠다고 다짐하는 것으로 작품은 끝난다.

「청관」에서 청관 거리의 핵심적인 특징은 이국적이며 혼종적인 공간이라는 점이다. 기본적으로 응봉산 밑 서남향 일대에 자리 잡은 청관 거리는 그야말로 "중국인들의 생활과 숨결이 실내악처럼 퍼져가던 다정한 거리"로서, "중국인들의 체취와 중국의 로컬 칼라가 짙은 거리"이다. 동시에 이 곳은 중국인들만의 공간이 아니라 일본인을 비롯한 세계 각국 사람들의 공간으로 그려진다. 왕대인의 고객 중에는 포르투갈인 무역상인 쎄인 폴도 있을 정도이다.

이 작품은 화교를 초점화자로 내세우고 있지만, 화교에 대한 인종적 편견 등이 여전히 남아 있다. 호떡장사로 시작해 객주업과 고리대금업으로 청관의 실질적 지배자가 된 왕대인은 역한 아편을 빨며 무아지경에 빠져있는 모습을 보여주고, 금력과 권력으로 여색을 탐하는 것으로 그려진다. 또한 왕대인의 아내 엘라는 "마카오에서 태어난 포르투갈 2세의 중국계로서 재물에 눈이 어두운 여자"로 이야기된다. 이 작품에서는 왕대인이 자기 부인과의 간통을 의심한 포르투갈 상인 쎄인 폴의 총을 맞고 죽음으로써, 한국 사회로부터 완전히 배제되어 버리기도 한다.

심창화의 「청관淸館」이 차이나타운을 문학적으로 형상화했다면, 김경은의 「개항장 사람들」『학산문학』, 2004년 겨울호은 신포동을 중심으로 한 개항장 주변을 형상화한 작품이다. 중편인 이 작품은 신포시장의 '개성만두' 가게를 중심으로 서사가 펼쳐진다. '내'가 할아버지로부터 이어져 온 만둣국 가게를 이어받을 것인지 아닌지를 고민하다가 결국 받아들이게 되는 과정이 서사의 기본적인 줄기이다. 아버지와 조부모는 남존여비사상이 골수에 박힌 사람이다. 그렇기에 오랫동안 남편이 집 밖으로만 떠돌았으며, 딸만 넷을 낳은 어머니는 숨도 제대로 쉬지 못하고 살았다. 가부장적 분위기는 엄청난 폭력으로 딸들의 인생도 짓눌러왔다. 아버지에 절대순종하며 가사일과 식당일에 충실했던 언니와 달리, 아버지에게 대들기도 했던 둘째 딸인 주인공은 아버지에게 폭행까지 당하며 성장하였고, 만둣국 가게를 물려받는 것은 고사하고 아버지와 마주치는 것조차 피할 정도이다. 고등학교 시절에도 아버지 식당이 신포동에 있었기에 신포동뿐 아니라 동인천에 오는 것도 꺼렸을 정도였다. 주인공은 초등학교 때부터 가부장적이며 서슴없이 폭력을 휘두르는 아버지가 있는 이 지역에서 벗어나고 싶어했다. 그러한 마음 때문에 고등학교 시절에는 아버지를 피해 가출하여 소위 "노는 아이들의 아지트"에서 지내기도 하였다. 어른이 된 지금도 "기억하고 싶은 옛날이 없는 게 문제"라고 생각한다. 또한 이 동네는 "도대체 변하는 게 없이"라며 딥딥해하기도 한다.

그러나 「개항장 사람들」에서 개항장 주변은 "숨 쉬는 곳마다 문신처럼 새겨진 삶이 짙게 밴 고향의 이야기"라는 작가의 말처럼, 아무리 벗어나려고 해도 벗어날 수 없는 모체母體와도 같은 곳이다. 그렇기에 '나'는 결국 "그렇게 떠나고 싶었던 곳"인 개항장을 받아들이게 된다. 이러한 변화는 선배가 소개해준 '지역탐방 인솔강사'를 하면서 개항장 주변을 새롭게 알게 되면서, 이곳이 "보이기 시작"한 것과도 관련을 맺고 있다. 선배는 인천이 고대에 중국과 뱃길이 이어졌던 곳이라며, 이제 개항장도 이곳에 사는 사람들의 의지로 "새로운 의미로 문이 열려야 한다"고 말하기도 한다.

기본적으로는 '개성만두'가 위치한 신포시장은 "불황"에 허덕이며 "쇠락"해가는 것으로 그려진다. 이러한 쇠락의 이유는 무엇보다도 "시청의 이전" 때문이다. 본래 시청은 현재 중구청이 있는 인천 중구 관동에 있었지만, 1988년 남동구 구월동으로 이전하였다. 이에 따라 시청에 부수된 시설들과 사무실, 관련 업체, 하다못해 문구 사무용품점까지 이전해 갔던 것이다. 시청이 이전하면서 개항장 사람들의 자존심도 함께 자리를 뜨기 시작했다. 인천의 중심에 있다는 자부심으로 살았던 사람들은 변방으로 밀려나는 쓴 맛을 볼 수밖에 없었던 것이다. 목을 찾아 자리를 넘기며 한차례 떠난 후 남은 사람들의 면면은 노령화된 토박이와 그를 잇는 장남들 뿐이었다. 이러한 신포시장의 쇠락과 함께 '개성만두'도 쇠락해간다. 인천의 동서를 가로지르는 경인철도에 인천지하철 1호선이 남북으로 교차하고 각종 문화시설이 분산되는 상황에서, "개항장 사람들은 박물관에라도 갇힌 듯 타 지역의 변화를 지켜보는 세월"을 보내야 했던 것이다. 또한 "이미 자존심을 다친 토박이 특유의 텃새"는 변화에 쉽게 반응하려 들지 않았다.

이 작품에는 개항장 근처의 모든 지명, 일테면 인천항, 자유공원, 북성동, 청관거리, 신포동, 내동, 지하상가, 동인천역, 신포 문화의 거리, 하인천, 괭이부리말, 월미도, 신포시장, 인성여고, 인일여고, 대한서림, 맛나당, 대동백화점, 인천여고, 전환국 터 기념비, 배다리 헌책방, 용동우물, 오포산 대포, 기상대, 응봉산, 인천감옥소, 영종도, 작약도, 제물포고등학교, 맥아더동상, 홍예문, 내동, 대한제분, 창영초등학교, 삼치집 등이 등장한다. 또한 개항장과 관련된 걸출한 인물들까지 모두 언급된다. 김구, 장면, 김활란, 김은호, 고유섭, 함세덕이 그러한 이름들이다. 또한 빼놓을 수 없는 존재인 화교도 풍경처럼 등장시키고 있다. 이토록 다양하게 개항장 주변의 풍경이 드러나는 이유 중의 하나는, 주인공이 대학시절 함께 했던 운동권 선배의 부탁으로, 개항장 일대를 알리기 위해 "지역탐방 인솔강사" 활동을 하기 때문이다. 이를 통해 개항, 지계, 신포동 푸성귀전, 신포동의 옛 이름인 터진개, 축현역, 양관, 세창양행사택, 제임스 존스턴의 별장, 협률사, 항만노동자들의 초가집, 한용단, 경인열차통학생, 오정희의 중국인거리, 화교학교 등이 소개되기도 한다. 이 작품은 인천공항이 들어서고 중국과의 교류가 활발해지며, 인천항이 확대되는 상황에 맞서, "이 지역도 다시 기지개를 켤 것"이라는 가능성이 제시되며 끝난다.

김진초의 「너의 중력」『인천, 소설을 낳다』, 케포이북스, 2015에서도 신포동은 벗어날 수 없는 인력引力을 지닌 곳이다. 그곳은 마치 지구상의 어디에나 작용하는 중력처럼 절대적인 것으로 그려진다. 신포동에 대한 기억의 핵심에는 중년 여성인 현주가 경영하던 카페와 거기서 줄곧 성관계를 맺던 새파랗게 젊은 주현이 있다. 카페는 철저히 실패하였다. "밀린 월세 때문에 완전히 손을 털고 몸만 나왔다"고 할 수 있으며, 인수할 사람이 없어 권리금도 날린 채 텅텅 비어버린 거리를 마지막으로 빠져 나왔던 것이다. 카페를 접고 신포동을 빠져나온 것을 "신포동이 아니라 너로부터 탈출한 거"라는 말에서 알 수 있듯이, 신포동과 주현은 긴밀하게 묶여져 있다. 신포동과 주현을 떠난 지 10여년이 지난 지금, 현주는 다시 신포동으로 향하고 있다. 신포동을 향한 끌림은 중력과도 같이 절대적인 것이다. 「너의 중력」에서는 인천역에서 내려 신포동으로 가는 길의 묘사가 자못 자상하고 리얼하다. 현주는 "하인천이라 불리던 경인선 종점 인천역"과 역사 왼편에 있는 은행나무에서 시작해, "역사 맞은 편 차이나타운 입구 패루"를 지나, 빨강과 황금색으로 도배한 채 주렴을 흔들며 행인을 유혹하는 차이나타운 상가들을 보면서, 파출소를 끼고 중간의 밴댕이거리에 들렀다가, "지구에서 짜장면을 처음 만들었다는 공화춘 골목"을 거쳐, 한때 이름난 중국집이었던 풍미를 끼고 언덕을 오른다.

이 언덕을 넘어서면 중구청이고, 곧장 가면 주현과의 추억이 가득한 카페가 있다. 그러나 어쩐 일인지 현주는 신포동으로 가지 못하고, 차이나타운 끝자락의 '나비'라는 이름의 카페에서 발걸음을 멈춘다. 대신 그곳에서 십여 년 전에 현주의 카페에 자주 드나들던 꽁지머리 사내를 만난다. 꽁지머리 사내는 "그래비티"라는 이름의 영화를 보고 무작정 여기까지 왔다는 현주의 말을 들으며, "여기는 이상한 중력이 있어요. 떠나도 떠난 게 아니라니까요"라고 말한다. 그리고 이후 '나비'에 온 세련된 모습의 '핀란드'도 "저도 일 년에 한 번은 꼭 옵니다. 자석에 끌리듯 오지요. 한 달쯤 머물다 가면 일 년은 끄떡없이 버팁니다"라고 말한다. '중력'이라는 단어에서 선명하게 드러나듯이, 김진초의 「너의 중력」에서 신포동은 벗어날 수 없는 숙명적인 힘을 지닌 곳이다. 나아가 신포동은 끝내 도달할 수 없는 욕망의 대상이라는 지위로까지 그려진다. 그토록 많은 이야기를 하지만, 신포동으로 갈까 말까 망설이던 현주는 끝내 신포동에 가는 것을 포기하며, 다시 인천역으로 향한다. 온갖 추억과 젊디젊은 주현의 흔적이 가득한 신포동은 함부로 도달할 수조차 없는 숭고한 대상인 것이다.

### 2) 사라진 것들을 향한 노스탤지어

대한민국의 모든 도시가 기본적으로는 그러하겠지만, 인천은 참으로 급격하게 변모해 온 도시이다. 그렇기에 수많은 근대문물이 생겨나는 속도에 비례해, 그러한 속도로 많은 것들이 사라져가기도 하였다. 윤후명의 『협궤열차』창, 1992, 이상락의 「천천히 가끔은 넘어져 가면서」『오, 해피데이』, 열린세상, 2007, 양진채의 「페루 위 고래」『푸른 유리 심장』, 문학과지성사, 2012, 양진채의 「허니문 카」『아라문학』, 2013년 겨울호는 협궤열차나 송도 유원지처럼 인천에 존재했다가 사라진 것들에 바치는 일종의 애가哀歌이다.

윤후명의 『협궤열차』는 자신의 몫을 다하고, 시대의 뒤안길로 사라진 인천의 명물 협궤열차를 다룬 작품이다. 윤후명은 단편소설 「협궤열차에 관한 보고서」를 1990년에 발표했다가, 이것을 더욱 발전시켜 1992년 장편소설 『협궤열차』를 출간한 것이다. 협궤열차는 인천항에서부터 송도, 수원을 오갔던 아주 작은 열차였다. 윤후명의 『협궤열차』는 윤후명의 일반적인 작품 세계가 그러하듯이, 기본적으로 '자아와 세계 사이의 근원적인 일체성의 상실과 그에 대한 대응'으로 정리할 수 있는 낭만주의 토포스topos에 충실하다. 현실에의 절망과 그에 대한 대응으로서의 초월이라는 정념이 『협궤열차』를 가로지르는 것이다. 낭만주의는 현실로부터의 이탈을 기본적 특징으로 하지만, 때로는 이 현실로부터의 초월이라는 특징이 인간실존의 근원적 문제를 조명하는데 효과를 발휘하기도 한다.

『협궤열차』에서 협궤열차는 '초월에의 정념'을 상징하는 기호로서 기능하고 있다. 협궤열차는 1937년 쌀과 소금을 운반하기 위해 건설되었으며, 해방 이후에는 서민들의 교통수단으로 활용되다가 시대의 변화와 맞물려 1995년 운행이 중단되었다. 윤후명이 『협궤열차』에는 1980년대 협궤열차의 운행풍경과 소래포구 등의 모습이 매우 상세하게 묘사되어 있다. 협궤열차는 표준궤간1,435mm의 반밖에 되지 않는 너비 762mm의 협궤 위를 달리는 열차로서, '꼬마열차', '작은 철', '소철'이라고 불리기도 하였다. 이렇게 작은 덩치다보니 트럭에 부딪쳐 쓰러지기도 하여 사람들의 웃음을 불어일으키는 일도 많았다.

『협궤열차』에는 협궤열차와 유사한 '초월에의 정념'을 상징하는 기호들이 병렬적으로 등장한다. "류柳라는 여자", "삼천포", "공룡", "봉홧불", "석고로 만든 귀", "바다 귤", "길 잃은 고래". "경주", "검은 꽃", "망루지기", "엄나무", "모래강", "코끼리새", "그리핀", "스키타이 유물", "군자봉" 등이 그러한 기호들에 해당한다, 특히 "그 뒷모습에서 나는 공룡의 모습을 얼핏 떠올렸다"라든가 "협궤열차의 공룡발자국 소리를 들을 수 있었다"라는 말에서 드러나듯이, 협궤열차와 공룡은 완전히 동일시되기도 한다.

협궤열차의 특징은 강하고 빠르고 계산적인 것을 떠받드는 현실과는 전혀 다르다는 점이다. 가장 많이 등장하는 이야기가 "트럭하고 부딪쳐서 넘어졌다"는 것이며, 협궤열차는 곧 없어질 거라는 소문도 널리 퍼져 있다. 협궤열차는 "여름철 행락인파가 많을 때 세 칸이나 네 칸으로 늘어나기는 해도 보통 두 칸만으로 운행하는 그야말로 장난감 열차"이며, "이즈음에는 승객도 줄어들어 웬만한 역은 역무원조차 근무하지 않는 폐역"이 되어 버렸다. 세워 달라고 소리치면 멈춰서 사람을 태우고, 차비를 안 가져왔으면 외상도 가능한 열차로 그려지기도 한다. 이러한 협궤열차의 표상은 지방도시에서 아무도 "아는 이 없는 외로운 땅에 홀로 던져졌다는 생각"에 홀로 살아가는 '나', 서해안의 황량한 풍경을 보며 "이런 곳에서 시를 쓰며 외롭게 외롭게 살았으면"이라고 생각하는 '나', "아웅다웅하는 저 세상을 버리고 자기 삶을 절대고독 속에 놓고 진실로 외롭게 살아가는 길은 없을까?"를 고민하는 '나'에 연결되는 것이기도 하다. '나'는 "늘 초월을 꿈꾸었지만 그것은 결코 다다를 수 없는 세계"였으며, 그럼에도 아직껏 "이 세상과 절연된 어떤 곳, 이 세상에서 가장 멀고 알 수 없는 그곳을 그려 보고 있는 것"이다.

이상락의 「천천히 가끔은 넘어져 가면서」『오, 해피데이』, 열린세상, 2007는 협궤열차를 윤후명과는 다른 차원에서 형상화한 작품이다. 이 작품에서 협궤열차는 '지금-여기'의 현실을 비판하는 하나의 기준점이 되는 긍정적 가치의 상징이다. 이 작품은 1971년부터 1995년까지 협궤열차를 운전한 기관사가 자신을 찾아온 소설가에게 협궤열차와 관련된 지난 삶을 털어놓는 형식으로 되어 있다. '나'는 처음 기관조사로 일하다가 나중에는 정식 기관사가 되어 평생을 협궤열차와 함께 살아온 인물이다.

또한 협궤열차는 '천천히 가끔은 넘어져 가면서'라는 제목에서도 드러나듯이, 속도나 효율보다는 전통적인 인정미가 살아 있는 대상으로 표상된다. 이 작품에서는 고속철도와 대비되는 협궤열차의 느림과 모자람이 강조된다. 윤후명의『협궤열차』에서도 소개된 바 있는 트럭에 부딪쳐 전복되는 사고 이외에도 다른 사례들이 많이 나열된다. 협궤열차는 "걸핏하면 도중에 쉬었다 가자고 보채"며, 그렇기에 평균 시속은 25킬로에 불과하다. 또한 협궤열차는 철로에 약간의 이물질만 있어도 "발랑 나자빠져"버리기까지 한다. 그러나 보따리장수나 근처의 농민과 어민들인 승객들은 그 느림과 어수룩함에 대해 항의를 하거나 애를 쓰지 않는다. 그들은 담담히 그것을 받아들일 뿐이다. 그렇기에 '나'는 "요즘 승객들은 '사람'이고 그때 승객들은 '양반'이었제"라고 말한다. 협궤열차가 고장 나서 멈추기라도 하면, 승객들은 항의를 하기는커녕, 기찻길 근방에 사는 승객들은 동네로 들어갔다가 고구마, 옥수수, 과일 등을 들고 와서 승무원들한테 나눠주기도 하였다.

또한 용현역에서 송도역으로 향하는 마의 고갯길에서는 노인들을 제외한 승객들이 모두 내려서 협궤열차를 밀어줄 정도이다. 승객들이 협궤열차를 밀어주는 일은 어천역 근처의 터널을 지날 때도 발생하는 일이기도 하였다. 그 시절에는 다들 흰옷을 입고 살던 시절이라, 사람들 옷과 얼굴이 모두 시꺼멓게 되어도 그저 웃고 그냥 지나갈 정도로 "사람들이 그렇게 순박했"던 것으로 그려진다. 협궤열차가 마지막으로 운행된 1995년 12월 31일에는 "보따리 행상을 하던 아주머니들"을 포함한 많은 사람들이 몰려들어, '나'에게 박수를 쳐주고 행가래를 쳐준다. "자꾸만 바쁘게, 빨리빨리" 살아가는 시대에 작가가 협궤열차를 통해 하고 싶은 말은, "그 시절 우리 협궤열차맹키로 가다가 힘들면 쉬었다 가기도 하고, 기운이 모잘르면 더러 자빠지기도 하고……"라는 식으로 천천히 여유 있게 살아가는 것이라고 할 수 있다.

양진채의 「허니문 카」『아라문학』, 2013 겨울호는 인천의 대표 유원지였던 송도유원지를 그리고 있는 소설이다. 이 작품에서는 과거의 송도유원지와 현재의 송도유원지가 선명하게 대비된다. 70여 년의 역사를 자랑하는 송도유원지의 물은 지금 "완전 똥물"이지만, "한때는" 이 유원지의 피서객 인파가 뉴스 기사에 오를 정도였으며, "한때는" 이 도시 아무 집에나 들어가 앨범을 찾아 펼쳐보면 이 유원지에서 찍은 사진 한 장은 나올 정도로 유명한 곳이었다. 처음에는 유원지의 기구들도 최신이고, 사람들도 그 기구를 타기 위해 줄을 서고, 타는 동안 흥분해서 소리를 질렀을 것이지만, 지금은 "아무도 그때를 기억하지 않는"다.

L에게 송도유원지란 생생하고 팍팍한 삶의 현장에 가까웠다. L은 송도유원지에서 15년 가까이 아이스크림을 팔며 나들이객들을 구경만 해야 했다. 그렇기에 폐장일이 되어서야 가족들과 송도유원지에 놀러 온 L은 필사적으로 나들이객 흉내를 내려고 한다. L은 매년 여름마다 나들이 나온 사람들을 보며 벼르고 또 별렀지만 그렇게 하지 못했던 일, 즉 수박을 먹고, 삼겹살을 굽고, 백숙을 먹는 등의 행동을 집요하게 하는 것이다. 그러나 아무래도 이 작품에서 송도유원지는 대체불가능한 절대의 곳이다. 송도유원지는 L에게 라오스에서 온 코끼리들과 코끼리 조련사였던 떱에 대한 추억을 남겨준 곳이고, 무엇보다 허니문 카라고 불리는 회전관람차가 있던 곳이기 때문이다. 스물 세 살이던 L은 전자공장에서 일할 때, 단합대회 겸 야유회로 이 유원지에 온 적이 있는데, 이 때 회전관람차에서 첫사랑 T와 입을 맞추었던 것이다. 이후 T는 두 달을 더 다니다 공장을 그만두었다. 그렇기에 송도유원지는 없어져도 그만인 그저 그런 유원지 중의 하나가 아니라, 대체불가능한 절대의 공간이라고 할 수 있다.

신미송의 「서킷이 열리면」『인천, 소설을 낳다』, 케포이북스, 2015은 앞에서 살펴본 작품들과는 반대로, 대한민국 제2의 도시가 되어 가는 인천의 현재를 자동차경주의 경쾌한 속도감을 빌어 와 표현한 작품이다. 이 작품의 주요한 배경은 송도신도시에 위치한 자동차경기장이다. 이 작품은 "서킷사무실" 알바

생인 '내'가, "프로 데뷔를 준비하는 레이서들을 후원"하는 '당신'의 도움을
받아, 스포츠카 레이서로 성장하는 과정을 기본적인 서사로 하고 있다. 송
도신도시가 배경인 만큼 최첨단을 달리는 인천의 풍경, 일테면 "인천대교,
G타워 건물, 트라이 볼, 센트럴파크공원" 등이 작품 속에 등장한다. 특히 마
지막은 국제업무지구역 주변을 도는 2.5km 송도 스트릿 서킷을 통해서, 아
찔한 속도감에 실려 미래를 향해 비상해 온 인천의 현재 모습을 보여주고
있다. "야수의 사냥본능"이 실린 스피드는 "터전을 양보해 물러나 준 바다
도, 새로 들어선 마천루도, 마음 위로해 주는 공연장도, 해·달·물길 품은 공
원도, 대역사를 일궈낸 사람도, 이주해 온 사람도, 소금 머금은 해풍도" 품
어 안는 것으로 그려지며 작품은 끝난다.


## 3. 민족의 상흔, 전쟁과 분단


인천은 분단과 전쟁의 최전선에 있는 공간이며, 이로 인해 수많은 실향민
들이 사는 도시가 되었다. 실제로 전쟁 직후 인천에는 많은 실향민들이 살
았으며, 전쟁 직후인 1955년의 인구조사를 보면, 전입 인구 41,934명 중에
북한에서 이주한 인구는 39,722명으로 전체 전입자의 94.7%를 차지할 정
도였다.[2] 한남규의 「바닷가 소년」, 오정희의 「중국인 거리」, 이원규의 「포구
의 황혼」은 모두 분단과 전쟁, 그리고 실향민들의 눈물이 베어 있는 인천의
로컬리티를 드러내고 있는 작품들이다.

한남규의 「바닷가 소년」『신작15인집』, 육민사, 1983은 전쟁과 분단의 한복판에 놓
여 있었던 인천의 비극을 다룬 대표적인 작품이다. 이 작품에서 부둣가 마
을에 사는 소년은 부모 없이 할머니와 단둘이서 살아간다. 아침에 할머니

가 행상 보따리를 들고 장사를 나가면, 아침밥을 혼자 챙겨 먹은 소년은 성인들의 보호나 관심을 전혀 받지 못한 채 하루하루를 지낸다. 이 마을 주민들은 대부분 피란민들로서, 피로 탓인지 하나같이 풀기가 없으며 한숨이나 내뿜는다. 그들은 북쪽 하늘을 바라보며 "그곳에, 힘없이 푸른 그 하늘 아래 고향이 있다"고 말하고는 한다.

이 소년을 그나마 돌봐주는 이는 여름철이면 부둣가에 쌓아 놓은 가마니 무더기가 집인 최 노인뿐이다. 최 노인과 소년은 누군가 말리기 위해 널어 놓은 고기를 훔치기도 한다. 소년은 늘 심심함을 느끼는데, 꿈속에서만 오직 그 심심함에서 벗어날 수 있다. 고향에 대한 꿈의 내용은 항상 동일했으나 소년은 언제고 지루함을 느끼지 않았던 것이다. 어느새 소년은 "할머니가 늘 그러듯 고향 쪽의 하늘을 바라다보는 습관이 생"긴다. 그리고 매일 밤 할머니가 고향을 그리워하며 울듯이, 소년의 뺨으로도 눈물이 흐르기 시작한다. 결국 「바닷가 소년」에서는 할머니마저 죽고, 소년은 혼자 남겨진다. 분단과 전쟁의 상처는 한남규의 다른 작품인 「지붕 밑의 한낮」이나 「강 건너 저쪽에서」에서도 나타난다.

한남철의 「지붕 밑의 한낮」『현대문학』, 1981.6은 전쟁과 분단이라는 민족의 상흔을 잘 드러낸 작품이다. 측후소, 오정포산, 만국공원, 평화각, 뾰족 성당, 황골고개, 공설운동장, 상인천역, 배다리, 철다리, 월미도, 홍여문, 괭이부리, 수도국산, 송현동, 송림동, 청관, 수인선, 도깝다리, 주안, 내동, 하인천, 신포동, 답동, 축항, 학익동, 용동 등등이 등장하는 이 작품의 초점화자인 소년 광철은 수도국산 겨드랑이인 송현동 일대에 살고 있다. 이 작품에서 광철이가 학교를 오가는 길가나 골목길의 전신주에서 자주 발견하는 삐라에는

---

2    이준한·전영우, 『인천인구사』, 인천대 인천학연구원, 2007, 149면.

"민족반역자를 몰아내라! 간상모리배를 처단하라!"와 같은 말이 쓰여 있다. 마을의 공터에는 청년단사무실이 있는데, 그 곳의 청년단장은 "내가 세 사람까지는 곤란하지만, 두 명쯤은 마음대로 죽일 수가 있소. 그러니 죽어야 마땅한 사람이 있으면 항상 말들을 해요"라고 말한다. 얼마 후에 청년단사무실은 불타버리고 청년단장의 모습은 사라진다.

한남철의 「강 건너 저쪽에서」『우정 반세기』, 창작과비평, 1991의 '나'는 가끔씩 대로를 차단하고 군용트럭이 남자들을 무작정 노무자로 싣고 가는 살벌한 풍경이 벌어지는 한국전쟁 중에 큰어머니와 작은 삼촌을 잃어버린다. 할머니는 '나'에게 한국전쟁 중에 부역을 한 이유로 건너편 집에 살던 강 씨가 맞아 죽은 이야기와 아이까지 안은 여자를 동네사람들이 지붕 꼭대기에 올려놓고 불을 지른 이야기를 해준다. 이처럼 한남규는 전쟁과 분단의 한복판에 놓여 있었던 인천의 비극을 작품화한 대표적인 작가라고 할 수 있다.

오정희의 「중국인 거리」『문학과지성』, 1979년 봄호만큼 전후의 인천 거리와 풍물을 상세하게 반영한 소설도 찾아보기 힘들다. 제분 공장, 공원, 장군의 동상, 중국인 상점, 화차, 저탄장, 항만, 목조 이층집 등이 눈에 잡히듯 생생하게 묘사되어 있는 것이다. 이 작품에서 소녀의 가족은 전쟁을 피하기 위해 해안촌으로도 불리는 중국인 거리로 이사를 오게 된다. 「중국인 거리」에서 전쟁은 가장 큰 힘을 발휘한다. 주인공이 이곳까지 흘러온 이유부터가 한국전쟁 때문이고, 중국인 거리에 빈민촌이 형성된 것도 전쟁 때문이다. 중국인 거리를 차지하는 외국인은 중국인과 미군들인데, 미군들은 모두 전쟁 때문에 이곳에 머물게 된 것이다. 거리에는 전쟁의 흔적으로 드문드문 포격에 무너진 건물의 형해가 널려 있고, 시의 동쪽 공설운동장에서는 공산국가를 규탄하는 궐기대회가 열린다. 미군 병사는 부대 안의 테니스 코트에서 칼던지기를 하다가 갑자기 고양이에게 칼을 던져 죽인다. 그리고는 "킬킬대는” 모습을 보여주는데, 나중에 양공주 매기언니를 살해한 미군도 “낄낄대며” 미군 지프차에 실려 간다.

전쟁의 상흔傷痕은 무엇보다도 이 작품에서 매춘을 통해 가장 가슴 아프게 드러난다. 소녀의 집만 제외하고는 적산 가옥 모두가 ‘양갈보’에게 세를 주었을 정도로 미군 상대의 매춘은 널리 퍼져 있다. ‘양갈보’를 대표하는 형상은 치옥이네 위층에 사는 매기언니이다. 다섯 살짜리 백인 혼혈의 딸 제니를 가진 매기 언니는 흑인 병사와 동거하며 미국에 갈 것을 꿈꾼다. 그러나 매기는 자신을 미국에 데려다 줄 거라고 믿었던 바로 그 흑인에게 잔인하게 살해되고, 딸 제니는 고아원에 맡겨진다. 이 끔찍한 사건이 아무런 감정이 느껴지지 않는 단문으로 전달되는데, 그러한 건조함은 사건의 비극성을 더욱 고조시킨다. 이러한 상황에서 「중국인 거리」의 아이들도 세상의 추악함에 그대로 노출된다. 이러한 특징을 가장 잘 보여주는 것은 ‘나’의 친구인 치옥이다. 의붓어머니 밑에서 자라는 치옥은 처음에 미용사를 꿈꾸지만 나중에는 매기 언니와 같은 ‘양갈보’가 되기를 꿈꾼다. ‘치옥’이라는 이름은 사실 ‘치욕’의 오기誤記인지도 모른다.

이원규의 「포구의 황혼」『한국문학』, 1987.4은 고향을 떠나 소래포구에서 살아가는 실향민의 아픔을 그린 작품이다. 문학의 보편적인 주제 중의 하나인 부자父子간의 갈등과 화해를 다루고 있는데, 그 갈등과 화해의 이면에는 남북 간의 분단과 전쟁의 상처가 절절한 통증으로 자리잡고 있다.

용규의 아버지는 황해도에서 내려온 월남민으로서, 두고 온 고향에 대한 그리움을 한시도 잊지 못하는 인물이다. 아버지가 소래 포구에 자리를 잡은 것도 “여기 배들이 휴전선 근처 어장으로 고기잡이하러 나간다는 것 때문”이다. 아버지는 늘 가족들에게 무뚝뚝했고, 자신을 남한에 주저앉게 만든 첫 번째 자식인 용규에게는 특히 쌀쌀맞게 대했다. 용규는 “남북통일이 되면 우리 가족은 버림받을 것이라고 생각하면서, 반항하는 아이"로 자란다. 특히 고등학교 2학년 때의 사건은 용규에게 아버지에 대한 원한의 감정까지 갖게 한다. 용규는 해군사관학교나 해양대학을 나와 큰 기선의 선장이 되려는 꿈을 가지고 있었다. 그러나 아버지가 연평도 근처까지 올라갔다가 북쪽 경비정에 납치되어 끌려가는 바람에 그 꿈은 물거품이 되어 버린다. 이 일로 가장이 된 용규는 가족의 생계를 위해 학교를 그만두고 새우잡이를 하는 낭장망 어선을 타야만 했다.

죽음을 앞둔 아버지는 북쪽에 있는 가족에게 병에 담긴 편지를 보내기 위해서, 쇠약한 몸을 이끌고 배를 타려고 한다. 용규는 평소 아버지에 대한 감정도 있고, 그 병이 군인들 손에 들어가면 허가를 취소당하고 감옥에 갈지도 모른다며 격렬하게 반항한다. 그러나 15년만에 아비지는 '마지막 소원'이라는 간절한 말을 하고, 끝내 용규는 아버지의 청을 들어준다. 그리고 아버지가 보내는 병 중의 하나가 북쪽 형들 손에 들어가기를 간절히 기원하면서, "한 번도 느껴 보지 못한 뜨거운 피"가 몸 속에 흐르는 것을 느끼며 작품은 끝난다.

김창황의 「돌아오는 조건條件」『단편소설 3인 선집』, 1991은 이상의 명작 「날개」『조광』, 1936.9의 '인천 버전'이라고 부를 수 있는 작품이다. 주인공과 아내가 머무는 동네는 "저녁 무렵이 되면 어느 나라의 조계租界처럼 서로 다른 언어들이 뒤범벅이 되어 떠돌다가는 자정이 훨씬 넘어서야 고요해진다"고 말해지는 혼종적인 곳이다. 본래 '나'는 열우물중학교의 영어선생으로 봉직하다가, 지금의 아내가 된 제자와 사랑의 불장난을 벌이는 바람에 파면당했다. 이후 미군부대 통역으로 일하다가 스물서너 살 되는 미군 하사를 사귀게 된다. 어느 날 미군 하사가 '나'의 집을 방문하고, '나'는 스무살이나 연하인 아내를 단지 "옛날 제자"라고 소개한다. 이후 미군 하사는 '나'에게 '옛날 제자'

를 소개해달라고 조른다. 그러다 '나'는 독감과 늑막염을 앓아 기아의 상황에까지 이르고, 결국에 아내는 미군 하사의 정부가 되고 만다.

극단적인 생활고에 시달린 끝에, 아내는 "양키"미군에게 몸을 팔며 살게 된 것이다. '나'는 아내의 그 일이 "정말 직업적인 것"인지 의심하기도 하고, 살의를 느낄 만큼 강력하게 분노하기도 하지만, 결국은 "직업적인데서 어쩔 수 없이 겪어야 하는 일"이라며 체념하고 만다. 더욱 비극적인 것은 아내가 미군과 몸을 섞을 때, '나'는 벽장 속에 갇히어 그 모든 것을 지켜봐야 한다는 점이다. 미군이 방에 머무는 "저녁 아홉시부터 자정이 되기까지는 좀처럼 움직일 수 없는, 아니 움직여서는 안 될, 정말 고된 시간"인 것이다. 「날개」의 '나'가 아내와 손님이 어우러지는 것을 결코 보아서는 안 되는 것처럼, 「돌아오는 조건」의 '나'도 미군을 맞는 아내를 보았을 때 벌어질 일들을 두려워한다. 만약 자신의 존재가 들키기라도 하면, 아내는 "저 병신 같은 게 웬 주책이야"라는 말에서 시작해 "저 따위를 남편이라고, 그래도 밥 처먹이고, 아이구, 내 몹쓸 팔자야"라는 "지그지긋한 욕설"을 내뱉고, 나중에는 보따리까지 꾸리며 가출하겠다고 협박까지 하기 때문이다.

이런 상황에서 '나'는 자신을 "서커스단에 갇히어 있는 원숭이", "짐승들의 사타구니 속에 끼어 사는 진드기처럼 남의 고혈을 파먹고 사는 벌레", "존재가치가 없는 파렴치한 생명"이라고 여긴다. 작품은 아내와 말다툼을 벌이다가, 아내를 심하게 폭행하고 집을 나온 '나'가 갈 곳을 모른 채 방황하는 것으로 끝난다. 미군이 주둔했던 인천의 역사적 상황과 그로 인해 사람들이 느꼈던 자존감의 상실 등이 불구적인 부부관계를 통해 드러난 작품이라고 할 수 있다.

이해선의 「나팔꽃 담장 아래」『내일을 여는 작가』, 1997.9·10와 이목연의 「거기, 다다구미」『인천, 소설을 낳다』, 케포이북스, 2015는 일제강점기에는 군수기지, 조병창이 있었으며, 해방 후에는 미군부대가 주둔했던 부평을 형상화한 작품이다. 이해선의 「나팔꽃 담장 아래」에서 분단과 전쟁의 상처가 고스란히 담겨 있는 서사는 미군부대가 있는 부평을 배경으로 해서 펼쳐진다. 그네가 어머니를 만나러 가기 위해 탄 택시의 기사는 "미군부대가 저만큼이나 땅을 차지하고 있으니, 길이 밤낮 붐비고 차들은 이렇게 구부러진 길로 곡예운전을 해야 된다구요"라며 불평을 늘어놓는다. 그 말을 들으며 그네가 창밖으로 시선을 돌리자 "우리 땅 미군부대를 되찾자"는 현수막이 전봇대 사이에서 나부끼며, "백화점 길목에 자리 잡고 있는 미군부대 담벼락엔 담으로부터 2미터 이내 주정차를 금한다는 영내 사령관의 공고문"이 붙어 있다. 그네는 "접근금지라는 오래된 고딕체 명령문"을 보며 충격을 받는다. 이러한 풍경을 보며, 그네는 자신의 어머니와 아이를 생각한다.

그네의 어머니는 손주를 귀여워하는 미군에게 잠시 아이를 안겼는데, 그 미군이 그만 아이를 가지고 도망쳐버렸다고 평생 동안 주장해왔다. 그러나 4년 전에야 비로소, 사고로 아이를 잃은 것이 아니라 자신이 직접 미군장교에게 손주를 데려다 주었음을 실토한다. 그네는 좌익이었던 화가와 결혼을 하여 아기까지 두었으나, 그 남편은 6·25 때 월북하고 이후 유정한 화백과 재혼을 한 것이다. 결국 그네의 친정어머니는 사위 보기도 미안하고 "빨갱이 된 사람의 자식"을 기르는 것이 부담되어, 그런 식으로 손주를 미군 장교에게 넘겨버린 것이다. 그네의 전남편 서필호는 6·25 당시 '조선미술가동맹' 사람들과 김일성 초상화를 그리다가, 전세가 역전된 이후 "나팔꽃이 핀 담장 앞에서 아이를 한번 안아"주고는 월북하였다. 현재 남편은 서필호의 월북 이후 삶이 어려워진 그네를 적극적으로 도와준 유정한 화백이다. 유정한은 서필호도 활동하던 회화연구소의 후배였다. 그런데 이 작품에서 분단과 전쟁의 상처는 과거형이 아니어서, 전쟁으로부터 50여 년의 시간이 지난 지금도 생생히 살아 있다. 그것은 노년에 이른 그네가 지인으로부터 전달받은 서필호의 그림을 생각하며, "얼어붙은 먼 땅에서 나팔꽃 담장을 잊지 않은 한 사람의 모습이 점점 뚜렷이 다가왔다"고 느끼는 대목에서 암시적으로 드러난다.

이목연의 「거기, 다다구미」의 박지숙은 외국인을 상대로 게스트하우스를 운영한다. 그는 어린 시절 고아원에서 함께 생활한 김병수의 권유로 미국에서 온 한 노인을 며칠 자신의 집에 머물게 한다. 한국명 순자이고 미국명 수잔 마틴인 이 노인은 50년 만에 한국에 돌아온 것이다. 그녀는 "인천 부평 신촌네거리 에스캄 앞 화이트로즈클럽"에 가고 싶어 한다. 이 작품에 등장하는 에스캄, 다다구미, 삼릉 등은 모두 일제시대나 미군부대와 연관된 지명들이다. 미 에스캄은 미군부대 이름이고, 그 앞의 "일본 놈들이 물러가고 난 뒤에 생긴 판자촌"을 동네 사람들은 다다구미라고 불렀던 것이다. 일본의 군수공장이 있던 자리에는 미군 보급창이 들어섰고, 그 결과 "부평일대 60만 평이 미군부대"로 사용되었다. 미국에서는 주한미군의 보급을 위해 실제 소요량의 일곱 배나 되는 물자를 보냈는데, 이유는 미군의 의식주뿐 아니라 모든 문화적 욕구까지 해결해야 했기 때문이다. 그렇기에 부평에는 어마어마한 물질적, 정신적 재화가 쏟아 부어졌던 것이다. 실제로 작품에서 부평의 많은 사람들은 미군부대와 관련된 일에 종사한 것으로 그려진다. 이 작품의 주인공인 순자는 미군을 상대로 클럽에서 노래를 부르던 가수였던 것이다. 그 시절 이 곳은 "명동 저리가라"고 할 정도로 번성했던 것으로까지 묘사된다. 예전 미군부대 담벼락에 붙어 있는 "'미군부대 조속 반환'이라 적힌 노란색 플래카드와 함께 환경오염을 규탄하는 내용의 벽보들"은 여전히 해결되지 않은 민족사적 과제를 떠올리게 한다.

## 4. 고도성장과 그 이면

인천은 식민지 시기는 물론이고 해방 이후에도 산업화의 동력으로서, 한국을 대표하는 공업도시로서의 면모를 보여주었다. 그리하여 여러 작가들이 인천을 배경으로 하여 주옥같은 노동소설을 창작하였다. 그 중에서도 조세희의 『난장이가 쏘아올린 작은 공』, 정화진의 「쇳물처럼」, 방현석의 「새벽출정」은 명작의 반열에 오른 작품들이라고 할 수 있다.

조세희의 「난장이가 쏘아올린 작은 공」문학과지성사, 1978은 1975년 12월에 발표된 「칼날」부터 시작해 1978년 여름에 발표된 「내 그물로 오는 가시고기」까지 모두 12편의 중단편으로 이루어진 연작소설집이다. 『난장이가 쏘아 올린 작은 공』은 한국의 산업회 시기에 도시 빈민과 노동자들이 경험한 극한적 상황을 여러 가지 기법으로 형상화한 한국문학사의 명작이다. 이 작품에서도 인천은 핵심적인 공간으로 등장한다. 이 작품은 난장이와 그의 자식들인 영수, 영호, 영희의 이대二代에 걸친 이야기라고 할 수 있으며, 각각의 세대는 한국 산업화의 역사적 전개와 맞닿아 있다. 아버지 난장이는 평생 "채권 매매·칼 갈기·고층 건물 유리닦기·펌프 설치·수도 고치기"등의 다섯 가지 일만 했으며, 그의 생산수단은 멍키 스패너, 렌치, 드라이버, 해머 등이다. 이것은 난장이가 산업화 초기의 유랑 노동자에 해당한다는 것을 보여준다.

이에 반해 그의 자식들인 영수, 영호, 영희는 각각 은강자동차, 은강전기, 은강방직에서 공장 노동자로 살아간다. 그들이 살며 노동하는 공간이 바로 은강이다. 작가는 은강이 바로 인천에 해당한다는 것을 직접적으로 드러내고 있다. 은강은 1883년 개항과 더불어 국제적 무역항이자 산업 도시로 발달했으며, 은강 공업 지대는 각종 제조업이 성한 곳으로 설명된다.

이 작품에서 은강은 "버려진 도시"로 묘사된다. 그러한 소외는 노동조건의 열악함과 환경오염 등에서 비롯된다. 영수 남매는 생활비가 아니라 생존비에 해당하는 돈을 받으며 힘들게 살아간다. 모든 것은 자본가의 뜻에 따라 이루어지며 법대로 되는 것은 아무것도 없다. 은강의 수많은 공장을 움직이는 경영인들과 그 경영인들을 움직이는 사람들은 서울에 산다. 또한 은강은 오염으로 인해 모든 생명체가 고통을 받는 땅이다. 공기 속에는 유독가스와 매연, 그리고 분진이 섞여 있으며 모든 공장은 제품 생산량에 비례하는 흑갈색과 활갈색의 폐수와 폐유를 하천으로 토해낸다. 그렇기에 은강의 노동자들은 좋지 못한 음식을 먹고, 좋지 못한 옷을 입고, 건강하지 못한 몸으로 오염된 환경, 더러운 동네의 더러운 집에서 살아간다.

그러나 은강은 결코 고통과 패배의 땅만은 아니다. 영수 남매는 이러한 비인간적 상황을 극복하기 위해 투쟁을 멈추지 않기 때문이다. 노동자 교회에 나가기도 하고, 제대로 된 노동조합 활동을 하기 위해 애쓰기도 한다. 그러나 결국 영수는 그 모든 활동이 어려워지자 자본가를 살해하는 극단적인 행동을 취한다. 이러한 영수 남매의 처절한 고통과 정직한 절망은 이후 발표되는 노동소설의 중요한 씨앗이 되었다고 할 수 있다.

정화진의 「쇳물처럼」『문학예술운동』, 1987.8은 초창기 인천의 노동운동 모습을 실감 나게 그려낸 작품이다. 인천의 소규모 주물공장인 '태양주물'을 배경으로 하여 이제 막 자신의 인권과 존엄에 눈뜨기 시작한 노동자들의 투쟁 모습을 빼어난 현장감에 담아 형상화하고 있다. 이것은 인천에서 선반공으로 일했던 작가의 생생한 경험에서 우러난 관찰력과 묘사력이 있었기에 가능했던 성과이다. 「쇳물처럼」 이후에도 정화진은 「규찰을 서며」, 「양지를 찾아서」, 「철강지대」와 같은 노동소설을 연이어 발표하며 세상의 주목을 받았다.

「쇳물처럼」이 다른 노동소설과 구별되는 지점으로는 젊은 세대와 고참 세대로 나누어 노동자를 형상화하고 있다는 점이다. 이 작품에서 김장 보너스를 받아내는 투쟁은 칠성이를 중심으로 한 젊은 노동자들의 패기와 조직력이 바탕이 되었기에 시작될 수 있었다. 동시에 이러한 투쟁이 성공할 수 있었던 것은, 강원도 탄광촌에서도 일했던 '천 씨'와 같은 고참 세대의 경험과 관록이 덧붙여졌기 때문이다. 무엇보다도 이 투쟁의 성공을 낳은 것은 "뼈를 깎는 노동을 하면서도 사람다운 대우를 받아보지 못한 자신들의 과거에 대한, 또한 그동안 자신들을 기만해온 당사자에 대한 쇳물 같은 분노"이다. 대부분의 서사가 주물공장에 한정되어 있는데, 이것은 노동운동을 둘러싼 여러 가지 사회·정치적 문제에 대한 확장적 인식을 제한하는 원인이 되기도 있지만, 동시에 초창기 노동현장의 갈등을 한층 밀도 있게 그려내는 바탕이 되고 있다.

방현석의 「새벽출정」『창작과비평』, 1989년 봄호은 인천 세창물산 여성 노동자들의 투쟁담을 거의 사실 그대로 담아낸 1980년대의 대표적인 노동소설이다. 세창물산이 소설에서는 세광물산 정도로 바뀐 것을 역사적 사실과의 차이점으로 들 수 있다. 1988년 노조를 설립하고 투쟁하던 중 현수막을 달다 추락하여 숨진 송철순의 죽음과 회사의 위장폐업에 맞선 투쟁이 핵심적인 사건으로 그려지고 있다. 방현석은 10여년이 넘게 인천의 노동현장에서 활동했는데, 세창물산의 투쟁이 벌어지던 당시 인노협인천지역노동조합협의회의 조직국장으로 일하면서 세창물산 투쟁을 지원했다고 한다. 이러한 체험이야말로 이 작품의 리얼리티와 문학적 감동을 보장하는 근원적 힘이 되었을 것이다. 세광물산의 여성 노동자들이 모든 것을 걸고 쟁취하고자 하는 것은, 이들을 여공이라는 비인간적 영역에 가두는 분할 논리의 중지와 인간으로서의 보편적 권리를 인정받는 것이라고 할 수 있다. 이것은 송철순이 추락하기 직전 공장 굴뚝에 걸려고 했던 현수막에 쓰여 있던 "노동자의 서러움 투쟁으로 끝장내자!"라는 구호에 압축되어 있다.

이 작품에는 인천의 주요한 지명들이 많이 등장한다. 대표적으로 세광물산 여성 노동자들이 동지애와 투쟁의지를 다지는데 주요한 배경이 되는 똥바다를 들 수 있다. 그들은 똥바다의 갈매기들을 보며 자신들이 처한 현실과 그것을 극복하고자 하는 의지를 다진다. 버려진 폐수와 오물, 쓰레기들의 썩는 냄새가 가득 한 똥바다는, 고열과 신나 그리고 안료 냄새가 자욱한 도자기공장과 비슷하다. 또한 썰물을 따라 나가면 드넓은 바다가 열린다는 것을 모르는 똥바다의 갈매기들은 "노동자의 운명은 가난과 굴욕이라고 생각"하는 여공들에 비유될 수 있다. 현대제철과 서구 가좌분뇨처리장에서 인천교를 거쳐 주안 5·6공단으로 이어지던 똥바다는 지금은 모두 매립된 상태이다.

방현석의 소설에서 자본가의 가장 강력한 무기는 노동자들의 경제적 이해를 이용하는 것이다. 「새벽출정」의 사장은 노동청을 통해 협상을 제의해 온다. 농성조합원 65명에게 2억 원의 보상금을 주고, 중앙일간지 두 곳에 사과광고를 싣겠다는 것이다. 나아가 노동청은 조합원 전원의 타 회사 취업을 책임지겠다고 제안한다. 그러나 그들은 "우리는 부자가 되려고 했던 게 아닙니다. 인간답게 살고 싶었던 것뿐입니다"라며, 이 제안을 단호하게 거부한다.

인천은 식민지 시기는 물론이고 해방 이후에도 산업화의 동력으로서, 한국을 대표하는 공업도시로서의 면모를 보여주었다. 그리하여 여러 작가들이 인천을 배경으로 하여 노동소설을 창작하였다. 정화진의 「쇳물처럼」『문학예술운동』, 1987.8, 「규찰을 서며」『민족문학의 현단계』, 창작과비평사, 1989, 「양지를 찾아서」『실천문학』, 1991년 가을호와 방현석의 「새벽출정」『창작과비평』, 1989년 봄호으로 이어지는 작품들이 인천을 배경으로 하여 창작된 대표적인 노동소설들이다. 이들 소설에서 인천은 중요한 공업의 도시, 노동자의 도시로 그려진다.

인천이 중요한 노동의 도시로 그려지는 것은 21세기에 와서도 계속되는 특징이다. 김애란의 「하루의 축」『문장웹진』, 2012.4은 인천을 대표하는 시설물 중 하나인 인천공항을 배경으로 우리 시대 노동의 문제를 정면에서 다루고 있다. 김애란은 출세작인 「달려라 아비」『한국문학』, 2004년 겨울호에서 자신이 태어나서 세 살까지 살았던 송현동 수도국산을 잠시 등장시킨 바 있다. 「하루의 축」은 추석 명절 연휴가 배경인 작품이다. 50대 중반인 기옥 씨는 대낮에도 볕이 들지 않는 집에 살며 정수리가 휑한 스트레스성 탈모 증상을 겪고 있다. 기옥 씨가 사는 집의 사람들에게 명절이란 "크게 반길만한 일"이 못 된다. 그것은 명절이면 더욱 많은 사람들이 몰리는 공항에서 일하는 50대 중반의 기옥 씨에게도 해당하는 일이다.

기옥 씨의 험한 노동은 인천공항의 화려한 외관과 비교되어 더욱 선명하게 다가온다. 공항은 "허허벌판 섬 한쪽에 외따로 핀 문명의 꽃"으로서, 그곳에는 "현대의 복잡하고 거대한 시스템이 정적靜的으로 평화롭게 돌아갈 때, 그 무탈함이 주는 이상한 압도, 안심, 혹은 아름다움 같은 것"이 존재한다. 그러나 공항이 '안심'과 '아름다움'을 주기 위해서는, 탑승동에만 약 3백 명, 공항 전체로 따지면 7백여 명에 달하는 노동자들이 소외된 노동을 감내해야만 한다. 기옥 씨는 바로 그 수백 명의 노동자들 중 한 명으로서 화장실 청소를 하고 있다. 기옥 씨는 "꽃처럼 활짝 벌어진 따끈한 생리대"를 치우거나 "'폭풍 설사'를 해놓고 물도 안 내리고 도망"친 뒤처리를 하거나, "바닥에 금빛 음모만 한 스무 개 떨어뜨리고 가는 여자"를 상대해야 한다. 기옥 씨의 노동은 공항의 화려한 외관과도 대비되지만, 또한 국제공항 이용 승객들과도 대비된다. 기옥 씨가 일하는 공항을 이용하는 승객 중의 한 명은 고가의 마카롱 세트 과자를 태연하게 화장실에 버리고 가기도 한다. 이 화려한 인천공항의 "승객들은 이따금 기옥 씨가 거기 있는 줄 모르거나, 있어도 없는 사람"처럼 여길 뿐이다.

「하루의 축」에서는 자신이 수행하는 노동과 노동의 과정으로부터 소외된 노동자의 모습이 드러나기도 한다. 기옥 씨에게 월급을 주는 곳은 용역회사여서, 기옥 씨는 용역회사 쪽 사정과 공항공사의 상황을 둘 다 모른다. 그리고 그것은 "회사가 바라는 바"이다. 또한 기옥 씨는 공항에서 흔히 접하는 "'국제'라는 낱말이나 '세계'라는 단어"와 관련해 "아는 건 별로 없었다"고 이야기된다. 기옥 씨와 인천공항의 부조화는, "대부분의 직원들이 '탈衣'이 좋은 이곳에서, 모든 것이 깨끗하고, 환한 공항"에서 기옥 씨가 "자신이 단 하나의 얼룩처럼 보이지는 않을까" 고민하는 장면에서도 잘 드러난다.

그러나 안타깝게도 기옥 씨의 소외는 공항이라는 일터에서만 끝나는 것이 아니다. 기옥 씨가 서른이 넘어 얻은 외동아들인 영웅은 지금 교도소에 있다. 남의 집 택배를 훔치고 쫓아온 택배 기사를 발로 찬 결과 실형을 받은 것이다. 아들에게서 편지를 받고 기옥 씨는 너무나 마음이 설레여 하지만, 편지지에는 "엄마, 사식 좀"이라는 문장만 쓰여 있을 뿐이다. 이처럼 가정과 일터 모두에서 소외된 기옥 씨는, 공항 안에 있는 '출발'과 '도착'이라는 말이 쓰인 "수천 개의 표지판 아래서 어디로 가야 할지 모르는 고아 같은 얼굴을 하고 있"다. 그리고 이러한 소외와 방황의 상황은 기옥 씨 뿐만 아니라 인천공항에서 일하는 노동자 모두에게 공통된 것으로 그려진다. 공항의 승객들은 기옥 씨가 거기 있는 줄 모르거나 있어도 없는 사람처럼 여겼는데, 그것은 "마치 많은 이들이 재떨이와 재떨이 청소부를, 승강기와 승강기 청소부를 동격으로 대하듯" 하는 것과 연장선상에 있는 일이다.

이선우의 「바람은 불고 싶은 데로 분다」『바람은 불고 싶은 데로 분다』, 실천문학, 2017에서는 서사의 후경으로 한국화약 인천공장과 그곳에서 발생한 산재가 자리 잡고 있다. 이 작품의 기본서사는 3년 전부터 동거를 하게 된 할아버지와 할머니가 뜻하지 않은 이별을 하게 되는 것이다. 할머니는 처가를 따라 하와이로 이민 간 외아들이 알코올중독자가 되어 돌아왔기에, 그 아들을 돌보러 떠나야 하는 것이다. 할아버지와 할머니는 창밖으로 소래포구의 풍경이 펼쳐진 영구임대 17평 아파트에서 살고 있었다. 평생을 화약공장에서 일한 할아버지는 조막손손가락이 없거나 오그라져서 펴지 못하는 손을 가지고 있다. 이별을 앞둔 전날, 할아버지 할머니, 그리고 선영이는 공원으로 소풍을 간다. 이 공원은 할아버지가 다니던 화약공장이 지방 소도시로 이주하면서 조성된 곳이다. 이 공원이 바로 인천시 남동구 고잔동에 위치한 국내 유일의 화약관련 전시관인 한회기념관이다.[3] 할아비지는 과기의 공징디를 둘러보며, 손녀인 선영에게 "위력이 약한 화약이 터졌으니 손가락만 잘렸지, 그 자리서 잘못된 사람도 많았다"라는 가슴 아픈 증언을 남기기도 한다.

이상실의 「콜트스트링의 겨울」『콜트스트링의 겨울』, 바람꽃, 2019은 부평구 갈산동에 있던 기타 제조회사 콜트 콜텍의 노동자투쟁을 그린 소설이다. 콜트 콜텍은 한때 세계 점유율 1위를 차지했던 국내 유명 기타브랜드다. 그러나 2007년 경영악화라는 이유로 노동자 250여 명을 정리해고하고, 2008년에는 국내 공장을 폐쇄하고 중국과 인도네시아로 이전해 위장폐업 논란이 일었다. 해고노동자들은 회사 안에 농성장을 마련해 투쟁을 벌였고 2012년 2월 대법원은 해고무효판결을 내렸다. 하지만 사측은 공장폐업 이유로 재再

---

3    이곳은 인천화약공장이 있던 자리로, 그 공장이 2006년 6월 충북 보은으로 이전하면서 기념관으로 바뀌었다. 기념관에는 한국화약 창업 당시부터 인천공장 폐쇄 직전까지 화약 산업의 역사가 생생하게 담겨 있다. 본래 인천공장은 1941년 '조선유지주식회사'로 지어져 화약을 생산하다가 해방 이후 방치되었던 것을 한국화약이 1955년 인수하여 다양한 화약을 생산하여 한국의 산업화에 큰 기여를 하였다.

해고 통보를 하며 복직을 거부했다. 그리하여 콜트 콜텍 해고노동자들은 그 이후로도 오랜 시간 투쟁의 세월을 보내야만 했던 것이다. 「콜트스트링의 겨울」에는 이러한 콜트 콜텍의 역사가 고스란히 담겨 있다.

이 작품은 2012년의 대법원판결 이후 계속된 노동자투쟁의 양상을 그리고 있다. 해고노동자인 승우는 공장에서 장기농성 중이다. 특히 이 작품은 공장을 점거한 농성자들에 대해 강제해산집행이 있던 날을 서사의 중심에 두고 있다. 공장에는 승우 이외에도 노조위원장과 무인, 미술인, 콜트스트링 노동자밴드, 연극인과 춤꾼, 영상인들도 함께 활동하고 있다. 이것은 실제 콜트 콜텍의 투쟁에서, 콜트 콜텍 노동자로 이뤄진 밴드나 연극과 문화 활동이 큰 역할을 했던 실제 상황을 반영한 것으로 판단된다. 「콜트스트링의 겨울」에는 해고된 노동자들이 사망하거나 실종되는 극단적인 상황이 절절하게 나타나 있다. 콜트스트링에서 해고되었으며 시인이기도 한 윤지의 입을 통해, 부당해고를 당한 이후 택배 일을 하다 비관자살을 한 강씨, 해고무효 투쟁을 하다 옥상에서 투신한 최씨, 해고된 뒤에 우울증에 시달리다 죽은 문씨, 노숙자로 서울역에서 죽은 황 아무개 등이 소개되는 것이다. 윤지는 이제 자신이 죽을 차례라고 생각하며, 강제해산 이후 자취를 감춰버린다.

황석영의 『철도원 삼대』창비, 2020는 철도노동자였던 이백만, 이일철·이이철, 이지산 삼대와 오늘날 고공농성을 하고 있는 공장노동자 이진오로 이어지는 이씨 집안 4대에 걸친 이야기이며, 이는 곧 한국 산업노동자의 역사라고 부를만한 것이다. 황석영도 「작가의 말」에서 "나는 우리문학사에서 빠진 산업노동자를 전면에 내세워 그들의 근현대 백여 년에 걸친 삶의 노정을 거쳐 현재 한국노동자들의 삶의 뿌리를 드러내보고자 하였다"라고 밝힌 바 있다.

『철도원 삼대』는 노동소설로서의 뚜렷한 성과 이외에도 인천이라는 공간성을 풍부하게 드러낸 작품이다. 『철도원 삼대』에서 내용상으로 가장 많은 비중을 차지하는 것은 이이철의 투쟁활동이라고 할 수 있다. 전체 18장 중에서 4장, 5장, 6장, 7장, 10장, 11장, 12장이 이이철을 중심으로 조선 내에서 이루어진 일제 시기 사회주의계열의 투쟁활동에 대하여 서술하고 있는 것이다. 국제선, 조선공산당재건위, 경성 트로이카, 국제당, 태로계태평양노동조합계열, 경성 당재건 그룹 등의 활동이 소개되며, 이재유, 박헌영, 김형선과 같은 거물 사회주의자들이 등장한다. 이러한 과정에서 일제가 저지른 고문이나 밀정의 활동, 그리고 사회주의자들의 도피과정 등이 상세하게 진술되며, 자연스럽게 작품의 배경인 인천의 여러 세부 지명들이 언급된다. 『철도원 삼대』는 일제 시기 국내의 노동운동과 사회주의적 항일투쟁에 대한 재현으로서도 커다란 문학적 의미를 지닌 작품이라고 할 수 있다.


## 5. 서민들의 삶과 서정

사람들 사는 동네에는 늘 서민이 있다. 대단한 금력이나 권력 없이 스스로의 힘만으로 어렵지만 정직하게 살아가는 사람들 말이다. 인천 역시 이러한 서민들이 밑바탕을 이룬 도시이며, 여러 소설들에서 이러한 서민들의 모습이 아름답게 형상화되었다. 이들 작품에는 토박이들보다 외부에서 이주해 온 사람들이 중심이 된 도시로서의 인천이 지닌 특징이 잘 나타나 있다. 각지의 어려운 사람들은 한국현대사의 격변기마다 인천으로 밀려든다. 개항 직후에는 외국인에게 삶의 터전을 빼앗긴 철거민들이, 일제시대에는 공장에 일자리를 찾으러 온 노동자들이, 6·25전쟁 뒤에는 피란민들이, 산업화가 본격화된 시대에는 이농민들이 꾸역꾸역 인천의 여러 마을을 채워온 것이다.

이정태의 「어떤 섬 女子이야기」『협궤열차에의 추억』, 한국문인협회인천광역시지회, 1996는 인천 앞바다의 한 섬에서 살아가는 한 여성의 삶을 집중적으로 조명한 작품이다. 1970년 무렵을 배경으로 한 이 소설의 주인공 '나'는 남포에서 피난을 나와 이 섬에 정착하였다. 이 섬에는 '나'의 집을 포함하여 일곱 가구가 월남 가족이다. 이 작품에는 "참으로 살기가 어려운 낙도에서 견디기란 이만저만 어려운 것이 아닙니다"라고 이야기되는, 섬생활의 어려움이 자세히 기술되어 있다. 「어떤 섬 女子이야기」에서는 섬과 바다에 대한 낭만 대신, 그곳에서 이루어지는 삶의 고단한 실감만이 크게 부각될 뿐이다. 이곳의 치안을 담당하는 순경들은 "만조일 때 파도소리가 역겨웁게 들린다"고 말할 정도이다. '내'가 사는 집은 아직 초가집이며, 연락선이 사흘에 한번씩 덕적과 인천을 연결해 줄 뿐이다. 지겟배가 무인도의 모래를 실러 오는데, 그 모래를 실을 잡부로 초등학교 어린이까지 동원되기도 한다.

무엇보다 이 작품에서는 "언제나 미만된 그리고 욕구불만에서 그러나 이제는 체념된 테두리에서 살아가는", 오직 자식을 데리고 물길만을 바라보며 "체념도, 부정도, 긍정도 아닌 그날 그날을 사는" 섬 여자 '나'의 외로움이 크게 강조된다. 남편은 중선큰 고기잡이배을 타고 멀리 나가고, 홀로 남은 집에서 젊은 대학생 남녀들에게 방을 빌려주며 외로운 생활을 이어가고 있다. '나'는 남편 걱정에 마음 편할 날이 없다. 몇해 전에는 남편이 연평도 고기잡이를 나가 벌어온 돈을 모두 날리고 돌아온 적도 있다. 이때 남편은 화류병까지 얻어 가지고 온다. 이러한 남편의 생활은 이곳 남성들의 일반적인 모습으로 그려진다. 이 섬은 서해 황금어장의 길목이기도 해서 나름 사람들로 붐비는 곳이다. 그렇기에 술집도 영업을 하는데, 그곳에서 "생명을 걸고 고기잡이를 해서" 벌어온 돈을 탕진하기도 하는 것이다. '나'는 남녀가 섞여서 즐겁게 지내는 민박 손님들을 보며, "나는 이렇듯 밤낮으로 그저 구경꾼으로 세월을 보내야 하는 원망"을 하며 지낼 뿐이다. '나'는 "마을의 내력과 민속을 연구"하러 온 이선생에게 미묘한 감정을 느끼기도 한다. 「어떤 섬 女子이야기」는 비극적 결말을 보여주는데, 동지나해로 갈치잡이를 떠났던 남편이 돌아오지만, '나'의 간절한 그리움을 뒤로 한 채 남편은 다시 집을 떠나는 것으로 작품은 끝나는 것이다.

김상렬의 「그라운동장」『황해문화』, 1993.12, 김중미의 『괭이부리말 아이들』창비, 2000, 조혁신의 『뒤집기 한판』작가들, 2007은 인천 동구에서 살아가는 서민들의 삶을 리얼하게 그려낸 작품들이다. 김상렬의 「그라운동장」에서 갓 초등학교를 졸업한 승철은 인천에서 학업을 이어가기 위해 "상인上다"한다. 이 작품은 시골에서 올리의 세벽의 동인천역에 내린 승철이 "이 도시의 어띤 상징"과도 같은 연탄가스 냄새를 맡는 것으로 시작된다. 승철은 중학교부터의 학업을 책임져 주기로 한, 송현동의 "일본 큰어머니" 집으로 향한다. 일본 큰어머니는 해방 이후 일본에서 귀국했으며 자식이 없는 처지로, 승철을 양아들처럼 기르기로 결정한 것이다. 승철은 꿈에 그리던 큰어머니의 집이 "보잘 것 없고 작은 초가집"인 것에 큰 충격을 받는다. "콜타르를 칠한 판자울타리며 그 밑으로 흐르는 하수 또랑이며가 도무지 번듯한 도회생활의 분위기를 전혀 내풍기지 않았"던 것이다. 일본 큰어머니가 사는 동네는 "비좁은 골목이며 게딱지처럼 붙어있는 초가와 판자, 루핑집"으로 이루어져 있으며, 그렇기에 그 곳에서의 삶은 "성냥갑처럼 답답하고 초라한 변두리 도시생활"에 해당하는 것이다.

이외에도 이 작품에는 1960년 무렵의 "항구 도시가 갖고 있는 개성 강한 특질"과 "참 묘한 곳"으로서의 인천 모습이 잘 나타난다. 관동 고모할머니 댁으로 향하는 길에서는, "떼거리로 몰려다니는 코쟁이 양키들"과 그런 미군에게 찰싹 달라붙은 "양공주의 해괴한 모습" 그리고 "낯선 이방인들로 가득"한 모습을 본다. 시청에 이르는 중앙통의 양옆으로는 일본식 2층 목조 건물들이 잇대어 있고, 그 2층에는 "양공주들의 살림집 일색"이다. 고모할머니집은 그 길이 끝나는 곳에 있는 목조건물인데, 그것은 일본인이 살던 적산가옥을 불하받은 것이다. 또한 "중국풍 일색"인 "중국인촌"에 대한 이야기와 자유공원과 그곳에서 바라본 인천의 풍경도 묘사된다. 이를 통하여 인천이라는 도시의 복합적 성격은 다음과 같이 이야기된다.

일본인들이 남기고 간 집에서 양키들이 한국 여자들과 한데 어울려 나뒹구는가 하면 웬 중국인들이 또 이렇게 많은 것인가. 친척집들을 한군데씩 순례할 때만 해도 호남 사람들이 유난히 고향 떠나 살고 있구나, 거기에 이북과 충청도까지 합해서 인천은 온통 타관 사람들로 채워져 있구나 하는 느낌을 강하게 받았었는데, 어렵사리 중국인촌에 이르러선 아예 국제적인 감각(?)으로 그것이 발전해서 문득 시야가 확 터지는 기분을 맛보기까지 하였던 것이다. 그것은 또한 엄청난 혼란이었으며 새로운 호기심의 출발점이었다.

이외에도 「그라운동장」에는 송림성당, 그라운동장도원동의 종합운동장을 ground와 합성시킨 말, 꿀꿀이죽, 창영초등학교, 4·19 당시의 인천 풍경이 펼쳐진다.

김중미의 『괭이부리말 아이들』은 처음부터 인천의 지역성을 선명하게 드러내며 시작된다. 1장은 표제가 '괭이부리말'로 되어 있으며, 소설의 배경이 되는 괭이부리말의 지리적·역사적 특성을 상세하게 설명하고 있다. 괭이부리말의 유래, 지형적 특성, 역사적 기원, 구체적인 삶의 모습 등은 작품의 다른 부분에서도 생생하게 드러나 있다. 부두 쪽에 있는 유리공장이 밤낮으로 공해를 내뿜어 호흡기병이 많은 환경, 마지막 희망으로서 일본에 불법 취업하는 사람들의 모습, 쪼그려 앉은 채 여름에는 마늘을 까고 가을부터 이듬해 봄까지는 굴을 까기 때문에 다리에 병을 지니고 사는 사람들의 모습 등이 대표적인 예이다. 또한 주요한 배경인 괭이부리말은 물론이고[4], 그 주변의 똥바다, 북성포구, 헌책방 거리, 동인천, 송현시장, 수도국산, 화도진공원, 월미도, 영종도, 중국인마을, 자유공원, 인천역, 인천항, 송도유원지, 연수동, 서해안고속도로, 학익동 구치소 등이 실제에 가까운 정확성을 가지고 작품 속에 묘사되어 있다. 이러한 정확성은 저자인 김중미가 1987년부터 인천 만석동 괭이부리말에 살면서 도시빈민지역 어린이들을 위한 공부방을 운영한 삶의 이력에서 비롯된 것으로 보인다.

이 작품에는 괭이부리말이 형성되는 과정이 잘 드러나 있는데, 그 과정을 조금 확장시켜 보자면 인천의 형성과정이라고 볼 수도 있다. 작가는 개항 직후에는 외국인에게 삶의 터전을 빼앗긴 철거민들이, 일제시대에는 공장에 일자리를 찾으러 온 노동자들이, 6·25전쟁 뒤에는 피란민들이, 산업화 시대에는 이농민들이 꾸역꾸역 괭이부리말을 채워온 것으로 설명하고 있다. 숙자 자매의 아버지는 중학교만 졸업한 후 돈도 벌고 학교도 가려는 마음에 당진에서 인천으로 이주하였고, 어머니는 강원도에서 고등학교에 다니다가 돈을 벌기 위해 인천으로 이주하였다. 숙자 자매의 부모세대는 산업화에 따른 이농민들이라고 할 수 있다. 영호의 부모는 숙자의 부모보다 한 세대 위에 속하는 괭이부리말 주민이라 할 수 있다. 영호의 어머니는 괭이부리말이 "맨 갯벌천지인 데를 동네사람들이 굴 껍데기랑 돌이랑 쓰레기를 갖다가 메워 만든 땅"이라는 증언을 한다. 이처럼 괭이부리말은 "어디선가 떠밀려 온 사람들의 마을"로서, "가난하고 힘없는 사람들"의 마을인 것이

---

4    인천의 대표적 판자촌으로 손꼽히던 괭이부리말의 정확한 주소는 인천시 동구 만석동 9번지 일원이다.

다. 세월이 지나서 많은 사람들이 떠난 후에도, 여전히 '가난한 사람들'만이 괭이부리말에서 살아간다.

가족 구성원의 부재야말로 괭이부리말에 살 수 있는 자격증명서라고 할 정도로, 괭이부리말 아이들은 모두 결손가정에서 살아간다. 쌍둥이 자매인 숙자와 숙희의 어머니는 남편의 지나친 음주와 위험한 오토바이운전 때문에 가출한다. 그 사이에 숙자와 숙희는 거의 방치된 상태에 놓인다. 나중에 엄마는 임신한 몸으로 돌아오지만, 이번에는 아버지가 사고로 죽고 만다. 동수와 동준이 형제의 어머니도 먼저 집을 나갔고 곧이어 돈벌이가 없던 아버지마저 집을 나간다. 동준이는 학교에서 먹는 점심급식이 하루 끼니의 전부일 정도로 방치된 상태이고, 동수는 학교도 나가지 않고 다락방에서 본드를 부는 불량청소년이다. 동수의 친구인 허명환 역시 결손가정에서 성장하고 있다. 명환의 아버지는 아들에게 엄청난 폭력을 행사하고, 명환의 안부를 묻는 영호의 전화를 받고 아버지는 "그런 아이 모른다"고 말할 정도이다. 이들의 보호자역할을 하는 박영호조차도 유일한 가족인 엄마를 암으로 잃은 사람이다.

영호는 동수와 동준이가 둘만 살아가는 열악한 환경의 집을 보고서는 자기 집으로 동수와 동준이를 데리고 와 함께 살아간다. 영호는 비디오가게를 운영하느라 아이를 돌보는데 소홀한 숙자 어머니를 대신해, 숙자와 숙희를 돌보기도 한다. 이러한 따뜻한 보살핌 속에서 동수는 물론이고 동준이, 숙자, 숙희 등은 모두 따뜻한 사람으로 성장한다. 그들이 보여주는 성장의 지표는 자신들보다도 더 어려운 이웃들을 향해 따뜻한 손길을 내미는 행동으로 구체화된다. 영호, 동준 형제, 숙자 자매로 이루어진 이 유사가족에 김명희 선생님과 한 남성이 일본으로 돈 벌러 가며 맡긴 천호용이라는 아이가 합류한다. 이 유사가족 안에서 영호는 절대로 일방적인 시혜자가 아니며, 그

가족으로부터 누구보다 많은 것을 얻는다. 어머니의 죽음으로 혼자가 된 영호는, "동준이와 동수를 깨워 밥상 앞에 앉으면 어머니가 살아 있을 때처럼 마음이 따뜻해졌다"거나 "아이들이 없었다면 혼자 외로움을 견딜 수 없었을 거라는 생각이 들었다"고 생각하는 것이다. 결국 "아이들한테 내가 필요한 게 아니라 나한테 아이들이 필요해"라고 생각하는 단계에까지 이른다.

김명희 선생님이 유사가족에 합류한 것은 이 유사가족이 공동체로서의 충분한 가치가 있음을 인정받는 중요한 계기라고 할 수 있다. 어린 시절 원치 않게 괭이부리말에 살게 된 김명희 선생님의 가족은 괭이부리말을 벗어나기 위해 혼신의 노력을 기울였다. 그 결과 김명희는 선생님이 될 수 있었고 가족은 괭이부리말을 벗어나 연수동으로 이사 갈 수 있었던 것이다. 교사가 되어서도 김명희 선생님은 '다'급지인 괭이부리말의 학교를 떠나기 위해 노력한다. 괭이부리말 애들은 안 된다는 생각이 머릿속에 박혀 있는 김명희 선생님은 이 학교 아이들하고 깊이 어울리고 싶지 않은 것이다. 김명희는 영호의 부탁으로 동수를 상담하면서, 괭이부리말에 조금씩 정을 붙이기 시작한다. 그것은 "좋은 아버지가 되고, 듬직한 형이 되는 것"과 "착한 사람으로 사는" 것이 가치있다는 것을 깨닫는 과정이기도 하다. 마지막에 동수는 봄을 맞이한 공장에서 숙자, 숙희, 동준, 명환, 영호 삼촌, 숙자 어머니, 김명희 선생님, 숙자 어머니가 낳은 갓난아이, 호용이를 떠올리고는, 그들을 "식구"라고 부른다. 이 사랑과 우애로 탄생한 유사가족이야말로 지난 100여 년 동안 인천의 해안가 빈민촌이 찾아낸 거의 유일한 대안공간이라고 할 수 있다.

『괭이부리말 아이들』은 인천의 해안가를 배경으로 한 소설 중에서 유일하게 행복한 결말을 보여준다. 이것은 이 작품이 하나의 대안가족을 만들어냄으로써 가능해진 것이다. 이 작품에서 혈연에 바탕한 실제 가족은 사실상 아무런 역할도 하지 못한다. 이러한 특징은 숙자 아버지가 사고로 죽었을 때, 평소에는 아무런 도움도 주지 않던 숙자 할머니와 큰아버지 큰어머니들이 오히려 행패를 부리는 모습에서 잘 나타난다.

조혁신의 『뒤집기 한판』작가들, 2007을 읽고 있으면, 조혁신이 인천의 낙후된 마을 중 하나인 송림동 8번지에 대하여 소설을 쓴다기보다는 송림동 8번지가 조혁신의 손을 빌어 자신을 쓰는 것처럼 느껴질 정도이다. 소설집 『뒤집기 한판』에서는 '송림동 8번지'가 거의 모든 소설6편의 소설 중 「뒤집기 한판」을 제외한 모든 소설의 배경으로 등장하는 것이다. 번지라는 작은 행정단위를 이토록 집요하게 탐구하는 사례는 아마도 드문 경우일 것이다.

송림동 8번지가 작가를 빌어 말하고자 하는 것은, 이 시대에도 중요한 한 축으로 우리 사회를 구성하는 도시빈민들에 대해서이다. 다른 하나는 그럼에도 불구하고 아니 그러하기에 지니고 있는 맑고 따뜻한 인간성에 대한 것이다. 조혁신의 소설은 인물을 중심으로 작품이 짜여져 있는 경우가 많은데, 그것은 작가의 긍정적인 성격에 대한 큰 관심을 반영하는 것이다. 정직과 성실을 실제의 삶으로써 보여주는 「구만길 씨의 하루」에 나오는 이발사 구만길, 「사노라면」에 나오는 분식집 주인 한기준 등은 작가가 추구하는 이상적인 인간상에 해당한다. 이러한 인간들에 대한 애정은 「호황기」의 구의원 같은 탐욕과 어리석음에 빠진 인간을 향한 조롱과 분노로 이어지기도 한다.

특히 「부처산 똥8번지」는 조혁신의 대표작으로, 열살의 소년이 초점화자로 등장한다. 조혁신이 그리는 인물들의 따뜻하고 밝은 마음을 생각할 때, 그들이 성인일지라도 그들의 마음은 동심과 다르지 않기에 소설 속 주인공 '나'는 통칭하여 조혁신적 주인공을 대표하는 인물이라고 볼 수도 있을 것이다.

조혁신의 다른 작품들이 그러하듯이 이 작품도 간단하고 명료한 구성으로 되어 있다. 선생님이 내주신 "동네유래를 알아오라는 숙제"를 해결하는 과정이 바로 이 소설의 기본 서사인 것이다. 그 해결의 과정은 곧 소년 인물들이 자신들의 삶과 환경의 본질에 다가가는 과정이기도 하다. 그들이 깨달은 자신들의 삶이란, 작품의 마지막에 드러난 성장이 가져올 우울한 미래에의 예감, 즉 "우리는 나이를 하루 더 먹을 것이고 똥바가지 아저씨는 거꾸로 나이를 하루만큼 까먹을 것이었다. 망할 놈의 눈물이 왜 자꾸 솟아나는지. 나는 목구멍으로 껄떡껄떡 넘어오는 울음을 참으려고 이를 악물었다"는 문장으로 정리되어 나타난다. 이들은 어른이 된다는 것에 대하여 울음을 흘리는데, 이유는 그들이 벗어날 수 없는 가난의 굴레에 갇혀 있기 때문이다. '나'나 일남이에게 성장이란 이 소설을 통해 묘사되고 있는 "개를 때려잡고 손에 피를 묻히는 아버지나 어머니 같은, 술집에서 술시중을 드는 갑숙이 누나 같은, 병이 들어 꼼짝도 못하는 일남이 아버지 같은 어른"이 되는 것을 의미하는 것이다. 성장이 곧 슬픔이 되는 아이들의 삶이란, 아무리 따뜻한 서정과 이미지로 차 있더라도 근본적으로 비극적일 수밖에 없는 것이다.

결국 송림동이라는 우아한 이름의 유래를 발견할 수 없었던 두 명의 소년들은 다음과 같은 해결방법을 내놓는다. 그것은 작가의 전망이라고 볼 수 있을 터인데, 그것이 소년화자의 인식과 눈높이에 맞춰져 있는 것인지는 곰곰이 고민해 볼 문제이다. 동네 이름 송림동과 관련된 소나무 한 그루도 발견할 수 없었던 산동네의 소년들이, 부잣집에 있는 소나무를 바깥으로 옮겨 심는 행위는 비교적 선명한 사회적 시각의 우의적 표현이라 할 수 있다. 이 대목에서 소년들이 산동네에 옮겨놓은 소나무는 가진 자들이 독점한 재화를 상징한다. 나아가 이 소년들은 부자들과 살 수는 없으며, 가난한 아이들과만 어울릴 수 있다고 말한다. 소년 초점자와 화자를 내세우고 있지만, 조혁신의 「부처산 똥8번지」는 부자와 빈자라는 선명한 이분법에 바탕한 작가의 뚜렷한 사회경제적 입장이 드러난 작품이라고 할 수 있다.

정이수의 「2번 종점」도화, 2016은 2번 버스 종점에서 살아가는 서민들의 삶을 담아낸 작품이다. 김재명은 가구공장 사장이었지만, 사업을 접고 일 년이 넘게 백수로 지내다가 구청소속 생활쓰레기 수거원이 되었다. '나'를 곤혹스럽게 하는 것은 그가 맡은 구역이 하필이면, 자신이 사는 동네인 효성동의 2번 시내버스 종점과 산동네라는 사실이다. 이곳의 특징은 "며칠 뜸한 사이 그새 또 동네가 달라졌다"고 느껴질 만큼 난개발이 한창 진행 중이라는 점이다. 이러한 개발로 갑자기 졸부가 등장하기도 하고, 상대적인 박탈감에 시달리는 사람들도 생겨나고, 이로 인한 갈등이 발생하기도 한다. 사람들은 내 집 마련의 꿈을 안고 꾸역꾸역 변두리 효성동으로 밀려들지만, 출퇴근에 지친 직장인들은 곧 하나둘 떠나기도 한다. 그렇기에 효성동의 2번 종점은 "목적지를 향해 가다가 잠시 들른 간이역 같은 곳, 운행 중인 버스가 잠시 쉬었다가 5분 간격으로 돌아나가는 곳, 그럼에도 뭔가 정체된 느낌이 드는 곳"으로 의미부여된다. 그러나 김재명이 언제나 술잔을 기울일 수 있는 다정한 친구 정길이나 강씨가 사는 인정 따뜻한 곳이기도 하다.

이수조의 「춘자」문학나무, 2019는 연안부두 근처에 사는 밑바닥 인생의 서정을 충실하게 담아낸 작품이다. 오십대 중반인 춘자는 삶 자체가 폭력과 고통으로 점철되어 있다고 해도 과언이 아니다. 먼저 이름 때문에 늘 사람들특히 남자들의 짓궂은 농담의 대상이 되고는 했다. 무엇보다 춘자는 아버지에서 남편으로 이어지는 가정폭력의 심각한 희생자이다. 원양선을 타던 아버지는 집에 돌아올 때면, 아내의 불륜을 의심하여 아내에게 엄청난 폭력을 행사하고는 했다. 춘자의 남편 역시 결혼하고 얼마 지나지 않아서부터 춘자에게 이유 없이 폭력을 행사했다. 남편은 일도 하지 않으며 제왕처럼 군림했고, 다른 여자를 집으로 데리고 와 잔적도 있을 정도이다. 이러한 폭력은 가정에서만 끝나는 것도 아니다. 그 폭력은 엄마를 돌보느라 밤을 새우고 시험시간에 잠을 잤다고 슬리퍼로 뺨을 때리는 선생님이 있는 학교로까지 연결되는 것이다. 사회로부터 받는 폭력은 춘자라는 이름을 통해 드러나기도 한다.

작가는 춘자와 그녀가 운영하는 2층짜리 낡은 여인숙의 유사성을 강조하는데 많은 공을 들이고 있다. 춘자와 여인숙은 모두 "빠른 속도로 풍화하는 중"이며, 춘자는 "모두가 떠난 자리에 나, 춘자만 남는다. 여인숙 허름한 벽의 낙서처럼 남을 것이다"라고 생각한다. 바다는 연일 흙으로 메워졌고, 창문만 열면 바로 앞에서 출렁대던 바다는 자꾸만 멀어져 갔다. 바다가 육지로 변한 자리에 모텔과 해수탕과 대형음식점과 해양광장까지 완벽한 위락시설을 갖춘 관광위락단지가 형성된 것이다. 그러나 무엇보다 춘자는 자신의 힘으로 악당과 다름없는 남편을 쫓아내고 제왕 여인숙의 엄연한 주인 노릇을 하는 당찬 여인이다. 이것은 작품의 마지막이 "춘자가 제왕이 되기 위해 더 밝은 네온사인을 달아야겠다. 내일은……"이라고 말하는 부분에서도 확인할 수 있다.


## 6. '관계적 공간성'과 '일상적 장소성'으로 바라본 인천

한 지역을 파악하는 방법에는 그곳을 공간으로 바라보는 것과 장소로 바라보는 두 가지 방법이 있다. 이 때 장소가 안전, 안정, 영속의 자질을 강하게 지닌 구획되고 인간화된 특성에 주목한 개념이라면, 공간은 개방성 유동성, 광대함이란 자질을 강하게 지닌 추상적인 특성에 주목한 개념이다.[5] 박민규의 『삼미슈퍼스타즈의 마지막 팬클럽』과 김금희의 '인천 3부작'은 '관계적 공간성'과 '일상적 장소성'에 바탕해 인천을 바라보는 두 가지 상반된 태도를 보여준다.

박민규의 『삼미슈퍼스타즈의 마지막 팬클럽』에서 인천을 상징하는 것은 프로야구 창단멤버로 인천을 연고지로 했던 삼미슈퍼스타즈이다. 삼미슈퍼스타즈가 창단된 1982년에 열두 살이었던 '나'는, 과거 인천 최고명문이었던 중학에 입학한다. 1982년 2월이 되면서 인천에는 프로야구의 열기가 번져 나가고, 창단소식은 "새로운 희망과 설렘을 안겨주는 하나의 '고뿌'" 역할을 한다. "아마추어와는 비교할 수 없는 프로의 세계 — 그 속에 우리 인천을 대표하는 팀이 당당히 존재한다는 사실"에 인천시민들은 "가슴이 벅차올랐"던 것이다. 그러나 1982년 3월 27일부터 1985년 6월 21일까지 존재했던 삼미슈퍼스타즈는 시즌 최저 승률, 팀 최다 연패 등의 무참한 기록을 남겼다. "뭔가 야구의 상식이 무너지는 느낌의 패배"를 "자연의 순리를 거스른다는, 그런 느낌의 패배"를 보며, 소년이었던 '나'는 큰 상처를 받게 된다. '나'는 삼미의 고별전을 보고 와서 아버지에게 "죽는 한이 있어도 반드시 좋은 대학에 가겠"다고 다짐한다. 이것은 "별 볼일 없는" 자신의 인생을 생각한 결과, 자신이 "흡사 삼미슈퍼스타즈가 아닌가"라는 깨달음에 이르렀기 때문이다. 삼미는 "프로야구에 뛰어든 아마추어야구팀"이었고, 자신은 "이 프로의 세상에서 아마추어를 사랑한 죄로 멸시와 조롱을 받았던 것"임을 깨달은 것이다. 그리고 "프로의 세계"는, "평범하게 살면 치욕을 겪고, 꽤 노력을 해도 부끄럽긴 마찬가지고, 무진장, 눈코 뜰 새 없이 노력해봐야 할 만큼 한거고, 지랄에 가까운 노력을 해야 '좀 하는데'라는 소리를 듣"는 거라는 것을 깨닫는다. 이후 '나'의 삶은 프로가 되기 위한 것이었

---

5    이-푸 투안, 구동회·심승희 역, 『공간과 장소』, 대윤, 2007, 19~20면.

고, 그 첫걸음으로 선택한 것이 일류대 진학이었던 것이다.

이 작품의 진정한 새로움은, 프로에 대한 새로운 개념적 전유를 통해, 삼미슈퍼스타즈의 플레이에 긍정적인 의미를 부여한다는 것이다. 삼미슈퍼스타즈에 대한 새로운 인식은 이혼을 하고 실직을 당한 이후부터 본격화된다. '나'와 함께 삼미슈퍼스타즈의 열혈팬이었던 죽마고우 조성훈은 프로야구가 시작되던 시기 세상은 프로야구를 통해, 국민들에게 "프로 인생"을 주입했다고 말한다. 이때 프로가 의미하는 것은, "프로의 세계는 냉정하다. 프로는 끝까지 책임을 진다. 프로의 세계는 약육강식이다. 프로의 세계에선 변명이 통하지 않는다. 프로는 약육강식의 세계이다" 혹은 "프로만이 살아남는다"로 표현되는 성격의 것이다. 삼미가 "프로의 세계에 적응하지 못한 모든 이미추이들을 대표해 그 모진 핍박과 박해를 받았던" 기라고 이야기하며, 심지어 "예수가 재림한다면 그것은 분명 삼미슈퍼스타즈와 같은 모습"일 거라고까지 말한다. 그리고 이들은 1998년 9월 15일 삼미슈퍼스타즈의 팬클럽을 만들어, 이전 삼미슈퍼스타즈의 정신을 극대화한 "삼미슈퍼스타즈의 야구를 재현"한다. 이들이 추구하는 야구의 핵심은 "치기 힘든 공은 치지 않고, 잡기 힘든 공은 잡지 않는 야구"이다.

인천에 대한 '관계적 공간성'은 '내'가 서울대에 진학한 이후 본격화된다. 서울대에서 "나는 '최하위'의 심리적 문신을 지닌 거의 유일한 인간"으로 느끼는데, 이유는 "모두가 '일류대'의 문신을 새기며 즐거워하고 있을 때 나의 이마에는 이미 '삼미'라는 두 글자가 '궁서체' 내지는 '양재튼튼체'의 서체로 새겨져 있었"기 때문이다. 인천의 집과 서울의 캠퍼스를 전철로 오가는 통학길은, "지구와 클립톤 행성을 오가는 길고 긴 여행"에 비유된다. "집이라는 이름의 지구에서 나는 슈퍼맨이었지만, 일류대라는 이름의 행성에서는 지구인이었다"고 이야기되기까지 한다. 결국 '나'는 서울의 명문보다는 시골의 소박한 고등학교를 졸업한 동기들과 어울리는데, "이들은 '촌티' '사투리'라는 또 다른 이름의 삼미슈퍼스타즈를 나름대로 간직하고 있었기 때문"이다. 여기서 '삼미슈퍼스타즈'는 '촌티'나 '사투리'와 동일시되고 있음을 알 수 있다. 또한 '나'는 대학시절 철거민들의 투쟁을 보며, "삼미슈퍼스타즈의 경기를 지켜보는 기분"을 느낀다. "피를 토하며 응원을 하던 옛 기억을 떠올리며 너무나 쉽게 그 대열에 합류할 수 있었"다고 고백하는 것이다. IMF 이후 '내'가 다니는 회사에 감원바람이 불고, 직장생활이 살벌해지자 '나'는 신입시절 "인천의 집에서 전철로 출근하던, 또 전철을 타고 인천으로 돌아가던 — 그 매일 매일의 러시아워와 신도림"을 생각하며 마음을 다잡기도 한다. 그리고는 스스로에게 "다시 돌아가기 싫지?"라고 묻는다.

그러나 이러한 작가의 인식은 분명 잘못된 것이다. 인천은 프로야구라고도 할 수 없는 아마추어야구 수준의 '삼미슈퍼스타즈'에 해당하고, 서울은 감동적인 우승을 차지한 'OB'에 해당한다고 말할 수 있을까? 인천은 고작 지구인들이 사는 행성이고, 서울은 슈퍼맨과 같은 초인들이 사는 클립톤 행성이라고 할 수 있을까? 인천은 '촌티', '사투리', '철거민촌'에 비유되는 공간일 수밖에 없을까? 이와 관련해 작가의 한계를 분명히 드러내는 부분이 존재한다는 것은, 매우 흥미롭다. 삼미슈퍼스타즈의 후신으로 인천에 연고를 둔 현대유니콘스가 처음으로 우승하자, 삼미슈퍼스타즈의 숭배자인 일본인 사카에는 "삼미의 후신은 곧 인천을 떠날 것 같아요"라며, 우승을 하면 "서울로 가는 것이 이 세계의 룰"이라고 말하는 것이다. '우승팀<sup>서울</sup> / 꼴찌팀<sup>인천</sup>'이라는 박민규의 심상지리 속 인천과 서울의 관계가 선험적인 고정관념에 바탕해있음을 보여준다.

그러나 2000년 이후 현대유니콘스는 SK와이번스 창단으로 인천지역의 연고권을 SK에게 넘겨주고 서울특별시로 연고지를 옮길 것을 선언했으나,

여러 이유로 팀이 해체되기 전까지 수원을 임시 연고지로 활용하였을 뿐이다. 이후 SK와이번스는 인천을 연고지로 삼아 2020년 시즌까지 존재하였다. SK와이번스는 12번의 포스트시즌 진출과 8번의 한국시리즈 진출, 4번의 한국시리즈 우승을 달성한 KBO리그의 신흥 강호구단으로 역대 한국시리즈 승률 3위와 KBO 포스트시즌 승률 2위 및 6년 연속 KBO 한국시리즈 진출 등의 업적을 쌓았다. 나아가 아시아 프로야구리그 사상 단일구단 최다연승기록인 22연승의 대기록을 세웠으며, 메이저리그에 가장 가까운 플레이를 보여준다는 평가까지 들었던 21세기 KBO리그의 최강자였다. 이후 SK와이번스는 신세계그룹 이마트에 매각되어 SSG랜더스가 되었다. SSG랜더스도 2022년에는 정규리그 1위 달성과 함께 한국시리즈 우승을 차지하였으며, 2023년에는 정규리그 3위에 오르는 등 강자로서의 면모를 이어가고 있다. 현대유니콘스 이후 인천을 연고로 했던 SK와이번스와 SSG랜더스의 모습은 '우승팀서울 / 꼴찌팀인천'이라는 대비나, '우승을 하면, 서울로 간다'는 것이 절대적인 룰이 아니었음을 직접적으로 증명한다.

『삼미슈퍼스타즈의 마지막 팬클럽』에 나타난 '관계적 공간성'과 관련하여 흥미로운 것은, 부평을 인천과 구분하여 인식한다는 점이다. 삼미의 경기에 실망한 어린이팬클럽 회원 중의 한 명이 부평으로 이사를 가서는, 어느 날 MBC청룡의 잠바를 입고 나타난다. 그러고서는 "부평은 거의 서울에 가까우니까"라고 말하는데, 이를 들으며 '나'는 "확실히 부평은, 인천보다 전철 6구간이 더, 서울에 가까운 곳이었다"라고 한탄하는 대목이 나온다. 또한 어른들은 이제 아무도 프로야구의 얘기를 꺼내지 않았다며, "물론 부평이라면 얘기가 다를 수도 있겠지만, 특별히 부평에 나갈 일이 있었던 것도 아니라 잘은 알 수 없다"고 생각한다. 뒤이어 "우리는 부천도 아니고 부평도 아닌, 바로 인천에서 살고 있었다. 그래서 우리는 더욱 외로웠다"고 하여, 인천과 부평을 다른 공간으로 구분하는 심상지리를 보여주고 있다. 프로원년 후기리그에서도 황당한 성적을 이어가자, '나'와 친구인 조성훈은 염세주의에 빠지며, "인천에서 태어난 우리의 팔자 탓에서 세상에 대한 무분별한 원망과 증오로 그 범위가 넓어져 있었다. 나는 인천이 미웠고, 경기도가 미웠고, 부모가 미웠고, 삼미가 미웠다. 하다못해 부평에서만 태어났더라도, 확실히 내 인생은 달라졌을 것이다"라고 한탄하기도 한다.

이처럼『삼미슈퍼스타즈의 마지막 팬클럽』은 인천이 지닌 관계적 공간성을 선명하게 드러낸다. 인천과 서울이라는 관계 속에서, 서울은 선망의 긍정적 대상이기도 하지만, 근본적으로는 극복의 부정적 대상이기도 하다. 주인공과 친구에게 서울은 경쟁의 논리가 극단화된 '프로'의 세계를 상징하기도 하기 때문이다. 이런 맥락에서라면 인천은 서울과는 대비되는 가치를 지닌 긍정적 공간이라고도 할 수 있다. 이러한 인천의 공간성이 압축된 것이 바로 삼미슈퍼스타즈라는 야구팀인 것이다. 이 작품은 무엇보다도 인천이 다른 도시와 맺고 있는 관계적 공간성을 드러냈다는 점에서 그 의의를 찾을 수 있다.

박민규의『삼미슈퍼스타즈의 마지막 팬클럽』에서 인천은 서울과의 대비 속에서, 관계적 공간성이 선명하게 드러나는 곳이다. 본래 로컬이 "국가 중앙 글로벌이라는 각종 층위의 공간단위가 부단히 개입하면서 실천적으로 작동하고 있는 현장이며 다양한 질서들이 중층적으로 얽히면서 복합적인 갈등을 직조해내는 공간"[6]이라는 점을 염두에 둔다면, 박민규의 작업은 인천을 탐구하는 하나의 의미 있는 시선이라고 말할 수 있다.

김금희의 등단작인 「너의 도큐먼트」<sup>2009년 한국일보 신춘문예 당선작</sup>, 「아이들」『창

---

6    부산대 한국민족문화연구소,『선망과 질시의 로컬리티』, 소명출판, 2013, 3면.

작과비평』, 2009년 여름호, 「장글숲을 헤쳐서 가면」『황해문화』, 2009년 겨울호은 인천 3부작이라고 할 수 있다. 이들 작품은 드물게도 인천을 작품의 시공간으로 하고 있으며, 소설의 기본 구조나 등장인물의 성격까지도 서로 밀접하게 닮아 있다. 주인공들은 모두 사회생활을 막 시작했거나 시작하려고 하는 젊은 나이의 여성들이다. 박민규의 『삼미슈퍼스타즈의 마지막 팬클럽』이 주로 인천의 '관계적 공간성'을 집중적으로 드러냈다면, 김금희의 인천 3부작은 인천의 '일상적 장소성'을 집중적으로 드러낸 경우라고 할 수 있다. 김금희의 소설에서 성장통을 앓는 주인공들에게 인천은 결코 부정이나 벗어남의 대상이 아니다. 인천은 이들에게 이 사회의 전부, 조금 과장하자면 사유와 상상력의 우주라고 부를 수 있다.

등단자인 「너의 도큐먼트」에서부터 인천 지역의 세부는 생생하게 드러난다. 이 작품의 기본적인 동선은 인천 지도를 따라 펼쳐지는데, 이 지도야말로 김금희의 소설을 낳는 하나의 모체matrix이다. 사업에 실패하고 가출한 아버지를 찾기 위해 인천시 전역이 그려진 지도 하나가 등장한다. 엄마와 '나'는 하루씩 교대로 아버지를 찾아 시내 곳곳을 돌아다닌다. 그 결과 「너의 도큐먼트」에는 차이나타운이나 신포동과 같이 이전의 소설에서도 자주 등장하던 배경들과 더불어 계양산, 철마산, 주안역, 시민회관, 갈산, 계산, 계양동 등과 같은 여타의 인천 지명들도 거의 모두 등장한다. 지도 위에는 "항구와 놀이공원, 전철역과 도서관, 백화점과 산, 달동네 박물관과 가게, 약수터를 모두 통과한 선"이 그려지게 된다. 이 선은 인천이 지닌 복합적인 지리적 성격을 있는 그대로 잘 드러내 준다. 이 작품에서 아버지를 찾는 일이 아니더라도 '나'의 동선은 철저하게 인천에 한정되어 있다.

「아이들」에는 아버지의 직장이 있던 마루 공장, 창호 공장, 가구 공장, 합판 공장, 악기 공장, 정유 공장, 목공소들이 즐비한 북항 주변 일대가 잘 나타나 있다. 「정글숲을 헤쳐 나가면」은 인천의 지리적 특징뿐만 아니라 역사성도 함께 드러낸다. 월남촌과 사학재단에 대한 이야기가 특히 그러하다. 월남촌은 군수물자를 싣고 베트남과 인천항을 오가며 어마어마한 달러를 벌어들이던 운수기업의 직원들이 새집을 짓고 살던 곳이다. 아버지도 전쟁터에서 벌어온 돈에다 빚을 져서 지금의 집을 샀던 것이다. 그러나 지금 월남촌에는 베트남의 기억을 간직한 사람들도 거의 사라지고 가난한 사람들만 남았다. 월남촌은 인천의 실존하는 마을로서 인천이 월남전 당시 수행했던 고유한 역사를 잘 보여준다. 사학재단은 초등학교에서 대학까지 열 개의 학교를 운영하다가 온갖 비리를 저지르고 결국 몇 년 전에 재단이 시립화되는 것으로 그려지는데, 이것 역시도 인천의 대표적 사학이었던 선인재단의 실제 역사를 거의 그대로 드러낸 것이라고 할 수 있다.

　김금희의 '인천 3부작'에서 다른 도시가 등장하는 소설은 「아이들」이다. 이 작품에는 부산과 성남이 등장하고 있다. 아버지는 부산 토박이였고 거기서 1980년까지 합판 공장에 다녔으나 회사가 국가에 몰수되는 바람에 비슷한 직종을 찾아 인천으로 흘러든 것이다. 아버지에게 부산은 그리움이고 추억이며 하나의 육친이라고 말할 수 있는 성격의 것이다. 「아이들」의 '나'에게 인천 역시 그러하다. 아버지가 부산을 추억하며, "그 집 앞에 바다가 있어서 어릴 때 수영을 하거나 조개를 잡으며 놀았다는 이야기"를 하자, '나'는 "눈앞이 환히 열리는" 느낌을 받는다. 그리고는 "여기도 바다 있어. 버스로 열 정거장 가면 목재단지가 나오고 그 뒤에 항구가 있지"라고 신나게 말하는 것이다. 「아이들」에는 성남도 등장한다. 고등학교를 졸업하고 쏘켓 공장 경리로 일하던 '나'는 오랜만에 영주의 전화를 받고 다단계 회사에 가는데, 그 다단계 회사가 위치한 곳이 바로 성남인 것이다. 이 작품에서 성남은 '나'의 인천이 지닌 인간적 성격을 강조하는 대타항으로서의 근대적

악마성을 드러낼 뿐이다.

김금희의 소설에서 인천은『삼미슈퍼스타즈의 마지막 팬클럽』에서처럼, 서울과의 관계에서 열등한 의미를 지니는 '공간'이 아니다. 이처럼 박민규와 김금희는 똑같이 인천을 배경으로 하고 있지만, 그 인식의 각도는 매우 이질적이다. 그것은 외부인과 토박이의 차이에서 비롯된다고도 정리할 수 있는데, 박민규가 끊임없이 인천을 대타화하며 인천이 놓여 있는 관계적 공간성에 천착한다면, 김금희는 인천의 속살을 더듬으며 모체로서의 인천이 지닌 일상적 장소성을 파고든다. 김금희의 작품에서 인천과 서울은 근대적인 의미의 중심과 주변이라는 식의 위계를 형성하지 않는다. 선망과 질시는 비록 부인할 수 없는 로컬인의 감정이기는 하지만 로컬인을 주체로 호명하기 위해 이용된 도구적 감정인 동시에 선조저인 질서를 긍정하게 만드는 기제라는 점을 생각한다면, 인천을 '절대적인 장소'로 느끼는 김금희의 감성은 그 자체로 지금의 비인간적인 세계 체제에 대한 저항의 거점이 될 수도 있을 것이다.


## 7. 해불양수의 도시


인천은 오래전부터 토박이들보다 외부에서 이주해 온 사람들이 많은 비중을 차지하는 도시였다. 일제시대에는 공장에 일자리를 찾으러 온 노동자들이, 6·25전쟁 뒤에는 피란민들이, 산업화가 본격화 된 시대에는 이농민들이 인천을 새로운 삶의 근거지로 삼아온 것이다. 오늘날에는 결혼이주여성이나 이주노동자가 인천의 새로운 구성원이 되어 가고 있다. 2023년 11월 1일 기준 인천 거주 외국인은 16만 859명으로, 인천은 전체 인구 대비

외국인 비중이 전국에서 세 번째로 많은 도시이다.[7]

　김미월의 「중국어 수업」『한국문학』, 2009년 겨울호은 타지에서 온 자들의 시선을 통해 인천의 지역성을 드러낸 작품이다. 연안부두 근처에 있는 전문대학의 부설 한국어학원에서 한국어를 가르치는 수는 하루에만 왕복 세시간을 들여 서울에서 인천을 오고 간다. 이 한국어학원에는 베트남인이나 우즈베크인, 몽골인도 있지만 대부분은 중국인들이다. 이 외국인들은 한국어를 배우려는 목적보다는 취업을 위한 학생 비자를 받으려는 목적이 더욱 크다. 주목해야 할 것은, 이 작품의 주인공인 수 역시 중국에서 온 학생들보다 나을 것이 없는 처지라는 점이다. 수는 어학원에서 턱없이 낮은 월급을 받는 것은 말할 것도 없고 석달 단위로 고용 계약을 갱신해야 하는 비정규직 노동자이다. 서울에 사는 수는 언젠가는 "서울 시내의 제대로 된 어학원에서 제대로 된 학생들에게 제대로 된 강의를 할 거"라는 꿈을 가지고 있다.

　「중국어 수업」에서 인천은 중국동북 지역에서 취업을 위해 온 중국인과 서울에서 역시나 돈벌이를 위해 온 한국인의 시각으로 파악된다. 두 명의 외부자를 통해서 인천이 지닌 관계적 공간성은 선명하게 드러난다. 인천의 다른 한 쪽에는 서울이라는 한국의 수도가 있고, 다른 한 쪽에는 중국동북의 여러 도시들이 놓여 있는 것이다. '중국의 도시-인천-서울'로 이어지는 구도 속에서 인천은 선망과 질시의 대상이자, 선망과 질시의 주체라는 이중적 위상을 확보하게 된다. 수에게 인천이 비루한 현실이고 서울이 지향해야 할 미래라면, 쓰엉에게 현실은 자신이 떠나온 중국동북의 도시이며 지향해야 할 미래는 인천이다. 한국인과 중국인을 신자유주의 시대의 불안정한 노동자라는 동일한 처지를 공유한 존재로 형상화 한 것은 「중국인 수업」의

---

7　「2023년 지방자치단체 외국인주민 현황」.(행정안전부, 2024.10.24 발표)

독특한 개성이라고 할 수 있다.

백수린의 「중국인 할머니」『작가세계』, 2015년 봄호는 한국 사회의 타자로 머물렀던 화교의 삶을 잔잔한 일상의 물결 속에서 다루고 있는 작품이다. '나'에게는 화교인 새할머니가 있었다. 새할머니라는 위치상 '나'와 가족들은 겉으로 그녀를 받아들이지만, 속으로는 받아들일 수 없는 존재로 취급하였다. 그러나 새할머니를 받아들일 수 없었던 더 큰 이유는 따로 있다. 그것은 바로 새할머니가 화교출신이라는 사실이다. 그 당시 '화교'라는 단어는 "불길한 일을 공유하듯 낮고 작던 목소리"로 발화되었으며, 그렇게 말할 때마다 "막연한 이질감"을 느끼고는 했던 것이다. 새할머니는 1930년 한반도의 남쪽에서 태어났으며, 두 명의 한국인 남자와 결혼하여 한국 국적을 가진 아들을 하나 낳았지만, "피는 물보다 진"한 법이서 태어나서 죽을 때까지 계속 중국인, 그러니까 화교로서 살아갈 수밖에 없었다.

새할머니의 죽음은 '내'가 새할머니를 자기와 똑같은 인간으로 받아들이게 되는 계기가 된다. 「중국인 할머니」에서는 '새할머니에 대한 이야기를 말해본 적이 없다'는 식의 문장이 세번이나 반복된다. 그러나 시작할 때의 "그녀에 대해서는 아무에게도 말해본 적이 없다"와 마지막의 "나는 그 밤의 기억에 대해서 아무에게도 말해본 적이 없다"가 담고 있는 내용은 많이 다르다. 처음의 '아무에게도 말해본 적이 없는 기억'이 타자로 머물다 스러져간 한 이방인의 삶에 해당하는 것이라면, 마지막의 '아무에게도 말해본 적이 없는 기억'은 서로의 진심이 통해서 인간으로서의 따뜻함을 나누던 "거짓말처럼 아름답던" 밤에 대한 것이기 때문이다. 달이 밝던 어느 밤, '나'는 주한대만대사관의 중화민국 깃발이 내려가던 때 왜 이 곳을 떠나지 않았느냐고 새할머니에게 묻는다. 그러자 새할머니는 "대륙 사람 자식으로 태어나 대만 사람이 되어서 칠십 년 넘게 여기서만 살았는데 여기서 외로우면 어디를 간들 외롭지 않겠냐"라고 대답한다. 할머니에게 이 곳은 '타향이자 고향'이며, '고향이자 타향'이었던 것이다.

김중미의 장편 『모두 깜언』창비, 2015에서는 여중생 유정이를 중심으로 강화도 살문리의 풍경이 펼쳐진다. 기본적으로 성장소설의 구성을 취하고 있으며, 청소년을 주인공으로 내세운 청소년소설이다. 이 작품에는 FTA, 구제역 파동, 친환경 농업의 어려움, 몰락해 가는 소농 등 농촌 사회의 여러 가지 문제가 다양하게 펼쳐져 있다. 이 작품의 주인공인 유정이는 소위 '언청이'로 태어났으며, 갓난 아이였을 때 엄마는 떠나고 아버지는 교통사고로 죽었다. 이로 인해 할머니와 작은아버지의 품에서 성장한다. 수술도 받고 치료도 받았지만 여전히 말을 더듬으며, 농사일을 돕고 조카들을 돌보느라 학원같은 것은 다닐 엄두를 내기도 어렵다.

이 작품에서 주목할 것은 이전의 '다문화' 소설에서는 보기 어려웠던 결혼이주여성이 등장한다는 점이다. 유정의 작은엄마는 지금까지의 결혼이주여성소설에 등장하는 결혼이주여성들처럼 고통만 받는 우리 사회의 타자가 아니다. 불법이라서 몰래 본 맞선이기는 했지만, 첫눈에 아내에게 반한 작은 아버지는 아내에게 지고지순한 사랑을 베풀고, 유정이의 할머니도 며느리에게 어떠한 부당한 행위도 하지 않는다. 살문리에는 작은엄마가 좋아하는 베트남 반찬이 가득한 트럭이 일주일에 한번씩 방문하기도 한다. 작은엄마는 베트남인으로서 고유성도 인정받으면서, 한국인으로서의 보편성도 인정받는 삶을 살고 있는 것이다. 무엇보다 이 작품에서 작은엄마는 주인공인 유정이의 어머니이자 스승이다. 작은엄마는 유정이를 진짜 딸이라고 여기며, 유정에게 돈보다 더 중요한 것은 "꿍어, 꿍안, 꿍땜"이라고 가르쳐준다. 이것은 "함께 살고, 함께 먹고, 함께 일한다는 뜻"으로서, 유정도 이 말을 잊지 않겠다고 말한다. 이전의 다문화 소설이 주로 한국인에 의해 소외되고 고통받는 이주민들의 모습에 주목했다면, 『모두 깜언』에서 인간으로서의 존엄성을 유지하면서 한국 사회에서 살아가는 이주민의 모습이 등장하는 것이다.

동시에 이 작품에는 사기 결혼으로 한국에 왔다가 온갖 고통을 겪다가 다시 베트남으로 돌아가는 작은엄마의 사촌동생 로앤을 통하여, 아직 완전하게 해결되지 않은 이주민들의 문제도 보여주고 있다. 중국동포로서 집을 나간 지가 십사 년째인데 여전히 고시원에서 힘들게 생활하는 광수 엄마 역시 우리 사회에 분명 존재하나 그 존엄성은 인정받고 있지 못하는 이주민의 슬픈 현실을 떠올리게 하는 인물이라고 할 수 있다.[2024]

# 3

# 여성 노인의 새로운 자화상

이목연의 『달의 입술』

## 1. 한국 노년소설의 새로운 봉우리

이목연은 인천에 터를 잡고, 인천에서 활동하는 작가이다. 수많은 작품을 통하여 인천의 고유성을 형상화 해 온 그녀가, 이번에는 좀 더 보편적인 문제의식을 담은 소설집 『달의 입술』미소, 2024을 출판하였다. 『달의 입술』은 한국 노년소설의 적통을 잇는 작품집이다. 지금까지 논의되어 온 노년소설에 대한 개념으로는 노년 인물이 주요인물로 등장할 것, 노년에 이른 작가가 창작할 것, 노인이 당면하는 문제와 갈등을 다룰 것, 노인만의 심리와 의식을 천착할 것, 노인을 서술자아나 초점화자로 설정할 것 등을 들 수 있다. 이목연의 『달의 입술』에 수록된 거의 모든 작품은 이러한 특징에 해당한다.

노년소설이 다루는 주제는, "한국 현대 노년소설은 1970년대에 노인 문제에 대한 고발과 풍자의 형태에서 출발해서, 점점 삶에 대한 탐색과 통찰을 보여주는 작품으로 발전"[1]해 왔다는 주장에서 알 수 있듯이, 크게 두 가지이다. 첫 번째는 노인이 겪는 고달픈 현실에 대한 고발에 치중한 작품들로서, 이러한 유형이 노년소설의 가장 큰 비중을 차지한다고 할 수 있다. 이들 소설이 많이 다룬 제재는 죽음[2]이나 성[3] 혹은 치매[4]와 같은 것들이었다. 다음으로는 노년만이 보여줄 수 있는 인생과 세상에 대한 원숙한 통찰을 보여주는 작품들이다. 인생에 대한 원숙한 통찰을 보여주는 것은 우리들이 통념적으로 생각하는 말년의 작품들이 지닌 일반적인 특징에 해당한다. 우리가 대가라고 부르는 예술가들의 후기 작품들에서 발견되는 것은 성숙함에서 오는 정신적이며 동시에 기법적인 차원의 안정감이다. 노년의 특징으로 간주되는 조화, 화해, 포용, 관용, 종합의 몸짓은 그 안정감의 기원이자 결과라고 볼 수 있다.

이목연의 『달의 입술』에 수록된 노년소설들도 기본적으로 '노년이 겪는 고달픈 현실'과 '그러한 현실에서 비롯된 원숙한 통찰'이 잘 어우러져 있다. 특히 이목연의 소설에서 인상적인 것은, 소설의 주인공들도 모두 일흔 살 정도의 노년이면서 며느리의 처지에서 온갖 번민을 겪고 있다는 점이다. 이것은 고령 사회에서 초고령 사회로 변모하고 있는 한국 사회의 현실을 대변하는 동시에, 이전의 한국 노년소설에서는 찾아볼 수 없는 새로운 면모라고 할 수 있다.

---

1    이미란, 「한국 현대 노년소설의 변화 양상 연구―노년 담론의 성장과 작가 의식의 성숙을 중심으로」, 『한국언어문학』 109집, 2016, 150면.

2    김보민, 「노년소설에 나타난 죽음인식과 대응」, 『인문학논총』 32집, 2013.6, 1~22면; 서정현, 「노년소설에 나타난 죽음 인식 연구」, 『인문사회 21』 9권 2호, 593~603면.

3    김보민, 「노년소설에 나타난 노년의 성」, 『인문사회 21』 8권 3호, 2017, 1005~1020면.

4    엄미옥, 「고령화사회의 문학―'치매'를 다룬 소설을 중심으로」, 『대중서사연구』 24권 1호, 2018, 285~321면.

## 2. 늙고 병듦의 고통, 그리고 장수하는 시어머니

「귀인이 문 앞을 지나가다」는 일종의 아이러니로 되어 있는데, 제목과는 달리 주인공 선자는 온갖 병고에 시달린다. 이 작품은 그제 오후에 퇴원했지만 복통으로 응급실을 통해 다시 입원한 선자가, 4인 병실에서 겪는 "드라마보다 더 극적인 상황극"을 묘사하는 것으로 시작된다. 온갖 병치레로 힘든 노년의 선자가 봉착한 육체적 곤경이 이 작품의 기본적인 서사를 이룬다고 해도 과언이 아니다.

선자는 여러번 코에 호스를 끼워 봤지만 여전히 호스로부터 비롯되는 고통에서 벗어나지 못한다. "호스를 끼우는 것보다 덜 삭은 음식물이 코를 통해 나올 때의 이질감이 더 고역"이며, "그보다 더한 고역은 코에 끼운 두툼한 호스가 살갗과 슬려 만든 작은 상처"였던 것이다. 한밤중에 선자의 몸은 "화가 난 복어처럼 빵빵해"져서, "소변은 마려운데 변기에 앉을 수 없어 일어선 채로 소변을 한두 방울씩 흘"리기도 한다. 특히 대변과 관련하여 선자는 큰 곤란함을 겪는데. 이에 대한 묘사는 병고의 고통에 대한 가장 선명한 형상화에 해당한다.

또 변이 나오려고 한다. 인기척에 놀라 달아나는 바퀴벌레보다 더 빨리 화장실로 뛰어야 한다. 그렇지 않으면 또 팬티에 변을 지리고 말 것이다. 하지만 걸리적거리는 게 한두 가지가 아니었다. 호스를 잘 잡아야 하고 밈을 끌어야 하고 개복한 수술 부위를 달래 팬티를 내려야 했다. 팬티라이너를 대고 있었건만 결국 팬티에 변이 묻었다. 화장실 세면대에서 팬티를 벗어 빨고 밈을 끌고 침대로 돌아와 새 팬티를 갈아입는 일이 김장하는 일보다 더 힘들었다. 벗겨진 코밑이 쓰렸다.

영화를 보기 위해 친구와 만나서도, 선자는 "앉을 수가 없어서 선 채 밥을 먹"고, 영화의 "시끄러운 총소리보다 허리를 압박하는 통증의 소리가 더 높"다고 느낀다. 또한 선자는 "동네병원에선 배를 열어 보고도 수술을 덮은 희귀한 케이스가 대학병원에선 일반 낭종이 되는 것"을 경험하며, 의료의 "지역 격차"를 뼈저리게 경험하기도 한다. 의사나 남편도 병들고 늙은 선자의 몸과 마음을 치유하기에는 턱없이 모자란다. 남편은 아무 잘못도 없다고 생각하는 선자에게, "제발 혼자 아는 척 좀 하지 말고 몸 좀 미리미리 챙기라고"라며 지청구나 주고, 의사는 엉뚱한 진단과 시술로 선자의 고통을 심하게 만들 뿐이다.

「귀인이 문 앞을 지나가다」에서 선자는 병고에 시달리면서도, "가장 잘 쓰는 말 중 하나"가 "그까짓 거"일 정도로 나름의 의욕을 보여준다. 고통 속에서도 "죽음, 그까짓 거, 오면 맞이하면 되지"라는 배짱도 부리는 것이다. 이와 달리 「블록 퍼즐」의 선자가 자주 떠올리는 단어는 "무례", "모욕감", "서운한 마음", "화"와 같은 부정적인 것 일색이다.

「블록 퍼즐」에서도 노년에 이른 선자는 집안일에서 벗어날 수 없다. 냉장고에는 호박, 오이, 두부 등이 상해가는 중이며, 세탁기에는 빨래가 쌓여 있다. 「블록 퍼즐」의 선자도 「귀인이 문 앞을 지나가다」의 선자처럼 병원을 자주 들락거리며 여포성낭종 수술까지 받게 되는데, 병원의 간호사는 환자를 "감옥의 죄수처럼 취급"하며, "환자를 배려하는 느낌은 전혀 없"는 사람이다. 병원에서는 "환자의 시간은 마구 소비해도 된다"는 식으로 자기중심적으로만 움직이고, 젊은 레지던트들도 "수술을 앞둔 환자를 배려하는 모습은 없"다. "겉모습만 그럴듯하게 만들어 놓으면 그만"이라고 생각하는 의사를 보며, 선자는 의사들이나 "부동산업자나 똑같다"고 생각하기도 한다. 남편 역시 선자를 힘들게 하는데, 병실의 남편은 "음식을 먹지 못하는 아내

곁에서 저렇게 맛나게 먹어야만 할까"라는 생각이 들 정도로, 선자 몫으로 나온 밥을 맛나게 먹는다. 그것도 모자라 수술 이후 마취도 덜 깬 선자를 위한답시고, "자기가 군대에서 맛있게 먹었다는 보름달 빵"을 가져오기도 한다. 선자 몫의 요거트도 싹싹 먹어치우는 남편을 보며, 선자는 "제 몸 위한 거라면 개똥도 먹을 인간"이라고 한탄한다.

무엇보다도 「블록 퍼즐」에서 선자를 무겁게 짓누르는 존재는 시어머니이다. 이러한 시어머니의 모습은 「달의 노래」, 『다행이다』, 「엄마의 시접」[5] 등에서도 나타난다. 「블록 퍼즐」에서는 방금 먹은 식사의 설거지를 끝내기도 전에, 치매에 든 시어머니가 "얘 아가, 밥 안 주나?"라며 보챈다. 선자는 할 수 없이 노인을 위해 또 밥을 차리고, 시어머니는 "손가락으로 허겁지겁 게를 집어" 쪽쪽 빨아 먹는다. 이런 상황에서 선자는 자신이 "죄를 지어 감옥에 갇힌 죄수가 된 기분"을 느낀다. 병원에서도 남편은 "저희가 백세 어머니를 모시고 살거든요. 그런데 이 사람이 여기 와 있는 바람에 노모가 고생을 하십니다. 될 수 있으면 빨리 퇴원시켜 주시지요"라고 말할 정도로, 시어머니 걱정뿐이다. 패키지 여행에서도 "몇십 년간 부모님을 모시고 산다며 자랑스럽게 떠벌"리고는 했던 남편이기에, 선자가 "수술을 받고도 어머니에게 밀리는 서열"에 약이 오르는 것은 당연한 일이다.

현재 선자가 처한 답답한 상황은 그녀의 변비를 통해 비유적으로 드러난다. 선자는 자궁근존으로 자궁을 들어내고, 대장을 잘라내는 등의 여러 병고를 겪으면서 변비에 시달리는 것이다. 이런 상황에서 선자는 「달의 입술」에 수록된 다른 소설들의 여성 노인들이 그러듯이, "하바사리바리바 야나 하마 뎃슈미바바바사……"와 같은 진언에 의지하기도 하지만, 진정한 위로

---

5    「엄마의 시접」에서도 손녀가 있는 '나'는 "치매기가 있는 96세 어머니"와 함께 살고 있다.

는 블록 퍼즐 게임을 통해 이루어진다. 이 게임을 통해 선자는 "오이지에 골마지가 낄까 봐 눌러놓는 누름돌처럼 삐죽거리며 솟는 생각들"을 누르며, "한줄 한줄 인생을 지워가는 동안엔 변비 걱정을 잊을 수 있었"던 것이다.

「달의 노래」의 순정 역시 치매에 걸린 백 세에 가까운 시어머니를 돌본다. 순정은 재발한 암으로 수술과 방사성 동위원소 치료까지 받아서, 잠자리에 누우면 온갖 생각들이 떠오르는 노년의 여성이다. 그런 순정은 아흔 살이 넘은 시어머니 정여사를 모시고 산다. 여든이 넘었을 때 쌍꺼풀 수술을 한 시어머니는 아흔 살이 넘었지만, 화장을 하는데 많은 공을 들인다. "화장과 통장"은 시어머니를 지켜주는 "호신용 무기"인 것이다.

「다행이다」에서 예순아홉 살의 순정은 평생동안 시어머니와 한집에서 산 인물이다. 시어머니는 젊은 시절에 끼니를 제때 챙겨주지 않으면 심하게 화를 냈고, "아들에게 고자질"을 하기도 했다. 이로 인해 순정은 40년이 넘는 세월 동안 "끼니에 대한 노이로제"를 가지고 살아야만 했다. "그동안 쌓였던 감정들로 감정경화가 생"긴 순정은, 시어머니를 보면 속이 답답하고 말이 고분고분 나가지 않는다. 아흔아홉 살인 시어머니는 현재 대변도 혼자 가누지 못하는 치매 노인이지만, "분리불안증이 있는 아이처럼" 순정을 찾는다. 이 작품에서 시어머니의 대변을 치우는 순정의 모습은 다음처럼 리얼하게 형상화된다.

순정은 말없이 화장실로 앞장을 선다. 노인이 따라왔다. 순정은 노인의 바지를 벗기고 속옷을 벗겼다. 노인들의 분비물은 아이들과 달리 냄새가 독하다. 물큰한 똥이 기저귀와 가랑이 사이로 흘러내려 팬티와 속바지에도 묻어 있다. 순정은 치미는 욕지기를 참으며 고무장갑을 꼈다. 욕조를 잡고 선 노인의 엉덩이며 가랑이에 물을 뿌려 씻긴다. 늙은 사타구니는 코끼리 다리처럼 가로 주름투성이다. 주름

사이에 낀 똥을 닦는다. 싫다. 싫다. 순정의 뇌 회로에 연신 경고등이 들어왔다. 순정이 속으로 울부짖는다.

순정이 보기에 세상은 여전히 시어머니를 중심으로 돌아갈 뿐이다. 시누이는 "그래도 착한 치매라 얼마나 다행이야. 만일 올케를 꼬집고 때리기라도 하면 어떡해"라며 순정의 약을 올리기도 하고, 똥을 뭉개지는 않는 시어머니를 두고, "그만해도 얼마나 다행이냐"라며 위로 아닌 위로를 건네기도 한다. 효자 남편은 늘 우선순위가 순정이 아닌 자신의 어머니이다. 남편은 사람들에게 장수하는 어머니를 자랑하고, 시어머니도 "우리 아들 효자지요. 우린 한 번도 떨어져서 산 적이 없어요"라고 응대한다. 이런 이야기를 듣는 세상 사람들도 이들 모자를 칭송할 뿐이다. 이처럼 시어머니를 중심으로 돌아가는 "이 훈훈한 세상"에 순정만은 동참하지 못하며, 그렇기에 순정의 "성남"은 쉽게 가라앉지 않는다.

## 3. 시어머니가 아닌 친정엄마

소설집 『달의 입술』을 채우는 여성 노인 주인공들은, 옛날이라면 한참 전에 졸업했을 며느리 역할을 하느라 골머리를 앓는다. 그러나 선자 혹은 순정이라 불리는 이들 여성 노인들이 '시어머니'가 아닌 '친정엄마'를 대할 때는 그 기본적인 태도가 크게 변모한다.

「달의 노래」에서는 특이하게도 순정이 시어머니로 인한 괴로움만 토로하는 것이 아니라, 시어머니에 대한 공감의 마음을 드러낸다. 순정은 시어머니를 보며 "싫어싫어. 젊어서부터 한 시집살이도 싫고 그것 때문에 병든

몸으로 비실거리는 자신도 싫고 저렇게 오래 사는 노인네도 싫어"라며 고개를 저으면서도, 어느새 "자신이 그녀의 뒤를 밟으며 꾸역꾸역 그녀처럼 살고 있다는 걸" 깨닫는다. 순정은 시어머니의 "꼬리등을 안내판 삼아 달리다 보니" 자신도 "막다른 길에 들어선 느낌"을 받고는 하는데, 자신도 "정여사처럼 순정의 자동차도 가끔 시동이 걸리지 않는다"고 느끼는 것이다. 이것은 무엇보다도 이 작품에 처음으로 "내 엄마"인 친정엄마가 등장했기에 가능했던 일이라 할 수 있다.

순정은 친정엄마를 보면서 하염없는 연민과 동정의 마음을 낸다. 친정엄마는 다리 수술 후에 혼자 똑바로 서지도 못하며, 심지어는 오줌 싼 기저귀를 가는 것도 힘들어한다. 다리가 시원치 않으니 여기저기 부딪쳐 허벅지며 엉덩이가 온통 멍투성이이다. 이러한 친정엄마를 보며, 순정은 "무잇보다 그 모습에서 순정 자신이 보여 서글펐다"고 고백할 정도로, 친정엄마와 자신을 동일시한다. 그렇기에 다른 소설과는 달리 "부끄러움을 놓아버려야 살 수 있는 엄마"를 보는 순정은 짙은 공감과 연민의 감정을 느끼는 것이다. 여타의 소설에서는 볼 수 없는 이러한 공감과 연민은 「달의 노래」에서 순정 내외가 두 어머니를 모시고 장릉으로 나들이 가는 장면에서 잘 드러난다. 마지막에 두 어머니는 함께 노래를 부르며, 순정의 입에서도 흥얼흥얼 노래가 흘러나온다.

「달의 노래」에서는 명절을 맞이하여 순정의 시어머니와 친정엄마가 함께 만난다. 치매를 앓고 있는 두 명의 어머니는 "사돈의 격을 벗어버린 듯" 반갑게 서로 한참 손을 잡고 흔드는데, 둘은 "동병상련. 서로 외로운 처지라 마음이 가는" 것이다. 두 명의 치매 노인이 대화를 나누는 다음의 장면은 소설집 「달의 입술」의 백미인 동시에 소설가 이목연의 문학적 기량이 어느 경지에 이르렀는가를 보여주기에 모자람이 없다.

"얘 에미야. 근데 지금이 아침이냐, 저녁이냐?"

저녁이라는 말에 그래? 그럼 내가 아침에 어딜 다녀온 거 같은데. 정 여사의 중얼거리는 소리를 친정엄마가 얼른 받는다.

"예. 사부인. 아까 제 큰아들네 오셨어요. 그래서 저를 이렇게 데려오셨잖아요."

엄마는 목청이 크다. 정 여사가 엄마의 목소리는 알아듣고 고개를 끄덕인다.

"그렇지요? 내가 분명 어딜 다녀온 것 같더라니까요."

"맞아요. 기억하시네. 그런데, 집에 안 들어오시고 어딜 다녀오셨어요. 인사드리려고 했더니 안 계시더라구요."

"나 집에 있었어요. 가긴 어딜 가요? 에미야, 나 오늘 노치원 갔냐?"

순정이 고개를 젓자 정 여사는 의기양양해진다.

"내가 아까 커피도 타 드렸잖아요."

이번엔 엄마가 고개를 갸웃거리며 중얼거렸다. 저 끝방에 낯선 노인데가 있던데……

"약 드시는 건 없죠? 나는 약을 여섯 알씩 먹고 자요. 사둔님이 건강하셔서서 다행이에요."

장면 전환용 엄마의 인사치레가 이어진다.

"큰일이시네. 건강해야 하는데……."

중얼거리며 삶은 밤을 숟가락으로 파던 정 여사가 또 묻는다.

"얘. 에미야. 나 어디 갔다 온 것 같은데. 어딜 갔었지?"


「엄마의 시접」과 「낙타의 오후」는 '친정엄마'에 대한 공감과 연민을 넘어, '친정엄마'의 삶 자체가 전면화된 작품들이다. 「엄마의 시접」에서 치매에 걸린 아흔 넘은 친정엄마는 점심 때 반주로 먹은 술에 필을 받아서는 "문패도 번짓수도 없는 주막에 궂은 비 내리는……"으로 시작되는 흘러간 노래를 신나게 부른다. 이 모습을 보며 '나'는 어린 시절 은희가 했던 "너희 엄마 작부였대"라는 말을 떠올린다. 그 말을 들은 어린 '나'는 엄마에게 "엄마 작부였어?"라고 묻지만, 엄마는 어떠한 부인도 하지 않는다. 그날 이후 엄마는 "내가 기댈 수 있는 사람이 아니라 내가 보호해야 할, 뭔가 감싸주어야 할, 부담스러운 사람"이 되어 버린다.

평생을 억제하며 살았던 엄마의 감정들은 치매를 빙자해 터져 나오기 시작한다. 아버지가 돌아가신 후 점점 늘기 시작한 엄마의 주량은 이제 가늠조차 되지 않을 정도이다. 술에 취한 엄마는 평생 꽁꽁 감춰왔던 이야기를 풀어놓는다. 엄마는 해방 전에 이웃에 살던 정자 이모네 집의 아이보기로 살았다. 해방 이후 월남해서 이천에 자리를 잡은 광욱 삼촌네서 살다가 군인이었던 사내와 중매로 결혼을 하게 된다. 그러니 이이가 생기지 않아 험한 일들을 겪게 되고, 결국 그 집을 떠났던 것이다. 이후 엄마는 '나'의 아버지와 재혼했던 것인데, '나'는 엄마가 아마도 첫 번째 남편과 헤어지고 아버지와 만나기까지의 기간에 작부를 했을 거라고 짐작한다. 최근 엄마는 "주책맞게 왜 자꾸 그 사람이 생각나는지 모르겠다"는 말을 할 정도로, 첫 번째 남편 생각을 자주 하고는 한다.

「낙타의 오후」에는 처음으로 노년 주인공의 친정엄마가 돌아가신 상황이 등장한다. 이북에서 남으로 홀로 내려온 친정엄마는 모든 설정이 「엄마의 시집」에 나오는 친정엄마에 이어진다. 「낙타의 오후」에 나오는 엄마도 아픈 몸으로 술에 취해 노래를 부르고 푸념을 하는 모습을 보이고는 한다. 선자는 엄마가 돌아가실 때, "열두어 살, 부모 형제를 버린 채, 아이보기로 있던 집 식구들을 따라 남한으로 피난 오던 그 모진 밤도 생각났겠지"라고 추측을 하는데, 이러한 모습도 「엄마의 시집」에 나오는 엄마의 모습에 이어지는 것이라고 할 수 있다.

「낙타의 오후」의 기본적인 내용은 죽어서도 끝나지 않는 엄마의 억울한 삶에 대한 것이다. "제대로 걷지도 못하고 치매에 걸려 같은 말만 하는 늙은이"인 엄마는, 생전에 "세상은 늙은이를 벌레 보듯 해"라는 식의 말을 해왔는데, 이러한 무시는 사후에도 끝나지 않는 것이다. 선자는 "49재가 지나도록 한 번도 보이지 않는 엄마"를 서운해할 정도로, 죽은 엄마로부터 벗어나지 못한다. 선자는 "여전히 한 탯줄로 붙어 있는 것처럼 애간장이 엄마를 향해 달려갔"으며, 엄마의 영정 앞에서는 "어쩌면 좋아. 우리 엄마 불쌍해서 어떡해"라는 속울음이 용트림을 하며 솟구치는 것을 경험한다. 선자는 엄마가 생전에 느꼈을 "뜻대로 움직여 주지 않는 다리와, 조절되지 않는 분노, 따라주지 않는 자식들"로 인한 안타까움을 깨닫게 된다.

선자는 엄마가 아흔두 해 동안 그토록 치열하게 살다 갔지만, "세상의 반응은 너무 아무렇지도 않"은 것에 대해 한탄한다. 생전에 엄마와 안면이 있던 "누구도 엄마의 죽음을 아쉬워하지 않"는 것이다. 엄마에 대해 더 얘기하고 싶었지만, "엄마 얘기를 들으려는 사람은 없었"다. 이에 선자는 "그래도 아흔두 해를 이 세상에서 살다가 간 사람인데 어쩜 논둑에서 서리 맞고 시든 가을풀처럼 아무도 기억하려 하지 않는가"라며, 무척이나 서운해한다. 실제로 장례 역시도 죽은 엄마를 위한 것이 아니라 오직 "산 사람들을 위로하는 절차"로 진행될 뿐이다.

살아서는 물론이고 죽어서도 온전하게 대우받지 못한 친정엄마의 삶은 선자에게도 그대로 대물림된다. 선자의 손자 재혁은 다섯 살이던 어느 날, 어린이집에서 그림을 그려온다. 재혁이 할머니라며 그려온 것은 바로 낙타였다. 이 그림을 보며 일곱 살짜리 손녀 린이도 할머니는 낙타라며 맞장구를 친다. 아이들은 "선자를 지금도 낙타"라고 부르며, 선자는 "엄마도 낙타였음"을 안다. 선자는 "한 시대의 삶을 고스란히 등에 지고 있는" 친정엄마의 모습이 "낙타와 닮았다"고 생각하는 것이다. "모녀 낙타는 너무 미미한 존재"로서, "엄마처럼 살지 않겠다고 결심"하며 살아왔지만, 손주들 눈에 선자는 영락없는 '낙타'에 불과했던 것이다. 실제로 지금도 선자의 "등 위에 올라앉아 있는 시어머니와 남편은 이 낙타의 귀가만을 기다"리고 있다.

## 4. 초월보다는 사랑

소설집 『달의 입술』은 노년의 여성 인물을 주인공으로 내세워 그들이 겪는 고통스러운 삶의 실상을 매우 리얼하게 드러내고 있다. 특히 칠십에 이른 나이에도 여전히 며느리로서 겪어야 하는 삶의 곤란함이 충실하게 드러나 있는 것은, 한국문학이 아직 가닿지 못한 새로운 영역에 해당한다. 그러나 인간은 고통만으로 살 수는 없을 것이다. 소설집 「달의 입술」에는 그러한 고통으로부터 벗어날 수 있는 여러 개의 탈주선이 존재한다.

「다행이다」에서 칠십이 되어 가는 순정은 지극한 고통에 빠져 있다. 평생 동안 시어머니와 한집에서 살아온 순정은 지금도 시어머니에게 제때 끼니를 챙겨주어야 한다는 강박에 빠져 있다. 벤치에서 잠이 들었다가 늦은 밤에야 일어난 순정은 "두려움에 벌벌 떨"며, "남편과 가족에게 들을 잔소릴 생각하니 차라리 아예 집을 떠나고 싶"어 할 정도이다. 아흔아홉 살인 시어머니는 치매에 걸려 대변도 혼자 가누지 못하지만, 오직 순정만을 찾을 뿐이다. 남편을 비롯한 주변 사람들도 무신경과 몰이해로 순정을 고통스럽게 한다.

이러한 극단의 상황에서 순정이 하나의 탈주선으로 선택한 것이 바로 다라니이다. 순정은 "나한테 왜 이래? 대체 나한테 왜 이러는 거야. 언제까지 이래야 하는 거냐구?"라고 속으로 외치다가, 그 외침을 막기 위해 "하바사리바리바 야니하마 뎃슈미 바바바사……"라는 다라니를 외우고는 한다. 시어머니와 마주하는 것을 견딜 수 없어 집을 나온 순정은 걷는 것을 좋아하는데, 그때도 점점 거칠어지는 자신을 뉘우치면서 참회의 마음으로 참회 진언과 신묘장구대다라니를 외운다. 머리가 시끄러울수록 기도의 강도는 세져서, 신묘장구대다라니가 끝나면 광명왕여래 다라니를 108번이나 외운다. 순정은 어디서나 틈만 나면 다라니를 외우는데, 그 결과 보통 사람이 한 번 외우는데 5분 정도 걸릴 신묘장구대다라니도 일 분이면 외운다. 이외에도 "참회 진언 108번에 5분, 광명왕여래 다라니는 한 번 외는데 십 초"가 걸리며, "요즘 능엄신주는 잘 안 하지만 한창 혀가 잘 돌아갈 때 5분대로 끊"기도 한다.

순정은 용화사에 가서 본격적인 위로와 안식을 얻으려고 한다. 그런데 용화사에서 다라니에 맞춰 부처님께 절을 올리다가, 순정은 그만 뒤로 넘어져 쇠 문고리에 머리를 찍고 법당 마루로 나뒹굴고 만다. 이 순간 순정은 "기다릴 식구들 생각에 한참 버둥거리"지만, 순정의 동작은 곧 멈춘다. 결국 순정은 "다행이다"라고 생각하며, "대리석 부처를 바라보며" 눈을 감는데, 이것은 '다행'일 수도 있지만, 삶을 전제로 했을 때는 어디까지나 반어적인 '다행'일 수밖에 없을 것이다. 종교적 초월은 범인들이 감당하기에는 너무나도 심원한 세계인지도 모른다.

이와 관련해 「잔심」에서는 초월이 아닌 사랑이, 비참한 현실의 탈출구로 제시된다. 「잔심」은 바로 사랑이야말로 인간을 살아가게 하는 힘이 될 수 있음을 보여준다. 이 작품의 기본적인 서사는 독서 모임 리더가 던진 "행복이란 무엇일까요"에 대한 대답에 해당한다. '나'는 이 물음에 대해 "사랑 아닐까요. 따뜻하고 설레고 행복한 거. 사랑!"이라고 대답하는 것이다. 그리고 소설은 '내'가 이전에 썼던 글, '잔심'을 소개하고 있는데, '잔심'의 내용이야말로 "따뜻하고 설레고 행복한 거. 사랑!"의 구체적인 사례라고 할 수 있다.

'잔심'이라는 글은 암으로 세상을 떠난 '당신'을 '내'가 절절하게 그리워하며 회상하는 내용으로 되어 있다. '나'의 마음은 절에서 템플스테이 사무를 함께 했던 '당신'에게로 자꾸만 흐른다. 그 결과 "여인이 있다는 사실"을 알고 있으면서도, "왠지 먹지 말라는 산딸기에 손이 가는 것처럼", 언제부턴가 "당신은 나의 남자"가 되어 있었던 것이다. "강화를 떠나본 적이 없는" '나'는 '당신'과 함께 즐겨 마니산을 오르고는 했다. '나'는 홀로 산을 오르다 "당신과 첫 키스를 하던 곳"을 지나며, 그때의 추억에 빠진다. 그리고 '당신'의 49재를 지낸 후에 '당신의 그녀'가 "그 사람 마지막이 보살님 덕분에 환했어요. 행복해 보였답니다. 고마워요"라고 말함으로써, '당신'에게도 '내'가 행복의 대상이었음이 밝혀진다. 작품은 '내'가 "독서모임 리더가 따뜻해서고 설레는 감정을 느끼는 행복했던 순간을 다시 묻는다면, 지금이라고 말할 것이다"라고 다짐하는 것으로 끝난다. 그런데 이때의 '지금'은 "이렇게 풍성하게 주름을 접는 시간과 그 주름을 펴 보는 시간"에 해당하는 것이기에. 행복으로 충만한 지금 역시 '사랑의 주름'으로 인해 가능한 것임을 알 수 있다.


## 5. 천상천하유아독존天上天下唯我獨尊에서
천상천하유아독존天上天下唯我獨存으로


「삭발」은 「잔심」에서 드러났던 개인간의 사랑이 우주적인 규모로 확대된 작품이라고 할 수 있다. 지긋지긋한 코로나시대를 배경으로 한「삭발」의 애순은 "혼자 말문을 닫고 앉아 있다보면 인터넷 가입을 권하는 전화라도 받고 싶을 만큼 사람 목소리가 그리워지기도 했다"고 이야기되는 외로운 독거노인이다. 선량한 애순은 철이 들었을 때부터 단지 "오늘도 무사히"만을 원했으며, "도덕, 인습, 법으로 학습된 길이 이 사회에서 살아남을 수 있는 진정한 지름길"이라고 생각했다. 코로나로 인해 애순의 "유일한 나들이 장소"였던 주민센터 강의가 중단되고 애순의 일상도 닫힌다. 이러한 시대적 난경에 대처하는 애순의 방식은 참으로 윤리적이다. 애순은 "이 기회에 사는 동안 알게 모르게 지은 업을 참회하는 시간을 갖기"로 결심하여, 금강경을 필사하고 하루에 30쪽 이상 책을 읽고 집 안을 한 곳씩 정리하는 것이다.

애순은 코로나 바이러스로 고통받는 인류를 보며, 스무 해 전에 겪었던 돼지 열병 사태를 떠올린다. "밤새 오한에 떨다가 아침이면 푸르둥둥하게 변한 채 죽어 있던 돼지들. 그 돼지들이 싸놓은 설사와 그 위에서 버둥거리며 죽어가던 또 다른 돼지들. 돈사 안 여기저기서 들리던 돼지들의 처절한 울부짖음"을 떠올리는 것이다. 코로나로 인한 고통 속에서, 비참하게 죽어간 돼지들을 떠올린 이유는 애순이 코로나의 원인을 "살기 위한 명분이었다지만 우리는 다른 생명을 너무 함부로 했던" 것에서 찾고 있는 것과 관련된다.

애순은 생명 있는 모든 것들에 대한 자비심이 남다른 존재이다. 돼지를 키울 때에도, "시답잖게 감정 놀이를 한다"는 주변 사람들의 시선에 아랑곳하지 않고, 돼지의 고통을 덜어주기 위해 안락주사를 놓아 죽이기도 했다. 애순은 어미 돼지들이 6개월 전에 낳은 새끼들이 팔려나가는 소리를 듣지 못하기를 바라기도 하고, 어미 돼지들에게 일 년에도 두어 차례나 새끼를 낳게 하는 것도 미안해한다. 그렇기에 돼지 열병으로 돼지를 모두 잃었을 때는, 그 사태를 자신에게 "내려진 벌"이자 "인과응보"라고 여긴다. 모든 생명을 품어 안는 애순의 시각에서 볼 때, 인간과 돼지를 차별하는 것도 결코 올바른 일이 아니다. 애순은 드라이브스루 진료를 보면서, "전에 돼지 열병이 번질 때에는 몇십 마리의 돼지가 죽어 나간다고 어서 좀 와달라고 해도 뭉그적대던 방역 당국이었건만 요즘은 그 대비가 살벌했다"고 생각한다. 이러한 생각은 "돼지와 사람의 격이 이만큼 차이가 나는 걸까"라는 비판의 식으로까지 연결된다. 이러한 애순의 대자대비는 심지어 바이러스 차원으로까지 확대되어, 애순은 "코로나19 바이러스도 우리 몸에 들어와 함께 살기까지"는 다만 소란스러운 과정이 필요할 뿐이라고 생각한다.

인간과 동물은 물론이고 바이러스까지 분별하지 않으며, 모든 존재를 가슴에 품어 안는 애순은 이미 성자聖者라고 할 수 있다. 그렇기에 「삭발」의 마지막은 애순이 스스로가 이미 깨달은 자임을 확인하는 것으로 끝난다. 스무 해를 넘게 개경계와 능엄신주의 칠언구를 외워왔던 애순은 젊어서부터, 다음의 인용문에서 알 수 있듯이 늘 삭발하고 싶다는 생각을 해왔던 것이다.

근심을 자라게 하는 풀 같은 것. 결혼식 날을 받아 놓고 나서 문득 머리를 밀고 절로 가면 안될까 싶었고, 아이를 낳지 못한 채 자궁을 떼어낼 때도 그랬다. 돼지 열병으로 수많은 돼지를 잃었을 때도 세상과 인연을 끊고 싶었다. 자신의 힘으로 막아낼 수 없는 큰일 앞에서 떠오르는 게 삭발이었다.

드디어 애순은 삭발에 성공한다. 삭발의 이유는 겉으로 발화되지는 않았으나, "우리가 사는 동안 알게 모르게 지은 죄를 속죄"하려는 뜻이자, "머리라도 깎아서 정성을 보인다면 행여 이 시국이 좀 조용해지지 않을까" 하는 대자대비의 마음에서 비롯된 것이라고 할 수 있다. 애순은 그야말로 우리 시대의 성자인 것이다.

「꼴통부처」는 진정한 깨달음에 이르는 길을 유머러스하게 드러내고 있는 작품이다. 결혼생활 40년의 선자는 퇴직한 남편 때문에 골머리를 앓고 있다. 선자의 남편은 가난한 집에서 태어나 7급 공무원으로 사회생활을 시작했으며, 이후 관세청으로 자리를 옮겨 변리사 자격증을 땄다. 공직을 그만둔 후에는 사무실을 차렸지만, "자기 고집 강하고 친절하지 않은" 남편은 사업적 수완이 없어 별다른 재미를 보지도 못했다. 집에서도 깐깐하게 일감을 챙기고 책과 인터넷을 뒤적이던 남편은, 은퇴 이후에는 소파나 거실에서 코를 드르렁거리며 낮잠을 자고, 깨어나면 노래를 부르고 막춤을 추어댄다. "퇴근할 때면 가슴이 딱딱해지는 것 같았"다고 느낄 정도로 긴장하며 살았던 남편은, 은퇴를 한 후에는 그 증상이 사라질 정도로 자유와 행복을 만끽하고 있는 것이다. '나'는 그런 남편을 보며, "나사 하나가 빠진 제품처럼 헐거워졌다"거나 "중력에 갇혀 있던 몸이 중력을 벗어난 기분이 저럴까?"라고 생각한다.

남편은 현직에 있을 때, "내 덕에 식구들 편히 살았잖아"라며 자부심을 내비쳤지만, 그럴 때마다 선자는 비위가 상했다. 선자는 가정을 꾸리기 위해 부업으로 봉투를 붙이고 손가락에 굳은살이 박이도록 스팽클을 꿰맸던 것이다. 지금도 선자는 남편 몰래 모텔 청소부를 하고 있다. 선자는 오히려 "당당하게 은퇴를 선언할 수 있는 남편"을 부러워하며, "내 삶에도 과연 은퇴라는 말이 적용될까"라며 비감에 젖는다. 그러나 선자는 남편을 결국 받아들이기로 한다. 국수를 더 달라고 보채는 남편을 보며, "남편이 아니라 아이다"라고 생각하면서, "아내가 아닌 엄마 앞에 서 있는 아이, 좋아하는 국수 앞에 서 모든 걸 내려놓고 침을 흘리는 천진불"로 남편을 새롭게 바라보는 것이다. 나아가 선자는 "오로지 국수에만 눈이 가 있는 천진한 남편을 보자 별안간 천상천하유아독존의 의미를 알 것 같다"는 종교적 깨달음에까지 이른다.

이전에 선자는 은퇴한 남편과 함께 여행을 할 때, 거만한 태도를 보이는 남편을 보며, "아무리 생각해도 천상천하유아독존 꼴통부처다운 발상이었다"고 생각했던 적이 있다. 이때의 '천상천하유아독존'은 부처님이 룸비니

동산에서 태어나 외쳤다는 '하늘 위와 하늘 아래 오직 내가 홀로 존귀하다 天上天下唯我獨尊'가 아니라 "하늘 위 하늘 아래에 오직 나만 홀로 존재한다.天上天下唯我獨存"는 의미로, 선자에 의해 독창적으로 해석된 바 있었다. 그렇다면, 굳이 '존귀한尊 존재'가 아니더라도 '존재하는存 존재'로서만으로도 남편은 얼마든지 귀한 사람이었던 것이다. 남편은 굳이 '부처'가 아니라 '꼴통부처' 여도, 충분히 가치 있는 존재이며, 이러한 깨달음이야말로 '지금-이곳'을 오색찬란한 정토로 만드는 신묘장구대다라니였던 것이다.

이목연의 『달의 입술』은 현실의 고통에 대한 예민한 정신의 산물인 동시에 그것을 넘어서려는 의지의 산물이기도 하다는 점에서, 참으로 남다른 의미가 있는 소설집이다. 그렇기에 이 험한 시대에 이목연의 『달의 입술』은 우리에게 주어진 문학적 다라니라고 할 수 있다.[2021]

# 4

# 문학과 인천을 만나는 애정 어린 산책

## 김경은 외, 『『철도원 삼대』와 인천 걷기』

　　『『철도원 삼대』와 인천 걷기』<sup>다인아트, 2023</sup>를 완독했을 때, 가장 먼저 떠오른 생각은 참으로 애정이 가득한 책이라는 것이다. 이 때의 애정은 첫 번째로 작품『철도원 삼대』를 향해 있었고, 다음으로는 작가 황석영을 향해 있었으며, 그 다음으로는 인천을 향해 있었고, 마지막으로는 이 땅에 살다간 수많은 민초들을 향해 있었다.

　　그동안 황석영의『철도원 삼대』<sup>창비, 2020</sup>는 철도 노동자였던 이백만, 이일철·이이철, 이지산 삼대와 오늘날 고공농성을 하고 있는 공장 노동자 이진오로 이어지는 이씨 집안 4대에 걸친 이야기이며, 이는 곧 한국 산업노동자의 역사라고 부를만한 것으로 평가되어 왔다.[1] 황석영도 「작가의 말」에서 "나는 우리 문학사에서 빠진 산업노동자를 전면에 내세워 그들의 근현대 백여년에 걸친 삶의 노정을 거쳐 현재 한국 노동자들의 삶의 뿌리를 드러내보고자 하였다"라고 밝힌 바 있다.

　　『『철도원 삼대』와 인천 걷기』는『철도원 삼대』가 지닌 노동소설로서의 뚜렷한 성과 이외에도 인천이라는 공간성을 얼마나 풍부하게 드러낸 작품

---

[1]　이경재, 「한국현대노동자의 삶과 희망의 근거─황석영의 「철도원 삼대」」, 『비평의 아포리아』, 강, 2022, 286면.

인가를 치밀하게 보여주는 역작이다. 『『철도원 삼대』와 인천 걷기』는 인천을 중심으로 한 공간성에 주목하여 작품을 보다 면밀하고 깊이 있게 바라볼 수 있는 토대를 마련해 준다. 이와 관련해 이 저서에서 가장 돋보이는 부분은, 제1부라고 할 수 있다. 제1부는 '지도를 품은 답사 코스'로서, 경인철도를 기준으로 인천의 장소를 1, 2코스로 나누어 설명한 것에, 서울 답사 코스와 경의선 코스를 추가했다. 보통의 공력으로는 작성할 수 없는 이 섬세하고 꼼꼼한 지도는 『철도원 삼대』를 제대로 이해하는데 매우 요긴하다.

『철도원 삼대』에서 내용상으로 가장 많은 비중을 차지하는 것은 이이철의 투쟁활동이라고 할 수 있다. 전체 18장 중에서 4장, 5장, 6장, 7장, 10장, 11장, 12장이 이이철을 중심으로 조선 내에서 이루어진 일제 시기 사회주의 계열의 투쟁활동에 대하여 서술하고 있다. 국제선, 조선공산당재건위, 경성 트로이카, 국제당, 태로계태평양노동조합계열, 경성 당재건 그룹 등의 활동이 소개되며, 이재유, 박헌영, 김형선과 같은 거물 사회주의자들이 등장한다. 이러한 과정에서 일제가 저지른 고문이나 밀정密偵의 활동, 그리고 주의자들의 도피 과정 등이 상세하게 진술된다. 자연스럽게 인천이나 영등포의 여러 세부 지명들이 등장하는데, 이러한 장소를 구체적으로 참고하며 작품을 읽는 것과 막연하게 짐작만 하며 읽는 것 사이에는 엄청난 차이가 있다. 그것은 낯선 곳의 목적지를 찾을 때, 지도를 가지고 있는 것과 지도가 없는 것의 차이에 비유할 수 있다. 제1부의 지도를 참조하며 『철도원 삼대』를 읽을 때, 비로소 독자는 이 작품이 "일제 시기 국내의 노동운동과 사회주의적 항일 투쟁에 대한 재현으로서도 커다란 문학적 의미를 지닌 작품"[2]이라는 것을 보다 분명하게 이해할 수 있을 것이다.

---

2    위의 글, 297면.

　『『철도원 삼대』와 인천 걷기』의 제2부에는 조성면의 「황석영의 「철도원 삼대」에 대하여」와 김경은의 「철도원 삼대, ‘버드낭구집’ 이야기」라는 글이 수록되어 있다. 두 편의 글 모두 「철도원 삼대」의 고갱이를 짚어낸 매우 유익한 논의들이다. 조성면은 「철도원 삼대」가 “철도를 문학의 전면에 내세우면서 철도를 통한 한국민중사, 한구노동운동사를 본격적으로 다룬 명실상부한 철도문학이요, 철도 리얼리즘을 구현한 작품”이라고 의미부여를 하고 있다. 실제로 「철도원 삼대」가 가장 돋보이는 지점은 원고지 2,400장이 넘는 분량으로 담아낸 현대사의 폭과 깊이일텐데, 이러한 성과는 무엇보다도 근대(성)의 상징이자 어떤 의미에서는 그 자체라고 할 수 있는 철도를 서사의 중심에 놓은 것과 관련된다. 19세기 유럽에서 출현한 철도는 근대문명과 과학기술의 상징이었다. 인간은 철도와 함께 “주술적이고 신화적인 세계와 결별하고 이성적이고 합리적인 세계를 향해 질주”[3]했으며, 철도는 근대의 여명을 알리는 전위로서 농업 경제를 산업시대로 바꾸어놓았던 것이다.[4] 또한 놓치지 말아야 할 것은 철도가 자본주의 체제를 본격적으로 가능케 했다는 사실이다. 철도는 거대한 건설 계획을 감당할 은행과 금융 체계가 탄생하도록 이끌었으며, 석탄과 철강 산업을 자극하고, 수많은 신생 기업이 태어나는데 산파 노릇을 했다.[5] 동시에 철도는 거대한 산업으로서 철도 회사 자체뿐만 아니라 철도 서비스의 성장에 따른 대규모 공급망과 다양한 산업들에서 많은 노동 계급을 창출하였다. 마르크스와 엥겔스가 「공산당 선언」에서 철도가 부르주아의 세계 정복을 위한 첨병이라고 했듯이, 자본은 철도를 따라 세계를 돌면서 모든 국가들을 자본주의 세계로 재

---

3　박천홍, 『매혹의 질주, 근대의 횡단』, 산처럼, 2003, 5면.
4　크리스티안 월마, 『철도의 세계사—철도는 어떻게 세상을 바꿔놓았나』, 다시봄, 2019, 333~345면.
5　위의 책, 346~351면.

편해갔다.[6] 이처럼 철도는 근대를 둘러싼 모든 가능성과 문제를 담고 있다고 해도 과언이 아니다.

동시에 철도는 "제국주의와 침략의 대명사"[7]로 불릴만큼 식민지 수탈의 주요한 도구 역할을 하기도 하였다. 식민지 철도의 레일 위에는 지배받은 자들의 피가 맺혀 있으며, 철도는 제국주의가 식민지에 강제한 제도적 폭력을 구체적으로 보여준다. 철도의 이러한 제국주의적 속성은 우리에게도 생생한 상처로 남아 있다. 실로 철도는 엄청난 수준의 과학기술, 자본주의의 발전, 제국주의의 문제 등을 분명하게 보여주는 근대의 상징인 것이다. 황석영의 『철도원 삼대』는 철도가 지닌 이러한 복잡다단한 성격이 모두 담겨져 있다고 해도 과언이 아니다.

김경은의 「철도원 삼대, '버드낭구집' 이야기」는 『철도원 삼대』의 신화적 측면을 깊이 있게 조망한 글이다. 이 또한 『철도원 삼대』가 성취한 '민담 리얼리즘'의 실체를 보여준다는 점에서 매우 뜻깊다고 할 수 있다. 특히 이 작품에 등장하는 주안댁이 망구할매나 설문대할망과 같은 우리 전통의 대모신 신화와 연결된다는 주장은 『철도원 삼대』의 중핵과 통한다는 점에서 매우 의미가 깊다. 『철도원 삼대』는 기본적으로 리얼리즘 소설이지만, 이전의 『손님』2001, 『바리데기』2007, 『낯익은 세상』2011처럼 환상성이 거의 전면화되어 있다. 이러한 환상의 영역은 주로 여성의 몫으로 주어져 있다. 노동운동에 헌신한 이씨 가문을 지탱해 준 것은 이씨 집안으로 시집 온 여성들이다. 이러한 여성들의 헌신은 그들의 죽음 이후에도 계속 이어지며, 이 과정에서 현실원칙에는 벗어난 환상적 장면이 자주 등장한다.

이 여성들은 『철도원 삼대』의 문학적 전망과 연결된다는 점에서 그 중요

---

6    박천홍, 앞의 책, 75면.
7    윤상원, 『동아시아의 전쟁과 철도』, 선인, 2017, 5면.

성이 매우 크다. 황석영이라는 대가가 쓴 장편소설을 읽으며, 자연스럽게 독자들은 이 시대 노동자를 수십미터 상공 위에 오르게 하는 현실을 극복할 수 있는 전망을 기대할 수밖에 없다. 『철도원 삼대』에는 사회과학적 합법칙성에 부합하는 실천적 전망보다는 끝없이 희망을 제시하는데, 바로 이 희망은 유령이 된 여성들로 인해 가능하다. 이러한 특징은 이씨 집안의 역사를 온몸으로 지켜본 신금이를 통해 가장 선명하게 드러난다. 이진오는 허공에서 신금이 할머니의 "어쨌든 세상은 조금씩 아주 조금씩 나아져간다고"라는 말을 늘 떠올린다. 이진오가 신금이에게 "왜 우리 식구들은 힘센 쪽에 붙지 못하고 맨날 지는 쪽에만 편들었어요?"라고 말했을 때에도, 신금이는 "그때에는 지는 것처럼 보여도 결국은 약한 이들이 이기게 되어 있다. 너무 느려서 답답하긴 했지만"이라며, "서로 겉으로 내색을 안 할 뿐이지 속으론 다들 알구 있거든"이라고 자신 있게 말한다. 이러한 희망은 "세상은 느리게 아주 천천히 변화해갈 것이지만 좀더 나아지게 될 것이라는 기대를 버리고 싶지는 않다"는 「작가의 말」과도 상통하는 것이다.

제3부는 "살아 있는 문학사"라 이름 붙여진 황석영과 최원식이라는 두 원로가 나누는 지적 향연의 현장중계에 해당한다. 두 대가는 "민담적 리얼리즘"으로서 『철도원 삼대』가 지니는 문학사적 의미 등을 짚어주는 것은 물론이고, 20세기의 추억부터 21세기 인류의 향방까지 종횡무진으로 넘나들며 이야기를 펼쳐 나간다. 그 중에서도 인상적인 것을 추려보자면, 황석영에게 『철도원 삼대』가 "백척간두"에 선 원로작가의 존재론적 위기에서 한 걸음 더 내딛게 한 작품이라는 것, 사람이나 물류라는 측면에서 영등포와 인천은 옆 동네나 마찬가지였다는 것, 작품 속의 주안댁이 작가가 초등학교 때 가출해서 만난 주안댁과 관련이 된다는 것 등을 꼽을 수 있겠다. 황석영 작가는 자신의 문학이 인천과 어울린다며, "나는 인천에서 죽었으면

좋겠어요"라는 고백까지 하고 있다.[8]

누군가는 아일랜드의 더블린 시가 사라지더라도, 제임스 조이스의 『더블린 사람들』1914만 있다면 얼마든지 더블린을 다시 건설할 수 있다고 다소 과장되게 말했다. 이것은 『더블린 사람들』에 형상화된 더블린이 그만큼 밀도 있고 정확하다는 의미일 것이다. 아마도 『『철도원 삼대』와 인천 걷기』는 황석영의 『철도원 삼대』가 인천의 『더블린 사람들』에 해당함을 증명한다고도 할 수 있다. 동시에 『철도원 삼대』도 『『철도원 삼대』와 인천 걷기』가 있기에 더욱 독자들 사이에서 더욱 환하게 빛난다. 애정으로 가득한 『『철도원 삼대』와 인천 걷기』를 통해 한국문학과 인천은 한층 풍요로워졌다고 감히 말할 수 있을 것이다.2023

---

8    「부록」에는 『철도원 삼대』에 등장하는 민중의 풍속(음식, 의복, 주택, 생활용품 등)이 정성스러운 일러스트와 함께 소개되어 있다. 「부록」에서도 이 땅에 살다간 이름없는 민초들을 향한 애정이 듬뿍 느껴진다.

# 4부

세계문학을 향한 도약

# '조선'과 일본을 연결하는 아름다운 다리

오무라 마스오 론論

## 1. 오무라 마스오가 한국에서 기려지는 이유

오무라 마스오[1933~2023]처럼 많은 존경을 받는 '조선'문학[1] 연구자도 드물 것이다. 수많은 언론의 주목을 받은 것은 물론이고, 논문과 저서를 아우르는 전집『오무라 마스오 저작집』1~5, 소명출판, 2016~2017과, 책 한 권 분량에 이르는 문학 앨범『오무라 마스오 문학앨범』, 소명출판, 2018이 출판되었을 정도이다. 이번에 소명출판에서 나온『오무라 마스오와 한국문학』소명출판, 2024 역시 오무라 마스오를 기리는 작업의 하나로서, 별세한 오무라 마스오의 삶과 학문을 이해하는데 하나의 이정표가 될만한 저서라 할 수 있다. 뜨겁다고도 할 수 있는 오무라 선생을 향한 이러한 관심의 가장 큰 이유는 평생에 걸쳐 선생이 이룩한 '조선' 문학 연구의 성과에서 비롯된 것이다. 윤동주의 사적을 최초로 세상에 알린 선생이 한국문학과 북한문학은 물론이고 제주문학과 연변문학까지 아우르며 보여준 학문적 업적은 '조선'문학을 연구하는 후학들에게 귀감이 되기

---

1 　『오무라 마스오와 한국문학』에 수록된 2018년 강연록에서, 오무라 선생은 '조선'을 "문화적 총체로서의 조선, 요컨대 국가로 말하자면 조선민주주의인민공화국과 대한민국을 포함한 문화적 범주에서 조선이라는 용어를 씁니다"(곽형덕 편, 『오무라 마스오와 한국문학』, 소명출판, 2024, 231면)라고 밝히고 있다.

에 모자람이 없다.

또 하나 놓치지 말아야 할 것은 이러한 성과가 어려운 상황에서 이루어진 것들이라는 점이다. 『오무라 마스오와 한국문학』에는 반세기가 넘는 기간 동안 이루어진 선생의 학자적 여정이 결코 만만치 않은 과정에서 이루어졌음이 선명하게 드러나 있다. 대담에서 여러 번 반복되는 증언 중의 하나는 처음 조선어를 배우던 시절의 이야기이다. 1957년 연말 조선총련 청년동맹이 주최하는 청년학교에 조선어를 배우러 갔을 때, 선생을 제외한 모두가 조선인인 상황에서 "간첩으로 의심"[2]을 받기도 했으며, 본명을 이야기해도 통명通名인 줄 알더라는 것이다. 이후 "'오무라'가 진짜 이름이라는 것이 알려지자 괴짜 취급을 받기도"[125] 했으며, 이 때 학생운동을 하는 일본인이라면 받아들이겠다는 조건으로 "전학련 위원장의 도장을 받아오라는"[175] 소리를 듣기도 했다고 한다.

선생은 전문적인 연구자가 된 이후에도 쉽지 않은 길을 걸었다. "사회적으로도 그렇고 학문적으로 조선문학은 일본 사회 안에서 시민권이 거의 없었"[174]으며, 그렇기에 "지금까지 일본에서 냈던 조선 / 한국문학 관계 연구서는 사실상 자비출판"[147]이라는 고백을 하고 있기도 하다. 『윤동주와 한국 근대문학』2001의 머리말에서도 오무라 마스오는 "생각해보면, 20년 전까지 일본에서 한국 근현대문학을 연구하는 전문적인 연구자는 4~5인에 지나지 않았고, 현재도 20여 명에 지나지 않는다"[3]라고 밝힌 바 있다. "조선문학을 여전히 무시하는 인식이 남아 있"[147]으며, "일본 내 대학에서 한국문학학과나 조선문학학과를 설치한 대학은 전무"[147]하다고 한다. 대담의 마지막에

---

2    곽형덕 편, 『오무라 마스오와 한국문학』, 소명출판, 2024, 25면. 앞으로 이 책에서 인용할 경우 본문중에 면수만 기록하기로 한다.

3    오무라 마스오, 「책머리에」, 『오무라 마스오 저작집 1─윤동주와 한국 근대문학』, 심원섭 외역, 소명출판, 2016, 16면.

"일본에서의 조선문학 연구에 대한 전망을 들려"225달라는 요청에 대해서도 "전망은 밝지 않습니다. 우리는 '소수 민족'임을 자처해야 합니다"225라고 답한다. 2018년의 강연에서도 선생은 "만주문학은 중국문학이라는 전체 속의 일부입니다. 그에 비해 조선문학은 그 이상의 '뒷길 중의 뒷길'이라고 해야 할까요"253라며, "예전보다 좋아졌다고는 해도 조선학은 극히 소수파입니다"253라는 말을 남기기도 하였다.

'뒷길 중의 뒷길'이라 일컬어지는 소수파로서 평생 동안 한 눈 팔지 않고 오직 '조선'문학에만 매진해 온 것은 분명 범인이 갈 수 있는 길은 아니다. 그것은 『조선문학—소개와 연구』[4] 창간호1970.12에 쓴 「진군 나팔소리는 들리지 않는다進軍ラッパは聞こえない」에 나오는 "기세 좋은 진군 나팔소리는 들려오지 않는다. 서두르지 말자. 서둘러서는 안 된다. 비수에 찔리어도, 피를 흘리면서도, 우리는 쉬지 않고 걸어갈 것이다"[5]라는 맹세의 단호한 실천에 해당하는 것이다.

마지막으로 오무라 선생이 한국문학계에서 기림을 받는 이유로는 오래 전부터 한국문학연구자들과 나눈 따뜻한 교류의 시간을 들 수 있다. 오무라 선생이 한국문학연구자와 나눈 학문적·인간적 교류는 반세기가 넘는 방대한 볼륨을 자랑한다. 대표적으로 1970년 일본에 유학한 김윤식 교수의 다음과 같은 증언을 보면, 흡사 한국문학 연구자의 '동료'이자 '안내자'와도

---

4  『조선문학—소개와 연구』은 '일본인의 조선문학 연구', '하나의 조선문학'을 표방한 '朝鮮文学の会'의 동인지였다. '朝鮮文学の会'의 결성과 활동은 선생의 '조선'문학에 대한 연구를 전문적인 차원으로 전환시킨 하나의 결절점에 해당한다. '朝鮮文学の会'는 근현대 '조선'문학의 번역과 연구에 진력하였다. 『조선문학—소개와 연구』는 1970년 12월부터 1974년 8월까지 전부 12호가 발간되었으며, 두 권의 「현대조선문학선(1973·1974)을 발간하였다.

5  오무라 마스오, 심원섭 외역, 「진군 나팔소리는 들리지 않는다」, 『오무라 마스오 저작집 1—윤동주와 한국 근대문학』, 소명출판, 2016, 697면.

같은 오무라 선생의 모습을 확인할 수 있다.

오무라 교수의 도움으로 나는 와세다대학에 비치되어 있는 이광수의 자료<sup>성적표</sup>등를 볼 수 있었다. 그의 안내로 이광수의 명치학원 시절의 활동과 교지『백금학보<sup>白金學報</sup>』도 볼 수 있었다. 오무라 교수와 다나카 씨는 송장까마귀와 벗하며 대인공포증에 빠져 있는 나를 사람 속으로 나오게 해 주었다. 오무라 교수 입회 아래, 와세다대학 학적부를 보고, 노트에 베끼는 시간이 내겐 그럴 수 없이 긴 시간으로 느껴졌다. 내가 이를 바탕으로 쓴 것이 '이광수의 첫 작품「사랑인가」<sup>일본문</sup>를 통해 본 와세다 시절의 이광수'라는 부제를 단「이광수의 처녀작고」『독서신문』 제55호, 1971.12.5였다.[6]

임헌영도『윤동주와 한국문학』<sup>2001</sup>의 간행사에서 1970년대 초반 도쿄에서 오무라 선생의 도움을 받은 이후로, "그로부터 30여 년 동안 오무라 교수는 나에게 국내의 어느 문단 선배나 스승에 못지 않은 '선배이자 스승'의 위치를 굳게 차지하게 되었다"[7]라고 고백하였다. 김윤식이나 임헌영보다 거의 한 세대 후에 태어난 김재용 역시 1992년 연변에서 만난 선생은 "처음 만난 학생에게 친절하게 대해주셨고 나중에는 한국에 오셔서 책으로 둘러싸인 초라한 집을 방문해주시기도 하였다"[8]라고 하여 특별한 인연을 소개하고 있다. 이외에도 심원섭, 김응교 그리고『오무라 마스오와 한국문학』을 엮어낸 곽형덕 역시 오무라 선생과 깊은 인간적 교류를 나눈 대표적인 한국인 연구자들이라고 할 수 있다.

---

6  김윤식,「현해탄을 사이에 둔 이광수 연구」,『풍경과 계시』, 동아출판사, 1995, 289면.
7  임헌영,「「윤동주와 한국 근대문학」 발간의 의미」,『오무라 마스오 저작집 1 – 윤동주와 한국 근대문학』, 심원섭 외역, 소명출판, 2016, 7면.
8  김재용,「한라에서 백두까지 –「식민주의와 문학」 출간에 부쳐」, 심원섭 외역,『오무라 마스오 저작집 3 – 식민주의와 문학』, 소명출판, 2017, 240면.

『오무라 마스오와 한국문학』은 크게 네 부분으로 이루어져 있다. 이 책의 본론이라고 할 수 있는 '곽형덕 교수와의 대담', '오무라 마스오의 2018년 7월 강연'[9], '최원식과 심원섭의 추천글', 그리고 '오무라 마스오 관련 사진'이 그것이다. 책의 맨 앞머리에 놓인 100여 장의 사진은 이 저서가 '조선'문학 연구의 선구자인 오무라 마스오에 대한 애도와 추모의 성격을 지니고 있음을 보여준다.

이 저서에서 가장 많은 분량을 차지하는 것은 곽형덕과의 대담이다. 오무라 선생과 곽형덕의 대담이 공개된 것은 이번이 처음은 아니다. 2017년 『오무라 마스오 저작집 4－한국문학의 동아시아적 지평』에 「조선문학 연구자 오무라 마스오의 삶과 문학」[10]이, 『오무라 마스오 문학 앨범』에 「조선문학 연구자 오무라 마스오의 삶과 문학?」가 이미 발표된 바 있다.[11] 곽형덕은 오무라 마스오와의 공식적인 대담 작업은 2017년부터 2022년까지 이어졌으며, 짧게는 1시간 길게는 4시간 정도의 시간이 걸렸고, 10회를 넘겼다고 말한다. 이토록 장기적인 대담은, "친밀함이 없었다면 선생님의 성격을 생각할 때 장기에 걸친 대담작업은 아마도 불가능했을지도 모르겠다"[272]라는 곽형덕의 말에서 알 수 있듯이, 곽형덕과 오무라 선생의 '친밀함' 때문에 가

---

9  이 강연문 뒤에는 "이 글은 2018년 7월 15일 일요일 와세다대학 경제학부 건물에서 개최된 식민지문화학회 총회 이튿날 열린 강연의 속기록을 니가타대학의 후지이시 다카요 교수가 기록한 것을 편자가 한국어로 옮긴 것이다"(260)라는 설명이 붙어 있다. 이를 바탕으로 할 때, 일본인들을 대상으로 한 강연으로 추측된다. 이 강연문은 '조선문학 연구를 하기까지', '연변 조선족자치주를 향한 관심', '맞닥뜨린 곤란함'의 세 부분으로 이루어져 있다.

10  이 인터뷰의 날짜 및 장소는 2017년 6월 25일, 인사동으로 되어 있다. 이 인터뷰는 월간 『태백』(2017.8)에 '한국문학의 동아시아적 지평'이라는 제목으로 처음 발표되었고, 이후에는 『오무라 마스오 문학 앨범』에도 재수록된다.

11  인 인터뷰의 날짜 및 장소는 2017년 11월 12일, 2017년 12월 28일, 이치카와오노(일본)로 되어 있다. 곽형덕 이외에도 연변신문 리홍매 특파원과 장문석 등에 의해서도 오무라 선생과의 대담 작업이 이루어졌다.

능했다고 할 수 있다. 그렇기에 「엮은이 후기」에서 곽형덕은 자신이 오무라 선생과 얼마나 '친밀한 사이'인지를 매우 정성스럽게 정리해 놓았다.

장기간에 걸쳐 이루어진 대담의 성격 때문인지, 곽형덕이 보여준 대담의 가장 두드러진 특징은 '반복'이다. 대담은 "의도했다기보다는 오랜 시간 동안 했던 대화가 자연스레 체계를 갖춘 기록으로 변화된 것"[272]이라고 말하는데, "처음에는 잘 파악이 되지 않았던 대화 또한 반복을 거치면서 구체적인 하나의 시대상으로 다가왔다"[272]는 것이다. 대담은 '유년 시절부터 패전 무렵까지', '청년기의 활동상', '일본조선연구소 활동에서 중국 방문까지', '중국문학에서 조선문학으로 전환', '주체적인 연구의 길을 열다', '안도 히코타로 그리고 문화대혁명', '1965년 한일조약 이후의 한국문학', '일본에서 한국문학을 연구하는 의미', '고마쓰가와 사건, 조선학 연구로', '윤동주문학과의 만남 외', '김학철, 존경을 넘은 애처로움', '반세기에 걸친 연구를 돌아보며', '한일관계 및 제28회 용재학술상 수상 감회', '전망과 희망'의 열 네 꼭지로 이루어져 있다. 곽형덕이 관심을 갖는 것은 오무라 마스오라는 인간과 그가 살아낸 시대이다. 그리하여 궁극적으로는 한일 근현대사라는 그 엄중한 시대적 맥락 속에서 오무라 마스오라는 인간과 문학의 진실을 추적하고자 하는 열망이 강하게 느껴진다.


## 2. '실증적 연구'와 '동아시아적 지평'의 조화

오무라 선생에 대한 한국문학계의 관심은 21세기에 들어 본격화되었다. 그 계기가 된 것은 선생의 주요 연구성과들을 모은 『윤동주와 한국문학』소명출판, 2001의 출판이다. 이 책의 간행사는 한국문학계의 원로인 김윤식과 임헌영이 맡았는데, 이들은 세부적인 차이가 있지만 기본적으로 오무라 선생의 '실증적 연구' 태도에 주목하였다. 김윤식은 오무라 마스오가 윤동주의 유고 육필을 조사, 검토한 최초의 연구자라는 점을 들어, "대상에 대한 실증적 엄밀성을 체득한 연구자의 자세, 노력 및 생득적 성실성이 없이는 결코 가능한 업적은 아니었을 터"[12]라며, "조선 근대문학에 대한 실증적 연구의 지속성은 한결"[13]같다고 평가했다.[14]

임헌영은 먼저 오무라 마스오가 시기에 따라 한국문학계에서 어떻게 받아들여졌는지를 설명한다. "1970년대의 닫힌 사회 속에서 오무라 교수의 '남북한문학 등거리等距離 연구' 방법론과 민족 주체적인 문학의 독자성을 중시하는 자세는 차라리 경탄"[15]이었다면, 1980년대는 "오무라 교수에 대해 '보수주의자'란 평가가 은여중 나돌던 시절"[16]이었고, 1990년대에 "오무라 교수는 한국에서 실증적 남북한문학 연구자로 조용히 자리를 굳혔다"[17]라고 정리하였다. 최종적으로 임헌영은 오무라 마스오가 "진지한 학자이며 원만한 인격자요 진보적인 지식인이란 삼위일체"[18]를 늘 유지했으며, "오로지 1970년대적 열정그 젊었을 시절의 정열으로 남북한 민족·민중 전체를 조망

---

12 김윤식, 「열정과 그 지속성에 대하여-오무라 교수의 저서에 부쳐」, 심원섭 외역, 『오무라 마스오 저작집 1-윤동주와 한국 근대문학』, 소명출판, 2016, 4면.

13 위의 글, 4면.

14 다른 글에서 김윤식은 평생에 걸쳐 오무라 선생이 조선문학을 연구하여 알아낸 것은 "① 조선문학엔 즐김(놀이)이 없다는 점, ② 인생 어떻게 살 것인가가 중심과제라는 점, ③ 시,소설 장르가 중심이라는 것, ④ 수필이 미발달했다는 점. 그러기에 인생론이 거의 없다는 것. ⑤ 조선문학은 일본에서 유학한 청년들에 의해 주도되었다는 점"(김윤식, 「일본의 어떤 한국근대문학 연구자의 최종강의-오무라 마스오 교수의 잔잔한 목소리 듣기」, 『비도 눈도 내리지 않는 시나가와역』, 솔, 2005, 225면)이라고 증언하기도 하였다.

15 임헌영, 앞의 글, 7면.

16 위의 글, 8면.

17 위의 글, 8면.

18 위의 글, 9면.

하면서 진정한 문학인, 문학 작품의 가치는 무엇이며, 그게 민족사에 무슨 의미가 있는가를 실증적인 연구로 밝혀내려는 일념에 차있을 뿐이다"[19]라고 평가하였다.

'실증적 연구'에 대한 평가는 『윤동주와 한국문학』에 수록된 최원식의 「추천의 글—시인의 마음을 품은 학구」에도 잘 나타나 있다. 오무라 마스오는 "반북도 친북도 거절하고, 반한도 친한도 사양하면서, 따뜻한 균형으로 전후 일본의 한국문학 연구를 건실하게 개척하는 데 오로지 충성"[97]했으며, "지적 성실로 한일 두 나라 문학을 잇는 다리 역할을 겸허하게 감당"[97]했다는 것이다. 대담에서 곽형덕도 "선생님이 해오신 연구를 실증주의 연구라고 불러도 무방할까요?"[218]라고 묻는다. 곽형덕은 서양의 이론이나 철학에 기대지 않고 실증과 실천으로 일본에서 조선문학 연구를 열어나간 것, 작가들의 발자취를 찾아서 현장을 답사하고 서지학적 자료를 확충한 것 등을 '실증주의 연구'의 구체적 모습으로 들고 있다. 이러한 곽형덕의 물음에 선생은 "의식적으로 했다기보다는 그쪽이 체질에 맞았다고 해야 할 것 같군요"[219]라고 대답한다.

'실증적 연구' 태도는 선생의 체질에서 비롯된 것일 수도 있지만, 선생이 놓여 있던 역사적 상황에서 비롯된 측면도 있는 것으로 판단된다. 선생은 일본인이면서 과거 식민지였던 '조선'의 문학을 연구하는 독특한 입장에 처해 있었다. 더군다나 연구 대상으로 삼는 '조선'은 이념에 따라 남북으로 분단된 처지였으며, 선생이 한창 연구를 진행하던 시기에는 일본에서도 이념 투쟁이 치열하게 벌어지고는 했다. 이런 상황에서 주장은 최소화하여 내면화하면서 자료나 증거 등은 전면에 내세우는 '실증적 태도'는, 연구를

---

19  위의 글, 9면.

지속하는 유일한 방법이었는지도 모른다. 실제로 『오무라 마스오와 한국문학』에는 선생님이 평생 동안 체험한 일본, 북한, 남한의 다양한 정치 세력과의 충돌이 선명하게 드러나 있다.[20]

김희로사건을 계기로 만들어진 현대어학숙이 개교할 때, 많은 사람이 몰려와 "우리는 매일매일 싸우고 있는데 너희들은 뭘 그렇게 태평스럽게 어학 따위를 하냐"254라는 항의를 할 때도, 선생은 돌아가 달라고 부탁을 했다고 한다. 선생은 "그런 급진파와 정면으로 맞닥뜨리는 것도 곤란한 일 중의 하나"254였다고 회상하고 있다. 선생은 조총련과 불화한 경험도 고백한다. 한설야의 「과도기」를 처음 발표된 「조선지광」1927.11판으로 가지이 씨에게 번역을 의뢰했는데, 한설야는 북한에서 부정되고 있으며 「과도기」는 "공화국판도 있는데 어째서 그것을 쓰지 않느냐"255는 항의를 받았다는 것이다. 이와 관련해 선생은 조총련의 항의에, "조금이라도 자기주장을 했으면 좋았을텐데 적당히 얼버무렸던 것 같습니다"255라는 후회를 내보이기도 한다. 또한 남한과의 불화도 있었는데, 그러한 사례로 선생은 '문인 간첩단 조작사건'을 들고 있다. 당시 남한 정부는 조총련재일조선인총연합회의 위장 잡지인 『한양』에 원고를 싣고 고료를 받는 등의 위법행위를 했다며 임헌영, 김우종, 이호철, 장병희, 정을병을 구속했는데, 이는 유신헌법을 반대하던 문인 5명에게 간첩 누명을 씌운 사건임이 오늘날 밝혀졌다. 이때 선생도 나름의 고초를 겪어, 비평가 김우종과 도쿄역에서 함께 찍은 사진이 간첩행위의 증거로 활용되기도 했다는 것이다.

---

20    이러한 상황에서 오무라 선생이 돌파구로 선택한 것은 객관성과 중립성의 추구였던 것으로 보인다. 강연에서는 오무라 선생이 "제주도에는 「제주문학」 그룹과, 그 후에 생긴 「제주작가」 그룹의 대립 갈등이 격렬한 곳으로 저는 중간에 있고자 신경을 씁니다. 그렇지 않으면 제주도의 실제 문학 상황을 파악할 수 없다고 믿기 때문입니다"(259)라고 말하는 대목도 나온다.

과거 식민지 지배자였던 일본인이 식민지의 문학을 연구한다는 존재론적 상황, 연구대상이 되는 나라가 이념에 따라 분단되어 있다는 시대적 상황, 일본 역시 이념적 갈등과 충돌이 심각했던 사회적 상황 등이 선생으로 하여금 주장은 내면화하고 자료는 전면화하는 '실증적 태도'를 연구의 기본방향으로 삼게 하는 중요한 동력이 되었다고 할 수 있다.

그러나 주지하다시피 오무라 선생의 연구는 결코 메마른 실증주의에 머물지는 않는다. 김윤식도 오무라 선생의 실증적 연구 경향을 지적하는 한편으로, 오무라 선생의 작업에는 "근대 제국주의에 의해 상처 입은 사람이나 집단에 대한 모종의 숨결이 거기 작동하고 있어 보였다"[21]라고 지적한 바 있다. 최원식도 오무라 마스오가 기계적 실증주의자는 아니라고 보는데, 이것은 그의 학문적 좌우명이 "있어서는 안 될 현상을 방치하지 않는 것"[98]인 것에서도 드러난다고 주장하였다.[22] 정선태는 '조선'문학 연구에 몰두해온 오무라 선생의 의중은 "추측건대 문학을 매개로 한국과 일본의 상호이해의 가능성을 타진함으로써 지금까지 쌓아온 오해와 불신을 씻고자 했을 것"[23]이라고 정리하기도 하였다.

---

21 김윤식, 「열정과 그 지속성에 대하여 – 오무라 교수의 저서에 부쳐」, 심원섭 외역, 『오무라 마스오 저작집 1 – 윤동주와 한국 근대문학』, 소명출판, 2016, 5면.

22 오무라 선생은 일본내의 헤이트스피치도 '있어서는 안 될 현상을 방치한 것'과 관련된 것으로 보고 있다. 곽형덕의 "2000년대 후반부터 조선인·한국인에 관한 헤이트스피치가 일본 사회에 만연해 있습니다. 조선학을 하시는 입장에서 이에 대한 의견을 들려주시기 바랍니다"(221)라는 물음에, "커다란 이야기를 하는 것을 좋아하지 않아 대답하기 어렵습니다. 다만 일본인의 조선에 대한 뿌리 깊은 차별과 아베 신조 총리의 국내 문제 회피 전략이 합해서 나온 현상입니다. 그런 혐오발화가 일본 사회에 퍼져 있는 것은 사실입니다. 다만 만연까지는 아니에요. 연구자의 역할은 있어서는 안 되는 현상을 방치하지 않는 것입니다. 연구자들이 게으름을 피우고 있는 셈입니다. 혹은 연구자들이 사회에 받아들여지지 않고 있는 분위기가 있습니다. 치밀하게 해왔다면 그런 주장 자체가 받아들여지지 않았을 겁니다. 얕은 연구와 적은 연구량이 합쳐진 것이라고 할까요"(221~222)라고 답변하고 있다.

23 정선태, 「역자 후기」, 『오무라 마스오 저작집 5 – 한일 상호이해의 길』, 소명출판, 2017, 153면.

특히 최근에는 오무라 선생의 연구가 지닌 ’동아시아적 지평‘에 주목한 논의들이 많다. 김재용은 『식민주의와 문학』의 발문에서, 이 책에 실린 글이 “중국의 동북 지역으로부터 제주도까지 한반도 전체를 포괄한다”[24]는 것을 중요한 특징으로 꼽고 있는데, 이러한 특징은 오무라 선생의 ‘조선’문학 연구의 전반으로 확장시킬 수 있다고 주장하였다. 곽형덕도 자신이 번역한 책의 ‘역자 후기’에서 “저자는 자국의 윤리에 함몰되지 않고 동아시아적 지평에서 조선인 작가들의 문학과 삶을 평가하고 있다. 저자의 연구에는 한국이나 북한 어디에도 온전히 자기 동일시를 할 수 없는 ’조선적인 지평‘이 담겨 있는 셈이다”[25]라고 말하였다. 실제로 『오무라 마스오와 한국문학』에 수록된 강연문에서, 선생은 “연변에 가길 잘했다고 느낀 것은 제가 조선문학을 연구할 때 조선만으로는 안 되다는 사실을 실감했던 것과 이어집니다. 요건대 일본과 중국과 남과 북에 이르는 전 동아시아적인 시야를 확보해야 한다는 것을 확인한 겁니다”[252]라고 말하였으며, 대담에서는 “조선문학을 제대로 하려면 한국문학만이 아니라 북한문학, 연변문학 그리고 재일조선인의 문학까지 볼 수 있는 시야를 확보해야 한다”[147]라고 주장하였다. 2017년 8월 『출판저널』과의 인터뷰에서도 선생은 “우리가 근대문학을 연구하는 이유는 무엇일까?”라는 인터뷰어의 질문에 “우리는, 일본 사람을 포함해서 우리는… 역시 한국은 한국 단독으로 있는 존재가 아니고 동아시아 지역에서 크게 봐야 해요. 일본도, 중국도, 한국도, 지역적, 역사적 맥락에서 근대화의 차이를 문학을 통해서 볼 수 있어요”[26]라고 대답한 바 있다.

---

24   김재용, 앞의 글, 241면.
25   오무라 마스오 · 호테이 토시히로, 「역자 후기」, 곽형덕 역, 『한국문학의 동아시아적 지평』, 소명출판, 2017, 503면.
26   「『출판저널』 특별 인터뷰」, 『오무라 마스오 문학 앨범』, 소명출판, 2018, 422면.

# 3. 말하지 않았던 것, 말할 수 없었던 것

『오무라 마스오와 한국문학』에서 가장 흥미로운 대목은, 오무라 선생이 말한 것보다도 5년여에 걸친 대담을 통해서도 끝내 발화되지 않은 것들이다. 이 책의 본론에 해당하는 글은 '곽형덕과의 대담'과 '오무라 마스오의 2018년 7월 강연'을 들 수 있는데, 오무라 선생이 일본인 대상의 강연에서는 말했지만, 대담에서는 끝내 '말하지 않았던 것'과 '말할 수 없었던 것'이 존재한다.

먼저 살펴볼 것은 '말하지 않았던 것'인데. 이것은 선생의 이름을 전세계에 널리 알린 '윤동주'와 관련한 일들이다. 1985년에 선생은 외국인 연구생 자격으로 연변대학에 머물게 된다. 이 때 용정시 교외의 산에서 전후 40년 동안 방치되어 있던 윤동주의 무덤을 찾아 세상에 공개한다. 이 사건은 오무라 마스오라는 존재를 한국 사회에 널리 알린 결정적인 계기가 되었다. 이 일은 선생에게 많은 영광을 가져다주었지만, 그만큼이나 많은 곤혹도 안겨주었으며, 이러한 영광과 곤혹을 통해 선생은 한국문학과 한국 사회에 대해 많은 것을 알게 되었던 것으로 보인다. 그런데 오무라 선생은 윤동주를 두고 벌어진 에피소드들을 일본인 대상의 강연에서는 직접적으로 발화하지만, 곽형덕과의 대담에서는 이야기하지 않는다. 대신 "윤동주를 연구한 일본인 연구자로서 겪었던 많은 일들이 있으나 그걸 다 언급하는 것은 적절하지 않은 듯합니다. 그 안에는 개인적인 차원을 넘어서는 지배와 피지배라는 불행한 역사의 문제가 있으니까요"[197]라며 구체적인 언급을 피하고 있다.

대담에서는 언급을 피했지만 강연에서는 말한 내용을 정리하면 다음과 같다. 윤동주의 무덤을 발견한 이후 선생은 「윤동주의 사적에 대하여」『조선학보』, 1986.10라는 '조사 보고'를 발표하고, 윤동주의 친조카인 윤인석은 이 글을 번역하여 『문학사상』에 발표한다. 그런데 「윤동주의 사적에 대하여」의 옆에 선생이 썼다고 하는 「나는 왜 윤동주의 고향을 방문했는가」라는 글이 함께 실린다. 실제 이 글은 선생과는 무관하게 "편집부가 완전히 날조한 기록"[250]이었다. 특히 선생을 고통스럽게 한 것은 선생이 "조선문학을 시작한 동기가 '죄의식에 사로잡혀서'로 되어 있는"[250] 부분이었다. 이와 관련해 선생은 "한국인 앞에서 속죄의식을 내세우며 좋은 사람인척 하다니 칼날이 목에 들어와도 하지 않을 소리입니다"[250]라는 강렬한 표현을 사용하고 있다.[27] 재판까지 각오하고 한국에 와서 출판사 사장을 만난 선생은, "한국 내 일반 독자의 눈으로 보자면 한국인 앞에 넙죽 엎드리는 일본인의 이미지가 아니라면 그런 글을 실을 수 없다"[250]는 사장의 "난처한 변명"[250]을 듣고서야 마음이 풀리게 된다.[28]

평론가 장백일이 윤동주 세미나에서 "이 사람오무라 마스오을 원망하면 안 된다"[256]라고 말한 것도 선생을 곤혹스럽게 만든 일이다. "원망하면 안 된다는

---

27   "한국인 앞에서 속죄의식을 내세우며 좋은 사람인척 하다니 칼날이 목에 들어와도 하지 않을 소리입니다"라는 오무라 선생의 일갈은, 오무라 선생과 더불어 일본에서의 조선문학 연구를 개척한 사에구사 도시카쓰(1941~)도 공유했던 인식으로 보인다. 김응교는 사에구사 도시카쓰가 "식민지적 죄성에 대한 속죄의식(贖罪意識)을 갖고 한국문학을 대할 때 반대로 다른 평범한 일본인들보다 윤리적으로 우위에 서고 싶다는 권력의식을 가질 수 있다고 지적"(김응교, 「일본인의 한국문학 연구, 40년」, 『일본의 이단아―자이니치(在日) 디아스포라문학』, 소명출판, 2020, 421면)하며, "따라서 한국문학에 대한 섣부른 공감이나 죄의식은 철저히 금지된다"(위의 글, 421면)고 주장한 바 있다.

28   윤동주의 묘를 찾는 일은 애당초 '속죄'를 위한 과업과는 거리가 멀다. 대담에서 선생은 1984년 1월 즈음 윤동주 시인의 동생 윤일주를 소개받았고, 그때 윤일주 씨가 조선문학과 만주와의 관련을 연구하기 위해 연변으로 갈 예정인 자신에게 윤동주의 묘를 찾아달라고 부탁했다는 사실을 밝히고 있다. 윤동주 시인의 묘를 찾을 때도 선생에게는 "윤일주 씨가 그려준 약도"(190)가 있었으며, "윤동주 시인의 묘를 찾는 것은 부차적인 것이었지 연변 '유학'의 첫 번째 목표는 아니었습니다"(190)라고 밝히기도 하였다. 2017년 8월 『출판저널』과의 인터뷰에서 오무라 선생은 윤동주의 묘지가 "은진중학교에 이어진 구룡의 옛 동신교회묘지 내"에 있다는 것이 윤일주 씨가 그려준 약도에 표시되어 있었다고도 증언하였다.

것은 일반적인 사람은 원망하고 있다는 의미"[256]이고, 그렇기에 선생은 "누군가에 원한을 살 일이라고는 생각하지 못했었기 때문에"[256] 큰 충격을 받는다. 연세대 세미나에서의 일도 증언하고 있다. 이 자리에서 선생은 「윤동주의 독서력」연세대 한국문학연구회, 1996.8.23이라는 제목으로 "윤동주가 구입하고 사인을 했던 책 중에 남아 있는 일본어 서적"[257]에 대해 고증을 했다고 한다. 이 때 젊은 연구자가 "윤동주는 일본에서 치안유지법에 걸려 체포되어 살해됐는데 일본으로부터 사상적 영향을 받았다는 식으로 말하는 것은 윤동주를 모독하는 것"[257]이라고 항의했던 것이다. 선생은 그로부터 30여년이 지난 지금도 "그런 주장에는 정말이지 손발을 다 들었습니다. 말문이 막히고 말았습니다"[257]라고 고백한다. 이러한 체험에는 식민지 지배를 했던 나라의 연구자가 식민지 지배를 받은 나라의 문학을 연구하면서 겪은, '지배와 피지배라는 불행한 역사의 문제'가 개입되어 있는 것이다.

다음으로 '윤동주'는 외화내빈일 수도 있는 한국의 문학 연구에 대한 따끔한 비판의 계기로도 읽힌다. 1999년에 선생은 3년의 시간을 들여 『사진판 윤동주 자필 시고전집』을 출판한다. 이 책은 윤동주 연구의 기초 문헌이지만 "3쇄를 찍어 겨우 1,500부"[251]가 나갔을 뿐이라고 한다. 놀랍게도 선생은 "처음에는 윤동주도 한국 사회에 받아들여지지 않았"[251]으며 "유족은 몇 번이고 몇 번이고 거절당한 후에야"[251] 마침내 연세대 캠퍼스에 시비를 세울 수 있었다는 사실을 밝힌다. 또한 연변에서 윤동주 관련 사적조사를 한 덕분에 유족들에게 청을 하여 육필 원고를 볼 수 있었다는 고백도 하고 있다. 놀라운 사실은 "그 정도로 윤동주가 유명해졌는데도 육필 원고를 보고 싶다고 유족에게 말했던 한국인 연구자는 1996년까지 나타나지 않았"[252]으며, 선생은 "1986년에 육필 원고를 처음 봤는데 한국인보다 먼저 봤다고 말하지 말아 달라는 유족의 뜻을 존중해서 10년 동안 침묵을 지켰"[252]다는 것이다.[29] 이와 같은 윤동주 관련 에피소드들은 무려 10여 회의 대담에서는 끝내 발화되지 않은 사실이다. '지배와 피지배라는 불행한 역사'와 '한국 학계의 불성실함' 등은 오랜 시간이 지난 인생의 말년에 이르러서도 말하기 어려웠던 것이다.

다음으로 살펴볼 것은 '말할 수 없었던 것'인데, 이것은 시인이자 평론가였던 김용제[1909~1994]와 관련된 이야기들이다. 오무라 선생이 평생을 바친 '조선'문학 연구에 있어, 학문적으로나 인간적으로 가장 깊은 관계를 맺은 문인은 윤동주, 김학철, 임종국, 김용제를 들 수 있다. 그런데 이들 문인 중에서도 오무라 선생이 한 권의 책으로 엮은 조선인은 김용제가 유일하다. 김용제에 이토록 많은 공력을 기울인 이유는, 오무라 선생에게는 김용제를 통해 한국과 일본 양쪽에 전하고자 하는 선명한 메시지가 있었기 때문인 것으로 판단된다.[30] 윤동주를 연구한 일본인 연구자로서 겪었던 많은 일들을 대담에서는 밝히지 않으면서도 일본인 대상의 강연에서는 밝혔던 것과 비슷하게, 오무라 선생은 김용제와 관련된 일들을 대담에서는 한마디도 말하지 않는 대신, 강연에서는 비교적 자세히 이야기한다.

먼저 한국에 전하고자 하는 메시지의 첫 번째는 문인의 평가에 있어 전반적인 양상을 종합적으로 바라보는 것의 중요성과 관련된다. 김용제는 "전전 일본의 공산주의청년동맹"257에 들어갔으며, "이토 신키치가 자백을 해서 김용제의 이름이 드러나 체포됐는데 그는 끝까지 분투해 기타야마 마

---

29 이러한 곡절은 대담에서 "묘를 찾은 후에 윤인석 씨의 어머니인 정덕희 여사께서 육필 원고를 꺼내서 보여줬습니다. 그러면서 하시는 말씀이 일본인이 아니라 한국인 연구자들이 연구할 때까지 기다려달라고 하셨습니다. '혹시 이에 대해 발표하더라도 한국인 학자가 발표한 후'에 했으면 한다는 부탁도 있었고요"(193)라고 간단하게 언급되고 있다.

30 이것은 대담이라는 형식상 인터뷰어가 질문을 하지 않으면, 인터뷰이가 말하기 어려운 특성도 반영된 것으로 볼 수 있다.

사코의 이름을 입 밖에 내지 않았"[257]다. 또한 "치안유지법에 체포됐더라도 문학자는 길어야 1년이나 2년"[258]이지만, 김용제는 "4년 동안 형무소에 투옥되어 있었"[258]다고 한다. 물론 선생은 김용제가 1939년부터 전향을 해서 친일문학의 길로 달려간 것을 언급하지만, "김용제가 전전에 했던 활동, 1938년까지 했던 활동은 일본의 전위 그룹과 함께 하며 오히려 선두에 서서 싸웠던 만큼 그 공적까지 부정할 수는 없다"[258]라고 주장한다. "전향했다고 해서 전 생애를 부정하는 한국인의 합창에 가담할 수는 없다"[258]는 입장인 것이다. 오무라 마스오 저작집 2권에 해당하는 『사랑하는 대륙이여—시인 김용제 연구』의 머리말에서도 "프롤레타리아문학 활동을 과감하게 전개하다가 그는 결국 친일문학 앞에 무릎을 꿇었다. 프로문학과 친일문학, 그 어느 쪽도 한국에서 환영받을 리는 만무했다"[31]고 지적하면서도, "이른바 친일문학에 손을 적셨다 해서, 일본과 한국에서 일제에 격렬하게 저항했던 그 공적을 그 누구도 부정할 수는 없다"[32]라고 주장한다. 즉 친일문학에서의 과過는 과대로, 프롤레타리아문학의 공功은 공대로 엄정하게 바라볼 수 있어야 한다는 것이다.

한국을 향한 두 번째 메시지는 보다 내면적이며 윤리적인 것이라고 할 수 있다. 이것은 김용제가 "1945년 해방 이후 1994년 세상을 떠나기까지 49년간을 그는 불우 속에서 지냈다"[33]라고 말한 것과 관련된다. 강연에서 오무라 선생은 "김용제는 전향을 변명하지 않고 6년 동안 친일문학 행위를 위해서 전후 50년을 울지 않고 가만히 숨죽여서 살다가 한국에서 세상을 떠났습니다"[258]라는 말을 덧붙이고 있다. 오무라 선생은 결코 영광되거나

---

31  오무라 마스오, 심원섭 역, 「『사랑하는 대륙이여』의 번역 출판에 즈음하여」, 『오무라 마스오 저작집 2 — 사랑하는 대륙이여』, 소명출판, 2016, 3면.

32  위의 글, 3면.

33  위의 글, 3면.

공적인 자리에 나서지 않고, 50년이라는 짧지 않은 세월을 낮은 자리에서 조용히 살다 간 김용제에게서 반성과 참회의 한 가지 모습을 발견했던 것은 아닌지 모르겠다.[34]

다음으로 일본을 향한 메시지를 살펴볼 차례이다. 오무라 선생은 1992년 출판된 『사랑하는 대륙이여―시인 김용제 염구』의 머리말에서 일본 문학계에서도 김용제의 존재가 망각되었다며, 이 망각은 두 가지 의미에서 태만한 일이라고 주장한다. "첫째, 국제적인 벗이 행했던 역할에 둔감하다는 점, 또 하나는 이웃나라의 진보적 문인에게 친일문학을 강요하며 기진맥진 끝에 변절에 이르게 한 사실을, 아픔을 안고 직시하려 하지 않는다는 점"[35]을 들고 있다. 두 번째는 오무라 선생을 조선문학으로 은연중에 이끈 루쉰 문학 연구의 대가 다케우치 요시미[1910~1977]의 주장에 이어진다는 점에서 매우 중요하게 여겨진다. 석사논문 지도교수로서 오무라 선생에게 "무언 속에서 조선문학으로 가는 길"[144]을 찾아내게 했던 다케우치 요시미는 「조선어를 추천한다」[1970]에서 "차별은 피차별자의 눈에는 보이지만 차별자의 눈에는 보이지 않는다. 하지만 차별이 본성本性을 침범하고 부식 작용을 일으키는 것은 양쪽 다이며 한쪽만이 아니다. 그 차이는 자각하는가 그렇지 않은가 뿐이다"[143]라고 말한 바 있다. 김용제라는 프로문학의 맹장이 가장 열렬

---

34  오무라 선생의 김용제에 대한 평가와 관련해 심원섭은 다음과 같은 증언을 남기고 있어 주목된다. "해방 후 경력 은폐와 날조, 변명을 양산하며 자리 쟁탈전에 지식인들이 좌우를 막론하고 뛰어들던 시절, 일체 함구한 채 묵묵히 한국 사회의 그늘 속에서 고단한 삶을 '살아낸' 이가 김용제다. 그는 1989년 서울에서 오무라 교수와 함께 뵌 적이 있다. 오무라 교수는 묵묵히 고독한 싸움을 계속했던 김용제에게서 일종의 영웅 이미지를 보아냈던 것으로 생각된다. 젊고 철없던 나에게 동행을 바란 오무라 교수의 깊은 뜻 잊지 않고 있다."(심원섭, 곽형덕 편, 「뜻志의 인간 오무라 마스오」, 『오무라 마스오와 한국문학』, 소명출판, 2024, 268면)
35  오무라 마스오, 심원섭 역, 「책머리에」, 『오무라 마스오 저작집 2―사랑하는 대륙이여』, 소명출판, 2016, 10면.

한 친일분자가 될 수밖에 없었던 곡절에는 일본인의 '본성을 침범하고 부식 작용을 일으키는' 차별의 본질적 문제가 담겨 있었던 것이다. 김용제는, '차별이 지배하는 자의 본성도 파괴한다'는 다케우치 요시미 주장의 구체적 사례에 해당한다.

홍미로운 것은 "김용제와 임종국, 두 사람과 만나면서 사이좋게 지낸다는 것은 한국에서는 생각할 수 없는 일"258이라며, 구체적인 사례로 역사학자 강만길을 들고 있는 장면이다. 진보적 역사학자인 강만길은, 오무라 선생이 김용제에 대해 언급하는 것 자체를 불쾌하게 여겼다고 한다. 대담에서 곽형덕도 "선생님의 문학 연구 여정을 살펴볼 때 빼놓을 수 없는 작가나 연구자가 몇 분 보입니다. 김학철, 윤동주, 김용제, 임종국 등입니다"189라고 말하면서도, 이후 김용제에 대해 단 한마디도 하지 않는다. 그 결과 김학철, 윤동주, 임종국 등에 대해서는 매우 풍부하고 다양한 선생의 육성을 들을 수 있는 것과 달리 김용제에 대해서는 어떠한 말도 선생의 입에서 발화되지 않는다. 이것은 곽형덕이 김학철과 관련한 선생이 노력을 "만년의 작업"207으로까지 의미부여하며, 상세하게 문답을 이어가는 것과 무척이나 대비적이다.[36]

곽형덕의 이번 대담은 2017년부터 2022년까지 이어졌으며, 짧게는 1시간 길게는 4시간 정도의 시간이 걸렸고, 무려 10회를 넘겼다고 한다. 그럼에도 끝내 발화되지 않은 말들이 존재한다는 것은 많은 것들을 생각하게 한다. 더군다나 발화되지 않은 존재가 선생의 '조선'문학 연구의 중핵을 차

---

[36]  이와 관련해 대담에서 곽형덕이 와세다대학 시절 스승으로 일본조선연구소를 만든 사람 중의 한 명인 안도 히코타로에 대해 반복적으로 묻는 것도 인상적이다. 안도 히코타로는 일본 공산당에 우호적이었으며, 끝까지 중국의 문화대혁명을 지지한 지식인이었다. 오무라 선생은 "연변에 관심을 갖게 된 것"이 "중국 소수 민족을 관심있게 탐구"(167)한 안도 히코타로의 영향과 관련되어 있음을 대담에서 고백하고 있기도 하다.

지하는 윤동주와 김용제라는 점은 더욱 의미심장하게 다가온다. 이 역사적인 대담에서도 끝내 선생이 '말하지 않았던 것'과 '말할 수 없었던 것'은 오무라 선생의 학문을 음미할 때는 물론이고, '조선'문학과 일본문학, 나아가 '조선'과 일본의 관계를 성찰하는 하나의 거멀못이 될 수도 있을 것이다.

## 4. 한국인에게 '감사합니다'라는 말을 듣기 위해서가 아닙니다.

이 글은 "오무라 마스오1933~2023처럼 많은 존경을 받는 '조선'문학 연구자도 드물 것이다"라는 문장으로 시작되었다. '조선'문학이 '뒷길 중의 뒷길'이라 일컬어지는 시회에서, 오무라 선생은 자신의 모든 깃을 바쳐 '조선'문학에만 매진했던 것이다. 이를 통해 선생은 수많은 연구성과로, 일본의 '조선'문학 연구자들은 물론이고 한국의 문학연구자들에게도 학문적 영감과 실질적 도움을 주었다. 이런 선생을 향해 한국인이 존경과 감사를 표하는 것은 어쩌면 당연한 일인지도 모른다.

그런데 오무라 선생이 한국인들에게 '감사합니다'라는 말을 듣기 원치 않는다는 말을 여러 차례 해왔다는 것도 잊지 말아야 한다. 이러한 발언이 처음 등장한 것은 1998년 호테이 토시히로와의 대담에서인데, 그 대목을 옮기면 다음과 같다.

좋은 기회니까 솔직히 말씀을 드리고자 합니다. 저는 연구자로서 한국인들이 제게 '감사합니다'라고 말하는 시대와는 이젠 작별하고 싶습니다. 우리 일본인들이 한국문학 연구를 하는 것은 크게 말해 일본인의 아시아관을 변혁하는 데 있습니다. 그러한 점에서 조금이나마 일본의 미래를 희망적으로 보고 있습니다. '감사

합니다'라는 말을 들을 이유는 없습니다. 기본적으로는 일본을 위해서 하고 있으니까요.[37]

선생은 자신이 '조선'문학을 연구하는 이유가. 기본적으로 '일본인의 아시아관을 변혁'하여, '일본을 위하는 것'에 있음을 분명히 밝히고 있다. 이러한 태도는 '조선'문학 연구를 시작하게 된 계기에서부터 나타났던 것이다. 선생은 「나와 조선」「조양(朝陽)」, 1963.3.1에서 와세다대에 입학한 이후 안도 히코타로를 만났으며, 이 만남을 계기로 중국에 눈을 돌리게 되었다고 고백한다. 그런데 중국 근대사와 문학을 공부하면서, "중국과 비슷한 듯한, 혹은 그 이상으로 가혹한 운명 속에 놓여 있었던 조선의 역사는, 일본과 너무나도 생생한 관계를 맺고 있는 만큼 눈을 돌릴 수는 없었다. 일본·조선·중국이 서로 뒤얽혀 있는 관계를 해명하고, 일본의 왜곡을 자그맣게나마 정상으로 돌려놓아야 한다"[38]라고 생각했다는 것이다. 일본과 너무나도 깊게 뒤얽혀 있는 조선을 연구함으로써, '일본의 왜곡을 정상으로 되돌려 놓는 것'이 평생에 걸친 '조선'문학 연구의 초심이었던 것이다. 이러한 초심은 마지막 순간까지 변함이 없었던 것으로 보인다. 대담 마지막에 곽형덕의 "한국의 젊은 연구자에게 해주고 싶은 말씀이 있으실까요"[227]라는 물음에 이어지는 선생의 다음과 같은 대답도 이러한 맥락에서 이해할 수 있다.

제가 한 연구는 일본보다 한국이나 연변 등에서 더 높게 평가 받고 있는 것 같습니다. 한국인들에게 '감사합니다'라는 말을 듣기 위해서 연구를 해왔던 것은 아닙

---

37    오무라 마스오·호테이 토시히로, 곽형덕 역, 「한국문학에서 일본은 무엇인가」, 『한국문학의 동아시아적 지평』, 소명출판, 2017, 182면.
38    오무라 마스오, 심원섭 외역, 「나와 조선」, 『오무라 마스오 저작집 1 – 윤동주와 한국 근대문학』, 소명출판, 2016, 691면.

니다. 애써 말하자면 저희가 해 온 작업은 일본인의 한국관, 아시아관을 바꾸기 위해서라고 해야 할까요. 저는 정치나 경제에는 기대하지 않습니다. 그런 것을 넘어서 문학이 존재했으면 합니다. 문학을 매개로 한국과 일본의 젊은이들이 서로 소통하면서 사이좋게 지낼 수 있기를 바랍니다.227

여기서도 '한국인에게 감사를 받기 위해 연구를 한 것'이 아니라, '일본인의 한국관, 아시아관을 바꾸기 위해서' 연구를 해왔음을 분명하게 밝혀놓고 있다. '일본인의 한국관, 아시아관'이 이토록 중요한 이유는, 식민주의는 총이나 칼보다도 말과 글로 이루어지는 것이기 때문이다. 상대방에게 총이나 칼을 들이대는 것은, 어디까지나 상대방을 존엄한 인간으로 여기지 않게 된 후에만 가능한 법이다. 그렇기에 "한반도에 살고 있는 사람들도, 자신들과는 다른 훌륭한 문화와 전통을 지닌, 지구촌의 존경해야 할 이웃"[39]임을 자각하는 것은 일본을 위해서도 너무나 중요한 일일 수밖에 없다. 이 때 선생은 '조선'과 아시아가 존경해야 할 이웃임을 "실감하는 방법은 우회하는 것 같겠으나 역시 문학밖에는 없다고 생각"[40]한 것이다. 그렇기에 '조선'문학 연구는, 기본적으로는 일본을 위한 일이면서 한·일 나아가 동아시아의 연대와 평화를 가능케 하는 소중한 작업일 수밖에 없다. 이토록 소중한 작업이 아니고서야 과거 자신의 식민지였던 나라의 문학을 연구하기 위해 어떻게 자신의 일생을 송두리째 바칠 수 있었겠는가?

여기 서른을 앞둔 한 청년이 서 있다. 그 앞에는 미래에 대한 기대와 불안으로 가득한 어린 학생들이 앉아 있다. 학생들을 향해 이 청년은 조용한 목

---

39 오무라 마스오·호테이 토시히로, 곽형덕 역, 「한국문학에서 일본은 무엇인가」, 『한국문학의 동아시아적 지평』, 소명출판, 2017, 169면.

40 위의 글, 169면.

소리로 속삭인다. "어쩔 수 없어요. 그것은 사이좋은 친구라 해도, 혹 부부라 해도 민족이라는 벽은 넘어설 수 없는 거에요. 그래도 포기해서는 안되지요. 두 나라가, 상대방 나라를 향해 다리를 놓아가는 노력은 포기해선 안 돼요. 일본과 조선의 경우는 더욱 특별해요"「나와 조선」, 『조양(朝陽)』, 1963.3.1[41] 라고. 이 젊은 교사는 민족이라는 벽은 친구라고 해도 부부라고 해도 넘을 수 없지만, 그 벽을 넘으려는 노력만은 포기하지 말아야 한다고 학생들에게 속삭이고 있다. 아마 이 말을 가장 많이 들은 사람은 자기 자신 아니었을까? 괴로운 밤마다 이 청년은 자신에게 수도 없이 이 말을 들려줬을 것이다. 그 결과 이제 이 청년은 스스로가 '조선'과 일본을 연결하는 아름다운 다리가 되었다.[2024]

---

41    오무라 마스오, 심원섭 외역, 「나와 조선」, 『오무라 마스오 저작집 1 - 윤동주와 한국 근대
      문학』, 소명출판, 2016, 694면.

# 2

# 이단아들을 통해 바라본
# 일본근대미술의 심연
## 서경식의 『나의 일본미술 순례』 1

## 1. 숨막히는 지하실에 뚫린 작은 창문

서경식은 1992년 『서양미술순례』가 번역되어 한국에 소개된 이후, '서경식 열풍'이라고 할만큼 많은 지식인과 예술가들에게 큰 호응을 받았다. 이러한 관심에는 신산한 그의 가족사나 개인적인 내력도 큰 영향을 끼쳤겠지만,[1] 에세이스트로서의 그가 지닌 탁월한 능력도 빼놓을 수 없다. 이러한 능력은 권성우의 "한국어로 발표된 어떤 문학작품이나 학술서 못지않게 밀도 깊은 지성과 사유의 힘, 치열한 사색 끝의 서늘한 우수, 담백하면서도 깊은 여운의 문체, 시대를 마주하는 인간의 운명에 대한 곡진한 슬픔"[2]이라는

---

1    서경식은 최근의 글에서 자신의 삶을 다음과 같이 정리하였다. "나는 옛 식민지 종주국의 머조리티(majority) 사이에서 태어난 마이너리티(minority), 분단국가의 '재외국민', 비전향 정치범의 가족이었다. 이렇다 할 기술이나 능력도 갖추지 못했고 힘한 노동을 견딜 건강한 육체도 없었으며, 그저 책에 빠져 있을 뿐인 '생활 부적응자'이고 '결격자'였다. (지금도 그렇다) '고독'은 당연하지 않았을까. 많은 사람에게 내 '고독'을 이해받지 못했다고 해도, 그 역시 당연한 일이다."(서경식, 「길 위에서―응답과 감사의 글」, 『서경식 다시 읽기』, 연립서가, 2022, 322면)

2    권성우, 「희망과 비판 사이―나는 왜 서경식의 에세이에 끌리는 것일까?」, 『서경식 다시 읽기』, 연립서가, 2022, 94면.

표현에 잘 압축되어 있다. 또한 디아스포라 사상가로서의 서경식이 한국지성계에 미친 영향력도 결코 만만한 것이 아니다. 그것은 평론가 박혜진이 2005년부터 2021년까지의 대학이나 문학평론 현장에서 가장 많이 쓰고 듣는 단어가 '디아스포라', '소수자', '증언'이라면서, "20대 이후 지성의 세계를 관찰해 온 내내 서경식으로 표상되는 철학적 개념과 구체적 방법론이 사실상 내가 경험하고 적용해 온 이론과 실재의 핵심이라고 할 수도 있는 것"[3]이라고 말하는 것에서도 잘 드러난다.

이번에 살펴보려는 서경식의 『나의 일본미술 순례』1 연립서가, 2022는 『나의 서양미술 순례』창작과비평사, 1992, 『청춘의 사신』창비, 2002, 『고뇌의 원근법』돌베개, 2009, 『나의 조선미술 순례』반비, 2014에 이어지는 서경식의 다섯 번째 미술 에세이집이다. 서경식의 미술 에세이는 기본적으로 '먼 곳'에서 '가까운 곳'으로 이동해오고 있다. 처음 이탈리아와 플랑드르 르네쌍스 예술이나 고야, 고흐, 피카소 같은 세계적인 거장들을 다루던 것에서 시작해, 20세기의 개성 있는 화가들을 거쳐, 최근에는 한국이나 일본과 같이 저자와 직접적으로 관련된 나라들의 미술을 다루고 있는 것이다.[4] 서경식처럼 미술에 지속적인 관심을 기울이고, 그에 대해 꾸준하게 책을 써온 지식인도 흔하지 않다. 『청춘의 사신』 머리말에는 이러한 집요함과 지속성의 원천을 추측해 볼 수 있는 사정이 곡진하게 밝혀져 있다.

서경식의 젊은 시절을 지배한 사건으로는 모국인 한국에서 유학 생활을 하던 형님 둘이 1971년에 구속된 것을 들 수 있다. 이 일로 인해 서경식은

---

3    박혜진, 「번개 같은 직감」, 위의 책, 134면.
4    『나의 서양미술 순례』가 벨기에, 이탈리아, 프랑스, 스페인, 영국의 그림을, 『청춘의 사신』이 유럽, 미국, 일본 등의 그림을, 『고뇌의 원근법』은 독일어권의 근현대미술을, 『나의 조선미술 순례』는 신경호, 정연두, 윤석남, 이쾌대, 신윤복, 미희의 미술을, 『나의 일본미술 순례』1는 일곱 명의 근대 일본 미술가를 다루고 있다.

한국으로 건너가 뭔가 진실한 삶을 살아보겠다는 꿈을 더 이상 꿀 수도 없었으며, 두 형님이 옥중에서 자주 고문에 시달리는 상황에서 평범한 생활인의 삶을 살 수도 없었다. 이러한 상황을 서경식은 "나는 지하실에 처넣어진 듯한 기분을 느끼고 있었다"[5]고 표현하였다. 지하실에 처넣어진 듯한 상황은 10년이 지나도 계속 되었으며, 그 사이 부모님은 모두 절망과 함께 세상을 떠나기까지 했다. 이처럼 비극의 농도가 옅여지기는커녕 점점 짙어지던 1983년에 서경식은 처음 그림을 '순례'하기 시작한 것이다. 서경식에게 "예술은 그 숨막히는 지하실에 뚫린 작은 창문 같은 것"[6]으로 비유될 정도의 성스러운 대상에 해당한다.

　지하실에 뚫린 작은 창문은 서경식에게 과연 어떠한 의미를 지닌 것일까? 그것은 무엇보다 삶의 고뇌 속에서 질식하던 저지에게 너무도 소중한 생명의 숨구멍이 되었던 것으로 보인다. 서경식은 『나의 서양미술 순례』가 "미술을 둘러싼 이야기인 동시에, 실은 나 자신을 위협하는 악몽의 이야기였다"[7]고 고백한다. 실제로 『나의 서양미술 순례』는 에필로그를 포함하여 12장으로 되어 있는데, 모든 장에는 빠짐없이 식민지 체험과 분단 그리고 이산으로 고통받는 가족에 대한 이야기가 나온다. 거기에는 자식들의 옥바라지를 하다 출감도 보지 못하고 죽은 부모님이 있고, 열다섯 살부터 오빠들의 옥바라지를 다닌 누이가 있으며, 고문을 당하고 수십일간의 단식투쟁을 벌이며 10년 이상 남한의 감옥에 수감되었던 형들이 있다. 또한 뚜렷한 직업이나 희망도 없이 "전쟁이 난다면 장거리 행군을 견뎌낼 수 있을까. 투옥된다면 고문을 이겨낼 수 있을까"[8] 따위의 강박관념에 시달리는 젊은 서

---

5　서경식, 『청춘의 사신』, 창비, 2002, 9면.

6　위의 책, 9면.

7　서경식, 「길 위에서—응답과 감사의 글」, 『서경식 다시 읽기』, 연립서가, 2022, 321면.

8　서경식, 『서양미술순례』, 창비, 1992, 159면.

경식이 존재한다.

미술 작품을 찾는 일은 실존의 극한에 내몰린 서경식에게 거의 유일한 출구였던 것으로 보인다. 서경식은 존재를 걸고 시대와 치열하게 대결하며 진실을 길어 올리고자 분투한 예술가들에게 초점을 맞추어왔는데, 이들은 직접적으로 그에게 큰 위로와 희망이 되었을 것이다.[9] 서경식이 미술의 시대예언적 기능에 무척이나 민감하고 예리한 것도, 미술을 통해 인류사의 비전과 더불어 삶의 희망을 찾고자 했던 열망에서 비롯된 것으로 보인다. 그렇기에 서경식이 관심을 기울이는 것은 단순하게 작품의 미적 특성을 조망하는 차원에 머물지 않는다. 미술작품은 설령 미술관의 액자 속에 놓여 있더라도, 그것은 어디까지나 그 작품의 인간과 그 시대의 증언자로서 기능하는 것이다.[10] 그렇기에 서경식에게 중요한 것은 무엇보다도 그 작품을 둘러싼 작가와 시대라는 콘텍스트이다. 서경식을 통해 미술은 단순히 미의 매개물 정도를 넘어서 사상과 인간을 나아가 시대까지 예감하고 이해할 수 있게 하는 심오한 예술 매체로 자리잡게 된다.

---

9    미술사학자인 최재혁은 서경식의 미술 에세이들이 "억압받고 추방당한 자로서의 예술가, 즉 근대(와 그 흔적이 여전히 인장처럼 남은 현재)라는 폭력의 시대를 자기만의 조형 언어로 시각화한 사람들에 대한 진혼과 사유, 그리고 연대 표명이었다"(최재혁, 「미술가들과의 대화에서 비집고 나온 사유」, 『나의 조선미술 순례』, 반비, 2014, 383면)라고 정리한 바 있다. 최근에도 최재혁은 서경식의 미술 이야기는 "고통 속에서 폭력의 시대와 맞섰던 이들, 억압받고 추방당한 타자로서의 예술가를 향한 공감과 연대 표명"(최재혁, 「월경(越境)하는 미술」, 『서경식 다시 읽기』, 연립서가, 2022, 199면)이라고 주장하였다.

10    서경식은 "내 관심이 작품 그 자체는 물론이고 항상 미술가라는 인간을 향해 있"(서경식, 『나의 조선미술 순례』, 반비, 2014, 6~7면)다고 밝히기도 하였다.

## 2. '서양'과 '화가'라는 운명

서경식의 『나의 일본미술 순례』 1은 처음부터 한국 독자를 대상으로 『월간미술』에 연재한 글을 묶어서 출판한 책이다. 서경식은 「작가의 말」에서 '이단자의 계보'를 소개해 보고 싶었다고 말하는데, 이 때의 이단자는 일본 근대미술사에서 "'일본'이라는 질곡 아래 발버둥 치면서 보편적인 '미'의 가치를 추구하며 싸워 나간 작가"[11]를 말한다. 기본적으로 이 저서는 한국 사회에 널리 알려지지 않은 일본근대미술을 소개한다는 일차적인 의미를 지니고 있다. 그런데 저자가 진정으로 의도한 것은, '미의식'의 수준으로까지 파고 들어간 '우리 안의 일본'에 대해 응시하도록 하는 것이라고 할 수 있다. 이것이야말로 일본에 대한 진정한 비판에 해당한다고 할 수 있으며, 그렇기에 『나의 일본미술 순례』 1에서 수행하는 일본근대미술에 대한 소개는 "'패배주의'도, '식민지 근대화론'도 아니며, 더더군다나 '일본 찬미'"[7]는 아니다. 조선 민족의 역사와 현재가 일본과 무관하지 않기에, 일본에 대한 깊고 정확한 이해를 통해 "역사를 통해 형성된 '자기'를 가능한 한 대상화하고 분절화해서 고찰해야 한다"[12]는 것은 서경식의 일관된 신념이라고 할 수 있다.

이 책에서 다룬 미술가는 나카무라 쓰네[1887~1924], 사에키 유조[1898~1928], 세키네 쇼지[1899~1919], 아이미쓰[1907~1946], 오기와라 로쿠잔[1879~1910], 노다 히데오

---

11　서경식, 최재혁 역, 『나의 일본미술 순례』 1, 연립서가, 2022, 5면. 앞으로 이 책에서 인용할 경우 본문 중에 면수만 기록하기로 한다.

12　서경식, 한승동 역, 『다시, 일본을 생각한다』, 나무연필, 2017, 5면. 나아가 "일본을 정확하게 이해하는 것은 우리가 우리 근대사의 짐인 식민지배의 유산을 올바르게 극복하기 위해, 또한 동아시아와 세계의 평화를 지키기 위해 반드시 필요한 작업"(위의 책, 6면)으로까지 의미부여 된다.

1908~1939, 마쓰모토 슌스케1912~1948로 모두 일곱 명이다. 이들은 다이쇼 시기부터 시작해 일본이 패전을 맞이할 때까지 활동했다는 공통점이 있으며, 모두 역병 (주로 결핵)과 전쟁이라는 시커먼 그림자의 영향으로 요절하였다. 이들은 "의식적이건, 무의식적이건 평생 '일본근대미술'이라는 어려운 문제와 온몸으로 격투하다가 불행하게 요절"7한 미술가들이다.

일곱 명의 화가 중 연장자인 오기와라 로쿠잔1879~1910은 일본근대미술의 탄생에 서양이 미친 영향력을 선명하게 보여준다. 오기와라 로쿠잔은 근대 일본미술이 탄생하던 메이지 시기에 서양에 유학하여, 근대미술을 배워온 조각가이다. 혹독한 환경에서 태어나 자란 농민의 아들로서 "젊은 나이에 미국과 프랑스에서 수련을 받아 일본 근대 조각의 길을 개척한 존재"129로서의 의미가 뚜렷하다. 특히 오기와라 로쿠잔이 영향을 받은 것은 근대 조각에 결정적인 영향력을 지녔던 조각가 오귀스트 로댕이다. 파리에서 로댕의 「생각하는 사람」과 마주한 로쿠잔은 큰 충격을 받아, 회화에서 조각으로 전향한다. 이후 로쿠잔은 1907년 봄에 직접 로댕을 만나 가르침을 받고, 그해 말 7년간의 유학 생활을 끝내고 일본으로 돌아온다. 서구에서 긴 수행을 하고 돌아온 로쿠잔은 「몬가쿠」, 『디스페어』, 「유작」 등의 기념비적인 조각을 남긴다. 로쿠잔은 일본 근대 조각의 길을 개척한 선구자적 의미와 더불어, 노동자의 존재의의에 주목했다는 측면에서도 의의가 크다. 이 책에서 가장 주목하는 작품은 「갱부」1907인데, 가혹한 노동을 해야 했던 굳센 탄광 노동자의 모습을 떠올리게 하는 이 조각은 "육체 안쪽 깊은 곳에서부터 끓어오르는 생명력뿐 아니라, 노동하는 자의 자긍심과 존엄으로 가득 차 있"131으며, 로쿠잔의 예술적 모토라고 할 수 있는 "STRUGGLE IS BEAU-TY고투는 미다"130를 구현한 작품이라고 할 수 있다.

나카무라 쓰네1887~1924를 다룬 1장의 부제는 '죽음을 들고 평온한 남자'인데, 서경식은 나카무라 쓰네가 죽음을 너무나 태연하게 받아들이는 모습을 아무래도 받아들이기 어려웠던 것으로 보인다. 서경식은 20대 무렵 이 그림 앞에 섰을 때는 "불행에 불행을 거듭한 끝에 죽어 갔으면서 어째서 이 남자는 미칠 듯 노여워하지도, 울부짖지도 않고 이렇게 달관한 듯 고요한 표정일 수 있는가?"라며 "분노 비슷한 감정"[19]을 느끼기까지 했다고 고백하고 있다. 나카무라 쓰네의 생애는 결핵이라는 병마와의 싸움이었으며, 서경식은 나카무라 쓰네를 "제1차와 제2차 세계대전 사이의 골짜기에 자리했던, 한순간의 꿈같던 '자유로운 공간'"[28]이었던 다이쇼시대의 대표적인 화가로 규정한다.[13] 나카무라 쓰네는 인간이 겪을 수 있는 모든 불행을 겪었다고 할 정도로, 불치의 질병에 걸리고, 차례차례 가족을 잃었으며, 인생의 유일한 사랑에도 실패하여 결국 혼자가 되었다. 그럼에도 인생의 마지막에 〈두개골을 든 자화상〉1923이라는 그림을 통해 해골을 품고 있는 평화로운 모습의 자신을 남긴다. 하라다 히카루는 이 자화상을 두고 "화가라는 본분에 철저했던 나머지 종교인으로 승화한 모습"[39]이라고 평가하였다. 여기서 서경식은 갑갑증을 느끼는데, 이것은 자신에게 주어진 역할에만 극단적으로 충실한 일본적 직분의 윤리에 대한 답답함이라고도 볼 수 있다. 이 감정은 "'일본 근대미술'과 마주할 때마다 느끼는 하나의 수수께끼이자, 일본의 '근대' 그 자체가 가진 성격과도 관련된 수수께끼"[39]이다.

---

13　다이쇼시대(1912~1926)는 다이쇼 데모크라시라고 불릴 정도로 자유로운 공기가 존재하던 시기이다. 제1차 세계대전, 러시아 혁명, 중국의 신해혁명, 일본의 '쌀 폭동' 등으로 대표되는 사회 변동으로 말미암아 메이지시대(1868~1912)의 봉건적이고 권위주의적 풍조가 흔들리자 자유와 민주(당시는 '민본주의'라고 칭했다)의 기운이 피어올랐다. 그러나 자유로운 공기는 다이쇼 데모크라시의 종언과 함께 일거에 무너졌고 일본은 중국 침략과 태평양전쟁을 일으키며 나락으로 떨어져 갔다. 그 덧없는 공간에서 야심과 재능으로 가득 찼지만 끝내 불행했던 예술가가 많이 배출되었다.(서경식, 최재혁 역, 『나의 일본미술 순례』 1, 연립서가, 2022, 28면)

사에키 유조[1898~1928]는 그야말로 그림에 미친 화가이다. 그리고 바로 그 광기로 시대의 전조前兆까지 보여준 예언자가 된 화가라고 할 수 있다. 서경식은 사에키 유조에게 젊은 시절부터 끌렸는데, 그 이유는 "요절, 파리, 화가라는 세 가지 요소"[49]와 더불어, "광적이라고 말할 정도의 '순수함'"[50] 때문이다. 1924년 파리에서 저명한 야수파 화가 모리스 블라맹크로부터 '자기'를 그리라는 호통에 가까운 가르침을 받은 이후에 사에키 유조의 본격적인 고투는 시작된다. 그는 이때부터 "일본 서양화계에 형성되고 있던 '정통파'아카데미즘 작품"[54]에 대한 반역을 수행한다. 제2차 파리 체류 당시 5개월 만에 107점을 제작하고, 6개월째는 145점을 그렸던 사에키는 병적이고 광적이라 부를 창작활동을 이어갔으며, 결국 결핵과 더불어 정신착란으로 요절하게 된다. 서경식은 사에키에게서 "그림만을 향한 순수함", 즉 "죽음까지 이르게 했던 '광적인 순수함'"[71]을 읽어내고 있다. 그러나 이러한 순수함은 때로 날카로운 감성이 되어 시대의 어둠을 파악하는 힘이 되기도 하였다. "그림 말고는 아무 관심도 없었던 사에키조차 천천히 목을 죄여 오는 듯한 억압"[72]을 느꼈으며, 그것은 「심바시 풍경」[1926]이라는 명작에서 검고 칙칙한 화면을 통해 "저물어가는 근대 일본의 암울한 풍경을 충실하게 비추어내고"[14] 있다는 것이다.

세키네 쇼지[1899~1919]는 앓고 있던 결핵에 스페인 독감까지 겹쳐서 만 스무 살의 나이에 폐병으로 죽었다. 세키네 쇼지의 죽음이 "(그림에) 미쳐서 죽었다"[86]고 표현될 만큼, 그 역시 미술에 전력을 기울인 화가이다. 서경식은 메이지시대에 구로다 세이키 등이 프랑스에서 도입한 외광파外光派, pleinairisme의 기법이나 미학이 일본근대미술의 주류를 형성했다고 주장한다. 이러한

---

14    서경식,『청춘의 사신』, 창비, 2002, 121면.

흐름은 수많은 유학생 '서양 체험자'가 이어받았다.[15] 미술평론가 가게사토 데쓰로는 "아카데미는 물론이고 재야라고 해도 일본의 서양화는 서구에서 이식된 회화로서의 성격과 이를 반영한 역사를 써 내려온 것에 지나지 않는다"[97]고 말했을 정도이다. 이것은 탈아입구脫亞入歐를 슬로건으로 내세웠던 "일본 근대 자체의 성격과 표리일체"[97]를 이루는 것이다. 그러나 일본근대미술의 일반적인 성격과 달리, 세키네 쇼지는 정식 미술교육을 거의 받지 못했고 오로지 자기 스타일을 힘겹게 모색하면서 예술적 경지를 개척했다. 그렇기에 "그의 작품은 '서양풍', '일본풍' 같은 말로 간단히 분류할 수 없"[97]는 성격의 것이다.

노다 히데오1908~1939, 영문명 : Benjamin Noda는 미국에서 근대 회화를 배운 특이한 화가라고 할 수 있다. 나아가 예술 활동과 더불어 정치활동까지 활발하게 수행한 독특한 초상의 화가라고 할 수 있다. 이러한 두 가지 얼굴을 갖게 된 것은 20세기가 전쟁과 혁명의 세기인 것과 무관할 수 없다. 노다 히데오는 사회주의자로 활동했는데, 이것은 그가 일본계 미국인으로 태어나 미국에서 성장하면서 갖게 된 이력이라고 할 수 있다. 미국에서 충실하게 화가로 성장하던 노다 히데오는 1930년대 초반에 디에고 리베라의 벽화 제작에 조수로 참석하면서부터 사회주의 사상에 공명하기 시작했다. 이후 노다는 미국 공산당에도 가입했으며, "'민중 속의 예술'에 공감하는 작품을 제작"[167]하기도 하였다. 노다처럼 미국에서 활동한 일본인 화가들의 삶은 후지타 쓰구하루나 사에키 유조처럼 비교적 유복했던 유럽 유학생 출신과는 대조적이다. 미국에서 활동한 일본인 화가들은 돈을 벌기 위해 노동이민자

---

15    일본의 근대 회화를 이끈 것은 서양에서 공부하고 돌아온 이른바 '유학파' 화가들이다. 사에끼 유조는 제1차 세계대전 이후에 유학을 다녀온 3세대에 속한다. 제3세대에 이르러서는 기법 습득이나 모방의 영역에서 벗어나 서구 문명 자체와 격투를 벌이면서 자신의 화풍을 창출해내는 것이 과제가 되었다고 한다.(위의 책, 117면)

로 미국에 건너가, 나중에 미술에 눈을 뜬 경우가 대부분이기 때문이다.[16] 그들은 가난한 노동자의 삶을 몸으로 감내하며 자연스럽게 진보적 사상을 갖게 된 경우가 대부분이다. 1920년대부터 1930년대에 걸쳐 미국에서는 좌익 활동과 미술운동이 서로 밀접하게 영향을 주고받았으며, 그 현장에는 미야기 요토쿠나 노다 히데오와 같은 일본계 화가도 참여하였다.

노다 히데오 역시 사회주의자로서 "아슬아슬한 반전평화 활동"176에 참여했던 것이다. 노다 히데오의 유작인 「노지리 호숫가의 꽃」1938은 1938년 나가노현 노지리 호반에서 아내 루스와 함께 시간을 보내며 들꽃들을 그린 정물화이다. 이 때 노다 히데오는 뇌종양으로 인해 흘러내리는 눈꺼풀 위를 반창고로 붙여 억지로 뜨고 그림을 완성했다고 한다. 서경식은 "노다 히데오의 장점은 이러한 시대 상황 속에서도 비장한 듯 소리 높여 외치는 것이 아니라, 최후의 순간까지 낮은 목소리로 조용히, 어디까지나 낙관적으로 이야기를 건넸다는 점에 있다"184고 주장한다.[17] 낙관적이고 조용한 목소리는 「노지리 호숫가의 꽃」이 가장 잘 보여주며, 이 그림은 제 모습 그대로 조용히 피어난 들꽃이 지닌 강인함을 드러내는 동시에, 노다 히데오가 보여준 "어떤 상황에 처해도 언제나 묵묵하게 삶을 긍정하는 강인함"158에 연결된다고 할 수 있다.

---

16　근대 일본 서양화의 역사에는 사에키 유조와 후지타 쓰구하루로 대표되는 프랑스 유학파와는 별도로 시미즈 토시, 쿠니요시 야스오, 이시가끼 에이따로오 같은 일본계 미국인 화가의 계보가 존재한다. 일본계 미국인 화가와 프랑스 유학파의 큰 차이점은 그들 대부분이 생활을 위해 미국으로 건너간 이민 출신이라는 점이다. 일본계 미국인 화가들은 생활에 뿌리박은 작품을 제작했고, 사회적 현실에 대한 관심도 왕성했다.(위의 책, 151면)

17　쿠보시마 세이이찌로오는 노다를 "진정한 낙천주의자"이며, "자기 인생에 일어나는 어떤 비극이나 불운도 한줄기 광명으로 바꿀 수 있던 강인한 의지의 소유자"로 평하고 있다.(위의 책, 156면)

# 3. 전쟁과 미술

아이미쓰[1907~1946]와 마쓰모토 슌스케[1912~1948]는 일제 말기의 폭압적 상황 속에서도 살아 숨쉬던 근대일본의 미술 정신을 대표하는 화가라고 할 수 있다. 일본이 극단적인 군국주의화의 길을 걷게 되는 것과 발맞추어, 일본 미술계도 억압적인 상황으로 기울게 된다. 1938년 6월 육군종군화가협회가 발족하고, 다음 해 7월에는 '제1회 성전미술전람회'가 열린다. 1941년 무렵부터 화가들은 당국의 검열 없이는 전시조차 할 수 없었고, 미술관이나 화랑에서도 전쟁화밖에 볼 수 없는 상황이 펼쳐졌다. 1941년 3월에는 쉬르리얼리즘과 마르크스주의를 동일시한 당국이 전위미술을 한번에 없애버리고자, 평론가 다키구치 슈조와 화가 후쿠자와 이치로를 검기한다. 1943년 5월에는 미술계의 통제 단체로서 일본미술보국회가 결성되고 '일본미의 확립', '민족의 윤리성 현현顯現'과 같은 슬로건이 판을 치게 된다.

이러한 상황에서 아이미쓰는 자신의 예술적 신조에 따라 한 편의 전쟁화도 그리지 않았다. 또한 1943년 마쓰모토 슌스케 등과 더불어 신인화회新人畵會를 결성하였으며, 같은 해 4월 신인화회 제1회 전람회를 열고 단 한 점의 전쟁화도 전시하지 않았다. 아이미쓰는 2회 전람회에서 〈나뭇가지가 있는 자화상〉을 출품하였으며, 이후 3회 전시회에 출품할 〈흰 상의를 입은 자화상〉을 남겨두고 군에 소집을 당해 1944년에 중국으로 떠난다. 이들 자화상에 그려진 '눈'은 모두 "'이제 더는 무엇도 볼 수 없다'는 듯, 또는 '눈이 부시다'는 듯"[117] 반쯤 감겨 있다. 중국에서 패전을 맞았지만 결국 흉막염과 말리라이까지 겹쳐 1946년 1월에 사망한다. 아이미쓰의 죽음은, 그가 전쟁과 공존하는 삶을 살 수 없었기에 자국 군대의 손에 의해 죽임을 당한 것이라는 증언이 남아 있다.

<눈이 있는 풍경>1938에는 황량한 사막을 배경으로 정체 모를 생물의 피에 젖은 살덩어리가 그려져 있다. 여기서 인상적인 것은 선명한 눈동자 하나가 이쪽을 응시하는 것이다. 이 그림을 서경식은 전쟁의 나락으로 떨어지던 무렵, "초현실주의였기에 더욱더 그릴 수 있었던 '현실(과 그 예감)'"[107]을 드러낸 작품으로 설명하고 있다. 그런데 2017년 '요코하마 트리엔날레' 전시장에서는 현대미술가 야나기 유키노리가 아이미쓰의 <눈이 있는 풍경>을 참조하여 <고질라 프로젝트-눈이 있는 풍경>을 전시하였다. 아이미쓰의 눈이 전쟁의 나락으로 떨어지던 일본을 응시했다면, 야나기 유키노리가 창조한 고질라의 눈은 우경화하는 일본의 향방을 응시하고 있는 것이다.

마쓰모토 슌스케[1912~1948]도 아이미쓰와 더불어 일제 말기 양심을 지킨 화가로서 등장한다. "마쓰모토 슌스케는 동료 화가 대다수가 전쟁을 찬미하고 전의를 고양하는 작품을 그렸던 시대에도 아이미쓰와 함께, 시류에 저항하며 시종일관 예술가로서의 양심을 지켜 낸 화가"[196]로 알려져 있다. 중일전쟁이 발발한 1937년에 슌스케는 "몽매한 '신념'에 대해 떠드는 풍조를 회의적으로 바라보며 비판하는 글"[208]을 발표하기도 하였고, 참모본부 정보부원 스즈키 구라조의 "일류 화가를 목표로 삼기보다 국가를 위해 붓을 휘둘러야만 한다"[209]와 같은 발언에 대해, "자유와 개인의 존엄을 무엇보다도 존중했던 계몽주의자"[211]로서 차분하게 반응하기도 했던 것이다. 서경식은 이 반론이 반군적反軍的이기는 하지만 반전反戰이나 반군국주의反軍國主義의 수준에까지는 나아가지 못했다고 지적하고 있다. 서경식은 마쓰모토 슌스케가 그린 <의사당이 있는 풍경>1942은 도쿄의 중심지인 국회의사당 주변이 한없이 적막하게 묘사되어 있는데, "이 그림에 비친 슌스케의 심상 풍경은 눈앞에 닥쳐오는 패전을 예견하고 있는 듯 보인다"[218]고 이야기한다.

서경식은 마쓰모토 슌스케도 전의를 고양하는 그림을 그린 적이 있다며,

"전쟁 중에 펼친 예술적 저항의 전형으로 마쓰모토 슌스케를 꼽아 온 사람들은 어쩌면 자신이 저항할 수 없었던하지 않았던 '떳떳지 못함'을 벌충하기 위해, 더 강한 표현을 쓴다면 일종의 '자기변명' 대신 슌스케를 추켜세워 왔는지 모른다"[212]고 비판하였다. 나아가 보다 치명적인 비판을 하고 있는데, 그것은 "조선 민족의 일원이라는 입장에서 보면 그가 지닌 '휴머니티'의 범위 안에 조선인을 비롯한 아시아 피억압 민족이 포함될 수 있었는지는 의문"[212]이라는 것이다. 군국주의에 저항한 점은 인정할 수 있지만, 근대 일본의 휴머니스트가 일본의 아시아 침략 슬로건이었던 '대동아주의' 이데올로기 자체에 근본적으로 반대했는지, 나아가 천황제 자체에 대해 비판적이었는지는 의심스럽다는 것이다. 마쓰모토 슌스케가 지닌 한계에 대한 인식은, 서경식의 재일조선인이라는 존재조건에서 비롯된 것이다. 서경식은 『나의 일본미술 순례』 1의 7장에서 자신의 대학 시절을 회상하며, 정치에 무관심한 채 프랑스어를 배울 수도 없었으며 그렇다고 데모와 가두 투쟁에 열심이던 일본인 친구와도 제대로 된 의사소통을 할 수 없었다고 말한다. "그들은 자국 일본의 식민지 지배 책임에 대해서는 너무나 무지하거나 무관심했기에 내 고민과 문제의식을 거의 이해해 주지 못했다"[196]는 것이다.

일제 말기 일본근대미술을 이해하는데 있어 후지타 쓰구하루[1886~1968]는 주목해야 할 존재이다. 그는 『나의 일본미술 순례』 1에서 본격적으로 다루는 작가는 아니지만, 후지타 쓰구하루는 일종의 '보이지 않는 중심'이라고 할 수 있다. 당대 일본 미술계의 슈퍼스타인 후지타 쓰구하루의 어둠이 있어야 비로소 아이미쓰와 마쓰모토 슌스케가 지닌 빛이 보다 선명하게 부각되기 때문이다. 일단 후지타 쓰구하루는 프랑스에서 미학을 배우고 미술 기법을 익혀 귀국한 뒤, 일본 화단에서 지도자의 지위를 얻었다. 그는 일제 말기에 "피칠갑을 한 듯한 전투 장면을 수도 없이 그렸"으며, "국가의 비호 아래 후지타는 전쟁기 일본 서양화단의 지도자로 우뚝"72 선 존재이다.[18] 나아가 후지타는 사에키와 같은 진정성 있는 화가와도 구분되는 속물적인 화가라고 할 수 있다. 후지타는 "화풍도, 사상과 신조도, 신앙까지도 그때그때 시류에 맞춰 자유자재로 바꾼 셈"이고, "어떤 의미에서는 '솜씨 하나'만큼은 진실로 놀랍다"73고 이야기되는 화가이다.

후지타 쓰구하루는 『청춘의 사신』에서도 중요하게 다루어진 바 있다. 후지타 쓰구하루는 두 가지 측면에서 비판받을 여지가 충분하다. 첫 번째는 누구보다 오랜 기간 프랑스 유학을 하며 내면에 깊이 잠재되어 있던 서양 콤플렉스가 전쟁화를 통해 드러났다는 점이다. 쓰구하루는 3번이나 프랑스에 갔으며, 총 체재 기간은 20여년에 이른다. 일본적인 화조도의 명수인 쓰구하루의 마음속에는 "서양회화의 중후한 전통에 대한 열등감이 숨어 있었"[19]고, 그러한 열등감은 1943년에 "일본도 들라크루아와 벨라스께스 같은 전쟁화의 거장을 낳아야 한다. 일본에서는 이제 화조산수花鳥山水를 그리는 화가만 속출할 수는 없게 되었다"[20]와 같은 문장과, 실제로 "서양의 역사화 같은 공적인 주제를 부여받"[21]은 전쟁화를 낳았다는 것이다. 두 번째로 비판받는 지점은 쓰구하루가 역사와 현실에 무관심하고 무지했다는 점이다. 시국에 그토록 열심히 협력한 것은, 그가 현실을 모르는 화가 오타쿠사회적 문제나 인간관계에 관심을 갖지 않고 스스로 공상적인 작은 세계에만 갇혀 있는 사람들였기 때문에 가능했다고 주장한다.

---

18    이와 비슷한 경우로 미야모토 사부로도 등장한다. 그는 전쟁화인 〈야마시타, 퍼시벌 양사령관 회견도〉로 제국미술원상을 수상하였으며, 일본 패전 후에도 꽃과 여성을 장식적으로 그린 화가로 변신하여 미술대학 교수를 역임하는 등, 화단의 지도자적 위치로 살아남았던 것이다.

19    서경식,『청춘의 사신』, 창비, 2002, 206면.

20    위의 책, 206면.

21    위의 책, 207면.

일본미술의 전쟁 협력, 나아가 이에 대한 무반성은 『나의 서양미술 순례』 1991에서부터 중요하게 다루어진 테마이다. 피카소의 〈게르니카〉를 보면서, "일본에는 전쟁에 협력한 그림은 있어도 〈게르니까〉에 비길 만한 것은 없다. 전쟁 찬미는 더 말할 것도 없고, 한다하는 명인대가들이 전쟁에 협력한 그림을 그린 그 자체를 '없었던 일'처럼 괄호 속에 묶어넣어둔 채 능청거리고 있는 퇴영적退嬰的 정신에서는 〈게르니까〉가 태어나지 못하는 게 당연한 일이다"[22]라고 냉철하게 지적하고 있는 것이 대표적인 사례라고 할 수 있다. 실제로 일제 말기에 맹렬하게 그려진 전쟁화는 전쟁이 끝난 후 오랫동안 봉인되었다가 1989년 〈쇼와시대의 미술〉 전시에서 일곱 점이 처음 대중에 공개되기 시작하였다. 오랫동안 전쟁화가 봉인된 이유를 서경식은 "'평화국가'를 자임해 온 전후 일본의 미술계, 교육계, 매스김 등이 전쟁 프로파간다 회화가 왕성히 제작된 꺼림칙한 과거를 직시하고 싶지 않았던 의식"[111]에서 찾고 있다.

## 4. 분열이라는 콘텍스트

서경식의 『나의 일본미술 순례』 1를 통해 일본근대미술이 한국에 본격적으로 소개되었다고 말할 수 있을 것이다. 일본 근대미술에 대한 무지는, "근대라는 시대, 수십 년에 걸쳐 식민지 지배를 받았던 '조선인'의 감성에는 어쩔 수 없이 '일본'이 깊이 스며들어 있"[6]다는 것을 생각한다면 심각한 문제라고 할 수 있다. 서경식은 이번에 일본을 비판하기 위해서 '미의식'의 수준

---

22    서경식, 『서양미술순례』, 창비, 1992, 88~89면.

으로까지 파고 들어간 '우리 안의 일본'에 대해 응시할 것을 주장하고 있는 것이다. 근대국민국가가 국민들의 미의식을 통제하고 지배하려 한다는 것은 널리 알려진 상식이다.[23] 일본에서도 메이지 유신에 따른 근대국민국가의 출발과 함께 미술에도 국가에 의한 미술의 제도화가 이루어지기 시작하였다.

이러한 일본근대미술이 우리의 미의식에 어떻게 침전되어 있는지에 대해서는 『나의 일본미술 순례』 1의 직전에 쓰인 미술에세이집인 『나의 조선미술 순례』의 4장 「분열이라는 콘텍스트—이쾌대」에서 본격적인 논의가 이루어진 바 있다. 흥미로운 것은 서경식이 이쾌대에게서 일제 말기 군국주의에 반발했던 대표적인 리버럴리스트였던 화가 마쓰모토 슌스케와 체제협력의 대표적 화가 후지타 쓰구하루가 분열적으로 공존하는 것을 읽어낸다는 점이다. 먼저 마쓰모토 슌스케와의 유사성은 두 작가가 그린 자화상을 통해 드러난다. 마쓰모토 슌스케의 〈화가의 상〉1941, 〈서 있는 상〉1942과 이쾌대의 〈푸른 두루마기를 입은 자화상〉1948~1949은 모두 "대항하기 힘든 시대적 조류 속에서도 그냥 떠내려갈 수 없다며 힘겹게 발 딛고 서 있는 예술가 개인의 자화상"[24]이자 "근대적인 자기의식의 산물이며, 진지한 갈등이라는 측면"[25]에서 공통점이 있다. 또한 마쓰모토 슌스케가 1943년에 미술계에 대한 통제에 맞서 전위예술운동의 맥락을 잇는 신인화회新人畵會를 결성

---

23 "근대국가는 국민들의 '미의식'을 통제하고 지배하려 든다. 무엇을 아름답다고 느끼고 무엇을 추하다고 할 것인가를 국가가 결정하고 국민에게 강요한다. 어떤 특정한 미의식을 공유하는 자들만이 같은 국민이라는 이데올로기, 말하자면 미의식을 통한 국민주의를 실천하는 것이다. 이 책에서 때때로 언급한 나치의 예술 정책이 바로 그 전형인데, 이는 나치뿐만 아니라 모든 근대국가가 공유하는 본성이다."(서경식, 『고뇌의 원근법』, 돌베개, 2009, 7~8면)

24 서경식, 『나의 조선미술 순례』, 반비, 2014, 202면.

25 위의 책, 207면.

했던 것처럼, 이쾌대 역시 1941년 동경에서 이중섭, 김학준, 김종찬, 최재덕 등과 함께 '조선신미술가협회'를 결성한 바 있다.

정작 놀라운 것은 서경식이 이쾌대의 〈군상〉 연작에서 후지타 쓰구하루와의 연관성을 읽어내는 대목이다. 서경식은 이쾌대의 〈군상〉을 본 순간, 후지타 쓰구하루의 〈사이판 섬의 동포들, 신하로서의 절조를 다하다〉라는 전쟁화를 떠올린다. "피지배자가 해방 이후 심혈을 기울여 그렸던 '혁명적 낭만주의'의 대작에 지배자가 그렸던 전쟁화의 그림자가 드리워져 있다"[26]는 모순적이고 불편한 진실을 직감하는 것이다. 서경식은 전쟁화와 같은 '공적 회화'역사적 사상(事象)과 같은 공적인 주제를 다룬 큰 구도의 회화는 체재에 협력한다는 정치적 의미 이전에, 유럽을 통해 미술을 배운 일본인 화가들에게는 언젠가는 도전해보고 싶은 서구적인 회화 양식에 해당했다고 말한다. 그들은 일본적인 화조풍경화에서 벗어나 루브르미술관에 있는 대형 공적 회화에 열등감을 느꼈으며, 전시라는 상황은 이러한 열등감을 극복할 기회를 주었다는 것이다.

이 대목에서 주목할 것은, 똑같은 일제 말기를 살았다 하더라도 일본인 화가와 조선인 화가는 놓인 처지가 달랐다는 점이다. 서경식은 일본이라는 창을 통해 근대회화를 익힌 서양화가 이쾌대의 마음에도 공적 회화에 대한 열망이 잠재해 있었다고 본다. 그러나 일제 말기에 조선인 화가들은 결코 공적 회화를 그리는 주체가 될 수 없었다는 것이다. 거대 서사에는 말해지는 대상으로서의 사건뿐만 아니라 말하는 주체가 필요한데, "일제시대의 조선 민족은 전쟁과 식민지 정책을 행사하기에 충분한 자격이 있는 '주체'가 아니라 이를 추종하는 '준주체準主體', '이급이급주체二級主體'일 수밖에 없

---

26  위의 책, 218면.

었"[27]기 때문이다. 이쾌대의 마음에 잠재된 공적 회화에 대한 열망은, 해방이라는 역사적 기회를 통해서야 비로소 달성이 가능해졌고, 그 결과물이 바로 〈군상〉이라는 것이다.

그러나 서경식은 이 때늦은 욕망의 실현을 결코 긍정적으로 보지 않는다. 〈군상〉의 바탕에 놓인 '혁명적 낭만주의'가 일본의 전쟁화에서 침투해 들어온 집단주의와 전체주의적 정서에 바탕한 '군국軍國적 로맨티시즘'과 근본적으로 다르지 않다고 보기 때문이다. 만약 이쾌대를 통하여 "자신들 안으로 침투한 영향을 대상화하여 이해할 수 있는가. 즉 자신의 아이덴티티를 '콘텍스트'로서 이해하는 것이 가능한가"[28]라는 질문에 대하여, 서경식은 이쾌대가 내면화 된 일제시대의 미의식까지는 극복하지 못한 것이라고 주장하는 쪽에 가깝다.[29] 이쾌대가 보여주는 분열상은 "근현대를 거치며 조선민족에게 던져진 콘텍스트 그 자체의 충실한 반영"[235]에 해당하는 것이다.

이처럼 일본근대미술은 하나의 거울이 되어 한국근대미술의 심연까지도 새롭게 바라보도록 하는 힘을 지니고 있다. 일본근대미술은 단순한 외부로서 교양의 차원에 머무는 것이 아니라, '우리 안의 식민주의'를 미의식의 차원에서 점검해볼 수 있는 결정적인 계기로서 기능하는 것이다. 동시에 『나의 일본미술 순례』1는 재일조선인이라는 저자의 시야를 통해서 일본근대미술의 복합성과 한계까지를 풍요롭게 조망해 볼 수 있는 문제적인 저서라고 할 수 있다. 서경식의 다섯번째 미술 에세이집인 『나의 일본미술 순례』1은 기존의 에세이집에서 다루었던 문제의식을 바탕으로 하여, 한국의 근대

---

27  위의 책, 226면.

28  위의 책, 221면.

29  서경식은 "해방 후의 이쾌대가 정치적 독립만이 아니라 미의식에서의 독립을 쟁취하기 위해서는, 일제시대에 자신의 내면에까지 침투한 기법과 미의식을 극복할 더욱 강렬한 노력이 필요했던 것이다"(서경식, 『고뇌의 원근법』, 돌베게, 2009, 10면)라고 비판한다.

와 근대미술 그리고 일제의 청산이라는 문제까지를 사유하도록 이끄는 우
리 시대의 문제작이라고 감히 말해도 좋을 것이다.2022

# 3

## 수용소에서의 삶과
## 끝나지 않는 미중전쟁
장쩌스의 『나의 한국전쟁
─한 중국인민지원군 전쟁포로의 60년 회고』

### 1. 한국전쟁의 잊혀진 무력, 중국인민지원군

1950년 6월 25일에 시작되어 1953년 7월 27일에 정전에 이른 한국전쟁처럼 복합적인 성격을 갖는 전쟁도 드물다. 동족상잔이라는 말로 표현되는 '내전'의 성격도 지니고 있으며, UN기가 나부끼고 20여개 국가가 참전한 '국제전'으로서의 성격도 지니고 있다. 동시에 제2차 세계대전 이후 시작된 자유진영과 공산진영의 이념대립을 상징하는 '이념전'으로서의 성격도 뚜렷했기 때문이다. 이념전의 성격을 가장 잘 보여주는 사례 중의 하나가 바로 포로수용소와 관련한 문제들이다. 장쩌스張澤石의 『나의 한국전쟁─한 중국인민지원군 전쟁포로의 60년 회고』소명출판, 2022는 저자의 삶 전체가 압축된 수기로서, 한국전쟁 당시 포로로서의 삶과 그로부터 비롯된 이후 60여년의 삶을 격정적으로 담아낸 문제적 기록이다.

한국전쟁에서 포로가 되기 전까지 장쩌스는 중국의 동세대 지식 청년들과 크게 다르지 않은 삶의 경로를 밟아 나갔다. 1929년 상하이에서 태어난 후, 부모의 고향인 쓰촨성에서 성장하였고 1946년 청화대학 물리학과에 입학한다. 내전에 반대하는 시위가 계속되는 분위기 속에서 1947년 6월 공산당의 청년조직인 중국민주청년연맹에, 8월에는 중국공산당에 가입한다. 이후 여러 혁명활동을 하다가 1950년에는 인민해방군 장교가 되었으며, 1951년 중국인민지원군으로 한국전쟁에 참전했다가 포로가 되었다.[1] 전쟁 포로수용소에서 중국으로의 귀국 희망 포로의 대표와 통역을 맡아 열정적인 투쟁을 이어간다. 정전 이후 귀국하였으나, 우대를 받기는커녕 오히려 당적을 박탈당하고 '반우파투쟁'과 '문화대혁명' 시기에 극심한 탄압을 받는다. 포로의 복권과 명예 회복을 위해 노력했지만 덩샤오핑 집권 이후에야 당적을 회복하였으며, 이후에도 많은 저술을 통해 전쟁포로 문제를 심층적으로 다루고 있다.

장쩌스는 자신의 포로수용소 체험과 귀국 이후의 경험에 바탕한 여러 권의 저서를 집필하였다.[2] 이 글에서 다루는 『나의 한국전쟁 ─ 한 중국인민지원군 전쟁포로의 60년 회고』2022는 『我的朝鮮戰爭 ─ 一個志愿軍戰浮的六十年回憶』北京 : 金城出版社, 2010을 번역한 것이다. 이 책은 한국전쟁 발발 50주년을 맞이하여 2000년에 간행된 『我的朝鮮戰爭』을 수정 보완한 것이다. 번역자인 손준식은 이 책이 "한국전쟁에 참전했다 포로가 된 중국인민지원군의 삶을 다룬 당사자가 쓴 가장 종합적인 저술"이며, 여러 자료를 수집 정리

---

1 정근식·김란, 「두 갈래길, 중국지원군 포로의 생애서사」, 『구술사연구』 7집 1호, 2016, 17~23면.
2 장쩌스는 포로수용소 체험을 쓴 『난 미군 포로수용소에서 돌아왔다』(중국문사출판사, 1988), 귀국 이후의 역경에 관해 쓴 『한 지원군 귀국 포로의 운명』(미간), 그리고 이를 묶은 『전쟁포로 수기』(청해인민출판사, 1995)를 출간한 외에도 귀국 포로의 경험을 기록한 집단체험수기 『미군 포로수용소 체험기』(중국문사출판사, 1995)를 책임편집하였고, 여러 번 타이완을 방문하여 타이완으로 간 포로들과의 인터뷰 한 내용을 『외로운 섬 ─ 타이완으로 간 항미원조 지원군 포로』(금성출판사, 2012)라는 제목으로 출판하였다.(손준식, 「역자 후기 및 해설」, 『나의 한국전쟁』, 소명출판, 2022, 767면)

함으로써 "사료적 가치도 뛰어나다는 점"과 "한국전쟁 참전 중국인의 인식, 특히 포로 생활을 했던 당사자로서의 전쟁 인식을 엿볼 수 있다는 점"[3]을 고평하고 있다.

손준식의 지적처럼 장쩌스의 『나의 한국전쟁』은 한국전쟁에 대한 사료로서의 가치가 뛰어나다. 동시에 이 저서는 한국전쟁 이후 포로였던 장쩌스의 삶을 보여줌으로써 냉전이라는 것이 한 인간의 삶에 가한 상흔을 선명하게 보여준다는 의미도 지니고 있다. 동시에 한국전쟁에서 망각된 무력인 중국군의 존재를 선명하게 부각시킨다는 측면에서도 의미가 적지 않다. 한국전쟁에서 중국군이 차지한 위상은 매우 크다. 백선엽은 한국전쟁에서 주된 적은 중국군이었으며, 한국전쟁의 초기를 제외하고 북한군은 중국군의 향도嚮導에 지나지 않았다고 증언하기도 하였다. 1950년 10월 25일부터 2년 9개월 동안, 한반도에 들어온 중국인민지원군의 수는 연인원 240만을 넘었고, 최대 규모가 주둔했던 1953년 5월경에는 135만에 달했을 정도이다.[4]

이 글에서 특히 주목하는 것은, 장쩌스의 책이 지난 100여년에 걸친 미중관계를 보여주는 나름의 잣대로서 기능한다는 것이다. 이와 관련해 장쩌스의 『나의 한국전쟁』이 2000년판과 2010년판의 두가지 판본으로 되어 있으며, 그 사이에 적지 않은 차이가 있다는 점에 주목하고자 한다.[5] 이 글

---

3  위의 글, 770~772면. 귀환 포로가 실질적으로 복권된 1980년대 후반까지 중국에서 귀환 포로에 관한 서사는 거의 공백 상태였다. 포로들의 귀환이 이루어진 지 30여 년만에 비로소 그들의 체험이 세상에 알려지게 되었다고 한다.(이정현, 『한국전쟁과 타자의 텍스트』, 삶창, 2021, 169~170면)

4  백지운, 「항미원조 - 중국인들의 한국전쟁」, 창비, 2023, 5면.

5  2000년판의 번역본인 『중국군 포로의 6·25전쟁 참전기』(손준식 역, 국방부 군사편찬연구소, 2009)는 2000년판(『我的朝鮮戰爭』, 時事出版社)중 상권 16개 장과 더불어 하권의 2개 장(「訪問臺灣」, 『紀念抗美援朝50周年』)을 우리말로 옮겼다. 2000년판과 2010년판을 모두 번역한 손준식에 의하면 상권의 내용이 "40% 이상"(769) 크게 바뀌어 있다고 한다.

에서는 두 가지 판본을 모두 참고하여 논의를 진행하고자 한다.[6] 이것은 단순히 논의의 엄밀성을 기하기 위해서라기보다는 이 글의 주요한 논점인 한국전쟁 이후 지금까지 이어지는 미중관계가 변화된 양상을 살펴보기 위해서이다.

---

2000년판에서 상권은 모두 16개 장으로 되어 있었는데, 2010년판에서는 15개 장으로 줄었다. 2000년판의 15장과 16장을 하나로 합친 결과이다. 전체적으로 장의 이름도 조금씩 변형되었다. 각 장의 절 구분도 보다 세분화된 것을 확인할 수 있다. 기록할만한 주요한 개작 사항으로는 2000년 판에서 실명과 소속 단위 및 직위(계급) 등을 감춘 경우가 많았는데, 2010년판에서는 극소수를 제외하고는 모두 밝히고 있다는 점이다. 2010년판의 1장은 모두 8절로 되어 있는데, 이 중에서 3절부터 8절까지가 새롭게 첨가된 것들이다. 그 내용은 삼팔선 근방의 전선으로 행군해가면서 겪은 일들이다. 거기에는 폭탄 소리에 놀라 오줌을 지린 이야기, 네이팜탄에 불탄 전우 이야기, 시체 썩은 물 마신 이야기, 지원규 부대를 도와준 선량한 북한 아주머니 이야기, 숲속에 숨겨진 미군 시체 더미 이야기, 빈집에서 백골로 부패된 시체 이야기 등이 등장한다. 이것들은 "한국전쟁이 나의 가슴에 각인시킨 또 하나의 참혹한 장면"(38)에 해당하는 것이라고 할 수 있다. 2장에서 미군의 폭격으로 전우가 바로 곁에서 전사한 것이 첨가된 것도 전쟁의 비극성을 강조하려는 의도에서 비롯된 것으로 보인다. 거제도 포로수용소에서 궈나이젠을 만난 이야기가 대폭 첨가되었다. 궈나이젠을 통해, 장쩌스가 직접 경험하지 못한 포로수용소 이야기가 전달되고 있다. 그리고 포로수용소에서의 일상생활을 보다 풍부하게 묘사한 대목 등이 추가되었다. 또한 당시의 공식적인 결정이나 이에 따른 공식적인 문서 내용 등이 보강되기도 하였다. 대표적으로 도드 납치사건으로부터 40년이 지난 후 귀국 포로들이, 도드 납치사건과 관련한 회고를 기록한 「미군 포로수용소 체험기」를 인용한 것은, 무려 12페이지에 이를 정도이다. 2010년판에는 2006년 6월 180사단 동료의 자녀 3명과 다시 한국에 와서 그들의 아버지 세대가 고통받았던 당시의 전쟁터와 포로수용소를 함께 둘러보는 장면이 등장한다. 또한 2010년판에는 1988년부터 시작된 전쟁포로사업과 관련해, 많은 내용이 첨가되었다.

6　장쩌스의 『나의 한국전쟁-한 중국인민지원군 전쟁포로의 60년 회고』에 대한 연구로는 심우경(「가장 사랑스러운 사람-한국전쟁 귀환포로와 신중국 영웅서사의 그늘」, 『중국학보』 73호, 2015, 315~332면)과 홍순애(「한국전쟁기 중국군 포로수기에 나타난 (탈)냉전 아시아의 재편과 '협상된 망각'의 복원-장쩌스(張澤石)의 『중국군 포로의 6·25 참전기』를 중심으로」, 『국제어문』 84집, 2020, 351~382면)의 논의가 있다. 그런데 심우경의 논의는 2010년판만을, 홍순애의 연구는 2000년 번역본만을 논의의 대상으로 삼고 있다. 홍순애의 연구가 텍스트로 삼고 있는 것은, 항미원조 50주년을 맞아 수정 증보판으로 출간된 『我的朝鮮戰爭——個志願軍戰俘的自述』(2000)를 손준식이 번역한 『중국군 포로의 6·25참전기』(국방부편찬연구소, 2009)이다.

## 2. 미중이 격돌한 또 하나의 전선  남한의 포로수용소

### 1) 한국전쟁에서 포로 문제가 갖는 의미

장쩌스의 『나의 한국전쟁』은 한국전쟁에 참전하여 대부분의 시간을 포로수용소에서 보낸 후 중국으로 돌아오기까지의 과정을 그린 상권 '연옥의 불'과 2010년에 이르기까지이 중국 생활을 그린 하권 '천로역정'으로 나뉘어져 있다. 상권에 나타난 장쩌스의 행로를 정리하면 다음과 같다.

1951년 3월 하순 60군 180사단 538연대 소속으로 한국전 참전-1951년 5월말 포로가 됨-1951년 5월 말부터 한달간 수원 교외의 전쟁포로 수송 중계기지에 머뭄-1951년 6월 말부터 9월 중순까지 부산 제10전쟁포로수용소에 머뭄-1951년 9월 중순부터 10월 9일까지 거제도 86포로수용소에 머뭄-1951년 10월 대만기 게양사건에 따른 친공포로와 반공포로의 충돌-1951년 11월 10일부터 1952년 2월 말까지 친공포로가 수용된 71수용소로 이송되어 지냄-14명의 친공포로와 함께 반공포로가 장악한 72수용소로부터 71수용소로 이송됨-대륙송환을 요구하는 포로들과 함께 거제도의 602수용소에 집중 수용됨-1952년 5월 76수용소의 도드 장군 납치사건 발생-76수용소 진압작전 이후 거제도 미군 감옥의 독방에 감금되어 3개월여 머뭄-1952년 9월 10일 거제도 전범 전쟁포로수용소로 이송되어 1953년 9월 초까지 머뭄-1953년 9월 판문점 도착-1954년 1월 중국대륙으로 송환.

『나의 한국전쟁』 상권은 장쩌스가 포로수용소에서 여러 회유와 공작, 그리고 폭력에 맞서 타이완이 아닌 중국을 선택하는 것이 기본적인 서사라고 할 수 있다. 거제도 포로수용소의 공식 명칭은 '유엔군 제1포로수용소'로 한국군은 주로 경비대로 활동했고 미군이 주도적으로 관리했다. 휴전협상이 진행되면서 거제도 포로수용소의 갈등이 증폭된다. 미국과 한국 정부가 송환을 거부하는 반공포로를 보호하기 위해 자원 송환원칙을 관철시키려 한 것은 인도주의 차원에서 의의 있는 일이었으나, 그에 따라 수용소에서의 갈등은 증폭될 수밖에 없었다.[7] 브루스 커밍스는 미국이 개인의 권리와 인간의 존엄성, 제네바협약을 존중한다고 끝없이 이야기했는데도, 남한의 포로수용소에서는 전쟁포로들이 북한파, 남한파, 중국파, 대만파로 나뉘어 서로 싸우고 다른 전쟁포로들의 충성을 얻으려 하면서 사실상 전쟁이 이어졌다고 설명한다.[8]

한국전쟁은 '포로전쟁'으로 불릴 정도로, 한국전쟁에서 포로의 처리는 정전에 이르는 가장 큰 걸림돌이었다. 전선이 고착화된 1951년 7월부터 시작된 정전회담은 2년의 시간이 지난 1953년 7월에 이르러서야 종결되었다. 안타깝게도 한국전쟁 전기간 동안 병사들의 인명피해는 바로 이 기간에 집중되었다. 정전회담이 오랫동안 지연된 핵심적 이유는 포로 송환 문제를 둘러싼 미국과 중국 간의 입장차가 컸기 때문이다.[9] 전쟁 포로 처리에 대한 제네바 협약이 이미 국제적으로 공인되어 있었기에 포로 교환 문제는 쉽게 타결될 것으로 양측은 예상했다. 그러나 1951년 12월 18일 양측이 포로 명단을 교환하면서, 그러한 예상은 빗나가기 시작했다. 유엔군사령부에서 제시한 공산 포로의 수는 13만 2,474명북한인 9만 5,531명, 중국인 2만 700명, 남한 출신 1만 6,243명이었던데 비해 공산측이 통보한 국군과 유엔군 포로의 수는 한국군 7,142명, 유엔군 4,417명 등으로 모두 1만 1,559명에 불과했다. 이에 미국은 일대일 교환 원칙을 고수했지만, 공산 측은 무조건 석방과 일괄 교환을

---


7    조성훈, 『한국전쟁과 포로』, 선인, 2010, 6면.
8    브루스 커밍스, 조행복 역, 『브루스 커밍스의 한국전쟁』, 현실문화, 2017, 68면.
9    김보영, 『전쟁과 휴전―휴전회담 기록으로 읽는 한국전쟁』, 한양대 출판부, 2016, 45~78면.

주장했다.[10] 미국과 중국은 한 명의 포로라도 자기 진영으로 데려가서 체제의 우월함을 증명하고자 했던 것이다.[11] 또한 중국 입장에서는 대다수 중국 포로들이 중국 본토가 아닌 타이완으로 가는 것을 선택한다는 것은, "애국심과 국민 단합, 정의로운 전쟁을 외치던 중국 정부의 주장에 균열"[12]을 내는 것이기 때문에 쉽게 받아들일 수 없었다. 그렇기에 포로 교환 협상은 이념전, 심리전으로 변질되어 갔으며, 포로 문제의 양보는 진영의 패배로 받아들여지고 있었다.[13]

미국과 중국은 송환거부포로 문제를 자신들의 이념적 우세를 입증하는 정치적 장으로 활용하고자 하였던 것이다. 이로 인해 정확한 포로수용소의 위치조차 알려지지 않았던 북한의 포로수용소와 달리 유엔군 포로수용소는 제2의 전선이 되어 갔다.[14] 내전에서 국제전으로 바뀐 전쟁이 포로 교환을 둘러싸고 '이데올로기전쟁'으로 전환한 것이며, 이에 따라 전투에서 승리하지 못한다면 명분에서라도 승리하자는 새로운 전략이 창조된 것이라 볼 수 있다.[15] 이러한 시대적 맥락 속에서, 장쩌스는 중국으로 돌아가기 위

---

10   조성훈, 앞의 책, 191면.

11   정우경, 「중국의 한국전쟁 귀환포로와 동아시아의 탈냉전」, 『성균차이나브리프』 4집 3호, 2016, 158~159면.

12   이정현, 앞의 책, 183면. 1953년 9월 최종 송환심사 결과 중국 송환포로는 6,670명, 대만 송환포로는 14,707명이었다.(조성훈, 앞의 책, 380면)

13   KBS 다큐 인사이트 제작팀, 박태균 감수, 『1950 미중전쟁』, 책과함께, 2021, 254면. 특히 막대한 피해를 입던 김일성은 유엔군이 주장하는 포로 송환 방법에 동의하고 전쟁을 일찍 종식시키고자 했지만, 마오쩌둥은 포로의 전원 송환을 요구하며 지리한 포로 교환 협상을 고집했다. 주젠룽 교수에 의하면, 마오쩌둥과 스탈린은 포로 문제에 대해 절대 양보하지 않고 미국과 끝까지 가겠다고 했으며 그것이 그들의 전략이었다고 한다.(위의 책, 228~229면)

14   조성훈, 앞의 책, 15~16면. 조성훈은 "유엔군과 공산 측 쌍방은 단 한 명이라도 더 많은 포로를 확보하여 이데올로기 전쟁에서의 승리를 인정받고자 한 '포로쟁탈전'에서 총을 맞대고 싸우는 전선처럼 격렬했다"(위의 책, 424면)고 표현하였다.

한 필사적인 투쟁을 벌인 것이다.

### 2) 피아의 이분법을 넘어선 미군과의 기억들

포로수용소에서의 서사는 장쩌스의 성장 서사라고 할 수 있다. 이것은 장쩌스의 상관이라고 할 수 있는 쑨쩐관이 "투쟁하면 할수록 자넨 더 성숙해지는군!"[16]이라고 말하는 대목에서도 확인할 수 있다. 나아가 장쩌스는 자신에게 강경한 대우를 한 보트너 장군을 성장의 아이러니한 조력자라고까지 여긴다. 감옥에서 "적지 않은 삶의 도리를 깨달았던 시간"[343]을 제공해준, "보트너 장군에게 정말 제대로 감사해야 하지 않을까!"[343]라고까지 생각하는 것이다. 장쩌스가 성장하는데, 미군은 결정적인 영향을 미친다.

장쩌스의 『나의 한국전쟁』에서 미군은 기본적으로 부정적인 존재들이다. 포로수용소에서의 구타와 가혹 행위 등은 일상사처럼 그려진다. 그러나 선악과 피아의 이분법에서 벗어난 미군의 모습이 등장하기도 한다. 거제도 포로수용소에서 만난 블랙 중위는 장쩌스에게 "이건 완전히 혼란스럽고 아무도 영문을 모르는 전쟁이야! 내가 이를 위해 처자식을 떠나 먼 길 마다하지 않고 이 재수 없는 섬에 올 가치도 없는 것이고, 대학생인 네가 이 때문에 학업을 포기하고 여기까지 와서 고생할 가치는 더더욱 없는 거야!"[213]라고 목소리를 높인다. 블랙 중위는 반공포로들에 의해 타살된 중국군 포로의 진실을 밝히는데 공정한 노력을 기울이기도 한다.

---

15    박태균, 『한국전쟁 — 끝나지 않은 전쟁, 끝나야 할 전쟁』, 책과함께, 2005, 264면.

16    장쩌스, 손준식·이사사 역, 『나의 한국전쟁 — 한 중국인민지원군 전쟁포로의 60년 회고』, 소명출판, 2022, 328면. 앞으로 2010년에 출간된 『나의 한국전쟁』의 본문을 인용할 경우, 위 책의 면수만 본문 중에 기록하기로 한다. 2000년판 『我的朝鮮戰爭』(時事出版社)은 손준식이 번역한 『중국군 포로의 6·25전쟁 참전기』(국방부 군사편찬연구소, 2009)를 대상으로 하며, 본문에 인용할 경우, 중국에서의 출간연도와 면수를 기록하기로 한다.

긍정적인 모습의 미군은 흑인인 경우가 많다. 대표적인 인물로 도드 수용소장 납치사건 이후 장쩌스가 미군 감옥에 갇혔을 때, 약과 물을 가져다 주는 흑인 중사를 들 수 있다. 약과 물을 가져다 준 흑인 중사는 장쩌스에게 초콜릿 한 조각을 가져다 주기도 하고, 장쩌스의 건강을 걱정하며 담배 한 대를 건네주기도 한다. 이 흑인 중사는 장쩌스에게 "나는 너희 중국인들에게 감복했어. 난 중국을 좋아해!"[320]라고 말하는데, 그는 미국에 살 때 이미 이민 온 중국인과 인간적인 관계를 맺은 경험이 있는 것으로 그려진다. 장쩌스는 "당신은 현재 분명 미·중우호협회에서 적극적으로 활동하고 있겠죠!"[321]라고 생각한다. "오늘날 중국과 미국 인민들 사이의 우호적인 관계가 이미 크게 발전했는데, 그 과정에 틀림없이 당시 당신이 뿌렸던 그 씨앗이 있을 겁니다!"[321]라고 하여, 흑인 중사의 친절이 현재의 미중 관계에도 연결된다는 입장을 보여주는 것이다. 2010년판에서는 흑인 중사와 장쩌스가 대화를 나누는 대목이 '아, 나의 흑인 형제여!'라는 독립된 절로 다뤄질 정도로 크게 강조된다.

2010년판에서는 긍정적인 미군의 모습이 더욱 강화된다. 장쩌스가 수원에 머물 때, 클라우스 중위가 정전회담이 실린 기사를 보며 장쩌스에게 "장! 너도 나와 마찬가지로 이 의미 없는 전쟁이 빨리 끝나서 하루라도 일찍 돌아가 가족들과 만나길 희망해!"[87]라고 말하는 부분이 새롭게 첨가된 것이다. 또한 장쩌스가 수원을 떠나 부산의 포로수용소로 가게 되었을 때, 클라우스는 장쩌스를 미군 장교식당으로 데려가 미국에서 공수해 온 거위고기 등을 대접한다. 이때 클라우스는 한 달 동안 자신을 도와준 장쩌스에게 고마움을 표하고, 장쩌스는 "클라우스 중위님! 늘 저를 평등하게 대해주서서 정말 감사했습니다"[90]라고 말한다. 이에 클라우스는 "장! 우린 모두 본래 평등한 거야"[90]라는 감동적인 말까지 덧붙이는 모습을 보여준다. 필립이라는 미국인에 대한 긍정적인 설명도 덧붙여진다. 장쩌스는 얼마 전 미국 친구를 통해 기밀 해제된 한국전쟁 관련 미국 기록물에서 발견한 필립의 진짜 모습을 소개한다. 한국전쟁 당시 주한 미국대사관 무관이었던 필립은 포로수용소에서 타이완 특무공작대원에 의존해 전쟁포로를 너무 잔혹하게 대하는 것에 찬성하지 않았으며, 중국국 고급장교 포로들의 생명이 위협받는 것을 막으려는 일련의 조치까지 취했다는 것이다. 장쩌스는 "이런 사실을 알고 나서 그 당시 필립을 욕보인 데 대해 미안함을 느끼며, 쑨쩐관이 이런 사실을 알지 못하고 먼저 세상을 떠난 것이 매우 유감스러웠다"[346]고 생각한다.

이와 관련하여 미군의 부정적인 모습이 생략되기도 하였다. 2000년판에 등장하는 대목 즉 도드 준장 앞에서 미군 전쟁당국이 친공포로들에게 가한 가혹행위의 구체적인 목록들, 즉 "무릎 꿇리기, 땡바닥 기기, 굶기기, 중노동 시키기, 매달고 때리기, 고춧가루 물 붓기, 심지어는 나체로 깨진 유리가루가 든 휘발유 드렁통에 넣고 굴리기 등"[2000년판, 228]이 사라진 것이다.

이러한 변화는 미중관계의 변화를 반영한 것이라고 할 수 있다. 백지운은 "지난 70년간 항미원조전쟁의 기억과 서사는 시종 국제정치, 특히 미중관계의 변화에 따라 엄격하게 관리되었다"[17]고 주장한다. 2010년판에서 우호적인 미군의 모습이 증가하고 폭력적인 미군의 모습이 줄어든 이유는 2000년대 첫 10년이 '미중 밀월기'라고 불릴 정도로 미국과 중국의 사이가 좋았기 때문이라고 볼 수 있다.[18]

---

17　백지운, 앞의 책, 26면.

18　오바마 정부의 '아시아 재균형'으로 시작하여 트럼프 정부의 무역갈등으로 본격화된 미중 대결의 형세는 바이든 정부에서는 기술경쟁을 넘어 언제 군사적 충돌로 비화할지 모르는 일촉즉발의 위기 상황으로 치닫고 있다. 특히 대만해협은 미중 수교 이래 최대의 긴장 상태이다.(위의 책, 189~190면)

### 3) 미국인과의 관계를 만들어내는 장쩌스의 영어 능력

포로수용소 자체가 미중의 갈등을 상징하는 공간이지만, 장쩌스는 그 탁월한 영어능력으로 인해 미국인과 더욱 긴밀한 관계를 맺게 된다. 먼저 장쩌스에게 영어는 미국과 맞서 싸우는 강력한 무기가 된다. 이러한 모습은 장쩌스가 처음 포로로 잡혀 임시전방수용소에 수감되었을 때부터 나타난다, 이 때 장쩌스는 중국 포로들에게는 "군사기밀을 누설하지 말고 조국을 배반하지 마시오!"[68]라고 외치면서, 미군에게는 영어로 "나는 그들에게 너무 급히 먹지 말라고 권하는 거요"[68]라고 둘러댄다. 이 경험을 하면서 "나는 마음속으로 정말 마르크스가 말한 대로 인생 투쟁에 있어서 외국어가 일종의 무기가 된다는 생각에 기쁨을 금할 수 없었다"[68]고 느낀다.

장쩌스는 거제도 포로수용소에서부터 본격적으로 "외국어 능력을 이용해 투쟁에 유리한 위치를 점하는"[128] 계획을 실행한다. 나아가 장쩌스는 자신의 영어능력을 해방 전 지하 투쟁에 종사했을 때 중국공산당이 가르쳐준 책략에 근거해 사용하기로 한다. 그것은 "'통역'을 맡아 적에게 접근하여 우리에 대한 적의 의도를 이해하고, 내가 동료들 사이에서 전개하려는 선전과 조직 공작을 엄폐"[73]하는 것이다. 거제도 포로수용소에서 친공중국포로와 반공중국포로가 '깃발 뺏기 전투'와 '제86 포로수용소 통제권 탈취 전투'로 충돌하게 되었을 때도, 장쩌스의 영어 능력은 효율적인 투쟁의 무기가 된다. 장쩌스는 스미스 대위의 "지금 내가 너희들에게 명령하건대, 폭동의 주동자를 나에게 잡아 오면 헌병사령부가 그들을 심문할 것이다"[156]를 "너희들 모두 중국인이고 동포 형제인데 왜 싸우느냐!"[157]라고 통역하는 식이다. 반대로 반공포로가 "장 통역관은 공산당이므로 우리는 그의 통역이 필요 없다!"[157]라고 외치자, 스미스 대위에게 "그들이 대위님의 명령을 집행하겠다는 굳은 결의를 나타낸 것이니 안심하셔도 됩니다"[157]라고 통역을 한다. 또한 수용소에서 장쩌스는 탁월한 영어 능력으로 영문 항의서를 작성하기도 한다.

아이러니하게도 반미 투쟁의 무기가 된 장쩌스의 영어능력은, 20세기 전반 미국과 중국의 우호적인 관계가 있었기에 가능했던 일이다. 장쩌스는 부유한 집안에서 태어나 쓰촨 청두의 명현중학을 다녔다. 이 학교는 의화단사건 때 죽은 서양인들을 기념하기 위하여 만들어진 기독교 학교였고, 철저한 영어교육을 실시했다.[19] 이로 인해 장쩌스는 그 당시 중국에서는 드물게 기독교 신앙에 노출되었으며 영어 능력를 갖추게 되었던 것이다. 포로수용소의 미군 감옥에 머물 때, 장쩌스는 자신이 영어를 배운 명덕중학을 회상하며, "처음 우리에게 영어를 가르쳐 준 미국 선생님은 아마도 자기 학생이 나중에 자신의 조국과 전쟁을 하리라고는, 또 자기기 기르쳤던 영어로 사신의 국가와 투쟁하리라고도 생각하지 못했을 것"[333]이라고 회상한다.

포로수용소에서 장쩌스의 영어 능력은 미군과 싸우는 무기이기도 하지만, 미군과 밀접한 관계를 유지하는 기본적인 힘이 되기도 한다. 이 곳에서 만난 미군 대위 브룩스는 장쩌스가 기독교 신자였고 칭화대학 출신이며 영어를 잘한다는 이유로, 포로 신분에서 벗어나 미8군사령부에 번역관으로 취업시켜줄 수 있다고 제안한다. 장쩌스는 이 제안을 거부하지만, 이 수용소의 통역을 맡아 "우리의 관리업무를 도와주면 좋겠는데!"[72]라는 제안에는 동의한다. 장쩌스는 이러한 영어 능력을 통해 다른 포로보다 조금은 유리한 상황에 처하기도 하는 것이다. 장쩌스는 미군 감옥에 갇혀 있을 때, 미군 간수장과 깊은 이야기를 나누며 동질감을 느낀다. 중위인 간수장이 "난 자네를 친구로 생각"[325]한다고 말하며 자신의 불안한 미래를 걱정하자, 장

---

19    정근식·김란, 앞의 글, 17면.

쩌스가 "그의 속마움이 결코 우리 '죄수'들보다 더 밝지만은 않다는 것을 가슴 깊이"[326] 느끼는 장면이 대표적인 예이다.

이처럼 장쩌스의 영어능력은 그가 미군과 투쟁할 수 있는 힘이 되었지만, 귀국 이후에는 중국 사회에서 신뢰받지 못하는 이유가 되기도 한다. 조선을 떠난 장쩌스는 고향으로 돌아가기 전에, 1954년 1월 랴오닝 창투현에 있는 '지원군 생포귀래인원관리처'에서 수개월간 생활한다. 이 때 중국 당국은 귀환포로들에게 자발적 해명자료를 요청한다. 장쩌스가 처음 제출한 자료에 대해 관리처에서는 소속부대명과 군번을 적군에 알린 것은 군사기밀 누출이라고 규정하고, 포로수용소 관리를 맡는 것도 적을 위해 일한 것이 아니냐며 추궁한다. 이후 해명자료를 수정하여 제출했을 때도, 번역관으로 활동한 것에 개인적 의도가 없었는지를 의심한다. 이처럼 장쩌스의 영어 능력은 중요한 추궁의 이유가 되는 것이다. 장쩌스의 영어능력이야말로 그의 파란만장한 삶을 만들어낸 핵심적인 요인이며, 그 능력이 평가받는 양상은 미중 관계의 맥락에 따라 달라진다고 할 수 있다.


## 3. 전쟁 이후, 중국에서의 삶

### 1) 또 다른 포로수용소 생활 30년

장쩌스의 『나의 한국전쟁』 하권은 중국에서 귀환한 이후부터 현재까지의 삶에 대해 다루고 있다. 중국으로 돌아온 1954년부터 명예를 회복하는 1980년에 이르는 30여 년의 생활은 장쩌스에게 혹독한 시련기였다고 할 수 있다. 이 시기의 대표적인 일들을 정리하면 다음과 같다.

1954년 1월부터 7월까지 랴오닝 창투에서 심사를 받음-1954년 7월부터 9월까지 충칭과 시안에 머뭄-1954년 9월 베이징으로 이동-1955년 4월 베이징시 제9중학교 교사로 취직-1957년 교사대회에서 당지도자들 비판-57년부터 62년 말까지 우파로 몰려 혹독한 생활을 함-1962년 우파분자라는 혐의에서 벗어나 1963년 베이징 오리타중학교로 이직하여 영어와 러시아어를 가르침-1966년까지 교사생활-1967년 7월 문화대혁명 시작되고 핍박을 받음-1970년 죄인의 몸이라는 딱지를 달고 교실로 돌아옴-1977년부터 귀환포로를 대표하는 탄원서를 제출-1980년 퇴역군으로 지정되어 명예를 회복.


전후 30년의 세월은 포로수용소 생활의 전도된 거울상이라고 볼 수도 있다. 남한의 포로수용소에서 그토록 갈망했던 중국은, 귀환포로였던 장쩌스에게는 또 다른 포로수용소에 지나지 않았다. 중국을 포로수용소의 연장으로 느끼는 장면은 귀환의 입구에 해당하는 귀관처에서부터 시작되며, 『나의 한국전쟁』에서는 장쩌스가 심각한 탄압을 받는 인생의 고비마다에서 반복해 등장한다.

창투의 귀관처에서 장쩌스는 "포로가 된 시점부터 송환되어 귀국하기까지의 전 과정"413에 대해 엄격한 심사를 받는다. 심사를 받으며, 장쩌스는 "우리가 결코 국가를 위해 공을 세운 '투쟁 영웅'이 아니라 '심사 대상'이라는 것을 깨닫기 시작"415한다. 결국 장쩌스가 포로가 되고 이어 통역관이 된 것이 "심각한 우경화로 목숨을 지키고자 절개를 상실한 짓"417이라고 '자백'한 이후에야, 귀관처를 통과할 가능성이 열리기 시작한다. 장쩌스에 대한 최종판정은 군적은 인정하되 당적은 박탈한다는 것이다. 포로수용소의 지하당 총서기마저 당적을 박탈당하고 동료들이 미칠 듯 비통해하는 모습을 보며, 장쩌스는 처음으로 중국에서의 일과 포로수용소에서의 일을 동일선상에서 사유한다. 장쩌스는 "나는 일찍이 포로수용소에서 중국군 포로 대표로서 박해받는 모두를 위해 미국 놈 장군과 대면해서 변론과 항의를 하지 않았는가. 지금 다들 부당한 대우를 받았으니, 내가 다시 나서서 마땅히 해명을 요구해야 하지 않겠는가!"[420]라고 생각하는 것이다.

두 번째로 포로수용소와 중국을 동일시하는 것은 1955년의 '반혁명분자 숙청운동' 시기에 나타난다. 젊은 장쩌스는 애타게 일자리를 구하지만, 그에게는 어떠한 일자리도 주어지지 않는다. 가수가 될 수도, 광부가 될 수도, 영화배우가 될 수도, 야학의 대리강사가 될 수도, 심지어는 똥 푸는 인부조차 될 수가 없다. 그러다 포로수용소에서 돌아온 지 20개월 만에 북경제9중학의 정규직 교사로 취직한다. 그러나 1955년의 '반혁명분자 숙청운동' 당시 당 지부의 어떤 선생이 찾아와 정치적 경각심을 높여서 주변 사람을 깊이 관찰하라는 말을 하자, 장쩌스는 "그와 헤어지면서 갑자기 거제도 제86 포로수용소에 있을 때, '반공항아동맹' 우두머리가 통역관인 나에게 연대 지휘부 내에서 공산분자의 동향을 주시하라고 요구했던 일이 떠올라 파리를 삼킨 것 같은 거북한 기분"[483]을 느낀다. 또한 비판을 받고 학교를 떠나는 루 선생이 장쩌스가 준 담배에 고마워하자, 포로수용소 감옥에서 자신에게 담배를 줬던 "미국 초병에게 배웠을 뿐"[485]이라고 말하기도 한다.[20]

세 번째로 포로수용소와 중국을 동일시하는 것은 1957년에 우파로 몰렸을 때이다. 장쩌스는 1957년 6월 교직원대회에서 일부 당 지도간부의 특권 사상 행위가 당과 군중간의 모순을 조성하고, 그 모순은 격화될 위험이 있다는 의견을 피력한다. 이로 인해 장쩌스는 우파로 몰리고 혹독한 비판을

---

20  결국 함께 혁명활동에도 투신했던 약혼자 M은 끝내 당의 뜻에 따라 장쩌스를 떠나고 만다. 장쩌스는 "두 오빠가 모두 타이완으로 가버렸기 때문에"(507) 정치적 상황이 장쩌스보다 나을 것이 없는 여성과 결혼한다.

당한다. 이 순간 장쩌스는 남한의 포로수용소를 선명하게 다시 체험한다.

사람들 소리가 사라지고 조선전장에서의 총포 소리, 포로수용소에서의 미국 놈들 호통 소리와 배신자들의 섬뜩한 웃음소리가 들려왔고, 거제도의 으스스한 '최고감옥' 감방, 창투현 다스자즈촌에서 당적을 박탈당하던 장면, M이 나에게 절교 편지를 건네주던 모습이 차례로 눈앞에 나타났다.[520]

이후 장쩌스는 "중앙군사위원회에 편지를 써서 변절하여 포로가 된 당신네 문제의 처분 결과를 뒤집으려 한다는 것"[524] 등의 혐의가 덧씌워져 우파로 몰리며, 이후 6년여의 혹독한 생활을 경험한다. 대약진운동을 경험하며, 장쩌스는 네 번째로 중국과 포로수용소를 동일시하게 된다.

처음에는 학교 채소밭에서 노동하다가, 1958년 4월에는 시황촌 생산대대에 가서 극한의 생활과 노동을 한다. 이러한 생활을 하며, 장쩌스는 "진작 이럴 줄 알았다면 차라리 한국전쟁 전쟁터나 포로수용소 투쟁 중에 피를 흘리는 편이 훨씬 나을 뻔했다고 속으로 생각"[538]하는 것이다. 장쩌스는 차라리 죽기를 기도했던 끔찍한 생활을 마치고 구사일생으로 살아돌아 온다. 1958년 초겨울에는 부상당한 몸으로 미윈 댐 공사장에 가서 장장 10개월간 노동에 투입된다. 힘든 노동의 시기 "산 정상에 떠 있는 겨울밤의 별은 거제도에서 겪었던 잠못 이루는 밤의 고통스러운 추억을 상기"[543]시킨다. 1959년에는 미윈 댐 공사장에서 베이징으로 소환되어 산자디엔 댐 건설에 투입된다. 장쩌스는 현장에서 이 시기의 대약진운동이 얼마나 비과학적이며 어처구니 없는 일인가를 온몸으로 체험한다.[21] 1960년 여름 시황촌으로

---

21　1960년대가 되자 중국은 급진적인 증산을 추구하는 대약진운동을 펼친다. 이 시기의 아사자수는 중국 정부에 의해 분명하게 밝혀지고 있지 않지만, "2,000만 명에서 4,000만 명"(라

다시 돌아와서는, 쥐까지 잡아먹는 극한의 상황을 견뎌낸다. 6년 가까운 우파살이를 끝내게 되었을 때, 장쩌스는 "이 몇 년 동안 내가 받은 정신적 고통은 포로수용소에서 받았던 그것보다 훨씬 컸다"[556]고 느낀다. 물론 포로수용소에서는 느낄 수 없었던 지지와 위로를 얻는데, 그것은 그토록 포로수용소에서 숭배하고 따르던 당이나 지도자가 아니라 아내와 장모, 그리고 전우와 선량한 시골 사람들에게서 비롯된 것들이다.

장쩌스는 문화대혁명을 겪으며, 중국이 오히려 포로수용소보다 더욱 심각한 공간일 수도 있다는 것을 깨닫는다. 1966년 문화대혁명이 시작되고, 장쩌스는 다시 "대 우파, 대 배신자, 대 간첩 장쩌스"[579]로서 타도의 대상이 되어 신체의 자유를 잃어버린다. 이 시절 장쩌스는 홍위병들에게 심지어 "이름에 마오쩌둥의 '쩌'와 장제스의 '스'가 왜 들어있느냐면서, 반혁명 기회주의자가 될 생각"[587]이 아니었냐는 등의 추궁을 받기도 한다. 베이징 오리타중학교로 이직하여 장쩌스는 자신이 추구할 삶의 목표가 "진실하고 선량하며 아름다운 인간성임이 분명"[562]하다고 생각한다. 그는 자신이 추구하는 삶의 목표를 아이들의 순진한 웃음 띤 얼굴에서 찾아낸다. 아이들의 얼굴은 "비판받을 때 보았던 사나운 표정, 구직할 때 만났던 냉담한 얼굴, '귀관처'에서 나의 당적 박탈을 선언할 때 본 냉혹한 얼굴, 그리고 포로수용소에서 부딪쳤던 배신자와 특무들의 흉악스럽고도 야비한 얼굴 등과 비교하면 너무도 달랐"[567]던 것이다. 그러나 문화대혁명을 통해 "순진한 웃음 띤 얼굴"[567]과는 완전히 다른 "철저한 파시스트 야수 놈들!"[592]로서의 모습을 아이들에게서 새롭게 발견한다. 장쩌스는 문화대혁명 당시 자신이 "포로수용소에서 그토록 그리워하던 조국으로 돌아왔는데, 왜 오히려 포로수용소

---

오웨이, 이항중 역, 『저 낮은 중국』, 이가서, 2004, 261면)이 사망한 것으로 추정된다.

보다 더 잔인한 학대와 박해를 받아야 하는지"[606] 이해하지 못한다. 끝이 보이지 않는 폭력과 고통 속에서 장쩌스는 "어떤 방식으로 자살하면 좋을지 궁리하기 시작"[606]한다. 이 때 장쩌스를 구한 것 역시, 당이나 지도자가 아니라 딸과 아내일 뿐이다.

4인방이 실각한 후 1977년부터 1979년까지 3년 동안, 장쩌스는 자신과 가족 그리고 귀환 포로들을 위해 정력적인 탄원 활동을 펼친다. 1980년 3월 15일에는 스징산구 재평가정책 사무실로부터 우파 문제가 '시정'되었다는 통지를 받는다. 1980년에는 중앙에서 귀환포로들을 사면 복권한다는 내용의 제74호 문건을 반포한다. 이 문건을 읽으며, 장쩌스는 "아, 조국이여! 마침내 우리가 당신의 충실한 자녀라는 것을 인정하셨네요! 생사를 함께 했던 나의 동료들, 우리의 고난은 곧 끝나겠고요! 이국땅에 묻힌 나의 열사들이여, 조국의 부름을 들으셨습니까? 혼이여 어서 돌아오십시오……"[663]라고 감격한다. 1981년에는 1947년 중국공산당원이 된 이래의 당령과 1949년 군에 입대한 이후의 모든 군령이 회복된다. 그러나 이 순간 장쩌스는 어떠한 감동도 느끼지 못하며, 대신 매우 무거운 기분을 느낀다. "칭화대학에서 공산당에 처음 가입했을 때의 거룩했던 느낌, 포로수용소에서 당 조직을 다시 찾았을 때의 그 놀람과 기뻤던 감정은 더 이상 하나도 남아 있지 않았"[666]던 것이다. 중국에서 경험한 또 다른 의미의 포로생활 30년은, 장쩌스에게 자유의 감동과 기쁨을 느낄 정서적 여유마저 앗아가 버렸다고 볼 수 있다.

### 2) 반공 포로와의 비교

장쩌스의 『나의 한국전쟁』 하권에는 타이완이나 거제도 등을 방문하는 이야기가 등장한다. 특히 타이완에 방문하여 한국전쟁 당시 반공포로들을 만나는 것은 매우 중요한 의미를 지닌다. 타이완에 온 포로들 역시 결코 편안한 삶을 산 것은 아니다. 그것은 L의 "우리가 타이완에 온 이후 타이완 현지 사람들은 우리를 자신들 밥그릇을 빼앗으려 대륙에서 온 자로 간주해서 사사건건 우리를 배제했고, 대륙에서 장제스를 따라온 사람들도 우리를 믿을 수 없는 인물로 간주하여 항상 생트집을 잡고 우리를 멸시했다네"689~690라는 말 속에 잘 드러나 있다. 그나마 L은 고산족과 결혼했지만, 타오위안 현에 있는 '영민지가榮民之家'일반적으로 장제스를 따라 타이완으로 건너온 국민당 군대의 퇴역 군인들이 모여 사는 곳에 사는 천 명이 넘는 사람들은 혼자서 노년을 보내고 있으며, L은 "그들에게 이번 생애는 아무런 희망도 없는 거지!"691라고 말한다. 그러나 모두 그런 것은 아니여서 퇴역 후에 열심히 노력하여 "작가 변호사 교사 의사가 되고 상당한 재산을 모은 포로들도 등장한다.[22]

'타이완 방문'과 관련해 2010년판에서 새로운 내용이 보강되었다. 이것은 타이완으로 간 포로들의 고통을 주로 강조한 2000년판과는 매우 다른 내용으로 주목할만하다. 장쩌스는 L의 소개로 180사단 사단본부의 기밀 담당 과장이던 원칭원을 만난다. 그는 현재 원샤오춘이란 이름으로 타이완의 저명한 시인이 되어 있는데, 원샤오춘은 13개월 동안 산속에서 야생 생활을 하다가 수색대에 잡힌 후, 오키나와에 있는 군사 감옥으로 보내진다. 1953년 7월의 정전 후 미군이 송환 의향을 물었을 때, 원샤오춘은 대륙으로 돌아가겠다고 단호하게 말했지만, 그는 미군의 비행기에 태워져 타이

---

[22] 남한을 선택한 한국전쟁 당시 인민군 출신 반공포로들도 쉽지 않은 삶을 살았다고 한다. 당시 반공포로들은 "당시 정부에서는 이들에게 아무런 대책을 세워주지 않았다. 공산주의에 반대해 목숨을 걸고 자유를 찾은 이들이지만 인민군 출신이라는 꼬리표가 늘 따라다녔고 한때는 정부에서 이들을 요시찰 인물로 분류, 일일이 감시까지 했다. 제대 후 연고도 없고, 특별한 기술도 없이 사회에 진출한 후 남한 사회에 적응하기에 많은 어려움을 겪었다"(조성훈, 앞의 책, 428면)고 증언하기도 하였다.

완으로 보내진 것이다. 원샤오춘은 자신의 뜻을 사실대로 표명한 결과, 타이베이 신덴의 '반공의사감훈대'와 '뤼다오 감옥'에서 2년여의 심사와 '감화교육'을 받고 1956년 8월에야 군대에 배치된다. 1958년에는 퇴역을 하고 이후 끈질긴 노력을 한 결과 타이완의 대시인이 된 것이다. 이 이야기를 들으며 장쩌스는 "분발하여 발전해간 그의 경력이 타이완으로 간 14,000명 동료의 본보기"[697]라고 평가한다. 나아가 장쩌스는 다음과 같은 생각까지 한다.

나는 그들이 우리처럼 귀국 후 '종신 등용 제한'이라는 징벌적 속박을 받지 않았기에, 자유롭게 자신의 취향과 특기에 따라 분투하고 자기 인생의 가치와 이상을 실현할 수 있었다고 생각했다.
타이베이 '국군영웅관'에서의 그 얻기 어려운 모임을 통해 나는 타이완에 온 동료들의 운명이 결코 우리가 상상했던 것처럼 처참하지 않았음을 알게 되었다. 가족과 고향에 대한 그리움의 고통을 빼면, 그들의 처지가 사실상 대륙으로 돌아간 우리 대다수 동료보다 훨씬 나았던 것 같다.[697]

위의 인용에는 타이완으로 간 포로들이 중국으로 돌아간 포로들보다 나은 생활을 했다는 인식이 나타나 있다. 타이완으로 간 포로들은 "'종신 등용 제한'이라는 징벌적 속박"도 받지 않았기에 "자기 인생의 가치와 이상을 실현"할 수 있었다는 것이다. 그리하여 "가족과 고향에 대한 그리움의 고통을 빼면, 그들의 처지가 사실상 대륙으로 돌아간 우리 대다수 동료보다 훨씬 나았던 것 같다"는 판단까지 하고 있는 것이다. 2010년판에 첨가된 이러한 내용 역시, 21세기 초에 진행된 미중관계의우호적 진전에서 비롯된 것이라고 할 수 있다.

## 4. 우리의 숙명

장쩌스의 『나의 조선전쟁』은 말년에 이른 장쩌스가 평생 탐구한 의문점에 대한 해답을 수기의 방식으로 제시한 역저라고 할 수 있다. 그러한 의문은 그의 삶 전체가 가져다 준 것이기에 매우 절실한 것이었다. 장쩌스는 당과 지도자, 그리고 이념에 대한 절대적인 신념에 바탕해 포로수용소에서 목숨을 건 투쟁을 펼쳤다. 그 투쟁은 미군을 향한 것이기도 했지만, 동시에 중국인 간의 잔혹하고 피비린내 나는 것이기도 하였다.

필사적인 투쟁의 결과, 고국에 돌아왔지만 그에게 남겨진 것은 또 다른 포로의 삶이었다. 1962년 우파분자라는 혐의에서 벗어나 1963년 베이징 오리타중학교에서 아이들을 가르칠 때만 해도, 장쩌스는 마음속 깊은 곳에서 "여전히 공산당원, 적어도 '당 밖의 볼셰비키'라고 굳게 믿"으며, "여전히 포로수용소에 있을 때처럼 당과 조국을 동일시"[564]한다. 그러나 이것은 "짝사랑"[565]에 불과했음이 밝혀진다. "20여 년이 지난 후에서야, 나는 자신이 포로로 잡혔다 돌아온 이후부터 진작에 '변절자'로 낙인되어 '평생 임용을 제한하는' 별도의 호적부에 편입되었고, 모든 우파분자는 딱지를 뗀 후에도 여전히 신뢰할 수 없는 '딱지 뗀 우파'로 간주되었음을 알게 되"[565]는 것이다. 이러한 진실은 전쟁 이후 30여년 간 장쩌스가 겪은 실제 삶이 증명하는 것이기도 하다.

목숨을 걸고 애타게 그리던 조국에 돌아온 순간부터, 장쩌스는 '평생 임용이 제한된 변절자'로 규정되었던 것이다. 그렇기에 장쩌스가 수십년에 걸쳐 자신의 삶을 되돌아보게 되는 근본적인 동력은 바로 그 커다란 모순을 해결하기 위한 것이라고 할 수 있다. 그 모순이란 '목숨을 바쳐 돌아가고자 한 조국'과 '돌아온 자기를 바라지 않는 조국' 사이에서 발생하며, 그것은 장쩌스에게는 흡사 존재의 전부가 걸린 구멍과도 같은 것임에 분명하다. 장쩌스가 여러 권의 책을 쓰고, 수많은 활동을 벌이는 것도 바로 그 모순의 해결이 그만큼 절실한 과제이기 때문일 것이다. 노년에 이른 장쩌스는 어느 정도 나름의 결론에 도달한 것으로 보인다.

『나의 한국전쟁』 2010년판 '저자 후기'에서 장쩌스는 중국 포로 중 2/3가 대륙이 아닌 타이완을 선택한 것이 과거에는 미군의 비열한 책동 때문이라고 생각했지만, "지금 와서 생각하면 더 심층적인 뭔가가, 즉 문화·역사·인성면에서 우리 중국 군인이 가진 자체적인 원인"[762]때문이라고 주장한다. 그 원인으로는 "투항은 불충不忠이요 포로가 되는 것은 변절變節"로 여기며 "병사를 전쟁 도구로 간주하는, 인권을 무시하고 인류에 어긋나는 봉건적 '포로 관념'"[762]을 들고 있다. 나아가 귀국 포로들에 대한 불공정한 대우의 원인으로 "자신이 통솔하는 군대가 패하고 그 중 투항하여 포로가 된 자가 있다는 걸 인정하고 싶지 않았"[766]던 마오쩌둥 개인의 제왕적 사고와 "황권皇權 문화 전통과 봉건적 포로 관념"[766]을 들고 있다. 이처럼 장쩌스는 중국의 뿌리 깊은 문화와 전통의 차원에서 자신이 경험한 모순의 이유를 찾으려고 한다. 이와 관련해 포로수용소 내 '배반 반대, 귀국 쟁취' 투쟁이 중국인 간의 내부 투쟁으로 변모한 이유도, "어쩌면 우리 민족이 폭력을 숭상한 역사 속에서 찾아야 할지 모르겠다"[763]고 주장한다. 이것 역시 사태의 원인을 중국의 문화적 전통 속에서 찾는 경향의 연장선상에 놓인 것이라고 할 수 있다. 장쩌스는 "우리 중국인이 쉽게 선동되어 서로 폭력투쟁을 전개하는 약점은 문화대혁명 과정에서 더욱 완전히 드러났다"[764]고 덧보태고 있기도 하다.[23]

---

23  이사사·손준식은 "그들은 그 후 수십 년간 온갖 차별과 박해를 당해야 했다. 이렇게 된 데에는 포로가 되었다는 자체를 치욕으로 생각하는 중국 전통의 포로관과 영웅적 희생을 요

귀환 포로들에 대한 중국의 과도한 반응은, 문화와 전통이라는 차원과 더불어 한국전쟁이라는 구체적 대사건의 특수성과 관련지어 볼 여지가 충분하다. 귀환 포로의 존재는 중국 인민들의 한국전쟁관에 근본적인 균열을 일으키는 요소를 충분히 가지고 있기 때문이다. 한국전쟁에 참전했던 미군의 수기나 회고를 보면, 미군에게 가장 공포스러웠던 것은 죽음을 두려워하지 않고 돌진해오는 중국 병사들의 불가사의한 투지였다고 한다. 이 투지야말로 농민유격대 출신의 군대가 세계 최강의 미군을 상대로 2년 9개월 동안이나 팽팽하게 맞설 수 있는 근원적인 힘이었을 것이다. 이러한 투지는 전선에 선 병사들에게만 해당하는 것이 아니라 후방에 남아 모든 것을 바쳐 전선을 지원하는 수억의 '인민들'에게도 해당하는 것이었다.[24] 마오쩌둥 역시도 공식적인 담화 등을 통해 한국전쟁과 관련해 "인민의 주관능동성을 당의 영도보다 우위에 두는 인민전쟁의 사상"[25]을 여러 차례 피력했던 것이다. 그런데 살아서 적의 수중에 넘어간 포로의 존재는, 그 경위를 떠나 '죽음을 두려워하지 않고 돌진해오는 중국 병사들의 불가사의한 투지'와는 거리가 먼 존재일 수밖에 없었던 것이다.

마지막으로 한국전쟁, 특히 중국인에게 있어 한국전쟁은 미국과의 관계 속에서 사유되는 역사적 대사건이라는 점에 주목할 필요가 있다. 이것은 2000년 판본과 2010년 판본의 비교에서도 드러나듯이, 미국과의 관계

---

구하던 신중국 초기의 애국주의적 사회 분위기도 크게 작용하였지만, 인민지원군의 이미지와 한국전쟁 참전의 정당성을 훼손시키지 않고 이념대결에서의 패배를 은폐하려는 중국 정부의 저의가 반영되었던 것으로 보인다"(이사사·손준식, 「헌신의 대가─한국전쟁 중국군 포로의 귀국 이후 삶」, 『역사학연구』 72호, 2018, 279면)는 결론을 내리고 있다.

24   백지운, 앞의 책, 190~191면. 백지운은 "그들의 전근대적 장비를 조롱하는 '인해전술'이라는 말도 그 근저 어딘가에는 죽음을 불사하고 밀려드는 중공군에 대한 두려움이 깃들어 있었다"(위의 책, 11면)고 주장한다.
25   위의 책, 211면.

가 변화됨에 따라 작품의 내용이 변모되는 것에서도 확인할 수 있다. 특히 저자이기도 한 장쩌스의 삶은 어떤 한국전 참전 중국인보다도 미국과 깊은 연관성을 보인다. 그는 미군이 실질적으로 관리하는 포로수용소에서 적극적인 투쟁을 벌였는데, 이것이 가능했던 이유는 그의 뛰어난 영어능력 때문이었다. 동시에 이러한 영어능력으로 인해 장쩌스는 그 어떤 포로보다 미국인과 다양한 인간적 교류를 나눌 수 있었다.

이러한 장쩌스의 삶은 중국이 미국과 관련 맺는 양상에 따라 그 평가가 달라질 수밖에 없다. 중국과 미국이 이념적으로 대립하던 냉전 시기에 장쩌스는 '우파'이자 '변절자'로 모진 수난을 받을 수밖에 없었다. 이후 미국과 중국이 우호적인 관계를 맺으면서 장쩌스의 삶은 한결 나아지며, 그의 한국전쟁에 대한 회고도 보다 적극적이고 대담해진다. 그러한 적극성이 한껏 드러난 것이 미중 관계가 우호적이던 시기에 쓰여진 2010년판 『나의 한국전쟁』이라고 할 수 있다. 그렇다면 미중이 신냉전이라 불릴 만큼 첨예한 대결의 국면으로 접어든 이 시점에는 또 어떤 『나의 한국전쟁』이 쓰여질 수 있을까? 이러한 질문에 주목하는 것은, 분단극복과 평화지향이 우리의 숙명이기 때문일 것이다.[2023]

4

# 해원의 서사
천쓰홍의『귀신들의 땅』

## 1, 마을은 맨천 귀신이 돼서

천쓰홍의『귀신들의 땅』민음사, 2023은 오랜만에 한국에 소개된 타이완 소설이다.[1] 베를린에 거주하는 천쓰홍은 2019년 중국어로 이 작품을 발표하였다. 한때 '자유중국'이란 불리던 타이완은 우리와 매우 가까운 우방이었으나, 1992년 한중수교가 이루어지면서 타이완과 우리 사이에는 모종의 균열이 생기기 시작하였다. 이후 대만은 어느새 우리에게 "존재하지만 형상image은 없는 대상"[2]이 되었다고도 볼 수 있다. 그런 타이완으로부터 오랜만에 도착한 천쓰홍의『귀신들의 땅』은 우리의 삶과 문학을 되돌아보게 하는 강력한 힘을 지닌 작품이다.

제목 '귀신들의 땅'은 당연히 타이완을 의미하며, 이것은 타이완이 겪었

---

1 "대만문학이라고 하는 것은 대만이란 도서(島嶼)에서 생겨난 문학이다. 대만란 이 땅 덩이에서 태어났거나 거주했던 사람들이 대만 지역에서 사용하는 언어로 창작한 문학이다."(陳萬益 외, 김원 역,「대만문학대강」, 학고방, 2007, 133면)

2 임대근,「머리말1」,『대만문학 ─ 식민의 기행부터 문화의 지평까지』, 한국외대 지식출판원, 2017, 6면.

던 역사 그 중에서도 현대사의 고통을 떠올리게 한다.[3] 주지하다시피 타이완은 17세기부터 네덜란드의 지배를 받았고, 이후에는 명나라 장수 정성공에 의해 점령당했으며, 근대에 들어서는 50여 년간 일본의 식민 통치를 받았다. 일본이 물러간 이후에는 중국 공산당에 패한 장제스의 국민당 세력이 타이완을 점거하며, 권위적인 지배를 오랫동안 지속하였다. 이후 1980년대 타이완은 산업화, 현대화, 민주화를 이루었지만, 중국의 부상과 함께 심각한 국제적 고립에 직면하기도 하였다.[4] 이러한 타이완의 현대사는 우리의 역사와 상당 부분을 공유하고 있다. 특히 "식민지배 하의 근대적응과 냉전질서 하의 반공 체험"[5]이라는 역사적 유사 체험은, 우리가 천쓰홍의 『귀신들의 땅』에 등장하는 '귀신'에 주목하지 않을 수 없는 중요한 근거가 된다.

'귀신'은 본래 상징적 죽음과 실제적 죽음의 간격에서 발생한다. 충분히 애도받지 못한 죽음은 '귀신'의 형상으로 도래하는 것이다. 『귀신들의 땅』에 등장하는 '귀신' 역시 이러한 일반적인 귀신의 존재론에서 크게 벗어나 있지 않다. 작품 속 '귀신'들은 실제로 죽었으나 상징적으로는 죽지 못했고, 반대로 상징적으로는 죽었으나 실제로는 죽지 못한 존재들이다. 이 작품에서 '귀신'을 만들어내는 억압은 젠더, 섹슈얼리티, 이데올로기라는 다양한 차원에서 발생하며, 그것들은 보르메오Borromeo의 매듭처럼 단단하게 얽혀 있다.

---

3    작가 천쓰홍은 「작가의 말」에서 자신이 생각하는 귀신과 관련해 "과거는 죽지 않았다. 과거는 심지어 지나가지도 않았다"(493)는 포크너의 말을 인용한다. 그리고서는 "과거는 그림자 같고, 지나간 일들은 다시 반복된다. 과거가 있는 한 귀신은 존재한다. 인간 세계 곳곳에 귀신들이 도사리고 있다. 어쩌면 우리 모두 귀신인지도 모른다"(493)고 말한다. 여기서 우리는 애도 받지 못한 지나간 모든 것들이 '귀신'이라는 천쓰홍의 인식을 읽어낼 수 있다.

4    1980년대 이후 경제가 빠르게 발전하면서 타이완은 정치적으로는 국제 사회에서 배제되었으나 경제적으로 세계 경제 시스템에 진입하기 시작했다.(궈팅위 외인, 신효정 역, 『도해 타이완사』, 글항아리, 2021, 365~366면)

5    최말순, 『식민과 냉전하의 대만문학』, 글누림, 2019, 6면.

## 2. '귀신'이 되는 이유 1 　가부장제와 유교적 질서

『귀신들의 땅』의 기본적인 서사는 모든 귀신들이 돌아온다는 중원절中元節을 맞이하여 5녀 2남의 막내아들로 태어난 톈훙이 고향인 용징永靖으로 귀환하는 것이다. '진짜 귀신'인 아버지 아산과 다섯째 누나를 포함하여, 톈훙의 가족 모두가 용징으로 귀환한다. 용징은 타이완 중부에 위치한 농촌 마을로서, "귀신들의 땅"[14]이라 일컬어진다.

　본래 용징의 곳곳에는 귀신들이 살고 있는데, 여기서 유심히 보아야 할 것은 귀신들이 모두 여자라는 것이다. 대나무 숲 여자 귀신은 일제강점기에 강간당한 여자로, 정절을 훼손당했다는 이유로 남편에게 쫓겨나 대나무 숲에서 목을 맸으며, 도랑 양쪽 버드나무에 사는 여자 귀신들은 대부분 시집을 못 가 보고 죽은 노처녀들이며, 도랑에 사는 물귀신은 일제강점기에 일본 병사들에게 능욕을 당하고 나서 우물에 뛰어들었다가 구조되었는데, 이후 이송된 병원에서 또 의사에게 성폭행을 당해 자살한 여성이다. 나중에 대나무 숲의 여자 귀신은 톈훙의 어머니인 아찬의 외할머니라는 사실이 밝혀진다.

　용징에서 여성들이 겪은 고통스런 삶의 내력은 참으로 오래된 것이다. 아찬의 시어머니는 조금만 잘못을 해도 자신의 시어머니에게 따귀를 맞고는 했다. 아찬의 어머니는 묘당에 가서 제사를 올릴 때면, 시어머니가 "빨리 죽게 해 달라"[80]고 "딸은 아무짝에도 쓸모가 없으니 절대 낳지 않게 해 달라"[80]고 기도하고는 했다. 그런데 아찬의 시어머니는 아찬을 며느리로 맞이한 후에는, 아찬을 "확실한 질책과 욕설의 대상"[82]으로 삼는다. 아찬의 시어머니가 아찬을 욕하는 것은, 과거 자신이 시어머니에게 당했던 것의 "완벽한 복제"[82]였던 것이다. 아찬의 시어머니가 청자오마로 제사를 지내러 가지 않게 되자, 대신 아찬이 청자오마로 가서 기도하기 시작한다. 이때 아찬은 자신의 시어머니가 그랬듯이, "우리 어머니가 빨리 죽기를 간절히 기도"[82]한다.

가부장제와 유교적 질서가 완고한 용징에서, 딸만 다섯을 내리 낳은 아찬에게는 혹독한 삶이 주어진다. 아찬은 신당 청소와 조상 제사, 크고 작은 명절과 절일 제사, 시어머니의 하루 세끼 식사를 책임져야만 한다. 원래는 며느리들이 돌아가면서 해야 했지만, 남편의 다른 형제들과 며느리들이 첫아이부터 아들을 낳자 시어머니는 모든 일을 딸만 낳은 아찬이 하도록 명령했던 것이다. 조상들에게 제사를 지낼 당시 향로에 손가락이 데자, 아찬은 "손이 없으면 얼마나 좋을까 하는 생각"[382]을 할 정도이다. 손이 없으면 향을 들고 절을 올리지 않아도 되고, 세끼 식사를 준비하지 않아도 되며, 돼지와 닭을 먹이지 않아도 되고, 마당 청소를 하지 않아도 되며, 밭에 나가 풀을 뽑지 않아도 되고, 어린아이들을 때리거나 품에 안지 않아도 되기 때문이었다. 아찬이 넷째 딸을 낳았을 때, 시어머니는 방안에 들어오지도 않고 일본 게다를 신고 물건을 사러 간다. 이때 아찬은 게다 소리를 들으며, "자신이 시어머니가 밟고 지나가는 땅바닥이 된 것 같다"[377]고 느낀다.

용징은 남아선호사상이 골수까지 박힌 땅이다. 텐홍의 할머니는 손녀들이 모두 "쓸모없는 것들"[135]이라고 여긴다. 할머니는 이전에 며느리가 딸을 낳았을 때는 얼굴도 보이지 않았지만, 며느리가 아들을 낳자 축의금 봉투를 건넨다. 할머니는 손녀들이 자신의 목걸이를 가져갔다고 심하게 손찌검을 하다가도, 나중에 목걸이를 손자가 가져갔다는 사실을 안 이후에는 손자에게 한마디 싫은 말조차 하지 않는다. 또한 할머니는 개고기 요리를 해서 오직 손자들에게만 먹였으며, 이때 손녀들은 방안에서 진한 개고기 냄새를 맡으며 남몰래 울기만 했다.

아찬 역시 이러한 남아선호사상을 그대로 이어받았다. 아찬은 딸들을 하찮게 여기는 것과 달리, 아들은 지극정성으로 대한다. 아찬은 큰아들 톈이가 "눈에 보이지 않는 사이에 갑자기 딸로 변할까 두려웠"[243]기에, 아들이자신의 시야에서 벗어나는 것을 허락하지 않는다. 이런 아찬에게 일생의 가장 즐거웠던 일은 "큰아들이 높은 득표율로 향장에 당선"[154]되었을 때이다. 그때 향장의 엄마가 된 아찬은 "온몸에 금가루를 뿌린 것 같았다"[154]고 표현될 만큼 행복해 한다. 마찬가지 맥락에서 아찬은 두 아들이 모두 감옥에 가게 되자 "모든 사람들이 두 아들을 흉보는 소리를 듣고 있는"[452] 기분을 느낀다. "그녀는 실패한 엄마였고 실패한 아내"[452]였기에 모든 것을 태워버리고 자신도 죽겠다고 결심할 정도로 크게 실망한다.[6] 톈훙의 할머니나 어머니 이외에도, 용징의 한 남성은 딸을 연속으로 네 명이나 낳자 심장병으로죽기도 한다. 이처럼 용징의 거의 모든 사람들은 남아선호사상을 내면화하고 있다.

이러한 상황에서 여성들이 온전한 삶을 살아간다는 것은 불가능하다. 그렇기에 톈훙의 다섯 누나는 모두 '귀신'으로 살아간다. 첫째 수메이는 열다섯 살부터 여공이 되었으며, 공장에서 남편인 샤오가오를 만났다. 수메이의 남편은 노름을 좋아하다가 이후에는 난초에 미쳐서 수메이와 가정을 제대로 돌보지 않는다. 남편을 저주하는 수메이가 살아가는 가장 큰 이유는, "살아 있어야만 남편이 죽는 걸 볼 수 있"[31]기 때문이다. 둘째 딸 수리는 여성 호적원으로 살아간다. 수리는 "색깔 없이 투명한 사람이라서 사람들 사이에 들어가면 아주 쉽게 생략되는 존재"[48], 즉 "귀신처럼 형태 없이 떠돌다"[50]니는 것으로 그려진다. '귀신'처럼 현실적 존재감이 없는 수리에 어

---

6    그러나 아찬의 과보호 속에 성장한 톈이는 "큰아들이라 응석받이로 자라서 할 줄 아는 게 아무것도 없어"(424)라는 아버지 아산의 말처럼, 무능력하다. 그렇기에 왕씨 집안의 허수아비가 되어 향장까지 되었지만, 결국에는 향장 임기도 못 채우고 감옥살이를 하게 된다. 감옥에서 나온 이후에는 처남이기도 한 샤오왕에게 의지해 간신히 살아간다.

울리게, 수리의 남편 역시 "맹탕 국물 같"[235]은 "아주 지루하고 재미없는 사람"[415]이다. 셋째 딸 수칭은 다른 자매들과 달리 타이완의 일류 대학을 나와 평탄한 인생을 사는 것처럼 보이지만, 남편의 심각한 가정폭력에 시달리고 있다. 유명 앵커인 남편은 수칭에게 "치욕을 안기기 위해서"[139] 처가 식구들을 예사로 모욕하며, 수칭의 몸무게와 같은 사소한 것까지 폭력적인 방식으로 통제하려 한다.

넷째 딸 쑤제는 백악관이라 불리는 호화주택에서 밀폐창과 검정 커튼으로 외부와 차단된 채 살아가고 있다. "이제 그녀는 어두운 곳에서 두려워해야 할 것은 귀신이 아니라 자기 자신이라는 걸"[85] 알고 있다는 말이나, "귀신이 넷째 누나를 본다면 틀림없이 귀신을 보았다며 놀라서 쓰러질 거"[427]라는 텐이의 생각에서 알 수 있듯이, 진정으로 '살아 있는 귀신'이다. 쑤제가 '살아 있는 귀신'이 된 이유는 용징 전체를 통틀어 가장 아름답고 성적인 매력이 넘쳤던 동생 차오메이에 대한 질투 때문이다. 동생에 대한 질투에 눈이 멀었던 쑤제는 결국 동생의 약혼자를 빼앗고 만다. 이 충격으로 동생 차오메이는 자살하고, 차오메이의 장례가 끝난 이후, 쑤제는 동생의 자살을 보도한 신문과 잡지를 잔뜩 쌓아 놓고, 그 기사들을 읽으며 백악관에서 죄수와 같은 삶을 살아간다. 쑤제의 평생에 걸친 질투를 생각한다면, 이 기사를 읽는 쑤제의 모습은 죄책감 때문이 아니라 동생의 죽음을 끊임없이 확인하는 의식처럼 보이기도 한다.

쑤제가 과도한 질투심으로 인해 이토록 끔찍한 삶을 살게 된 이유 역시 용징의 심각한 남녀차별과 무관하지 않다. 쑤제를 낳았을 때, 어머니인 아찬은 또 딸을 낳았다는 이유로 쑤제를 창밖으로 던져 버릴려고까지 할 정도로 큰 실망을 하였다. 남성중심 사회에서 넷째 딸인 쑤제는 존재 자체가 환영받지 못한 존재였던 것이다. 더군다나 동생인 차오메이는 어린 시절부터 너무나 아름다운 외모로 모든 이의 관심과 사랑을 받았다. 이런 상황에서 쑤제는 동생에 대한 과도한 질투심을 키우며 성장했던 것이다. 그 결과 쑤제에게는 동생을 이기는 것이야말로 필생의 과업이 되었으며, 결국에는 동생의 남자까지 빼앗게 되었던 것이다. 안타깝게도 그 결과로 동생인 차오메이는 자살하여 '진짜 귀신'이 되었으며, 쑤제 자신은 '살아 있는 귀신'이 되었을 뿐이다.

첫째인 수메이, 둘째인 수리, 셋째인 수칭의 삶도 넷째인 쑤제나 다섯째인 차오메이의 삶과 본질적으로는 다르지 않다. "수메이는 남편과 말을 하지 않는 상태이고, 수리는 남편이 어떻게 생겼는지 기억도 나지 않았으며, 수칭은 조용히 남편의 주먹을 받아들이고 있"431을 뿐이다. 수메이는 동생인 텐훙이 살인했다는 소식을 듣고는, "문득 차라리 큰누나인 자신이 남편을 죽이고 살인범이 되는 게 더 나았으리라는 생각"215을 한다. 수칭도 남편인 "앵커를 죽여 버리고 싶었"149기에, 텐훙이 사람을 죽였다는 소식을 듣고, 텐훙을 몹시 부러워한다. 수메이나 수칭은 남편을 죽이고 싶을 만큼 고통스러운 삶을 살고 있는 것이다. 수칭은 베를린의 교도소에서 텐훙을 만났을 때, 텐훙이 안부를 묻자 "천씨네 다섯 자매는 낳기로 했던 아이들이 아니었는데, 평생 '잘 지낼' 기회라는 게 있었을까?"259라고 생각한다. 이처럼 극단적인 남성중심사상이 뿌리 내린 용징에서 여성들은, 여성이라는 이유만으로도 '귀신'이 될 수밖에 없다.

## 3. '귀신'이 되는 이유 2  어디에나 있는 동성애 혐오

천쓰홍의 『귀신들의 땅』에서는 동성애자들도 자신들의 섹슈얼리티로 인해 '귀신'이 되어 간다. 이 작품은 타이완 문학사에서 커다란 줄기를 형성하고 있는 '동성애자同志문학'에 이어지는 작품이기도 하다. 타이완 문학사에서는 1990년대 이후 '동성애자同志문학'이 큰 흐름을 형성하였다. 동성애자 문학은 과거 이성간의 사랑이 주를 이루던 성별性別 개념에 도전장을 내밀었으며, 이것은 대만 사회가 다원화 되어가는 과정 중에 발생한 필연적 현상으로 규정된다.[7]

『귀신들의 땅』에서 동성애자인 텐홍은 용징에 돌아오며, "그 더럽고 추한, 자신이 만들어 놓은 죽음과 이별, 엄마이 모욕과 가혹한 폭력을 잊지 않았다"[338]고 단언한다. '엄마의 모욕과 가혹한 폭력'은 텐홍이 아들이었지만, 동성애자였기 때문에 일어난 일이다. 이 작품에서 동성애자에 대한 혐오는 젠더적 차별을 뛰어넘는다. 엄마인 아찬은 남편의 장례식에서 텐홍에게 "너는 아들이 아니라 아무짝에도 쓸모가 없구나. 너는 남자가 아니잖아"[104]라고 말하며, 결국 텐홍을 쫓아내기까지 한다. 아찬은 "변태 새끼를 낳게 될줄은 정말 몰랐네. 아무짝에도 쓸모없는 놈 같으니라고!"[244]라고 말하기도 하며, 동성애자인 텐홍을 낳은 것은 "죄를 지은 것"[338]이라고까지 여긴다. 이러한 동성애 혐오는 다음처럼 텐홍을 향해 극단적으로 발화되기도 한다.

이 변태 새끼. 아무짝에도 쓸모없는 놈, 멍청한 새끼! 7월 보름이면 오리 새끼도 죽어야 한다는 걸 아는데 너는 왜 나가 뒈지지 못하는 거야! 뒈져서 귀신이 되어야

---

7    陳萬益 외, 앞의 책, 128~129면.

눈에 보이지 않을 것 아냐. 아무짝에도 쓸모없는 모이 눈에 보이지라도 말아야 할 것 아냐!250

'귀신이 되어야 한다'는 아찬의 말은 그대로 실현되어, 아찬은 용징을 떠났고 세상과 연결이 단절된 톈훙은 현재 "사라져 버린 귀신"58과 같은 상태이다. 동성애 혐오는 용징에 널리 퍼져 있다. 아찬만큼이나 동성애 혐오homophobia를 보여주는 인물은 톈훙의 단짝 친구인 샤오촨의 어머니이다. 샤오촨의 어머니는 톈훙이 다니는 중학교의 영어 선생님이었는데, 그녀는 자신의 아들이 좋은 성적을 받지 못하면 등나무 회초리로 아들을 때리고는 했다. 그런 샤오촨의 어머니는 이전에도 톈훙의 집으로 찾아와 톈훙을 당장 전학시키라고 요구하기도 했다. 나중에는 톈훙이 자신의 아들에게 편지를 보냈다는 이유만으로, 젊은 남자들을 데리고 와 추풍나무 밑에서 톈훙에게 린치를 가한다.[8] 이때 톈훙은 "곧 죽을 것 같다는 생각"284이 들 정도로 심각한 폭행을 당하며, 이 폭행으로 톈훙은 늑골이 부러져 입원치료까지 받는다. 톈훙의 형 톈이는 동생이 심각한 린치를 당하는데도, "고개도 돌리지 않고 힘주어 자전거 페달을 밟아 빠른 속도로"284 멀어져 간다. 이것은 용징에 동성애 혐오가 매우 강하게 존재함을 보여준다. 톈훙의 둘째 매형은 남자들의 성애로 가득한 톈훙의 신문연재소설을 읽고는 "정말 변태 같아. 세상이 곧 끝날 것 같네. 동생한테 필명을 쓰라고 해. 정말 창피하다고"234라며, 아내인 수리 앞에서 신문을 박박 찢어버린다. 톈훙의 아버지인 아산은 라오왕과 동업을 하면서도, 라오왕만 거부가 되고 자신은 돈을 벌지 못한다. 이유는 아산이 동성애자이며 자신의 아들인 징쯔총과 연인 사이라는 것을 안

---

8　샤오촨의 어머니는 나중에 캐나다에 살던 샤오촨이 결혼할 여자를 데려오자, "여자를 힐끗 보더니 피부가 검어서 안 된다"(386)라는 인종주의적 발언을 하기도 한다.

라오왕이, 이러한 사실을 빌미로 이익을 독점했기 때문이다.

『귀신들의 땅』에는 여러 명의 동성애자들이 등장한다. 이들은 '분신들 doubles'의 형태로 존재한다. 분신들은 서로 외모가 닮았거나 행동 방식이 비슷하거나 아주 유사한 경험을 공유하는 같은 성별의 등장인물들을 말하며, 이들은 서로에게 일종의 '거울 이미지'로 기능한다. 가장 분명한 '분신들'로는 밍르 서점을 함께 운영하는 뚱뚱한 주인과 삐삐 마른 주인을 들 수 있다. 나중에는 톈홍의 아버지인 아산과 옆집에 살던 징쯔총도 동성애 커플이었음이 드러난다. '진짜 귀신'인 아산은 아들 톈홍에게 용징으로 돌아오지 말라는 메시지를 일관되게 전한다. 이유는 "이 작은 시골엔 너를 붙잡아 둘 만한 곳이 없다"[196]는 것이고, 이것은 아산이 평생에 걸친 체험을 통해 깨달은 것이라고도 할 수 있다. 평소 책을 많이 읽지도 않았으며 중학교 졸업이 학력의 전부인 아산이 톈홍의 소설을 "한 글자 한 글자 다 읽고 이해할 수 있었"[289]던 것은 아산 역시 동성애자였던 것과 무관하지 않다.

동성애의 문제는, 2장에서 살펴본 젠더의 문제와는 달리 용징을 넘어 지구적 차원으로 확대된다. 그것은 톈홍과 T의 관계를 통해서 드러난다. 작가인 톈홍은 레지던스를 제공하는 프로그램의 담당 기관에서 마련해 준 베를린의 작은 아파트에 머물게 된다. "모든 것으로부터 배척된 문맹"[219]과 같은 생활을 하던 톈홍은 연하의 T를 만나 동거한다. "새로운 삶을 펼쳐 나가"[339]려는 목적으로 결혼을 하기로 한 둘은 T의 고향인 발트해 연안의 라뵈Laboe로 간다. 그 곳에서 T의 부모를 만나지만, 부모들은 톈홍과 T도 그리고 둘의 결혼도 환영하지 않는다. 결국 저녁 식사를 하면서 말다툼이 벌어지고, 톈홍은 T와 함께 그 집을 나와야만 했다. 동성애는 타이완의 용징뿐만 아니라 독일의 라뵈에서도 결코 환영받을 수 없었던 것이다. T는 부모의 집에서 나온 이후부터, 어디에도 "집이 없는"[340] 사람이 되며, 이것은 "뿌리가 잘려

나가는 단절이자 영원한 이별"340에 해당한다.

　T는 매우 문제적인 인물이다. 그는 동성애자들이 경험하는 자기혐오를 가리키는 '내면화된 동성애 혐오internalized homophobia'에 빠져 있는 인물이기 때문이다. '내면화된 동성애 혐오'는 동성애자들이 이성애자 중심 사회에서 성장하면서 동성애 혐오를 내면화하는 데서 생겨난다. 이러한 '내면화된 동성애 혐오'는 곧바로 자학과 자기혐오로 이어질 수밖에 없다. 외국인과 동성애를 나누는 T는 아이러니하게도 신나치 조직에 가입한다. 이후 T의 패션은 변하기 시작하고, 양쪽 팔에는 문신이 새겨진다. 나아가 T는 마약을 복용하고, 신나치 대원들과 함께 횃불과 독일 국기를 들고 행진한다. 이 조직은 나중에 T가 동성애자인 외국 남자와 함께 산다는 것을 알게 된 후에, 톈홍과 T의 차창에 "Schwuchtel동성애자'라는 문자와 함께 나치 표지"434를 그리기도 하고, 나치를 의미하는 N자가 그려진 벽돌을 집안에 던지기도 한다. 이것은 이 조직이 '외국인 혐오'와 함께 '동성애 혐오'를 핵심적인 가치로 추구한다는 것을 보여준다. 이전에 T는 "짙은 피부의 외국인 무리"374를 보면 폭력적인 모습을 보이거나, "외국인들을 욕"374하기도 했다. T는 동성애자로서 아시아인인 톈홍을 사랑하지만, 그의 내면에는 '외국인 혐오'와 함께 '동성애 혐오'가 존재했던 것이다.

　결국 '내면화된 동성애 혐오'로 인해, T의 자기분열과 자기혐오는 극단을 향해 치닫는다. 광기가 폭발한 T는 노끈과 테이프를 가지고 와 톈홍을 묶고 목을 눌러 댔으며, 이 순간 톈홍은 또다시 용징의 추풍나무 밑으로 끌려 온 느낌을 받는다. T의 광기와 폭력이 계속 되는 중에, 결국 톈홍은 T를 살해하는 지경에까지 이르고 만 것이다. 톈홍은 최후의 아수라장에서 "T가 도망치라고 말했던 걸 기억"437하지만, "어디로 간단 말인가?"437라고 스스로에게 되뇌인다. 실제로 동성연인이었던 T조차 톈홍에게 극단의 폭력을 휘

둘러 텐홍을 살인자로 만드는 상황에서, 텐홍이 머물 곳은 이 지구상에 존재하지 않았던 것이다. 『귀신들의 땅』에서 '동성애 혐오'는 '여성 차별'만큼이나 인간을 '귀신'으로 만들어내는 강력한 힘을 가지고 있다.

그런데 여기서 주의할 것은 여성차별의 근원인 가부장제와 동성애 혐오의 근원인 이성애주의가 서로 공모관계를 형성하고 있다는 점이다. 로이스 타이슨은 이성애가 '정상적인' 여성의 '자연스러운' 성적 지향이 아니라, 여성을 가부장제에 종속시키는 정치적 제도라고 주장한다.[9] 이러한 동성애 혐오와 가부장제의 공모는 레즈비언이 아닌 게이의 경우에도 똑같이 적용된다. 그렇기에 『귀신들의 땅』에 드러난 위반의 섹슈얼리티는 이성애주의에 대한 도전인 동시에, 가부장제에 대한 도전의 의미도 지닌다고 할 수 있다.

『귀신들의 땅』에서 가부장제 사회의 이성애주의는 결코 건전한 것이 아니다. 그것은 이 작품에서 용징의 음화라고 할 수 있는 스트립쇼 무용단을 통해 드러난다. 용징에는 할머니와 엄마, 손녀 삼대의 여자들로 이루어진 스트립쇼 무용단이 있는데, 손녀는 텐홍과 함께 초등학교와 중학교를 다닌 친구이기도 하다. 이 스트립쇼 무용단은 "여러 묘회나 혼례, 상례"[185]와 같은 신성하고 경건한 행사에서 공연을 한다. 가부장제와 이성애주의는 이런 기괴한 스트립쇼의 보충을 통해서나 간신히 유지될 수 있었던 것이다. 이런 맥락에서 텐홍이 샤오촨의 엄마에게 린치를 당할 때, 유일하게 텐홍을 구해준 것이 스트립쇼 무용단의 손녀라는 사실은 여러 가지로 의미심장하다.

---

9    로이스 타이슨, 윤동구 역, 『비평 이론의 모든 것』, 앨피, 2012, 673면.

## 4. 물탱크 너머로 보이는 타이완의 역사

『귀신들의 땅』에서 사람들은 가부장제에 바탕한 남녀차별이나 이성애주의에 기초한 동성애 혐오로 '귀신'이 되어 간다. 동시에 '귀신'이 되어 가는 과정에는 타이완의 현대사가 은은하지만 강력한 힘으로 존재한다. 대표적으로 가부장제와 이성애주의 피해자이자 가해자이기도 한 아찬의 삶에는 그러한 시대적 배경이 잘 드러나 있다. 일제강점기에 태어난 아찬은 문맹이다. 식민지 시기의 공립학교에 들어갔지만 이틀이 지나 그만두는 바람에 아무것도 배우지 못한 것이다. 그녀는 학교 선생이 모든 학생을 대상으로 미군의 공습을 피하는 법을 가르쳐 주었던 것만 간신히 기억한다. 아찬은 왜 공립학교를 이틀만 다니고 그만두었던 걸까? 이 문제에 대한 엄마의 설명은 얘기할 때마다 달라졌다.

어떤 때는 집안에서 공립학교 학비가 너무 비싸고 여자아이가 시집만 잘 가면 그만이지 학교에는 다녀서 뭐 하느냐면서 보내 주지 않았다고 했고, 또 어떤 때는 학교 선생이 항일抗日 분자임이 발각되어 다음 날 일본군에 의해 교실에서 총살당했기 때문이라고 했다. 선생이 죽었기 때문에 학교에 다니지 않았다는 것이다. 또 어떤 때는 일본어의 쉰 가지 음을 다 외우지 못해 선생한테 맞을까 봐 아예 학교에 다니지 않기로 했다고 했고, 또 어떤 때는 등교 이틀째에 미군 폭격기의 공격을 받았고 그 폭탄 하나가 교정에 떨어지는 바람에 수많은 친구들이 죽었고 학교가 문을 닫았기 때문이라고 말했다.[140]

아찬은 '여성 차별', '일본군의 총살', '미군 폭격기의 공격' 등의 이유로 문맹이 되었던 것이다. 또한 이 작품은 타이완에서 1987년까지 지속된 계엄령에 대한 부정적 인식도 드러낸다. 사업으로 거부가 된 라오왕은 "계엄령은 그들끼리 얘기라 보통 사람들만 대상으로 하면 그만이고, 고관들은 집에서 얼마든지 마오타이주를 마시면서 향수를 달랜다"197고 말한다. 또한 무분별한 서구화를 추구하며 빚어진 우스꽝스러운 풍경도 나온다. 용징에서는 '파리헤어공작실'이라는 미용실이 여성들로부터 가장 큰 사랑을 받는데. '파리'라는 상호는 "이 작은 시골에서 유럽에 대한 상상의 극치"114로 작용했기 때문이다. 톈홍의 큰누나인 수메이는 여주인이 파리까지 갔다 왔다는 사실을 매우 부러워하는데, 미용실의 주인은 여행단에 끼어 파리에 2박 3일간 다녀왔을 뿐이다. 톈홍의 형인 톈이는 "세계화의 궤도에 연결"153되기 위해 타이완 사투리를 쓰지 않으려고 노력한다. 톈이는 사찰단을 이끌고 피리의 뉴욕을 방문하고 돌아와서는 정치 선전 차량을 이용하여 전체 향민들에게 용징을 동양의 작은 파리나 뉴욕으로 만들겠다고 포부를 밝히기도 한다.10

미국이 타이완과 단교하던 해1979년에 톈홍의 음악 선생은, 타이완 정권이 곧 무너질 거라는 두려움에 온 가족이 아르헨티나로 이민을 떠난다. 중국 대륙과 타이완 사이에 친지 방문이 개방되던 해에 아산은 라오왕과 함께 홍콩을 거쳐 베이징으로 가서 장사를 했다. 이 때 라오왕은 큰 이익을 챙기는데, 이 때의 상술은 상품에 철저히 일본색을 입히는 것이다. 라오왕은 "반일은 당연한 것이지만 발전한 일본을 추종하지 않는 사람이 누가 있겠느냐"397며, "비스킷을 먹고 일본인이 될 수 있다면 모두가 사 먹을 것"397이라

---

10  이러한 맹목적인 서구 지향에 대해 톈홍의 아버지인 아산이나 둘째 누나인 수리는 부정적인 인식을 드러내기도 한다. 아산은 "'발전'을 외치는 것은 원래 있던 전통적인 것들이 모두 좋지 않고 열등하며 도태되거나 개량될 필요가 있다고 말하는 것과 다르지 않았다"(153)고 말하며, 수리는 "왜 모두 '건설'에 그토록 열광하고 있는지"(315) 이해하지 못한다.

고 생각한 것이다. 톈훙이 베를린의 교도소에 있을 때, 교도소 도서관에 있는 지구의에는 타이완이 존재하지 않는다. 이것은 중국의 부상으로 타이완이 국제 사회에서 고립의 길을 걷게 된 것을 드러내는 것이라고 할 수 있다.

그런데 이러한 타이완의 역사는 어디까지나 파편적으로만 등장할 뿐이다. 『귀신들의 땅』에서 메인 서사에 해당하는 것은 용징 사람들을 '귀신'으로 만드는 젠더적 차별과 동성애 혐오이다. 이와 관련해 이 작품에 등장하는 물탱크의 비유에 주목할 필요가 있다. 톈훙은 타이베이에 머물 때, 옥상에 불법으로 건축한 가건물에 거주한다. 이 때 톈훙은 창가에서 글을 썼는데, 밖을 내다보고 싶어도 은색 물탱크가 시야를 가로막았다. 서술자는 "물탱크가 시선을 가로막는 것이 그가 타이베이를 보는 방식"[235]이었으며, "그렇게 물탱크를 바라보면서 그는 타이베이와 관련된 책을 세 권이나 썼다"[235]고 말한다. '물탱크가 시선을 가로막는 것이 그가 타이베이를 보는 방식'이었다는 말은, 톈훙에게만 해당하는 것이 아니라 『귀신들의 땅』을 쓴 작가 천쓰훙에게도 해당한다.

『귀신들의 땅』에서 물탱크는 특별한 의미를 지니고 있는 기호이다. 톈훙의 아버지인 아산의 동성연인 징쯔충은 불온한 주의자로서 경찰에 쫓기게 된다. 그 때 징쯔충과 아산은 양타오 과수원의 은색 물탱크 안에서 함께 시간을 보냈다. 나중 징쯔충은 아산에게 편지를 보내, "물탱크 안에서 보낸 그 시간이 제 인생에서 가장 즐거운 시간이었어요"[473]라고 고백한다. 물탱크는 동성애 혐오로 가득한 세상과는 단절된 동성애자들의 '작은 낙원'이었던 것이다. 『귀신들의 땅』에는 이러한 물탱크에 이어지는 기호로 잠수함이 등장한다. T의 고향인 발트해 연안의 라뵈에는 제2차 세계대전에 쓰였던 거대한 잠수함 U-995가 있었다. T는 그 잠수함을 즐겨 그리면서 나중에 잠수함을 몰고 라뵈를 떠나 아주 먼 곳으로 갈 거라고 말하고는 했었다. 이

때의 잠수함 역시 동성애 혐오가 가득한 세상과는 단절된 낙원으로서의 밀실을 의미했던 것이다. 물탱크가 지닌 중요한 의미는 톈훙의 누나인 수리에 의해서도 확인된다. 수리는 톈훙의 가건물에 갔다가, 그곳이 너무 누추하다며 다른 집을 알아보자고 말한다. 그러나 물탱크를 발견한 후에는 "톈훙이 왜 이렇게 귀신 집처럼 보이는 옥상에 거주하려 하는지 알 것 같았다"[309]라고 생각한다. 톈훙이 물탱크를 통해 타이베이를 바라본다는 것은, 작가가 어디까지나 타이완의 역사를 동성애 혐오나 그와 연루된 가부장제를 통해서 바라본다는 것으로 새겨볼 수도 있다.

그런데 천쓰훙은 시대의 본질이 동성애자를 물탱크로 몰아넣은 이념적 현실과 맞닿아 있는 것으로 형상화한다. 그것은 『귀신들의 땅』에서 동성애자들이 모두 주의자라는 것을 통해 직접적으로 드러난다. 나중에 톈훙의 아버지인 아산, 징쯔충, 밍르 서점의 뚱뚱한 주인과 삐삐 마른 주인은 독서회 멤버였음이 드러난다. 그들이 독서회를 하던 장소의 "벽에는 마르크스와 레닌이 있었"[467]고, 그들은 "'당 외'나 '민주', '사회주의', '자유' 같은 것들"[467]을 이야기했던 것이다. 안타깝게도 독서회의 멤버들은 모두 비극적 최후를 맞이한다. 징쯔충은 감옥에서 석방된 후에 자살하며, 뚱뚱한 주인도 감옥에서 자살한다. 이것은 동성애 혐오가 반공을 내세우는 타이완 사회의 권위적인 분위기와 무관하지 않음을 보여준다.

서사적 재미와 날카로운 문제의식을 겸비한 『귀신들의 땅』은 타이완의 오랜 '동지同志문학'의 전통에서 탄생한 작품이다. 천쓰훙의 작가적 위치야말로 수많은 '귀신'들의 억울함을 풀어주는 신원의 서사를 가능케 한 근원적 힘이었다고 할 수 있다. 천쓰훙은 이성애자가 아니기에 사회의 주변부에 머물러야 했으며, 그러한 경험 덕분에 인간 삶의 핵심적인 국면에 육박해 들어갈 수 있었다. 오늘날 천쓰훙의 『귀신들의 땅』이 한국어로 번역되고

한국 사회에서 커다란 반향을 불러일으키는 이유는, 작품에 담겨진 문제의
식이 오늘날 한국 사회와 한국문학에서도 절실한 것들이기 때문일 것이다.
『귀신들의 땅』은 타이완과 역사 경험의 상당 부분을 공유하는 우리에게 많
은 시사점을 던져주는 문제작으로 우리 앞에 놓여 있다.2024

# 5

# (후기) 식민주의여, 안녕!

비엣 타인 응우옌의 『헌신자』

## 1. 다시 돌아온 보안

『헌신자』의 작가 비엣 타인 응우옌Viet Thanh Nguyen은 1971년 베트남에서 태어났으나 1975년 사이공이 함락되면서 가족 전체가 미국으로 이주하였다. 그는 UC버클리에서 영문학과 민족학 학위를 받고 현재는 USC에서 영문학과 미국에서의 소수민족학을 강의하는 교수이자 소설가이다. 전작『동조자』2016로 수많은 문학상을 받으며 사람들의 주목을 받은 비엣 타인 응우옌은 2022년에 발표한『헌신자』를 통해 우리 시대를 대표하는 거장의 반열에 당당히 이름을 올리게 되었다.

『헌신자』는 전작인『동조자』가 끝나는 대목에서부터 시작한다. 베트콩 수용소에서 함께 고초를 겪은 보안과 본은 베트남을 탈출하여 '아버지의 나라'인 프랑스에 도착한다. 그들은 친구이자 베트남 정치위원인 만이 파리에 심어둔 첩자 '당고모'의 집에서 살며, 파리의 갱스터 '보스' 밑에서 일하며 살아간다. 보스는 베트남 식당으로 위장한 채 마약 밀매 등을 하며 세력을 넓혀나간다. 보스는 아랍계 갱단과 갈등을 벌이게 되고, 두 조직 간의 갈등과 대결이 서사의 기본 줄기를 이루게 된다. 거기에 보안, 만, 본 사이의 우정과 배신, 그리고 복수의 드라마가 또 하나의 서사적 줄기를 이룬다. 보얀과 본 그리고 만은 고등학교 시절에 피를 섞어가며 영원한 우정을 맹세한 의형제 사이다. 그러나 만이 공산주의자이고 보얀이 이중스파이였던 것과 달리 본은 반공산주의자였다. 본은 자신의 아버지가 지역 세포 조직의 간부에게 잔인하게 살해당한 이후로, 줄곧 공산주의자들을 증오해 온 것이다. 본은 베트남의 수용소에서 만난 정치위원이 만인 줄 모른 채 그를 죽이려 하고, 이 모든 상황을 아는 보얀은 이를 막으려고 분투한다.

『동조자』가 베트남전과 미국의 제국주의 문제를 다루었다면, 후속작인 『헌신자』는 미국이 침략하기 전, 무려 100여 년에 가깝게 베트남을 식민화한 프랑스 식민주의의 과거와 현재를 섬세하게 다루고 있다. 보얀이 프랑스인 신부의 사생아로 태어났다는 것은, 프랑스의 베트남 식민 지배에 대한 하나의 알레고리로서 기능한다. 또한 프랑스에서 살아가는 베트남인들이나 아랍인들의 모습을 통하여 후기 식민주의post-colonialism의 문제의식을 맘껏 드러내고 있다.『헌신자』는 1980년대 초 파리를 배경으로 하여 프랑스인들의 변함없는 식민주의적 (무)의식, 프랑스 지식인들의 위선, 식민지 지배를 받았던 베트남인들이 프랑스를 향해 보여주는 양가감정과 이중의식, 유색인종을 향한 재현의 폭력, 더욱 정교해져만 가는 오리엔탈리즘 담론의 위력, 다중억압에 시달리는 유색인 여성 문제 등을 장르소설의 문법에 담아 보여주고 있다.

비엣 타인 응우옌의『헌신자』는 모두 4부 21장, 그리고 프롤로그와 에필로그로 이루어진 600페이지가 넘는 장편소설이다. 보얀은 베트남의 재교육 수용소에서 1년, 갈랑이라는 인도네시아 섬의 난민 수용소에서 2년을 보내고 1981년 7월 18일 프랑스에 입국한다.『동조자』가 베트남의 재교육 수용소에서 보얀이 쓴 진술서라면,『헌신자』는 보얀이 요양소에서 머물며 마오주의자인 정신분석학자, '당고모', 변호사를 대상으로 쓰고 있는 진술서에 해당한다. 이 작품은 노드럽 프라이가 말한 해부解剖, Anatomy의 전형이라고 할 수 있다. 비엣 타인 응우옌은 이 작품을 하나의 철학적인 대화나 심포지엄으로 끌고 가는 경향이 있다. 최소한의 서사만 남겨둔 채, 작품의 대부분은 다양한 등장인물들의 입장이나 사상이 섞이고 부딪치는 언어의 향연이 되고 있는 것이다. 이를 통해 독자는 이전에 그 어디서도 접하지 못한 (후기)식민주의에 관한 깊이 있는 사유를 체험할 수 있다.

## 2. 식민주의 (무)의식과 진정한 보편성

보얀과 같은 베트남인이 프랑스에서 경험하는 것은 기본적으로 배제되는 경험이다. 그것은 프랑스에 처음 발을 내딛은 공항에서부터 이루어진다. 공항에서 보얀은 정확한 프랑스어 악센트로 "아버지는 프랑스인이예요. 어쩌면 나도 프랑스인일까요?"[1]라고 묻지만, 공항직원은 "아니요…… 당신은…… 절대로…… 프랑스인이……"[24]라고 단호하게 대답할 뿐이다. 보얀이 의지하는 보스의 근거지인 '아시아의 환희'라는 식당은 "매력이 부족"[55]한 13구에 있으며, 13구는 "아시아인 구역, 다시 말해 리틀 아시아"[44]였다. 이처럼 아시아인들은 공간적으로도 프랑스인들과 분리돼 있는 것이다. 보스는 "황인종 형제자매, 혹은 아시아계 혼혈 형제자매"[186]는 "항상 어쩔 수 없이 살아야 하는 곳에서 살"[186] 수밖에 없다고 말한다.

프랑스 사회에서 베트남인과 아랍인은 "식민지라는 의붓자식으로서 프

---

[1]  비엣 타인 응우옌, 김희용 역, 『헌신자』, 민음사, 2023, 24면. 앞으로 이 작품을 인용할 경우 본문중에 권수와 면수만 기록하기로 한다.

랑스라는 폭력적인 보호자를 공유하는 관계"248이다. 경쟁조직의 조직원 모나리자의 삼촌 중 한 명은 프랑스군에 맞서 싸웠고, 당시 10대에 불과했던 모나리자의 아버지는 삼촌의 시신을 수습해 장례를 치러야 했다. 모나리자는 "그런 일은 사람을 엉망으로 만들어. 그러면 그 사람은 자기 자식들을 엉망으로 만들고, 또 그 자식들은 그들의 자식들을 엉망으로 만들고, 그런 일이 계속 반복되는 거야"431라고 말한다. "갈색 동양인은 한때 찬란했던 문명이 황폐화 된 폐허 속에 묻혀 있다는 점에서 황색 아시아인과 비슷"248하다. 아시아인이나 아랍인은 모두 오리엔탈리즘적 표상의 대상에 머무는데, "이제는 오직 우리의 차, 종교, 양탄자, 싸구려 장신구, 테피스트리, 직물, 우리의 노예 신세, 고독, 섹스에나 제격"248인 상태이다. 그럼에도 보얀과 그가 속한 조직은 프랑스인이 아니라 자신들처럼 인종적 차별에 시달리는 아랍인 조직과 대립한다.

보얀은 '당고모'의 집에 머무는데, 편집자인 당고모의 주위에는 파리의 지식인들이 많다. 당고모의 아파트에 모인 지식인들은 "너무나 좌파적"66이며, 이 책의 상당 부분은 캐비아 좌파들의 위선적인 식민주의 (무)의식을 비판하는데 할애되고 있다. 사실 이들에게는 별다른 실천도 요구되지 않으며, 하나의 의상으로서 진보적 태도를 과시하기만 하면 된다. 일테면 마오주의자 정신분석학자는 "우리가 억압받는 사람들의 진정한 세계적 봉기를 목격하기에 앞서, 먼저 전 세계가 자본주의에 완전히 함락되어야 해요"112라고 생각한다. 당고모를 비롯한 지식인들은 미국 재즈를 몹시 편애하는데, 이유는 "그 감미로운 음 하나하나가 그들에게 미국의 인종 차별을 생각나게 하고, 그 덕분에 편리하게도 그들 자신의 인종 차별을 잊게 해 주었"101기 때문이다.

사회주의자 정치가 BFD와 마오주의 정신분석학자는 식민주의 의식에 깊이 빠진 사람들이다. 이 두 사람은 "베트남의 혁명가를 현대의 고결한 야만인이라고 여기는 좌파들"[71]이다. 그렇기에 마오주의자인 정신분석학자는 진정한 혁명을 위해서 "100개의 베트남이 더 필요할 것"[114]이라고 태연히 말할 수 있는 것이다. 이 말을 들은 보얀, 즉 "혁명과 혁명의 결과를 겪으며 살아"[115]온 보얀은 "하지만 우리 나라에서 전쟁이 벌어지는 동안, 적어도 300만 명의 사람들이 죽었어요"[114]라고 안간힘을 쓰며 대응한다. 나아가 보얀은 공산주의를 피해 온 자신을 이들이 "비천한 야만인"[71]으로 여길게 분명하다고 생각한다. 파리에서 사회주의자인 BFD와 마오주의자인 정신분석학자와 함께 지내면서, 보얀은 자신이 백인들에게 타자로 보이기만 하는 것이 아니라 들리기도 한다는 것을 깨닫는다.

정치가인 BFD는 "프랑스인들은 아이러니 빼면 시체야"[341]라고 말할 정도로, 스스로도 자신의 위선을 잘 안다. "아이러니의 걸어 다니는 본보기"[341]인 그는 베트남인들의 문화공연에서 연설을 하는데, 이 연설은 식민주의나 그 이데올로기가 박제화 된 과거가 아니라 여전히 숨쉬고 있는 현재임을 증명한다. BFD는 프랑스인들이 미국인들처럼 끔찍한 짓은 저지르지 않았다며, "우리는 문화를 남겼습니다"[343]라고 힘주어 말한다. 나아가 고귀한 의도를 가지고, "자유, 평등, 박애를 전파"[343]했다고 강조한다. 나아가 프랑스가 없었다면 호찌민이나 그의 협력자들은 없었을 것이며, 프랑스가 "베트남 학생들을 프랑스로 데려왔고 그들에게 혁명을 완수하기 위해 ― 우리에게 맞서 ― 싸울 도구를 주었습니다!"[343]라고까지 말한다. "여러분이 프랑스에 있다는 것은 우리 프랑스 문화의 위대함을 증명합니다. 공화국 만세! 프랑스 만세!"[344]라며 연설을 끝맺는다.

BFD는 보얀을 향해, 당신네 여자들은 "믿기 힘들 정도로 굉장해요. 아주 섬세하고, 직관적이고, 털도 없고, 늙지 않고, 지칠 줄 모르죠. 아시아 여자는 서양 여자들보다 남자를 더 잘 알아요"388라며, "아시아 여자는 완벽해요!"388라고 흥분한다. 나아가 "아시아 여성의 유일한 결점은, 비록 그것이 그녀의 매력의 원천이기는 하지만, 본질적으로 그녀를 알 수가 없다는 거예요"388라고 말한다. 보얀은 BFD의 말 속에 담긴 식민주의적 의식을 날카롭게 인식한다. 사실 '속을 알 수 없다는 특징'은 성별을 초월하여 아시아인 전반의 특징으로 언제든지 확장되기도 했던 것이다. 이에 보얀은 "당신들은 표정을 읽어 내기 힘든 백인은 포커페이스를 유지한다고 할 테고, 그 말에는 정보 제공을 신중하게 보류한다는 긍정적인 의미"389가 내포되어 있는 것과 달리, "당신네 백인들이 우리에게는 항상 무언가 꿍꿍이가 있다고 믿기 때문에 우리는 그저 속을 알 수 없는 사람들일 뿐이죠"390라고 말한다.

베트남 출신인 당고모조차 식민주의적 의식을 드러낸다. 보얀으로부터 보스와 까오보이에 대한 이야기를 듣고서는 "난 그들이 이 커피처럼 어둡고 강하다고 생각해. 갱스터와 낭만. 폭력과 서정. 우리 조국의 문화를 정의하는 것 아닌가?"67라며 내면화 된 오리엔탈리즘을 보여주는 것이다.

보얀과 같은 유색인종이 프랑스 사회에서 그나마 인정받는 방법은 프랑스인으로 완전히 동화되는 것이다. 자신을 프랑스인이라고 생각하는 당고모는 보얀에게 "네가 프랑스인이 되고 싶어 해야"325 되며, "거울을 들여다보며, 아시아인이나 어떤 유색 인종이 아니라, 프랑스인을 봐야 해"325라고 말한다. 그러나 보얀은 거울에서 "프랑스인도, 미국인도, 베트남인도 아닌 누군가"326를 볼 뿐이며, 자신은 "기껏해야 존재가 부인된 자이고, 최악의 경우 잡종 새끼인 무명인"326임을 자각한다.

알제리 출신인 모나리자 역시 동화의 압력에 시달린다. 모나리자는 프랑스어를 유창하게 구사하지만, 모나리자가 자신의 이름을 말하는 순간 프랑스인들의 목소리나 얼굴 표정은 변한다. 프랑스인들은 "프랑스어 이름이 아니네요"431라고 노골적으로 말하기도 하기에, 모나리자는 프랑스 사회에서 살아가기 위해서는 "이름을 바꾸는 것 말고는 방법이 없었어"431라고 말한다. 모나리자는 "난 100퍼센트 프랑스인이 되거나, 그저 더러운 아랍 놈이 될 뿐이거나, 둘 중 하나였지. 그래서 난 그 대신 100퍼센트 갱스터가 되기로 결심했어"432라고 말하는데, 이는 자신이 조직에서 일하게 된 근본적인 원인이 프랑스 사회에 있음을 보여준다. 보안이나 모나리자가 프랑스에서 겪는 일은, 프란츠 파농이 말한 "검둥이의 입장"326에 해당한다. 이것은 유색인종들이 "자본주의와 그 짝꿍인 식민주의하에서 인종 차별주의로 인해 더 복합적인 경험을 했기 때문에 이중으로 소외"327되는 것을 말한다.

『헌신자』에 등장하는 프랑스 지식인들은 자신들이 보편성에 바탕해 행동하는 것과 달리, 보안과 같은 이들은 보편성과는 거리가 먼 공동체주의자들에 불과하다고 얕잡아본다. BFD는 보안을 공동체주의자, 즉 "자신의 비참한 처지를 탐닉하고, 자신의 정체성이나 피부색에 대한 집착 같은 사소한 상황들을 초월하지 못하고, 자신의 작은 집단, 자신의 공동체를 벗어나서 생각할 줄 모르고, 보편적인 존재는 언감생심이고, 단순히 인간다운 존재도 결코 될 수 없는 사람"390이라고 화를 낸다. 보안같은 유색인종은 자신들의 문제가 아닌 "노동 계급이나 프랑스인들의 비참함을 인정하는 경우"391에만 "보편주의"391가 될 수 있는데, 보안은 그렇지 못하다는 것이다. 그러나 보안은 BFD야말로 "스스로를 백인 남자가 아니라, 그저 한 사람의 남자로 생각하고 싶어 하지"391만, 보편성과는 거리가 먼 인종주의에 빠진 "백인 남자"391에 불과함을 날카롭게 지적한다. 오히려 보안은 "내 보편적 정체성은 나이고, 또 전적으로 나일 터였습니다"327라고 하여, 자신이야말로 '보편적'이라고 여긴다. 식민주의야말로 인류가 경험한 보편적인 경험이며, 그 한가운데 보안이 놓여 있다는 것을 생각한다면 보안의 이러한 생각은 타당한 것이라 할 수 있다. 나아가 예수님이 보편적인 존재가 될 수 있다면, 자신 역시 보편적인 존재가 될 수 있다고 다음처럼 일갈한다.

내가 보편적이지 않다는 얘기 말인데 ― 왜? 내가 황인종이라서? 반만 백인이라서? 내가 난민이라서? 예전 당신네 식민지 출신이라서? 내 악센트가 이상해서? 내 외모가 멸시받아서? 내 음식이 비위에 거슬려서? 만약 예수 그리스도가 난민의 자식이고, 마구간에서 가난하게 태어났고, 식민지 사람이고, 벽지 출신의 촌놈이고, 그의 사회의 지도자들과 그 지도자들의 지배자들의 경멸을 받았고, 초라한 목수였던 이 예수 그리스도가 보편적인 존재가 되었다면 ― 그렇다면 나도 마찬가지로 그렇게 될 수 있어. 이 씨발놈아![392]

『헌신자』에서는 인종주의와 관련해 긍정적인 미래상에 해당하는 장면이 한번 등장한다. 보얀이 낙원이라는 요양소에 머물 때, 당고모와 변호사가 가져다준 신문 기사의 사진에는 인종 차별 반대와 평등을 위한 가두시위 장면이 찍혀 있다. 거기에는 한 무리의 베트남계 젊은이들도 등장하는데, 그들의 머리 위쪽 팻말에는 ‘통합된 정체성’이라는 문구가 적혀 있다. ‘통합된 정체성’이라는 문구는 매우 중요한데, 이 문구에서 보얀은 “정말 큰 희망”[570]을, “십자가상이나 공산당 깃발에서보다 더 큰 희망”[570]을 얻기 때문이다. 직접적인 식민주의는 끝났지만, 문명의 수도를 자처하는 1980년대 초반의 프랑스 파리에는 여전히 식민주의 이데올로기와 그에 바탕한 행위들이 가득하다. 프랑스인들은 우월하고, 베트남인이나 알제리인들은 열등하다는 문명과 야만의 이분법, 유색인종에 대한 타자화와 멸시, 원시적인 아름다움에 대한 구역질 나는 찬양, 유럽중심주의에 바탕한 보편성에 대한 강조 등이 구체적인 사례이다. 이런 상황에서 파리의 유색인종에게 요구되는 것은 완벽한 프랑스(인)과의 동화이거나, 프랑스 사회로부터 배제되는 것 뿐이다.「헌신자」에서 보얀이나 모나리자와 같은 유색인종들이 보여주는 삶은 이에 대한 절절한 증언이라고 할 수 있다. 이러한 상황에서 작가는 하나의 대안으로서, 유색인종으로서의 개성이 인정받는 보편적 인간으로서의 가능성, 즉 '통합된 정체성integrated identity'을 사유하는 것이다.

## 3. 이중의식에 시달리는 베트남인과 식민주의의 후과

『헌신자』에서 눈여겨볼 것은 오랜 동안 프랑스의 식민지 지배를 받은 베트남인들이 프랑스에 대해 갖는 애증이 양가감정과 이중의식이다. 그것은 숭배와 질투의 감정이면서, 동시에 인정받으려는 욕망과 그로부터 비롯되는 수치심을 말한다. 보얀 역시 프랑스인 아버지에 대한 감정이 그러하듯이 프랑스에 대해서도 양가적인 감정을 느낀다. 프랑스 지식인들에게 철저한 무시를 당하고, 당고모가 사회주의자 BFD와 침실에 함께 들어가는 모습을 보며, 1930년대에 파리에서 학위를 딴 국립 고등학교 시절의 한 교사가 학생들식민지인에게 불러일으킨 "숭배와 질투"73를 떠올린다.

식민지 지배자들은 스스로를 신성한 존재로 여겼고, 그 교사처럼 그들을 섬기는 토착민 중개인들은 자신들이 사도라는 환상을 가지고 있었습니다. 당연히 식민지 지배자들은 우리를 야만인이나 젖먹이나 양으로 업신여긴 반면, 우리는 그들을 반신반인이나 주인이나 맹수로 우러러봤습니다. 물론 인간 숭배의 위험 요소란, 인간은 결국 자신의 결합 있는 인간성을 드러내고, 그러면 그 시점에 신자는 그 추락한 우상을 기필코 죽이는 것 외에 선택의 여지가 없다는 것입니다.

우리 중 일부는 우리의 후원자인 프랑스인들을 사랑했고, 일부는 우리의 식민
지 지배자인 프랑스인들을 증오했습니다. 하지만 우리 모두는 그들에게 유혹 당했
습니다.[73]


"토착민 중개인"[73]이었던 교사는 프랑스 문화에 "흠뻑 젖은 스펀지가 되
어 우리 무지몽매한 토착민들에게 돌아와"[74] 프랑스의 문학과 철학에 대해
가르치지만, 그 가르침의 의미는 변질된 것이다.[2] 일테면 베트남에서 데카
르트의 심신이원론은 "프랑스인들이 그들의 정신으로 우리를 지배할 수 있
다"[74]는 가르침이 되고, 볼테르의 '우리는 우리의 정원을 가꾸어야 해요'라
는 가르침은 "우리 자신의 일에만 신경 쓰고 우리의 작은 땅뙈기에 만족하
라는 의미"[75]가 된다. 보얀에 따르면, 베트남인들은 "프랑스인들이 접미사
대신 사용한 괄호를 보지 못했"[344]던 것이다. 프랑스인들은 베트남인들에
게도 "자유, 평등, 박애"를 주장했는데, 베트남인들은 그 숭고한 단어들 뒤
에 붙은 "(존재하기는 하지만 적어도 아직은 당신들에게는 해당되지 않는다)"[344]는 괄
호를 보지 못했던 것이다.

사이공에서는 어떠한 프랑스인이든 "노란 피부의 잡종 새끼! 뱁새눈 칭
크!"[76]라는 식으로 베트남인을 모욕할 수 있었다. 이러한 '주인'의 모욕에
대응하는 방식은 세 가지이다. 첫 번째는 "주인들이 우리를 사랑해 주기만
을 바라며 그 모욕을 모르는 체"[76]하는 것이고, 다른 하나는 "그 모욕을 잊
을 수가 없어서 주인들을 죽이고 싶어"[77] 하는 것이며, 마지막은 보얀과 같
은 일부가 그러하듯이 "주인들을 사랑하는 동시에 증오"[77]하는 것이다. "자

---

2 베트남 선생은 식민본국은 우월하지만 자국은 열등하다고 너무나도 철저히 배웠기 때문
  에, 감히 식민지 지배에 저항할 엄두를 못 낼만큼 식민화로 길들여진 식민주체라고 할 수
  있다. 『헌신자』에서는 이와 비슷한 인물로 '당고모'나 협회장 등이 등장한다.

신이 증오하는 주인을 사랑한다는 것"77은 "필연적으로 혼란과 자기혐오를 초래"77한다.

마오주의 박사의 동네 거리를 걸을 때, 보얀은 "전에 여기 와 봤던 것 같은 섬뜩한 느낌"106을 받는다. 섬뜩함의 이유는 프랑스인들이 오스만시대 파리의 세태를 반영하여 사이공을 설계한 결과, 사이공의 대로들과 파리 거리가 닮아 있었기 때문이다. 온갖 미사여구에도 불구하고, 실제로는 프랑스인들이 베트남인들을 미워하며 베트남인들도 열등하다고 생각하는 상황에서, 프랑스인들과 평등해지고 싶은 베트남인들의 유일한 희망은 "그들을 모방하는 것뿐"446이기에 이는 당연한 일이라고도 할 수 있다. 이러한 모방은 베트남인들식민지인이 프랑스인들식민지 지배자로부터 인정받으려는 욕망에서 비롯된 것이다. 실제로 베트남인들은 "좀처럼 생기지 않는 아첨의 대상이 되는 것"107을 좋아했다. 식민지 지배자가 식민지 사람들에게 할 수 있는 유일한 칭찬은 사이공이 "동양의 파리"107라는 것이었으며, 이 말은 사이공이 그저 "오트 쿠튀르의 값싼 모조품에 불과"107하다는 의미였지만, 인정받으려는 욕망으로 인해 베트남인들은 이 칭찬을 좋아했던 것이다. 한마디로 베트남인들은 양가감정과 이중의식의 모순에 빠질 수밖에 없다. 보얀의 친구인 본조차 "프랑스인들은 우리의 것을 훔쳐서 부자가 되었"251으며, "우리를 프랑스인으로 만들려고 했"251다고 비판하지만, 프랑스를 대표하는 술 코냑을 너무나 좋아한다. 이런 자신을 향해, 본은 "모순"251이라는 단어를 사용한다.

요양소에 머물 때, 보얀은 그곳의 친절한 노신사에게 "프랑스 문화와 문명에 대한 나의 재미있고 유쾌하고 유머러스한 묘사를 읽으면서 기분 나빠할지도 모를 선생님과 다른 프랑스인들에게 내가 할 수 있는 말"572은 "엿이나 먹어"572와 "고마워"573라고 말한다. 서로 상반되는 두 가지 말은 프랑스에 대한 애증의 양가감정, 모방과 저항의 이중의식을 드러낸다고 할 수 있다. 작품에는 한 페이지 가득 "엿이나 먹어! 고마워!"573라는 말이 계속 반복된다.

식민주의 이후에 지속되는 폭력도 식민 지배의 결과로 이야기된다. 신문에 보도된 캄보디아의 대량학살과 관련하여 보얀은 다음과 같은 생각을 한다. 팔라우 갈랑의 난민 수용소에서 만난 프랑스 출신의 교사는 크메르 루즈에 대한 수업을 하는데, 이 때 보얀은 "크메르 루주의 지도자들은 파리에서 유학을 했"229다고 말하며, 속으로는 "만약 프랑스인들이 캄보디아인들을 착취하면서 선을 넘지 않았다면, 크메르 루주가 존재하기나 했을까요?"229라고 생각하는 것이다. 또한 프랑스 식민지 지배자들의 "모순"230을 다음과 같이 지적한다.

우리 인도차이나의 경우, 교사는 자유, 평등, 박애를 극찬한 반면, 그 교사의 나라 사람들은 학생의 나라 사람들을 노예로 삼았습니다. 프랑스 혁명가들이 프랑스 귀족들을 참수하기 위해 기요틴을 사용하면서 선을 넘었다는 글을 학생이 읽고 나서, 교사가 토착민 혁명가들을 참수하기 위해 기요틴을 사용하는 걸 목격했을 때, 모순이 커졌습니다.230

보얀은 크메르 루주가 사르트르의 "승리를 위해서는, 민족 혁명은 사회주의 혁명이어야 한다"231는 사상을 계속 추구하여, 결국 "토착 부르주아지가 아닌 많은 사람들까지 포함해 토착 부르주아지를 뿌리 뽑았을 뿐"232이라고 비판한다. 폴 포트는 "자신들의 식민 지배자인 우리와 자신들의 식민 지배자의 식민 지배자인 프랑스인들에게 증명해야 할 것이 너무나 많았"232던 것이다. 또한 "식민지 지배자의 폭력이 식민지인들의 폭력을 부른다"253는 세제르와 파농의 시각에 바탕해, "식민지 지배자의 이별 선물"253은 다름 아닌 "증오"253였다고 생각한다. "파농과 세제르가 묘사한 망가진 세계에 갇혀 있"258는 대표적인 사람이 바로 보얀의 친구이자 의형제인 본과 만인 것이다.

## 4. 재현의 폭력과 이중 억압에 시달리는 여성들

본래 제국주의는 총과 칼로만 작동하는 것이 아니라 말과 글을 통해서도 이루어진다. 표상을 통해 식민지인의 (무)의식을 지배하는 것이야말로 식민 지배자의 가장 큰 무기라고 할 수 있다. 프랑스에 와 있는 베트남인들은 단순히 '보트 피플'이라는 수동적인 연민의 대상으로만 표상된다. BFD는 보얀을 향해 "아주 큰 소리로, 아주 의도적"79으로 "당신도, 마찬가지죠. 보트피플이에요. 그들처럼요. 아주우우 스을픈 일이에요. 그들에게는 아무것도 없어요. 우리는 모든 것을 가지고 있죠. 우리는 그들을 도와야 해요. 우리는 당신을 도와야 해요"79라고 말한다. 사실 보얀은 "이른바 보트피플이 그 보트에 올라타서 이미 스스로를 도운 사람들"80이라고 확신하지만, 프랑스인들이 "일상적으로 쓸 정도로 강력한 용어인 '보트피플'이라고 불리는 걸 거부하겠다"80고 직접적으로 말하지는 못한다.

보얀은 "나는 보트피플이 아니었습니다. 종교 박해를 피해 메이플라워호를 타고 미국으로 건너간 영국의 청교도들이 보트피플이 아닌 한은 말입니다"80라고 생각하기도 한다. 청교도들과 베트남인이 구별되는 것은, 청교도들이 자신들의 모습을 "기록할 카메라가 없었"80던 것과 달리 베트남인들은 「뤼미니테」에 영원히 기록"80되었다는 것이다. 그 기록에서 베트남인들은 "도무지 인간으로 보이지 않았"80으며, 그렇기에 "보트피플은 인간이 아니었"80던 것이다. "보트피플은 희생자들, 신문에 사진으로 영원히 박제된 동정의 대상들"81에 불과했던 것이다. 위선적인 식민주의자 BFD는 보트피플이라는 표상을 보얀과 베트남인들에게 부여함으로써, 우월감과 만족감을 맘껏 향유한다.

이러한 프랑스인들의 인식에 호응하는 베트남인들도 존재한다. 가장 대표적인 인물이 베트남 정부의 공식 단체인 '베트남문화진흥협회'의 협회장이다. 그는 프랑스인들에게 전통 의상이나 음식과 같은 "진정한 베트남 문화"128를 알리고 싶어하는데, 보얀은 이에 대해 비판적으로 생각한다. 협회장과 그 위원회가 우리 문화의 아름다움을 무대에 올리려고 하면 할수록, 그것이 "사실은 자기 문화의 열등함을 인정하는 것"130일 뿐이며, 베트남 문화에는 도박, 흡연, 질투, 뒤통수 치기, 남성우월주의 등도 포함되기 때문이다. 협회장은 문화공연 대본도 쓰는데, 그것은 "성공한 중년의 의사가 어렴풋한 과거를 회상하며 전달하는 가난한 시골 가정 출신 젊은이의 사랑 이야기"345이다. 그 대본에서 프랑스는 식민지 지배자가 아니라 은인에 가깝다. 베트남 청년은 "자비로운 프랑스 교육 체계 덕분"345에 장학금을 받아 프랑스 유학까지 하고, 역시나 "자비로운 프랑스의 문화 덕분"345에 의사가 되고, 프랑스 가족의 자비 덕분에 매력적인 프랑스 여성과 결혼을 하여 행복한 가정을 꾸리는 것이다. 아이들은 혼혈로 태어났음에도, 프랑스인이 되는데 아무런 어려움이 없다. 그러나 이 이야기는 보얀이나 보얀의 어머니가 실제로 엮은 삶과는 완전히 다른 몽상에 가깝다.

당고모가 번역하는 리처드 헤드의 『악의 제국의 동양적 기원』이라는 책에는 "우리는 아프카니스탄이 반드시 그들의 베트남이 되도록 전력을 다해야 한다"322는 내용이 포함되어 있는데, 리처드 헤드 같은 인종주의자가 '베트남'이라고 말할 때, "그와 그의 독자들 대부분이 떠올리는 것은 네이팜

탄, 몸에 불이 붙은 어린 여자아이들, 머리에 박힌 총알, 상황만 맞으면 파리의 오트 쿠튀르의 정점에 우뚝 설 수도 있을 검은색 평상복을 입고 원뿔형 모자를 쓴 수많은 정체불명의 사람들"[322]로서, 요컨대 "'베트남'은 전쟁, 비극, 죽음 따위를 의미"[323]할 뿐인 것이다. 보얀은 간절하게 그러한 인식에서 벗어날 수 있기를 바란다. 보얀은 "조국이 전쟁을 하는 신세로 전락한 것과 조국이 상투적인 문구로 변해 버린 것 중 어느 쪽이 더 불운한 일이었을까요?"[355]라고 물을 정도로, 재현의 폭력에 민감하다.

이미 보얀은 "동정의 대상인 알랑거리는 아시아인 출발선에서 출발하는 데 동의하는 무기력하거나 공손한 작은 난민이 되지 않"[98]기로 결심한 상태이다. 보얀은 지배적인 표상에 대한 반격을 시도하는데, 그것은 바로 영어를 사용하는 것이다.[3] 이를 통해 BFD의 우월감에 상처를 내고, 자신이 일방적인 약자이자 동정의 대상이 되는 것에서 벗어난다. 보얀의 프랑스어는 어색하고 서툴지만, 보얀의 영어는 잘난 프랑스인들보다 유창하다. 그렇기에 보얀이 능숙한 영어를 사용하는 것은, "영어를 듣는 것보다 프랑스인이 더 열등감을 느끼게 하며 따라서 더 화를 내게 할 수 있는 일은 없"[81]다는 사실에 비추어 볼 때, 매우 유용한 전술이 된다. BFD처럼 우월감에 가득찬 위선적인 사회주의자 프랑스인이 베트남인인 보얀에게서 "완벽한 미국식 영어"[82]를 듣는 것은 분명한 "모욕이자 도전"[82]인 것이다. "비록 미국제국주의에는 진심으로 반대했지만, 은근히 프랑스 제국주의에 향수를 느끼고 있었"[358]던 BFD는 보얀이 말하는 '미국어'를 들으며, "잃어버린 프랑스 제국

---

3 영어가 지닌 힘은 난교 파티에 초대된 재즈 연주자들이 프랑스어가 아닌 영어를 사용하려고 하는 대목에서도 나타난다. 난민인 재즈 연주자들은 "만일 우리가 프랑스어를 잘하면, 그들은 우리가 아프리카인이라고 생각할 거예요. 그들은 우리가 미국인이라고 생각할 때 우리한테 아주 잘해 줘요. 하지만 우리가 아프리카인이라는 생각을 하면 ― 우리를 개똥 취급해요."(441)라고 말한다.

주의의 희미해져 가는 메아리"359를 듣는 것이다. 보얏은 같은 맥락에서 사회주의자 정치인인 BFD에게뿐만 아니라 마오주의자인 정신분석학자에게도 영어를 사용한다.

또 하나 재현의 폭력에서 벗어나는 방법으로 보얏이 선택한 것은, 위선적인 프랑스인들에게 마약을 파는 것이다. 이러한 행위는 동양의 마약으로 "아버지의 땅"120을 오염시키는 것이며, "아버지의 나라가 서구 문명으로 내 나라를 오염시킨 데 대한 작은 보복"120에 해당한다. 마약 판매가 지닌 저항적 성격은 보스도 동의하는 바이다. 보스는 "이 세상을 백인들이 보는 방식대로 보지"189 않아야만 백인들에게 지지 않을 수 있다고 생각한다. "우리가 양"189이라는 백인들의 생각처럼, 실제로 양이 되고, 법을 준수하면 오히려 인정받고 존중받는다고 생각하는 것은 한심하다는 것이다. 오히려 백인들은 우리를 두려워하고 나서야 "우리를 존중하게 되리라"189고 여기며, "우리가 그들의 법을 어길 수도 있다고 생각하고 나서야 비로소 우리를 두려워하게 될 거야"189라고 생각한다.

제국주의적 표상의 문제에 대한 날카로운 의식은 전작인 『동조자』에서도 드러난 바이다. 이것은 자기중심적인 기억이 지닌 문제에 대한 비엣 타인 응우옌의 일관된 문제의식에서 비롯된 것이다.[4] 미국의 거대 미디어에 의한 베트남(전) 표상은 기억의 윤리와는 거리가 멀며, 이러한 상황의 문제점은 〈더 햄릿The Hamlet〉이라는 영화의 촬영 장면에서 집중적으로 다루어졌다. 이러한 표상의 폭력은 『동조자』에서 특히 젠더적 문제의식과 더욱 긴밀하게 결합되어 표현되었다. 보얏이 경험한 공산당 첩자 여성의 일은 작가의

---

4 『아무것도 사라지지 않는다』(부희령 역, 더봄, 2019)와 같은 저서에서 비엣 타인 응우옌은 타자의 기억에 관심을 기울이고, 타자를 윤리적 존재로 떠올리며 재기억하는 것이 중요하다고 강조한다. 나아가 자신의 비인간성을 반성함으로써, 잘못된 망각과 기억에서 벗어나는 것이 가능하다고 주장한다.

젠더적 문제의식과 직접적으로 맞닿아 있다. 보얀은 심문실에서 '공산당 첩자 여성'이 끔찍한 폭력에 시달리는 것을 보면서도, 아무 일도 하지 않은 채 가만히 지켜보기만 했다. 장군은 첩자 여성이 어떻게 중요한 명단을 입수했는지 알고 싶어 했고, 이 비밀을 캐내기 위해 극한의 폭력을 행사한다. 경찰관 세 명은 '첩자 여성'에게 극한의 포르노를 뛰어넘는 성적인 폭력을 가하는 것이다. 이것은 일차적으로 남베트남 공권력에 의한 부당한 성폭력을 보여주는 것인 동시에, CIA 요원인 클로드가 그 모든 상황을 지켜보면서 그것을 주도한다는 점에서,[5] 이 장면은 오랜 세월 베트남 여성들이 미국 등의 서구 세력에게 당한 실제적·상징적 폭력을 드러내는 것이기도 하다. 심지어 공산당 첩자 여성의 이름은 '베트남'이다.

여기서 주목할 것은 그 극한의 폭력이 벌어지는 그 심문실이 '영화관movie theater'으로 불려진다는 것이다. 첩자 여성을 향한 막장의 폭력이 계속 벌어지는 동안에도, 그 심문실은 계속 해서 오직 영화관으로만 불린다. 실제로 미국인인 클로드나 베트남인인 보얀이나 소령은 스크린에서 펼쳐지는 영상을 바라보는 관객과 같은 모습으로 첩자 여성의 고통을 지켜볼 뿐이다. 이것은 〈더 햄릿〉과 같은 영화가 무수히 만들어지면서, 베트남 여성들을 한갓 응시의 대상 정도로 전락시킬 때 별다른 문제 제기를 하지 않았던 남성미국인 남성, 베트남 남성 등들을 비판하는 것이라고 할 수 있다. 극단적으로 표현된 영화관에서의 일들은, 베트남(전)을 둘러싼 다양한 재현이 여성에게 가한 폭력과 그것을 묵인한 젠더적 남성 권력에 대한 일종의 알레고리인 것이다.

『헌신자』에서 젠더 문제와 결합된 제국주의적 표상의 문제는 난교 파티를 통해 극적으로 드러난다. 『헌신자』의 난교 파티는 『동조자』의 '영화관'에

---

5    클로드는 '나'에게 "이게 역겨운 일이기는 하지만, 네가 꼭 봐야 한다"(2권, 251)고 말한다.

이어진다고 볼 수 있다. 여기에 모인 여성들은 대부분 "동양과 아프리카의 매음굴과 환락가와 노예 시장에서 온 가장 아름다운 아가씨들"450이다. 코르시카인 로닌은 난교 파티에 모인 프랑스 남성들에게 "튀르키예의 파샤처럼, 자신이 만족시킬 수 있을 만큼 많은 미녀들을 가지세요. 이 아가씨들은 여러분을 위해 죽고, 여러분에게 구원받기를 바랄 겁니다"451라고 말한다. 이어서 "여러분은 술탄, 전제 군주, 식민지 대농장주, 손에 채찍을 들고 암흑대륙을 탐험하는 백인 남자"451이며, 여기에는 "여기 정글에서 막 나온, 검은색 잠옷을 입은 정열적인 베트콩에서부터, 비행기를 공중 납치 하고 방금 막 돌아온 팔레스타인의 자유의 투사에 이르기까지 여러분이 정복해야 할 신비한 숙녀들"451이 있다고 강조한다. 이외에도 로닌은 "이슬람교도 아가씨"451, "나비 부인"452, "메콩강 삼각주의 유혹적인 여성"455, "열대의 드래곤 프루트"455, "안남인 천사"455, "드래곤 레이디"455 등을 연이어 소개한다. 그야말로 서양이 오랜 동안 쌓아 올린 오리엔탈리즘이라는 담론 속에 정형화되고 성애화된 온갖 비서구 여성상이 총망라되어 있는 것이다. 나아가 로닌은 "다행스럽게도 이 요부들은 "페미니즘"에 대해 들어 본 적도 없고, 설령 듣는다고 해도, 틀림없이 아랑곳하지 않을 겁니다"455라고 하여, 남성 고객들의 마지막 남은 우려까지도 불식시켜준다. 실로 여성들은 식민주의 이데올로기의 피해자인 동시에 남성중심 이데올로기의 피해자이기도 한 것이다.

이 난교 파티에 프랑스의 지식인 남성 BFD는 "세련된 예의범절과 정교한 패션"445을 갖추고 나타난다. 보얀은 BFD를 포함한 이들의 세련된 예의범절과 정교한 패션을 "그들이 비백인종의 국가를 약탈하고 그곳의 주민들을 노예로 삼거나 아니면 학살하거나 혹은 노예로 삼아 학살도 하고, 그 결과를 '문명화'라는 명목으로 정당화하며 대량 학살을 자행하는 제국을 감독하는 데 완벽하게 어울리는 것"445이라고 설명한다. 이어서 사르트르의

"우리에게 인간이 된다는 것은 곧 식민주의의 공범이 된다는 것이다. 우리 모두는 예외 없이 줄곧 식민지 착취의 혜택을 받고 있기 때문이다"445라는 말을 인용한 후에, "식민지 지배의 피로 얼룩진 이익을 하얗게 덧칠해 가리는 것만이 어떤 의미에서는 백인 남성들이 자기 손으로 할 수 있는 유일한 세탁이었습니다"445라는 말을 덧붙인다. 프랑스 지식인 남성들의 '세련된 예의범절과 정교한 패션'은 그들의 폭력적인 식민지적·젠더적 지배에 대한 '세탁'이었던 것이다.

이처럼 성애화 되고 비인간화 된 여성들 앞에서 남자들은 "논쟁적인 회기의 영국 의회 의원들처럼 야유를 퍼붓고 고함을 치며 저마다 입찰가를 불렀고"454, 이런 모습에 보얀은 "그들과 같은 종, 또는 적어도 같은 성별의 일원이라는 것"454을 부끄러워한다. 동시에 난교 파티에 모인 여성들과 남성들에게 마약을 제공하는 보얀은 사르트르의 "유럽인들은 노예와 괴물을 창조함으로써만 인간이 될 수 있었던 것이다"455라는 말을 떠올리면서 스스로에 대한 통렬한 반성을 한다. 보얀이 하는 자성의 핵심은, 비인간적인 유럽인들에게 격분하는 모습을 통해, 자신이 유럽인들과는 달리 올바른 인간이라는 위안을 얻는다는 점이다.[6] 그것은 자신 역시 "나 자신의 노예와 괴물로 내 상상 속을 채움으로써 인간이 되었다는 것을 부정할 기회를 얻을 수"455 있게 되었다는 의미이기도 하다. 실제로 보얀은 성매매가 이루어

---

[6]    보스의 관능적인 비서는 보얀을 향해 베트남 남자가 일상에서 행하는 가부장적 언행에 대해 자세히 이야기를 해준다. 이 말을 들으며, 보얀은 "베트남 남자. 아니, 절반은 베트남인인 남자로서 너는 가슴속 깊이, 그리고 네 불알이 제구실을 하지 못해서 보기 드물게 솔직해지는 순간에는 너의 불알까지 내려갈 정도로 뼛속 깊이, 그녀의 말이 옳다는 걸 알고 있었다. 너는 베트남 남성의 남성성을 대표하는 사람으로서, 베트남 여성들에게 일상적으로 행한 모든 일에 대해 마땅히 그녀의 분노를 감수할 만했다"(503)라고 반성한다. 보얀의 잡종성도 젠더 문제 앞에서는 아무런 긍정적 면모를 보여주지 못하는 것이다.

지는 '천국'에서, 캄보디아 출신 여성 마들렌과 관계를 시도하기도 한다.[7]
『동조자』에서 '영화관'의 공산당 첩자 여성을 통해 드러난 재현의 폭력과
이중 억압에 시달리는 여성에 대한 문제의식은 『헌신자』에서는 난교파티
를 통해 더욱 심화되어 드러난다고 할 수 있다.


## 5. 무Nothing와 그 (불)가능성


전작인 『동조자』와 『헌신자』를 연결하는 핵심적인 문제의식은 '무nothing'
이다. 『동조자』의 수용소에서 보안은 "독립과 자유보다 더 소중한 것은 무
엇인가?"[8]에 대한 답을 해야만 했다. 공산주의 베트남의 재교육 수용소에
서, 소장이나 정치위원의 "독립과 자유보다 더 소중한 것은 무엇인가?"라는
질문에 대한 답은 너무나 분명하게 정해져 있다. 그것은 바로 '아무것도 없
다Nothing'이다. 이 때의 '아무것도 없다Nothing'는 호치민의 너무나 유명한 말
인 '독립과 자유보다 소중한 것은 아무것도 없다.Nothing is more precious than independence and freedom'에서 비롯된 단어이다.[9]

---

7    보안은 공산당 첩자 여성과 관련된 "전쟁에서 입은 상처"(207)로 인해 마들렌과 관계를
맺지 못한다. 그는 마들렌을 보며 공산당 첩자 여성을 떠올린 것이다. 나중에 보안은 마들
렌에게 결국 보스가 모아 둔 현금의 25퍼센트 중 절반을 준다.

8    비엣 타인 응우옌, 김희용 역, 『동조자 2』, 민음사, 2018, 224면. 이 작품은 2권으로 번역되
었으며, 앞으로 이 작품을 인용할 경우 본문중에 권수와 면수만 기록하기로 한다.

9    호치민이 이 말은 한 것은 1966년 7월 17일이었다. 이 문장이 들어간 연설문을 옮기면 다
음과 같다. "전쟁은 5년, 10년, 20년 혹은 더 길어질지 모른다. 하 노이, 하이 퐁, 기타의 도
시, 기업이 파괴될지 모른다. 그러나 베트남 인민은 두려워하지 않는다. 독립과 자유보다
더 고귀한 것은 없다. 완전한 승리의 그 날이 온다면 우리 인민은 우리 국토를 더욱 훌륭하
고 아름답게 재건할 것이다."(古田元夫, 이정희 역, 『베트남, 왜 지금도 호찌민인가』, 학고
방, 2021, 178~179면)

보얀은 이와는 다른 답을 내놓는다. 그는 '거기에는 아무것도 없다'가 아니라 거기에는 '아무것도 아닌 것'이 있다는 새로운 답을 얻은 것이다. 보얀의 깨달음은 '아무것도 아닌 것nothing'의 긍정성을 최대한 인정한다는 의미를 지닌다. 보얀은 마침내 "독립과 자유보다 더 소중한 것은 아무것도 없지만, 동시에 '아무것도 없음'이 독립과 자유보다 더 소중하다!"는 것을 깨달은 것이다. '아무것도 아닌 것'에 대한 가치부여는 모든 체제의 위계 질서 바깥으로 탈주하는 일이며, 이 때의 '아무것도 아닌 것nothing'은 슬라보예 지젝이 강조한 '불온한 수동성'의 개념에 가까워 보인다.[10] 이것은 근대 세계 체제에 대한 반反동일시의 태도는 물론이고, 비非동일시의 태도도 아니다. 이것은 일종의 무無동일시에 가까운 전략인지도 모른다.

그런데 '아무것도 아닌 것nothing'은 모든 체제와 이념의 바깥을 지향하는 불온한 수동성의 차원에만 머무는 것은 아니다. 그것은 비엣 타인 응우옌이 대담에서 "그는 그저 가공할 만한 계시의 순간에 한 차례 도달하고, 그런 다음에 결국 이 소설에서는 마무리되지 않는 어떤 시작 단계에 남겨지게 될 뿐이다"[11]라고 말한 것에서도 드러난다. 특히 '시작 단계'라는 말에 주목할 필요가 있는데, 팔난신고 끝에 '내'가 깨달은 것은 단순한 부정이나 수동태에 머무는 것이 아니라 새로운 시작을 위한 준비에 해당하는 것이기 때문이다. 이것은 '아무것도 아닌 것nothing'이 단순한 없음을 의미하는 것이 아니라 진정한 출발이 비롯되는 근본적인 원천에 가까운 것임을 의미한다. 그것은 현존하는 모든 권력과 질서로부터 벗어난, 순수하고 절대적인 잠재성의 세계라고 보는 것이 타당하다.

---

10 　슬라보예 지젝, 이현우 외역, 『폭력이란 무엇인가』, 난장이, 2011, 9~10면.
11 　비엣 타인 응우옌·폴 트란 대담, 김희용 역, 「아시아계 미국인의 소설에 나타난 분노」, 『동조자』 2, 민음사, 2018, 325면.

이와 관련해 보얀의 기본적인 정체성이 어느 한 쪽에 일방적으로 귀속될 수 없는 '잡종 새끼Bastard'라는 것은 매우 중요하다. 어느 한 쪽에 귀속될 수 없기에, 보얀은 모든 이분법에 예리한 주의를 기울인다. 자신의 이념적 정체성을 묻는 당고모를 향해, 보얀은 "내가 선택할 수 있는 건 공산주의자나 반동분자밖에 없는 건가요?"[69]라고 묻기도 한다. 맹목적인 반공주의자인 본 역시, "공산주의자 아니면 반공주의자, 악 아니면 선"[126]으로 세상을 바라보는데, 이러한 시각은 "공산주의자들이 사물을 보는 방식의 거울상"[126]에 해당한다.

이와 달리 보얀은 "공산주의와 그 반대편 사이에서 선택을 강요당하는 것은 양쪽의 이념적 국가 기구들에 속아 넘어가는 잘못된 선택"[126]이라고 생각한다. 보얀과 달리 이분법에 길들여 있는 당고모의 지식인 친구 중의 하나인 무정부주의자 변호사는 캄보디아의 보얀과 달리 이분법에 길들여져 있는 크메르 루주의 폴 포트를 옹호한다. 어떻게 폴 포트를 옹호할 수 있냐는 보얀의 물음에, 변호사는 프랑스인들이 인도차이나나 알제리에서 한 짓을 항상 옹호하듯이, "우리의 적들이 하는 짓은 도저히 이해할 수 없는 일인 반면, 우리가 하는 일은 전적으로 정당하다는 원칙에 근거"[353]하면 된다고 대답한다.

보얀은 이러한 이분법에 대해서도 비판적이다. "이데올로기적 국가 기구를 통해 환상을 만들어 내고 억압적 국가 기구를 통해 그 환상을 억지로 믿게 하는 건 자본주의만이 아니었습니다 ― 공산주의도 마찬가지였습니다. 재교육 수용소가 이데올로기적 국가 기구의 임무를 수행하도록 설계된 억압적 국가 기구가 아니라면 대체 무엇이었나요?"[115]라고 믿는 것이다.

보얀이 지닌 '잡종 새끼bastard'로서의 정체성은 전작인 『동조자』에서부터 드러난 특징이면서, 『헌신자』에 와서는 더욱 강조되고 있다. 『동조자』에서 보얀은 CIA 공작원 클로드의 후원으로 미국 유학을 하고, 남베트남군에 속한 정보요원으로 활동한다. 동시에 공산주의자 만의 영향력 아래서 스파이 활동을 벌이는 공산주의자이기도 하다. "나는 스파이, 고정간청, CIA 비밀요원, 두 얼굴의 남자"[1권, 7]이고, "두 마음의 남자"이자, "모든 문제를 양면의 관점에서 생각"[1권, 7]하는 사람인 것이다. 『헌신자』에서도 보얀은 거의 모든 이들에게 '잡종 새끼'로 불린다. "겨우 반만 프랑스인이고 반은 베트남인이었으니, 합치면 결국 비인간적인, 정말 너무나 비인간적인 존재"[409]가 되어 버리는 것이다. 보얀은 열 세 살이었던 어머니와 그녀가 하녀로 일하던 집의 프랑스인 신부 사이에서 태어났다. 보얀의 혼종성은 베트남인이 경험한 역사적 트라우마와 그로부터 비롯된 베트남인의 (무)의식을 표현하는 문학적 형상에 해당한다.[12]

『헌신자』에서 보얀은 전작인 『동조자』에서와 마찬가지로 이념과 국가를 뛰어넘는 경계인으로 그려진다. 현재도 "두 얼굴과 두 마음의 남자"[89]이자 "누구에게나 동조할 수 있는 사람"[90]이다. "때때로 나는 두 마음을 가지고 있다는 걸 자가하지조차 못"[53]할 정도로, 그것을 "자연스러운 상태"[53]로 느낀다. "탁월한 동조자로서, 나는 모든 문제를 양면의 관점에서 생각해 볼 수 있을 뿐 아니라, 모든 사람을 양면의 관점에서 생각해 볼 수도 있"[266]는 것이다. 서사가 진행될수록 보얀의 자기동일성은 더욱 옅어진다. 보얀은 스스로를 '우리'라고 부르기도 하는데, 이 때의 우리는 "나와 나 자신과 나라는 사람"[247]을 통칭하는 말이다. '잡종 새끼'라는 존재 조건으로 인해 보얀은 끊임없이 하나의 세계, 하나의 이념, 하나의 정답을 요구받았고, 이로 인

---

12 이러한 특징은 놀랍게도 식민주체인 당고모를 통해 분명하게 드러난다. "네 아버지는 식민주의자이자 소아 성애자였어. 그 둘은 밀접한 관련이 있지. 식민지화는 소아 성애증이야. 아버지의 나라가 불운한 어린 학생들을 강간하고 성추행하지. 문명화의 사명이라는 거룩하고 위선적인 미명하에 그 모든 걸 자행해!"(67)라고 말하는 것이다.

해 보얀은 세계에서 분열되었으며 기형적인 존재로 머물 수밖에 없었다. 그러나 바로 그 '잡종 새끼'이기 때문에 모든 체제와 권력에서 벗어나는 수동성의 세계이자 나아가 절대적인 가능성의 원천으로서의 '아무것도 아닌 것 nothing'의 가치를 발견할 수 있었던 것이다.

인류는 모두 '잡종 새끼'라는 자각을 함으로써 결국 새로운 가능성은 개시된다. 프랑스에서 같은 유색인종으로 차별대우를 받는 알제리 출신 모나리자와의 대화에서,[13] 보얀은 "우리 인간이 잡종 새끼가 아니었던 시대는 대체 어느 시대였나요?"[421]라고 말한다. 나아가 "용서할 수 없는 사람들을 용서하고 싶다면 난 그런 놈이 되어야 해"[421]라고 덧붙인다. 이러한 인식은 보얀과 모나리자의 대화에서 직접적으로 드러난다. 보얀은 모나리자에게 "내가 널 용서할 수 있는 이유"[420]는 "네가 나에게 한 짓이 나도 다른 사람들에게 했던 것이기 때문"[420]이라고 말한다. 보얀은 "나는 너보다 나을 게 없는 사람이고, 어쩌면 훨씬, 훨씬 더 나쁜 사람일지도 몰라"[420]라고 생각하는 것이다. 모두가 '잡종 새끼'라는 인식은 자신까지 포함된 모들 이들을 비판과 성찰의 대상으로 삼을 수 있는 근거가 되며,[14] '잡종 새끼'로 표상되는 '공통적인 비인간성'은 '공통적인 인간성'보다 인간의 보편적 연대를 더욱

---

13  프랑스에서는 소수인종 집단에 대한 차별적 인종화가 이루어진다. 화교 출신인 베트남인 까오보이는 아랍인들과 흑인들은 경찰의 주의를 끌어주는 "우리의 인종적인 미끼 노릇을 하며 우리에게 의도치 않은 호의를 베푼다"(121)고 말한다. 동시에 보얀은 마약 판매를 안전하게 하기 위해, "완전히 무해하고 규율을 잘 지키는 일본인 관광객"(124) 행세를 하기도 한다.

14  모두에게 책임을 지우려는 이러한 태도는 『아무것도 사라지지 않는다』에서 '자신의 인간성과 비인간성을 기억하면서 동시에 타자의 인간성과 비인간성을 기억하는 것이 중요하다'고 말한 것과 맥락을 함께 한다. 비엣 타인 응우옌은 인간으로 존재하는 것은 동시에 비인간으로도 존재하는 것임을 잊지 말아야 하며, 공정한 기억에 대한 연구는 인간성보다는 비인간성에 대한 성찰임을 명심해야 한다고 주장한다.(비엣 타인 응우옌, 부희령 역, 『아무것도 사라지지 않는다―베트남과 전쟁의 기억』, 더봄, 2019, 37~136면)

촉진할 수도 있는 것이다.

『헌신자』에서 보얀은 여전히 "전무가 독립과 자유보다 더 소중하죠"103라고 믿으며, 그것은 바로 "비싼 값을 치르고 배운 것"103에 해당한다. 보얀은 '무'가 의미로 가득 차 있으며, "그것은 그 자체로 일종의 혁명"127이라고까지 여긴다. 보얀에게 신성한 것은 "전무"560이다. 이러한 믿음은 "서양의 철학, 신념, 관념, 체제", 즉 "가톨릭교! 식민주의! 자본주의! 마르크스주의! 공산주의! 당신네 허무주의!"567와는 구별되는 것이다.[15] "무를 믿는 무명인"595인 보얀은 "무는 신성하고, 무는 어디에나 있다"595고까지 생각하며, "'독립과 자유보다 더 중요한 것은 전무全無이다'라는 것뿐 아니라, 무無가 신성하다는 것까지 알고 있다는 것 외에는 정말로 잃을 것이 전무하다"603고까지 여긴다. 이러한 신념만이 "혁명이 부조리에 대한 감각을 상실"603하여 결국 몰락에 이르는 것을 막아준다. 그럴 때만이, 혁명가들은 국가가 되고, 국가는 억압적인 존재가 되며, 한때 국민의 이름으로 압제자에게 맞서 사용되던 총알들이 그들 자신의 이름으로 국민에게 사용되는 것을 막을 수 있다.

보얀은 폭력을 거부함으로써 새롭게 열리는 "부인否認, 무, 공동空洞, 공허라는 혼란스러운 공간"600에도 관심이 있다.[16] 그는 "식민지 지배에 저항하는 투쟁에 폭력이 불가피하다고 여기는 세제르와 파농의 비전에 더 이상 동의하기가 꺼려"379진 것이다. 파농의 믿음은 "프랑스가 알제리에서 자행한 폭력의 잔인성을 감안하면 정당화할 수 있는 것"600이기는 하지만, 폭력

---

15  보얀은 "형편없는 농담인 건 불경스러운 삼위일체인 식민주의와 노예제와 집단 학살도 마찬가지였다. 강력한 듀오인 자본주의와 공산주의 역시 말할 필요조차 없는데, 둘 다 백인들이 만들어 냈고 천연두와 매독처럼 전염성이 있었다"(547)고 생각한다.

16  『헌신자』에서는 파농이 말한 폭력의 긍정적 속성, 즉 폭력이 "식민지 사람을 그의 열등감, 좌절, 무력감에서 벗어나게 해"(495)주며, "폭력은 그에게 용기를 북돋아 주고 자긍심을 되찾아 준다"(495)는 것에 대해 비판적이다.

은 "악마처럼 행동하게 할 수 있다는 가능성을 깨닫지 못하게 하는 것"[600]이기도 하다. 반면에 비폭력은 "우리를 해독하고, 열등감에서 해방시키고, 절망과 두려움에서 건져 주고, 우리가 행동하는 데 필요한 자존감을 회복"[600]시켜 줄 수 있다. 더욱 중요한 것은 "비폭력은 우리를 우리 식민지 지배자들의 거울상이 되게 하는 대신, 그 거울을 산산조각 내고, 우리를 부인否認, 무, 공동空洞, 공허라는 혼란스러운 공간 속으로 억지로 밀어 넣어서 우리가 우리의 압제자들의 눈으로 우리 자신을 보려는 욕구에서 벗어나게 해 준다"[600]는 점이다. 그 공간에서 "우리는 스스로를 각자 개성적이면서도 다른 사람들과 연대하는 존재로 새롭게 창조"[600]할 수 있는 가능성이 열린다.

이 대목에서 다시 한번 '무'가 지니는 의미가 드러난다. 그것은 '우리가 우리의 압제자들의 눈으로 우리 자신을 보려는 욕구에서 벗어나는 가능성'을 열어 주며, '스스로를 각자 개성적이면서도 다른 사람들과 연대하는 존재로 재창조'하는 것이다. 이것은 작품에서도 실제로 구현된다. 경쟁 조직의 모나리자를 납치하여 폭력을 심문하는 자리에서, 보얀은 "아무것도 하지 않기"[484]로 결심한다. 이 순간 보얀은 "하느님은 무언가를 해야 한다고 요구한 적이 한 번도 없었다"[484]며, "만약 몇백만을 학살한 사람들이 모두 그야말로 아무것도…… 하지 않았다면 엄청나게 많은 사람들을 구할 수 있었"[484]으리라고 생각한다. 보얀은 보스에게도 "무언가를 하기보다 아무것도 하지 않기가 얼마나 더 어려운지 모르겠어요? 그럼에도 불구하고 모두가 아무것도 하지 않는다면, 아무 일도 일어나지 않을 거예요!"[485]라며, 모나리자를 죽이지 않는다. 그것은 사실 보얀에게는 목숨을 건 결단이기도 하다.

이처럼 무한한 잠재성으로서의 '아무것도 아닌 것Nothing'이 지닌 정치적 의미는 대단히 크다. 그런데 '무'에 대한 가치부여가 현실적인 힘의 관계를 무시한 지적인 해체 작업에 머물 지도 모른다는 우려도 얼마든지 가능하다.

일테면 수동성이 불온함과는 거리가 먼 순응에 머문다면, 모든 체제와 신념에 대한 부정이 새로운 시작으로 연결되지 않는다면, '잡종 새끼'로 표상되는 '공통적인 비인간성'이 연대의 기반이 되지 않는다면, 보얀이 팔난신고 끝에 깨달은 'Nothing'은 기존 현실 질서의 인정에 머물 수도 있는 것이다.

이러한 우려와 관련해 『헌신자』의 마지막 장면은 무척이나 인상적이다. "등 뒤에서 비치는 후광과 강렬하게 빛나는 구름에 둘러싸인 그림자"[604]가 보얀을 방문하자, 보얀은 처음 그 그림자를 자신의 아버지라고 생각한다. 그러나 나중에 그 그림자는 인도차이나 전문가인 "CIA 비밀요원"[606]임이 밝혀진다. 그 그림자는 보얀의 심장을 총으로 겨누며, "자, 이제 그 빌어먹을 가면을 벗어 버려"[606]라고 말한다. 이 순간 보얀은 "너무 행복해서 웃어야 할지, 울어야 할지"[606] 몰라 하며 작품은 끝난다. 그렇다면, 전지구를 무대로 하여 펼친 보얀의 생사를 건 여정은 'CIA 비밀요원'의 손바닥에 안에서 이루어진 한바탕 꿈이었던 것일까? 우리는 이 대목에서 보얀이 도달한 '무'의 경지를 새롭게 바라볼 수밖에 없다. 그것은 '무Nothing'에 대한 비판적 성찰인 동시에, 그러한 '무Nothing'마저도 '무Nothing'로 돌리는 성찰일 것이다.[2024]

# 6

# 민족국가서사와 젠더
실라 미요시 야거의 『애국의 계보학 – 대한민국의 정체성을 만든 서사들』

## 1. 외부자의 시선에서 바라본 한국현대사

『애국의 계보학 – 대한민국의 정체성을 만든 서사들』조고은 역, 나무연필, 2023은 미국 오벌린 대학의 동아시아학 교수인 실라 미요시 야거Sheile Miyoshi Jager가 2003년에 발표한 *Narratives of Nation : Building in Korea*를 번역한 책이다. 실라 미요시 야거는 『애국의 계보학』 이외에도 『형제들의 전쟁 – 남북한의 끝나지 않은 갈등』2013, 『또 다른 위대한 게임 – 한국의 개항과 현대 동아시아의 탄생』2023 등의 저서를 통해 한반도의 근대사와 한국전쟁을 깊이 있게 다룸으로써 한국 독자들에게도 널리 알려진 인물이다. 실라 미요시 야거는 이름에서도 드러나듯이, 네덜란드계와 일본계의 후예로서 다문화 가정에서 자라났다. 책 표지에 실린 소개에 따르면, 야거는 인류학 박사 논문을 준비하며 샤머니즘을 연구하기 위해 한국을 방문했다가, 1987년 6월항쟁을 목격한 뒤 연구의 방향을 틀어 논문을 쓰고, 『애국의 계보학』을 출간하게 되었다고 한다.

간단히 정리하자면, 『애국의 계보학』은 대한민국북한도 일부 포함을 건설하는 데 바탕이 된 서사와 젠더가 결합하는 양상을 탐색한 저서이다. 야거는 서론에서 "이 책은 한국의 역사, 젠더, 민족주의의 관계를 중점적으로 다룬다"[1]며, "근대 자본주의 세계 체제가 부상하고 그와 연동하여 국가가 등장하면서, 한국인이 자신을 젠더적 존재로 인식하는 방식이 어떻게 변화했는지를 조명한다"[11]고 주장한다. 이 저서는 19세기 말에 본격화된 민족주의의 힘이 새로운 젠더 주체성을 생산하는 방식을 탐구하고 있으며, 서론「민족주의와 젠더의 시선으로 본 한국사」와 세 개의 부제1부「근대 정체성」, 제2부「여성」, 제3부「남성」, 그리고 에필로그「김대중의 승리」로 구성되어 있다.

외국인이 다른 나라의 역사를 살핀다는 것은 무척이나 어려운 일이다. 외부인은 공동체 구성원이 공유하게 마련인 실감으로부터 제외될 수밖에 없기 때문이다. 그러나 외부인은 내부인이 볼 수 없는 참신한 시각을 제공하는 경우도 있다. 공동체 구성원과는 다른 시좌를 통하여, 그동안 사각에 놓여 있던 면모를 새롭게 발견할 수도 있는 것이다. 결국 관건은 실감의 부족이라는 한계를 뛰어넘을 수 있는 관점의 새로움이라고 할 수 있는데, 다행스럽게도 실라 미요시 야거의 『애국의 계보학』은 한계보다는 새로움이 크게 드러난 저서라고 할 수 있다.

## 2. 근대 정체성의 시작

제1부「근대 정체성」은 1장 '남성성의 회복―신채호'와 2장 '감정의 탐구―이광수'로 이루어져 있다. 1장에서는 신채호를 중심으로 20세기 초에 형성된 군사적 남성성과 민족의 관계를 탐구하며, 2장에서는 이광수를 통해

---

1    실라 미요시 야거, 조고은 역, 「애국의 계보학―대한민국의 정체성을 만든 서사들」, 나무연필, 2023, 11면. 앞으로 이 책에서 인용할 경우, 본문 중에 면수만 기록하기로 한다.

20세기 초에 한국근대문학이라는 개념이 국가 정체성의 중요한 매개가 되는 가운데 여성이 주체로 등장하는 과정을 살펴보고 있다.

신채호는 구한말에 군사적 남성성이라는 화두를 민족성과 연관시킨 근대 최초의 사학자로 소개된다. 신채호는 '양반'이라는 문약한 남성성의 이미지를 강력하게 비판하며 그 대안으로 고대의 강인한 군사적 남성성을 제시한 인물이다. 그는 고대 장수의 남성적 이상, 일테면 고구려의 소도나 신라의 화랑 무사를 되살려 국가의 미래를 구축하고자 했다. 이것은 반군사적인 입장을 취한 조선시대에 대한 반발에서 비롯된 것이다. 전쟁 영웅이 부각될수록, 조선의 지배계층이었던 양반은 심하게 격하된다. 신채호는 "양반을 '진정한' 한민족 전통의 재현이 아니라 하나의 일탈"[30]이라고까지 선언하였으며, 이는 "유교 사상 전체를 완전히 이질적 문화로 선언"[30]한 것이기도 하다.[2] "양반은 '국혼이 결여된' 존재"[37]로서, 신채호는 양반을 "한국의 '진정한' 민족사 연보에서 완전히 지워버려야 한다"[40]고까지 주장하였다. 양반은 거센 비난과 풍자의 대상으로서, "한국의 과거 및 민족문화를 비판하는 민족주의 저작과 식민주의 저작 모두에서 문제적 인물상"[38]이었던 것이다.

신채호에게 "근대란 진보를 향해 쇄신하는, 즉 투쟁하는 새로운 국민을 창조해야 하는 시대"[34]였고, 이 시대는 반드시 "'국민의 무혼武魂을 환기하며 무기武器를 양성'할 확신과 결단력을 지닌 사람"[34]을 요청한다고 주장하였다. 신채호 이외에도 박은식, 장지연과 같은 민족주의자들도 "한국사에서 전쟁 영웅이 담당했던 역할을 '재발견'하기 시작"[37]하였으며, "영웅 재발견 기획은, 한국의 '노예적 문화 사상'의 손아귀에서 벗어나 군사 국가의 새로운 역사를 만드는 작업과 밀접하게 연결"[37]되었다.

---

2　흥미로운 것은 "조선왕조의 은유적 의인화인 양반에 대한 재현"(29)이 한국 민족주의 담론과 일본 식민주의 담론 모두에서 나타난다는 것이다.

동시에 1925년 이후 신채호가 보여준 아나키즘은[3] 그의 민족주의와 마찬가지로 투쟁의 주체로 "초남성적 이상"[42]을 제시했다고 말한다. 야거는 단재의 아나키즘이 "초국가적이자 제국주의적인 이상을 되찾으려는 시도"[43]라며, "을지문덕이 품은 제국주의적 비전"[46]과 연결된 것이라고 주장한다. 나아가 민족 투쟁의 새로운 주체는 전쟁 영웅 개개인을 넘어 "한국 고유의 호전적 민족"[46]으로 확장된다고 주장하는데, 주목할 것은 단재의 "이와 같은 군사그리고 이후의 군사화된 민중에 대한 재평가는 박정희의 민족주의 이데올로기에 깊은 영향을 미쳤다"[47]는 점이다. 박정희는 "한국의 '거세된' 과거에 대한 신채호의 견해를 바탕으로 강하고 자주적인 국가에 대한 자신의 관점을 구축했다"[47]고 주장한다.

2장 '감정의 탐구─이광수'는 이광수를 통해 20세기 초에 한국근대문학이 민족(주의)의 형성에 어떤 역할을 했는지 탐구하고 있다. 야거는 "한국 근대문학은 번역된 문학으로부터 출발했다"[54]고 하여, 한국근대문학을 철저히 '번역'의 관점으로 설명한다. 새롭게 보편화된 근대성의 어휘 목록국가, 진보, 계몽, 문명 등을 받아들여야 했는데, "이는 서구의 용어를 '번역'한 일본어를 차용하는 방식으로 이루어졌다"[53]는 것이다. 이를 문제적 문인인 이광수를 통해 증명하고 있는데, 야거는 이광수의 소설에 나타나는 거의 모든 것을 '번역'의 관점에서 설명하고 있다. "도시 간 여행, 해외 여행, 기차 여행, 병과 회복 등"[53]도 '번역' 장면이라 이야기되며, 이광수의 작품에 묘사된 미학적·정서적·국가적 각성의 장면 역시 '번역'의 과정으로 해석하는 것이다. 이러한 '번역'이 더욱 문제적인 것은, 이광수의 번역이 "일본어 번역의 '재

---

3   야거는 신채호 사상의 진화를 ① 영웅 중심의 민족사관, ② 영토국가 / 민족의 탐구, ③ 아나키즘의 수용과 함께 이뤄진, '국가 없는' 민중에 대한 초국가적 탐색의 세 단계로 나눈다.(43면)

번역’”[66]이기 때문이다.

　유교적 중세를 거부한다는 면에서, 이광수는 신채호와 유사하다. 그러나 유교적 중세를 부정한 자리에 대안으로 놓인 것이, 신채호에게는 군사적 남성성인 반면 이광수에게는 ‘정의 추구’라는 면에서 둘은 구별된다. 주의할 것은 이 때의 정이 “‘발견’인 동시에 ‘회복’”[81]이라는 점이다. 야거는 이광수가 문학의 최우선 목표로 “인간의 감정을 충족시키는 것”[59]을 꼽았으며, 이 새로운 감각은 “이광수가 번역을 통해 문학의 근대적 개념을 차용함으로써 만들어졌다”[62]고 주장한다. 이것은 이광수가 추구한 ‘정’이 하나의 ‘발견’임을 드러낸다. 동시에 이광수의 근대적 항해는 무언가를 얻기 위한 움직임인 것 만큼이나, 잃어버린 것을 회복하기 위한 움직임이라는 점에 주목해야 한다. 이 ‘회복’은 중국과 연관된 유교적 중세를 거부하고 상실했던 한국의 과거를 다시 연결하려는 시도이기도 하다. 이광수는 「춘향전」이 “유교적 도덕성의 엄격한 규범이 ‘강제’되면서 비극적으로 억압된 한국의 본래적 정(혹은 정신)을 가장 진실하게 되살린 표현”[79]이라고 규정함으로써, 정의 추구는 “진실하고 이상화된 과거 / 감정의 회복”[79]으로서의 의미도 지니게 된다. 사랑의 정신적 충만은 예부터 지금까지 늘 존재했음에도, “오랜 세월 유교적 도덕과 사회 규범에 의해 억압되어왔을 뿐”[81]인 것이다.

　이러한 정의 ‘발견’과 ‘회복’의 핵심적인 주체는 남성이 아닌 여성으로 설정된다. 야거는 「소년의 비애」를 분석하며, “여성과 국가는 서로 다른 두 길이 만나는 교차점에서 합류한다”[74]고 하여 여성과 국가를 일치시켜 논의를 전개한다. 또한 문명과 계몽을 향한 길이 집에서 시작되기에, 집의 전통적 수호자인 여성은 “개화, 진보, 자기 인식, 국가성에 관한 모든 ‘항해’가 시작하고 끝나는 정신적 기반”[83]이 된다고 주장한다.

## 3. 20세기 여성 서사 혹은 이미지

제2부 「여성」은 3장 '국가에 대한 사랑의 기호'와 4장 '현모양처, 애국부인'으로 이루어져 있다. 제2부에서는 '열녀 / 신여성의 수사'가 20세기 전반에 걸쳐 사용되는 방식에 대해 논하고 있다. 3장에서는 여성이 20세기 초 한국 민족주의 담론의 기호 및 주체가 되는 방식을 검토하는데, 구체적으로는 사랑, 결혼, 정절이라는 사적 맥락이 정치적 담론과 연결되는 방식을 살펴보고 있다. 전통적 여주인공은 남편에 대한 고결한 절개로 존경받았지만, 이제 그 절개는 식민지가 된 국가와 민족을 향한 것으로 옮겨간다. "여성을 '국가'에 대한 탁월한 기호로 전유함으로써, 20세기 초 한국의 작가들은 일제 치하의 억압적 상황을 남성에게 억압받는 여성의 전통적 상황과 연관해 묘사"[95]하였다는 것이다.

이러한 주장은 이광수의 『무정』[1917]에 대한 논의를 통해 이루어진다. 『무정』에서 이광수는 영채의 몸에 "빈곤, 무지, 가부장제, 유교 등 국가적 고난의 의미를 부여"[105]했다고 본다. 야거는 독특하게도 이광수의 『무정』이 「춘향전」을 "다시 쓴"[92] 작품으로 제시하는데, "이광수는 연인의 이별과 재회라는 전통적 플롯을 남성의 배신과 여성의 역량 강화 이야기로 다시 풀어낸다"[102]고 주장한다.

야거는 『무정』에 대한 논의를 영채 중심으로 수행하며, 그렇기에 "『무정』은 이루어지지 못한 사랑에 대한 이야기"[96]가 된다. 기본적인 서사에 있어, 야거는 「춘향전」의 이몽룡이 이야기 말미에 춘향에게 돌아와 상황을 만회하는 것과 달리, 『무정』의 형식이 약혼자에게 돌아가지 않고 다른 여자와 결혼하는 것에 주목한다. 영채는 또 다른 여성 병욱에게 구원을 받으며, "영채를 구해주는 '개화된 신여성' 병욱"은 "남성이라는 특권적 위치를 찬탄"[98]한다고 반복해서 주장한다.[4] 이러한 병욱은 "국가의 '재탄생'을 끌어내기에 가장 적합한 이미지"[110]로까지 의미부여되는 것이다. 『무정』에서 형식은 철저히 무능하거나 부재하는 존재로 규정되며, 이러한 "형식의 상징적 부재는 영채가 근대성을 '재각성'하는 기반이 되어"[101]줄 뿐이다. 야거는 이광수가 국가와 근대성의 이름으로 "여성을 특권적 협상의 장소"[112]로 삼았다고 결론 내린다.

4장 '현모양처, 애국부인'에서는 1980년대 "국가의 헤게모니적 주장에 도전하는"[115] 학생운동의 민족주의 서사를 다루고 있다. 4장에서는 1980년대 학생운동권도 '춘향'으로 대표되는 열녀의 형상을 민족의 상징으로 삼았다고 주장한다. "춘향의 저항은 부당한 권력에 맞서는 민중의 투쟁에 대한 정치적 이야기로 해석"[128]되었으며, "학생운동 세력은 이 지배적 서사 전략을 자기 나름의 말로 '번역'해"[129]냈다는 것이다. 그들은 부당하게 분단된 조국의 상황을 "생이별을 겪은 채 서로를 그리워하며 재회할 날을 간절히 기다리는 연인 / 부부의 낭만적 서사로 설명"[248]하기도 하였다. 고유한 한국의 정체성을 강조하기 위해서 서구와 대비되는 전통적 가치 및 관습을 강조해야 했는데, 이러한 강조는 대부분 "정절을 지키는 '고결한' 여성의 능력을 통해 이루어졌다"[116]는 것이다.

야거는 "분단 조국에 대한 '로맨스' 서사가 최초로 출현한 것은 1980년 5월 광주민주화행쟁이 잔혹하게 진압한 뒤"[116]라며, 전대협전국대학생대표자협의회의 주요 지도 이념인 주체론도 "새로운 '낭만적' 서사 전략을 만들어냈다"[120]고 주장한다. 야거는 이 국가적 분투와 구원의 낭만적 이야기에서 여성은 "통일의 날을 기다리는 고결한 여인의 이미지"[123]를 부여받는다고 말한다. 동시에 "분단에 대한 저항과 거기에 함축되어 있는 통일을 향한 고결

---

4 야거는 『무정』에서 병욱과 같은 역할을 하는 또 하나의 여성은, "영채에게 책, 사상, 시적 성찰의 세계를 소개해준"(106) 기생 월화라고 설명한다.

한 투쟁은 외국 남성에 대한 저항이라는 비유적 형태"[130]로 나타나기도 한다고 주장한다. 이와 같은 맥락에서 "한반도의 분단은 여성-국가-육체에 대한 폭력, 즉 신성한 부부 관계에 대한 불온한 침입이자 (외국) 남성이 (선주민) 여성을 지배하는 음탕한 행동으로 해석"[132]되며, "서구, 특히 미국의 문화적 오염이라는 위험은 강간, 불감증, 여성의 재생산 능력 상실에 관한 주제로 공식화되며, 이는 다시 한국의 국가 정체성 존속에 대한 서구의 잠재적 위협으로 인식되는 여러 문제와 연관"[133]된다.

신채호와 마찬가지로 주체론도 "한국인의 역사 전체를 외세의 지배와 봉건적 압제를 극복하기 위한 장대한 투쟁"[133]으로 파악하며, 한국 여성과 외국 남성이 결합하는 것은, "가정의 존립에 위협이 될 뿐 아니라 한국의 근본적 정체성 및 응집성을 훼손하는 행위로 인식"[135]된다. "서구라는 '외부성'에 대한 저항의 상징으로 전유된 민족주의적 수사는 여성을 한국의 내면성을 담은 '고결한' 지표로 만들어"[137]내고, "여성의 정조 (나아가 결혼)에 대한 위협은 국가 그 자체의 온전성 및 '내적' (종속적) 연속성에 대한 위협으로 받아들여지는 것이다. 마찬가지 맥락에서, 부부 재결합의 약속은 국가 정통성 회복을 향한 희망의 상징"[137]이 된다. 이는 1980년 학생운동의 서사 역시 결국 민족주의의 주체인 남성과 이를 가능케 하는 대상으로서의 여성이라는 이분법을 강화하는 범주라는 점을 시사한다.


## 4. 군사적 남성성과 유교적 관습

제3부 「남성」은 5장 '박정희와 농업의 역군들'과 6장 '학생들, 그리고 역사의 구원', 그리고 7장 '기념비적 역사'로 이루어져 있다. 제3부에서는 신

채호에서부터 나타났던 '영웅적인 / 사나이다운'이라는 남성성의 수사가 박정희 정권5장과 학생운동6장, 그리고 전쟁기념관7장 등 한국 현대사에 걸쳐 다양한 방식으로 재생되는 방식을 탐구하고 있다. 5장과 6장에서는 20세기 후반 남한과 북한에서 이상적인 모습으로 제시된 남성 표상, 즉 '박정희'와 '김일성'이 주요한 탐구 대상이다. 박정희는 스스로를 신라 및 화랑정신의 후예로 내세웠으며, 유신헌법을 선포한 이후에는 자신이 "한국 민족 '전통'의 유일한 적통의 계승자임을 자임"18했다고 주장한다. 7장에서는 "용산의 전쟁기념을 통해 통일에 대한 한국 정부의 공식 입장을 검토하면서 투쟁하고 구원받는 영웅적 남성성이라는 주제를 구체적으로 탐구"18하고 있다.

5장에서는 한국의 근대화를 추구했던 박정희를 설명하는 개념적 어휘 및 서사의 일관성을 탐구하고 있다. 야거는 "박정희의 비전은 20세기 초 한국 민족주의자들의 민족자강 이데올로기와 매우 유사하다"143고 주장한다. 박정희는 20세기 초 한국 민족주의자들처럼 '쇠락한 남성성'이라는 '조선시대 남성성양반'을 강력하게 부정했다는 것이다. 그러나 "박정희가 묘사한 한국의 후진성은 주로 군부의 정권 장악을 정당화하기 위한 것일 뿐"164이었다는 점에서, 신채호와 같은 민족주의 개혁가와는 구분된다. 자주적이고 군사적인 남성성에 대한 담론은 박정희 대통령이 "1970년 4월에 시작한 농촌 근대화운동인 새마을운동"144에서 가장 뚜렷하게 드러난다. "생활 습관에서든 정신 상태에서든 한국의 후진성은 '진정한' 무사 정신의 부활 및 함양을 통해 극복해야 할 무언가로 지속적으로 환기"153되었고, 이 때 제시된 대표적인 인물이 바로 성웅 이순신이다. 박정희는 군사적 남성성을 대표하는 이상적 이미지로 이순신을 제시하며, 이순신에 대한 무능한 관리들의 모함은 자신에 대한 민주화 세력의 저항에 해당한다고 주장했다.5

흥미로운 것은 야거의 이러한 인식이 신채호와 같은 민족주의자들은 물론이고, 식민주의자들에게도 유사하게 나타난다는 점이다. 박정희는 '진정한' 전통을 되살리기 위해, "근대 초 민족주의 및 일본 식민주의가 사용하던 무력하고 무능한 양반의 이미지를 차용"[162]했으며, "전통적인 시민 및 유교적 국가 지배 이념의 '열등함'을 부각시키려는 전략의 일환으로써 '열등한' 한국을 거론"[163]했다는 것이다.[6] 야거는 식민주의의 담론적 실천과 새마을 운동의 담론적 실천이 "동일한 이데올로기적 기법과 전략을 상당수 공유하고 있으며, 양쪽 모두 발전과 근대성에 관해 동일한 원칙을 근거로 삼고 있다"[163]고 주장한다.

6장에서는 1980년대 후반의 학생운동이 세대를 초월하여 전해 내려온 "부성에 대한 애국 서사를 어떻게 복제, 재생해왔는지"[167]를 살펴보고 있다. 야거는 한국의 '급진적' 학생들은 전통적 유교 관습 및 가치에 저항하기는커녕 이를 자신들의 '애국적' 저항 활동을 정당화해주는 규범으로 여기곤 했다고 주장한다. 주체론[7]에서는 "유교 관습에 충실한 효자들이 애국자가 된다"[181]며, "김일성을 유교적 부성의 최선의 모델로 찬양하면서 남한 지도자들의 정치적 정당성에 도전했다"[181]는 것이다. 주체론에서 "김일성의 생

---

5    이에 반해 김일성은 자신의 권력을 정당화하기 위해 '자애로운 부성'을 강조한 전략을 내세웠다고 주장한다.

6    이와 관련해 역자인 조고은은 "박정희는 개화기 식민주의자들이 설정했던 구도와 비슷하게 과거 한국의 농민은 마치 조선시대의 양반처럼 나태하고 무능했기에 과거의 악습을 모두 버린 뒤 근면하고 현대적인 새마을 지도자로 거듭나야 한다고 주장한다"(248)고 말한다.

7    주체론은 "한국의 혁명적 주체와 미국 '제국주의'의 갈등을 비판적으로 바라보는 관점"으로서, 주체론에 따를 때 해방기의 역사에서 "한국 민중은 역사의 수동적 피해자가 아니라 (비록 성공하지는 못했을지라도) 적극적으로 역사를 되살리는 주체로 등장"(171)한다. 주체론은 "자신의 운명을 실현하는 한국 혁명 주체의 긍정적 역할을 강조하면서, 한국의 역사적 실패가 실재한다는 점을 부정"(172)한다. "주체론은 역사적 과거를 탐구하는 것이 아니라 어떤 '혁명적' 미래를 통해 과거를 회복시켜 이를 찬양하는 데 관심이 있"(172)는 것으로 설명된다.

애에 대한 이야기는 결국 아버지의 애국 투쟁 이야기로서 이는 아들의 투쟁결의로 이어"[184]지는데,[8] 흥미로운 것은 "이 이야기는 박정희의 민족주의적 역사관과 서사 구조에 내재된 민족적·남성적 회복의 비전과 다르지 않다"[184]는 점이다. 또한 김일성의 이야기는 "효성스러운 아들에서 자애로운 아버지로 성장하는 자기수양의 여정과 다를 바 없었다"[187]고 설명된다. "김일성이 부성적 자애로움을 가진 인물로 찬양되는 이유는 그 위대한 수령이 인민의 사적 고통에 친밀한 가족적 방식과 공적인 정치적 방식 모두로 응답했기 때문"[190]이며, 그의 정치적 페르소나는 "추종자들과 사적 시민<sup>아버지,</sup> <sup>형제, 아들</sup>으로서 관계를 맺으면서도 그것을 공적 관계로 만듦으로써 설득력을 지닌다"[189]는 것이다. 야거는 학생운동 세력이 스스로를 자부慈婦와 효자孝子로 자처했다고 보았으며, 이것은 말할 것도 없이 "유교적 가족 윤리"[195]에 바탕한 것이다.

7장 '기념비적 역사'는 서울시 용산구에 건립된 전쟁기념관을 통해 "공식적 기념 문화의 남성적 논리를 탐구"[199]하고 있다. 야거는 전쟁기념관<sup>1991년에</sup> <sup>착공하여 1994년 6월 개관</sup>이 "지금은 상실하여 잊힌 군사 전통, 그 '남자다운' 과거와 연결되는 고대 한국을 미화하는 동시에, 고대의 군사적 가치를 '회복'시켜줄 현대 한국의 새로운 모습을 강조하는 기념물"[199]이며, "이곳에서는 전쟁으로 얼룩진 과거의 비참한 상태에 대항하는 남자답고 강력한 국가에 대한 이야기가 울려 퍼지며, 분단된 미래라는 곤경에 저항하는 애국적 가치로서 남성성과 형제애를 내세운다"[199]고 주장한다. 나아가 이 기념관은 "국가적 '진보'를 군사적 역량과, 경제적 '생존'을 군사적 남성성 숭배와 연결시키려는

---

8     야거는 한국의 새로운 '민족주의' 소설, 일테면 박경리의 『토지』나 조정래의 『태백산맥』 등이 "정치 투쟁을 면면히 이어지는 가족 드라마의 관점으로 묘사하며 한국사를 개인화했다"(177)고 본다. 이러한 서사에서는 "아들의 성공 가능성을 제시함으로써 과거 부친 / 조부의 실패에 회복의 비전을 제공"(179)한다고 본다.

사회진화론, 군사주의, 민족주의의 역사적 유산을 계승한다"[200]고 말한다.

나아가 "미래의 조국 통일은 과거 영웅의 업적을 신성하게 되새김으로써 실현할 수 있다"[208]고 주장한다. 전쟁기념관에서는 신채호나 박정희와 달리, 조선사마저 '승리한' 현재에 어울리도록 군사적 남성성과 연결시키며, 이 때 중심이 되는 것은 이순신이다. "외세의 침략과 국가의 내분을 뒤로한 채 거둔 이순신의 승리는 북한 공산주의와 국가 분단에 대한 남한의 (최종적) 승리를 떠올리게"[214] 하며, "전쟁기념관은 이순신의 '효심 깊은' 후예로서 국가를 정당화"[214]한다고 주장한다. 한국의 본질을 군사 전통에서 찾고 있으며, 남성적인 군사적 전통을 통해 통이 한국의 비전을 그리고 있다는 것이다.

전쟁기념관에서는 "군대에 민족 공동체와 '국민'을 정의하는 주요 행위자라는 특권을 부여"[218]하고자 하며, 한민족의 본질은 "신화적 군사문화와 결부"[218]된다. 전쟁기념관 야외에 설치된 〈형제의 상〉을 통해, 전쟁기념관을 만든 정부가 상정한 남북통일의 의미를 분석하기도 한다. "남한은 한국의 애국 전사 전통의 '정당한' 계승자인 형님으로 그려지며, 이 형님이 나약하고 제멋대로인 아우를 용서하는 것이 북한이 마침내 가족 / 국가의 '두 팔'에 안겨 그 품으로 돌아갈 수 있는 조건이 된다"[222]는 것이다. 또 다른 설치물인 광개토대왕비를 분석하며, 그것이 한국사에서 유교주의를 대체할 대안적 전통으로 기능하며 "고구려 역사를 자신의 것으로 전유하며 북한도 자연스럽게 포섭"[226]한다고 주장한다.

## 5. 새로운 남성성의 출현

기본적으로 20세기 한반도의 지도자들은 조선시대를 대표하는 유교적 남성성을 모두 부정하였다. 그것은 신채호, 이광수, 박정희, 김일성, 노태우 등의 모든 인물들에게 해당하는 사항이다. 이 때의 유교적 남성성은 문약함, 나약함, 사대주의 등으로 대표되며, 그러한 부정적 속성이 망국, 가난, 후진성을 불러온 것으로 규정된다. '유교적 남성성'에 대한 부정에 있어서는 동일하지만, 부정의 방식에는 차이가 존재한다. 강인한 무사로서의 남성성을 추구한 신채호나 박정희와 달리, 이광수는 오히려 조선시대 남성성의 문제는 '사랑의 부재'에 있음을 주장하였다. 더 나아가 야거는 이광수가 남성성이 아닌 여성성을 새로운 국가 이미지와 서사의 대안으로 제시했다고 주장한다. 「무정」에서 영채는 계몽된 신여성 병욱의 도움을 통해 새로운 국가를 건설하는 주역으로 탄생한다는 것이다. 그러나 이광수 역시 유교적 남성성을 부정한다는 점에서는 공통적이다.

에필로그에서는 "김대중 버전의 남성성"[19]이 지닌 특이성에 대해 논의하고 있다. 김대중의 정치는 "신채호와 박정희가 이상화하던 (군사적) 남자다움의 형식을 선택적으로 거부하고 있"[234]으며, "진보에 대한 사회진화론적 관념보다는 고통과 구원이라는 기독교적 관념에 훨씬 밀접하게 연결"[234]돼 있다. "기독교적 용서에 대한 이상에 기반을 둔 김대중의 강렬한 신심은 그의 정치와 활동을 형성해온 원천이자 이념적 토대"[234]라는 것이다. 김대중의 정치가 이상화하는 남자다움의 형태는 "적에 맞서 싸우는 투사도, 생존투쟁에서 살아남는 '적자適者'도 아닌, '그저 견디는' 남자"[236]이다. 그렇기에 김대중의 역사관은 "민족주의적 시각과는 상당히 다르"[237]며, 김대중의 역사관은 "모종의 초월적 목표, 즉 만인을 위한 민주주의, 자비, 용서라는 보편적 승리를 향한 진보의 기록"237으로 규정된다. '김대중 버전의 남성성'은 '군사적 용맹함이 아니라 기독교적 용서에서 비롯된 '정신적인 것'이라고 할 수 있다.

## 5. 새로운 고민과 남겨진 과제

처음에 말한 바와 같이, 실라 미요시 야거는 네덜란드인과 일본인 사이에서 태어난 미국인이다. 그런 그녀는 외부인의 시각으로 한국의 현대사를 젠더적 관점에서 깊이 있게 탐구하고 있다. 야거는 한국인이 그동안 보지 못한 새로운 관점을 너무나 많이 소개하고 있다. 그동안 정반대의 정치적 입장을 소유했다고 생각한 신채호와 박정희가 모두 군사적 남성성을 추구했다는 점, 20세기 대부분의 정치적 주체들이 여성을 고통받는 국가의 표상으로 활용했다는 점, 1980년대 급진적 학생운동 세력들이 유교적 관습 및 가치를 규범화했다는 점, 민족주의자와 식민주의자의 공통된 시각이 새마을운동에까지 이어지고 있다는 점 등이 한국인에게 충격을 주는 참신한 관점이라고 할 수 있다.

야거는 "한국의 민족주의를 연구하면서 내가 명백히 밝히고자 하는 것은, 사상이나 이데올로기적 개념은 정치적으로 '지배적'인 문화나 집단에서 비롯한 것이든 '종속된' 곳에서 비롯한 것이든 결코 그 자체가 본질적으로 억압적이거나 해방적이지는 않다는 점이다"21라고 서론에서 밝히고 있다. 『애국의 계보학』은 이러한 저자의 입장이 구현된 역작이라고 할 수 있다. '유교적 가족 윤리'는 조선시대의 유학자, 구한말의 민족주의자, 해방 후의 권위주의 정권, 1980년대 급진적인 학생운동 세력들에 모두에 공통적으로 잠재되어 있지만, 그것이 구현하는 담론효과는 이념적 스펙트럼의 양끝을 넘나든다고 해도 과언이 아니다. '유교적 가족 윤리'가 놓이는 예측하기 어려운 맥락에 따라 전통적인 억압의 질서에서부터 급진적인 해방 / 통일의 의미까지를 상징하는 것이다. 그렇기에 실라 미요시 야거의 『애국의 계보학』은 대한민국북한도 일부 포함을 건설하는 데 바탕이 된 서사와 젠더가 결합하는 양상을 탐색한 실증적인 저서인 동시에, 민족국가와 젠더의 일반개념까지 제시한 이론서로서의 면모까지 지닌다고 할 수 있다.

마지막으로 덧붙이고 싶은 것은, 야거의 『무정』 해석에 대해서이다. 야거는 「춘향전」과 달리 『무정』에서 여주인공 영채는, 무기력한 남성인 형식이 아니라 근대적 가치로 계몽된 신여성 병욱의 도움으로 새로운 국가를 건설하는 주역으로 재탄생한다고 주장한다. 그런데 『무정』에 대한 논의는 많은 문제점을 노출하고 있다. 형식의 성격 문제에 있어서 형식을 너무나 소극적이며 부정적으로만 파악하는 것이다. 형식은 일관되게 무능하고 무력한 식민지 남성으로서 어떠한 가능성도 지니고 있지 않은 인물로 규정된다.

이와 관련해 "특히 소설 말미에서 세 명의 여성 주인공이 힘을 모아 수재민을 위한 음악회를 열었을 때 형식의 존재가 극히 미미해 보인다는 점은 주목할 만하다. 그리고 진보적인 여성 이미지병욱가 지닌 권위가 귀향하는 가부장 권력이라는 전통적인 지배 이미지를 대체한다"108라고 말하는 대목은, 해석의 허용 범위를 넘어선 오독에 가까운 것으로 보인다. 다음의 인용에서와 같이, 마지막 장면에서 형식은 영채와 선형은 물론이고 병욱이 앞에서도 일종의 지도자로 군림하기 때문이다.

저들에게 힘을 주어야 하겠다. 지식을 주어야 하겠다. 그리하여서 생활의 근거를 안전하게 하여주어야 하겠다.

"과학科學! 과학!" 하고 형식은 여관에 돌아와 앉아서 혼자 부르짖었다. 세 처녀는 형식을 본다.

조선 사람에게 무엇보다 먼저 과학科學을 주어야 하겠어요. 지식을 주어야 하겠어요" 하고 주먹을 불끈 쥐며 자리에서 일어나 방 안으로 거닌다. "여러분은 오늘 그 광경을 보고 어떻게 생각하십니까."

이 말에 세 사람은 어떻게 대답할 줄을 몰랐다. 한참 있다가 병욱이가

"불쌍하게 생각했지요" 하고 웃으며 "그렇지 않아요?" 한다. 오늘 같이 활동하는 동안에 훨씬 친하여졌다.

"그렇지요. 불쌍하지요! 그러면 그 원인이 어디 있을까요?"

"물론 문명이 없는 데 있겠지요 — 생활하여갈 힘이 없는 데 있겠지요."

"그러면 어떻게 해야 저들을…… 저들이 아니라 우리들이외다……저들을 구제할까요? 하고 형식은 병욱을 본다. 영채와 선형은 형식과 병욱의 얼굴을 번갈아 본다. 병욱은 자신 있는 듯이

"힘을 주어야지요! 문명을 주어야지요!"

"그리하려면?"

"가르쳐야지요! 인동해야지요!"

"어떻게요?"

"교육으로, 실행으로."[9]


이러한 형식의 모습은 세 여성에게 나아갈 길을 가르쳐주는 스승이나 선각자에 가깝다. 심지어 이어지는 장면에서는 일장 연설을 펼치는 형식을 보며, 영채가 "오년 전 월화와 함께 패성학교장의 연설을 듣던 것을 생각"[462]

---

9    이광수, 김철 편, 『무정』, 문학과지성사, 2005, 461~462면.

하며, 그 당시 패성학교장이 하던 연설과 "형식의 말에 공통한 점이 있는 듯이 생각"462한다. 패성학교장은 도산 안창호를 모델로 한 인물로서, 『무정』의 대타자라 부를만한 인물이다.[10] 김동인은 「춘원연구」1935를 통해 일관되게 형식의 돈키호테적이며 좌충우돌하는 성격을 비판하지만, 마지막의 삼랑진 수해장면에서만은 형식의 지도자적인 모습을 상찬하기도 하였다.[11]

이와 관련해 야거가 기본적인 사실의 오류에 바탕해 무리한 주장을 펼치고 있다는 것도 주목할 필요가 있다. 『무정』의 플롯은 "영채의 사랑이 순전히 '허구'임을 지속적으로 폭로함으로써 역설적인 방식으로 「춘향전」에 헌사를 보내고 있다"101며, 그 근거로 형식이 영채에게 한 말이라며, "영채 씨는 지금까지 꿈을 꾸고 지내셨지요. 얼굴도 잘 모르고 마음도 모르는 사람에게 어떻게 마음을 허합니까. 영채 씨의 과거사는 꿈입니다"101라는 부분을 소개하고 있다. 그런데 이 말은 형식이 영채에게 한 것이 아니라, 기차에서 만난 병욱이 영채에게 하는 말이다.

더욱 심각한 문제는 영채만큼의 비중을 지니는 또 한 명의 여성인 선형의 존재가 논의에서 사라지고 없다는 점이다. 형식은 삼랑진 수해를 만나기 전까지 영채 앞에서는 무책임한 모습으로 일관했지만, 그것은 김장로의 딸 선형과 약혼을 했기 때문이다. 형식은 이제 장안의 부자이자 유명인인 김장로의 당당한 사위인 것이다. 야거의 논의에서는 선형과의 관계에서 형식이 차지하는 사회적 위상에 대한 논의가 생략되어 있다. 이것은 야거가 형식의 존재의의를 최대한 낮추어 보는 것과 연결된 것으로 보인다. 야거는 왜 이

---

10    이경재, 『한국 현대문학과 민족의 만화경』, 소명출판, 2023, 113~143면.

11    방민호는 김동인이 "형식을 '과도기'의 인물로, 신사상을 추구하나 구사회의 탯줄을 잘라 버리지 못한 인물로 간주한 위에 이렇게 유학, 교육, 실행을 주장한 대목에 상찬을 집중함으로써 『무정』은 일방향적, 일면적 해석의 길로 접어들어 고정화 된다"(방민호, 『이광수 문학의 심층적 독해』, 예옥, 2023, 101면)고 평가하였다.

토록 형식의 존재 의의를 지우려 했던 것일까? 그것은 그녀가 한국의 근대를 철저히 '번역'적 관점에서만 해명하는 태도와 관련된 것으로 판단된다. 이것은 한국의 근대가 이식을 통해 이루어졌다는 그 오래된 이식사관과도 연결된 문제라고 볼 수 있다. 야거는 국가 / 민족 담론과 학생운동 담론에는 모두 "부성父性에 대한 원초적 불안이 잠재"[20]되어 있다고 주장하고 있기도 하다. 이러한 주장의 타당성을 증명하기 위해서는, 형식이 새로운 출발을 앞둔 철저한 무nothing로서 존재할 필요가 있었던 것인지도 모른다.

개인의 정체성이 기본적으로 서사를 통해 구성되듯이, 한 민족이나 국가의 정체성 역시 서사를 통해 구성된다. 이 때의 서사는 젠더적 구별과 상징을 통해 구성되는 경우가 일반적이다. 실라 미요시 야거의 『애국의 계보학』은 20세기 한국이 어떠한 젠더적 전략과 수사를 통하여 고유한 민족국가 서사를 구축했는지 보여주고 있다. 각 시대는 자기 시대에 걸맞는 나름의 서사를 구성하며, 그 시대의 빛과 그림자를 아로새겼다. 대표적으로 한국의 현대사는 '군사적 남성성'이나 '가부장적 남성성' 혹은 '수절하는 여성성' 등을 통해 나름의 민족국가 내러티브를 만들어왔다. 20세기 말에는 시대적 변화와 더불어 용서와 인내에 바탕한 '기독교적 남성성'이 등장하기도 하였다. 어느새 21세기가 시작된 지도 사반세기가 되어가고 있다. 20세기로부터 물려받은 과제는 변함이 없는데, 기후위기 등의 새로운 과제까지 우리의 어깨에는 새롭게 놓여진 상황이다. 이런 시대에 필요한 이상적인 민족국가의 서사이미지나 젠더적 특성은 과연 무엇일까? 이러한 고민이야말로 「애국의 계보학」이 우리에게 던져준 최종적인 과제라고 말할 수 있을 것이다.[2023]